〔宋〕釋惠洪 撰
周裕鍇 校注

石門文字禪校注

二

上海古籍出版社

卷三

古詩

秀江逢石門徽上人將北行乞食而予方南游衡嶽作此送之〔一〕

筠袁脣齒邦〔二〕，一水連清碧。朝行筠溪邊〔三〕，莫見秀江色〔四〕。忽聞兒童音，乃知身是客。獨歸江上寺，杖笠倚空壁。犀顱會四海〔五〕，香火自朝夕。相逢作熟視，面數心莫識〔六〕。但記石門時，笑頰清光溢。驚定喜失聲〔七〕，卒語成小立〔八〕。是時夜氣清，隙月金蛇擲〔九〕。念君當北行，鉢飯從誰乞？我雖能少留，秋燕社已逼〔一〇〕。一懽偶然耳，分首成陳迹〔一一〕。他年何處逢，話此空歎惜。

【注釋】

〔一〕元符三年秋作於袁州。本集卷二四寂音自序：「年二十九，乃游東吴。明年，游衡嶽。」此詩當作於由筠州往南嶽途經袁州時。明一統志卷五七袁州府：「秀江，在府城北門外，源發羅霄山，流經府城西十五里爲稠江，至此爲秀江。下經分宜縣入臨江府境，合章江。」此處秀江代指袁州。徽上人，當爲克文弟子，曾在洪州石門寶峰院參學，故詩有「但記石門時，笑頰清光溢」之句。

〔二〕筠袁脣齒邦：元豐九域志卷六江南西路：「上，筠州，軍事。（治高安縣。）……西至本州界一百六十里，自界首至袁州一百二十里。」脣齒邦：喻筠、袁兩州地理相接，關係緊密，如脣齒相依。廓門注：「脣齒，謂其近鄰。左傳僖公五年曰：『諺所謂輔車相依，脣亡齒寒者，其虞、虢之謂也。』」

〔三〕筠溪：方志未載。本集卷二二寶峰院記：「余家筠谿，谿出新吴車輪峰之陽。」考其源出奉新縣百丈山之南車輪峰，南流經新昌縣，入錦江。

〔四〕莫：「暮」之古字。

〔五〕犀顱：額角骨突出如犀，形容人之面相。後漢書李固傳：「固貌狀有奇表，鼎角匿犀，足履龜文。」李賢注：「匿犀，伏犀也。謂骨當額上入髮際隱起也。」蘇軾光道人真贊：「海口山顴，犀顱鶴肩。」本集以之代指僧人，蓋以其頭無髮故額突出如犀。如本卷游南嶽福嚴寺：

「犀顱道人相笑迎，冰雪形容無住著。」卷五季長盡室來長沙留一月乃還邵陽作是詩送之：「想見道人出迎客，犀顱戢戢三千指。」卷六會福嚴慈覺大師：「犀顱氣不讐，虎頷目有稜。」卷二一雙峰正覺禪院涅槃堂記：「犀顱戢戢，步趨肅雍。」廓門注：「顱，首骨。伏犀，後腦如伏藏犀角也。」未知所本。

〔六〕面數：猶言數面，數次見面。語本陶淵明答龐參軍序：「俗諺云：『數面成親舊。』況情過此者乎？」

〔七〕驚定喜失聲：點化杜甫羌村三首之一：「驚定還拭淚。」

〔八〕卒語：倉促交談。卒，同「猝」。

〔九〕金蛇：比喻閃動之月光。山谷詩集注卷五次韻張仲謀過酺池寺齋：「夜談簾幕冷，霜月動金蛇。」任淵注：「張蟠漢記曰：『永昌太守鑄黄金爲蛇獻梁冀。』」此借用以形容簾之篩月也。」

〔一〇〕秋燕社已逼：謂秋社已近，燕子將去。古以立秋後第五個戊日爲秋社。

〔一一〕分首：離別。沈約襄陽白銅鞮：「分首桃林岸，送别峴山頭。」

游南嶽福嚴寺〔一〕

生計居然成脱略〔二〕，投老南來看衡嶽〔三〕。禹谿久留困霖雨〔四〕，低摧悶若剪翎鶴〔五〕。朝來南尋度坡壟，針水秧齊鳥聲樂〔六〕。風光融融一都會〔七〕，鬼祠雄深抱山脚〔八〕。梯空延緣上（止）巉絶㊀〔九〕，瘦筇扶衰意超豁〔一〇〕。拂雲蒼杉雜錦石，紫藤緑蔓相連絡。石橋下視隔人世〔一一〕，但覺嵐光翠如潑〔一二〕。亭泓無波自紺碧〔一三〕，澗草有香空錯莫〔一四〕。忽驚梵宇墮林梢〔一五〕，寶勢飛翔照深壑〔一六〕。欹斜萬礎盤蒼崖，十步一樓五步閣〔一七〕。冰柱瓊窗不知數〔一八〕，旒蘇一一垂簾箔〔一九〕。犀顱道人相笑迎〔二〇〕，冰雪形容無住著〔二一〕。午梵清圓林葉動〔二二〕，天花細雨無時落〔二三〕。憑高且復息疲頸㊁，心清別殿鳴風鐸。雲開千里上眉睫〔二四〕，吴楚江山見濃薄。耆（⿰山耆）閣如女有正色㊂〔二五〕，春不洗粧秋拂掠〔二六〕。紫蓋傾然似矜妬〔二七〕，半出晴煙翠稜抹。永懷堂堂武津老〔二八〕，天骨開張耳重郭〔二九〕。三生來游等兒戲〔三〇〕，靈山一會儼如昨〔三一〕。他年遺跡舊巖下，拴索猶存衆驚愕〔三二〕。解云此山增智力〔三三〕，鵬飛天風轉羊角〔三四〕。江西駒兒快騰踏〔三五〕，青原麒麟亦超卓〔三六〕。折足鐺中過一生〔三七〕，野蔬數根陳五合〔三八〕。故庵遺塔尚依然，行誦神交付冥漠〔三九〕。影不出山豈難事〔四〇〕，准擬茅齋就林縛。退之南遷曾過此，好語誇詞雜嘲噱〔四一〕。自謂忠誠動嶽靈〔四二〕，望碑字字猶精確。但餘佳處不可狀，浪禿霜毫秋色闊〔四三〕。東坡唾笑成文章〔四四〕，山川勝處多奇作。莫年亦爲儋耳游〔四五〕，不一過山山愧怍〔四六〕。爲君試將説禪口，掉頭長吟擁山衲。心胸便欲捏荒怪〔四七〕，落紙雷搥散風雹〔四八〕。要將傑句酬佳景，未怕山容作顰頞〔四九〕。

【校記】

㈠ 上：原作「止」，誤，今改，參見注〔九〕。

㈡ 頸：武林本作「脛」。

㈢ 者：原作「嶜」，誤，今改，參見注〔二五〕。　女有：底本、四庫本、武林本作「有女」，今從廓門本。

【注釋】

〔一〕崇寧二年五月作於南嶽衡山福嚴寺。林間録卷上：「予嘗游福嚴，覽其山川之形勝，讀思大所記曰：『此山增人之志力，居之者多得道。』」此詩即寫游福嚴寺讀慧思文之事。林間録成書於大觀元年（一一〇七），此詩作於其前，姑繫於此。福嚴寺：宋陳田夫南嶽總勝集卷中：「福嚴禪寺，在廟之北登山十五里，岳中禪刹之第一。陳太初中，惠思和尚自大蘇山領衆來此，建立道場。師常化人，修法華、般若、念佛三昧、方等懺悔，因號般若寺。本朝太平興國中，改賜今額。有唐懷讓禪師，結庵于思之故基。……庵上有定心石、羅漢隱身巖。……山之下有卓錫泉。初，思大卓錫處以建菴，艱於水，復有虎跑，開二泉如湧，可以供衆。有八功德水、三生藏、馬祖庵、思大塔。昔惠思三次生此修行，方成道。政和六年，被回禄，屋宇佛像俱焚盡，惟三生藏、馬祖庵、兜率橋存焉。後七年修建後備。」明一統志卷六四衡州府：「福嚴寺，在衡山縣雲居峰，舊有梵經唐太宗書五十卷。」湖广通志卷八〇古蹟：「福嚴寺，在擲鉢峰，舊名般若寺，亦曰般若臺。有唐太宗御書梵經五十卷，今無存。」

〔二〕生計居然成脱略：杜甫自京赴奉先縣詠懷五百字：「居然成濩落。」此化用其意。居然：徒然。朱熹詩集傳卷一七大雅生民：「居然生子。」傳：「居然，猶徒然也。」脱略：輕易，簡易。六臣注文選卷一六江文通（淹）恨賦：「脱略公卿，跌宕文史。」李善注：「杜預左氏傳注曰：『脱，易也。』賈逵國語注曰：『略，簡也。』」張銑曰：「脱略，輕易。」蘇軾送李公恕赴闕：「脱略萬事惟嬉遨。」

〔三〕投老：垂老，臨老。陶淵明感士不遇賦：「夷投老以長飢，回早夭而又貧。」鍇按：惠洪時年僅三十三，謂「投老」乃夸張之言。

〔四〕禹谿：在南嶽雲密峰下。唐李沖昭南嶽小録五峰：「雲密峰，昔夏禹治水登此峰，立碑紀其山。高下丈尺，皆科斗文字，近代樵人或有遇者。其碑至靈，隱而不見。又有禹溪及隱真平斷石。源朱陵洞丹崖，仙人石室存焉。」宋余靖武溪集卷八南嶽雲峰山景德寺記：「雲峰者，南嶽五峰之一也。昔大禹登祭此山，得金簡玉字治水之要。故有禹之行宫，蚪蚪古碑，有時見者。遂名其溪曰禹溪。」

〔五〕低摧：低首摧眉，形容勞悴。　剪翎鶴：剪去翅羽之鶴，謂不得自由翱翔。　鍇按：韓愈調張籍詩曰：「剪翎送籠中，使看百鳥翔。」然未言指鶴。　王安石邢太保有鶴折翼以詩傷之客有記翎經冥三韻而忘其詩者因作四韻：「每憐今日長垂翅，却悔當時誤剪翎。」當爲惠洪此詩所本。本集中數用此意象，如卷四瑜上人自靈石來求鳴玉軒詩會予斷作語復決堤作一首：「誰持稻田衣，包此剪翎鶴？」卷五同游雲蓋分題得雲字：「我如剪翎鶴，俛啄窮朝昏。」卷六送不伐赴天府儀曹：「三年令小邑，野鶴剪翎羽。」

〔六〕針水秧：新發芽之稻秧如緑針刺水，故稱。　廓門注：「東坡詩集三十卷『分疇翠浪走雲陣，刺水緑鍼抽稻芽』之義也。」鍇按：蘇軾詩集卷二一東坡八首其四：「種稻清明前，樂事我能數。毛空暗春澤，針水聞好語。分秧及初夏，漸喜風葉舉。」自注：「蜀人以細雨爲雨毛。稻初生時，農夫相語：『稻針出矣。』」惠洪詩本此。　葛勝仲丹陽集卷二〇二十四日葉氏林亭燕集成句呈文中縣丞：「昂霄木老清陰厚，鍼水秧齊翠剡新。」「鍼」同「針」。

〔七〕都會：此指潭州長沙郡，衡山在其境内。　六臣注文選卷五九沈休文齊故安陸昭王碑文：「都會殷負。」劉良注曰：「都會，謂人皆都會於此郡也。」

〔八〕鬼祠：指衡山南嶽廟，位於衡山之麓，在今湖南衡山縣西三十里。　鍇按：韓愈謁衡嶽廟遂宿嶽寺題門樓：「粉牆丹柱動光彩，鬼物圖畫填青紅。」蓋惠洪站在佛教立場，或據此稱衡嶽廟爲鬼祠。

〔九〕梯空延緣上巉絶：底本「上」作「止」，廓門注：「東坡詩集十八卷：『梯山上巉絶。』愚按：『止』當作『上』字。」其説甚是。錯按：東坡詩集注卷一八和孫同年卞山龍洞禱晴「梯山上巉絶」，施注蘇詩卷一七作「梯空尚巉絶」，查慎行蘇詩補注、馮應榴蘇詩合注卷一九亦同，并謂「尚」一作「上」，王文誥蘇詩集成卷一九作「梯空上巉絶」。蘇詩自韓愈送惠師「梯空上秋旻」化出，而惠洪此句自蘇詩化出，故「止」本當作「上」，乃傳抄者涉形近而誤，今據改。延緣：緩慢移行。莊子漁父：「乃刺船而去，延緣葦間。」蘇軾懷西湖寄晁美叔同年：「應逢古漁父，葦間自延緣。」巉絶：險峻陡峭。

〔一〇〕瘦策：竹手杖。超豁：豁達開朗。

〔一一〕石橋：南嶽總勝集卷上：「雲居峰，下有雲居寺、石橋、凝碧亭、金牛路、退道坡，與南臺比隣，當游山之大路也。」

〔一二〕但覺嵐光翠如潑：蘇軾和子由記園中草木十一首其四：「南齋讀書處，亂翠曉如潑。」

嵐光：太陽照射山間霧氣所發之光彩。

〔一三〕亭泓：靜止之深潭。亭，通「渟」，水停滯不流貌。紺碧：天青色，深碧色。

〔一四〕錯莫：紛紜雜亂貌。蘇軾再和二首之一：「眼花錯莫鬢霜匀，病馬羸驂只自塵。」

〔一五〕梵宇：佛寺，此指福嚴寺。

〔一六〕竇勢飛翔：謂殿閣飛檐之奇勢如鳥展翅飛翔，此即詩小雅斯干「如鳥斯革，如翬斯飛」之意。

六臣注文選卷一一王文考魯靈光殿賦：「據坤靈之寶勢，承蒼昊之純殷。」張銑注曰：「寶，奇也；蒼昊，天也。言授地靈之奇勢，承上天之大中也。」

〔一七〕十步一樓五步閣：杜牧阿房宮賦：「五步一樓，十步一閣。」此化用其語寫福嚴寺之建築群。

〔一八〕冰柱：猶言玉柱，形容柱之晶瑩華美。

〔一九〕旒蘇：廓門注：「『旒』當作『流』。」鍇按：「旒」字不誤。旒蘇：旌旗懸垂之飾物。釋慧琳一切經音義卷一四：「考聲云：『旒蘇，旗脚也。』今以垂珠帶爲旒蘇，象冕旒也。」 簾箔：門窗之簾子。

〔二〇〕犀顱：額角骨突出如犀，語本蘇軾光道人真贊：「海口山顴，犀顱鶴肩。」參見本卷秀江逢石門徽上人將北行乞食而予方南游衡嶽作此送之注〔五〕。

〔二一〕冰雪形容無住著：九家集注杜詩卷七戲爲雙松圖歌：「松根胡僧憩寂寞，龐眉皓首無住著。偏袒右肩露雙脚，葉裏松子僧前落。」趙注：「因畫胡僧而紀咏之，故用佛書字爲。楞嚴經云：『名無住行，名無著行。』公摘其字而合用之也。然唐有中興間氣集載鄭賢詩云：『高僧無住著，何日出東林。』賢與公同時人，莫知孰先用也。」此借用其語詠高僧。

〔二二〕午梵：僧人中午誦經梵唱之聲。王安石游鍾山之二：「午梵隔雲知有寺，夕陽歸去不逢僧。」

〔二三〕天花細雨：喻指高僧講佛經之效果。佛教傳説：佛祖講經，感動天神，諸天各色香花，如雨墜落。法華經序品：「爾時世尊，四衆圍遶，供養、恭敬、尊重、讚歎。爲諸菩薩說大乘經，名無量義，教菩薩法，佛所護念。佛說此經已，結跏趺坐，入於無量義處三昧，身心不動。是時天雨曼陀羅華、摩訶曼陀羅華、曼殊沙華、摩訶曼殊沙華，而散佛上及諸大衆。」又高僧講經，亦有天花墜落之傳說。續高僧傳卷五梁楊都光宅寺沙門釋法雲傳：「嘗於一寺講散此經，忽感天華狀如飛雪，滿空而下，延于堂内，昇空不墜，訖講方去。」無時：時時，不間斷。

〔二四〕上眉睫：謂風光主動來到游人眼裏，供人欣賞。文心雕龍神思：「眉睫之前，卷舒風雲之色。」此點化其語意。本集頗多類似描寫，如本卷崇因會王敦素：「萬頃煙波上眉睫。」卷一三次韻題必照軒：「千里穠纖上眉睫。」

〔二五〕耆闍如女有正色：謂耆闍峰如女人有美色，令人賞心悦目。山谷内集詩注卷九次韻子瞻送李廌：「斯文如女有正色。」此化用其語。參見本集卷二次韻君武中秋月下注〔一〇〕。耆闍：衡山一峰名。南嶽總勝集卷上：「耆闍峰，謂山形像與天竺國耆闍無異，故名之。」廓門注：「大明名勝志衡州府衡山縣：『耆闍峰，山形與天竺耆闍無異。』」鍇按：天竺耆闍，指印度阿耨達王舍城東北之耆闍崛山，亦名鷲峰山、靈鷲山，以山頂形如鷲而得名。相傳爲釋迦牟尼說法處。

〔二六〕拂掠：輕掠，此謂輕抹淡妝。山谷外集詩注卷一六王立之以小詩送並蔕牡丹戲答二首其二：「露晞風晚別春叢，拂掠殘妝可意紅。」

〔二七〕紫蓋頎然似矜妬：謂修長挺立之紫蓋峰似嫉妒耆闍峰之美。紫蓋：亦衡山之峰名。南嶽總勝集卷上：「紫蓋峰，高五千四百餘丈，有紫霞華籠之狀，其形如蓋。亦謂之華蓋峰。又云小紫蓋者，華蓋峰也。諸峰並朝祝融，如拱揖之狀，獨此峰面南，乃朱陵洞天之源向南故也。祝融位配火德，雖爲五峰之尊，上有青玉、白璧二福地，以掌地仙之司，宜卑於洞天也。又其形勢宛然南向，已故唐杜甫有望岳詩，其略云『祝融五峰尊，峰峰次低昂。紫蓋獨不朝，爭長業相望』是也。」清一統志卷二八一衡州府：「紫蓋峰：在衡山縣西北二十里。荆州記：衡山有三峰極秀，曰紫蓋、石囷、芙蓉。衡山記：紫蓋峰常有白鶴集其上，神芝靈草生焉。有石室在其下，香爐、臼杵、丹竈俱存。劉燾樹萱録：南嶽諸峰俱朝於祝融，獨紫蓋一峰勢轉東去。」

〔二八〕武津老：指南朝陳高僧慧思，天台宗尊爲東土第三祖，世稱思大和尚。續高僧傳卷一七陳南岳衡山釋慧思傳：「釋慧思，俗姓李氏，武津人也。」

〔二九〕天骨開張：天庭之奇骨開擴，謂骨相奇特，人物傑出。續高僧傳慧思本傳謂其「牛行象視，頂有肉髻，異相莊嚴」。九家注杜詩卷一天育驃騎歌：「卓立天骨森開張。」趙注：「蔡邕作庾侯碑曰：『英風發於天骨。』袁彦伯作三國名臣贊，其言崔生曰：『天骨疏朗。』本言人，而今借用耳。」耳重郭：謂耳輪多重，亦高僧之相。然慧思本傳未言其耳相，惠洪或據畫像言之。宋高僧傳卷三〇漢杭州耳相院行脩傳：「遂指其耳曰：『輪郭幸長，垂璫猶短，吾爲汝伸之。』雙手平曳，登即及肩。如是者三。自此長垂，見者舉目。……杭人號長耳和尚。」

〔三〇〕三生來游等兒戲：續高僧傳慧思本傳：「由此苦行，得見三生所行道事。」

〔三一〕靈山一會儼如昨：指慧思與智顗前世在靈鷲山同聽佛説法之異事。續高僧傳卷一七隋國師智者天台山國清寺釋智顗傳：「思每歎曰：『昔在靈山同聽法華，宿緣所追，今復來矣。』即示普賢道場，爲説四安樂行，顗乃於此山行法華三昧。始經三夕，誦至藥王品，心緣苦行，至『是真精進』句，解悟便發，見共思師處靈鷲山七寶淨土，聽佛説法。」智顗爲慧思弟子，天台宗尊爲東土第四祖。

〔三二〕「他年遺跡舊巖下」二句：指慧思在衡山尋找前世遺跡與骸骨之異事。續高僧傳慧思本傳：「又將四十餘僧徑趣南岳，即陳光大二年六月二十二日也。既至告曰：『吾寄此山正當十載，過此已後必事遠遊。』又曰：『吾前世時曾履此處。』巡至衡陽，值一佳所，林泉竦淨，見者悦心。思曰：『此古寺也，吾昔曾住。』依言掘之，果獲房殿基墌，僧用器皿。又往巖下：『吾此坐禪，賊斬吾首，由此命終，有全身也。』僉共尋覓，乃得枯骸一聚；又下細尋，便獲髏骨。思得而頂之，爲起勝塔，報昔恩也。」　拴索：亦作「栓索」，本指繩索，本集喻指勾連骨骼之物，若筋腱之類。語本黄庭堅枯骨頌：「皮膚落盡露拴索，一切虚誑法現前。」禪林僧寶傳卷二四仰山偉禪師傳：「元豐三年十一月二十六日，説偈而化。後三日闍維，得五色舍利，骨石栓索勾連。塔于寺之東。」釋志磐佛祖統紀卷一五澄照覺先法師傳：「後月堂居南湖，謂師於延慶有傳持之功，而塔在草莽，乃令遷之祖壟。及開土，見栓索不朽，骨若青銅。」本集卷二一隋朝感應佛舍利塔記：「發棺而視，但紙衣拴索，而蓮寔生頭顱齒頰間。」

〔三三〕解云此山增智力：參見本詩注〔一〕引林間録載思大（即慧思）所記：「此山增人之志力，居之者多得道。」「智力」與「志力」稍異，然二詞皆佛經所常見，未知孰是。

〔三四〕鵬飛天風轉羊角：莊子逍遥遊：「有鳥焉，其名爲鵬，背若泰山，翼若垂天之雲，摶扶摇羊角而上者九萬里，絶雲氣，負青天，然後圖南，且適南冥也。」林希逸莊子口義曰：「扶摇，風勢也。羊角，亦風之屈曲勢也。」

〔三五〕江西駒兒快騰踏：指南嶽懷讓禪師之法嗣江西馬祖道一禪師。景德傳燈録卷五南嶽懷讓禪師：「直指曹溪參六祖。……祖曰：『……西天般若多羅讖汝足下出一馬駒，蹋殺天下人。並在汝心，不須速説。』師豁然契會。執侍左右一十五載，唐先天二年始往衡嶽，居般若寺。開元中有沙門道一（即馬祖大師也），住傳法院，常日坐禪。師知是法器。」又同書卷六江西道一禪師：「唐開元中習禪定於衡嶽傳法院，遇讓和尚，同參九人，唯師密受心印。」

〔三六〕青原麒麟亦超卓：指青原行思禪師之法嗣石頭希遷禪師。景德傳燈録卷五吉州青原山行思禪師：「六祖將示滅，有沙彌希遷問曰：『和尚百年後，希遷未審當依附何人？』祖曰：『尋思去。』及祖順世，遷每於静處端坐，寂若忘生。……第一坐曰：『汝有師兄行思和尚，今住吉州，汝因緣在彼，師言甚直，汝自迷耳。』遷聞語，便禮辭祖龕，直詣靜居。師問曰：『子何方而來？』遷曰：『曹谿。』師曰：『將得什麼來？』曰：『未到曹谿亦不失。』師曰：『恁麼用去曹谿作什麼？』曰：『若不到曹谿，爭知不失？』遷又問曰：『曹谿大師還識和尚否？』師曰：『汝今識吾否？』曰：『識又爭能識得？』師曰：『衆角雖多，一麟足矣。』……師令希遷持書與南嶽讓和尚。」又同書卷一四南嶽石頭希遷大師：「師於唐天寶初薦之衡山南寺。寺之東有石狀如臺，乃結庵其上，時號石頭和尚。」鍇按：懷讓、道一、希遷均修行於南嶽，此即慧思所言「此山增人之志力，居之者多得道」。

〔三七〕折足鐺：斷足鍋，或作「折脚鐺」。鐺乃有耳有足之鍋，用於炊煮飯食等，以金屬或陶器製成。以折足鐺爲炊，言其生活貧寒簡樸。景德傳燈録卷二八汾州大達無業國師語：「看他古德道人得意之後，茅茨石室，向折脚鐺子裏煮飯，喫過三十二十年，名利不干懷，財寶不爲念，大忘人世，隱跡巖叢。」後世遂多以「折脚鐺」或「折足鐺」形容禪僧生活。蘇軾答參寥書：「大略祇似靈隱天竺和尚退院後，却在一個小村院子折足鐺中，罨糙米飯喫，便過一生也。」黄庭堅贈清隱持正禪師：「異時折脚鐺安穩，更種平湖十頃蓮。」本集多作「折脚鐺」，作「折足鐺」者，唯此一例。

〔三八〕陳五合：謂陳粟五合。東坡詩集注卷一九贈月長老：「子有折足鐺，中容五合陳。」趙次公注：「陳字，蓋前漢『大倉之粟陳陳』也。」鍇按：漢書食貨志四：「太倉之粟，陳陳相因。」顔師古注：「陳謂久舊也。」

〔三九〕神交付冥漠：謂徒見故庵遺塔，雖與諸高僧古德有神交，而終不可相會。杜甫過郭代公故宅：「高詠寶劍篇，神交付冥漠。」此借用其語。冥漠：虛無，空無所有。六臣注文選卷二三顏延年拜陵廟作：「衣冠終冥漠，陵邑轉葱青。」劉良注：「謂先帝衣冠終虛無不見也。冥漠，虛無也。」

〔四〇〕影不出山：謂身影不出山林。語本高僧傳卷六晉廬山釋慧遠傳：「自遠卜居廬阜三十餘年，影不出山，迹不入俗。每送客遊履，常以虎溪爲界焉。」

〔四一〕「退之南遷曾過此」二句：韓愈有謁衡嶽廟遂宿嶽寺題門樓詩，乃其南遷時所作。然韓愈嘗兩度南遷，故宋人於此詩繫年有二説。宋魏仲舉編五百家注昌黎文集卷三謁衡嶽廟遂宿嶽寺題門樓題下注曰：「蘇内翰登州觀海市詩云：『潮陽太守南遷歸，喜見石廩堆祝融。』過太行詩序云：『予南遷其必返乎？此退之登衡山之祥也。』又潮州廟記云：『公之精神，能開衡山之雲。』皆取此事。觀蘇公海市詩，則公此篇疑自潮州還作。然永貞元年，公自陽山徙掾江陵，嘗有『委舟湘流，往觀南嶽』之語，詩當是此時作，時年三十八。……公前後兩謫南方。初自陽山北還過衡，在永貞元年八月。至潭適當殘秋。陪杜侍御遊湘西寺詩云『是時秋向殘』是也。今云『我來正逢秋雨節』，故知此詩自陽山還時作。後自潮州移刺袁州，則元和十五年十月，蓋未嘗過衡。」

〔四二〕自謂忠誠動嶽靈：韓愈謁衡嶽廟遂宿嶽寺題門樓詩云：「我來正逢秋雨節，陰氣晦昧無清風。潛心默禱若有應，豈非正直能感通。須臾靜掃衆峰出，仰見突兀撑青空。」蘇軾潮州韓文公廟碑：「故公之精誠，能開衡山之雲。」

〔四三〕浪禿霜毫秋色闊：謂寫禿毛筆，費盡筆墨亦難描摹遼闊之秋色。黄庭堅劉晦叔洮河緑石研：「莫嫌文吏不知武，要試飽霜秋兔毫。」

〔四四〕東坡嗢笑成文章：黄庭堅東坡先生真贊：「東坡之酒，赤壁之笛，嬉笑怒駡，皆成文章。」此化用其語。

〔四五〕莫年亦爲儋耳游：據傅藻東坡紀年録，紹聖四年四月，蘇軾被命，責授瓊州别駕、昌化軍安置。七月至儋州。儋耳：古郡名，漢元鼎六年置。唐改儋州，宋因之。熙寧六年廢州爲昌化軍。

〔四六〕不一過山：東坡紀年録，紹聖元年四月，蘇軾在知定州任上，奉命追一官，奪兩職，以承議郎知英州。南遷至當塗縣，奉告，責授寧遠軍節度副使、惠州安置。經江南西路南康、廬陵、虔州，過大庾嶺，至嶺南惠州。後由惠州遷昌化軍，經藤州、雷州，過海。據此，則蘇軾南遷未經湖南衡山。　愧怍：慚愧。

〔四七〕揑荒怪：編造荒唐奇怪之詩句。蘇軾孫莘老寄墨四首其四：「幽光發奇思，點黮出荒怪。詩成自一笑，故疾逢蝦蟹。」

〔四八〕落紙雷搥散風雹：喻詩句雄奇豪放，落筆妙語疊出。語本東坡詩集注卷一一太虛以黃樓賦見寄作詩爲謝：「我詩無傑句，萬景驕莫隨。夫子獨何妙，雨雹散雷椎。」集注引宋援曰：「雷州大雷雨，時人有收得雷斧、雷椎，皆石也。」鍇按：「搥」同「槌」「椎」，敲擊之具。

〔四九〕顰頞：皺眉頭、蹙鼻梁以示不滿。廓門注：「顰頞者，顰眉蹙頞之義。」孟子梁惠王下：「舉疾首蹙頞而相告。」　頞：鼻梁。

福嚴（巖）寺夢訪廓然於龍山路中見之㊀〔一〕

山高夜氣摧煩暑，竹風爲作南軒雨。夢隨柔櫓到西興〔二〕，艤舟步入龍山塢〔三〕。蕭蕭松下逢睿郎，問信遠來亦良苦。覺來但記談笑歡，不省歡時竟何語㊁。卧看篝燈一點明〔四〕，嶺海茫茫隔吳楚〔五〕。安得却如清夢中，杖屨追隨長爾汝〔六〕。

【校記】

㊀ 嚴：原作「巖」，誤，今從廓門本。

【注釋】

〔一〕崇寧二年五月作於南嶽衡山福嚴寺。　廓然：即詩中所稱「睿郎」，僧思睿，字廓然，屬雲門宗，時住杭州龍山崇德禪院。　禪林僧寶傳卷二九大通本禪師：「庵龍山崇德，杜門却掃，與世相忘，又十年。天下願見而不可得，獨與法子思睿俱。」參見本集卷二廓然送僧之邵武頗叙宗祖以自激勸次韻注〔一〕。　龍山：方輿勝覽卷一臨安府：「龍山，在城南十里。郭璞所謂龍飛鳳舞。」咸淳臨安志卷二三山川二：「龍山，在嘉會門外，去城十里，一名卧龍山。」

〔二〕柔櫓：九家集注杜詩卷二七船下夔州郭宿雨濕不得上岸別王二十判官：「柔櫓輕鷗外，含情覺汝賢。」趙次公注：「柔櫓，今舟人所謂款櫓者也。」此借用其語。　西興：即錢塘江西興渡，在今杭州市蕭山區。方輿勝覽卷六浙東路紹興府：「西興渡，在蕭山縣西十二里，本名西陵，吴越武肅王以非吉語，改西興。」

〔三〕艤舟：六臣注文選卷六〇顔延年弔屈原文：「弭節羅潭，艤舟汨渚。」李善注：「漢書曰：『烏江亭長艤船待。』如淳曰：『南方人謂整船向岸曰艤。』」李周翰注：「艤舟謂船附岸。」

〔四〕篝燈：燈籠。篝，竹籠。以籠罩燈，故曰篝燈。

〔五〕隔吴楚：福嚴寺在湖南衡山，古屬楚；龍山在浙江杭州，古屬吴。

〔六〕爾汝：彼此親暱之稱呼，以示不拘形迹，親密無間。世説新語言語「禰衡被魏武謫爲鼓吏」條，劉孝標注引文士傳曰：「（禰衡）少與孔融作爾汝之交，時衡未滿二十，融已五十。」杜甫醉時歌：「忘形到爾汝，痛飲真吾師。」

乾上人會余長沙〔一〕

兀坐思歸不舉頭〔二〕，窗風爲我翻書葉〔三〕。衆中聞語認鄉里，便覺石門寒疊疊〔四〕。雲庵已作白塔新〔五〕，當眼風枝心欲折〔六〕。道人叢林十年舊，古寺青燈夜相接。失聲方欲問江南〔七〕，忽憶去年淮上別㈠〔八〕。逃空跫然聞足音〔九〕，見子令人解愁結。地爐火冷霜月苦〔一〇〕，一室諠譁終暖熱㈡。湘山破曉立傳停㈢〔一一〕，秀抹鉛華餘積雪〔一二〕。故應山亦爲余喜，隔岸遥看圓笑靨〔一三〕。千巖佳處可同遊，明日波晴當理楫。

【校記】

㈠淮：四庫本作「江」。

㈡終暖：石倉本作「俄煖」。

㈢傳停：四庫本作「娉婷」。

【注釋】

〔一〕崇寧二年冬作於長沙。乾上人：當指至乾禪師，屬臨濟宗南嶽下十三世，乃真淨克文法嗣，惠洪師兄。後住筠州洞山，嘉泰普燈録卷七、五燈會元卷一七載其機語。鍇按：本詩言「道人叢林十年舊」，惠洪自紹聖元年（一〇九四）南歸廬山歸宗寺依真淨，是時當識至乾，下推十年爲崇寧二年（一一〇三）。「古寺青燈夜相接」，蓋指同在歸宗學道。又本詩言「雲庵已作白塔新」，據本集卷三〇雲庵真淨和尚行狀，克文示寂於崇寧元年十月十六日，則詩當作於崇寧二年。又詩言「忽憶去年淮上別」，則與乾上人别於淮上，爲崇寧元年事。淮上，泛指揚州一帶，蓋宋時揚州屬淮南東路，故稱。

〔二〕兀坐：獨自端坐。戴叔倫暉上人獨坐亭：「蕭條心境外，兀坐獨參禪。」

〔三〕書葉：猶言書頁。

〔四〕石門：指靖安縣寶峰禪院。輿地紀勝卷二六江南西路隆興府：「石門山，在靖安縣北四十里。權載之集：海昏南鄙亦有石門山。」又曰：「寶峰院，在靖安縣北石門山。唐貞元中，馬祖趺跏入滅，得舍利，藏於兹山，權德輿爲之記，唐宋詩篇不可勝載。」趺跏，即跏趺，雙足盤腿端坐。惠洪嘗隨克文住此山。本集卷二四寂音自序：「及真淨遷洪州石門，又隨以至。」

〔五〕已作白塔新：僧人圓寂之婉稱。蘇軾和子由澠池懷舊：「老僧已死成新塔。」此點化其意。禪林僧寶傳卷二三泐潭真淨文禪師傳：「俄退居雲庵，以崇寧元年十月旦日示疾，十五日疾愈。……十六日中夜沐浴，更衣跏趺，衆請説法。……言卒而寂。又七日，闍維，五色成焰，白光上騰，煙所及皆成舍利。道俗千餘人皆得之。分建塔於泐潭寶蓮峰之下，洞山留雲洞之北。」

〔六〕當眼風枝心欲折：謂眼前風吹樹枝令人心悲，以表悼念克文之情。廓門注：「孔子家語致思篇曰：『夫樹欲靜而風不停，子欲養而親不待。往而不來者，年也；不可再見者，親也。』老杜地隅詩：『平生心已折，行路日荒蕪。』」

〔七〕江南：此爲江南西路之略稱。鍇按：靖安縣宋屬江南西路洪州，克文之塔在此，故言「欲問江南」。

〔八〕淮上：泛指揚州一帶。參見注〔一〕。鍇按：本集卷一三有詩與蔡揚州，據續資治通鑑長編拾補卷一九：「（崇寧元年二月辛丑）左正議大夫、知大名府蔡卞知揚州。」可知與蔡揚州乃惠洪崇寧元年游方揚州時所作。故惠洪與乾上人「去年淮上別」，當指崇寧元年別於揚州之事。

〔九〕逃空跫然聞足音：莊子徐無鬼：「夫逃虛空者，藜藋柱乎鼪鼬之逕，踉位其空，聞人足音，跫然而喜矣。而況乎昆弟親戚之謦欬其側者乎。」成玄英疏：「跫，行聲也。……思鄉滋甚，忽聞佗人行聲，猶自欣悅，況乎兄弟親眷謦欬言笑者乎。」跫然，形容脚步聲。

〔一〇〕地爐：就地挖掘之火爐。　霜月苦：施注蘇詩卷三四送曾仲錫通判如京師：「玉帳夜談霜月苦。」注：「李華弔古戰場文：『月色苦兮霜白。』」此借用其語。

〔一一〕俜停：同娉婷，姿態美好貌。此喻湘山爲美人。蘇軾芙蓉城：「珠簾玉案翡翠屏，雲舒霞卷千俜停。」

〔一二〕鉛華：搽臉之粉。

〔一三〕「故應山亦爲余喜」二句：此用擬人法，擬山爲人，有喜樂之情，且開笑靨。本卷洪玉父赴官潁州會余金陵：「曉從城郭來，山亦爲余喜。」亦用此句。

黃魯直南遷艤舟碧湘門外半月未游湘西作此招之〔一〕

江夏無雙果無雙〔二〕，子雲賦工未必爾〔三〕。那知一飯在家僧〔四〕，真是潛山癩居士〔五〕。春湖白鷗未入手〔六〕，衣冠林中作蟬蛻〔七〕。平生俯視造物兒，兒頑不省猶相戲〔八〕。羅浮舊游今再游〔九〕，一念去來開眼睡〔一〇〕。泊舟隔岸望湘山，應愛煙霏浮幕翠。快當著屐上千巖〔一一〕，要看松風迎笑齒。公雖妍蚩付一目〔一二〕，定自胸中有涇渭〔一三〕。我非破頭山下人〔一四〕，聞絃賞音亦風味〔一五〕。知君不傳西土衣〔一六〕，一龍一蛇聊玩世〔一七〕。

【注釋】

〔一〕崇寧三年正月作於長沙。　黃魯直：即黃庭堅（一〇四五～一一〇五），字魯直，號山谷道人，洪州分寧人。治平四年進士。元祐初召爲秘書省校書郎，除神宗實録院檢討官，加集賢校理，遷著作佐郎。紹聖中貶涪州別駕、黔州安置，因號涪翁，又號黔安居士。崇寧中以文字罪除名，貶宜州，卒於其地。詩學杜甫，能自闢門徑，爲江西詩派之祖。宋史有傳。

碧湘門：潭州城門。葉廷珪海録碎事卷一三下：「潭州有碧湘門，因馬氏碧湘宫得名。」湖廣通志卷七九古蹟志長沙縣：「碧湘門，即今府南門，馬氏建。」馬氏，指五代時割據湖南之楚國，爲十國之一，其開國君主爲武穆王馬殷，建都長沙。湘西：此指湘江西岸嶽麓山道林寺等。鍇按：據山谷年譜，崇寧二年，黄庭堅寓居鄂州，十一月，有宜州謫命。十二月十九日夜中發鄂渚，歲暮到長沙。山谷全集别集卷八跋苦寒吟：「開封張德淵，號爲有急難之義。予晚識之於長沙，名不虛得也。泊船驛步門，與德淵官廨相近，時時相過，奔走予所闕，如有人挽其前、推其後也。他日持此卷來乞書，會舟子作歲除，未能行，舟中無他緣，偶得意書盡。崇寧二年十二月晦，山谷老人書。」據此則知黄庭堅因船工度除夕與新年正月，滯留於長沙。本集卷二七跋山谷字二首之一：「山谷初自鄂渚舟至長沙，時秦處度、范元寔皆在，予自三井往從之。」又同卷跋與法鏡帖：「山谷作黄龍書時，與予同在長沙碧湘門外舟中。」胡仔苕溪漁隱叢話前集卷四八引冷齋夜話：「山谷南遷，與余會於長沙，留碧湘門一月。李子光以官舟借之。」陳敬陳氏香譜卷三「韓魏公濃梅香又名返魂梅」條引黄太史（庭堅）跋云：「余與洪上座同宿潭之碧湘門外舟中。」洪上座即惠洪。綜而言之，黄庭堅泊舟長沙碧湘門，未嘗游湘江西岸道林寺，故惠洪作此詩招之。

〔二〕江夏無雙果無雙：以東漢名士黄香譽庭堅。後漢書黄香傳：「黄香字文彊，江夏安陸人也。……博學經典，究精道術，能文章。京師號曰：『天下無雙，江夏黄童。』」庭堅與黄香同姓，故時人或以「江夏無雙」稱之。如蘇軾用將之湖州戲贈原韻寄莘老：「江夏無雙應未去，恨無文字相娛嬉。」自注：「黄庭堅，莘老壻，能文。」又魯直以詩餽雙井茶次韻爲謝：「江夏無雙種奇茗，汝陰六一誇新書。」

〔三〕子雲賦工未必爾：謂西漢文人揚雄作賦未必能敵庭堅。漢書揚雄傳：「揚雄字子雲，蜀郡成都人也。顧嘗好辭賦。……先是時，蜀有司馬相如，作賦甚弘麗温雅，雄心壯之，每作賦，常擬之以爲式。」鍇按：黄庭堅山谷集卷一有寄老庵賦、休亭賦、江西道院賦、蘇李畫枯木道士賦、東坡居士墨戲賦、别友賦、白山茶賦、對青竹賦、煎茶賦、苦筍賦等十首。山谷外集卷一有劉明仲墨竹賦、放目亭賦二首。

〔四〕一飯在家僧：語本蘇軾和黄魯直食筍次韻：「一飯在家僧，至樂甘不壞。」庭堅亦自稱「在家僧」。山谷内集詩注卷一三謝楊履道送銀茄四首其三：「戎州夏畦少蔬供，感君來飯在家僧。」任淵注：「三昧經曰：『若有菩薩作是三昧，雖在家，當説是人，名爲出家。』」山谷持律頗嚴，故自謂在家僧。」

〔五〕潛山癩居士：此以禪宗三祖僧璨大師喻庭堅。僧璨因患風疾，癩頭，隱居潛山，後世或稱「赤頭璨」。景德傳燈録卷三第二十九祖慧可大師：「大師繼闡玄風，博求法嗣。至北齊天平二年，有一居士，年逾四十，不言名氏，聿來設禮。而問師曰：『弟子身纏風恙，請和尚懺罪。』師曰：『將罪來，與汝懺。』居士良久云：『覓罪不可得。』師曰：『我與汝懺罪竟，宜依佛法僧住。』曰：『今見和尚，已知是僧，未審何名佛法。』師曰：『是心是佛，是心是法，法佛無二，僧寶亦然。』曰：『今日始知罪性不在内，不在外，不在中間，如其心然，佛法無二也。』大師深器之，即爲剃髮，云：『是吾寶也，宜名僧璨。』」同卷第三十祖僧璨大師：「初以白衣謁二祖，既受度傳法，隱於舒州之皖公山。」禪宗西天第三十祖，即東土第三祖。皖公山，亦名皖山，即灊山，在今安徽灊山縣。太平寰宇記卷一二五淮南道三舒州：「灊山，在縣西北二十里，其山有三峰，一天柱山，一灊山，一皖山。」山谷年譜元豐三年（一〇八〇）：「十月，游山谷寺。山谷寺在皖山三祖山，屬舒州，有石牛洞等林泉之勝。先生游而樂之，因此號山谷道人。」錯按：黄庭堅因游皖山三祖山山谷寺而號山谷道人，其以居士身份參究佛法亦與三祖相似，故以僧璨喻之。

〔六〕春湖白鷗：黄庭堅呈外舅孫莘老二首其一：「九陌黄塵烏帽底，五湖春水白鷗前。」冷齋夜話卷二韓歐范蘇嗜詩：「山谷寄傲士林，而意趣不忘江湖。其作詩曰：『九陌黄塵烏帽底，五湖春水白鷗前。』又曰：『九衢塵土烏靴底，想見滄洲白鳥雙。』又曰：『夢作白鷗去，江湖水貼天。』又作演雅詩曰：『江南野水碧於天，中有白鷗閑似我。』」

〔七〕衣冠林：猶言士林官場。漢書杜欽傳：「衣冠謂欽爲『盲杜子夏』以相别。」顔師古注：「衣冠謂士大夫也。」　蟬蜕：如蟬蜕殼，喻潔身高蹈，不同流合污。史記屈原賈生列傳：「濯淖汙泥之中，蟬蜕於濁穢，以浮游塵埃之外。」

〔八〕「平生俯視造物兒」二句：黄庭堅書蔡秀才屏風頌四首其三：「此翁家世印纍纍，平生俯視造物兒。堪笑癡人不省悮，猶説此翁真箇癡。」此借用庭堅詩句戲謂其超越生死，看破生命。「造物兒」典出新唐書杜審言傳：「初，審言病甚，宋之問、武平一等省候何如，答曰『甚爲造化小兒相苦，尚何言？然吾在，久壓公等，今且死，固大慰，但恨不見替人云』。」

〔九〕羅浮舊游今再游：謂黄庭堅今將謫嶺南，或將再游南海羅浮山，蓋以其前身爲三祖僧璨而言也。景德傳燈録卷三第三十祖僧璨大師：「師又曰：『昔可大師付吾法，後往鄴都行化，三十年方終。今吾得汝，何滯此乎？』即適羅浮山，優游二載，却旋舊址。」方輿勝覽卷三四廣南路廣州：「羅浮山，在南海，本名蓬萊山。一峰在海中，與羅山合，因名。」

〔一〇〕一念去來：佛教謂一念之間即包括過去、現在、未來三世。本集卷九讀中觀論：「十方真寂滅，一念去來今。」　開眼睡：謂人生開眼亦同於睡夢。猶言「開睫夢」「開睫寐」。本集卷一大雪晚睡夢李德修插瓊花一枝與語甚久既覺作此詩時在洞山：「人生孰非夢，安有昏旦異。心知目所見，歷歷皆虚僞。他日或相逢，何殊開睫寐。」又卷一一廓然再和復答之六首其五：「湖山昔夢雖非實，開睫今游未必真。」又卷二〇夢蝶齋銘：「睆而視之，開睫之夢。」

〔一一〕著屐上千巖：用謝靈運登山屐事。宋書謝靈運傳：「尋山陟嶺，必造幽峻，巖障千重，莫不備盡。登躡常著木履，上山則去前齒，下山去其後齒。」

〔二〕妍蚩付一目：謂其眼光不分別美與醜，此即所謂平等觀。

〔三〕定自胸中有涇渭：謂其胸中是非分明。黄庭堅次韻答王眘中：「俗裏光塵合，胸中涇渭分。」

〔四〕破頭山下人：指禪宗四祖道信禪師，爲三祖僧璨法嗣。景德傳燈録卷三第三十祖僧璨大師：「有沙彌道信，年始十四，來禮師曰：『願和尚慈悲，乞與解脱法門。』師曰：『誰縛汝？』曰：『無人縛。』師曰：『何更求解脱乎？』信於言下大悟。服勞九載，後於吉州受戒，侍奉尤謹。」同卷第三十一祖道信大師：「唐武德甲申歲，師却返蘄春，住破頭山，學侣雲臻。」此詩以僧璨喻庭堅，故自謙非僧璨弟子道信。鍇按：破頭山，亦名破額山、雙峰山、西山，因四祖道信住此，後人因稱四祖山。清一統志卷二六三黄州府：「雙峰山，在黄梅縣西北三十里，一名西山，一名破額山。寰宇記：『慈雲塔在黄梅縣雙峰山，第四祖寂滅之所。』輿地紀勝：『四祖山在黄梅縣西北，有香爐峰。』名勝志：『黄梅有東西二山，爲四祖、五祖道場。西山即破額山，東山即馮茂山也。』」

〔五〕聞絃賞音：語本三國志吴書周瑜傳裴松之注引江表傳：「瑜曰：『吾雖不及夔曠，聞絃賞音，足知雅曲也。』」此謂己爲庭堅知音。

〔六〕西土衣：指禪宗所傳袈裟。景德傳燈録卷三第二十八祖菩提達摩：「師曰：『内傳法印，以契證心；外付袈裟，以定宗旨。後代澆薄，疑慮競生，云吾西天之人，言汝此方之子，憑何得法？以何證之？汝今授此衣法，却後難生，但出此衣并吾法偈，用以表明，其化無礙。至吾滅後二百年，衣止不傳，法周沙界。』」庭堅爲居士，未出家，故曰「不傳西土衣」。

〔一七〕一龍一蛇聊玩世：莊子山木：「一龍一蛇，與時俱化，而無肯專爲。一上一下，以和爲量，浮游乎萬物之祖，物物而不物於物，則胡可得而累耶？」

魯直弟稚川作屋峰頂名雲巢〔一〕

只今海上青石牛〔二〕，曾卧天子黄金屋〔三〕。下看朱紫如堵牆〔四〕，上前諸公遭牴觸〔五〕。眼高四海鏡面空〔六〕，潛山歸來巾一幅〔七〕。慚愧君家小馮君〔八〕，自是河東真鸑鷟〔九〕。文章五色體自然〔一〇〕，秋水精神出眉目〔一一〕。人間不識但聞名，水非醴泉石非玉〔一二〕。江南一峰獨高寒，時時笑語雲間宿。弟兄出處兩相高〔一三〕，故作雲巢對山谷。

【注釋】

〔一〕崇寧四年作於洪州分寧縣。魯直：即黄庭堅。稚川：黄公準，字稚川，洪州分寧人，庭堅從弟。自號雲巢居士，有雲巢詩集行於世，今佚。事具錫類堂版黄氏金字譜牒，參見周裕鍇黄庭堅家世考，載中華文史論叢一九八六年第四輯。四庫本老圃集卷上題黄稚川雲巢詩題下館臣考證曰：「按豫章續志，分寧縣櫻桃洞，黄公準讀書處。公準字稚川，雙井人，結茆於洞之巔，號曰雲巢。永樂大典作雅川，誤。」江西通志卷三八古蹟一：「雲巢，寧州志：在雙井。宋黄公準字稚川，魯直之弟也。志趣高明，嘗於櫻桃洞結茅木杪，號爲雲巢居士。」

〔二〕只今海上青石牛：指崇寧三年以來黄庭堅貶謫宜州事。宜州處嶺南，近海，而庭堅自稱青石牛，故有此言。山谷詩集注卷二〇代書寄翠巖新禪師：「山谷青石牛，自負萬鈞重。八風吹得行，處處是日用。又將十六口，去作宜州夢。」任淵注：「舒州皖公山，三祖僧璨大師道場，是爲山谷寺。西北有石牛洞，其石狀如伏牛，因以爲名。錢紳同安志云：初，李伯時畫魯直坐於石牛上，魯直因自號山谷道人。」

〔三〕曾卧天子黄金屋：指庭堅元祐年間在祕書省兼史局事。按山谷年譜，元祐元年在祕書省，十月，除神宗實録院檢討官、集賢校理。元祐二年正月，除著作佐郎。黄金屋，形容極其富貴奢華之處。

〔四〕下看朱紫如堵牆：杜甫莫相疑行：「集賢學士如堵牆，觀我落筆中書堂。」此化用其意。朱紫，指朝中達官。參見本集卷二贈黄得運神童注〔七〕。

〔五〕上前諸公遭牴觸：杜甫赤霄行：「孔雀未知牛有角，渴飲寒泉逢觝觸。」「觝觸」同「牴觸」，詩喻庭堅爲「青石牛」，故以「牴觸」狀其性格。

〔六〕眼高四海鏡面空：語本蘇軾書丹元子所示李太白真：「西望太白横峨岷，眼高四海空無人。」謂魯直胸次高妙，下視俗子，眼空無人。

〔七〕潛山歸來巾一幅：此以禪宗三祖僧璨大師喻庭堅。潛山，即皖山，黄庭堅因游皖山山谷寺而號山谷道人。參見前黄魯直南遷艤舟碧湘門外半月未游湘西作此招之詩注〔五〕。巾一幅：頭著幅巾，乃閒居之貌。語本蘇軾過建昌李野夫公擇故居：「遥想他年歸，解組巾一幅。」

〔八〕慚愧：感幸之詞，意爲難得。君家小馮君：漢書馮奉世傳附馮立傳：「吏民嘉美野王、立相代爲太守，歌之曰：『大馮君，小馮君，兄弟繼踵相因循，聰明賢知惠吏民，政如魯、衛德化鈞，周公、康叔猶二君。』」此以馮野王之弟馮立喻庭堅之弟公準。

〔九〕河東真鸑鷟：新唐書薛收傳：「元敬，隋選部郎邁之子，與收及族兄德音齊名，世稱河東三鳳，收爲長離，德音爲鸑鷟，元敬年最少，爲鵷雛。」鸑鷟，鳥名，鳳屬，喻人中之英傑。此亦指公準。

〔一〇〕文章五色：兼喻鳳凰之毛色及公準之文采。漢書宣帝紀：「鸞鳳又集長樂宫東闕中樹上，飛下止地，文章五色。」又南史江淹傳：「嘗宿於冶亭，夢一丈夫自稱郭璞，謂淹曰：『吾有筆在卿處多年，可以見還。』淹乃探懷中，得五色筆一以授之。爾後爲詩，絶無美句。時人謂之才盡。」

〔一一〕秋水精神出眉目：形容眼神清澈。杜甫徐卿二子歌：「大兒九齡色清澈，秋水爲神玉爲骨。」語本此。

〔一二〕水非醴泉石非玉：感慨時人未能分辨水與醴泉、石與玉之區別，故不識公準之美德。又醴泉兼寫鳳凰之高潔。莊子秋水：「夫鵷雛發於南海而飛於北海，非梧桐不止，非練實不食，非醴泉不飲。」鵷雛即鳳凰。抱朴子内篇卷二塞難：「夫見玉而指曰石，非玉之不真也，待和氏而後識焉。」山谷詩集注卷一四次韻答黄與迪：「和氏有尺璧，楚國無人知。青山抱國器，歲月忽如遺。但使玉非石，果有遭逢時。」

〔一三〕出處：出仕與隱退。鍇按：黄庭堅舉進士，入仕途；黄公準志趣高明，終身隱退，故云。

【附録】

宋洪芻云：黄子厭喧求避俗，直上孤峰結茅屋。欲期汗漫游九垓，俯視塵寰戰蠻觸。小山招隱唤不回，舊時從事有邊幅。不能投筆學文鴛，底用決科似張鷟。自賦雲巢自高唱，手握靈蛇嗤魚目。由來江夏多可人，藍田片片生美玉。要須青山頂上行，去伴白雲簷下宿。西湖窟穴對華榱，肯把蘭亭比金谷？（老圃集卷上再次洪上人雲巢韻）

陳瑩中由左司諫謫廉相見於興化同渡湘江宿道林寺夜論華嚴宗〔一〕

范韓醉倒眠荒丘〔二〕，撼之不膺民始愁〔三〕。天生公副天下望〔四〕，雷霆聲名塞九州〔五〕。立朝嚴冷傳鐵面〔六〕，坐令鼠輩驚魚頭〔七〕。上前論事傷太直〔八〕，逆鱗投笏來南陬〔九〕。長沙共渡一水碧，中流笑語驚沙鷗〔一〇〕。湘西古寺夜對榻，高論自破千人浮〔一一〕。華藏法界在掌握〔一二〕，遇緣即宗甘自由〔一三〕。世驚海隅在萬里〔一四〕，我視閻浮同一漚〔一五〕。坐中忽舉毗盧印〔一六〕，印海印毛皆徧周〔一七〕。大哉此法本無礙〔一八〕，從公一游容我不？

【注釋】

〔一〕崇寧二年三月七日作於長沙。參見注〔一〇〕。陳瑩中：陳瓘，字瑩中。參見本集卷二饒德操瑩中客世與淵才友善有詩送之予偶讀想見其爲人時聞已薙髮出家矣因次其韻注〔一〕。宋史陳瓘傳：「崇寧中，除名竄袁州、廉州。」據元陳宣子編陳了翁年譜，陳瓘於崇寧二年正月除名編管廉州，三月至湖南。　左司諫：東都事略陳瓘本傳、宋會要輯稿、陳了翁年譜均作「右司諫」。而宋史陳瓘本傳則稱：「徽宗即位，召爲右正言，遷左司諫。」鍇按：

據宋史職官志九叙遷之制，左正言遷左司諫，右正言遷右司諫。陳瓘先爲右正言，遷官當爲右司諫。宋陳淵默堂集卷一六有答陳了翁右司；卷二一有祭叔祖右司文，可證。疑宋史本傳與本集文字有誤。　廉：廉州，宋屬廣南西路，治合浦縣。　興化：寺名，在潭州湘陰縣。嘉靖長沙府志卷六寺觀湘陰縣：「興化寺，在縣北一里。」默堂集卷二二書了齋筆供養發願文：「右筆供養發願文，乃了翁謫官合浦過長沙時爲興化平禪師作也。」　道林寺：方輿勝覽卷二三湖南路潭州：「道林寺，在嶽麓山下，距善化縣八里。寺有四絶堂，保大中馬氏建。」寺在湘江西岸。　華嚴宗：佛教宗派，又名法界宗、賢首宗。此宗以華嚴經爲主要法典，以唐杜順爲始祖，雲華智儼法師爲二祖，法藏賢首法師爲三祖，清涼澄觀法師爲四祖，圭峰宗密禪師爲五祖。此處「華嚴宗」似指華嚴經之宗旨。　鍇按：宋釋道謙編大慧普覺禪師宗門武庫：「延平陳了翁，名瓘，字瑩中，自號華嚴居士。」本集卷一五有寄華嚴居士三首，卷一九有華嚴居士贊。又默堂集卷二二書了齋筆供養發願文曰：「翁（陳瓘）嘗寫華嚴經，盡八十卷，不錯一字。」

〔一一〕范韓：指北宋名臣范仲淹和韓琦。范、韓在仁宗朝先後任右司諫之職，以之類比陳瓘。此亦可證陳瓘爲右司諫。宋史范仲淹傳：「仁宗以爲忠，太后崩，召爲右司諫。言事者多暴太后時事，仲淹曰：『太后受遺先帝，調護陛下者十餘年，宜掩其小故，全其后德。』帝爲詔中外毋輒論太后時事。初，太后遺誥以太妃楊氏爲皇太后，參決軍國事。仲淹曰：『太后，母號也。自古無因保育而代立者。今一太后崩，又立一太后，天下且疑陛下不可一日無母后之助矣。』……會郭皇后廢，率諫官、御史伏閤爭之，不能得。明日，將留百官揖宰相廷爭，方至待漏院，有詔，出知睦州。」宋史韓琦傳：「拜右司諫。時宰相王隨、陳堯佐，參知政事韓億、石中立在中書，罕所建明，琦連疏其過，四人同日罷。又請停内降，抑僥倖，凡事有不便，未嘗不言，每以明得失、正紀綱、親忠直、遠邪佞爲急。前後七十餘疏。」　醉倒眠荒丘：死亡之婉詞，猶言長眠。

〔三〕撼之不應：摇之不醒，不應答。蘇軾八月十七復登望海樓自和前篇是日榜出余與試官兩人復留五首之三：「亂山遮曉擁千層，睡美初涼撼不應。」此借用其語。

〔四〕副天下望：符合天下人民之期望。資治通鑑卷二四二唐紀五八：「李逢吉進言：『景王已長，請立爲太子。』裴度請速下詔，副天下望。」

〔五〕雷霆聲名塞九州：謂陳瓘名震天下。參見本集卷二何忠孺家有石如硯以水灌之有枝葉出石間如巖桂狀爲作此之「聲名雷霆喧一世」及注〔六〕。

〔六〕立朝嚴冷傳鐵面：謂陳瓘立朝如同鐵面御史趙抃一般剛直無私。蘇軾趙清獻公神道碑：「召爲殿中侍御史，彈劾不避權幸，京師號公鐵面御史。」　嚴冷：面容嚴肅冷峻。蘇軾陳公弼傳：「陳公弼面目嚴冷，語言確訒，好面折人。」

〔七〕坐令鼠輩驚魚頭：謂陳瓘任諫官如同魚頭參政魯宗道一般骨鯁剛正，嫉惡如仇，使小人畏懼。歐陽修歸田録卷一：「魯肅簡公立朝剛正，嫉惡少容，小人惡之，私目爲『魚頭』。當章獻垂簾時，屢有補益，讜言正論，士大夫多能道之。」宋史魯宗道傳：「樞密使曹利用恃權驕横，宗道屢於帝前折之。自貴戚用事者，皆憚之，目爲『魚頭參政』，因其姓，且言骨鯁如魚頭也。」

〔八〕上前論事傷太直：宋邵伯温邵氏聞見録卷一五：「瑩中爲諫官時，爲上皇極言蔡京、蔡卞不可用，用之決亂天下。蔡京深恨之，屢竄謫。」

〔九〕逆鱗投笏來南陬：謂陳瓘開罪於徽宗，除名編管廉州。逆鱗：喻直言極諫，犯人主之怒。韓非子説難：「夫龍之爲蟲也，柔可狎而騎也。然其喉下有逆鱗徑尺，若人有嬰之者，則必殺人。人主亦有逆鱗，説者能無嬰人主之逆鱗，則幾矣。」投笏：本指辭官、棄官，此指貶官。後漢書范滂傳：「滂執公儀詣蕃，蕃不止之。滂懷恨，投版棄官而去。」注：「版，笏也。」笏，臣子朝見君王時所執之手板。南陬：南方邊遠偏僻之處，此指廉州。李善文選注卷五左太沖吴都賦：「其荒陬譎詭，則有龍穴内蒸，雲雨所儲。」劉逵注：「陬，四隅，謂邊遠也。」

〔一〇〕「長沙共渡一水碧」二句：冷齋夜話卷四夢中作詩：「崇寧元年元日，粥罷昏睡，夢中忽作一詩，既覺，尚能記之，曰：『無賴東風試怒號，共乘一葉傲驚濤。不知兩岸人皆愕，但覺中流笑語高。』三月七日，偶與瑩中濟湘江。是日大風，當斷渡，而瑩中必欲宿道林，小舟掀舞白浪中，兩岸聚觀膽落，而瑩中笑聲愈高。」所記與本詩「同渡湘江，宿道林寺」之事相符。又據陳了翁年譜，陳瓘謫廉州爲崇寧二年正月事，三月至湖南。本詩當作於崇寧二年三月七日。冷齋夜話謂「崇寧元年」，乃誤記或文字刊刻有誤。

〔一一〕破：否定，批駁。　浮：浮華淺薄之詞。班固典引：「但有浮華之詞，不周於用。」

〔一二〕華藏法界：即蓮華藏世界，釋迦如來真身毗盧遮那佛淨土之名。香水海中生大蓮華，此蓮華中包藏微塵數之世界，故稱蓮華藏世界。詳見華嚴經卷八華藏世界品。

〔一三〕遇緣即宗：謂遇到適合之機緣，即可悟得華嚴宗旨。林間録卷上：「棗柏大士，清凉國師，皆弘大經，造疏論，宗於天下。然二公制行皆不同，棗柏則跣行不滯，超放自如，以事事無礙行心；清凉則精嚴玉立，畏五色糞，以十願律身。評者多喜棗柏坦宕，笑清凉縛束，意非華嚴宗所宜爾也。予曰：『是大不然，使棗柏薙髮作比丘，未必不爲清凉之行。蓋此經以遇緣即宗合法，非如餘經有局量也。』」又同書卷下：「古之人有大機智，故能遇緣即宗，隨處作主。」　自由：指從煩惱束縛中獲得解脱，達到自在無礙之狀態。

〔一四〕海隅：海角，指邊遠之地。廉州近海，故稱。

〔一五〕閻浮同一漚：謂人間世無非同爲一水中浮泡而已，本無遠近之區別。蘇軾文登蓬萊閣下石壁千丈爲海浪所戰時有碎裂陶灑歲久皆圓熟可愛土人謂此彈子渦也取數百枚以養石菖蒲且作詩遺垂慈堂老人：「閻浮一漚耳，真妄果安在？」此化用其意。　閻浮：即閻浮提，梵文 Jambudvipa 之音譯，亦譯南贍部洲。唐釋慧琳一切經音義卷二六：「閻浮提，正云贍部提。贍部，樹名也；提，此云洲。謂香山上阿耨池南有一大樹，名爲贍部，其葉上闊下狹，此南洲似彼，故取爲名也。」詩文中多用指人間世。　漚：水中浮泡，喻虚幻空無。楞嚴經卷六：「空生大覺中，如海一漚發。」

〔一六〕毗盧印：毗盧遮那佛之法界定印。其印相，仰左手，右手重於其上，二拇指頭相拄，舒著頭指。左右頭指之中節上下重合，深入禪定，而觀見法界衆生之相。又稱禪定印。

〔一七〕印海印毛皆徧周：謂毗盧印可遍觀華嚴法界各種巨細之相。海，廣大之物；毛，纖微之物。華嚴經卷一世主妙嚴品：「世尊處於此座，於一切法成最正覺，智入三世悉皆平等，其身充滿一切世間，其音普順十方國土。……三世所行，衆福大海，悉已清淨，而恒示生諸佛國土，無邊色相，圓滿光明，遍周法界，等無差別。演一切法，如布大雲。一一毛端，悉能容受一切世界，而無障礙。」黄庭堅長蘆夫和尚真贊：「若夫以法界印，印毛印海，則鶖僧谿而走巫咸也。」此化用其語。

〔一八〕大哉此法本無礙：指華嚴經中之佛法通達萬物，事事圓融而無所障礙。唐釋法藏華嚴經探玄記卷三盧舍那佛品第二謂華藏世界有十無礙，即情事無礙、理事無礙、相入無礙、相即無礙、重現無礙、主伴無礙、體用無礙、隱顯無礙、時處無礙、成壞無礙。唐釋澄觀華嚴經疏卷一世主妙嚴品第一則舉理事無礙、事事無礙二法。

【集評】

明釋真可云：唐宋時人，若裴休、蘇軾，於宗教兩途並皆有所悟入，或一句一偈，讚揚吾道，猶夜光照乘，千古之下，光不可掩，粲然與佛日爭明。即吾曹或與之酬酢，若韜光禪師答白樂天偈，寂音尊者酬陳瑩中之古詩，亦自風致有餘。（紫柏老人集卷二法語。鍇按：本集酬陳瑩中之古詩，除此首外，尚有卷三和靈源寄瑩中及陳瑩中自合浦遷郴州時余同粹中寓百丈粹中請迓之以病不果粹中獨行作此送之、卷八六月十五日夜大雨夢瑩中及了翁有書與謝無逸云覺範真是比丘等，姑將集評附於此。）

贈石頭志庵主〔一〕

陜（陝）西道人最聲價㊀，自與老南相逼亞〔二〕。常恐清塵補綴難，那知乃有如君者〔三〕。爭傳絶似餘杭標〔四〕，十年夢想空飄飖。邇來衡嶽祝融下〔五〕，一見便令人意消〔六〕。道骨清閑神秀徹，湛湛光風磨霽月〔七〕。高談未了山日斜，篆煙已滅灰如雪。平生安得情相似，可憐投分今如此〔八〕。且作山中盛事傳，我忘朴陋君忘年〔九〕。

【校記】

㊀ 陝：原作「陜」，誤，今改。參見注〔二〕。

【注釋】

〔一〕崇寧元年冬十月作於南嶽衡山。石頭志庵主，即懷志禪師（一〇四〇～一一〇三），真淨克文法嗣，惠洪師兄，屬臨濟宗黃龍派南嶽下十三世。宋釋慶老補禪林僧寶傳南嶽石頭志庵主傳略曰：石頭志庵主諱懷志，出於婺州金華吴氏。游方，晚至洞山，謁真淨文禪師。志領悟，久之，辭去。庵於衡嶽二十餘年。崇寧元年冬，遍辭山中之人。居於龍安最樂堂。明年六月示寂。閱世六十四年，坐四十三夏。嘉泰普燈録卷七、五燈會元卷一七載其事。惠洪紹聖元年（一〇九四）依真淨克文於歸宗，初聞懷志之事蹟而嚮往之。至此相見於南嶽，時隔九年。此詩言「十年夢想」，爲舉其成數。本集卷一五聞志公化悼之三首之一：「去年曾陟白雲顛，投老相逢亦偶然。蟬蜕君今成貼葉，春蠶我已作三眠。」懷志遷化於崇寧二年，「陟白雲顛」登祝融峰當在崇寧元年。

〔二〕「陝西道人最聲價」二句：謂真淨克文之名聲與其師黃龍慧南相匹敵。陝西道人指克文；老南指慧南，臨濟宗黃龍派開創者。本集卷三〇雲庵真淨和尚行狀：「師諱克文，黃龍南禪師之的嗣，陝府閿鄉鄭氏子。」又曰：「爲同時飽參者所服。南公入滅，學者歸之如雲，所至成叢林。」　逼亞：匹敵，相當。宋釋曉瑩羅湖野録卷一：「羅漢（小南禪師）準世系，以黃龍是大父，名既同，而道望逼亞，故叢林目爲小南，尊黃龍爲老南。」本集卷二九嶽麓海禪師塔銘：「金出鄧峰，永公門，父子道價逼亞東林總、玉澗祐。」

〔三〕「常恐清塵補綴難」二句：謂志庵主能繼承克文清高之遺風。楚辭遠遊：「聞赤松之清塵兮，願承風乎遺則。」清塵本不可補綴，此乃惠洪獨創。

〔四〕餘杭標：指唐高僧道標，住杭州靈隱山。餘杭，即杭州。宋高僧傳卷一五唐杭州靈隱山道標傳：「標經行之外，尤練詩章，辭體古健，比之潘、劉。當時吳興有晝，會稽有靈澈，相與詶唱，遞作笙簧。故人諺云：『霅之晝，能清秀；越之澈，洞冰雪；杭之標，摩雲霄。』」

〔五〕祝融：衡山最高峰。南嶽總勝集卷上：「祝融峰者，昔炎黄之世，祝融君游息之所，因而名焉。……山高九千七百三十丈，在衆峰之北最高嶽之絶頂，下視衆山如坵垤，雖紫蓋、雲密等峰，亦不可侔。故盧載詩中一聯云：『五千里路望皆見，七十二峰中最高。』」長沙志：「衡山七十二峰，最大者五，芙蓉、紫蓋、石廩、天柱、祝融，而祝融爲最高。」明一統志卷六四衡州府：「祝融峰，在衡山縣西北三十里，位直離宫，以配火德，乃祝融君游息之所，上有青玉壇，道書以爲第二十四福地。」

〔六〕一見便令人意消：莊子田子方：「(東郭順子)其爲人也真，人貌而天，虚緣而葆真，清而容物，物無道，正容以悟之，使人之意也消。」郭象注：「曠然清虚，正己而已，而物邪自消。」蘇軾初别子由：「使人之意消，不善無由萌。」

〔七〕湛湛光風磨霽月：山谷别集詩注卷上濂溪詩序：「舂陵周茂叔，人品甚高，胸中灑落，如光風霽月。」此借用其語。　湛湛：清明澄澈貌。

〔八〕投分：意氣相合，投緣。文選注卷二〇潘安仁金谷集作：「投分寄石友，白首同所歸。」李善注：「阮瑀爲魏武與劉備書曰：『披懷解帶，投分記意。』分猶志也。」

〔九〕忘年：猶言忘年友，忘年之交。

遇如無象於石霜如與睿廓然相好故贈之〔一〕

西湖睿郎最高道，思之不已令人老〔二〕。道人相逢吳楚間〔三〕，聞説絶與睿郎好。年來學富身轉貧，豈特詩膽大於身〔四〕。法朋半是奇逸者〔五〕，我亦放浪無羈人。霜威折綿寒入頰〔六〕，長廊無人風卷葉。寒窗誦讀夏日吟，和氣坐令寒妥貼〔七〕。筆端解語敏於口〔八〕，網牋時作龍蛇走〔九〕。煩君清哦當少休，萬象乞憐爭叩頭〔一〇〕。

【注釋】

〔一〕元符三年冬作於湖南瀏陽縣石霜山。明一統志卷六三長沙府：「霜華山，在瀏陽縣西南八十里，一名石霜。其山南接醴陵，北抵洞陽，山峻水激，觸石噴霜，故名。」詩話總龜卷一六留題門引湘中故事：「石霜山，寺在瀏陽縣南八十里，有崇勝禪寺。」錯按：石霜山爲臨濟宗慈明楚圓禪師道場。本集卷一九慈明禪師真贊序：「自公化去六十年，而余始至其廬，拜其塔，瞻其像。」五燈會元卷一二石霜楚圓禪師謂李都尉殁於寶元戊寅（一〇三八），楚圓於後年即康定庚辰（一〇四〇）正月五日示寂。康定庚辰至元符三年庚辰，正六十年。本詩作於石霜山，姑繫於此年。　如無象：即僧法如，字無象，名與字連稱「如無象」，衢州江山人，俗姓徐氏。雲蓋守智禪師法嗣，後住湖州道場山。悟汾陽「十智同真」話，尋常多説「十智同真」，故叢林號爲「如十同」。與惠洪同屬臨濟宗黄龍派南嶽下十三世，爲法門兄弟。其事見嘉泰普燈録卷六、叢林盛事卷上。本集卷二二有菖蒲齋記爲「柯山道人如公」所作。柯山，指浙江衢州，方輿勝覽卷七衢州：「事要：郡名三衢、太末、信安、柯山。」以其地有爛柯山故名。法如籍貫衢州，與「柯山道人如公」爲同一人。　睿廓然：即思睿，字廓然，時在杭州西湖龍山。參見本卷福嚴寺夢訪廓然於龍山路中見之注〔一〕。

〔二〕思之不已令人老：古詩十九首：「思君令人老，歲月忽已晚。」

〔三〕道人相逢吴楚間：道人指法如。廓門注：「吴楚，謂長沙府。」鍇按：石霜山，在瀏陽縣，宋屬潭州，古楚地。此言吴楚間，豈謂嘗先後相逢於吴、楚乎？

〔四〕詩膽大於身：極言作詩勇往無畏，不避艱險。韓愈送無本歸范陽：「無本於爲文，身大不及膽。」參見本集卷一送英老兼簡鈍夫注〔六〕。

〔五〕法朋：指佛教徒之間有交往之人，猶言法友、道友、法侣。

〔六〕霜威折綿：喻極寒冷。宋龔頤正芥隱筆記：「山谷詩：『霜威能折綿，風力欲冰酒。』蓋用阮籍詩『陽和微弱陰氣竭，海凍不流棉絮折，呼吸不通寒冽冽』，庾肩吾詩『勁氣方凝海，清威正折綿』，張説『塞上綿應折，江南草可結』語也。」

〔七〕「寒窗誦讀夏日吟」二句：蓋因於寒窗誦讀夏日吟，遂令夏日之陽與霜威之陰交合，從而温度適宜。　和氣：陰陽交合之氣。　寒妥貼：謂寒度合適。語本黄庭堅宣九家賦雪：「試尋高處望雙闕，佳氣葱葱寒貼妥。」貼妥，猶妥貼，亦作妥帖。

〔八〕筆端解語敏於口：猶言筆端有口。蘇軾與劉宜翁使君書：「然先生筆端有口，足以形容難言之妙。」參見本集卷一贈許邦基注〔一〇〕。

〔九〕網牋：紙之別稱。後漢書蔡倫傳：「倫乃造意，用樹膚、麻頭及敝布、魚網以爲紙。」　龍蛇走：形容筆勢蜿蜒飛動，暗示才思敏捷。李白草書歌行：「時時只見龍蛇走，左盤右蹙如驚電。」

〔一〇〕「煩君清哦當少休」二句：戲謂法如吟哦時，令萬象盡入詩中，聽從調遣，疲於奔命，故萬象乞求詩人饒命，稍停吟詩。此即本集卷一贈許邦基「欲驅清景入秀句，萬象奔趨不敢後」之更夸張描寫。

石霜見東吴誠上人〔一〕

我尋流水行，忽入霜華谷〔二〕。山陰見幽人，目帶湖山緑。語温如春風〔三〕，韻秀自拔俗〔四〕。暗驚枯木堂〔五〕，棲此一枝玉〔六〕。遥知夜窗深，雪響亂脩竹。寶書掩殘缸㊀〔七〕，佳眠正清熟〔八〕。逸想在西興〔九〕，清夢不容逐。覺來念行處，小詩欲收録。詩成寫烏絲〔一〇〕，銀鈎奪人目〔一一〕。棐几著牙籤〔一二〕，興來還自讀。

【校記】

㊀ 缸：武林本作「釭」，四庫本作「紅」。

【注釋】

〔一〕元符三年冬作於湖南石霜山。誠上人，生平法系不可考。東吴，此當指杭州，蓋因詩中有「逸想在西興」之句。參見注〔九〕。

〔二〕霜華谷：即石霜山谷。參見前遇如無象於石霜如與睿廓然相好故贈之注〔一〕。

〔三〕語温如春風：宋釋道潛參寥子詩集卷六余初入智果院：「軟語如春風，薰然著桃李。」此化用其語。

〔四〕韻秀自拔俗：廓門注：「東坡詩集二十八卷：『壁間餘清詩，字勢頗拔俗。』此借用。」拔俗：超越流俗。

〔五〕枯木堂：在石霜山，因唐高僧慶諸禪師居此宴坐而得名。宋高僧傳卷一二唐長沙石霜山慶諸傳：「因入深山無人之境，結茅宴坐。……如是二十年間，堂中老宿，長坐不卧，屹若檣杌，天下謂之石霜枯木衆是也。」景德傳燈録卷一五潭州石霜山慶諸禪師：「師止石霜山二十年間，學衆有長坐不卧，屹若株杌，天下謂之枯木衆也。」

〔六〕一枝玉：喻誠上人，謂其如枯木中一枝玉樹。鍇按：以玉樹喻人，語本世説新語言語：「謝太傅問諸子姪：『子弟亦何預人事，而正欲使其佳？』諸人莫有言者。車騎答曰：『譬如芝蘭玉樹，欲使其生於階庭耳。』」梅堯臣宛陵集卷九贈月上人彈琴：「人閑溪上横刳木，素琴寒倚一枝玉。」亦以之喻僧人。

〔七〕寶書：指佛書。蘇軾圓通禪院先君舊游也：「袖裏寶書猶未出，夢中飛蓋已先傳。」缸：同「釭」，燈。

〔八〕佳眠正清熟：蘇軾二月二十六日雨中熟睡至晚强起詩：「雨聲來不斷，睡味清且熟。」此化用其意。

〔九〕西興：錢塘江西興渡，此代指杭州。參見本卷福嚴寺夢訪廓然於龍山路中見之「夢隨柔櫓到西興」句及注〔一二〕。

〔一〇〕烏絲：即烏絲欄，指上下以烏絲織成欄，其間用朱墨界行之絹素，亦指有墨線格子之牋紙。宋袁文甕牖閑評卷六：「黄素細密，上下烏絲織成欄，其間用朱墨界行，此正所謂烏絲欄也。」

〔一一〕銀鉤：喻草書遒媚剛勁之筆劃。晉書索靖傳：「蓋草書之爲狀也，婉若銀鉤，飄若驚鸞。」

〔一三〕棐几：榧木所製几桌。　牙籤：牙骨等製成之籤牌，繫在書卷軸上爲標識，以便翻檢。韓愈送諸葛覺往隨州讀書：「鄴侯家多書，插架三萬軸。一一懸牙籤，新若手未觸。」舊唐書經籍志：「開元時，甲乙丙丁四部書各爲一庫，置知書官八人分掌之。凡四部庫書，兩京各一本，共一十二萬五千九百六十卷，皆以益州麻紙寫。其集賢院御書：經庫皆鈿白牙軸、黄縹帶、紅牙籤，史書庫鈿青牙軸、縹帶、緑牙籤，子庫皆雕紫檀軸、紫帶、碧牙籤，集庫皆緑牙軸、朱帶、白牙籤，以分别之。」

始(洽)陽何退翁謫長沙會宿龍興思歸戲之㊀〔一〕

何(河)郎西州來㊀〔二〕，逸氣掃秋晚。平生貯書腹〔三〕，中有文武膽〔四〕。材如駱賓王，其直亦不減〔五〕。上書論國事，忌諱失料揀〔六〕。居然爲逐客〔七〕，安免投手板〔八〕。世方例皮相〔九〕，我亦作白眼〔一〇〕。閉門古寺中，一榻聊醫懶。邇來偶病渴〔一一〕，意緒覺蕭散〔一二〕。頗懷當壚人〔一三〕，楚岫屢欲鏟〔一四〕。我從山中來，攜被夜假館。地爐擁紅金〔一五〕，妙語容細款〔一六〕。凛然忠義氣，不肯受盤綰〔一七〕。正恐復一吐，與民作温煖〔一八〕。坐覺舟壑走，歲月不可挽〔一九〕。人生一夢耳，勿作鏡中歎。何當結後期，相攜游汗漫〔二〇〕。

【校記】

㈠始：原作「治」，誤，今改。詳見注〔一〕。

㈡何：原作「河」，今據詩題及四庫本、廓門本、武林本改。

【注釋】

〔一〕崇寧二年秋作於長沙。　詩稱何退翁「上書論國事，忌諱失料揀。居然爲逐客，安免投手板」，則何退翁乃上書論事遭貶謫。又詩稱「何郎西州來」，「邇來偶病渴」，「懷頗當壚人」，用司馬相如、卓文君事，可知何退翁當爲蜀人。考宋會要輯稿職官六八之一，崇寧元年九月十四日，詔開具元符三年臣僚章疏姓名，「邪下」中有何大受。宋會要輯稿職官六八之七：「（崇寧二年五月）十六日，寶文閣直學士、知應天府路昌衡落職與宮觀，梁安國、何大受、蘇迥、檀固、王箴並勒停，永不收叙，分送逐州羈管。……以詆訕元豐、紹聖之政故也。」宋潘自牧記纂淵海卷一六郡縣部成都府路雅州人物：「何大受，元祐黨人。」雅州治嚴道縣，即西魏蒙山郡始陽縣，縣有始陽山。輿地廣記卷三〇成都府：「嚴道縣，漢屬蜀郡。……晉屬漢嘉郡，西魏置始陽縣及蒙山郡。隋開皇初，郡廢，十三年改始陽曰蒙山，尋置雅州。大業初置臨邛郡，改蒙山縣曰嚴道，唐復曰雅州。」卓文君爲臨邛人，乃何大受同鄉，則惠洪詩中所寫何退翁之事，正與何大受合如符契。據本集慣例，地名多用古稱，如稱分寧縣曰西安，稱建昌縣曰海昏，則嚴道縣亦可稱始陽，故雅州何大受可稱始陽何大受。詩題之「治陽」，當爲

「始陽」之形誤。考清陸心源元祐黨人傳卷四，何大受坐元符末上書謗訕，勒停，羈管襄州。崇寧三年入黨籍，五年降兩官收叙。大受上書遭貶之事與何退翁相類，當爲同一人。退翁當爲大受之別號。此詩言退翁謫長沙，非襄州，可補史傳之闕。龍興：即潭州龍興寺，北宋爲禪院，未詳其址。建中靖國續燈録有潭州龍興禹禪師、潭州龍興智傳禪師、潭州龍興師定禪師等。

〔二〕西州：此指四川。本卷琿粹中與超然游舊超然數言其俊雅除夕見於西興喜而贈之稱「蜀客快劇談，風味出譏誚。衆中聞巴音，必往就一笑。道人西州來，風度又高妙」，亦以西州代指四川。

〔三〕貯書腹：形容飽覽詩書，胸藏萬卷。蘇軾送顧子敦奉使河朔：「我友顧子敦，軀膽兩俊偉。便便十圍腹，不但貯書史。」此化用其語。

〔四〕文武膽：三國志魏書陳登傳：「陳登者，字元龍，在廣陵有威名，又掎角吕布有功，加伏波將軍，年三十九卒。後許汜與劉備共在荆州牧劉表坐，表與備共論天下人。汜曰：『陳元龍湖海之士，豪氣不除。』……備因言曰：『若元龍文武膽志，當求之於古耳，造次難得比也。』」

〔五〕「材如駱賓王」二句：新唐書文藝傳上駱賓王傳：「賓王，義烏人，七歲能賦詩。初爲道王府屬，嘗使自言所能，賓王不答。歷武功主簿，裴行儉爲洮州總管，表掌書奏，不應。調長安主簿。武后時數上疏言事，下除臨海丞。鞅鞅不得志，棄官去。徐敬業亂，署賓王爲府屬，爲敬業傳檄天下，斥武后罪。后讀，但嘻笑，至『一抔之土未乾，六尺之孤安在』，矍然曰：『誰爲之？』或以賓王對。后曰：『宰相安得失此人！』敬業敗，賓王亡命，不知所之。中宗時，詔求其文，得數百篇。」

〔六〕忌諱失料揀：謂不顧及忌諱，不選擇言辭。料揀：選擇，揀選。

〔七〕居然：徒然。參見本卷游南嶽福嚴寺注〔二〕。

〔八〕投手板：本指辭官、棄官，此指貶官。後漢書范滂傳：「滂執公儀詣蕃，蕃不止之。滂懷恨，投版棄官而去。」參見本卷陳瑩中由左司諫謫廉相見於興化同渡湘江宿道林寺夜論華嚴宗注〔九〕。

〔九〕皮相：即皮相之見，指膚淺外表之見。韓詩外傳卷一〇：「延陵子知其爲賢者，請問姓字，牧者曰：『子乃皮相之士也，何足語姓字哉！』」

〔一〇〕白眼：露眼白以示鄙夷之意。世説新語簡傲劉孝標注引晉百官名曰：「嵇喜字公穆，歷揚州刺史，康兄也。阮籍遭喪，往弔之。籍能爲青白眼，見凡俗之士，以白眼對之。及喜往，籍不哭，見其白眼，喜不懌而退。康聞之，乃齎酒挾琴而造之，遂相與善。」

〔一一〕病渴：患消渴疾。實以司馬相如類比何退翁。史記司馬相如列傳：「相如口吃而喜著書，有消渴疾。」後世文人多有稱此病者。如杜甫過南嶽入洞庭湖：「病渴身何去，春生力更無。」

〔一二〕意緒覺蕭散：廓門注：「李白詩集二十四卷：『野情轉蕭散。』注：『江淹詩：蕭散得遺慮。』」

〔一三〕當壚人：本指卓文君，此借指何退翁之妻。史記司馬相如列傳：「文君夜亡奔相如，相如乃與馳歸成都。家居徒四壁立。卓王孫大怒曰：『女至不材，我不忍殺，不分一錢也。』人或謂王孫，王孫終不聽。文君久之不樂，曰：『長卿第俱如臨邛，從昆弟假貸猶足爲生，何至自苦如此！』相如與俱之臨邛，盡賣其車騎，買一酒舍酤酒，而令文君當鑪。相如身自著犢鼻褌，與保庸雜作，滌器於市中。」集解引韋昭曰：「鑪，酒肆也。以土爲墮，邊高似鑪。」「壚」即「鑪」。

〔一四〕楚岫屢欲鏟：謂屢欲鏟去重重楚山以望見故鄉妻子。長沙古屬楚國，故稱。李白陪侍郎叔遊洞庭醉後三首之三：「剗却君山好，平鋪湘水流。」此化用其意。

〔一五〕紅金：形容爐中火焰之色。唐釋貫休禪月集卷一八贈造微禪師院：「藥轉紅金鼎，茶開紫閣封。」本集好用此語，如本卷喜會李公弱：「雪灰消盡紅金斗。」卷九次韻達臣知縣祈雪游嶽麓寺分韻得游字：「鑪撥紅金湧。」卷二八化油炭二首之一：「要令坐對紅金，實藉十方檀信。」

〔一六〕款：融洽，投合。

〔一七〕盤縮：盤繞縮繫，猶言束縛。

〔一八〕煖：同「暖」。

〔一九〕「坐覺舟壑走」二句：謂歲月流逝不可挽留。莊子大宗師：「夫藏舟於壑，藏山於澤，謂之固矣。然而夜半有力者負之而走，昧者不知也。」參見本集卷二高安會諒師出諸公所惠詩求予爲賦用祖原韻注〔四〕。

〔二〇〕「何當結後期」二句：淮南子道應：「吾與汗漫期於九垓之外，吾不可以久住。」汗漫，渺茫廣大，漫無邊際。秦觀淮海集卷四別子瞻：「據龜食蛤暫相從，請結後期游汗漫。」此化用其語，指世外之游。

次韻道林會規方外〔一〕

湘山半夜雨，斷我西湖夢〔二〕。卧看讀書燈，花作扶頭重〔三〕。曉窗晴潑眼，倒挂（桂）聞幺鳳〔一四〕。起尋殿寒梅〔五〕，小立幽香噴〔六〕。柳絲不勝綰，筍庭春脈動。春色已如許，樂事非一種。平生所懷人〔七〕，忽此笑語共。雲軒爲誰停，危坐山衲擁。眼高空叢林〔八〕，志大骨森聳〔九〕。開懷見赤心，亹亹飽談誦〔一〇〕。坐客鶴腦側〔一一〕，我亦快心孔〔一二〕。袖中出新詩，筆力發豪縱。風日麗醇醲，黄泥初揭甕〔一三〕。舌根有滄海，潮辯自掀湧〔一四〕。何當横枯藤〔一五〕，齧鏃追兩本〔一六〕。吾宗欲顛覆，支者例闒茸〔一七〕。君能爲我起，逸足王良控〔一八〕。我詩如石田，疏理終無用〔一九〕。朝來强鉏墾，秃筆時呵凍。摩挲銅鍱腹〔二〇〕，博君一笑捧〔二一〕。

【校記】

㊀挂：原作「桂」，誤，今據四庫本、武林本改。詳見注〔四〕。

【注釋】

〔一〕約崇寧二年初春作於長沙。道林：疑指道林寺廣慧寶琳禪師。鍇按：北宋住持長沙道林寺者甚多，然建中靖國續燈録卷一七曰：「潭州道林廣慧寺寶琳禪師，蘇州人也。東禪院受具。少習經論，妙通精義，遂扣禪室，發明祖意。圓通禪師常所印可，大丞相王公安石亦深器重。出世廣德興教，次移池陽景德、廬山萬杉。」既知建中靖國（一一〇一）時寶琳住持道林寺，則崇寧初住道林者或仍爲此僧。寶琳爲東京法雲圓通法秀禪師法嗣，屬雲門宗青原下十二世。續傳燈録卷一二載其上堂説法：「近日稍春寒，寥寥宇宙寬。山河無隔礙，世界掌中觀。無口盧行者，饒舌見豐干。一日不相見，莫問舊時言。」又曰：「今朝五月五，百草靈苗誰不覩。善財採藥與文殊，殺活臨機互爲主。禪家流，莫莽鹵，眨上眉毛好看取。信手拈來知不知，甜者甜兮苦者苦。」可知此僧善詩。規方外：今考五燈會元卷一六雲門宗青原下十三世有道場有規禪師，爲善本法嗣，宗本法孫，規方外當即此僧。本集卷一六心上座余故人慧廓然之嗣而規方外之猶子也過予於湘上夜語有懷廓然方外作兩絶，亦可證規方外與思睿出自同門，爲善本法嗣。宋釋道潛參寥子詩集卷七規師方外停雲齋、卜居智果方外以詩見寄次韻奉酬二詩，陳師道後山集卷一規禪停雲齋，皆爲有規而作。任淵後山詩注卷四未注「規禪」與「停雲齋」，失考。宋徐度却掃編卷下：「往歲吴中多詩僧，其名往往見於前輩文集中。予渡江之初，猶見有規者，頗以詩知名。其爲人性坦率，其徒謂之規方外。時年七十餘矣。談論蕭散可喜。臨終前數日，有詩曰：『讀書已覺眉棱重，就枕方欣骨節和。睡起不知天早晚，西窗殘日已無多。』葉左丞大愛之。」徐度渡江之初，其時當在建炎二年（一一二八）左右，有規時年七十餘，則當生於嘉祐三年（一〇五八）左右，年長惠洪十三歲。據嘉泰普燈録卷八，有規爲婺州金華人，俗姓姜氏。幼有逸才，自薙髮趨師席，徹證於善本禪師。後住安吉州（今屬湖州）道場山。方外當爲有規之字，所謂「規方外」者，乃法名表字連稱，此乃宋禪林中之習氣。厲鶚宋詩紀事卷九二有規小傳謂「其徒謂之規外方」，字有倒訛。

〔二〕西湖夢：惠洪元符二年（一〇九九）、建中靖國元年（一一〇一）曾兩度游杭州西湖，於龍山崇德院與思睿、有規相交游，故此詩有「西湖夢」之語。參見本卷福嚴寺夢訪廓然於龍山路中見之注〔一〕。

〔三〕花作扶頭重：形容燈花下垂之態，如人醉酒而頭重。扶頭，指易醉之酒，即扶頭酒；亦形容醉態。唐杜荀鶴晚春寄同年張曙先輩：「無金潤屋渾閒事，有酒扶頭是了人。」宋賀鑄南歌子：「易醉扶頭酒，難逢敵手棋。」廓門注：「東坡詩集十五卷看牡丹詩曰：『頭重欲相扶。』此借用言也。」其説可參考，蓋蘇軾以扶頭形容雨中牡丹花，惠洪則奪胎以形容燈花。

〔四〕倒挂聞幺鳳：底本「挂」作「桂」。廓門注：「桂，當作『挂』。」其説甚是。冷齋夜話卷一〇嶺外梅花：「東坡詞曰：『玉質那愁瘴霧，冰姿自有仙風。海仙時遣探芳叢，倒挂緑毛幺鳳。』」東坡詩集注卷二五再用前韻：「蓬萊宮中花鳥使，緑衣倒挂扶桑暾。」自注：「嶺南珍禽有倒挂子，緑衣紅喙，如鸚鵡而小。自海東來，非塵埃中物也。」　幺鳳：又稱桐花鳳。唐李德裕李文饒集别集卷一畫桐花鳳扇賦序：「成都夾岷江，磯岸多植紫桐。每至暮春，有靈禽五色，小於玄鳥，來集桐花，以飲朝露。及華落，則煙飛雨散，不知其所往。」東坡詩集注卷三〇異鵲：「家有五畝園，幺鳳集桐花。」趙次公注：「有彩羽之細禽，人謂其如鳳，名之曰幺鳳。蜀有禽五色，桐花時來集於桐上，名曰桐花鳳。」鍇按：桐花鳳爲暮春之鳥，而此詩寫初春景，故知惠洪乃化用蘇軾詩詞，以幺鳳喻梅花，非實寫桐花鳳。

〔五〕殿寒梅：居於嚴寒之後而特出之梅花。殿，居後，在後。論語雍也：「孟之反不伐，奔而殿。」何晏集解：「殿，在軍後者也。」參見本集卷二同慶長游草堂注〔一一〕。

〔六〕小立幽香噴：黄庭堅次韻答斌老病起獨游東園二首之一：「小立近幽香，心與晚色靜。」苕溪漁隱叢話前集卷四八：「荆公又有『小立佇幽香』之句，山谷亦有『小立近幽香』之句，語意全然相類。二公豈竊詩者。王直方云：『當是暗合亶其然乎！』」此化用王、黃詩句。

〔七〕平生所懷人：黃庭堅同王稚川晏叔原飯寂照房得房字：「平生所懷人，忽言共榻牀。」此借用其語。

〔八〕眼高空叢林：語本蘇軾書丹元子所示李太白真：「西望太白橫峨岷，眼高四海空無人。」謂有規下視禪林，眼空無人。

〔九〕骨森聳：杜甫天育驃騎歌：「卓立天骨森開張。」此化用其意，以駿馬喻人，謂有規氣骨高峻。

〔一〇〕亹亹：言談不倦貌。白居易贈談客：「上客清談何亹亹，幽人閒思自寥寥。」黃庭堅次韻答叔原會寂照房呈稚川：「勝談刅亹亹，脩綆汲銀牀。」

〔一一〕鶴腦側：謂如鶴側頭般側耳傾聽。語本蘇軾宿望湖樓再和：「君來試吟詠，定作鶴頭側。」本集屢用此喻，如卷六次韻游衡嶽：「爲作鶴腦側，失牀忘而跐。」卷七次韻經蔡道夫書堂：「但作鶴腦側，思歡殆無暇。」

〔一二〕心孔：猶心竅。杜甫奉先劉少府新畫山水障歌：「小兒心孔開，貌得山僧及童子。」

〔一三〕「風日麗醇醲」二句：喻詩之美妙，如美麗春日初揭黃泥封之酒甕，醇醲醉人。本集卷八端叔見和次韻答之：「何如春甕揭黃泥。」

〔一四〕「舌根有滄海」二句：形容有規口具大辯才，善説佛法。蘇轍杭州龍井院訥齋記：「錢塘有大法師曰辯才。……師始以法教人，叩之必鳴，如千石鐘；來不失時，如滄海潮，故人以辯名之。」

〔一五〕橫枯藤：建中靖國續燈録卷三日芳上座：「問：『如何是函蓋乾坤句？』師舉拄杖。僧曰：『如何是截斷衆流句？』師橫按拄杖。僧曰：『如何是隨波逐浪句？』師擲下拄杖。」枯藤指藤製拄杖。日芳上座爲雲門宗禪僧，「截斷衆流」爲雲門三句之一。有規亦屬雲門宗，故此詩以日芳上座期之。

〔一六〕齧鏃：咬住對方射來之箭鏃。段成式酉陽雜俎續集卷四引張鷟朝野僉載：「隋末有昝君謨善射，閉目而射，應口而中。云：『志其目則中目，志其口則中口。』有王靈智學射於謨，以爲曲盡其妙，欲射殺謨，獨擅其美。謨執一短刀，箭來輒截之。唯有一矢，謨張口承之，遂齧其鏑。笑曰：『學射三年，未教汝齧鏃法。』」禪宗常以之喻禪法精妙處。景德傳燈録卷一一袁州仰山慧寂禪師：「他時有僧問：『鼠糞即不要，請和尚真金。』師云：『齧鏃擬開口，驢年亦不會。』」又卷一三汝州風穴延沼禪師：「問：『如何是齧鏃事？』師曰：『孟浪借辭論馬角。』」又卷一七撫州疎山光仁禪師：「身相短陋，精辯冠衆，洞山門下，時有齧鏃之機，激揚玄奥，咸以仁爲能銓量者。」　兩本：指宗本與善本二禪師。宗本（一〇二〇～一〇九九）字無詰，常州無錫人，俗姓管氏。天衣義懷禪師法嗣，屬雲門宗青原下十一世。開法蘇州瑞光寺，法席日盛。又住杭州淨慈寺。神宗召見，賜金襴衣，加號圓照禪師。居京師慧林寺。

事具禪林僧寶傳卷一四。建中靖國續燈録卷九、聯燈會要卷二八、嘉泰普燈録卷三、五燈會元卷一六、續傳燈録卷八載其機語。善本（一〇三五～一一〇九），漢董仲舒之後，定居潁州。謁宗本於瑞光寺，默契宗旨，服勤五年，盡得其要。初住婺州雙林，移住錢塘淨慈，繼圓照之後。以師法名與圓照同下字，時號圓照爲「大本」，以師爲「小本」。詔住京師法雲寺，賜號大通禪師。晚年東還，庵於杭州龍山崇德。屬雲門宗青原下十二世。事具禪林僧寶傳卷二九，建中靖國續燈録卷一五、聯燈會要卷二五、嘉泰普燈録卷五、五燈會元卷一六、續傳燈録卷一四載其機語。

〔一七〕「吾宗欲顛覆」二句：謂禪宗門庭將要崩壞，而後繼者多爲庸材，不足以支撑。闒茸：庸碌低劣。漢書賈誼傳弔屈原賦：「闒茸尊顯兮，讒諛得志。」顔師古注：「闒茸，下材不肖之人也。」

〔一八〕逸足王良控：期冀有規如王良御馬般掌控禪門前途。呂氏春秋審分：「王良之所以使馬者，約審之以控其轡，而四馬莫敢不盡力。」高誘注：「王良，晉大夫孫無正郵良也。以善御功，死，託精於星。天文王良策駟是也。」淮南子覽冥：「昔者王良、造父之御也。」高誘注：「王良，晉大夫郵無恤子良也，所謂御良也。一名孫無政，爲趙簡子御。死而託精於天駟星，天文有王良星是也。」

〔一九〕「我詩如石田」二句：左傳哀公十一年：「得志於齊，猶獲石田也，無所用之。」杜預注：「石田不可耕。」

〔二〇〕銅鍱腹：鍱爲錘製金屬薄片。佛教相傳以銅鐵薄片包裹腹部，可防智慧流出。法句譬喻經卷三安寧品：「昔有長老婆羅門，名薩遮尼犍，才明多智，國中第一。有五百弟子，貢高自大，不顧天下。以鐵鍱鍱腹，人問其故，答曰：『恐智溢出故也。』」大智度論卷一一：「是時，南天竺有一婆羅門大論議師，字提舍，於十八種大經，皆悉通利。是人入王舍城，頭上戴火，以銅鍱腹，人問其故，便言：『我所學經書甚多，恐腹破裂，是故鍱之。』又問：『頭上何以戴火？』答言：『以大闇故。』」

〔二一〕一笑捧：猶言捧腹大笑。蘇軾次韻劉景文登介亭：「一笑爲捧腹。」施元之注：「史記日者傳：『司馬季主捧腹大笑。』」

孜遷善石菖蒲〔一〕

溪毛數莖一寸碧〔二〕，風姿底事能清癯〔三〕。戲將紅玉旋螺石，共置雪色花磁盂〔四〕。沙泉甘滑見毛髮，時時酌以澆根須。蒼然棐几明窗下，五月秋色磨肌膚〔五〕。已忘身世在南嶽，忽(勿)覺夢寐游西湖〔六〕。遥知夏木午陰靜，篆畦半破煙舒徐〔七〕。莫翁睡足百事懶，相看微笑依圓蒲〔八〕。

【校記】

㊀ 忽：底本作「匆」。今據武林本改。

【注釋】

〔一〕崇寧二年五月作於南嶽衡山福嚴寺。　孜還善：據宋僧稱呼習慣，孜爲法名簡稱，還善爲字。惠洪同時代有二孜禪師：一爲南嶽法輪寺彦孜禪師，處州龍泉人，俗姓陳氏，智海普融道平法嗣，五燈會元卷一二列臨濟宗南嶽下十四世。一爲南嶽衡山善孜禪師，東林常總法嗣，屬臨濟宗南嶽下十三世，見建中靖國續燈録卷一九、續傳燈録卷二〇目録，有名而無録。考此詩有「莫翁睡足百事懶」之句，本集卷一〇有過孜莫翁詩，可知孜莫翁即孜還善，法名爲某孜，字還善，號莫翁。本卷次韻莫翁豐年斷有「此山分得僧中龍」之句，「僧中龍」指東林常總，語本蘇軾東林第一代廣惠禪師真贊：「堂堂總公，僧中之龍。」本集屢以「僧中龍」代指常總，如本卷再游三峽贈文上人：「東坡醉眼亦多耳，信口呼作僧中龍。」卷一九妙高仁禪師贊：「嶽頂鳳之真子，僧中龍之的孫。」皆如此。「此山分得僧中龍」意謂孜莫翁分常總之燈而住此山，故知孜還善當指常總法嗣善孜禪師。　石菖蒲：一種生於石上之草，可入藥，亦可供觀賞。政和證類本草卷六：「菖蒲，味辛温，無毒，主風寒濕痹，欬逆上氣，開心孔，補五藏，通九竅，明耳目，出音聲，主耳聾、癰瘡，温腸胃，止小便，利四肢濕痹不得屈伸。小兒温瘧，身積熱不解，可作浴湯。久服輕身，聰耳目，不忘，不迷惑，延年，益心智，高志不老。」蘇軾石菖蒲贊叙：「凡草木之生石上者，必須微土以附其根。如石韋、石斛之類，雖不待土，然去其本處，輒槁死。惟石菖蒲并石取之，濯去泥土，漬以清水，置盆中，可數十年不枯。雖不甚茂，而節葉堅瘦，根須連絡，蒼然於几案間，久而益可喜也。其輕身延年之功，既非昌陽之所能及，至於忍寒苦，安澹泊，與清泉白石爲伍，不待泥土而生者，亦豈昌陽之所能髣髴哉！余游慈湖山中，得數本，以石盆養之，置舟中，間以文石、石英，璀璨芬郁，意甚愛焉。」

〔二〕溪毛：溪邊野草。左傳隱公三年：「苟有明信，澗、溪、沼、沚之毛，蘋、蘩、薀、藻之菜，筐、筥、錡、釜之器，潢、汙、行、潦之水，可薦於鬼神，可羞於王公。」杜預注：「溪，亦澗也。毛，草也。」此指菖蒲。　一寸碧：韓愈城南聯句：「遥岑出寸碧。」此借用其語。

〔三〕風姿底事能清癯：擬節葉堅瘦之菖蒲爲風骨清癯之修道者。本集卷一〇崇勝寺後竹千餘竿獨一根秀出呼爲竹尊者：「平生風骨自清癯。」　底事：何事。

〔四〕「戲將紅玉」二句：蘇軾試院煎茶：「定州花瓷琢紅玉。」本寫茶具，此借用其語寫盛石菖蒲之瓷盆。　磁：即瓷器。明謝肇淛五雜組卷一二物部四：「今俗語窯器謂之磁器者，蓋河南磁州窯最多，故相沿名之。」

〔五〕五月秋色磨肌膚：謂五月盛夏之中，石菖蒲如蒼然秋色，涼侵肌膚。

〔六〕「已忘身世在南嶽」二句：謂面對水盆中石菖蒲，已忘自己身在南嶽，而忽然感覺如在夏日之杭州西湖，故下句云「遥知夏木午陰靜」。底本作「勿覺」，意爲「不覺」，與詩意不合，當爲「忽覺」之形誤。本集多用「忽覺」，如本卷陳瑩中自合浦遷郴州時余同粹中寓百丈粹中請迓之以病不果粹中獨行作此送之：「欲問華嚴宗，忽覺隔吴楚。」卷五西湖寺逢子偉：「忽覺華氣生，乃與周郎遇。」卷七和堪維那移居：「君看爭奪中，忽覺深渺漫。」卷九秋夕示超然：「搜詩時晝席，忽覺此生浮。」共九例，而「勿覺」未見他例，今據武林本改。

〔七〕篆畦：迴曲如篆字，形製如田畦之盤香。參見本集卷一送正上人歸黄龍注〔五〕。

〔八〕依圓蒲：施注蘇詩卷四臘日游孤山訪惠勤惠思二僧：「擁褐坐睡依圓蒲。」蘇詩他本或作「依團蒲」。此借用其語。

余作進和尚舍利贊遷善見而有詩次韻〔一〕

進公事業頗拔俗，欲憑妙語招遺魂〔二〕。文章種性欠疏理〔三〕，焦芽故態何足論〔四〕。心知高人笑諛墓〔五〕，抱羞無地容逃奔。佳章忽來生喜氣，風輪載我登崑崙〔六〕。徐觀筆力作波險〔七〕，正與醉素爭弟昆〔八〕。山高水深世聽瑩〔九〕，愛子賞音知道門。

【注釋】

〔一〕元符三年冬作於南嶽福嚴寺。進和尚舍利贊：本集卷一九郴州乾明進和尚舍利贊序曰：「余觀崇進和尚舍利於南嶽福嚴寺。……門弟子惠覺謂余言：『吾師衡陽伍氏子，早依南臺正悟然禪師落髮焉。受具，游方餘三十年，所至以荷衆稱。福嚴長老保宗新其寺，殿閣宏壯妙天下，師寔董其事。郴州以乾明寺命師居之，而弗演法。或問之，曰：「我第與衲子作粥飯主人耳，其敢荷此事？」而天姿直亮，寡言笑，道具餘不置一錢，牧衆以公，攝物以慈，以故道俗歸之如雲。退客香山，元符三年五月十二日順寂，壽七十又七，臘五十有五。……荼毗之日，天地清明，燼餘，得舍利甚多，觀者爭分之。』」惠洪作贊，當在是年秋。遷善：即善孜禪師，字遷善，見進和尚舍利贊而作詩。故此詩乃次孜遷善詩韻。

〔二〕招遺魂：王逸楚辭章句卷九招魂：「招魂者，宋玉之所作也。招者，召也。以手曰招，以言曰召。魂者，身之精也。」此謂欲以進和尚舍利贊招崇進禪師之魂。

〔三〕文章種性：謂其好爲文章乃天生不改之本性。黄庭堅對青竹賦：「彼其文章之種性，不可致詰。」此借用其語。種性：佛教語，本謂種子和性分，此猶言天性。

〔四〕焦芽故態：謂雖出家，心如死灰，而好爲文章，時時故態復萌。焦芽：維摩詰經卷中觀衆生品：「如焦穀芽……菩薩觀衆生爲若此。」蘇軾送參寥師：「上人學苦空，百念已灰冷。劍頭惟一吷，焦穀無新穎。」

〔五〕高人：指善孜。諛墓：爲人作墓誌而多溢美之辭。李商隱劉叉：「後以爭語不能下諸公，因持（韓）愈金數斤去，曰：『此諛墓中人所得耳，不若與劉君爲壽。』愈不能止。」此自謂所作進和尚舍利贊有諛墓之嫌。

〔六〕風輪載我登崑崙：謂讀善孜詩如乘仙車登崑崙，神情飛揚。楚辭九歌東君：「乘水車兮荷蓋，駕兩龍兮驂螭。登崑崙兮四望，心飛揚兮浩蕩。」此化用其意。

〔七〕波險：以波浪險惡喻書法用筆波折難測。此語爲惠洪獨創，本卷觀山茶過回龍寺示邦基：「逸筆作波險，攲斜不可讀。」冷齋夜話卷九草書亦自不識：「張丞相好草書而不工，當時流輩皆譏笑之，丞相自若也。一日得句，索筆疾書，滿紙龍蛇飛動。使姪録之，當波險處，姪罔然而止，執所書問曰：『此何字也？』丞相熟視久之，亦自不識，詬其姪曰：『胡不早問，致予忘之。』」

〔八〕醉素：唐釋懷素，字藏真，自謂得草書三昧。平日得酒發興，要欲字字飛動，圓轉之妙，宛若有神。世稱醉素。參見本集卷二贈巽中注〔一〇〕。　爭弟昆：猶言分出伯仲，爭高下。弟昆，兄弟。

〔九〕山高水深世聽瑩：謂世人疑惑真有知音存在。　山高水深：吕氏春秋本味：「伯牙鼓琴，鍾子期聽之。方鼓琴，而志在太山，鍾子期曰：『善哉乎鼓琴！巍巍乎若太山！』少選之間，而志在流水，鍾子期又曰：『善哉乎鼓琴！湯湯乎若流水！』鍾子期死，伯牙破琴絶絃，終身不復鼓琴，以爲世無足復爲鼓琴者。」　聽瑩：即「聽熒」，疑惑貌。莊子齊物論：「長梧子曰：『是皇帝之所聽熒也，而丘也何足以知之。』」成玄英疏：「聽熒，疑惑不明之貌也。」

次韻莫翁豐年斷〔一〕

此山分得僧中龍〔二〕，獨論懸斷今年豐〔三〕。定知胸次有造化，是非飽更田舍翁〔四〕。清晨一雨符君説，喜如初得丹砂訣〔五〕。精神矍鑠口垂涎〔六〕，一飽可期扶病劣。老來百事不如人〔七〕，但願耙稏秋如雲〔八〕。莫如往年水車聯，龜兆坼出生黃塵〔九〕。莫翁心地絶榛鹵〔一〇〕，圓中規而方中矩〔一一〕。千偈平生如建瓴〔一二〕，此詩可意真時雨〔一三〕。我詩脱口酬未當〔一四〕，只欲與君凭闌望。萬頃連天緑錦光，舞浪崩騰似春漲〔一五〕。

【注釋】

〔一〕崇寧二年五月作於南嶽福嚴寺。莫翁：即善孜禪師。見前詩。豐年斷：即揣測臆斷今年爲豐年，當爲善孜原詩名。

〔二〕此山分得僧中龍：謂善孜分得東林常總禪師之燈而住南嶽。僧中龍，代指常總，語本蘇軾東林第一代廣惠禪師真贊：「堂堂總公，僧中之龍。」已見前注。

〔三〕懸斷：憑空臆斷。柳宗元復杜温夫書：「吾性騃滯，多所未甚諭，安敢懸斷是且非耶？」

〔四〕是非飽更田舍翁：謂善孜比老農更知收成之豐歉與否。杜甫太子張舍人遺織成褥段：「奈何田舍翁，受此厚貺情。」

〔五〕丹砂訣：即丹訣，煉丹術。干寶搜神記卷一：「有人入焦山七年，老君與之木鑽，使穿一磐石。……積四十年，石穿，遂得神仙丹訣。」杜甫風疾舟中伏枕書懷三十六韻奉呈湖南親友：「家事丹砂訣，無成涕作霖。」

〔六〕矍鑠：形容老人目光炯炯，精神健旺。後漢書馬援傳：「援據鞍顧眄，以示可用。帝笑曰：『矍鑠哉，是翁也！』」

〔七〕老來百事不如人：蘇軾送淵師歸徑山：「爲言百事不如人，兩眼猶能書細字。」此借用其語。

〔八〕杷稏：同穲稏、罷亞，稻名。一作稻多貌。韋莊稻田：「緑波春浪滿前陂，極目連雲杷稏肥。」參見注〔一五〕。

〔九〕龜兆坼出：謂田地因旱乾裂如龜甲坼裂之痕。古人占卜以龜甲裂紋爲兆，稱龜兆。韓愈南山詩：「或如龜坼兆。」王安石元豐行示德逢：「四山翛翛映赤日，田背坼如龜兆出。」此化用其語意。

〔一〇〕心地絕榛鹵：謂心地坦蕩。　榛鹵：荆榛鹵莽，雜亂叢生之草木。

〔一一〕圓中規而方中矩：莊子馬蹄：「陶者曰：『我善治埴，圓者中規，方者中矩。』」又莊子徐無鬼：「吾相馬：直者中繩，曲者中鈎，方者中矩，圓者中規，是國馬也。」

〔一二〕千偈平生如建瓴：意本蘇軾金山妙高臺：「千偈如翻水。」謂其平生作禪偈甚多，且易如翻水。史記高祖本紀：「譬猶居高屋之上，建瓴水也。」裴駰集解引如淳曰：「瓴，盛水瓶也。」

居高屋之上而幡瓴水，言其向下之勢易也。」

〔三〕可意：合意，如意。　時雨：應時之雨水。書洪範：「曰肅，時雨若。」

〔四〕脱口：作詩迅疾，不假思索。

〔五〕「萬頃連天緑錦光」二句：東坡詩集注卷二登玲瓏山：「翠浪舞翻紅罷亞。」注引李厚曰：「杜牧詩：『罷亞百頃稻，西風吹半紅。』罷亞，稻多貌。」此化用其意。

喜會李公弱〔一〕

韻如風蟬蜕塵垢〔二〕，氣如春容在楊柳〔三〕。風流翰墨俱細事，自是吾家道門友。十年契闊挂夢寐〔四〕，一見令人忘白首。況在祝融眉額間〔五〕，青碧連天晴雪後。冷齋撥爐聞夜語〔六〕，雪灰消盡紅金斗〔七〕。君才合在臺閣間，簿書堆中不應有〔八〕。且置玉堂風雨筆〔九〕，來試牛刀霹靂手〔一〇〕。民姦吏滑本有神〔一一〕，到君難藏如鼻口。卧駝忽起便過人〔一二〕，再拜當爲乃翁壽。此詩乘怒勿示人，願君低回爲遮醜〔一三〕。

【注釋】

〔一〕宣和五年正月作於長沙。　李公弱，名允武，筠州人。正德瑞州府志卷八選舉志科第：

「李允武公弱，官至承議郎。」據江西通志卷四九選舉志，李允武政和二年（一一一二）壬辰莫儔榜進士及第。據建炎以來繫年要録卷一二〇，李允武紹興八年嘗知蘄州。此詩言「十年契闊挂夢寐」，蓋政和四年（一一一四）惠洪自海南北歸，嘗與李允武相逢於衡陽，本集卷四有次韻公弱寄胡强仲詩紀其事。至此重逢，已十年。此詩又言「青碧連天雪晴後」，故知當作於宣和五年正月。

〔二〕韻如風蟬蜕塵垢：史記屈原賈生列傳：「蟬蜕於濁穢，以浮游塵埃之外，不獲世之滋垢，皭然泥而不滓者也。」此化用其意。

〔三〕氣如春容在楊柳：世説新語容止：「有人歎王恭形茂者云：『濯濯如春月柳。』」參見本集卷二李德修以烏蘭河石見示注〔二〇〕。

〔四〕契闊：久别。後漢書獨行列傳范冉傳：「奂曰：『行路倉卒，非陳契闊之所，可共到前亭宿息，以叙分隔。』」

〔五〕祝融：南嶽衡山最高峰。參見本卷贈石頭志庵主注〔五〕。

〔六〕冷齋：惠洪庵室自號之一。其時冷齋夜話已撰成。

〔七〕雪灰消盡紅金斗：謂爐中紅火已滅，只剩白灰。蘇軾十一月三日與幾先自竹西來訪慶老不見獨與君卿供奉蟾知客東閣道話久之：「火紅銷盡灰如雪。」

〔八〕簿書堆：文書簿册成堆，代指下層官吏之俗務。宋許顗彦周詩話：「本朝王元之詩可重，大抵語迫切而意雍容，如『身後聲名文集草，眼前衣食簿書堆』。」

〔九〕玉堂：翰林學士供職之學士院，號玉堂之署。宋史蘇易簡傳：「充翰林學士。……帝（宋太宗）嘗以輕綃飛白大書『玉堂之署』四字，令易簡牓於廳額。」　風雨筆：杜甫寄李十二白二十韻：「筆落驚風雨，詩成泣鬼神。」

〔一〇〕試牛刀：有大幹材而於小事上初試身手。論語陽貨：「子之武城，聞弦歌之聲。夫子莞爾而笑曰：『割雞焉用牛刀。』」何晏集解：「子游爲武城宰。」　霹靂手：斷案之快手，謂其動如霹靂。新唐書裴漼傳：「裴漼，絳州聞喜著姓。父琰之，永徽中爲同州司户參軍，年甚少，不主曹務。刺史李崇義内輕之，鐫諭曰：『同，三輔，吏事繁，子盍求便官？毋留此。』琰之唯唯。吏白積案數百，崇義讓使趣斷，琰之曰：『何至逼人？』乃命吏連紙進筆爲省決，一日畢，既與奪當理，而筆詞勁妙。崇義驚曰：『子何自晦，成吾過邪？』由是名動一州，號霹靂手。」

〔一一〕民姦吏滑：謂鄉民邪惡，胥吏狡猾。墨子辭過：「是以其民饑寒並至，故爲姦衺。」蘇軾陳公弼傳：「所至姦民猾吏，易心改行，不改者必誅。」滑，通「猾」。

〔一二〕卧駝忽起便過人：謂長卧之駱駝一旦起立，則高過毛羣獸衆。喻沉淪下僚之李允武一旦有機遇，定能超羣絶倫。此化用蘇軾百步洪二首之二：「擾擾毛羣欺卧駝。」酉陽雜俎卷一六：「駝性羞。木蘭篇『明駞千里脚』，多誤作『鳴』字。駝卧，腹不帖地，屈足漏明，則行千里。」

〔一三〕「此詩乘怒勿示人」二句：冷齋夜話卷九當出汝詩示人：「沈東陽野史曰：晉桓温少與殷浩友善，殷嘗作詩示温，温玩侮之，曰：『汝慎勿犯我，犯我，當出汝詩示人。』」

次韻超然送照上人歸東吴㊀〔一〕

蕭寺霜晴日初吐〔二〕，曦光煙翠横深塢。經行遲立望吴山〔三〕，氣勢飛翔爭入楚〔四〕。山中有客冰雪姿〔五〕，十年不聽吴邦鼓。忽然曳杖出山去，安禪後夜知何處〔六〕。石龕看月莫降龍〔七〕，栗林暮過應銜虎〔八〕。此生聚散等浮雲，可憐俯仰成今古〔九〕。吴江一色軟瑠璃㊁〔一〇〕，有寺正臨江上住。他年法眼照人天〔一一〕，贈詩記（詩）取南州祖㊂〔一二〕。

【校記】

㊀四庫本無「送照上人歸東吴」七字。

㊁軟：四庫本作「成」。

㊂記：原作「詩」，誤，今據武林本改。

【注釋】

〔一〕崇寧元年冬作於長沙道林寺。　超然：僧希祖，字超然，惠洪師弟。參見本集卷一洞山祖超然生辰注〔一〕。　照上人：嘉興僧如照，字妙宗。本集卷二四妙宗字序稱於湖南石霜山見如照，如照乃「東吴叢林號飽參者」。湖南乃古之楚地。此詩照上人之法名省稱、東吴籍貫、居楚行跡均與僧如照同，當爲同一人。　東吴：長江東古吴地之泛稱，蘇州、杭州一帶。

〔二〕蕭寺：佛寺之别稱。李肇唐國史補卷中：「梁武帝造寺，令蕭子雲飛白大書『蕭』字。至今一『蕭』字存焉。李約竭産，自江南買歸東洛，匾於小亭以翫之，號爲『蕭齋』。」釋道誠釋氏要覽卷上蕭寺：「今多稱僧居爲蕭寺者，必因梁武造寺以姓爲題也。」

〔三〕經行：此指佛教徒散步，旋繞往返或徑直來回於一定之地。　遲立：猶佇立。　吴山：方輿勝覽卷一臨安府：「吴山，在錢塘縣南六里，上有伍子胥廟，命曰胥山。」又杭州古屬吴，或泛指杭州一帶之山。

〔四〕氣勢飛翔：謂山勢如鳥之翔舞。宋錢儼吴越備史卷一：「郭璞著臨安地志云：『天目山前兩乳長，龍飛鳳舞入錢塘。』」方輿勝覽卷一臨安府：「鳳凰山……郭璞地記：『天目山前兩乳長，龍飛鳳舞到錢塘。』」天目山、鳳凰山亦爲吴地之山，故稱。

〔五〕冰雪姿：形容操守純潔清貞。莊子逍遥遊：「藐姑射之山，有神人居焉，肌膚若冰雪，淖約如處子。不食五穀，吸風飲露。」

〔六〕安禪：靜坐入定。即坐禪。

〔七〕石龕看月莫降龍：普曜經卷八十八變品：「迦葉見佛來，起迎讚言：『大道人，善來相見，自安隱乎？』佛報曰：『無病最利，知足最富，有信最友，無爲最安。』迦葉曰：『有何敕使？』佛言：『欲報一宜，願不瞋恚，煩借火室，一宿之間。』曰：『不愛也，中有毒龍，恐相害耳！』佛言：『無苦，龍不害我。』重借至三。迦葉曰：『往。』佛即澡洗，前入火室，持蓐布地。適坐須臾，龍即瞋恚，身中出烟；佛亦出烟。龍大瞋怒，身皆火出；佛亦現神，身出火光。龍火佛火，於是俱盛，石室盡然，其炎烟出，如失火狀。迦葉夜起，相視星宿，見火室盡然：『咄！是大沙門，端王可惜，不用我言，爲火所害。』佛知其意，於内以道力降龍，龍氣力盡，則自歸伏。佛告龍曰：『汝意伏者，當入鉢中。』龍即入鉢中，佛時置于鉢中。迦葉惶懅，令五百弟子，人一瓶水，就持滅火，如一瓶著，更盛一火。師徒益恐，皆言：『咄！咄！殺是大沙門了矣。』明旦佛持鉢盛龍而出之。迦葉大喜：『大道人乃得活耶？器中何等？』佛言：『然，自安隱耳！龍是器中。所言毒龍爲害者也，今者降之，已受降伏，令受戒矣！』」王維過香積寺：「薄暮空潭曲，安禪制毒龍。」即用此典。此處反其意而用之。

〔八〕衝虎：冒著遇虎之危險。衝，冒。語本杜甫夜歸：「夜半歸來衝虎過。」本集屢用此語，如卷四宿宣妙寺：「衝虎困頓歸。」卷六會福嚴慈覺大師：「衝虎上太行。」

〔九〕可憐俯仰成今古：蘇軾和蔡景繁海州石室：「夢中舊事時一笑，坐覺俯仰成今古。」又號國夫人夜游圖：「人間俯仰成今古。」此借用其語。

〔一〇〕吴江：太平寰宇記卷九一江南東道蘇州：「吴江本名松江，又名松陵，又名笠澤。其江出太湖，二源：一江東五十里入小湖；一江東二百六十里入大海。」

〔一一〕法眼：正法眼藏之省稱，又曰清淨法眼。禪宗以之爲教外别傳之心印。景德傳燈録卷一釋迦牟尼佛：「後告弟子摩訶迦葉：『吾以清淨法眼、涅槃妙心、實相無相、微妙正法將付於汝，汝當護持。』」又同卷第一祖摩訶迦葉：「佛告諸大弟子：『迦葉來時，可令宣揚正法眼藏。』」　人天：六道輪回中之人道與天道，亦泛指諸世間、衆生。

〔一二〕南州祖：指希祖，洪州分寧人。後漢書徐稺傳：「徐稺字孺子，豫章南昌人也。……林宗曰：『此必南州高士徐孺子也。』」豫章，即宋之洪州。惠洪常以南州代指洪州，故此稱希祖爲南州祖。

金華超不羣用前韻作詩見贈亦和三首超不羣翦髮參黄蘗〔一〕

胸中蓄奇爲誰吐？閑卧湘西雲一塢〔二〕。興來落筆如崩雲〔三〕，五字憑凌氣吞楚〔四〕。

我詩望見倒降旗〔五〕，攻之何必更鳴鼓〔六〕。獨對湘山夜色晴，萬壑千巖最幽處。卧要明月聽松風〔七〕，爲君哦此文中虎〔八〕。此生身世付一戲，安用聲名照千古。知君大用參黄糵〔九〕，三篋束腰隨處住〔一〇〕。何當峰頂結茅廬，要看掀髯呵佛祖〔一一〕。

道人秀發蘭芽（牙）吐㊀〔一二〕，家在金華最西塢。不從大士携畫軸〔一三〕，一笻千里來游楚〔一四〕。評詩結髮師浣花〔一五〕，論字童牙誇石鼓〔一六〕。我皆不能但知愛，亦似胸中有佳處〔一七〕。氣韻翛然松上鶴〔一八〕，意態索寞穽中虎〔一九〕。却於翛然索寞中，詩句時時出奇古。乃知筆力有神助〔二〇〕，三峽迅流輒於住〔二一〕。疑非蓬髮休上人〔二二〕，定是禿頭楊德祖〔二三〕。

赤河沙泉自吞吐，北崦疏鐘答南塢。凭欄試誦鵩鳥文〔二四〕，洛陽少年亦翹楚〔二五〕。當時七國犯謀議，睢陽不復聞鼙鼓〔二六〕。時更事往空流水，豪魂英魄知何處。金華衲子如玉清，温粹愈恭如履虎〔二七〕。明章秀句出倉卒，慷慨山川弔前古。篇篇秀發春欲釀〔二八〕，便疑造化毫端住。不須衆口誇畫公〔二九〕，苕溪君作中興祖〔三〇〕。

【校記】

㊀ 芽：原作「牙」，今據本集用例改。參見注〔一二〕。

【注釋】

〔一〕崇寧元年冬作於長沙道林寺。鍇按：此三首詩乃用次韻超然送照上人歸東吴詩韻，當作於同時而稍後，姑繫於此。　金華：縣名，宋屬兩浙路婺州。　超不羣：超禪師，字不羣，金華人，其法名全稱不可考。僧傳、燈録失載，生平未詳。　翦髮：剃髮，出家爲僧。　黄蘗：即筠州黄蘗山志因禪師，東京智海正覺本逸禪師法嗣，屬雲門宗青原下十一世。建中靖國續燈録卷二一、五燈會元卷一六、續傳燈録卷一〇載其機語。

〔二〕湘西：道林寺在湘江西岸，故稱。　雲一塢：景德傳燈録卷二一杭州廣嚴咸澤禪師：「問：『如何是廣嚴家風？』師曰：『一塢白雲，三間茆屋。』」

〔三〕興來落筆：李白江上吟：「興酣落筆摇五嶽。」此借用其語。　崩雲：以奔湧之雲喻書法之飛灑飄逸。鮑照飛白書勢銘：「輕如游絲，重似崩雲。」李白獻從叔當塗宰陽冰：「落筆灑篆文，崩雲使人驚。」

〔四〕憑凌：猶憑陵，欺侮，横行。左傳襄公二十五年：「今陳忘周之大德，蔑我大惠，棄我姻親，介恃楚衆，以憑陵我敝邑。」

〔五〕我詩望見倒降旗：自謙己詩與超不羣詩難相匹敵，甘拜下風。唐孫樵與王霖秀才書：「誠謂足下怪於文，方舉降旗，將大誇朋從間。」唐宋文人好以詩文鬬勝負，常用此喻，如王禹偁謝免和御製元日除夜詩表：「共思閣筆，同樹降旗。」韓琦次韻答滑州梅龍圖以詩酒見寄二首之一：「對敵公如論酒兵，病夫雖劣敢先登。如將壓境求詩戰，即豎降旗示不勝。」陳師道贈趙奉議：「未須堅百戰，當即建降旗。」

〔六〕攻之何必更鳴鼓：戲謂超不羣詩戰已勝，不必再進攻。論語先進：「子曰：『非吾徒也，小子鳴鼓而攻之，可也。』」

〔七〕要：邀請。

〔八〕文中虎：謂詩文出衆，如文壇中之猛虎。歐陽修歸田録卷上：「（謝）希深初以奉禮郎鎖廳應進士舉，以啓事謁見（楊）大年，有云：『曳鈴其空，上念無君子者；解組不顧，公其如蒼生何！』大年自書此四句於扇，曰：『此文中虎也。』由是知名。」

〔九〕大用參黄蘗：李遵勖天聖廣燈録卷八洪州百丈山大寂禪師：「潙山云：『馬祖出八十四人善知識，幾人得大機？幾人得大用？』仰山云：『百丈得大機，黄蘗得大用。餘者盡是喝道之師。』」此處黄蘗雙關唐黄檗希運與宋黄蘗志因。蘗，同「檗」。大用：禪宗謂最重要之作用，指禪法，與大機（禪旨）相對。

〔一〇〕三篾束腰隨處住：圓悟佛果禪師語録卷二：「馬大師問藥山：『子在此許多時，本分事作麽生？』山云：『皮膚脱落盡，唯有一真實。』祖云：『據汝所見，可謂協於心體而布四肢。何不將三條篾束取肚皮，隨處住山去？』山云：『某甲何人，敢言住山？』祖云：『不然。未有長行而不住，未有長住而不行。欲益無所益，欲爲無所爲，宜作舟航。』由是住山。」此事又見於宗杲正法眼藏卷二上、聯燈會要卷一九。而黄庭堅南康軍開先禪院修造記則曰：「故趙州以斷薪續禪牀，宴坐三十年；藥山以三篾繞腹，一日不作則不食。」所言稍有不同。

〔一〕「何當峰頂結茅廬」二句：景德傳燈録卷一五朗州德山宣鑒禪師：「龍潭謂諸徒曰：『可中有一箇漢，牙如劍樹，口似血盆，一棒打不迴頭，他時向孤峰頂上立吾道在。』師抵于溈山。……溈山問衆：『還識遮阿師也無？』衆曰：『不識。』溈曰：『是伊將來有把茅蓋頭，罵佛罵祖去在。』」

〔二〕秀發蘭芽吐：喻其人秀氣風發，如蘭之嫩芽初露。本集屢用蘭芽之喻，如卷二讀慶長詩軸：「秀如蘭芽新出叢。」卷五和曾逢原試茶連韻：「秀如春露濕蘭芽。」卷九次忠子韻二首之一：「蘭芽茁舊叢。」底本「芽」作「牙」，今改。

〔三〕大士：指南朝梁高僧傅翕大士，義烏人。義烏屬婺州金華，故世稱金華傅大士。如景德傳燈録卷一八杭州龍華寺真覺大師靈照：「錢王建龍華寺，迎金華傅大士靈骨道具寘焉，命師住持。」超不羣爲金華人，與傅大士爲同鄉，故云。

〔四〕一筇：一根竹杖。

〔五〕結髮：束髮，古男子自成童始束髮，謂少年時。史記李將軍列傳：「且臣結髮而與匈奴戰，今乃一得當單于。」司馬貞索隱：「廣自言少時結髮而與匈奴戰，唯今者得與單于相當遇也。」漢書儒林傳施讎傳：「於是（梁丘）賀薦讎結髮事師數十年，賀不能及。」顔師古注：「言從結髮爲童丱，即從師學，著其早也。」　浣花：此指杜甫，以其晚年嘗住成都浣花溪畔草堂，故稱。杜甫入奏行：「江花未落還成都，肯訪浣花老翁無？」又卜居：「浣花流水水西頭，主人爲卜林塘幽。」

〔一六〕童牙：謂年幼。後漢書崔駰傳：「甘羅童牙而報趙。」李賢注：「童牙，謂幼小也。」　石鼓：即石鼓文，東周初秦國刻石文字，以籀文分刻十首四言韻文於十塊鼓形石上。古人謂其字甚難辨認。韓愈石鼓歌：「辭嚴義密讀難曉，字體不類隸與科。」蘇軾鳳翔八觀石鼓歌：「細觀初以指畫肚，欲讀嗟如箝在口。……强尋偏傍推點畫，時得一二遺八九。」

〔一七〕胸中有佳處：蘇軾次韻子由書王晉卿畫山水二首其二：「賴我胸中有佳處，一樽時對畫圖開。」和陶王撫軍座送客：「胸中有佳處，瘴海不能排。」此借用其語。

〔一八〕翛然：無拘無束貌。　松上鶴：喻人品清高。唐曹松江西逢僧省文：「百葉巖前霜欲降，九枝松上鶴初歸。」杜荀鶴訪道者不遇：「祇應松上鶴，便是洞中人。」

〔一九〕索寞：困乏窮盡貌。　穽中虎：漢書司馬遷傳：「猛虎處深山，百獸震恐。及其在穽檻之中，搖尾而求食。」顔師古注：「穽，掘地以陷獸也。」李白君馬黄：「猛虎落陷穽，壯夫時屈厄。」韓愈送進士劉師服東歸：「猛虎落檻穽，坐食如孤㹠。」

〔二〇〕筆力有神助：杜甫游修覺寺：「詩應有神助。」

〔二一〕三峽迅流輒於住：九家集注杜詩卷一醉歌行：「詞源倒流三峽水。」注：「謂詞源壯健，可以衡激三峽之水，使之倒流也。」此化用其意，謂筆力可止三峽之迅流。

〔二二〕蓬髮：頭髮蓬鬆散亂。蘇軾岐亭五首之四：「蓬髮不暇幘。」此借指有髮之俗人。休上人：南朝宋詩僧湯惠休。宋書徐湛之傳：「時有沙門釋惠休，善屬文，辭采綺艷。湛之與之甚厚，世祖命使還俗。本姓湯，位至揚州從事史。」

〔二三〕秃頭：指剃髮出家人。楊德祖：後漢書楊震傳附楊脩傳：「脩字德祖，好學有俊才，爲丞相曹操主簿。……著賦、頌、碑、讚、詩、哀辭、表、記、書凡十五篇。」

〔二四〕鵩鳥文：即鵩鳥賦。李善文選注卷一三賈誼鵩鳥賦序云：「誼爲長沙王傅，三年，有鵩鳥飛入誼舍，止於坐隅。鵩似鴞，不祥鳥也。誼既以謫居長沙，長沙卑濕，誼自傷悼，以爲壽不得長，乃爲賦以自廣。」此詩作於長沙，故曰「凭欄試誦鵩鳥文」。

〔二五〕洛陽少年亦翹楚：漢書賈誼傳：「賈誼，雒陽人也，年十八，以能誦詩書屬文稱於郡中。……廷尉乃言誼年少，頗通諸家之書。文帝召以爲博士。是時，誼年二十餘，最爲少。每詔令議下，諸老先生未能言，誼盡爲之對，人人各如其意所出。諸生於是以爲能。文帝説之，超遷，歲中至太中大夫。」　翹楚：廓門注：「按字書：翹，高起也；楚，木之獨高起者。以況人之出類拔萃也。」

〔二六〕「當時七國」二句：謂賈誼上疏文帝，以文帝子淮陽王武、梁王勝制衡七國諸侯，使不敢謀反。其後文帝崩，七國反，梁孝王守睢陽，拒吴、楚，削平叛亂，卒如賈誼所料。漢書賈誼傳載誼疏文曰：「臣之愚計，願舉淮南地以益淮陽，而爲梁王立後，割淮陽北邊二三列城，與東郡以益梁。不可者，可徙代王而都睢陽。梁起於新郪以北著之河，淮陽包陳以南揵之江，則大諸侯之有異心者，破膽而不敢謀。梁足以扞齊、趙，淮陽足以禁吴、楚，陛下高枕，終亡山東之憂矣。」史記梁孝王世家：「其春，吴、楚、齊、趙七國反。吴、楚先擊梁棘壁，殺數萬人。梁孝王城守睢陽，而使韓安國、張羽等爲大將軍，以距吴、楚。吴、楚以梁爲限，不敢過而西，與太尉亞夫等相距三月。吴、楚破，而梁所破殺虜略與漢中分。」七國：指漢景帝時吴、楚、趙、膠西、濟南、菑川、膠東七諸侯國。

〔二七〕温粹愈恭如履虎：謂其性格温和而能以柔克剛。易履卦：「履虎尾，不咥人，亨。象曰：履，柔履剛也。説而應乎乾。是以『履虎尾，不咥人，亨』。」孔穎達正義：「履卦之義，以六三爲主。六三以陰柔履踐九二之剛，履危者也，猶如履虎尾，爲危之甚。不咥人亨者，以六三在兑體。兑爲和説而應乾剛，雖履其危，而不見害，故得亨通，猶若履虎尾不見咥齧于人。此假物之象，以喻人事。」

〔二八〕春欲醲：喻其詩如醇醲之美酒。春，酒之代稱。蘇軾東坡志林卷五：「唐人名酒多以春。」

〔二九〕晝公：唐詩僧皎然，名清晝，俗姓謝氏，謝靈運十世孫。宋高僧傳卷二九唐湖州杼山皎然傳：「於篇什中，吟詠情性，所謂造其微矣。文章儁麗，當時號爲釋門偉器哉。」

〔三〇〕苕溪君作中興祖：譽其可繼皎然中興僧人詩壇。苕溪：在湖州，即霅溪。宋高僧傳皎然傳：「時諺曰：『霅之晝，能清秀。』」方輿勝覽卷四安吉州：「霅川：九域志：『霅溪四水合爲一溪。』自清源門入曰苕溪，其溪濁；自定安門入曰霅溪，其流清；餘不溪出天目山；前溪出銅峴山。」

復用前韻送不羣歸黄檗見因禪師〔一〕

幽尋忽覺暗香吐，竹西知有梅花塢。一枝試摘與君看，念君明日當離楚。戛然飛去若驚鴻〔二〕，棄擲自嗟如卧鼓〔三〕。遥知旅枕生清夢，夢到江南春好處。蒼杉拂雲煙翠深，爲弔大雄山下虎〔四〕。我識山中因褊頭〔五〕，骨目清堅貌淳古〔六〕。便欲閒提折脚鐺〔七〕，柏子庵邊結茆住〔八〕。行看談笑起雲門，海上横行如廼祖〔九〕。

【注釋】

〔一〕崇寧二年春正月作於長沙道林寺。不羣：即超不羣，見前詩注〔一〕。黄檗：即黄蘗山，在江西筠州新昌縣。檗同「蘗」。唐希運禪師嘗住此，爲禪宗祖庭之一。方輿勝覽卷二〇瑞州：「黄蘗山，在新昌縣西百里，一名鷲峰山。唐宣宗微時，以武宗忌之，遯跡爲僧，游方外。至黄蘗，與黄蘗禪師（希運）同觀瀑布。黄蘗得一聯云：『千巖萬壑不辭勞，遠看方知出處高。』宣宗續之曰：『溪澗豈能留得住，終歸大海作波濤。』」　因禪師：即黄蘗山志因禪師。參見前詩注〔一〕。

〔二〕戛然飛去：蘇軾後赤壁賦：「戛然長鳴，掠予舟而西也。」戛然，象聲詞。　若驚鴻：喻其迅疾。語本曹植洛神賦：「翩若驚鴻，婉若游龍。」其意則化用張耒送吕際秀才南歸詩：「今日告我别，出門若驚鴻。」

〔三〕卧鼓：息鼓。戰事已止，則鼓無所用。後漢書隗囂傳：「然後還師振旅，櫜弓卧鼓，申命百姓，各安其所。」李賢注：「卧猶息也。」此喻已爲無用之人。

〔四〕大雄山下虎：指黄蘗希運禪師。古尊宿語録卷一大鑑下三世百丈懷海禪師：「師問黄檗：『甚處來？』檗云：『山下採菌子來。』師云：『山下有一虎子，汝還見麽？』檗便作虎聲。師於腰下取斧作斫勢，檗約住便掌。師至晚上堂云：『大衆，山下有一虎子，汝等諸人出入好看，老僧今朝親遭一口。』」其事又見洪州百丈山大智禪師語録。明一統志卷四九南昌府山川：「百丈山，在奉新縣西一百四十里。吴源水倒出，飛下千尺，故號百丈。以其勢出羣山，又名大雄山。下有大智院。」

〔五〕因褊頭：黄蘗志因禪師之綽號。廓門注：「猶言南褊頭。」錯按：南褊頭乃黄龍慧南禪師綽號。林間録卷下：「大寧寬師兄坐頭，南褊頭坐其中。」本集卷二八請崇寧茶榜：「南褊頭赤斑蛇子，拈出驚人。」　褊頭，同扁頭，頭型扁狹之謂。三國志魏書東夷傳：「兒生，便以石壓其頭，欲其褊。今辰韓人皆褊頭。」

〔六〕骨目：猶言骨相。宋高僧傳卷二七唐天台山福田寺普岸傳：「沖弱之齡，迥然聰敏，骨目奇秀。」　清堅：宋蔡襄端明集卷七奉答孫推官南屏舊游：「祇應山骨自清堅。」本集卷五謁嵩禪師塔：「骨目聳清堅。」

〔七〕折脚鐺：斷足鍋，或作「折足鐺」。以折脚鐺爲炊具，言其生活貧寒簡樸。參見本卷游南嶽福嚴寺注〔三七〕。

〔八〕柏子庵：庵當在黄蘗山，未詳。或泛指禪庵。「柏子」語本趙州和尚「庭前柏樹子」公案。參見古尊宿語録卷一三趙州真際禪師語録、正法眼藏卷一下。　結茆：編茅爲屋。

〔九〕「行看談笑起雲門」二句：期待超不羣振興雲門宗。嘉泰普燈録卷一廬山開先善暹禪師：「後至雪竇，竇與語鋒投，喜其超邁，目曰『海上横行暹道者』。遂命分座，四方英衲敬畏之。」五燈會元卷一五列開先善暹禪師爲雲門宗青原下九世。黄蘗志因爲智海本逸法嗣，本逸爲開先善暹法嗣。超不羣參黄蘗志因，故善暹爲其法祖。

送瑫上人奔母喪〔一〕

黄梅爲法去〔二〕，睦州緣母（毋）歸㊀〔三〕。兩事世難兼〔四〕，二老其敢違〔五〕？君看去留意，日月爭光輝。子方童牙中〔六〕，已喜家翠微。既長游四方，萬里孤雲飛。方將追新豐〔七〕，冰雪横鋒機。訃音輒僵卧〔八〕，聲吞淚沾衣〔九〕。平生哺烏情〔一〇〕，棲風無定枝〔一一〕。大江浪如山，飛棹不可追。要當濟安流，龍神嚴真威〔一二〕。一盃春露香〔一三〕，仰薦天地慈〔一四〕。更期辦白業〔一五〕，慰此罔極悲〔一六〕。

【校記】

㊀母：底本作「毋」，誤，今據四庫本、廓門本改。參見注〔三〕。

【注釋】

〔一〕作年未詳。　瑫上人：生平不可考。本集卷三〇有瑫上人祭母文，即爲此僧奔母喪而作。

〔二〕黄梅爲法去：廓門注：「黄梅見于五祖弘忍傳，又言六祖慧能可也。」錯按：此當指六祖慧能事。景德傳燈録卷五三十三祖慧能大師：「俗姓盧氏，其先范陽人。父行瑫，武德中左宦于南海之新州，遂占籍焉。三歲喪父，其母守志鞠養。及長，家尤貧窶。師樵采以給。一日，負薪至市中，聞客讀金剛經，悚然問其客曰：『此何法也？得於何人？』客曰：『此名金剛經，得於黄梅忍大師。』師遽告其母以爲法尋師之意。」契嵩傳法正宗記卷六慧能尊者：「方三歲而父喪，母不復適人，獨養尊者以終其身。然其家貧，母子殆不能自存，尊者遂鬻薪爲資。一日至市，逆旅聞客有誦經者，輒問其人曰：『此何經耶？』客曰：『金剛經也。』曰：『君得之於何人？』客曰：『今第五祖弘忍大師出世於黄梅縣，嘗謂人曰：「若持此經，得速見性。」我故誦之。』尊者喜之，爲母備其歲儲，因告往求法。」

〔三〕睦州緣母歸：睦州指陳尊宿，法名道蹤。本集卷二三陳尊宿影堂序：「陳尊宿者，斷際禪師之高弟也。嘗庵於高安之米山，以母老於睦，遂歸，編蒲屨，售以爲養。故人謂之陳睦州。」禪林僧寶傳卷二韶州雲門大慈雲弘明禪師傳曰：「游方，初至睦州，聞有老宿飽參，古寺掩門，織蒲屨養母，往謁之。……老宿名道蹤，嗣黄蘗斷際禪師，住高安米山寺。以母老，東歸。叢林號陳尊宿。」參見本集卷二送覺海大師還廬陵省親注〔二〕。

〔四〕兩事：指求法與養親。

〔五〕二老：指慧能與陳尊宿。

〔六〕童牙：謂年幼。

〔七〕追新豐：謂欲學唐洞山良价禪師之所爲，辭父母，遁空門，誓不還家。宋釋子昇、如祐録禪門諸祖師偈頌下之下載洞山良价辭親書曰：「伏聞諸佛出世，皆從父母而受身；萬類興生，盡假天地而覆載。故非父母而不生，無天地而不長。盡沾養育之恩，俱受覆載之德。嗟夫！一切含識，萬象形儀，皆屬無常，未離生滅。雖則乳哺情重，養育恩深，若把世賂供資，終難報答；作血食侍養，安得久長？故孝經云：『雖日用三牲之養，猶不孝也。』相牽沉没，永入輪迴。欲報罔極深恩，莫若出家功德。截生死之愛河，越煩惱之苦海，報千生之父母，答萬劫之慈親，三有四恩，無不報矣。故經云：『一子出家，九族生天。』良价捨今生之身命，誓不還家；將永劫之根塵，頓明般若。伏惟父母心開喜捨，意莫攀緣。學淨飯之國王，效摩耶之聖后。他時異日，佛會相逢；此日今時，且相離别。某非遽違甘旨，蓋時不待人。故云：『此身不向今生度，更向何時度此身。』伏冀尊懷，莫相記憶。頌曰：未了心源度數春，翻嗟淨世謾逡巡。幾人得道空門裏，獨我淹留在世塵。謹具尺書辭眷愛，願明大法報慈親。不須洒淚頻相憶，譬似當初無我身。岩下白雲常作伴，峰前碧障以爲隣。免干世上名兼利，永别人間愛與憎。祖意直教言下曉，玄微須透句中真。合門親戚要相見，直待當來證果因。」　新豐：即江西筠州新豐洞，此代指良价禪師。景德傳燈録卷一五筠州洞山良价禪師：「師至唐大中末，於新豐山接誘學徒，厥後盛化豫章高安之洞山。」余靖武溪集卷九筠州洞山普利禪院傳法記：「筠之望山曰新豐洞，有佛刹曰普利禪院。唐咸通中，悟本大師始翦荆而居之。」悟本大師即良价，開創曹洞宗。

〔八〕訃音：報喪之消息。　僵卧：躺卧不起。

〔九〕聲吞淚沾衣：廓門注：「老杜夢李白詩：『死别已吞聲。』」

〔一〇〕哺烏情：烏雛長成，銜食餵養其母，謂之反哺，以喻報答親恩。小爾雅廣烏：「純黑而反哺者，謂之烏。」晉束晳補亡詩南陔序曰：「南陔，孝子相戒以養也。」其詩云：「嗷嗷林烏，受哺于子。」成公綏烏賦：「雛既壯而能飛兮，乃銜食而反哺。」盧諶贈劉琨詩：「相彼反哺，尚在翔禽。」

〔一一〕棲風無定枝：喻雲游四方，居無定所。曹操短歌行：「月明星稀，烏鵲南飛。繞樹三匝，何枝可依。」此因哺烏之喻而借用其意。

〔一二〕「要當濟安流」二句：祈禱順濟王龍神威靈保佑瑫上人舟船平安。續資治通鑑長編卷二七七神宗熙寧九年七月丙寅：「遣同知禮院林希乘驛祭謝洪州順濟侯廟。順濟侯，俗曰小龍，以安南行營器甲舟行人多見之故也。後希還，上言：『臣至廟齋宿，是夜，龍降於祝歐陽均肩，入石香合蟠屈。行禮之際，微露其首，祭畢，自香合出於案上供器間，盤旋往來，徐入帳中。其色及長短大小，變易不一。執事官吏百餘人皆見之。』乃詔封順濟王。」江西通志卷一○八祠廟南昌府：「順濟廟，在新建吴城山下，有龍穴，深不可測。宋大中祥符六年，於穴西立廟，封順濟侯，御製戒蛟文刻於石。熙寧中封順濟王，累加號曰靈順昭應安濟。」本集卷二七跋順濟王記：「順濟之威靈，於江湖之益者，不可悉數。」

〔一三〕春露：春日之露牙。露牙爲茶之名品，亦作露芽。唐國史補卷下：「風俗貴茶，茶之名品益衆。福州有方山之露牙。」黄庭堅山谷詞阮郎歸效福唐獨木橋體作茶詞：「一杯春露莫留殘，與郎扶玉山。」本集屢用其語，如本卷崇因會王敦素：「一杯春露容同啜。」卷八無學點茶乞詩：「鷓鴣斑中吸春露。」鍇按：供茶祭奠爲禪門禮數。可參見瑫上人祭母文：「杯露鑪香，區區世禮。」

〔一四〕天地慈：指慈父慈母。

〔一五〕白業：善業，相對於黑業之稱。以善爲清白之法，又感清白無垢之果。佛説白衣金幢二婆羅門緣起經卷上：「云何白業？謂不殺生，不偷盜，不邪染，不妄言，不綺語，不兩舌，不惡口，不貪，不瞋，正見，此是白業。」大悲經卷三禮拜品：「所有白業得白報，黑業得黑報。」

〔一六〕罔極悲：指無法報答父母恩之悲傷。詩小雅蓼莪：「父兮生我，母兮鞠我。拊我畜我，長我育我，顧我復我，出入腹我。欲報之德，昊天罔極。」朱熹集傳曰：「言父母之恩如此，欲報之以德，而其恩之大，如天無窮，不知所以爲報也。」

送朱泮英隨從事公西上〔一〕

文如水行川〔二〕，氣如春在花〔三〕。挾書隨乃翁，千里游京華。人生少年樂，於子何以加。上庠閱英俊〔四〕，過目知等差〔五〕。君才固逸羣，如金渾泥沙。明年對殿陛，落筆翻龍蛇〔六〕。遥憐緑槐陰，絳帳張紅霞〔七〕。金門看躍馬〔八〕，蘆鞭作橫斜〔九〕。滔滔九衢中〔一〇〕，懽情浩無涯〔一一〕。馭吏亦傲睨〔一二〕，隱語相嘲誇〔一三〕。紅粧鶯燕語，拭目興歎嗟〔一四〕。知誰乞佳句，駿墨字如鴉〔一五〕。

【注釋】

〔一〕作年未詳。　朱泮英：名不可考，生平未詳。　從事公：朱泮英之父，名不可考。從事，節度判官之別稱。

〔二〕文如水行川：喻其行文自然，循序漸進。蘇軾自評文：「吾文如萬斛泉源，不擇地皆可出。在平地滔滔汩汩，雖一日千里無難。及其與山石曲折，隨物賦形，而不可知也。所可知者，常行於所當行，常止於不可不止，如是而已矣。」黄庭堅書邢居實文卷：「余觀學記論君子之學，有本末等第。人雖不能自期壽百歲，然必不躐等。如水行川，盈科而後進耳。」此似兼用蘇、黄意。

〔三〕氣如春在花：喻其氣韻秀麗如春日之花。參見前喜會李公弱注〔三〕。

〔四〕上庠：本周官學名。禮記王制：「有虞氏養國老於上庠，養庶老於下庠。」鄭玄注：「上庠，右學，大學也。」此指太學。據宋史選舉志三，徽宗崇寧元年，「詔取士悉由學校升貢，其州郡發解及試禮部並罷。自是歲試上舍，悉差知舉，如禮部試」。即從太學上舍生中直接選拔入仕之士。

〔五〕等差：等級差別，高低之別。漢書游俠傳：「古者天子建國，諸侯立家，自卿大夫以至于庶人，各有等差。」

〔六〕「明年對殿陛」二句：期其來年殿試施展才華。　龍蛇：謂其書法筆勢如龍蛇蜿蜒蟠曲。

〔七〕絳帳：紅紗帳，代指太學講席。後漢書馬融傳：「常坐高堂，施絳紗帳，前授生徒，後列女樂，弟子以次相傳，鮮有入其室者。」

〔八〕金門看躍馬：蘇軾送張軒民寺丞赴省試：「洗眼上林看躍馬。」此化用其意。金馬門，漢代學士待詔之處。此代指宋之學士院。

〔九〕蘆鞭：以蘆葦爲鞭。本集卷一〇鄧秀才就武舉作詩美之：「蘆鞭未稱迎風帽，紫綬從來賽緑袍。」錯按：執蘆鞭驅馬，似爲宋時舉子之形象。晏幾道采桑子：「蘆鞭墜偏楊花陌。」張元幹喜遷鶯慢鹿鳴宴作：「姓標紅紙，帖報泥金，喜信歸來俱捷。驕馬蘆鞭醉垂，藍綬吹雪。」周紫芝太倉稊米集卷二三次韻張元明同邊郎中游西湖二君講同年之好有此游：「蘆鞭酒憶看花時。」范成大石湖詩集卷八次黄必先主簿同年贈別韻二首之一：「繡韉蘆鞭寶馬驕。」廓門注：「蘆鞭，疑是蒲鞭歟？後人須思焉。」似失考。

〔一〇〕滔滔九衢中：山谷詩集注卷三送劉士彦赴福建轉運：「九衢行滔滔。」任淵注：「樂天詩：『馬入九衢塵。』滔滔，見魯論。」此借用其語。九衢：縱横交叉之大道，指繁華街市。楚辭天問：「靡蓱九衢，枲華安居？」王逸注：「九交道曰衢。」

〔一一〕懽情浩無涯：指登第後之喜悦。孟郊登科後：「昔日齷齪不足誇，今朝放蕩思無涯。春風得意馬蹄疾，一日看盡長安花。」此化用其意。

〔一二〕馭吏：駕馭車馬之役吏。傲睨：高傲斜視。黄庭堅泐潭我和尚真贊：「枯木突兀，傲睆萬物。頂門上眼，正法中骨。」

〔一三〕隱語：即謎語，亦謂之廋辭。宋程大昌演繁露卷七謎：「古無謎字，若其意制，即伍舉、東方朔謂之爲隱者是也。隱者，藏匿事情，不使暴露也。」漢書東方朔傳：「舍人不服，因曰：『臣願復問朔隱語，不知，亦當榜。』」古文人好以隱語相誇，故云。

〔一四〕「紅粧鶯燕語」二句：指美女圍觀，歆慕其文采風流。本集讚譽他人多用此類套話，參見本集卷一次韻寄吴家兄弟注〔一一〕。

〔一五〕駿墨：筆墨豪駿。惠洪生造此詞。　字如鵶：唐盧仝示添丁：「忽來案上翻墨汁，塗抹詩書如老鵶。」此借用其語。

【集評】

宋胡仔：雪浪齋日記云：「洪覺范詩云：『已收一霎挂龍雨，忽起千巖攧鶻風。』『挂龍』對『攧鶻』，皆方言，古今人未嘗道。又云：『麗句妙於天下白，高才俊似海東青。』又云：『文如水行川，氣如春在花。』皆奇句也。」（苕溪漁隱叢話前集卷五六）

贈王聖侔教授〔一〕

汝江軟碧摇寒空，環江玉色羅五峰〔二〕。神奇融結孕千載，於是代出文章公〔三〕。荆公道德輩孔孟，致君勳業伊周同〔四〕。君侯才氣真不減〔五〕，行看接武隆休功〔六〕。妙齡人誇好風節，氣壓潁（穎）汝何其雄㊀〔七〕。曾經大筆戰文陣，豪俊莫敢攖其鋒〔八〕。老師碩儒玉堂上，爭看洒筆回春工〔九〕。果然一日蓋天下，聲名熠燿馳華戎〔一〇〕。都城立石傳萬口，士林矜氣橫長虹〔一一〕。巖僧廢棄誰比數〔一二〕，亦復誦詠懽填胸。迹微自恨不及識，向風每覺勞雙瞳〔一三〕。天公恤此慕善者〔一四〕，固遣識面山水中。坐令平昔心變滅，譬如塵淨餘青（清）銅㊁〔一五〕。自誇問道陝西老〔一六〕，道人況亦參禪宗。與君於法實昆弟〔一七〕，姑留十日游從容。拙詩別君無嶮句，何從賞我雙頰紅〔一八〕。他年揖讓對明主，回顧此會成虛空。蹄輪冠蓋塞門巷〔一九〕，容我劇笑應無從〔二〇〕。

【校記】

㊀ 潁：原作「穎」，誤，據四庫本、武林本改。參見注〔七〕。

㊁ 青：底本作「清」，誤，今改。參見注〔一五〕。

【注釋】

〔一〕元符元年作於撫州臨川縣。王聖侔：時任撫州州學教授，名不可考，生平未詳。

〔二〕「汝江軟碧搖寒空」二句：汝江，即汝水，流經臨川。明一統志卷五四撫州府：「形勝，瀕汝水以爲郡。」同卷又曰：「汝水，其源上接盱江，流經金谿縣南，曲折行百餘里，東流合豫章水。其上流之分派，自千金陂西流至郡城東，抱城而北，合宜黄、崇仁二縣溪水，流至南昌界，合豫章水入鄱陽湖。」謝逸溪堂集卷七臨川集詠序：「臨川在江西雖小邦，然瀕汝水爲城，而靈谷、銅陵諸峰環列如屏障，四顧可挹。」

〔三〕代出文章公：謝逸臨川集詠序：「昔有王右軍、謝康樂、顔魯公之爲太守，故其俗風流儒雅，喜事而尚氣；有晏元獻、王文公之爲鄉人，故其黨樂讀書而好文詞。」

〔四〕「荆公道德輩孔孟」二句：王稱東都事略卷七九王安石傳：「熙寧三年拜禮部侍郎同中書門下平章事，監修國史。……（七年）拜吏部尚書、觀文殿大學士，知江寧府。明年，復拜同中書門下平章事，昭文館大學士。三經義成，拜尚書左僕射兼門下侍郎。……（九年）封舒國公。元豐三年，封特進，改封荆國公。……哲宗即位，拜司空。明年薨，年六十六。贈太傅。紹聖初，謚曰文，配享神宗廟廷。崇寧二年，配享文宣王廟。政和三年，封舒王。」蘇軾王安石贈太傅制：「故觀文殿大學士、守司空、集禧觀使王安石，少學孔孟，晚師瞿聃。網羅六藝之遺文，斷以己意；糠粃百家之陳迹，作新斯人。屬熙寧之有爲，冠羣賢而首用。信任之篤，古今所無。」　伊周：商之伊尹與周之周公旦，二人均嘗攝政。王安石杜甫畫像：「常願天子聖，大臣各伊周。」

〔五〕君侯：對王聖侔教授之尊稱。趙翼陔餘叢考卷三六君侯：「至如謝萬謂王述曰：『人言君侯癡，君侯信自癡。』李白與韓荆州書亦曰『君侯』，此則非列侯爲相者。蓋自漢以來，君侯爲貴重之稱，故口語相沿，凡稱達官貴人皆爲君侯耳。」

〔六〕接武：前後步履相接，繼承。劉勰文心雕龍物色：「古來辭人，異代接武，莫不參伍以相變，因革以爲功。」　休功：美盛之功業。蔡邕漢太尉楊公碑：「非盛德休功，假於天人，孰能該備寵榮，兼包令錫，如公之至者乎？」

〔七〕氣壓潁汝何其雄：謂其豪氣足以壓倒古潁汝名士。山谷外集詩注卷一次韻時進叔二十六韻：「往在少年場，豪氣壓潁汝。」史容注：「晉周顗傳：『汝潁固多奇士。』祖納傳：『汝潁之士利如錐。』」此借用其語意。

〔八〕攖其鋒：觸犯其鋒芒。

〔九〕洒筆回春工：文筆優美，有春回大地之工。參見本集卷二讀慶長詩軸注〔一二〕。

〔一〇〕聲名熠燿馳華戎：聲名煊赫，傳遍中華四夷。　熠燿：顯耀，煊赫。嵇康家誡：「故雖榮華熠燿，無結秀之勳。」　華戎：猶言華夷。

〔一一〕矜氣：威勇之氣。戰國策韓策二：「勇哉！氣矜之隆。」

〔一二〕巖僧：猶言山僧，惠洪自稱。　廢棄：指出家。惠洪此時功名心未滅，故有此言。

比數：相與並列。漢書司馬遷傳載其報任少卿書曰：「刑餘之人，無所比數，非一世也。所從來遠矣。」蘇軾與蔡景繁書：「又念以重罪廢斥，不敢復自比數於士友間，但愧縮而已。」

〔一三〕向風每覺勞雙瞳：猶言望眼欲穿，極言願見王聖侔之心情。

〔一四〕慕善者：惠洪自稱，謂傾慕王聖俾之人。

〔一五〕譬如塵淨餘青銅：六祖大師法寶壇經行由品載神秀偈曰：「身是菩提樹，心如明鏡臺。時時勤拂拭，勿使惹塵埃。」此化用其意。青銅，指銅鏡。底本「青」作「清」，涉音近而誤，今改。

〔一六〕陝西老：指真淨克文禪師。本集卷三〇雲庵真淨和尚行狀：「師諱克文，黄龍南禪師之的嗣，陝府閿鄉鄭氏子。」

〔一七〕與君於法實昆弟：謂己與王聖俾爲法門師兄弟。廓門注：「王荆公得法於真淨克文，王聖俾亦然歟？」

〔一八〕何從賞我雙頰紅：因對方稱賞己詩而羞愧臉紅。山谷詩集注卷二次韻子由績溪病起被召寄王定國：「還家頰故紅。」

〔一九〕蹄輪冠蓋塞門巷：謂賓客盈門，多爲達官貴人。蹄輪：馬蹄車輪。

〔二〇〕劇笑：大笑。宋強至祠部集卷七彭及之邀吴仲源楊公濟與某夜會望湖樓獨某後期爲關所隔偶成篇以呈諸君之二：「豈無劇笑驚山叟，應有妍詞調水仙。」

臨川陪太守許公井山祈雨書黄華姑祠〔一〕

臨川富山水，井山最深幽。愧我今日來，自非清散游〔二〕。試問井中龍〔三〕，吾行汝知不？高秋嗜酣卧，此計非良謀。晚稻已及穗〔四〕，一雨足可收。曷不躍而起，霈然瀉南州〔五〕。要看賢使君，放衙擁黄紬〔六〕。

【注釋】

〔一〕元符元年夏作於撫州臨川縣。本集卷三〇有祈雨文，爲同時所作，可參見。錯按：臨川太守，即撫州知州。檢哲宗、徽宗朝，撫州知州許姓者僅許中復一人，故知此許公必爲許中復。據弘治撫州府志卷八公署志二職官，紹聖三年（一〇九六），許中復以朝請郎知撫州。張鎡仕學規範卷三一陰德記張文規事曰：「張文規，字正夫，筠州高安人；以特奏名入官。再調英州司理參軍。……還撫州臨川丞。紹聖四年之官。明年夏四月癸卯，以驗屍感疾，遂困。」叙其魂游地府，見一女子年十七八，呼曰：「聞官人得歸撫州，煩爲白知州許朝散……」復述曰：「許朝散者，臨川守許中復也。」據此則知紹聖五年（六月一日改元元符）夏四月許中復尚在知撫州任上。冷齋夜話卷八陳瑩中贈跛子長短句：「予姻家許中復大夫宜人，趙參政概之孫女。」可知惠洪與許中復有姻親關係，故陪其祈雨。許中復嘗從真淨克文問道，古尊宿語録卷四五寶峰雲庵真淨禪師偈頌下中楞嚴偈寄撫守許朝散曰：「使君爲物延僧講，付囑無忘佛正音。」則惠洪至臨川，或爲許中復所延請之僧講，蓋以其早年在京師有聲講肆故也。　井山：太平寰宇記卷一一〇撫州臨川縣：「井山，在縣南四十里。」　黄華姑祠：在井山，祀仙姑黄令徽，顔真卿顔魯公集卷九撫州臨川縣井山華姑仙壇碑銘記其事。

〔二〕「愧我今日來」二句：蓋惠洪至井山乃陪太守祈雨，非清雅散淡之閒游，有愧於出家人之身份。東林十八高賢傳慧永法師傳：「鎮南將軍何無忌鎮尋陽，至虎溪，請遠公及師。遠公持名望，從徒百餘，高言華論，舉止可觀。師衲衣半脛，荷錫捉鉢，松下飄然而至。無忌謂衆曰：『永公清散之風，乃多於遠師也。』」

〔三〕試問井中龍：廓門注：「東坡詩十八卷：『往問卞山龍。』此借用。」錯按：見東坡詩集注卷一八和孫同年卞山龍洞祈晴。

〔四〕晚稻已及穗：廓門注：「白氏文集第二十六卷曰：『早禾黄錯落，晚稻緑扶疏。』」錯按：見白氏長慶集卷二六太和戊申歲大有年詔賜百寮出城觀稼謹書盛事以俟采詩。

〔五〕南州：此指撫州。南州語本後漢書徐穉傳「南州高士徐孺子」，本指豫章郡，撫州古亦屬豫章，故稱。

〔六〕放衙擁黄紬：謂早早了却公事，放衙擁被高卧。東坡詩集注卷一八和孫同年卞山龍洞祈晴：「看君擁黄紬，高卧放早衙。」程縯注：「世傳太祖皇帝謂一縣令曰：『謹勿於黄紬被内放衙。』」李厚注：「文潞公爲榆次縣令，嘗題詩縣鼓樓云：『置向譙樓一任撾，撾多撾少不知他。如今幸有黄紬被，努出頭來放早衙。』蓋用本朝故事云。」　放衙：屬吏早晚參謁主司聽候差遣謂之衙參，退衙謂之放衙。　黄紬：黄綢，此指黄稠被蓋。

寄蔡子因〔一〕

平生閱詩如閱馬，自憐雙眼如支遁。子因句法馬羣空，爽氣横秋太神駿〔二〕。上苑花光纏肺腸〔三〕，西湖霜曉磨風韻。較君年少翰墨場，賈生仲舒覺寒窘〔四〕。醉中逃禪亦不惡〔五〕，況復機鋒類龐藴〔六〕。奉身一飯聊自珍，富貴功名苦尋趁〔七〕。鳳巢定生五色雛，文章從來論種性〔八〕。嗟余索寞卧空山，多生垢習消磨盡〔九〕。但餘欲識天下英，嫠蛇脊尾猶一振〔一〇〕。歲月去人江浪翻〔一一〕，何時仰此摩天峻〔一二〕。

【注釋】

〔一〕約大觀三年作於江寧府。蔡子因：蔡仍（一〇九二～一一七一）字子因，仙游人。蔡卞子。宋王明清揮麈録餘話卷二：「蔡元度（卞）娶荆公之女，封福國夫人。止一子，子因仍是也。談天者多言其壽命不永，元度夫婦憂之。一日，盡呼術者之有名如林開之徒，集於家，相與決其疑，云：『當止三十五歲。』元度顧其室云：『吾夫婦老矣，可以放心，豈復見此逆境邪？』其後子因至乾道中壽八十而終。然其初以恩倖爲徽猷閣學士，靖康初，既蔡氏敗，例遭削奪，恰年三十五，蓋其禄盡之歲。」據福建通志卷三三選舉，蔡仍於政和五年（一一一五）特奏名。又靖康要録卷三稱蔡仍爲徽猷閣待制，靖康元年（一一二六）三月爲侍御史孫覿所彈劾，落職。本集卷二七跋蔡子因詩書三首之三：「予久不見夢蝶，偶得此詩。」冷齋夜話卷五上元詩：「予自并州還江南，過都下。上元，逢符寶郎蔡子因。」可知蔡子因號夢蝶居士，嘗官符寶郎。

〔二〕「平生閱詩如閱馬」四句：謂己閱詩如支遁閱馬，頗有眼力，故知蔡子因詩句超羣。支遁，字道林。世説新語言語：「支道林常養數匹馬，或言：『道人畜馬不韻。』支曰：『貧道重其神駿。』」韓愈送温造處士赴河陽軍序：「伯樂一過冀北之野，而馬羣遂空。」此兼用二事以喻子因詩句。

〔三〕上苑花光纏肺腸：謂滿腹文采猶如上林苑艷麗花光。李白冬日於龍門送從弟京兆參軍令問之淮南覲省序：「常醉目吾曰：『兄心肝五藏皆錦繡耶！不然，何開口成文，揮翰霧散？』」此化用其意。參見本集卷一贈許邦基注〔九〕。廓門注：「漢武帝上林苑，詳于西京雜記，此借用言也。」

〔四〕賈生仲舒：指西漢賈誼、董仲舒。漢書賈誼傳：「賈誼，雒陽人也，年十八，以能誦詩書屬文稱於郡中。……廷尉乃言誼年少，頗通諸家之書。文帝召以爲博士。是時，誼年二十餘，最爲少。」漢書董仲舒傳：「董仲舒，廣川人也。少治春秋，孝景時爲博士。下帷講誦，弟子傳以久次相授業，或莫見其面，蓋三年不窺園，其精如此。」

〔五〕醉中逃禪亦不惡：杜甫飲中八仙歌：「蘇晉長齋繡佛前，醉中往往愛逃禪。」此借用其語。

九家集注杜詩卷二一趙彦材云：「逃禪，言逃去而禪坐耳。此蘇東坡所謂蒲褐禪、同夜禪者也。以晉好佛，故戲之云耳。」然仇兆鰲杜詩詳注卷二則云：「持齋而仍好飲，晉非真禪，直逃禪耳。逃禪，猶云逃墨、逃楊，是逃而出，非逃而入。杜臆云：醉酒而悖其教，故曰逃禪。後人以學佛者爲逃禪，誤矣。」惠洪句意似謂其由禪逃而出，亦可諒解。此即乃師真淨克文法界三觀六頌之禪觀：「事事無礙，如意自在。手把豬頭，口誦淨戒。趁出婬坊，未還酒債。十字街頭，解開布袋。」見古尊宿語録卷四五寶峰雲庵真淨禪師偈頌下中。

〔六〕機鋒類龐藴：景德傳燈録卷八襄州居士龐藴：「襄州居士龐藴者，衡州衡陽縣人也。字道玄。世以儒爲業，而居士少悟塵勞，志求真諦。唐貞元初，謁石頭和尚，忘言會旨。……後之江西，參問馬祖云：『不與萬法爲侣者是什麽人？』祖云：『待汝一口吸盡西江水，即向汝道。』居士言下頓領玄要。乃留駐參承，經涉二載。有偈曰：『有男不婚，有女不嫁。大家團欒頭，共説無生話。』自爾機辯迅捷，諸方嚮之。」

〔七〕富貴功名苦尋趁：言富貴功名苦苦追逼，難以逃避。此乃恭維話。隋書楊素傳：「帝嘉之，顧謂素曰：『善自勉之，勿憂不富貴。』素應聲答曰：『臣但恐富貴來逼臣，臣無心求富貴。』」參見本集卷二贈王性之注〔三〕。

〔八〕文章從來論種性：本集卷二七跋蔡子因詩書三首之二：「文章天下第一數東坡。子因，蔡氏子弟，而飲食夢寐以之，其種性妙，非習俗所能移。使東坡而在，見子因，當不減張曲江之與李泌也。」　種性：天生不改之本性。

〔九〕多生垢習：指宿世好作詩文之積習。　垢習，指煩惱之習性，蓋佛教以垢爲煩惱之異名。本集多以作詩爲垢習，參見卷二次韻汪履道注〔四〕。

〔一〇〕斃蛇脊尾猶一振：以將斃之蛇猶欲振尾掙扎，喻己識賢之心未死。東坡詩集注卷一八李公擇過高郵見施大夫與孫莘老賞花詩憶與僕去歲會於彭門折花餽筍故事作詩二十四韻見戲依韻奉答亦以戲公擇云：「應虞已斃蛇，折尾時一蠢。」集注引趙次公曰：「倣杜詩義鶻行之言蛇曰『折尾能一掉』。」此借用其語意。

〔一一〕歲月去人江浪翻：廓門注：「杜詩千家注十四卷：『江月去人只數尺。』此借用。」

〔一二〕仰此摩天峻：高山仰止之意。參見本集卷二饒德操瑩中客世與淵才友善有詩送之予偶讀想見其爲人時聞已薙髮出家矣因次其韻注〔一三〕。

驟雨〔一〕

雷搥雨骨天爲低㊀〔二〕，行雲趨走不敢遲。桐英滿地誰拾去，花態正顰魂欲飛。紫金蛇光誰掣斷〔三〕，墮空萬點跳珠亂〔四〕。須臾井滑紺無泥〔五〕，瑠璃骨軟爭道馳〔六〕。亂紅殘萼驚千片，可憐憔悴吳姬面〔七〕。林光草色自連天，殘香依約知誰怨。

【校記】

㈠ 搥：廓門本作「槌」。

【注釋】

〔一〕作年未詳。

〔二〕雷搥雨骨：東坡詩集注卷一一太虛以黃樓賦見寄作詩爲謝：「雨雹散雷椎。」集注引宋援曰：「雷州大雷雨，時人有收得雷斧、雷椎，皆石也。」鍇按：「椎」同「搥」「槌」，敲擊之具。然此處「搥」意爲敲擊。

〔三〕紫金蛇光誰掣斷：蘇軾望海樓晚景五絶之二：「雨過潮平江海闊，電光時掣紫金蛇。」此借用其語。

〔四〕跳珠：廓門注：「跳珠，謂雨也。」鍇按：蘇軾六月二十七日望湖樓醉書五首之一：「黑雲翻墨未遮山，白雨跳珠亂入船。」又與莫同年雨中飲湖上：「還來一醉西湖雨，不見跳珠十五年。」

〔五〕紺：深青透紅之色。

〔六〕瑠璃骨軟：喻雨水質如瑠璃透明而其性柔軟。韓琦安陽集卷一一聞轉運范純仁司封會興慶池：「波頭艷日瑠璃軟。」

〔七〕吴姬：吴地美女，泛指美女，此喻花。參見本集卷一仁老以墨梅遠景見寄作此謝之二首注〔五〕。

臨川康樂亭碾茶觀女優撥琵琶坐客索詩〔一〕

小槽橫捧梳粧薄〔二〕，緑羅綰帶仍斜搭，十指纖纖葱乍剥〔三〕。紫燕飛翻初弄撥〔四〕，梨園曲調皆品匝〔五〕，斂容却復停時霎〔六〕。日烘花底光似潑〔七〕，嬌鶯得暖歌唇滑，圓吭相應啼恰恰〔八〕。須臾急變花十八〔九〕，玉盤蔌蔌珠璣撒〔一〇〕，坐客漸欲身離榻〔一一〕。裂帛一聲催合殺〔一二〕，玉容嬌困撥仍插，雪梅一枝初破臘㊀〔一三〕。

【校記】

㊀一：石倉本作「幾」。

【注釋】

〔一〕元符元年作於撫州臨川縣。康樂亭：在臨川城内。南朝宋謝靈運襲封康樂公，嘗任臨川内史。事見宋書謝靈運傳。

〔二〕小槽：琵琶上架絃之格子。宋鄭獬好事近：「兩行小槽雙鳳，按涼州初徹。」

〔三〕十指纖纖葱乍剥：喻女優彈琵琶之手指雪白纖細，如初剥之葱白。元稹春六十韻：「啓齒呈編貝，彈絲動削葱。」歐陽修減字木蘭花：「慢撚輕籠，玉指纖纖嫩剥葱。」

〔四〕撥：彈琵琶之具。蘇軾宋叔達家聽琵琶：「數絃已品龍香撥。」

〔五〕梨園：新唐書禮樂志：「玄宗既知音律，又酷愛法曲，選坐部伎子弟三百，教於梨園。聲有誤者，帝必覺而正之，號皇帝梨園弟子，居宜春北院。」 品匝：謂全部演奏。品，演奏樂器。唐韋莊玉樓春：「堪愛晚來韶景甚，寳柱秦箏方再品。」孫光憲浣溪沙：「早是消魂殘燭影，更愁聞著品絃聲。」

〔六〕斂容却復停時霎：白居易琵琶行：「整頓衣裳起斂容。」此借用其語。

〔七〕日烘花底光似潑：喻女優光艷照人。蘇軾浣溪沙：「日暖桑麻光似潑。」此化用其語。

〔八〕「嬌鶯得暖歌唇滑」二句：喻琵琶聲之圓潤。白居易琵琶行：「間關鶯語花底滑。」此演繹其意以喻琵琶聲。 圓吭，圓潤歌喉。 恰恰，鳥鳴聲。杜甫江畔獨步尋花七絶句之五：「自在嬌鶯恰恰啼。」

〔九〕花十八：琵琶曲名。宋王灼碧雞漫志卷三六幺：「歐陽永叔云：『貪看六幺花十八。』此曲内一疊名花十八，前後十八拍，又四花拍，共二十二拍。樂家者流所謂花拍，蓋非其正也，曲節抑揚可喜，舞亦隨之。而舞築球、六幺，至花十八益奇。」墨莊漫録卷四：「王禹玉丞相送程公闢詩云：『舞急錦腰迎十八，酒酣玉盞照東西。』樂府六幺曲有花十八，古有玉東西杯。其對甚新也。」

〔一〇〕玉盤蔌蔌珠璣撒：以珠撒玉盤之聲喻琵琶聲之急促清脆。白居易琵琶行：「嘈嘈切切錯雜彈，大珠小珠落玉盤。」此化用其意。

〔一一〕坐客漸欲身離榻：謂坐客欲隨急促之琵琶聲而起舞，即所謂花十八之「曲節抑揚可喜，舞亦隨之」。

〔一二〕裂帛一聲催合殺：謂曲終一奏如裂帛之聲。白居易琵琶行：「曲終收撥當心畫，四絃一聲如裂帛。」合殺：樂曲終止。唐崔令欽教坊記：「樂將闋，稍稍失隊，餘二十許人。舞曲終謂之合殺，尤要快健，所以更須能者也。」

〔一三〕「玉容嬌困撥仍插」二句：白居易長恨歌：「玉容寂寞淚闌干，梨花一枝春帶雨。」此倣其句法，以雪中之梅喻女優之雅潔幽美。

南豐曾垂綏天性好學余至臨川欲見以還匡山作此寄之〔一〕

我生少小秀不叢〔二〕，題詩落筆先飛鴻〔三〕。一從廢棄脱毛髮〔四〕，乃與石田樗木同〔五〕。平生百慮湛古井，無復掀湧波春風〔六〕。尚餘覷書舊垢習〔七〕，終日伏案（桉）如啞聾〔一八〕〔八〕。默觀前古忠義輩，光明碩大皆人雄〔九〕。聞之恨未目親歷，周行四海如萍蓬〔一〇〕。猛聞君侯富道義，浩然養就如嬰童〔一一〕。筆端五色藻造化〔一二〕，經綸事業羅心胸〔一三〕。揚清激濁出天性〔一四〕，英聲不減狄梁公〔一五〕。一節直走汝水上〔一六〕，回首敝帚（弊箒）香罏峰㊁〔一七〕。徘徊一月不及見，癡坐掩扃知命窮〔一八〕。霜清昨夜興飄忽，匡山落我清夢中。吾身去住本無繫，便欲登舟而向東。再惟君侯未我識〔一九〕，恨遺他日山水重。作詩願見亦不惡，谷風從虎雲從龍〔二〇〕。

【校記】

㊀案：原作「桉」，今從武林本。天寧本作「按」。

㊁敝帚：原作「弊箒」，今從武林本。

【注釋】

〔一〕元符元年作於撫州臨川縣。　曾垂綬：南豐人，生平未詳。南豐曾鞏、曾布、曾肇兄弟其子姪輩名皆從「糸」部。以垂綬字推測，其名亦應從「糸」部，故當爲曾鞏子侄輩。考曾鞏元豐類稿卷四六亡弟湘潭縣主簿子翊墓誌銘，其弟曾宰字子翊，有四子，曰經、綬、純、約。垂綬當爲曾綬字，亦杜牧字牧之之例，且垂綬之「綬」不犯羣從兄弟之諱。　匡山：即江西廬山。太平寰宇記卷一一一江南西道九江州：「周武王時，匡俗字子孝，兄弟七人皆好道術，結廬於此山。仙去，空廬尚在，故曰廬山。漢光武帝時乃封俗爲大明公，稱爲廬君焉。」

〔二〕秀不叢：猶言木秀於林，出類拔萃。

〔三〕題詩落筆先飛鴻：喻詩思敏捷，落筆如飛。惠洪好用此喻形容作詩敏捷，如本集卷一二陳大夫見和春日三首用韻酬之之二：「無復搜詩慘淡中，便能落筆敏驚鴻。」卷一六次韻翁教授見寄：「仙郎落筆敏驚鴻，文字追回兩漢風。」

〔四〕一從廢棄脱毛髮：指剃髮出家之事。然稱出家爲「廢棄」，似有不甘之意。參見前贈王聖徉教授注〔一二〕。

〔五〕乃與石田樗木同：謂己出家後乃同於世間無用之材。石田：石爲田，不可耕種，喻無用之物。左傳哀公十一年：「得志於齊，猶獲石田也，無所用之。」杜預注：「石田不可耕。」樗木：無用之材。莊子逍遥遊：「惠子曰：『吾有大樹，人謂之樗。其大本擁腫而不中繩墨，其小枝卷曲而不中規矩。立之塗，匠者不顧。』」

〔六〕「平生百慮湛古井」二句：謂心情平靜，消除百慮，如古井湛然無波。白居易贈元稹：「無波古井水，有節秋竹竿。」蘇軾出都來陳所乘船上有題小詩八首不知何人有感於余心聊爲和之之八：「年來煩惱盡，古井無由波。」又以雙刀遺子由子由有詩次其韻：「湛然如古井，終歲不復瀾。」

〔七〕覷書舊垢習：垢習，指煩惱之習性，蓋佛教以垢爲煩惱之異名。此處惠洪依禪宗不立文字之立場，故以覷書爲垢習。本集每視作詩爲垢習，亦同此例。

〔八〕桉：同「案」，几案。

〔九〕光明碩大：胸懷坦白，正直高大，猶言光明正大。蘇軾祭范蜀公文：「孰如我公，碩大光明。」晁補之雞肋集卷三四何龍圖奏議序：「其一時將相文武、光明碩大之材，左右論思、直諒多聞之士，不可勝數。」

〔一〇〕萍蓬：如萍之順水漂浮，蓬之隨風飛轉，喻行蹤轉徙不定。杜甫將別巫峽贈南卿兄瀼西果園四十畝：「苔竹素所好，萍蓬無定居。」

〔一一〕浩然養就如嬰童：孟子公孫丑上：「我善養吾浩然之氣。其爲氣也，至大至剛，以直養而無害，則塞于天地之間。」孟子離婁下：「孟子曰：『大人者，不失其赤子之心者也。』」趙岐注：「大人謂君。國君視民當如赤子，不失其民心之謂也。一説曰：赤子，嬰兒也。少小之子，專一未變化。人能不失其赤子時心，則爲貞正大人也。」孔穎達疏：「孟子言：世之所謂爲之大人者，是其能不失去其嬰兒之時心也，故謂之大人。如老子所謂『常德不離，復歸於嬰兒』之意同。」

〔一二〕筆端五色藻造化：鍾嶸詩品卷中齊光禄江淹：「初，淹罷宣城郡，遂宿冶亭，夢一美丈夫，自稱郭璞，謂淹曰：『我有筆在卿處多年矣，可以見還。』淹探懷中，得五色筆以授之。爾後爲詩，不復成語，故世傳江淹才盡。」李賀高軒過：「筆補造化天無功。」此化用其意。

〔一三〕經綸事業：治理國家之大事。　羅心胸：李賀高軒過：「二十八宿羅心胸。」此借用其語。

〔一四〕揚清激濁：掀揚清流，蕩滌污濁，喻揚善去惡。藝文類聚卷九水部下：「顧子曰：與子華遊東池，子華曰：『水有四德，池爲一焉：沐浴羣生，澤流萬世，仁也；揚清激濁，滌蕩塵穢，義也；弱而難勝，勇也；導江疏河，變盈流謙，智也。』顧子曰：『我得女於池上矣。』」晉書武帝紀：「揚清激濁，舉美彈違，此朕所以垂拱總綱，責成於良二千石也。」

〔一五〕狄梁公：唐大臣狄仁傑，相武則天，睿宗時封梁國公。參見本集卷一謁狄梁公廟注〔一〕。

〔一六〕一節直走汝水上：指赴臨川爲官。節：使臣之符節。汝水：即汝江，流經臨川。明一統志卷五四撫州府：「形勝，瀕汝水以爲郡。」參見本卷贈王聖侔教授注〔二〕。

〔一七〕回首敝帚香鑪峰：謂廬山雖無助生計，然敝帚自珍，令人回顧愛惜。敝帚：破舊之掃帚，此爲敝帚自珍之略語。東觀漢記卷一世祖光武皇帝紀：「家有敝帚，享之千金。」香爐峰：太平寰宇記卷一一一江南西道九江州：「香爐峰在山（廬山）西北，其峰尖圓，雲烟聚散，如博山香爐之狀。」此爲廬山之代稱。

〔一八〕癡坐：呆坐，坐禪如癡。扃：門户。

〔一九〕惟：思考，思念。

〔二〇〕谷風從虎雲從龍：謂願與曾垂綏互通聲氣，結交爲友。易乾文言：「同聲相應，同氣相求，水流濕，火就燥，雲從龍，風從虎。」

再游三峽贈文上人〔一〕

肉身大士延平公〔二〕，眉毛如雪聲如鐘〔三〕。東坡醉眼亦多耳，信口呼作僧中龍〔四〕。

坐令玉色煙巒裏，晨鐘暮鼓三千指〔五〕。而今骨冷撼不磨〔六〕，青燈白塔臨寒水〔七〕。上人談笑有精色〔八〕，聞是延平坐中客。紫霄峰下曾相逢〔九〕，別來幾何頭已白〔一〇〕。地爐夜語尋前事，當日交游半生死。與君等是三眠蠶〔一一〕，浮世百年那免此。我尋舊游聊自娱，忽然見君懽有餘。一笑且從吾所適，後會重來知有無。

【注釋】

〔一〕建炎元年冬作於廬山。三峽：指廬山三峽橋。蘇轍廬山棲賢寺新修僧堂記：「留二日，涉其山之陽，入棲賢谷。谷中多大石，岌嶪相倚。水行石間，其聲如雷霆，如千乘車行者，震掉不能自持，雖三峽之嶮不過也。故其橋曰三峽。」蘇軾廬山二勝棲賢三峽橋：「吾聞太山石，積日穿綫溜。況此百雷霆，萬世與石鬬。深行九地底，險出三峽右。長輸不盡溪，欲滿無底竇。跳波翻潛魚，震響落飛狖。清寒入山骨，草木盡堅瘦。空濛煙靄間，澒洞金石奏。彎彎飛橋出，瀲瀲半月彀。玉淵神龍近，雨雹亂晴晝。垂缾得清甘，可嚥不可漱。」

文上人：生平未詳。

〔二〕肉身大士延平公：即東林常總禪師（一〇二五～一〇九一），延平尤溪縣人，俗姓施氏。黄龍慧南禪師法嗣，列臨濟宗黄龍派南嶽下十二世，爲惠洪師伯。元豐三年，住廬山東林寺。後詔住相國寺智海禪院，稱病不赴。賜紫伽黎，號廣惠大師。元祐三年，賜號照覺禪師。黄裳演山集卷三四照覺禪師行狀：「師，延平尤溪人也，施氏子，家於廬村。爲兒童時，禮部僧文兆爲師名常總。及弱冠，試經，得度牒，受具戒。遂之江南衡湘間，歷參名山長老，及游黄龍，見南禪師，乃大悟。……元豐三年，神宗詔東林爲禪寺，選大士爲之主。九江守李君昭遠、南昌守王公韶僉言，非師不足以度衆。禮命交至，而師遁走五百餘里。求者相繼，不得已如其請，乃作法施之會。……慧遠法師有遺記云：『七百年後，當有肉身大士改創兹地。』則師之來，蓋應世耳。」又禪林僧寶傳卷二四東林照覺總禪師傳：「元豐三年，詔革江州東林律居爲禪席，觀文殿學士王公韶出守南昌，欲延寶覺禪師心公，寶覺舉總自代。總知，宵遁去千餘里。王公檄諸郡，期必得之。竟得之新淦殊山窮谷中，遂應命。其徒又相語曰：『遠公嘗有讖記曰：「吾滅七百年後，有肉身大士革吾道場。」今符其語矣。』總之名遂聞天子。」

〔三〕聲如鐘：廓門注：「五燈會元大慈山寰中傳曰『頂骨圓聳，其聲如鐘』，盧植『聲音如鐘』，陸機『其聲如鐘』之類也。」

〔四〕「東坡醉眼亦多耳」二句：蘇軾東林第一代廣惠禪師真贊：「堂堂總公，僧中之龍。呼吸爲雲，噫欠爲風。」

〔五〕晨鐘暮鼓三千指：極言東林寺僧衆數量之多，約三百人。東林照覺總禪師傳：「羅漢系南禪師，祐公之子，有禪學，未爲叢林所信。至東林，總大鐘横撞，萬指出迎。……總住持十二年，夏屋崇成，金碧照煙雲，如夜摩覩史之宫從天而墮。天下學者從風而靡，叢席之盛，近世所未有也。」　指，量詞，以計算人口，十指爲一人。蘇軾送金山鄉僧歸蜀開堂：「撞鐘浮玉山，迎我三千指。」寫禪寺人衆，此借用其語。

〔六〕骨冷撼不膺：謂去世已久。參見本卷陳瑩中由左司諫謫廉相見於興化同渡湘江宿道林寺夜論華嚴宗：「范韓醉倒眠荒丘，撼之不膺民始愁。」鍇按：常總圓寂於元祐七年，至惠洪作此詩時，已過三十七年，故言「骨冷」。

〔七〕白塔：指葬常總禪師肉身之石塔。照覺禪師行狀：「越十月八日，厝於石塔，在寺之東北隅。」東林照覺總禪師傳：「十月八日，全身葬於雁門塔之東。」

〔八〕精色：精明之神色。

〔九〕紫霄峰：在廬山。方輿勝覽卷一七南康軍：「紫霄峰，在西北塔院後，有夏禹石刻。」

〔一〇〕別來幾何頭已白：杜甫秦州見勑目薛三璩授司議郎畢四曜除監察與二子有故遠喜遷官兼述索居三十韻：「別來頭併白，相對眼終青。」此化用其語意。

〔一一〕三眠蠶：以喻老倦之態。荀子賦篇：「三俯三起，事乃大已，夫是之謂蠶理。」注：「俯爲臥而不食，乃三眠也。」參見本集卷二高安會諒師出諸公所惠詩求予爲賦用祖原韻注〔一三〕。

泊舟星江聞伯固與僧自五老亭步入開先作此寄之〔一〕

煙霏含空青，向晚望逾好。欲行落瀑邊㊀〔二〕，俊鶻屢側腦〔三〕。偶攜白髮禪〔四〕，步盡青松道。孤鴻聊送目〔五〕，瘦策自扶老〔六〕。甚欲東澗陰〔七〕，縛屋安井竈〔八〕。我亦個中人〔九〕，歸計嗟不早。永愧巖上僧㊂，松鬣和雲掃〔一〇〕。

【校記】

㊀落：石倉本作「雙」。

㊁愧：石倉本作「懷」。

【注釋】

〔一〕元符三年作於南康軍星子縣。　星江：即星渚，南康軍之別稱。太平寰宇記卷一一一江南西道江州：「落星山，在（廬）山東，周迴一百五十步，高丈許。圖經云：昔有星落水，化爲石，當彭蠡灣中，俗呼爲落星灣。」方輿勝覽卷一七江南東路南康軍事要：「郡名星渚、康廬。」　伯固：蘇堅字伯固，晉江人，寓居丹陽。嘗爲錢塘丞，督開西湖，與蘇軾唱和甚多。軾從儋耳北歸，堅與其子庠至韶州迎之。堅有詩名，嘗通判筠州，官終通判建昌軍。事具劉宰京口耆舊傳卷四。　五老亭：亭不可考，當在廬山五老峰下。蘇轍題南康太守宅五老亭：「五老高閑不入城，開軒肯就使君迎。」或即此亭。　開先：即開先寺，在廬山南。陳舜俞廬山記卷三叙山南：「由古靈至開先禪院十里，舊傳梁昭明太子之居，棲隱也，又作招隱室於此。南唐元宗居藩邸時，爲書堂。即位後，保大年間始爲伽藍，號開先，馮延巳記碣見存。本朝興國二年賜名華藏。」

〔二〕落瀑：開先寺有瀑布之勝。方輿勝覽卷一七南康軍：「（開先寺）寺後有瀑布。山南瀑布無慮數十，皆積雨方見，惟此不竭。水源在山頂，人未有窮者。或曰：西入康王谷爲水簾，東爲開先瀑布。」

〔三〕俊鶻：杜甫朝二首之一：「俊鶻無聲過，飢烏下食貪。」鶻，隼，猛禽。 屢側腦：杜甫畫鶻行：「側腦看青霄，寧爲衆禽没？」此用其意。

〔四〕白髮禪：猶言白頭禪，指老年禪僧。山谷内集詩注卷一九勝業寺悦亭：「不見白頭禪，空倚紫藤杖。」任淵注：「白頭禪，謂文政禪師。」

〔五〕孤鴻聊送目：嵇康兄秀才公穆入軍贈詩十九首之十五：「目送歸鴻，手揮五絃。俯仰自得，游心太玄。」此化用其意。

〔六〕瘦策自扶老：陶淵明歸去來兮辭：「策扶老以流憩，時矯首而遐觀。」 瘦策：手杖。

〔七〕東澗：在開先寺旁，或稱東溪，其水爲開先瀑布。參見本卷贈癩可注〔六〕。

〔八〕縛屋：猶言縛茅，結茅，蓋造簡陋之茅屋。

〔九〕個中人：即此中人，局中人，指身歷其境者。惠洪紹聖年間嘗從真淨克文禪師於廬山歸宗寺，故自稱個中人。

〔一〇〕松鬣：指松針。山谷内集詩注卷四送謝公定作竟陵主簿：「澗松無心古鬚鬣。」任淵注：

「酉陽雜俎曰：『松言五粒者，粒當言鬣。自有一種名鬣，皮無鱗甲，而結實多。』」錯按：段成式酉陽雜俎卷一八廣動植之三：「松，今言兩粒、五粒，粒當言鬣。成式脩竹里私第大堂前有五鬣松兩根，大纔如椀。甲子年結實，味如新羅、南詔者不別。五鬣松，皮不鱗。」

會蘇養直〔一〕

方忻望廬山，忽見蘇養直。向來敗意事〔二〕，捉手一笑失〔三〕。瀾翻誦新詩〔四〕，與山爭秀色。歸來對青燈，危坐口挂壁〔五〕。翰林謫仙人〔六〕，隱顯吁莫測〔七〕。正恐騎魚去〔八〕，千里作一息〔九〕。

【注釋】

〔一〕元符三年作於南康軍星子縣。此詩所言「翰林謫仙人」，指蘇軾。冷齋夜話卷七東坡和陶詩：「東坡在惠州，盡和淵明詩。……尋又遷儋耳，久之，天下盛傳子瞻已仙去矣。」所謂「或恐騎魚去」，即指此傳言，故此詩當作於元符年間蘇軾謫海南昌化軍（儋州）之時。蘇養直：蘇庠（一〇六五～一一四七），字養直，丹陽人，蘇堅子。自號眚翁，又號後湖居士。紹興間，居廬山，與徐俯同召，不赴。紹興十七年卒，年八十三。有後湖集，不傳。京口耆舊傳卷四有傳。

〔二〕敗意：猶言敗興。世説新語排調：「嵇、阮、山、劉在竹林酣飲，王戎後往。步兵曰：『俗物已復來敗人意。』王笑曰：『卿輩意亦復可敗邪？』」

〔三〕捉手：握手。王安石送張拱微出都：「捉手共笑語，顧瞻中河舟。」

〔四〕瀾翻：言辭滔滔不絶貌。韓愈記夢：「絜攜陬維口瀾翻，百二十刻須臾間。」蘇軾戲用晁補之韻：「知君忍飢空誦詩，口頰瀾翻如布穀。」

〔五〕口挂壁：口挂於壁上，喻口舌擱置不用，即沉默不言之意。禪宗常用此語，如雲門匡真禪師廣録卷上：「問：『學人不問，師還答也無？』師云：『將汝口挂壁上不得。』」古尊宿語録卷二六舒州法華山舉和尚語要：「上堂云：『三世諸佛口挂壁上，天下老和尚作麽生措手？』」

〔六〕翰林謫仙人：本指李白，此喻指蘇軾。黄庭堅題東坡書道術後：「嘗有海上道人評東坡，真蓬萊、瀛洲、方丈謫仙人也。」又次蘇子瞻和李太白潯陽紫極宫感秋詩韻追懷太白子瞻：「不見兩謫仙，長懷倚脩竹。」山谷別集詩注卷上次韻清虚喜子瞻得常州：「喜得侵淫動搢紳，俞音下報謫仙人。」史季温注：「唐書李白傳：賀知章嘆曰：『子謫仙人也。』山谷嘗呼東坡、李太白爲兩謫仙。」鍇按：李白嘗供奉翰林，蘇軾元祐年間拜翰林學士，故二人皆可稱翰林謫仙人。

〔七〕隱顯吁莫測：感歎其隱没或顯赫均深不可測。蘇軾次韻秦觀秀才見贈秦與孫莘老李公擇甚熟將入京應舉：「故人坐上見君文，謂是古人吁莫測。」此借用其語。

〔八〕騎魚：騎鯨魚仙去。杜詩詳注卷一送孔巢父謝病歸游江東兼呈李白：「南尋禹穴見李白，道甫問訊今何如。」仇兆鰲注：「『南尋』句，一作『若逢李白騎鯨魚』。按：騎鯨魚，出羽獵賦。俗傳太白醉騎鯨魚，溺死潯陽，皆緣此句而附會之耳。」本集用騎魚之事，多爲蘇軾去世之婉稱，如本卷聞端叔有失子悲而莊復遭火焚作此寄之：「坡今騎魚去，衆客亦繽紛。」卷一一與客論東坡作此：「可惜騎魚天上去，斷絃空壁暗凄涼。」卷二七跋東坡與佛印帖：「東坡騎鯨上天去，十九白矣。」此處言「正恐騎魚去」，當在未證實蘇軾是否仙去之時。參見注〔一〕。

〔九〕千里作一息：寒山白鶴銜苦桃詩：「白鶴銜苦桃，千里作一息。欲往蓬萊山，將此充糧食。」此借用其語，謂蘇軾若去世，則將往蓬萊仙境。

贈癩可〔一〕

可師有奇骨，吐語愕衆口。秀如出盆絲〔二〕，媚若春月柳〔三〕。舊詠雪梅詞，便覺落渠後〔四〕。抱痾亦同瑑（粲）㊀，視身一塵垢〔五〕。卧看東溪雲，懸瀑激窗牖〔六〕。廬山久無僧，殿閣空華構。誰知千巖勝，竟入此郎手。我癡世不要〔七〕，冷落如敝帚（弊箒）㊁〔八〕。但意君可奪，獨能容我不？

【校記】

㈠璨：原作「粲」，誤，今改。參見注〔五〕。

㈡敝帚：原作「弊箒」，今從武林本。

【注釋】

〔一〕約崇寧元年作於廬山。　癩可：即僧祖可（?～一一〇八），字正平。俗姓蘇，名序，堅子，庠弟。吕本中作江西宗派圖，黄庭堅下列二十五人，祖可居其一。詩話總龜後集卷一二引丹陽集：「僧祖可，俗蘇氏，伯固之子，養直之弟也。作詩多佳句。……然讀書不多，故變態少，觀其體格，亦不過煙雲、草樹、山川、鷗鳥而已。」盧憲嘉定鎮江志卷二〇人物釋：「僧祖可字正平，後湖蘇養直之弟。元名序，後爲僧，易今名。」苕溪漁隱叢話前集卷五七引西清詩話：「近時詩僧祖可被惡疾，人號癩可。」雲卧紀譚卷上：「廬山真教果禪師……江西宗派中，有僧可正平者，乃果之徒弟也。」然真教果禪師，諸燈録、僧傳未載，所屬法系未詳。本集卷一九有癩可贊，可參見。

〔二〕出盆絲：喻詩人作詩如煮繭抽絲，乃贊其所言皆佳句。山谷内集詩注卷三次韻子瞻贈王定國：「王子吐佳句，如繭絲出盆。」任淵注：「歐公詩：『問其別後學，初若繭抽緒。』」鍇按：歐陽修懷嵩樓晚飲示徐無黨無逸作：「問其別後學，初若繭緒抽。縱橫漸組織，文章爛然浮。」

〔三〕春月柳：世説新語容止：「有人歎王恭形茂者云：『濯濯如春月柳。』」本喻人之形容舉止明淨清朗，此借喻詩句之清爽。

〔四〕渠：他。廓門注：「『渠』，當作『蕖』字。」誤，蓋未知「渠」字有「他」「它」之義。

〔五〕「抱痾亦同璨」二句：謂祖可之惡疾如同禪宗三祖僧璨大師，而其視患病之身如塵垢亦相同。歷代法寶記：「隋朝第三祖璨禪師，不知何處人。初遇可大師，璨示見大風疾，於衆中見。大師問：『汝何處來？今有何事？』僧璨對曰：『故投和上。』可大師語曰：『汝大風患人，見我何益？』璨對曰：『身雖有患，患人心與和上心無別。』可大師知璨是非常人，便付囑法及信袈裟。」景德傳燈録卷三：「第二十九祖慧可大師者，武牢人也，姓姬氏。……至北齊天平二年，有一居士年逾四十，不言名氏，聿來設禮，而問師曰：『弟子身纏風恙，請和尚懺罪。』師曰：『將罪來與汝懺。』居士良久云：『覓罪不可得。』師曰：『我與汝懺罪竟，宜依佛法僧住。』曰：『今見和尚，已知是僧，未審何名佛法？』師曰：『是心是佛，是心是法，法佛無二，僧寶亦然。』曰：『今日始知罪性不在内，不在外，不在中間。如其心然，佛法無二也。』大師深器之，即爲剃髮，云：『是吾寶也，宜名僧璨。』其年三月十八日於光福寺受具，自兹疾漸愈。執侍經二載。大師乃告曰：『菩提達磨遠自竺乾，以正法眼藏密付於吾。吾今授汝，并達磨信衣，汝當守護，無令斷絶。』」　鍇按：説文玉部：「璨，玉光也。」二祖慧可既稱三祖「是吾寶也」，故曰「宜名僧璨」，蓋玉光即寶物。底本「璨」作「粲」，誤，今據歷代法寶記、景德傳燈録改。本集卷一一二十日偶書二首之二：「永媿峴山赤頭璨，不令姓氏落人間。」卷一六至海昏三首之一：「前身定是赤頭璨，風帽自欹麻苧衣。」卷一九山谷老人贊：「心如赤頭璨，而著折角之幅巾。」用三祖事，均作「璨」，亦可證底本「粲」字之誤。

〔六〕「卧看東溪雲」二句：言祖可所住廬山開先寺東溪有瀑布之勝。黄庭堅答郭英發書：「東溪老，廬山開先長老行瑛。」李彭日涉園集卷七不宿開先道中口占：「但飲東溪水，休看雙劍峰。」均可證東溪在廬山開先寺旁。東溪之「懸瀑」即開先瀑布，參見本卷泊舟星江聞伯固與僧自五老亭步入開先作此寄之注〔一二〕。苕溪漁隱叢話後集卷三七稱「癩可東溪集」，直齋書録解題卷二〇載祖可瀑泉集，其詩集得名蓋以此。鍇按：宋釋道璨無文印卷八仙東溪詩集序：「癩可結庵鶴鳴峰下，山谷扁曰『東溪』。打頭老屋猶在松聲竹色間，斷崖流水，至今尚有詩家氣象。」

〔七〕我癡世不要：蘇軾曹既見和復次其韻：「嗟我與曹君，衰老世不要。」此借用其語。鍇按：本集屢用此語，如本卷洪玉父赴官潁州會余金陵：「迂疏世不要。」卷四謝李商老伯仲見過：「嗟余世不要。」卷五次韻陳倅二首之二：「我窮世不要。」卷七次韻游南嶽：「自嫌白髮世不要。」卷八和杜撫勾古意六首之二：「我老世不要。」

〔八〕敝帚：破敗之掃帚，喻無用之物。

福唐秀上人相見圓通〔一〕

廬山萬木春已透，滿目春光迎馬首〔二〕。北山攫飯借榻眠〔三〕，一任春山穿户牖。道人聞是福唐來，石門曾結游山友〔四〕。相逢未説一笑懽㊀，且忻春色濃如酒。何當瘦藤上孤絶〔五〕，深谷忽驚如錦繡〔六〕。人生超放當趁健，東風已暗藏鵶柳〔七〕。

【校記】

㊀一笑懽：石倉本作「别時情」。

【注釋】

〔一〕作年未詳。福唐：福州之别稱。方輿勝覽卷一〇福建路福州事要：「郡名合沙、三山、長樂、福唐、閩中、東冶、東甌、七閩。」秀上人：生平未詳。圓通：圓通寺，在廬山。查慎行蘇詩補注卷二三圓通禪院先君舊游也詩題下注引廬山紀事曰：「甘泉口西爲圓通山，山南有圓通寺，本潯陽人侯氏之居。李後主取爲功德院，初名崇聖寺。宋太祖朝，賜名圓通崇勝禪寺。」

〔二〕迎馬首：山谷外集詩注卷三丙寅十四首效韋蘇州之四：「城南有佳園，風物迎馬首。」史容注：「左傳：唯予馬首是瞻。」此化用其意。

〔三〕北山：圓通寺在廬山之山北，故稱。廬山記卷三叙山南：「右自寶嚴之南雲慶至於圓通，同隸江州，謂之山北。」又同書卷二叙山北：「以圓通之壯觀，甲於山北，不減山南之歸宗。」　攫飯：獲取飯食。焦氏易林卷一：「艮：攫飯把肉，以就口食。」　借榻眠：借宿。蘇軾懷西湖寄晁美叔同年：「暫借僧榻眠。」

〔四〕石門曾結游山友：紹聖四年，真淨克文禪師移住洪州靖安縣石門寶峰院，惠洪亦隨之遷往。本集卷二四寂音自序：「及真淨遷洪州石門，又隨以至。」惠洪與秀上人結游山友，當在是時。輿地紀勝卷二六江南西路隆興府：「寶峰院，在靖安縣北石門山。」

〔五〕瘦藤：藤製手杖。　孤絶：猶高峻。此指廬山絶頂。

〔六〕溪谷忽驚如錦繡：太平寰宇記卷一一一江南西道九江州：「錦繡谷，在山疊，四季芳妍，百花錦繡。」廬山記卷二叙山北：「由天池直下山十五里，同名錦繡谷。舊録云：谷中奇花異卉，不可殫述。三四月間，紅紫匝地，如被錦繡，故以爲名。」

〔七〕藏鵶柳：梁簡文帝蕭綱金樂歌：「槐香欲覆井，楊柳正藏鵶。」鵶，同「鴉」。

飛來峰〔一〕

意行忽出門〔二〕，欲留聊植杖〔三〕。雲開飛來峰㊀，巋然眉睫上〔四〕。氣勢欲翔舞，秀色無千嶂〔五〕。萬物皆我造〔六〕，何從有來往㊁〔七〕。大千等毫末〔八〕，古今歸俯仰〔九〕。心知目所見，皆即自幻妄〔一〇〕。如窺鏡中容，容豈他人像。頗怪胡阿師〔一一〕，乃作去來想。此意果是非，一笑聲輒放。且復臨冷泉㊂〔一二〕，舉手弄清漲〔一三〕。

【校記】

㊀開：咸淳臨安志卷二三引此詩作「間」。

㊁從：咸淳臨安志作「曾」。

㊂且：咸淳臨安志作「但」。

【注釋】

〔一〕元符二年冬作於杭州。　飛來峰：亦名靈鷲峰、靈隱山、靈山。元豐九域志卷五兩浙路杭州：「靈隱山，晉梵僧云：『自天竺鷲山飛來也。』」輿地紀勝卷二兩浙東路臨安府：「靈隱寺：元和郡縣志：錢塘縣有靈隱山。又晏公類要云：在錢塘縣西一十二里，有嵓石室、龍泓洞，西南臨浙江。十三州記曰：錢塘武林山，泉水原出焉，即此浦也。晉咸和中，有西乾梵僧登此山，歎曰：『此武林山是中天竺國靈鷲山之小嶺，不知何年飛來。』乃創靈隱寺。」又曰：「飛來峰：晏殊地志云：晉咸和中，西天僧慧理歎曰：『此是中天竺國靈鷲山之小嶺，不知何年飛來。』故號。」

〔二〕意行：率意而行。劉禹錫蠻子歌：「腰斧上高山，意行無舊路。」

〔三〕植杖：倚杖，扶杖。論語微子：「植其杖而芸。」陶淵明歸去來兮辭：「或植杖而耘耔。」

〔四〕巋然眉睫上：謂獨立之飛來峰似主動進入自己眼裏。文心雕龍神思：「眉睫之前，卷舒風雲之色。」此點化其語意。參見本卷游南嶽福嚴寺注〔二二〕。　巋然：高大獨立貌。

〔五〕秀色無千嶂：謂飛來峰之秀色令千嶂黯然失色。

〔六〕萬物皆我造：佛教謂世間萬法（萬事萬物）皆由人內心産生，心外無法。華嚴經卷一九夜摩宮中偈讚品：「應觀法界性，一切唯心造。」

〔七〕何從有來往：蘇軾次韻定慧欽長老見寄八首之八：「淨名毗耶中，妙喜恒沙外。初無往來相，二士同一在。」此化用其意，謂天竺靈鷲山與杭州飛來峰本無所謂往來，蓋二士同在一法界，皆由心造。

〔八〕大千等毫末：大千，即三千大千世界，極言其大；毫末，極言其小。華嚴法界觀謂世間萬法平等無二，本無大小巨細之别。華嚴經卷三一十迴向品：「了諸世間及一切法平等無二。」

〔九〕古今歸俯仰：謂古往今來不過如一俯一仰，極言其短暫。蘇軾和蔡景繁海州石室：「夢中舊事時一笑，坐覺俯仰成今古。」又虢國夫人夜游圖：「人間俯仰成今古。」

〔一〇〕「心知目所見」二句：蘇軾登州海市：「心知所見皆幻影，敢以耳目煩神功？」此化用其意。

〔一一〕頗怪胡阿師：蘇軾送參寥師：「頗怪浮屠人。」此倣其句法。胡阿師：指晉天竺僧慧理。參見注〔一〕。

〔二〕冷泉：在飛來峰下。白居易有冷泉亭記。蘇軾靈隱前一首贈唐林夫：「靈隱前，天竺後，兩澗春淙一靈鷲。不知水從何處來，跳波赴壑如奔雷。無情有意兩莫測，肯向冷泉亭下相縈迴。」

〔三〕清漲：指無雨而自盈之泉水。蘇軾永和清都觀道士童顏鬒髮問其年生於丙子蓋與予同求此詩：「半篙清漲百灘空。」自注：「予與劉器之同發虔州，江水忽清漲丈餘，贛石二百里無一見者。」宋濂贛州聖濟廟靈跡碑：「每當長夏，水易涸，隱起若岡阜，舟楫不通。宋嘉祐八年，趙抃報政而歸，適遘焉。亟徼靈於廟，水清漲者八尺。清漲，俗謂無雨而水自盈也。」

崇因會王敦素〔一〕

眼高四海語英發〔二〕，自應文章有家法〔三〕。金陵地肺山川驕〔四〕，要君詩句時彈壓〔五〕。東來藉甚名譽傳〔六〕，景星瑞鳥人爭先〔七〕。忽驚華氣傾坐客，但覺人品春湖前〔八〕。一盃春露容同啜〔九〕，更看歸舟登一葉。遥知笑語散鷩鷗，萬頃煙波上眉睫〔一〇〕。念君懷中有卿相，何時摸蘇一唾掌〔一一〕。要看儒林萬口誇，文公諸郎能世家〔一二〕。

【注釋】

〔一〕大觀二年作於江寧府。　崇因：即崇因寺。至大金陵新志卷一一下祠祀志二寺院：「崇因寺在城南十二里。舊圖經云：本宋曠野寺，齊廢，梁大同中復，唐開元中改禪居院，吴大和二年改崇果院，宋改今額。」元釋大昕蒲室集卷一〇集慶路江寧崇因寺記：「按圖志，寺建以劉宋，人呼曠野寺。齊廢，梁大同中克復。唐開元中，以嬾融嘗居之，始名禪居寺。僞吴太和改崇果，宋又錫名崇因。政和間，長老宗襲作觀音像，蘇文忠公以頌贊之。視祖堂列祀，若洪覺範與真如喆公之嗣正禪師者，皆望重禪林。」　王敦素：王樸字敦素，王安國之孫，安石之姪孫。參見本集卷二贈王敦素兼簡正平注〔一〕。

〔二〕眼高四海：蘇軾書丹元子所示李太白真：「西望太白横峨岷，眼高四海空無人。」　語英發：東坡詩集注卷一六送歐陽推官赴華州監酒：「議論亦英發。」趙次公注引吴志：「孫權論吕蒙曰：『子明學問開益，籌略奇至，可以次於公瑾，但言議英發不及之耳。』」

〔三〕文章有家法：謂其所作文章有家族世代相傳之法度。　鍇按：王敦素爲北宋文章大家王安石之姪孫，故稱其有家法。

〔四〕金陵地肺：南朝梁陶弘景真誥卷一一稽神樞：「金陵者，洞虚之膏腴，句曲之地肺也。」注：「其地肥良，故曰膏腴；水至則浮，故曰地肺。」同書又曰：「句曲山，其間有金陵之地，地方三十七八頃，是金陵之地肺也。土良而井水甜美，居其地必得度世見太平。　河圖内元經曰：『乃有地肺，土良水清。句曲之山，金壇之陵。可以度世，上昇曲城。』」

〔五〕要君詩句時彈壓：謂金陵山川之驕氣需要敦素之詩句來鎮壓，此乃贊其詩善寫金陵山川風物。淮南子本經：「秉太一者，牢籠天地，彈壓山川。」高誘注：「彈山川令出雲雨，復能壓止之也。」此借用其語。歐陽修菱溪大石：「盧仝韓愈不在世，彈壓百怪無雄文。」此反其意而用之。

〔六〕藉甚：盛大，卓著。漢書陸賈傳：「賈以此游漢廷公卿間，名聲籍甚。」顏師古注引孟康曰：「言狼籍甚盛。」「籍甚」同「藉甚」。

〔七〕景星瑞鳥人爭先：韓愈與少室李拾遺書：「朝廷之士引頸東望，若景星鳳皇之始見也，爭先覩之爲快。」此化用其意。景星：祥瑞之星。文子精誠：「故精誠内形，氣動於天，景星見，黄龍下，鳳凰至，醴泉出，嘉穀生，河不滿溢，海不波湧。」晉書天文志：「瑞星，一名景星。」瑞鳥：吉祥之鳥，如鸞鳳。禽經：「鸞，瑞鳥，一曰雞趣。」張華注：「鸞者，鳳鳥之屬。禮斗儀曰：『天下太平安寧則見。』」錯按：景星瑞鳥喻太平盛世傑出之人才。

〔八〕人品春湖前：謂其人品高潔，意趣不忘江湖。黄庭堅呈外舅孫莘老二首其一：「九陌黄塵烏帽底，五湖春水白鷗前。」參見本卷黄魯直南遷艤舟碧湘門外半月未游湘西作此招之注〔六〕。

〔九〕春露：謂茶，春日露芽之略稱。參見本卷送瑫上人奔母喪注〔一三〕。

〔一〇〕上眉睫：謂景物似主動進入眼中。本集屢用此，見本卷游南嶽福嚴寺注〔一二〕。

〔一一〕「念君懷中」二句：言高官卿相如懷袖中物，取之甚易，唾手可得。此爲惠洪恭維他人之套語，如本集卷一贈范伯履承奉二子：「聲名定追尋，公卿在懷袖。」贈汪十四：「會當談笑取卿相，先看唾手斫月窟。」卷一〇至上高謁李先甲會淵才德修：「知君懷中有卿相，探手但未忙取之。」　摸蘇：摸索，以手觸摸。淮南子俶真：「提挈人間之際，撢掞挺挏世之風俗，以摸蘇牽連物之微妙，猶得肆其志，充其欲。」高誘注：「摸蘇，猶摸索。」　唾掌：唾手。極言其易。

〔一二〕文公：即王安石。東都事略卷七九王安石傳：「紹聖初，謚曰文，配享神宗廟廷。」世稱王文公。廓門注：「文公者，謂王文康公，與敦素以同姓，故言。」鍇按：王文康公，乃仁宗時大臣王曙，累官樞密使，拜同中書門下平章事。宋史有傳。敦素非其諸孫，廓門注殊誤。　能世家：猶言能繼承世代相傳之家學。宋人好用此語，如胡宿文恭集卷一二宋敏修可著作佐郎制：「爾承先人，能世家學。」鄒浩道鄉集卷二八送陳仲脩叙：「其次子之程文而讀之，知其能世家也。」黄庭堅叔父和叔墓碣：「其平居田間，亦未嘗廢書，雖不光顯，能世家矣。」本集亦屢用此語，如卷五次韻曾嘉言試茶：「此郎真是能世家。」卷一四戲呈師川駒父之阿牛三首之三：「文章定能世家。」

聞端叔有失子悲而莊復遭火焚作此寄之〔一〕

一子被奪去，囷廩遭火焚〔二〕。冷官寄僧舍〔三〕，僮僕卧朝昏。平生五色筆〔四〕，落紙生煙雲〔五〕。文章竟何用〔六〕，袖手聲一吞〔七〕。東坡昔無恙，豪俊日填門。君如汗血駒，膽氣終逸羣〔八〕。坡今騎魚去〔九〕，衆客亦繽紛〔一〇〕。翩然淮海上〔一一〕，霜鬢此身存。我亦識坡者〔一二〕，一見等弟昆〔一三〕。乃知水與乳，自然和不分〔一四〕。心期營一笑，發君雙頰温。那知墮機穽〔一五〕，面上餘唾痕〔一六〕。我公佯瞌睡，嘲誚了不聞。遥知讀此詩，拊手髯一掀。

【注釋】

〔一〕大觀三年作於江寧府。　端叔：李之儀（一〇四八～一一二八？）字端叔，自號姑溪居士，滄州無棣人。治平四年進士，歷知萬全、開封縣，元祐中爲樞密院編修官，蘇軾知定州，辟置幕下。崇寧元年，編管太平州，居當塗。卒年八十餘。有姑溪居士集傳世。姑溪居士前集卷五〇姑溪居士妻胡氏文柔墓誌銘：「兩男子：長未名而卒；次堯行，未葬前一年亦已卒。其葬以大觀四年十一月十八日。」曾棗莊李之儀年譜謂大觀三年，之儀次子堯行卒，其説可從。此詩言失子悲，即指堯行卒。而莊遭火焚事，可補年譜之闕。

〔二〕囷廩：糧倉。梅堯臣宛陵先生集卷三四和民樂：「囷廩見餘積，息戍靡負戈。」卷三八送張諷寺丞赴青州幕：「上無租賦逋，下有囷廩蓄。」

〔三〕冷官：位卑禄薄、閑置無事之官。杜甫醉時歌：「諸公衮衮登臺省，廣文先生官獨冷。」戴埴鼠璞卷下教官稱冷官：「唐玄宗愛鄭虔之才，以不事事，爲置廣文館，以虔爲博士，而無曹司。杜甫詩：『諸公衮衮登臺省，廣文先生官獨冷。』非以學館爲冷，及以登臺省爲進用，蓋言諸公日趨局，獨廣文無職掌耳。」鍇按：據李之儀年譜，崇寧元年，之儀坐爲故宰相范純仁作遺表、行狀，逮繫御史獄，編管太平州。崇寧五年，遇赦復官。姑溪居士前集卷五〇李氏歸葬記自署「朝奉大夫、管勾成都尉李之儀」。該記作於大觀四年，可知之儀崇寧五年所復之官，實爲虛銜，無職掌，故曰冷官。

〔四〕五色筆：用江淹典，參見本卷南豐曾垂綬天性好學余至臨川欲見以還匡山作此寄之注〔一二〕。本集屢用五色筆喻文才。

〔五〕落紙生煙雲：黄庭堅贈惠洪：「不肯低頭拾卿相，又能落筆生雲煙。」此化用黄庭堅贈己之語以贈之儀。

〔六〕文章竟何用：黄庭堅戲呈孔毅父：「管城子無食肉相，孔方兄有絶交書。文章功用不經世，何異絲窠綴露珠。」此化用其意。

〔七〕袖手：縮手於袖，不參預其事，蓋以其爲冷官之故。晉書庾敳傳：「參東海王越太傅軍事，轉軍諮祭酒，時越府多雋異，敳在其中，常自袖手。」

〔八〕「東坡昔無恙」四句：謂之儀爲蘇軾門下士中佼佼者。據李之儀年譜，之儀元豐三年（一〇八〇）與蘇軾互通書問，元祐二年（一〇八七）爲樞密院編修官，嘗與蘇軾等十六人集王詵西園；元祐八年（一〇九三）入蘇軾定州幕府。孔凡禮蘇軾年譜卷二七元祐三年：「是歲，李公麟（伯時）作西園雅集圖，繪蘇軾等有姓名者十七人雅集西園之狀，米芾（黻）爲之記。」米芾（黻）寶晉英光集補遺西園雅集圖記：「捉椅而視者，爲李端叔。」宋史李之儀傳：「之儀能爲文，尤工尺牘，軾謂入刀筆三昧。」　汗血駒：汗血馬之駒，喻少年英俊人才。漢書武帝紀：「四年春，貳師將軍廣利斬大宛王首，獲汗血馬來。」顔師古注引應劭曰：「大宛舊有天馬種，蹋石汗血，汗從前肩髆出，如血。號一日千里。」蘇軾次韻黄魯直嘲小德：「名駒已汗血，老蚌空泥沙。」

〔九〕坡今騎魚去：蘇軾卒於建中靖國元年（一一〇一），距作此詩時已九年。　騎魚：騎鯨魚仙去，逝世之婉稱。參見本卷會蘇養直注〔八〕。

〔一〇〕衆客：指蘇軾門人，門客。　繽紛：紛亂貌。本形容落花，此以喻人物，有零落之意。蘇門中人如秦觀卒於元符三年（一一〇〇），黄庭堅卒於崇寧四年（一一〇五），陳師道卒於建中靖國元年。

〔一一〕翩然：瀟灑貌。　淮海：書禹貢：「淮海惟揚州。」故揚州郡名淮海。宋之淮南東路治揚州，故淮海亦泛指淮南東路一帶。姑溪居士前集卷五〇李氏歸葬記：「李氏世葬滄州無棣，自先祖出仕，從於楚州，即卜以葬。至先人捐館舍，以其地不可以從葬，乃卜於州之西南安樂鄉里。先妣歿，亦舉以祔。地近河，復以疏鑿變更，間爲河逼，議遷者久之，而未果。之儀得罪，居太平州，既許自便，北歸，道金陵，愛其江山勝麗，遂有卜葬之意。」可知大觀間之儀嘗道經金陵至楚州，以遷葬祖墓。楚州，宋屬淮南東路，治山陽縣，今屬江蘇淮安市。

〔一二〕我亦識坡者：惠洪識蘇軾之事，未見文獻記載。考惠洪生平，有二次見蘇軾之機會。一爲元豐七年（一〇八四），蘇軾至筠州見蘇轍和真淨克文，時惠洪爲童子，或有見面之可能。二爲元祐六年（一〇九一）至元祐八年間，時惠洪在東京依宣秘大師深公講唯識論，有聲講肆，蘇軾罷杭州任還朝，罷揚州任還朝，亦在此期間，當有識面之可能。然事不可考。

〔一三〕弟昆：弟兄。蓋惠洪願自列蘇軾門下，故視之儀爲弟兄。

〔一四〕「乃知水與乳」二句：喻情意融洽無間。金光明經卷二四天王品：「上下和睦，猶如水乳。」

〔一五〕那知墮機穽：當指大觀三年入江寧府制獄之事。本集卷二四寂音自序：「二年，退而游金陵。久之，運使學士吳幵正仲請住清涼。入寺，爲狂僧誣以爲僞度牒，且旁連前住僧法和等議訕事，入制獄一年，坐冒惠洪名。」機穽：設有機關之捕獸陷阱，喻坑害人之圈套，此指住僧誣陷之事。

〔一六〕面上餘唾痕：因涉案入獄遭人唾棄羞辱。本集多以此形容遭羞辱之事，如卷四次韻彭子長劉園見花：「瘴面敢辭贈唾痕？」余自太原還匡山道中逢澤上人與至海昏山店有作：「揭來唾痕餘瘴面。」卷一四誠上人試手游方二首之二：「面上唾痕莫拭。」卷一六次韻五首之三：「面上從教有唾痕。」

七夕卧病敦素報云道夫已至北山遲遲未入城其意耽酒用其說作詩促之〔一〕

去年鍾山今夕晴，二豪興發來扣扃〔二〕。開軒咄嗟辦法供〔三〕，一味萬壑松風聲。頹然意適相枕卧〔四〕，便覺語笑紛喧爭。我方小立倚風檻，君忽蹶起孤髻撑〔五〕。今年此樂墮渺莽〔六〕，維摩卧疾毗耶城〔七〕。烏衣郎亦憎俗子〔八〕，閉户卧看星河横。美髯和易坐畏暑，扁舟散髮歌月明〔九〕。遥知君定宿浮玉〔一〇〕，詩狂欲跨横海鯨〔一一〕。傳聞已至蔣陵塢〔一二〕，留滯未歸宜一抨〔一三〕。連牀夜語久不理，硯席忍垢蛛（珠）網生〔一四〕。乃爾彌日復信宿〔一五〕，不爲萬頃無濁清〔一六〕。推擠不去有深意〔一七〕，戀此百甕郎官清〔一八〕。甕邊被縛真有道〔一九〕，酒後耳熱良高情〔二〇〕。不嫌折簡苦招唤〔二一〕，要看欵段兀醉醒〔二二〕。

【校記】

㊀蛛：原作「珠」，誤，今據武林本改。　綱：武林本作「繼」，誤。參見注〔一四〕。

【注釋】

〔一〕大觀三年七月初七作於江寧府。　敦素：王樸字敦素。　道夫：李孝遵字道夫，一作道甫，江寧人。姑溪居士前集卷三六重修雲巖壽寧禪院記：「雲巖壽寧禪院在分寧縣中……已而通直郎金陵李君來知縣事。既入院，問其所以興廢本末而歎曰：『是在事者之過也。豈有爲國焚修，爲民植福，爲衆化導，而官不曉諭奬勸而能成者乎？』聞者踴躍相告曰：『吾令君之語如此，我輩其可緩耶？』輸財獻工，肩相摩，足相躡。君乃命蜀僧天游董之。……興工於大觀四年冬，而落成於政和二年夏。……李君名孝遵，字道甫，軒闊磊落，可人也。能舉魯直之殯而葬於其先隴之側，又能周旋諸老以究竟一時極則之事，是皆可書。」謝維新古今合璧事類備要後集卷一〇、卷七八收葉集之送李道甫辟大名司録詩，可知其嘗任大名府司録參軍。　北山：即鍾山，以其在金陵之北，故稱。　南朝齊孔稚珪北山移文：「鍾山之英，草堂之靈。」

〔二〕二豪：指王敦素和李道夫。東坡詩集注卷二六軾欲以石易畫晉卿難之穆父欲兼取二物穎叔欲焚畫碎石乃復次前韻并解三詩之意：「二豪爭攘袂，先生一捧腹。」宋援注：「晉書：劉伶酒德頌又云：『二豪侍側焉，如蜾蠃之與螟蛉也。』」此借用其語。

〔三〕咄嗟辦法供：言辦理法供之事極爲迅速。世説新語汰侈：「石崇爲客作豆粥，咄嗟便辦。」　咄嗟：猶言短暫呼吸之間。葉夢得石林詩話卷上曰：「孫楚詩自有『三命皆有極，咄嗟不可保』之語。咄、嗟……皆聲也。……咄嗟猶言呼吸。」　法供：指以香花、明燈、飲食等供養佛、法、僧三寶。

〔四〕頽然：自得貌。宋書顔延之傳：「得酒必頽然自得。」

〔五〕蹶起：蹶然而起，突然起坐。莊子在宥：「廣成子南首而卧，黄帝順下風膝行而進，再拜稽首而問曰：『聞吾子達於至道，敢問治身奈何而可以長久？』廣成子蹶然而起曰：『善哉問乎！』」　孤髻撑：髮髻高聳。韓愈石鼎聯句：「旁有雙耳穿，上爲孤髻撑。」此借用其語。

〔六〕墮渺莽：謂墮入空無渺茫而不可追尋。蘇軾和陶歸園田居六首之二：「春江有佳句，我醉墮渺莽。」此借用其語。

〔七〕維摩卧疾毗耶城：此以維摩詰卧疾比擬己之卧病。維摩詰經卷上方便品：「爾時毗耶離大城中有長者，名維摩詰……其以方便，現身有疾。以其疾故，國王大臣、長者居士、婆羅門等，及諸王子并餘官屬，無數千人，皆往問疾。其往者，維摩詰因以身疾，廣爲説法。」

〔八〕烏衣郎：指王敦素。太平寰宇記卷九〇江南東道二昇州：「烏衣巷。晉代王氏居烏衣巷者，位望微減，多居臺憲，江左膏粱士多不樂。惟王僧達爲中丞，王球謂曰：『汝爲此官，不復成膏粱矣。』」廓門注：「應天府烏衣巷，在府南，晉王導、謝安居此巷。其子弟皆烏衣，因名巷口。又見六朝事迹。敦素以姓王言也。」

〔九〕「美髯和易坐畏暑」二句：寫李道夫。李白宣州謝朓樓餞别校書叔雲：「欲上青天攬明月……明朝散髮弄扁舟。」此化用李白詩寫李道夫，亦所謂贈人詩用同姓事之例。

〔一〇〕浮玉：浮玉山，金山之别稱，在今鎮江市。太平寰宇記卷八九江南東道一潤州：「金山澤心寺，在城東南揚子江。按圖經云：本名浮玉山，因頭陀開山得金，故名金山寺。」

〔一一〕詩狂欲跨横海鯨：杜甫詩送孔巢父謝病歸游江東兼呈李白「南尋禹穴見李白」，一作「若逢李白騎鯨魚」。參見本卷會蘇養直注〔八〕。此亦以李白喻李道夫。

〔一二〕蔣陵塢：蔣陵在江寧府治之北，此代指蔣山，即鍾山，亦即北山。三國志吴書吴主傳：「（太元二年）夏四月，（孫）權薨，時年七十一，謚曰大皇帝。秋七月，葬蔣陵。」元和郡縣志卷二六江南道潤州上元縣：「吴大帝蔣陵在縣北二十二里。」太平寰宇記卷九〇江南東道二昇州：「吴大帝陵在縣東北蔣山八里。按丹陽記，蔣陵因山爲名。」

〔一三〕抨：彈劾，抨擊。宋釋文瑩湘山野録卷上：「治平中，御史有抨吕狀元溱杭州日事者，其語有『歡游疊嶂之間，家家失業；樂飲西湖之上，夜夜忘歸』。執政笑謂言者曰：『軍巡所由，不收犯夜，亦宜一抨。』」此詩戲用其語，謂李道夫至北山而耽酒忘歸，亦宜彈劾。廓門注：「按字書：抨，使也。」其説不確。

〔一四〕硯席忍垢蛛網生：謂硯臺坐席久未使用，積滿塵垢蛛網。黄庭堅周元翁研銘：「風櫺垢面，蛛網錯綜。」又戲答趙伯充勸莫學書及爲席子澤解嘲：「蛛網鎖硯蝸書梁。」此借用其語。廓門注：「按，『珠』當作『蛛』。」其説甚是，今據改。

〔一五〕彌日：終日。　信宿：連續兩夜。詩豳風九罭：「公歸不復，於女信宿。」毛傳：「再宿曰信。宿，猶處也。」左傳莊公三年：「凡師一宿爲舍，再宿爲信，過信爲次。」注：「信者，住經再宿，得相信問也。」或引申爲三日。後漢書蔡邕傳論：「董卓一旦入朝，辟書先下，分明枉結，信宿三遷。」李賢注：「謂三日之間，位歷三台也。」

〔一六〕不爲萬頃無濁清：世説新語德行：「郭林宗至汝南，造袁奉高，車不停軌，鸞不輟軛。詣黄叔度，乃彌日信宿。人問其故，林宗曰：『叔度汪汪如萬頃之陂，澄之不清，擾之不濁，其器深廣，難測量也。』」參見本集卷一贈歐陽生善相注〔六〕。

〔一七〕推擠不去：晉書鄧攸傳：「吴人歌之曰：『紞如打五鼓，雞鳴天欲曙。鄧侯挽不留，謝令推不去。』」蘇軾與毛令方尉游西菩提寺二首之一：「推擠不去已三年。」此借用其語。

〔一八〕郎官清：唐時京城酒名，此代指酒。山谷内集詩注卷一八病來十日不舉酒二首之二：「令我興發郎官清。」任淵注：「郎官清，蓋酒名。國史補云：『酒則京城之郎官清。』」鍇按：參見李肇唐國史補卷下。

〔一九〕甕邊被縛真有道：世説新語任誕：「畢茂世云：『一手持蟹螯，一手持酒桮，拍浮酒池中，便足了一生。』」劉孝標注引晉中興書曰：「畢卓字茂世，新蔡人。少傲達，爲胡毋輔之所知。

太興末，爲吏部郎，嘗飲酒廢職。比舍郎釀酒熟，卓因醉，夜至其甕間，取飲之。主者謂是盜，執而縛之。知爲吏部也，釋之。卓遂引主人燕甕側，取醉而去。」

〔二〇〕酒後耳熱良高情：漢書楊惲傳載惲報孫會宗書：「酒後耳熱，仰天拊缶，而呼烏烏。」

〔二一〕折簡：猶言裁紙作書信以招邀。南史謝朓傳：「朓好獎人才，會稽孔顗粗有才筆，未爲時知。孔珪嘗令草讓表以示朓。朓嗟吟良久，手自折簡寫之。」參見本集卷二南昌重會汪彥章注〔八〕。

〔二二〕欵段：馬行遲緩貌。後漢書馬援傳：「士生一世，但取衣食裁足，乘下澤車，御欵段馬，爲郡掾吏，守墳墓，鄉里稱善人，斯可矣。」李賢注：「欵，猶緩也。言形段遲緩也。」　兀醉醒：醉酒昏沉。晉劉伶酒德頌：「兀然而醉，豁爾而醒。」

冬日顯寧偶書二首㊀〔一〕

山舟不肯留〔二〕，白髮日夜益。曉窺青銅光〔三〕，乃覺朱顏失。故人半凋零㊁〔四〕，行吟百憂集〔五〕。舊山天盡頭，歲晏衰眼力〔六〕。高枕此山泉〔七〕，比興復何日〔八〕？百年暗相驚，奔忙如瞬息。喬松亦已塵，仙術無煩乞〔九〕。

禮法日荒蕪，坦率日增益〔一〇〕。唯餘枯藤枝㊂〔一一〕，起坐不相失。山枕孤雲歸，林寒倦鳥集。愛此亦題詩，鈍澀見才力〔一二〕。乃知衰老來，全殊少年日。勞生知幾何，萬事歸歎息。鈯斧好濯磨㊃〔一三〕，當就阿誰乞〔一四〕？

【校記】

㊀石倉本「山舟不肯留」一首題曰冬日顯寧偶書，「禮法日荒蕪」一首題曰又次前韻。

㊁凋：天寧本、石倉本作「雕」。

㊂唯：石倉本作「惟」。

㊃濯磨：原缺，今從廓門本、石倉本、寬文本補。天寧本作「自用」，無據，不從。

【注釋】

〔一〕作年未詳。顯寧：當爲寺名，不可考。

〔二〕山舟不肯留：謂萬物無時不在變化之中，去者不可挽留。莊子大宗師：「夫藏舟於壑，藏山於澤，謂之固矣。然而夜半有力者負之而走，昧者不知也。」郭象注：「舟日易矣，而視之若舊；山日更矣，而視之若前。今交一臂而失之，皆在冥中去矣。」參見本集卷二高安會諒師出諸公所惠詩求予爲賦用祖原韻注〔四〕。

〔三〕青銅：謂鏡。

〔四〕故人半凋零：文苑英華卷二一七竇叔向夏夜宿袁兄話舊：「昔年親友半凋零。」此用其語。

〔五〕百憂集：杜甫百憂集行：「强將笑語供主人，悲見生涯百憂集。」王安石得子固書因寄：「出門誰與語，念子百憂集。」蘇軾臺頭寺雨中送李邦直赴史館分韻得憶字人字兼寄孫巨源二首之一：「老送君歸百憂集。」

〔六〕歲晏：一年將盡之時，即冬日。杜甫歲晏行：「歲云暮矣多北風。」

〔七〕高枕此山泉：唐戴叔倫寄禪師寺華上人次韻三首之三：「松林且枕泉。」高枕：謂安然而卧，無憂無慮。　鍇按：世説新語排調：「孫子荆年少時欲隱，語王武子『當枕石漱流』，誤曰『漱石枕流』。王曰：『流可枕，石可漱乎？』孫曰：『所以枕流，欲洗其耳；所以漱石，欲礪其齒。』」枕泉意本此。

〔八〕比興：及至起來。比，及，待到。興，起。

〔九〕「喬松亦已塵」二句：謂王子喬、赤松子亦化塵埃，故無須乞求長生不老之仙術。　廓門注：「老杜醉時歌曰『孔丘盜跖俱塵埃』之意。又山寺詩：『唯有古殿存，世尊亦塵埃。』王喬、赤松子，俱見于列仙傳。」其説甚是。仙人王子喬、赤松子並稱「喬松」，始見於戰國策秦策三：「君何不以此時歸相印，讓賢者授之，必有伯夷之廉，長爲應侯，世世稱孤，而有喬松之壽。」鮑彪注：「喬，王子晉；松，赤松子，皆仙不死。」

〔一〇〕坦率：肆情放縱，不拘禮法。　苕溪漁隱叢話前集卷四〇引緗素雜記云：「韓熙載，本高密人。後主即位，頗疑北人，鴆死者多。而熙載且懼，愈肆情坦率，不遵禮法，破其財貨，售集妓樂，迨數百人。日與荒樂，蔑家人之法。」

〔一〕枯藤枝：指藤製手杖。

〔二〕鈍澀：詩思遲鈍枯澀。

〔三〕鉏斧好濯磨：鉏斧喻資質愚鈍，濯磨喻修養道德。鉏斧語本景德傳燈録卷五吉州青原山行思禪師：「師令希遷持書與南嶽讓和尚曰：『汝達書了速迴。吾有箇鉏斧子，與汝住山。』」廣雅釋詁：「鉏，鈍也。」

〔四〕阿誰：疑問語，猶言誰，何人。三國志蜀書龐統傳：「先主謂曰：『向者之論，阿誰爲失？』統對曰：『君臣俱失。』」王應麟困學紀聞卷一九：「俗語皆有所本。如『阿誰』出蜀龐統傳。」鍇按：禪宗好用此語，如「宗風嗣阿誰」之類，不勝枚舉。

和靈源寄瑩中〔一〕

此來漸覺身無累，欲學濂溪諱名氏〔二〕。鍾山萬頃獨經行〔三〕，山日松風吹凍耳。聞有僧從法窟來〔四〕，當鋒戲作横機試〔五〕。探懷示我妙伽陀〔六〕，兩翁回互偏中至〔七〕。乃知道德無貧賤〔八〕，□□相求亦相契㊀。妙談何日看揮斤，此老鼻端有餘地〔九〕。

【校記】

㊀□□：底本與各本缺二字，天寧本作「故以」，無據，不從。

【注釋】

〔一〕大觀二年冬作於江寧府。　靈源：惟清禪師，自號靈源叟。嗣法黄龍祖心，屬臨濟宗黄龍派南嶽下十三世。事具禪林僧寶傳卷三〇黄龍佛壽清禪師傳。參見本集卷一送英老兼簡鈍夫注〔二〕。　瑩中：陳瓘，字瑩中，號了翁、了齋，又號華嚴居士，南劍州沙縣人。登進士甲科，徽宗初以曾布薦，官右司諫。忤蔡京，屢遭竄責。宋史有傳。參見本集卷二饒德操瑩中客世與淵才友善有詩送之予偶讀想見其爲人時聞已薙髮出家矣因次其韻注〔一〕。鍇按：惟清禪師與陳瓘有交游。日本靜嘉堂文庫藏曆應五年（一三四二）臨川寺版靈源和尚筆語中收有答陳瑩中一首。元釋熙仲歷朝釋氏資鑑卷一〇宋中：「司諫陳瓘瑩中謁靈源禪師，執聞見求解會。師曰：『執解爲宗，何日得偶諧？離却心意識參，絶却聖凡路學，然後可。』逾年開悟。一日，寄師偈云：『書堂兀坐萬機休，日暖風柔草木幽。誰識二千年遠事，如今只在眼睛頭。』」

〔二〕欲學灊溪諱名氏：謂欲學灊山之禪宗三祖僧璨，隱姓埋名。　灊溪：灊山之溪。灊山，即皖公山，亦作潛山。景德傳燈録卷三：「第三十祖僧璨大師者，不知何許人也。初以白衣謁二祖，既受度傳法，隱于舒州之皖公山。屬後周武帝破滅佛法，師往來太湖縣司空山，居無常處，積十餘載，時人無能知者。」參見本卷黄魯直南遷艤舟碧湘門外半月未游湘西作此招之注〔五〕。

〔三〕經行：佛教語。參見本卷次韻超然送照上人歸東吴注〔三〕。

〔四〕法窟：修法道場之稱，特指有道者聚居之寺院。此指靈源所居之黄龍禪院。僧寶正續傳卷五寶峰清禪師傳：「時黄龍號稱法窟，多奇傑之士。」

〔五〕當鋒戲作横機試：謂以帶機鋒之禪語戲作試探。横機，指縱横之妙語機鋒。蘇軾再和潛師：「故將妙語寄多情，横機欲試東坡老。」

〔六〕妙伽陀：此指惟清禪師寄陳瓘之偈頌。伽陀：梵語Gāthā之譯音，略譯曰偈，意譯曰頌。唐玄奘大唐西域記卷三烏仗那國：「是如來在昔爲聞半頌之法，於此捨身命焉。」注「頌」字曰：「舊曰偈，梵文略也。或曰偈陀，梵音訛也。今從正音，宜云伽陀。伽陀者，唐言頌，頌三十二言也。」

〔七〕兩翁回互偏中至：謂惟清禪師與陳瓘偈頌往來，主客互答，如曹洞宗五位君臣之回互。本集卷二五題雲居弘覺禪師語録：「悟本禪師（洞山良价）設五位法門，以發揮石頭大師之妙。大率約體用爲五法，更互主客，隱顯相參，借言以顯無言。然言中無言之趣，妙至幽玄。故其問答之貴親，正如君臣之貴合。……今其道愈陵遲，至於列位之名件，亦訛亂不次，如正中偏、偏中正，又正中來、偏中至，然後以兼中到總成五。今乃易『偏中至』爲『兼中』矣，不曉其何義耶？而老師大衲亦恬然不知怪，爲可笑也。」惠洪智證傳注「洞山五位」，雲巖寶鏡三昧注「如离六爻，偏正回互，疊而成三，變盡成五」，禪林僧寶傳卷一撫州曹山本寂禪師傳，均以洞山五位爲正中偏、偏中正、正中來、偏中至、兼中到。廓門注：「洞山五位，中謂偏中至。洞上古轍永覺曰：『寂音改「兼中至」爲「偏中至」，以對「正中來」，大悮後學。今爲訂之。』寂音五位注，見於智證傳。」錯按：廓門注所引「洞上古轍永覺曰」，見於釋道霈重編永覺元賢禪師廣録卷二七洞上古轍卷上五位圖説：「寂音改『兼中至』爲『偏中至』，以對『正中來』，大悮後學，今爲訂之。正中來一位，乃四位之樞紐，前二位入此者，後二位從此出者，正象至尊之位，不可有對，其不可從一也。又以偏中至對正中來，則中間有兩位，非金剛杵之象，其不可從二也。又偏中至是全白之象，正中來是内黑外白之象，全不相對，其不可從三也。又兼中到是全黑之象，與兼中至全白之象正相對。豈可謂兼中到獨在後而無對乎？其不可從四也。寂音謂古來諸老師大衲，皆用兼中至，不曉其何義。故今爲出之於此。」

〔八〕道德無貧賤：謂有道德之人不在其身份之貴賤。蘇軾答任師中家漢公：「先君昔未仕，杜門皇祐初。道德無貧賤，風采照鄉閭。」此借用其語。

〔九〕「妙談何日看揮斤」二句：謂何日能與惟清、陳瓘相對談，妙語知音相契。莊子徐無鬼：「郢人堊慢其鼻端，若蠅翼，使匠石斲之。匠石運斤成風，聽而斲之。盡堊而鼻不傷，郢人立不失容。宋元君聞之，召匠石曰：『嘗試爲寡人爲之。』匠石曰：『臣則嘗能斲之，雖然，臣之質死久矣。』自夫子之死也，吾無以爲質矣，吾無與言之矣。」郭象注：「非夫不動之質，忘言之對，則雖至言妙斵，而無所用之。」　有餘地：語本莊子養生主「恢恢乎其於游刃必有餘地矣」。

王敦素李道夫游兩翁軒次敦素韻〔一〕

茅簷分首纔信宿〔二〕，佳句俄驚照雲谷。兩翁誼閧姑置之〔三〕，銀鈎勒出鬼神哭〔四〕。識君筆力回春工〔五〕，妙語天成絶雕斵㊀〔六〕。是時秋陰潑庭户，微月瓏璁隔寒竹〔七〕。便覺玉山（川）照映人㊁〔八〕，譬如六月失三伏〔九〕。深雲開軒亦不惡，窗户青（清）紅照林麓㊂〔一〇〕。方欣杖履日追隨，漸喜並崖村路熟。平生與山寔神會㊃〔一一〕，戲語嘲詞雜山緑。要當終副此軒名，絶境於君豈宜獨。懸想青燈夜對牀，香火淨緣期昔夙〔一二〕。此詩煩寄謫仙看〔一三〕，要使軒渠笑捧腹〔一四〕。

【校記】

㊀斵：武林本、天寧本同，四庫本、廓門本作「斲」。

㊁山：底本與諸本作「川」，涉形近而誤，今改。參見注〔七〕。

㊂青：底本與諸本作「清」，誤，今改。參見注〔八〕。

㊃寔：武林本作「實」。

【注釋】

〔一〕大觀二年秋作於江寧府。 本集卷一一有詩題曰：「鍾山悟真庵西竹林間，蒼崖千尺，歲久折裂。余與敦素行山中，至此未嘗不徘徊。庵僧爲開軒，向之，盡收其形勝。名曰兩翁，作此。」據此，知兩翁軒乃因惠洪、王樸（敦素）而得名。 李道夫，見前注。

〔二〕信宿：兩三日之間。 參見本卷七夕卧病詩注〔一五〕。

〔三〕誼闐：誼鬧寂靜。

〔四〕銀鈎勒出鬼神哭：極言其遒勁有力之書法能感動鬼神。 唐張彥遠法書要録卷一載南齊王僧虔論書：「索靖字幼安，敦煌人。散騎常侍張芝姊之孫也。傳芝草書而形異，甚矜其書，名其字勢曰銀鈎蠆尾。」淮南子本經：「昔者倉頡作書，而天雨粟，鬼夜哭。」此化用其語。

〔五〕筆力回春工：言其文筆優美，有春回大地之工。 參見本集卷二讀慶長詩軸「筆端五色回春工」句及注〔一二〕。

〔六〕雕斵：猶言雕斲，指刻意修飾文辭。 柳宗元復杜温夫書：「吾雖少，爲文不能自雕斲，引筆行墨，快意累累，意盡便止。」 斵：斲，砍削。同「劚」。

〔七〕瓏璁：迷蒙貌。 唐李賀十二月樂詞九月：「雞人罷唱曉瓏璁。」

〔八〕玉山照映人：喻王敦素容儀俊爽。世説新語容止：「裴令公有儁容儀，脱冠冕，麤服亂頭皆好，時人以爲玉人。見者曰：『裴叔則如玉山上行，光映照人。』」又晉書裴楷傳：「楷風神高邁，容儀俊爽，博涉羣書，特精理義，時人謂之玉人。又稱：『見裴叔則如近玉山，照映人也。』」其喻本此。　玉山，底本作「玉川」，廓門注：「謂盧仝者歟？」鍇按：唐詩人盧仝號玉川子。然無「照映人」之説。若作「玉川」，句意難通。唐獨孤及尚書祠部員外郎贈陝州刺史裴公行狀：「武庫森戟，玉山照人。」宋祝穆事文類聚後集卷一八肖貌部有「玉山映人」條，皆用裴楷事，乃恭維他人之套語。故「川」當爲「山」之形誤，今改。

〔九〕六月失三伏：意謂時在六月而無三伏之熱，有清涼之感。惠洪好用此句法，如本集卷四與嘉父兄弟别於臨川復會毗陵：「坐令五月失炎熱。」卷五次韻思禹思晦見寄二首之二：「湘西六月失三伏。」

〔一〇〕青紅：指建築物門窗楹柱上所塗飾之彩色油漆，以青色紅色爲主。蘇軾水調歌頭快哉亭：「知君爲我新作，窗户濕青紅。」鍇按：本集卷五治中吴傅朋母夫人王逢原之女也傅朋作堂名養志乞詩爲作此：「想見窗户開青紅。」卷七吴子薪重慶堂：「想見青紅濕窗闥。」卷八和李令祈雪分韻得麓字：「窗户青紅照林麓。」卷一二次韻雙秀堂：「窗户青紅花木繁。」卷一六入九峰道中：「忽驚窗户濕青紅。」均以「青紅」與「窗户」連用。青，底本作「清」，誤，今改。

〔一一〕寔：同「實」。

〔一二〕香火淨緣：即香火因緣。古人盟誓，多設香火告神，故佛家謂彼此契合曰「香火因緣」。蓋如結盟於宿世，故逾分相愛。北齊書陸法和傳：「但於空王佛所，與主上有香火因緣，見主上應有報至，故救援耳。」白居易喜照密閑實四上人見過：「香火因緣久願同。」

〔一三〕謫仙：以李白喻指李道夫，蓋因同姓故比之。參見前七夕卧病敦素報云道夫已至北山遲遲未入城其意耽酒用其説作詩促之注〔九〕、注〔一一〕。

〔一四〕軒渠笑捧腹：蘇軾跋山谷草書：「他日黔安當捧腹軒渠也。」軒渠：歡悦貌，笑貌。後漢書方術傳下薊子訓傳：「兒識父母，軒渠笑悦，欲往就之。」

奉陪王少監朝請游南澗宿山寺步月二首〔一〕

朝爲北山游〔二〕，暮作南澗宿。此生亦何幸，稱心良易足〔三〕。青燈委昏花〔四〕，笑語暖幽獨〔五〕。月出東南峰，升此一輪玉〔六〕。開扉發清嘯，意行無澗谷〔七〕。勝韻高摩空，妙語清到骨。親朋萬石門〔八〕，門吏千鍾禄〔九〕。如何飯薇蕨〔一〇〕，衲子相追逐。明年守北屏〔一一〕，夜直黄金屋〔一二〕。應懷此夕游，夢想亦清淑〔一三〕。定有寄來篇，吴牋煩自録〔一四〕。

單衣喜和風，詩眼愛空翠〔一五〕。野亭亦脩然〔一六〕，散坐聊倦倚。坐久忽聞樵，見覗一笑喜。那知深林外，曲折見流水。幽光弄紺碧〔一七〕，春色潑秀氣。去爲千頃澤，隄柳相嫵媚〔一八〕。月光方下徹，浮空見頹尾〔一九〕。投礫戲鷺之，撲摝沙禽起〔二〇〕。歸途望林壑，煙靄隔山寺。便如斜川游，歲月亦相似〔二一〕。

【注釋】

〔一〕約大觀二年春作於江寧府。王少監朝請：名字不可考。據此詩「親朋萬石門，門吏千鍾禄」之句，當爲王安石家族之人。少監：諸監之副職，王少監之職不可考。朝請：朝請大夫之略稱，爲元豐寄禄官，從六品。南澗：宋周應合景定建康志卷一八山川志二：「落馬澗，一名南澗，在江寧縣南五里。東北流入城壕。」

〔二〕北山：即鍾山。參見本卷七夕卧病敦素報云道夫已至北山遲遲未入城其意耽酒用其説作詩促之注〔一〕。

〔三〕稱心良易足：此句本集凡三用，另二處見本卷觀山茶過回龍寺示邦基、卷一七二十九日明白庵主寂滅之日用欲得現前莫存順逆爲韻作八偈。

〔四〕青燈委昏花：蘇軾讀孟郊詩二首之一：「寒燈照昏花。」此化用其語。

〔五〕幽獨：廓門注：「楚辭九章曰：『幽獨處乎山中。』山谷詩十卷：『幽獨秉大雅。』」

〔六〕升此一輪玉：黄庭堅念奴嬌詞：「萬里青天，姮娥何處，駕此一輪玉。」此化用其語。

〔七〕意行無澗谷：謂隨意而行，無所謂是澗是谷。劉禹錫蠻子歌：「意行無舊路。」蘇軾竹間亭小酌懷歐陽叔弼季默呈趙景貺陳履常：「意行無澗岡。」此化用其意。

〔八〕親朋萬石門：謂一家親朋多人爲高官。史記萬石張叔列傳：「景帝曰：『石君及四子皆二千石，人臣尊寵，乃集其門。』號奮爲萬石君。」蘇軾次韻送程六表弟：「君家兄弟真連璧，門十朱輪家萬石。」

〔九〕門吏千鍾禄：謂門生故吏多享優厚之俸禄。史記魏世家：「魏成子以食禄千鍾，什九在外，什一在内。」蘇軾大寒步至東坡贈巢三：「故人千鍾禄，馭吏醉吐茵。」此用其語。

〔一〇〕飯薇蕨：以薇蕨爲飯，代指生活素樸高潔。史記伯夷列傳：「義不食周粟，隱於首陽山，采薇而食之。」後世蓋以食薇蕨喻指方外隱居生活。

〔一一〕北屏：未見其詞出處，綜下文「黄金屋」而言，疑爲「外屏」之誤。外屏，天子之門屏。荀子大略：「天子外屏，諸侯内屏，禮也。」淮南子主術：「天子外屏，所以自障。」高誘注：「屏，樹垣也，門内之垣謂之樹。論語曰：『國君樹塞門。』諸侯在内，天子在外，故曰所以自障也。」守外屏，當指於天子門下任朝官。

〔一二〕夜直：值夜班。黄金屋：極富貴奢華之所。參見本卷魯直弟稚川作屋峰頂名雲巢「曾卧天子黄金屋」句及注〔三〕。

〔一三〕清淑：廓門注：「淑，善也。又清湛也。」

〔一四〕吴牋：吴地所産之彩色箋紙。范成大吴郡志卷二九土物：「彩牋，吴中所造，名聞四方。以諸色粉和膠刷紙，隱以羅紋，然後砑花。」

〔一五〕詩眼：指詩人之眼光。參見本集卷一同彭淵才謁陶淵明祠讀崔鑒碑「詩眼飽山翠」句及注〔一一〕。

〔一六〕翛然：無拘無束貌。

〔一七〕紺碧：天青色，深碧色。

〔一八〕嫵媚：愛悦，取悦。李善文選注卷八司馬長卿上林賦：「嫵媚纖弱。」注：「埤蒼曰：『嫵媚，悦也。』」韓愈永貞行：「睗睒跳踉相嫵媚。」蘇軾眉子石硯歌贈胡誾：「小窗虚幌相嫵媚。」

〔一九〕「月光方下徹」二句：柳宗元至小丘西石潭記：「潭中魚可百許頭，皆若空游無所依。日光下徹，影布石上，佁然不動，俶爾遠逝，往來翕忽，似與游者相樂。」此化用其意。　赬尾：赤色魚尾，此代指游魚。詩周南汝墳：「魴魚赬尾。」毛傳：「赬，赤也。魚勞則尾赤。」此借用其語。

〔二〇〕撲摝：象聲詞，形容鳥拍翅聲。亦作「撲鹿」「撲漉」。詩話總龜卷四八引冷齋夜話記黄魯直登荆州亭見吴城小龍女詞：「數點雪花亂委，撲漉沙鷗驚起。」

〔二一〕「便如斜川游」二句：陶淵明有游斜川詩，其序略曰：「辛酉正月五日，天氣澄和，風物閑美，與二三鄰曲，同游斜川。臨長流，望曾城，魴鯉躍鱗於將夕，水鷗乘和以翻飛。」蘇軾立春日小集戲李端叔：「歲月斜川似。」参見本集卷二次韻李商老匡山道中望天池注〔八〕。

浙竹〔一〕

龍孫初長浙江曲〔二〕，疏影蕭蕭濯寒玉。平生知愛足風流，只有山陰王子猷〔三〕。而今流落蒼崖頂，暗换年光鄉路永。冰敲雪壓未應衰，鸞鳳不棲空故枝〔四〕。堅榦猶堪製長笛〔五〕，最合宮商勝金石〔六〕。爲君吹動鏡湖秋，驚起雙龍翼小舟〔七〕。

【注釋】

〔一〕作年未詳。　浙竹：據詩中「山陰」、「鏡湖」之句，當特指浙東越州（紹興）之竹。

〔二〕龍孫：竹筍之俗稱。釋贊寧筍譜：「俗閩呼筍爲龍孫。若然者，龍未聞化竹，竹化爲龍，豈宜言龍孫？今詳，理實竹爲龍，龍且不生筍，故嘉言巧諭呼爲龍孫耳。」亦泛指竹。梅堯臣依韻和孫待制新栽竹：「龍孫已見多奇節，鳳實新生入翠枝。」　浙江：即錢塘江。

〔三〕「平生知愛足風流」二句：世説新語任誕：「王子猷嘗暫寄人空宅住，便令種竹。或問：『暫住，何煩爾？』王嘯詠良久，直指竹曰：『何可一日無此君。』」晉書王徽之傳：「徽之字子猷，性卓犖不羈。……時吴中一士大夫家有好竹，欲觀之，便出，坐輿造竹下，諷嘯良久。主人灑掃請坐，徽之不顧。將出，主人乃閉門。徽之便以此賞之，盡歡而去。」

〔四〕鸞鳳不棲空故枝：詩大雅卷阿：「鳳皇鳴矣，于彼高岡。梧桐生矣，于彼朝陽。」鄭箋云：「鳳皇之性，非梧桐不棲，非竹實不食。」此詠竹，故曰鸞鳳不棲。

〔五〕堅榦猶堪製長笛：文選注卷一八馬季長（融）長笛賦：「近世雙笛從羌起，羌人伐竹未及已。龍鳴水中不見己，截竹吹之聲相似。」

〔六〕最合宮商勝金石：長笛賦：「易京君明識音律，故本四孔加以一。君明所加孔後出，是謂商聲五音畢。」李善注：「漢書曰：京房字君明，漢武帝時人也。修易，尤好鍾律，知五聲。然京房修易，故曰易京房。笛本四孔，房加一孔於下，爲商聲，故謂五音畢。」漢書律曆志：「黄帝使泠綸，自大夏之西，昆侖之陰，取竹之解谷生，其竅厚均者，斷兩節間而吹之，以爲黄鐘之宮。」故曰竹製之笛最合宮商。　金石：廓門注：「金石，八音之中二也。金，鐘類；石，磬類也。」

〔七〕「爲君吹動鏡湖秋」二句：唐段安節樂府雜録：「笛，羌樂也，古有落梅花曲。開元中，有李謩獨步於當時。後禄山亂，流落江東。越州刺史皇甫政月夜泛鏡湖，命謩吹笛，謩爲之盡妙。倏有一老父泛小舟來聽，風骨冷秀，政異之，進而問焉。老父曰：『某少善此，今聞至音，輒來聽耳。』政即以謩笛授之，老父始奏一聲，鏡湖波浪摇動，數疊之後，笛遂中裂。即探懷中一笛，以畢其曲。政視舟下，見二龍翼舟而聽。老父曲終，以笛付謩。謩吹之，竟不能聲，即拜謝以求其法。頃刻，老父入小舟，遂失所在。」　鏡湖：太平寰宇記卷九六江南東道八越州：「山陰鏡湖，漢順帝永和五年會稽太守馬臻創立。鏡湖在會稽、山陰兩縣界。……又按輿地志云：山陰南湖，縈帶郊郭，白水翠巖，互相映發，若圖畫。故王逸少云：山陰路上行，如在鏡中游耳。」 翼小舟：分列小舟兩旁。

觀山茶過回龍寺示邦基〔一〕

北窗賞新晴，睡美正清熟〔二〕。竹雞斷幽夢，朦朧不能續〔三〕。卧聞故人家，山茶已出屋〔四〕。欣然一命駕〔五〕，妍暖快僮僕〔六〕。千朵鶴頂紅〔七〕，染此一叢緑㊀。坐客例能詩，秀句抵金玉〔八〕。攜過回龍寺，掃壁爲君録。逸筆作波險，欹斜不可讀〔九〕。坐驚殷牀鐘〔一〇〕，暮色眩雙目。入關更清興，市井亂燈燭。人生分萬途，稱心良易足。時平且行樂，餘實（賔）非所欲㊁。

【校記】

㊀ 一叢緑：石倉本、宋元詩會作「叢間緑」。

㊁ 實：底本、四庫本、廓門本、天寧本、石倉本作「賔」，御選宋詩卷二四收此詩作「實」，今據改。鍇按：作「賔」句意不通，當涉形近而誤。

【注釋】

〔一〕作年未詳。　回龍寺：江西通志卷一一一寺觀一臨江府：「回龍寺，在府城東北五里，江水東流至此稍折，寺當其衝，故名。」此詩回龍寺或指此。　邦基：姓楊，名不可考。本集卷二有夏日陪楊邦基彭思禹訪德莊烹茶分韻得嘉字，卷一〇有廬山寄都下邦基德祖諸故人，卷一一有夜雨歌懷淵才邦基，當即此人。本集卷一又有贈許邦基，然許爲貴公子，該詩多應酬語，而此詩稱邦基爲「故人」，故當指楊邦基。

〔二〕睡美正清熟：蘇軾二月二十六日雨中熟睡至晚强起：「雨聲來不斷，睡味清且熟。」

〔三〕「竹雞斷幽夢」二句：廓門注：「翻案『馬上續殘夢』句。」其説甚是。錯按：「馬上續殘夢」見於唐劉駕早行詩，蘇軾太白山下早行至横渠鎮書崇壽院壁詩襲用其全句，惠洪反其意而用之，意謂殘夢不能續，是爲翻案。

〔四〕山茶已出屋：蘇軾種德亭：「山茶想出屋，湖橘應過牆。」此借用其語。

〔五〕命駕：命人駕車馬，謂立即動身。左傳哀公十一年：「退，命駕而行。」

〔六〕妍暖：晴朗暖和。王安石和祖仁晚過集禧觀：「妍暖聊隨馬首東。」　快僮僕：謂僮僕亦欣然愉快。

〔七〕鶴頂紅：山茶之代稱。語本蘇軾王伯敭所藏趙昌花四首山茶：「掌中調丹砂，染此鶴頂紅。」

〔八〕秀句抵金玉：廓門注：「老杜詩『家書抵萬金』之句法也。」錯按：蘇軾與謝民師推官書：「歐陽文忠公言：文章如精金美玉，市有定價。」此化用其意。

〔九〕「逸筆作波險」二句：以波浪險惡喻書法用筆波折不測，難以辨認。參見本卷余作進和尚舍利贊還善見而有詩次韻注〔七〕。

〔一〇〕殷牀鐘：九家集注杜詩卷二大雲寺贊公房四首之一：「鐘殘仍殷牀。」注：「殷，上聲，而『殷其雷』之殷。」此化用其語。殷，雷聲，震動聲。詩召南殷其靁：「殷其靁，在南山之陽。」毛傳：「殷，靁聲也。」文選注卷八司馬長卿上林賦：「車騎靁起，殷天動地。」郭璞注：「殷，猶震也。」李善注：「殷，音隱。」錯按：本集好用此語，如卷五次韻思禹思晦見寄二首之二：「如鐘殷牀有餘韻。」次韻見贈：「樓鐘尚殷牀。」卷九僧求曉披晚清二軒詩二首之二：「殷牀鐘未消，流螢自開户。」卷一一湘山獨宿聞雨：「殷牀鐘靜自垂簾。」

次韻葉集之同秀實敦素道夫游北山會周氏書房〔一〕

王郎本豪放，富貴纏縛之〔二〕。頗復厭絲竹，來聽松風悲。葉侯須似棘〔三〕，談兵輒紛披〔四〕。恃此文武膽〔五〕，英氣吞北西〔六〕。正直威鬼神，動欲焚淫祠〔七〕。道夫憂國心，造次常念茲〔八〕。事功未入手，憤酒誰共釃〔九〕？正恐追老范〔一〇〕，一吐胸中奇〔一一〕。秀實氣剛大〔一二〕，歸宿未易期。新詩弄清婉，霜曉臨湘湄〔一三〕。鍾山冠世境，登賞乃所宜。林間見隱者〔一四〕，面有無求姿。不必問賢否，但讀諸公詩。我無支遁才，敢逐王謝爲〔一五〕？推擠幸不死〔一六〕，豈非憐其癡。一昨閲詩戰，望見仆旌麾〔一七〕。今能犯矢石〔一八〕，居久氣自移〔一九〕。

【注釋】

〔一〕大觀二年作於江寧府。葉集之：名未詳。宋吴可藏海詩話載其詩及詩論，共三條。其一曰：「葉集之詩云：『層城高樓飛鳥邊，落日置酒清江前。』明不虧詩云：『故鄉深落落霞邊，雁斷魚沉二十年。寫盡彩箋無寄處，洞庭湖水闊於天。』『落霞邊』不如『飛鳥邊』三字不凡也。」其二曰：「東坡詩不無精粗，當汰之。葉集之云：『不可。於其不齊不整中時見妙處爲佳。』」其三曰：「葉集之云：『韓退之陸渾山火詩，浣花決不能作；東坡蓋公堂記，退之做不到。碩儒巨公，各有造極處，不可比量高下。元微之論杜詩，以爲李謫仙尚未歷其藩翰，豈當如此説。』異乎微之之論也。此爲知言。」元富大用古今事文類聚外集卷一三載葉集之送李道父辟大名司録一首，古今事文類聚遺集卷一一載葉集之次韻王帥彦昭破賊一首。秀實：高茂華字秀實，曾布外甥壻。吕本中紫微詩話：「高秀實茂華，人物高遠，有出塵之姿，其爲文稱是。嘗和余高郵道中詩，有『中途留眼占星聚，一宿披顔覺霧收』之句，便覺余詩急迫，少從容閒暇處。」又曰：「衆人方學山谷詩時，晁叔用沖之獨專學老杜；衆人求生西方，高秀實獨求生兜率。」又曰：「曾元嗣續政和間嘗作十友詩，蓋謂顔平仲岐、關止叔沼、饒德操節、高秀實茂華、韓子蒼駒及余諸人共十人也。」許顗彦周詩話：「僕年十七歲時，先大夫爲江東漕，李端叔、高秀實皆父執也。適在金陵，二公游蔣山，僕雖年少，數從杖履之後。在定林説元微之詩，引事皆有出處，屈曲隱奥，高秀實皆能言之，僕不覺自失。因思古人讀書多，出語皆有來處，前輩亦讀書多，能知之也。」又曰：「高秀實又云：『元氏艷詩，麗而有骨；韓偓香奩集，麗而無骨。』時李端叔意喜韓偓詩，誦其序云：『咀五色之靈芝，香生九竅；咽三危之瑞露，美動七情。』秀實云：『動不得也，動不得也。』」又曰：「『五年不出青門道，邂逅尋春此一回。忽憶秦川貴公子，桃花落盡合歸來。』此高秀實城東寄王越州詩。」　敦素、道夫見前注。　北山：即鍾山。　周氏書房：不可考。

〔一一〕富貴纏縛之：黄庭堅次韻答楊子聞見贈：「莫要朱金纏縛我，陸沉世上貴無名。」此反其意而用之。本集多用富貴或功名纏縛之語恭維貴公子。參見卷一贈許邦基注〔一三〕。

〔一二〕葉侯：葉集之，侯乃尊稱。　須似棘：謂鬍鬚硬直蓬亂如荆棘。須，同「鬚」。　廓門注：「宋山陰公主謂褚彦回曰：『公鬚髯如戟，何無丈夫意？』類此借用。」事見南史褚彦回傳。錯按：宋人詩形容鬍鬚，多用「如戟」，如蘇軾答陳季常：「彼此鬚髯如戟，莫作兒女態也。」饒節倚松詩集卷二贈霍明府偉：「鬢髯如戟氣如虹。」謝逸溪堂集卷三從黄宗魯乞怪石：

「鄙夫鬚髯鋭如戟。」李彭日涉園集卷五食鰒魚戲呈夏侯：「丈夫鬚髮果如戟。」然亦有用「如棘」者，如日涉園集卷四次九弟阻雪不得游雲居：「兩鬢忽如棘。」王十朋梅溪集前集卷五西征：「髭鬚如棘猶名利。」

〔四〕紛披：此形容鬍鬚散亂貌。

〔五〕文武膽：三國志魏書陳登傳：「陳登者，字元龍，在廣陵有威名，又掎角呂布有功，加伏波將軍，年三十九卒。……（劉）備因言曰：『若元龍文武膽志，當求之於古耳，造次難得比也。』」

〔六〕北西：北指遼國，即契丹；西指西夏。

〔七〕淫祠：邪祠，不合禮義而濫設之祠廟。

〔八〕造次常念兹：謂即使匆忙之間亦念憂國之事。論語里仁：「君子無終食之間違仁，造次必於是，顛沛必於是。」何晏集解：「馬曰：造次，急遽；顛沛，偃仆。雖急遽偃仆不違仁。」

〔九〕「事功未入手」二句：謂功名未就，故戒酒而不飲。憒酒：怨恨酒。能改齋漫録卷一七記黄庭堅答小妓楊姝彈琴送酒，作好事近詞，中有句云：「自恨老人憒酒，負十分金葉。」　釃：斟。

〔一〇〕老范：指范仲淹。參見本集卷一謁狄梁公廟注〔一一〕。

〔一一〕一吐胸中奇：韓愈代張籍與李浙東書：「何由致其身於其人之側，開口一吐出胸中之奇乎？」范仲淹范文正集別集卷一酬和黄太博：「吐以胸中奇，落落金玉繼。」此用其語。

〔一二〕氣剛大：孟子公孫丑上：「其爲氣也，至大至剛，以直養而無害，則塞於天地之間。」趙岐注：「言此至大至剛，正直之氣也。」

〔一三〕霜曉臨湘湄：喻新詩讀之令人清爽，如霜晨來至清澈湘江之湄。

〔一四〕隱者：當指詩題中之周氏，其人隱居北山。

〔一五〕「我無支遁才」二句：高僧傳卷四晉剡沃洲山支遁傳：「支遁字道林，本姓關，陳留人。……年二十五出家。每至講肆，善標宗會，而章句或有所遺，時爲守文者所陋。謝安聞而善之曰：『此乃九方堙之相馬也。略其玄黄，而取其駿逸。』王洽、劉惔、殷浩、許詢、郗超、孫綽、桓彦表、王敬仁、何次道、王文度、謝長遐、袁彦伯等，並一代名流，皆著塵外之狎。……晚欲入剡。謝安爲吴興，與遁書曰：『思君日積，計辰傾遲，知欲還剡自治，甚以悵然。人生如寄耳，頃風流得意之事，殆爲都盡。終日慼慼，觸事惆悵，唯遲君來，以晤言消之，一日當千載耳。此多山縣，閑静，差可養疾。事不異剡，而醫藥不同，必思此緣，副其積想也。』王羲之時在會稽，素聞遁名，未之信，謂人曰：『一往之氣何足言。』後遁既還剡，經由于郡。王故詣遁，觀其風力。既至，王謂遁曰：『逍遥篇可得聞乎？』遁乃作數千言，標揭新理，才藻驚絶。王遂披衿解帶，流連不能已。仍請住靈嘉寺，意存相近。」王謝：指王羲之、謝安輩，此代指與僧人交往之士大夫。

〔一六〕推擠：排擠，擠壓。蘇軾與毛令方尉游西菩提寺二首之一：「推擠不去已三年。」此借用其語。元符二年（一〇九九）惠洪嘗遭排擠離開真淨克文。崇寧五年（一一〇六）知撫州朱彦請其住持景德寺，次年朱彦離任，惠洪離景德寺赴金陵，亦當爲受排擠之故。本集多有詩文言及「推擠」之事。

〔一七〕「一昨閲詩戰」二句：謂昨日閲讀葉集之諸人唱和詩，甚推崇，以爲不可及，甘願認輸。詩戰：以詩爲戰，唐宋文人以喻朋友之間比試詩藝之唱和詩。宋王伯大别本韓文考異卷二送靈師：「戰詩誰與敵。」注曰：「『戰詩』或作『爭戰』，或作『文戰』，或作『詩戰』。方云：『戰詩』『戰文』，唐人語也。白樂天『戰文重掉鞅』，劉夢得『戰文矛戟深誰與』。」仆旌麾：旌旗倒伏，指敗降。宋韓琦安陽集卷八次韻答滑州梅龍圖以詩酒見寄二首之一：「對敵公如論酒兵，病夫雖劣敢先登。如將壓境求詩戰，即豎降旗示不勝。」此化用其意。

〔一八〕犯矢石：冒矢石而攻城，喻勉力爲詩參與詩戰。矢石：守城之箭與壘石。韓非子難二：「嚴親在圍，輕犯矢石，孝子之所愛親也。」此用其語。

〔一九〕居久氣自移：謂與諸君子交游日久，氣質自會改變。孟子盡心上：「居移氣，養移體，大哉居乎！」趙岐注：「居尊則氣高，居卑則氣下，居之移人氣志，使之高凉，若供養之移人形身使充盛也。」山谷内集詩注卷五柳閎展如子瞻甥也其才德甚美有意於學故以桃李不言下自成蹊八字作詩贈之之五：「偉哉居移氣，蘭鮑在所化。」任淵注：「『居移氣』，見孟子。家語：『子曰：與善人居，如入芝蘭之室，久而不聞其香，即與之化矣。與不善人居，如入鮑魚之肆，久而不聞其臭，亦與之化矣。』」

洪玉父赴官潁州（潁川）會余金陵㊀〔一〕

迂疏世不要，冷落眠山寺。空山斷往還，落花自流水〔二〕。平生所懷人〔三〕，那料千里至。懽極看屋梁，通夕不成寐〔四〕。曉從城郭來，山亦爲余喜。登門見眉須，已覺增爽氣。洪徐皆人龍〔五〕，論議例英偉。君於二老間，妙語發温粹。胡爲下僚中〔六〕，混此萬乘器〔七〕。攝衣願從君〔八〕，舉步懼推鄙〔九〕。安知出愛忘〔一〇〕，劇談略勢位〔一一〕。便欲攜與東，載我以船尾〔一二〕。予生分奇蹇〔一三〕，事事得敗意〔一四〕。獨於天下豪，未識已神契〔一五〕。天公亦見憐，以此厚我耳。西湖今古勝，前輩風流地〔一六〕。風月久乾没〔一七〕，畫舫誰料理〔一八〕？行當入君手，想見飽風味〔一九〕。不得陪清游，起坐終夜喟。定有湖上詩，無辭遠相寄。

【校記】

㊀潁州：底本、廓門本、天寧本作「潁川」，四庫本、武林本作「潁川」，皆誤，今改。參見注〔一〕。

【注釋】

〔一〕大觀二年春作於江寧府。洪玉父：洪炎（一〇六七～一一三三）字玉父，分寧人，黄庭堅甥。詩入江西宗派。有西渡集傳世。事具清陸心源宋史翼卷二七文苑傳。赴官潁州：吕本中師友雜志：「大觀間，東萊公迎侍赴真州船場，過楚州，汪信民爲教官，洪玉父迎其祖母文城君赴官潁州。信民、玉父與予會飲舟中，甚樂。……别後，玉父有寄予與信民四言詩。」潁州宋屬京西北路，治汝陰縣，在今安徽阜陽市。而潁川爲古郡名，宋爲潁昌府，治長社縣，在今河南許昌市一帶。潁州、潁川非同一地。底本作「潁川」，二字皆誤，今據師友雜志改。此詩有「西湖古今勝，前輩風流地」之句，西湖指潁州西湖，前輩指歐陽修、蘇軾，均曾知潁州。此亦可證底本詩題之誤。此詩有「落花自流水」之句，當作於本年暮春。參見韋海英江西詩派諸家考論洪炎行年考（北京大學出版社二〇〇五年版，頁八二）。

〔二〕「空山斷往還」二句：蘇軾十八大阿羅漢頌：「空山無人，水流花開。」此化用其語。鍇按：惠洪頗喜蘇軾此二句，嘗借以爲韻，參見本集卷一四余在制勘院晝卧念故山經行處用空山無人水流花開爲韻寄山中道友八首。

〔三〕平生所懷人：黄庭堅同王稚川晏叔原飯寂照房得房字：「平生所懷人，忽言共榻牀。」此借用其語。參見本卷次韻道林會規方外注〔七〕。

〔四〕「懽極看屋梁」二句：廓門注：「老杜夢李白詩：『落月滿屋梁，猶疑照顔色。』」此化用其意。

〔五〕洪徐皆人龍：洪指洪芻（一〇六六～？），字駒父，洪炎之兄，黄庭堅甥。元祐中任黄州推官，紹聖元年進士及第。清陸心源元祐黨人傳卷八洪芻傳：「坐元符上書邪下，降兩官，監汀州酒税。崇寧三年入黨籍，五年叙復宣德郎。靖康中諫議大夫。」洪芻詩亦入江西宗派，有老圃集傳世。　徐指徐俯（一〇七五～一一四一），字師川，號東湖居士，洪州分寧人，黄庭堅甥。以父徐禧死國事，授通直郎，轉奉議郎。後以詩酒自娱，放浪江南山水間，食祠禄者四十年，始調通判吉州。累官司門郎中。建炎中爲右諫議大夫、中書舍人。紹興二年賜進士及第。遷翰林學士，擢端明殿學士，簽書樞密院事，兼權參知政事。提舉洞霄宫，知信州，卒。宋史有傳。俯詩入江西宗派，有東湖集。本集卷二七跋徐洪李三士詩：「陳瑩中嘗問予南州近時人物之冠，予以師川、駒父、商老爲言，瑩中首肯之。駒父戲效孟浩然作語，如王謝家子弟，風神步趨，不能優劣。商老和之，如劉安王見上帝，大言不遜，豪氣未除。獨師川有句在暮山煙雨裏，西洲落照中，未暇寫也。」

〔六〕下僚：職位低微之官員。文選注卷二一左太沖（思）詠史詩八首之二：「英俊沉下僚。」注：「爾雅曰：僚，官也。」

〔七〕萬乘器：喻指國家之傑出人才。萬乘，萬輛兵車。周制，天子有車萬乘，故以萬乘代指國家。史記鄒陽列傳：「蟠木根柢，輪囷離詭，而爲萬乘器者，何則？以左右先爲之容也。」黄庭堅柳閎展如子瞻甥也其才德甚美有意於學故以桃李不言下自成蹊八字作詩贈之之七：「思爲萬乘器，柱下貴晚成。」

〔八〕攝衣：提起衣襟，或整飭衣裝。史記酈生陸賈列傳：「於是沛公輟洗，起攝衣。」張守節正義：「攝，猶言斂著也。」宋高僧傳卷九唐南嶽石頭山希遷傳：「後聞廬陵清涼山思禪師爲曹溪補處，又攝衣從之。」

〔九〕推鄙：推却拒絶，鄙薄輕視。此詞乃惠洪獨創，本集卷九次韻周運句見寄：「頑鈍世推鄙。」再用之。

〔一〇〕愛忘：「愛忘其醜」之略稱。晉書載記三劉曜傳：「且陛下若愛忘其醜，以臣微堪指授，亦當能輔導義光，仰遵聖軌。」亡名氏釋常談卷上愛忘其醜：「人有相善，不顧其過，謂之愛忘其醜。」

〔一一〕劇談：猶暢談。漢書揚雄傳：「口吃不能劇談。」顔師古注：「鄭氏曰：『劇，甚也。』晉灼曰：『或作遽，遽，疾也。口吃不能疾言。』師古曰：劇，亦疾也。無煩作遽也。」略勢位：忽略輕視權勢地位。

〔一二〕載我以船尾：蘇軾贈葛葦：「欲將船尾載君行。」此借用其意。

〔一三〕分奇蹇：猶言命運不好。分，指緣分，福分。奇蹇，謂不偶，困厄不利。

〔一四〕敗意：猶言敗興。參見本卷會蘇養直注〔一一〕。

〔一五〕神契：猶神交，謂心意相投合。

〔一六〕「西湖今古勝」二句：謂潁州西湖爲古往今來前輩文人游賞之風流勝地。鍇按：據宋胡柯廬陵歐陽文忠公年譜皇祐元年己丑（一〇四九）：「正月丙午，移知潁州。二月丙子，至郡。

樂西湖之勝，將卜居焉。」歐陽修六一詞有詠「西湖好」之採桑子十首，如「輕舟短棹西湖好」、「春深雨過西湖好」、「畫船載酒西湖好」、「羣芳過後西湖好」等等。又據宋傅藻東坡紀年録元祐六年（一〇九一）辛未：「是月（八月），除龍圖閣學士知潁州。九月望，觀月聽琴西湖，作詩。」今歐陽修、蘇軾集中詠潁州西湖者甚多，不勝枚舉。

〔一七〕乾沒：猶言陸沉，喻埋没而無人知。九家集注杜詩卷二九贈李八秘書别三十韻：「乾没費倉儲。」注：「乾没，謂成敗也。或者直爲是『陸沉』兩字。言乾地沉没其利爾。」此詩取「陸沉」義。

〔一八〕料理：照料，管理其事。語本世説新語簡傲：「王子猷作桓車騎參軍。桓謂王曰：『卿在府久，比當相料理。』」

〔一九〕飽風味：猶言饒有風度、風采。黄庭堅跋子瞻和陶詩：「彭澤千載人，東坡百世士。出處雖不同，風味乃相似。」

珪粹中與超然游舊超然數言其俊雅除夕見於西興喜而贈之〔一〕

蜀客快劇談〔二〕，風味出譏誚。衆中聞巴音〔三〕，必往就一笑。道人西州來〔四〕，風度又高妙。吾家長頭郎〔五〕，高蹈萬物表〔六〕。平生少推可，説子不知了。吾初意魁梧，一見殊短小〔七〕。篝燈欸夜語〔八〕，每每犯吾料〔九〕。貌和華林風〔一〇〕，氣爽霜天曉〔一一〕。坐令岑寂中，絶塵追騕褭〔一二〕。君看顯與訥，出蜀亦同調〔一三〕。竟如衆星月〔一四〕，聲光潑雲嶠〔一五〕。子亦當加鞭，歲月一過鳥〔一六〕。

【校記】

㊀州：四庫本作「蜀」。

【注釋】

〔一〕建中靖國元年除夕作於杭州。　珪粹中：釋士珪（一〇八三～一一四六）字粹中，號老禪，成都人，俗姓史氏。年十三，依大慈寺宗雅首座落髮具戒。逾五秋，南游，謁玉泉勤、雲蓋智、百丈肅、靈源清諸禪師有年。登龍門，於佛眼清遠禪師言下大悟。政和末，開法和州天寧寺，繼佛眼住褒禪山。靖康改元，移廬山東林，退居分寧西峰，結茅寺旁竹間，號竹庵。入閩。紹興間住温州龍翔寺。十六年七月示化，年六十四。有語録、詩行世。事具僧寶正續傳卷六，五燈會元卷二〇列臨濟宗楊岐派南嶽下十五世。稱「珪粹中」者，乃法名與表字連稱，亦洪覺範、權巽中之例。　超然：即希祖，字超然。參見本集卷一洞山祖超然生辰注〔一〕。士珪初出蜀時，年十八，時爲元符三年（一一〇〇）。其南游諸方，蓋當先至湘贛，與希祖交游，故此詩稱「與超然游舊」。本集卷二六題華光鑑湖圖：「予建中靖國游西湖，欲航西興，游淛東，以病不果，甚以爲恨。」惠洪於西興與士珪相見，當在建中靖國元年。西興，即錢塘江西興渡，在今杭州市蕭山區，參見本卷福嚴寺夢訪廓然於龍山路中見之注〔二〕。「淛」同「浙」。

〔二〕蜀客：指士珪，珪爲成都人，故稱。劇談：暢談。見前詩注〔一一〕。

〔三〕巴音：巴地口音，此指四川話。秦設巴、蜀二郡，在今四川省。蓋古人多以巴蜀連稱，故此詩既稱士珪爲「蜀客」，又稱其語爲「巴音」。冷齋夜話卷一〇羊肉大美性暖：「毗陵承天珍禪師，蜀人也，巴音夷面。」

〔四〕西州：此代指四川。參見本卷始陽何退翁謫長沙會宿龍興思歸戲之「何郎西州來」句及注〔二〕。

〔五〕吾家長頭郎：指希祖。後漢書賈逵傳：「賈逵字景伯，扶風平陵人也。……身長八尺二寸。諸儒爲之語曰：『問事不休賈長頭。』」蘇軾贈上天竺辯才師：「我有長頭兒，角頰峙犀玉。」

〔六〕高蹈萬物表：蘇軾和雜詩十一首之六：「獨立萬物表。」此用其語。

〔七〕「吾初意魁梧」二句：史記留侯世家：「余以爲其人計魁梧奇偉，至見其圖，狀貌如婦人好女。蓋孔子曰：『以貌取人，失之子羽。』留侯亦云。」此化用其意。魁梧：高大壯實。史記裴駰集解：「應劭曰：『魁梧，丘虚壯大之貌。』」短小：矮小。史記游俠列傳：「解爲人短小精悍，不飲酒。」

〔八〕篝燈：置燈於竹籠中。　欵夜語：謂夜談融洽。

〔九〕每每犯吾料：謂其語往往出乎吾意料之外。犯，冒犯。

〔一〇〕貌和華林風：春日華林之暖風，以喻其容貌之和悦。唐吴筠步虚詞：「灼灼青華林，靈風振瓊柯。三光無冬春，一氣清且和。」本集好用此喻，如卷五仙廬同巽中阿祐忠禪山行：「阿祐華林風，媚秀得妍狀。」卷六長沙邸舍中承敏覺二上人作記年刻舟之誚以詩贈：「氣和不減華林風，韻高勝却霜巖曉。」和元府判游山句：「秀如華林風，儼然散微和。」

〔一一〕氣爽霜天曉：秋日霜天之清晨，以喻其氣質之清爽。蘇軾水龍吟：「爲使君洗盡，蠻風瘴雨，作霜天曉。」

〔一二〕絶塵追騕褭：謂士珪如良馬飛奔，令人望塵莫及。列子説符：「天下之馬者，若滅若没，若亡若失，若此者絶塵弭蹾。」　騕褭：良馬名。淮南子齊俗：「夫待騕褭、飛兔而駕之，則世莫乘車。」高誘注：「騕褭，良馬；飛兔，其子。褭、兔走，蓋皆一日萬里也。」文選卷一五張平子思玄賦：「斥西施而弗御兮，縶騕褭以服箱。」李善注：「漢書音義應劭曰：騕褭，古之駿馬也。赤喙玄身，日行五千里。」漢孔融薦禰衡表：「飛兔、騕褭，絶足奔放，良、樂之所急。」劉子惜時：「騕褭迅足，神馬弗能追也。」

〔一三〕「君看顯與訥」二句：謂士珪出蜀游方，如其前輩禪師雪竇重顯與圓通居訥。　重顯（九八〇～一〇五二），字隱之，俗姓李氏，遂寧人。咸平中詣益州普安院仁銑落髮爲弟子。後東出襄陽，從隨州智門光祚禪師悟道。先後住持蘇州洞庭翠峰、明州雪竇資聖。宗風大振，衲子爭集座下，號雲門中興。有雪竇顯和尚明覺大師頌古集一卷、拈古一卷、明覺禪師語録六卷、祖英集二卷、瀑泉集一卷。事具禪林僧寶傳卷一一雪竇顯禪師傳。五燈會元卷一五列雲門宗青原下九世。居訥（一〇一〇～一〇七一）字中敏，梓州中江人，俗姓蹇氏。年十七，試法華得度，受具於潁真律師，以講學冠兩川。後出蜀游方，遍參荆楚間，爲襄州洞山延慶子榮禪師法嗣。後住持廬山圓通禪院。皇祐初，仁宗詔住京城十方淨因禪院，以目疾堅辭不赴，舉懷璉自代。移住四祖、開先兩刹，所至叢林號稱第一。事具禪林僧寶傳卷二六圓通訥禪師傳。五燈會元卷一六列雲門宗青原下十世。

〔一四〕衆星月：猶言衆星中之月，喻其特異不凡。增壹阿含經卷九慚愧品：「衆流海爲上，衆星月爲首。」

〔一五〕雲嶠：本爲仙山名，即員嶠，此猶言雲山。南朝齊王融遊仙詩：「結賞自雲嶠，移燕乃方壺。」爾雅釋山：「鋭而高，嶠。」邢昺疏：「言山形鐵峻而高者名嶠。」

〔一六〕歲月一過鳥：謂時光流逝之疾，如鳥過目，不過一瞬而已。宋吴幵優古堂詩話論杜甫詩「身輕一鳥過」條曰：「其後東坡詩『如觀老杜飛鳥句，脱字欲補知無緣』，山谷詩『百年青天過鳥翼』，東坡詩『百年同過鳥』，亦從而效之也。余見張景陽詩云：『人生瀛海内，忽如鳥過目。』則知老杜蓋取諸此。況杜又有晛柳少府詩：『余生如過鳥。』又云：『愁窺高鳥過。』景陽之詩，梁氏取以入選。杜贈驥子詩：『熟精文選理。』則其所取亦自有本矣。」錯按：李白古風五十九首之二十三：「人生鳥過目。」蘇軾人日獵城南會者十人以身輕一鳥過槍急萬人呼爲韻軾分得鳥字：「青春還一夢，餘年真過鳥。」又和寄天選長官：「流光安足恃，百歲同過鳥。」黄庭堅歲寒知松柏：「光陰一鳥過。」皆此意。

陳瑩中自合浦遷郴州時余同粹中寓百丈粹中請迓之以病不果粹中獨行作此送之〔一〕

我懷希夷老〔二〕，如啞無處訴。忽聞得生還，失聲喜能語〔三〕。想見如鏡中，仙風拂眉宇。欲問華嚴宗〔四〕，忽覺隔吴楚〔五〕。攝衣出從之〔六〕，久疾恐頓仆〔七〕。佳哉蜀道人〔八〕，精爽馳健武㊀〔九〕。殷勤願偕行，得書即徑去。我生百無求，青山滿門户。公卿一破甑㊁，掉頭不回顧〔一〇〕。斯人獨難忘，自不知其故。夙昔當問佛，□□亦法侶㊂〔一一〕。達書理故事，已辨住山斧〔一二〕。太虚吾斧柄，能□□收取㊃。

【校記】

㊀健：底本與諸本作「揵」，誤，今據武林本改。參見注〔九〕。

㈡破甑：底本、四庫本、武林本缺，今從廓門本、寬文本補。天寧本作「度來」，無據，誤。參見注〔一〇〕。

㈢□□：底本與諸本二字原缺。天寧本作「斯人」，無據，不從。

㈣□□：底本與諸本二字原缺。天寧本作「用以」，無據，不從。

【注釋】

〔一〕崇寧五年春作於洪州靖安縣百丈山。陳瑩中自合浦遷郴州：據陳了翁年譜，陳瓘於崇寧二年正月除名編管廉州。崇寧五年正月，以星赦量移郴州，得自便。宋史徽宗紀二：「（崇寧）五年春正月戊戌，彗出西方，其長竟天。……乙巳，以星變，避殿損膳，詔求直言闕政。毀元祐黨人碑，復謫者仕籍，自今言者勿復彈糾。丁未，太白晝見，赦天下，除黨人一切之禁。……庚戌，詔崇寧以來左降者，各以存歿稍復其官，盡還諸徙者。」陳瓘遇赦當以此。合浦：郡名，即廉州，宋屬廣南西路。又廉州治合浦縣。郴州：宋屬荆湖南路，治郴縣。粹中：即士珪禪師。見前注。百丈：即百丈山，唐大智懷海禪師開法道場。明一統志卷四九南昌府：「百丈山，在奉新縣西一百四十里，吴源水倒出，飛下千尺，故號百丈。以其勢出羣山，又名大雄山。下有大智院，唐宣宗遯跡方外時嘗至此。」迓：迎。

〔二〕希夷老：本指陳摶，此代指陳瓘，蓋以同姓而類比之。陳摶（八七一～九八九）字圖南，亳州真源人。好讀易，隱於武當山九室巖，服氣辟穀，移居華山雲臺觀。宋太宗甚重之，賜號希夷先生。宋史有傳。

〔三〕失聲喜能語：蘇軾朱壽昌郎中少不知母所在刺血寫經求之五十年去歲得之蜀中以詩賀之：「喜極無言淚如雨。」陳師道示三子：「喜極不得語。」此反其意而用之。

〔四〕華嚴宗：此指華嚴經之宗旨。參見本卷陳瑩中由左司諫謫廉相見於興化同渡湘江宿道林寺夜論華嚴宗注〔一〕。

〔五〕忽覺隔吳楚：廓門注：「按一統志，南昌府屬吳。郴州，春秋戰國屬楚。」時惠洪在洪州（南昌府）百丈山，陳瓘在郴州，故云。

〔六〕攝衣出從之：參見本卷洪玉父赴官潁州會余金陵注〔八〕。

〔七〕頓仆：跌倒不起，顛倒而僵仆。三國志吳書諸葛恪傳：「士卒傷病，流曳道路，或頓仆坑壑，或見略獲，存亡忿痛，大小呼嗟。」

〔八〕蜀道人：士珪禪師乃成都人，故稱。

〔九〕健武：剛强勇武。新唐書吐蕃傳：「祖曰鶻提勃悉野，健武多智。」蘇軾參寥子真贊：「外尩柔而中健武。」底本作「揵武」，不辭，「揵」字當涉形近而誤，今改。廓門注：「按字書，犍，牛之健强者。『揵』當作『犍』。禮記曲禮曰：『凡祭宗廟禮，牛曰一元大武。』注：『元，頭也；武，足迹也。牛肥則迹大。』」然「犍武」亦無詞例，今不從。

〔一〇〕「公卿一破甑」二句：謂視功名富貴如已墮地之破甑，置之不顧。後漢書郭太傳：「孟敏字叔達，鉅鹿楊氏人也。客居太原。荷甑墮地，不顧而去。林宗見而問其意。對曰：『甑以破矣，視之何益？』」蘇軾與周長官李秀才游徑山二君先以詩見寄次其韻二首之一：「功名一破甑，棄置何用顧。」本集屢用此喻，參見本集卷一贈蔡儒效注〔一五〕。

〔一二〕「夙昔當問佛」二句：謂昔日曾與陳瓘同參法會，問佛法，而爲道友。「當」，疑當作「嘗」；□□，二字不可考。法侶，即道友。本集卷一一陳瑩中左司自丹丘欲家豫章至溢浦而止余自九峰往見之二首其二有「與公靈鷲曾聽法」之句，卷一五李光祖自了翁法窟來訪余於鍾山留十日方知鼻孔大頭向下既行作六首送之其一有「應思靈鷲多年別」之句，皆用慧思與智顗「昔在靈山同聽法華」之事，見續高僧傳卷一七智顗傳，喻己與陳瓘曾同參法會。

〔一三〕「達書理故事」二句：景德傳燈録卷五吉州青原山行思禪師：「師令希遷持書與南嶽讓和尚曰：『汝達書了速迴，吾有箇鈯斧子，與汝住山。』」

卷四

古詩

同敦素沈宗師登鍾山酌一人泉〔一〕

鍾山對吾户，春曉開煙鬟〔二〕。白雲峰頂泉，紺碧生微瀾〔三〕。經年未一酌〔四〕，對客愧在顔。兩翁亦超放〔五〕，瘦策容躋攀〔六〕。大千寄一瞬〔七〕，境靜情亦閑。是時天慘憯〔八〕，佳處多遺刪〔九〕。立談共嘲謔，豪氣破天慳〔一〇〕。臨川冰玉清〔一一〕，風流繼東山〔一二〕。兹游適所願，但恨無弓彎〔一三〕。東陽丘壑姿〔一四〕，癡絶膽亦頑〔一五〕。孤坐巉絶處〔一六〕，掉頭不肯還〔一七〕。天風吹笑語〔一八〕，響落千巖間。歸來數清境，但覺毛骨寒。從君乞秀句，端爲刻斕斑〔一九〕。

【注釋】

〔一〕大觀三年春作於江寧府。錯按：惠洪大觀二年春至江寧府，此詩言「經年未一酌」，當作於大觀三年。　敦素：王樸，字敦素。　沈宗師：名未詳，字宗師，生平未詳。宋呂本中東萊詩集卷末附曾幾東萊詩集後序曰：「儀真沈公宗師，名卿之子，少卓犖有奇志。方黨禁未解時，不顧流俗，專與元祐故家厚。公（呂本中）尤知之，往來酬唱最多。沈公之子公雅以通家子弟從公游，公稱之甚。乾道初元，幾就養吳郡，時公雅自尚書郎擢守是邦，暇日，裒集公詩，略無遺者，次第歲月，爲二十通，鋟板置之郡齋。蓋公之知沈氏父子也深，故公雅編次之也備。幾亦受知於公者也，公雅用是屬幾題其後。」沈宗師之子字公雅。考萬姓統譜卷八九：「沈度，字公雅，播曾孫也。紹興間令餘干。」王安石臨川文集卷九〇貴池主簿沈君墓表載沈播事甚詳。又據王安禮王魏公集卷七故朝奉郎權發遣秀州軍州兼管内勸農事輕車都尉借紫沈公墓誌銘：「公諱季長，字道原。……父播，贈中大夫。……其先湖州武康人也，再世家於杭州錢塘，不知其所以徙。至公皇祖守真州，卒於官，遂家焉，今爲真州揚子人也。……子三人：銖，和州防禦推官，文學行義皆有可稱。錫，讀書舉進士；鏻，亦孝謹，皆假承務郎。……公之配，予同産姊也。」沈季長乃安石妹夫，安禮姊夫。其子沈銖、沈錫宋史皆有傳。沈錫大觀三年以徽猷閣待制知江寧府，而沈宗師大觀三年亦在江寧，疑宗師即錫之子，時隨父至江寧。其世系當爲：沈播生季長，季長生錫，錫生宗師，宗師生度。宗師既爲季長之孫，而季長爲王安國妹夫，故宗師與王樸爲表兄弟。一人泉：輿地紀勝卷一七江南東路建康府：「一人泉：在蔣山高峰絶頂，有一人泉，僅容一勺多，挹之不竭。皆山之勝處也。荆公詩云：『蹇淺一人泉。』」蔣山，即鍾山。李之儀姑溪居士前集卷二和游一人泉，用韻全同此詩，當爲和惠洪之作。見附録。

〔二〕煙鬟：以女人之髮髻喻雲霧繚繞之峰巒。明楊慎升庵集卷五八煙鬟：「韓昌黎炭谷湫詩：『擢玉紆煙鬟。』奇句也。東坡屢用之，如：『古甃磨翠壁，霜林散煙鬟。』又云：『孤雲落日在馬耳，照曜金碧開煙鬟。』又：『落日銜翠壁，暮雲點煙鬟。』又：『兩山遥樹雙煙鬟。』又：『淮山相媚嫵，曉鏡開煙鬟。』」鍇按：蘇軾又有李思訓畫長江絶島圖：「峨峨兩煙鬟，曉鏡開新粧。」本集亦屢用之，如卷五次韻游石霜：「山縮煙鬟三十二。」卷六湘西飛來湖：「武林散煙鬟，一峰螺髻孤。」寄邵子中學句：「五峰解煙鬟。」卷九寄題行林寺照堂：「山好理煙鬟。」不勝枚舉。

〔三〕紺碧：天青色，深碧色。

〔四〕經年未一酌：本集卷二同慶長游草堂：「更爲明日游，踏遍鍾山頂。旋汲一人泉，峰頭煮春茗。」該詩作於大觀二年，至此與王敦素、沈宗師同游鍾山，酌一人泉，已經一年。

〔五〕兩翁：指王敦素與沈宗師。

〔六〕瘦策：竹手杖。

〔七〕大千寄一瞬：謂大千世界盡入瞬目一瞥之中。

〔八〕慘憺：同慘澹，暗淡陰沉。

〔九〕佳處多遺删：謂因天色暗淡而難覩多處佳景。

〔一〇〕「立談共嘲謔」二句：蘇軾祈雪霧豬泉出城馬上有作贈舒堯文：「願君發豪氣，嘲談破天慳。」此借用其語意。　天慳：戲謂天公慳吝，不願示人美景，故以陰雲遮蔽。

〔一一〕臨川：本指王安石，江西臨川人，世称王臨川。此指王敦素。蓋敦素爲王安石之弟安國之孫，故以其祖籍臨川稱之。　冰玉清：喻人品高潔，如冰清玉潔。曹子建集卷九光禄大夫荀侯誄：「如冰之清，如玉之潔。」蘇軾贈陳守道：「蓬萊真人冰玉清。」

〔一二〕風流繼東山：謂王敦素風流曠達，亦如其伯祖安石仿效隱居東山之謝安。世説新語排調：「謝公在東山，朝命屢降而不動。後出爲桓宣武司馬，將發新亭，朝士咸出瞻送。高靈時爲中丞，亦往相祖。先時，多少飲酒，因倚如醉，戲曰：『卿屢違朝旨，高卧東山，諸人每相與言：「安石不肯出，將如蒼生何？」今亦蒼生將如卿何？』謝笑而不答。」鍇按：墨莊漫録卷四：「王荆公退居金陵，建宅於半山。蓋自城至鍾山寶公塔路之半，因以得名。宅後有謝公墩，乃謝安石居東山之所也。荆公云：『我名公字偶相同，我屋公墩在眼中。公去我來墩屬我，不應墩姓尚隨公。』」

〔一三〕但恨無弓彎：謂無美人相從，稍遜謝安東山之游。世説新語識鑒：「謝公在東山畜妓，簡文曰：『安石必出。既與人同樂，亦不得不與人同憂。』」劉孝標注引宋明帝文章志曰：「安縱心事外，疏略常節，每畜女妓，攜持游肆也。」晉書謝安傳：「安雖放情丘壑，然每游賞，必以妓女從。」　弓彎：舞女向後彎腰及地如弓形，此借爲美人之代稱。唐沈亞之異夢録記邢鳳事曰：「鳳，帥家子，無他能，後寓居長安平康里南，以錢百萬質得故豪家洞門曲房之第。即其寢而晝偃，夢一美人自西楹來，環步從容，執卷且吟，爲古裝，而高鬟長眉，衣方領，繡修帶紳，被廣袖之襦。鳳大悦曰：『麗者何自而臨我哉？』美人笑曰：『此妾家也。而君客妾宇下，焉有自耶？』鳳曰：『願示其書之目。』美人曰：『妾好詩而常綴此。』鳳曰：『麗人幸少留，得賜觀覽。』於是美人授詩，坐西牀。鳳發卷視其首篇，題之曰『春陽曲』，終四句。其後他篇皆累數十句。美人曰：『君必欲傳之，無令過一篇。』鳳即起，從東廡下几上取彩牋，傳陽春曲。其詞曰：『長安少女踏春陽，何處春陽不斷腸。舞袖弓彎渾忘却，羅衣空換九秋霜。』鳳卒詩，請曰：『何謂弓彎？』曰：『妾傅年父母使教妾爲此舞。』美人乃起，整衣張袖，舞數拍，爲弓彎狀，以示鳳。既罷，美人泫然，良久，即辭去。鳳曰：『願復少賜。』須臾間竟去，鳳亦覺昏然，忘有記。鳳更衣，於襟袖得其詞，驚眎，復省所夢。」蘇軾江城子詞曰：「玉人家在鳳皇山，水雲間，掩門關。門外行人，立馬看弓彎。」

〔一四〕東陽：據梁書沈約傳，沈約嘗任東陽太守。後世稱沈東陽。此以同姓比沈宗師。　丘壑姿：謂隱逸山林之姿態。黄庭堅送吴彦歸番陽：「本來丘壑姿，不著芻豢養。」

〔一五〕癡絶：癡拙至極，不合流俗。語本世説新語文學劉孝標注引宋明帝文章志：「桓温云：『顧長康體中癡黠各半，合而論之，正平平耳。』世云有三絶：畫絶，文絶，癡絶。」晉書顧愷之傳作「才絶，畫絶，癡絶」。蘇軾次韻韶守狄大夫見贈二首之一：「癡絶還同顧長康。」

〔一六〕巉絶：險峻陡峭。李白江上望皖公山：「清宴皖公山，巉絶稱人意。」

〔一七〕掉頭不肯還：杜甫送孔巢父謝病歸游江東：「巢父掉頭不肯住，東將入海隨煙霧。」此化用其語。

〔一八〕天風吹笑語：惠洪自創此語，以爲得意，故屢用之。如本卷次韻天錫提舉：「天風吹笑語，響落千巖靜。」卷五予頃還自海外夏均父以襄陽别業見要使居之後六年均父謫祁陽酒官余自長沙往謝之夜語感而作：「詩成倚峿臺，天風吹笑語。」卷五同游雲蓋分題得雲字：「天風吹笑語，乞與人間聞。」

〔一九〕端：恰好。　斕斑：色彩錯雜貌，此形容詩句之文采。

【附録】

宋李之儀云：新詩解人頤，秀若披雲鬟。突然不可揖，平地翻波瀾。褰衣媿招攜，每見輒汗顔。況兹天際游，物理知難攀。一來金陵居，終歲不得閒。勝踐固疇昔，欲往獨見删。命駕等人爾，底事獨我慳。豈非勒移靈，不許污名山。因詩想其人，愛來直仍彎。裂臍那復惜，頓足已滯頑。清甘似可飽，忽遽誰其還。何當强扶老，寄迹雲霞間。要須君意果，莫遣我盟寒。曉來雨脚

斷，去夢已斑斑。（姑溪居士前集卷二和游一人泉）

敦素坐誦公衮烏臼樹絶句歎愛不已其詩云三年逐客弄湘流華氣遮欄兩鬢秋秖有荒寒江上樹尚成詩句聚眉頭成此寄之〔一〕

我不識公衮，時時見醉墨。愛其吐詞氣，人品極英特。君看句中眼〔二〕，秀却天下白〔三〕。前輩風流盡，尚復餘此客。世議隘不容〔四〕，道山歸未得〔五〕。三年謫湘楚，妙語敵山色。歸來大江南〔六〕，聲價長籍籍〔七〕。我亦不羈人〔八〕，夢境聊戲劇〔九〕。要當徑尋君，已辦登山屐〔一〇〕。想見一禿翁，攫攘吾輩側〔一一〕。

【注釋】

〔一〕大觀三年作於江寧府。公衮：曾紆字公衮，一作公卷，號空青，南豐人，宰相曾布之子。汪藻浮溪集卷二八右中大夫直寶文閣知衢州曾公墓誌銘：「文肅公（曾布）免相，言者指公（曾紆）嘗夜過韓儀公家，議復瑶華事，且受父客金，請付吏。當國者用吕嘉問尹京，典詔獄。嘉問，熙寧中與文肅公議法爲敵者也。鍛鍊半年，無所得。詔自中，竄永州，入元祐黨籍。」　三年逐客弄湘流：指曾紆貶謫永州之事。永州，宋屬荆湖南路，治零陵縣，臨湘水。山谷内集詩注目録（崇寧四年乙酉）乞鍾乳於曾公衮注曰：「公衮名紆，曾布子宣之子，時編置永州三年矣。」鍇按：清陸心源宋詩紀事補遺卷三八據本集卷一送雷從龍見宣守詩序底本譌字，録烏臼樹絶句於劉公衮名下，並撰小傳云：「劉公衮，徽宗時官中書舍人，宣城太守。」所謂官中書舍人，乃想當然耳。全宋詩卷一三六九已改録爲曾紆之詩，甚是。參見送雷從龍見宣守注〔六〕。

〔二〕句中眼：詩句中有正法眼藏，此乃以禪喻詩，極言其詩語妙有韻。冷齋夜話卷五句中眼：「造語之工，至於荆公、東坡、山谷，盡古今之變。荆公曰：『江月轉空爲白晝，嶺雲分暝與黄昏。』又曰：『一水護田將緑繞，兩山排闥送青來。』東坡海棠詩曰：『秖恐夜深花睡去，高燒銀燭照紅妝。』又曰：『我攜此石歸，袖中有東海。』山谷曰：『此皆謂之句中眼，學者不知此妙語，韻終不勝。』」

〔三〕秀却天下白：以白晳之越女西施喻其詩句之秀美。語本杜甫壯游「越女天下白」句。參見本集卷二次韻君武中秋月下注〔三四〕。

〔四〕世議隘不容：謂世人議論多刻薄褊狹，不能容人過失。蘇軾游徑山：「近來愈覺世議隘。」此用其語。參見本集卷二饒德操瑩中客世與淵才友善有詩送之予偶讀想見其爲人時聞已薙髮出家矣因次其韻注〔六〕。

〔五〕道山：本指神仙藏書之所。後漢書竇章傳：「是時學者稱東觀爲老氏臧室、道家蓬萊山。」李賢注：「言東觀經籍多也。蓬萊，海中神山，爲仙府，幽經秘録，並皆在焉。」後世遂以道山指皇家藏書之府，宋時爲館閣或秘書省之雅稱。陸游老學庵筆記卷四：「秘書省新成，徽廟臨幸。孫叔詣參政作賀表云：『蓬萊道山，一新羣玉之構。』」據汪藻曾公墓誌銘，韓忠彦（儀公）嘗欲擢曾紆館閣，然事未成，遂遭貶，故曰「道山歸未得」。

〔六〕歸來大江南：時曾紆於潤州服喪。汪藻曾公墓誌銘：「會赦，移和州。又會赦，復承奉郎監潭州南嶽廟。文肅公歿，執喪以孝聞。」據周明泰曾子宣年譜稿，崇寧五年曾布復太中大夫，提舉嵩山崇福宮。與弟曾肇還居潤州里第。大觀元年，曾布卒於潤州。此詩作於大觀三年，曾紆尚在服喪期。潤州即今江蘇鎮江市，在大江南。

〔七〕聲價長籍籍：聲名盛大，衆口交傳。李白贈韋秘書子春：「高名動京師，天下皆籍籍。」韓愈送僧澄觀：「道人澄觀名籍籍。」籍籍，衆口喧騰貌。

〔八〕我亦不羈人：五百家注昌黎文集卷二送惠師：「惠師浮屠者，乃是不羈人。」注：「孫曰：不羈者，以馬爲喻，言不受羈辱也。」蘇軾蒜山松林中可卜居余欲僦其地屬金山故作此詩與金山元長老：「金山也是不羈人。」韓、蘇詩皆以「不羈人」稱僧人，故此借用其語以言己。

〔九〕夢境聊戲劇：謂姑且在夢境中游戲人生。戲劇：兒戲，游戲。王安石次韻葉致遠置洲田以詩言志四首之二：「隨順世緣聊戲劇。」

〔一〇〕登山屐：南史謝靈運傳：「尋山陟嶺，必造幽峻，巖嶂數十重，莫不備盡。登躡常著木屐，上山則去其前齒，下山去其後齒。」參見本集卷一贈吴世承注〔一四〕。

〔一一〕「想見一秃翁」二句：設想曾紆讀此詩，可想見一僧人欲躋身於士大夫之旁。此乃自謙語。秃翁：即和尚，指自己。攫攘：爭奪，此含擠入參與之意。蘇軾書朱象先畫後：「今朱君無求於世，雖王公貴人，其何道使之？遇其解衣盤礴，雖余亦得攫攘其傍也。」此用其意。

提舉范公開軒面鍾山名曰寸碧索詩〔一〕

湖山煙翠層，千葉青蓮拆〔二〕。公家蓮菂間〔三〕，如眼不自覿〔四〕。一登功名途，富貴相追迫㈠〔五〕。開軒延爽氣，拄笏望秀色〔六〕。鍾山盤萬丈，雲破見尾脊〔七〕。殷勤度邑屋，分此一寸碧〔八〕。升空帶青小〔九〕，撑漢螺髻出〔一〇〕。我亦個中人〔一一〕，登覽增眼力。知公寓逸想，喧不礙岑寂〔一二〕。給札令賦詩〔一三〕，相顧愕坐客。愧無莫雲詞〔一四〕，涴公雪色壁〔一五〕。

【校記】

㈠相：四庫本作「兩」。

【注釋】

〔一〕大觀三年春作於江寧府。　提舉范公：名不可考。　寸碧：韓愈城南聯句：「遥岑出寸碧，遠目增雙明。」山谷内集詩注卷一三寄題榮州祖元大師此君軒：「當時手栽數寸碧。」任淵注：「韓孟城南聯句云：『遥岑出寸碧。』此借用。」廓門注：「愚按：取此等句名軒，決矣。」其説可從。

〔二〕千葉青蓮拆：以千葉青蓮花開喻層層青山之形。　拆：同「坼」，裂開，綻放。　唐王灣晚夏馬嵬卿叔池亭即事寄京都一二知己：「盛香蓮近拆。」

〔三〕蓮菂：蓮子。亦作「蓮的」。爾雅釋草：「荷，芙蕖。其實蓮，其根藕，其中的，的中薏。」注：「蓮謂房也。（的）蓮中子也。」黄庭堅同錢志仲飯籍田錢孺文官舍：「倒靫收蓮的。」又鄒松滋寄苦竹泉橙麴蓮子湯三首之三：「新收千百秋蓮菂。」

〔四〕眼不自覿：即眼不見眼之意。古尊宿語録卷三一舒州龍門佛眼和尚小參語録：「與萬法爲侣者，豈不是出塵勞耶？心不知心，眼不見眼。既絶對待，見色時無色可見，聞聲時無聲可聞，豈不是出塵勞耶？」

〔五〕富貴相追迫：言其難逃富貴之追逼。隋書楊素傳：「帝嘉之，顧謂素曰：『善自勉之，勿憂不富貴。』素應聲答曰：『臣但恐富貴來逼臣，臣無心圖富貴。』」本集慣用此類話恭維他人，參見卷二一贈王性之注〔三〕。

〔六〕「開軒延爽氣」二句：世説新語簡傲：「王子猷作桓車騎參軍，桓謂王曰：『卿在府久，比當相料理。』初不答，直高視，以手版拄頰云：『西山朝來，致有爽氣。』」笏，即官員朝會或見上司時所執之手版。參見本集卷一贈汪十四注〔一二〕。

〔七〕「鍾山盤萬丈」二句：太平御覽卷一五六引晉張勃吴録：「劉備曾使諸葛亮至京，因觀秣陵山阜，乃嘆曰：『鍾山龍蟠，石頭虎踞，帝王之宅也。』」此以鍾山如龍盤爲喻，而坐實其峰巒爲龍之尾脊。

〔八〕「殷勤度邑屋」二句：謂鍾山殷勤越過城中房屋之阻隔，分給此軒一寸碧緑之山色。此乃點化王安石書湖陰先生壁「兩山排闥送青來」之意。

〔九〕升空帶青小：廓門注：「退之送桂州嚴大夫詩曰：『江作青羅帶。』東坡詩二十四卷：『繫悶豈無羅帶水。』」鍇按：此注不確。此言「升空」之「帶」，非指江水，當指山上之小路如帶。本卷瑜上人自靈石來求鳴玉軒詩會予斷作語復決隄作一首：「想見歷千峰，細路如遺索。」即此意。

〔一〇〕撐漢：極言山峰高撐天漢。漢，銀河。　螺髻：以女性之髮髻喻山峰之形狀。唐皮日休太湖詩縹緲峰：「似將青螺髻，撒在明月中。」

〔一一〕個中人：此中人。惠洪大觀年間寓居鍾山，故稱。

〔一二〕「知公寓逸想」二句：謂可知范公對此寸碧而生逸想，則城邑之諠鬧不礙山林之岑寂。

逸想：超越現實之想象。蘇軾洞庭春色賦：「悟此世之泡幻，藏千里於一斑。舉棗葉之有餘，納芥子其何艱。宜賢王之達觀，寄逸想於人寰。」錯按：本集屢以「逸想」論藝術想象，如本卷大圓庵主以九祖畫像遺作此謝之：「知誰逸想寓此意，必也高人非畫師。」卷八汪履道家觀雪雁圖：「惠崇逸想巧圖畫，定應愛汝夢漏清。」卷一一宿石霜山前莊夢拜普賢像明日到院見壁間畫如所夢有作：「十幅蛾眉紫翠寒，何人逸想發毫端。」卷一八漣水觀音畫像贊：「何人毫端寄逸想，幻出百福莊嚴身。」華藏寺慈氏菩薩贊：「何人寄逸想，游戲浮漚間。以如幻之力，刻此旃檀像。」卷一九東坡畫應身彌勒贊：「二老流落萬里，而妙觀逸想，寄寓如此。」宣律師贊：「何人逸想，以筆墨傳。」不勝枚舉。

〔一三〕給札：史記司馬相如列傳：「相如曰：『……請爲天子游獵賦，賦成奏之。』上許，令尚書給筆札。」蘇軾用前韻答西掖諸公見和：「給札看君賦雲夢。」此借用其語。

〔一四〕愧無莫雲詞：自謙難寫出如詩僧湯惠休之好詩。文選卷三一江淹雜體詩擬僧惠休作一首，首句爲「日暮碧雲合」，故稱。莫，「暮」之古字。東坡詩集注卷一二汪覃秀才久留山中以詩見寄次其韻：「一棄家來伴碧雲師。」注：「厚：僧惠休，姓湯氏。詩曰：『日暮碧雲合，佳人殊未來。』次公：江淹雜擬衆詩凡三十篇，各借著元姓名，至此詩，題曰僧惠休，故後人誤以爲惠休詩。白樂天云：『不似休上人，空多碧雲暮。』更相承誤。今先生云『碧雲師』，亦幾於誤矣。」惠洪此詩亦誤以『莫雲詞』爲惠休之詩，故以之自比。

〔一五〕涴公雪色壁：蘇軾郭祥正家醉畫竹石壁上郭作詩爲謝且遺古銅劍二：「森然欲作不可回，寫向君家雪色壁。平生好詩仍好畫，書牆涴壁長遭駡。」此化用其語。涴，污染，弄髒。

次韻彦由見贈〔一〕

華亭富文物，最後機與雲〔二〕。妙年翰墨場〔三〕，唾手立奇勳〔四〕。萬物鼻一堊，馳掃數揮斤〔五〕。道人出塵者，一見過所聞〔六〕。置之緇衣林，玉石宛自分〔七〕。能將雪溪畫〔八〕，解追青龍氤（氳）㈠〔九〕。超然勁高節，冰雪看此君〔一〇〕。故應知見熟，玉骨久受熏〔一一〕。天眼視浮俗〔一二〕，爭奈空煎焚〔一三〕。我尋住山侶，識子吴江濆〔一四〕。人生各有適，未易分黠嚚〔一五〕。風物亦自私，草木俱忻忻〔一六〕。何當斷岸塢，賡歌蒼石垠〔一七〕。我詩無傑句〔一八〕，愧子才逸羣。此篇頗尚有〔一九〕，句意雅而文〔二〇〕。把玩值清月，林影白紛紛〔二一〕。高懷亦自放，豈以我輩云。君看功名事，真如過耳蚊〔二二〕。行將挂社籍，蓮沼開奇芬〔二三〕。勞君讀此詩，正如蕕與薰〔二四〕。

【校記】

㈠ 氤：原作「氲」，誤，今改。參見注〔九〕。

【注釋】

〔一〕崇寧元年春作於秀州華亭縣。　彦由：據詩中「道人」、「緇衣」之稱，應爲僧人，然生平法系不可考。

〔二〕「華亭富文物」二句：太平寰宇記卷九五江南東道七秀州：「華亭縣……本嘉興縣地，唐天寶十載置，因華亭谷以爲名。華亭谷，輿地志云：『吴大帝以漢建安中封陸遜華亭侯，即以其所居爲封。』谷出佳魚蓴菜，又多白鶴清唳，故陸機嘆曰：『華亭鶴唳，不可復聞。』」輿地廣記卷二三兩浙路秀州：「華亭縣，本崑山縣地，唐天寶中置，屬蘇州，後屬秀州。有華亭谷水，有崑山，吴陸氏之先葬此。後機、雲兄弟有辭學，時人以玉出崑岡，因名之。有機、雲宅在谷中。後機臨刑嘆曰：『華亭鶴唳，可得聞乎？』」

〔三〕妙年翰墨場：杜甫壯游：「往者十四五，出游翰墨場。」此化用其意，謂少年時即馳騁文壇。　妙年：少壯之年。

〔四〕唾手：以口液吐於手，喻極其容易。後漢書公孫瓚傳「天下指麾可定」注引九州春秋：「瓚曰：始天下兵起，我謂唾手而決。」

〔五〕「萬物鼻一堊」二句：言捕捉萬物，構思運筆，已達神妙之境界。莊子徐無鬼：「郢人堊慢其鼻端，若蠅翼，使匠石斲之。匠石運斤成風，聽而斲之。盡堊而鼻不傷，郢人立不失容。」參見本集卷二次韻平無等歲暮有懷注〔九〕。

〔六〕一見過所聞：李白贈瑕丘王少府：「一見過所聞，操持難與羣。」此借用其語。鍇按：漢書趙充國傳：「充國曰：『百聞不如一見。』」

〔七〕「置之緇衣林」二句：謂彥由處在衆僧之中，如玉在石中，優劣自分。緇衣：黑色僧服，代指僧侶。玉石：玉與石，喻優與劣、賢與愚、好與壞。楚辭九章懷沙：「同糅玉石兮，一槩而相量。」此反其意而用之。

〔八〕將：隨從。霅溪晝：唐詩僧皎然。宋高僧傳卷二九唐湖州杼山皎然傳：「釋皎然，名晝，姓謝氏，長城人，康樂侯十世孫也。……於篇什中，吟詠情性，所謂造其微矣。文章儁麗，當時號爲釋門偉器哉。……故時諺曰：『霅之晝，能清秀。』」此言彥由善詩如皎然。

〔九〕青龍氤：「氤」底本作「氲」，廓門注：「『氲』當作『氤』。」其説甚是。宋高僧傳卷五唐長安青龍寺道氤傳：「開元十八年，於花蕚樓對御定二教優劣。氤雄論奮發，河傾海注。道士尹謙對答失次，理屈辭殫，論宗乖舛。帝再三歎羨，詔賜絹伍伯匹，用充法施。別集對御論衡一本，盛傳于代。後撰大乘法寶五門名教并信法儀各一卷、唯識疏六卷、法華經疏六卷、御注金剛經疏六卷。初玄宗注經，至『若有人先世罪業應墮惡道，乃至罪業則爲消滅』，雖提兔翰，頗見狐疑，慮貽謬解之愆，或作餘師之義。遂詔氤決擇經之功力，剖判是非。奏曰：『佛力經力，十聖三賢，亦不可測。陛下曩於般若會中，聞熏不一，更沈注想，自發現行。』帝於是豁然若憶疇昔，下筆不休，終無滯礙也，續宣氤造疏矣。四海嚮風，學徒鱗萃，於青龍寺執新疏，聽者數盈千計。」玄宗所注經，爲金剛般若波羅蜜經，道氤所作御注金剛經疏，號青龍疏。此言彦由長於佛經義解似道氤。鍇按：惠洪林間録卷下載道氤爲玄宗御注金剛經造疏之事，曰「青龍道氤法師」，未誤。而禪林僧寶傳卷二五隆慶閑禪師傳則曰「唐道氳譏明皇」，則同此「青龍氳」之誤。豈其下筆粗疏之誤耶？抑或編纂者傳抄之誤耶？

〔一〇〕「超然勁高節」二句：喻彦由氣節超然，如傲冰雪之勁竹。此君：竹之代稱。語本世説新語任誕：「王子猷嘗暫寄人空宅住，便令種竹。或問：『暫住何煩爾？』王嘯詠良久，直指竹曰：『何可一日無此君。』」黄庭堅次韻外舅喜王正仲三丈奉詔禱南嶽回至襄陽舍驛馬就舟見遇三首之三：「語言少味無阿堵，冰雪相看有此君。」此化用其語意。冷齋夜話卷四詩言其用不言其名：「用事琢句，妙在言其用不言其名耳。此法唯荆公、東坡、山谷三老知之。……（山谷）又曰：『語言少味無阿堵，冰雪相看有此君。』」

〔一一〕「故應知見熟」二句：謂其身心久受佛經解脱知見香之熏陶。山谷内集詩注卷五賈天錫惠寶薰乞詩予以兵衛森畫戟燕寢凝清香十字作詩報之之十：「當念真富貴，自薰知見香。」任淵注：「圓覺經曰：『自薰成種。』佛書有『解脱知見香』。」案：唐李通玄新華嚴經論卷四〇昇兜率天宫品：「『百萬億香帳張施其上』者，明張施戒定慧、解脱知見香之業報。」六祖大師法寶壇經懺悔品：「解脱知見香，自心既無所攀緣善惡，不可沈空守寂，即須廣學多聞，識自本心，達諸佛理，和光接物，無我無人，直至菩提，真性不易，名解脱知見香。善知識，此香各自内熏，莫向外覓。」

〔一二〕天眼：此指天眼通。大智度論卷五：「天眼通者，於眼，得色界四大造清淨色，是名天眼。天眼所見，自地及下地六道中衆生諸物，若近若遠，若麁若細，諸色無不能照。」隋智顗法界次第出門卷中之上六神通初門：「修天眼者，若於深禪定中，發得色界四大清淨造色住，眼根中即能見六道衆生死此生彼，及見一切世間種種形色，是爲天眼通。」　浮俗：世俗，浮薄之習俗。

〔一三〕煎焚：人世間因貪嗔癡而遭致烈火焚燒。大方廣佛華嚴經卷二四十地品：「愛心所纏縛，生諸憂悲苦。但爲貪恚癡，猛火所焚燒。從無始世來，熾然常不息。」

〔一四〕吴江：太平寰宇記卷九一江南東道蘇州：「吴江本名松江，又名松陵，又名笠澤。其江出太湖，二源：一江東五十里入小湖；一江東二百六十里入大海。」　濆：水邊，涯岸。詩大雅常武：「鋪敦淮濆，仍執醜虜。」毛傳：「濆，涯。」

〔一五〕黠嚚：狡黠與愚頑。

〔一六〕「風物亦自私」二句：杜甫江亭：「欣欣物自私。」此點化其意敷衍爲二句。　忻忻：同「欣欣」，興盛貌。

〔一七〕賡歌：詩歌唱和。

〔一八〕我詩無傑句：蘇軾太虚以黄樓復見寄作詩爲謝：「我詩無傑句，萬景驕莫隨。」此借用其成句。

〔一九〕尚有：疑當作「尚友」，謂上與古人爲友。孟子萬章下：「以友天下之善士爲未足，又尚論古之人，頌其詩，讀其書，不知其人，可乎？是以論其世也，是尚友也。」

〔二〇〕句意雅而文：韓非子顯學：「宰予之辭雅而文也。」

〔二一〕「把玩值清月」二句：杜甫陪鄭廣文游何將軍山林十首之九：「涼月白紛紛。」此點化其意敷衍爲二句。

〔二二〕過耳蚊：蚊聲之過耳，喻微不足道。淮南子淑真：「毀譽之於己，猶蚊虻之一過也。」

〔二三〕「行將挂社籍」二句：謂將加入廬山東林寺白蓮社，禮懺西方淨土世界。挂社籍：謂挂名白蓮社之中。蓮社事見十八高賢傳，參見本集卷一贈蔡儒效注〔二五〕。

〔二四〕猶與薰：左傳僖公四年：「一薰一猶，十年尚猶有臭。」注：「薰，香草；猶，臭草。十年有臭，言善易消，惡難除。」

與嘉父兄弟别於臨川復會毗陵〔一〕

君家兄弟萬人傑〔二〕，何止才容誇兩絶。憶昨江南山盡頭〔三〕，西津渡口曾相别〔四〕。君時慘然縗制中〔五〕，行將扶護歸吴越〔六〕。我亦買舟還故山，社燕秋鴻那忍説〔七〕。

客中不覺舟壑走〔八〕，邇來飄忽經歲月。毗陵那料又相逢，喜君美髯冰玉頰。竹軒椎（堆）髻話臨川㊀〔九〕，清論無窮如鋸屑〔一〇〕。意消已覺在秋鄉〔一一〕，坐令五月失炎熱。歸來喜甚不成寐，起步空庭聽風葉。念君姓名懸睿想〔一二〕，吴江未可停舟楫。欲看騕褭付王良〔一三〕，相鼎煩君爲調燮〔一四〕。平生無求任所見，往往撩人面紅浹〔一五〕。恃君猶作故人看，此詩聊當名紙謁〔一六〕。

【校記】

㊀椎：原作「堆」，涉形近而誤，今據廓門本改。參見注〔九〕。

【注釋】

〔一〕元符三年五月作於常州。　嘉父：即張嘉父。冷齋夜話卷一盧橘、本集卷二七跋東坡平山堂詞引張嘉父語，可知惠洪嘗與之交游。施元之、顧禧注東坡先生詩卷三二送張嘉父長官注：「張嘉父，名大亨，山陽人。登元豐八年第，治春秋學。政和間爲司勳郎。張文潛嘗作南山賦以贈之。」四庫全書總目卷二七經部春秋類春秋五禮例宗提要：「宋張大亨撰。大亨字嘉父，湖州人。登元豐乙丑乙科。何薳春渚紀聞、王明清玉照新志並載其嘗官司勳員外郎，以王國侍讀、侍講官名與朝廷相紊，奏請改正事。陳振孫書録解題載大亨春秋通訓及此書，則稱爲『直祕閣吴興張大亨撰』，蓋舉其所終之官也。」　毗陵：古郡名，即常州。

〔二〕萬人傑：班固白虎通義聖人：「禮别名記曰：五人曰茂，十人曰選，百人曰俊，千人曰英，倍英曰賢，萬人曰傑，萬傑曰聖。」

〔三〕江南：此指撫州臨川，宋屬江南西路，簡稱江南。蓋常州宋屬兩浙路，不得稱江南。

〔四〕西津：太平寰宇記卷一一〇江南西道八撫州：「宜黄水在縣東南二百六十三里，源出黄土嶺，沿流合章水，至西津與汝同流。」輿地紀勝卷二九江南西路撫州：「西津，在州之西，去城五里。荆公次韻十四叔賜詩留别：『窮冬追路出西津，得侍茫然兩見春。』」

〔五〕縗制：服喪。縗：喪服。左傳襄公十七年：「齊晏桓子卒，晏嬰麤縗斬。」杜預注：「縗在胸前。」孔穎達疏：「衰（縗）用布爲之，廣四寸，長六寸，當心。」

〔六〕吴越：此指湖州。嘉父爲湖州人，故扶護靈柩當歸湖州。廓門注：「撫州府沿革曰：春秋時爲吴境，後屬越。」誤。

〔七〕社燕秋鴻：喻暫相逢而倏相别。蘇軾送陳睦知潭州：「有如社燕與秋鴻，相逢未穩還相送。」又東坡詩集注卷二二追和戊寅歲上元：「春鴻社燕巧相違。」注：「淮南子：燕春分而來，雁春分而去。燕秋分而北，雁秋分而南。」

〔八〕舟壑走：謂萬物無時不在變化之中，去者不可挽留。莊子大宗師：「夫藏舟於壑，藏山於澤，謂之固矣。然而夜半有力者負之而走，昧者不知也。」

〔九〕椎髻：椎形髮髻，古蠻夷地區未開化居民之髮式。漢書陸賈傳：「高祖使賈賜佗印，爲南越王。賈至，尉佗魋結箕踞見賈。」注：「服虔曰：『魋音椎，今兵士椎頭髻也。』師古曰：結讀曰髻。椎髻者，一撮之髻，其形如椎。」又漢書李陵傳：「後陵、律持牛酒勞漢使博飲，兩人皆胡服椎結。」顔師古注：「『結』讀曰『髻』。一撮之髻，其形如椎。」

〔一〇〕清論無窮如鋸屑：形容善清談，言辭滔滔不絶。晉書胡毋輔之傳：「澄嘗與人書曰：『彦國吐佳言如鋸木屑，霏霏不絶，誠爲後進領袖也。』」蘇軾生日王郎以詩見慶次其韻并寄茶二十一片：「高論無窮如鋸屑。」

〔一一〕意消：莊子田子方：「正容以悟之，使人之意也消。」郭象注：「曠然清虚，正己而已，而物邪自消。」參見本集卷三贈石頭志庵主注〔六〕。

〔一二〕懸睿想：爲皇帝所系想挂念。九家集注杜詩卷一七投贈哥舒開府翰二十韻：「智謀垂睿想，出入冠諸公。」趙注：「惟其方往，謀復河隍，而爲帝所系想，則入而歸朝，出而建節，其榮耀爲諸公之冠矣。」

〔一三〕騕褭：駿馬名。漢孔融薦禰衡表：「飛兔、騕褭，絶足奔放，良、樂之所急。」參見本集卷三次韻道林會規方外注〔一七〕。　王良：春秋時之善馭馬者。吕氏春秋審分：「王良之所以使馬者，約審之以控其轡，而四馬莫敢不盡力。」

〔一四〕相鼎煩君爲調燮：稱張嘉父有宰相之才，可治理國家。韓詩外傳卷七：「伊尹，故有莘氏僮也，負鼎操俎調五味，而立爲相，其遇湯也。」後世以調鼎喻任宰相治國。　調燮：調和。

書洪範：「燮友柔克。」孔傳：「燮，和也。世和順，以柔能治之。」

〔一五〕撩人：招惹他人。　面紅冽：猶言面紅耳赤，此詞爲惠洪生造。此句謂自己平生好議論是非，不講情面，常招惹他人惱怒。

〔一六〕名紙：猶名刺、名片，拜謁他人所投遞之紙片，上書己之名字。事物紀原卷二名紙：「釋名曰：『書名字於奏上曰刺。』後漢：『禰衡初游許下，懷一刺。既無所之適，至於刺字漫滅。』蓋今名紙之制也。則名紙之始，起於漢刺也。」

法雲同王敦素看東坡枯木〔一〕

此翁胸次足江山〔二〕，萬象難逃筆端妙〔三〕。君看壁間耐凍枝〔四〕，煙雨槎枒出談笑㊀〔五〕。想當却立磊礴時㊁〔六〕，醉魂但覺千巖曉。恨翁樹間不畫我〔七〕，擁衲扶笻送飛鳥。併作玄沙息影圖㊂〔八〕，禪齋長伴爐煙裊。王郎自是玉堂人〔九〕，風流合受鶯花繞㊃。何爲愛此枯瘦枿㊄〔一〇〕，嗜好果超凡子料〔一一〕。爲君援筆賦新詩，詩成一笑塵寰小〔一二〕。

【校記】

㊀ 枒：原作「芽」，誤，今據聲畫集卷五改。參見注〔五〕。

㈡磐：聲畫集作「槃」。
㈢併：聲畫集作「寫」。
㈣鶯：聲畫集作「煙」。
㈤愛：聲畫集作「眷」。　柎：聲畫集作「枝」。

【注釋】

〔一〕大觀三年作於江寧府。　法雲：寺名。輿地紀勝卷一七江南東路建康府：「法雲寺：建康志：法雲寺舊在城外東北十里，今徙上元縣北。王荊公詩：『法雲但見脊，細路埋桑麻。扶輿度谽水，窈窕一川花。』」　王敦素：王樸，已見前注。　東坡枯木：指蘇軾所作枯木壁畫。米芾畫史：「子瞻作枯木，枝幹虬屈無端，石皴亦怪怪奇奇無端，如其胸中盤鬱也。」據孔凡禮蘇軾年譜卷二三，元豐七年六月至八月間，蘇軾嘗在江寧。其畫枯木於法雲寺，當在是時。

〔二〕此翁：指蘇軾。　胸次足江山：謂胸中飽藏山川風物。

〔三〕萬象難逃筆端妙：曾慥類説卷五八引書斷：「唐太宗工隸書，師虞世南，嘗患難於戈法。一日，書『戩』字，乃空其右，世南取筆填之。帝以示魏鄭公曰：『朕學世南，以盡其法。卿看之。』鄭公曰：『大筆臨池，萬象不能逃其形，非臣下書可擬倫。仰觀聖作，惟戩字戈法頗逼真。』上深嘆公藻識。」

〔四〕耐凍枝：蘇軾次韻楊公濟奉議梅花十首之七：「冰盤未薦含酸子，雪嶺先看耐凍枝。」此借其語指枯木。

〔五〕楂枒：樹枝縱横交叉貌，同「槎枒」「槎牙」。蘇軾郭祥正家醉畫竹石壁上郭作詩爲謝且遺二古銅劍：「空腸得酒芒角出，肝肺槎牙生竹石。」底本「枒」作「芽」，誤，此字形容枯木，當從木，不當從艸。

〔六〕却立礱礴：指神閑意定，任情作畫。莊子田子方：「宋元君將畫圖，衆史皆至，受揖而立，舐筆和墨，在外者半。有一史後至者，儃儃然不趨，受揖不立，因之舍。公使人視之，則解衣般礴臝。君曰：『可矣，是真畫者也。』」司馬注：「般礴，謂箕坐也。將畫，故解衣見形。」郭象注：「内足者，神閒而意定。」參見本集卷二蒲元亨畫四時扇圖注〔四〕。

〔七〕恨翁樹間不畫我：此欲畫家「畫我」之觀念，頗見於本集，如卷二六題公翼蓄華光所畫湘山樹石：「予習湘山者也，日與樹石爲伍。華光畫樹石而不畫我，何哉？」

〔八〕玄沙息影圖：山谷内集詩注卷九觀伯時畫觀魚僧：「横波一網腥城市，日暮江空煙水寒。當時萬事心已死，猶恐魚作故時看。」任淵注：「山谷舊跋此畫爲玄沙畏影圖。按傳燈録：玄沙宗一大師，姓謝氏，幼好垂釣。年甫三十，忽慕出塵。乃棄釣舟，落髮。後得法於雪峰。」山谷内集詩注目録附年譜：「舊本畫觀魚僧題云：『子瞻畫枯木，伯時作清江游魚，有老僧映樹身觀魚而禪，筆法甚妙。予爲名曰玄沙畏影圖，并題數語。』」玄沙：即唐玄沙師備禪師，事具景德傳燈録卷一八、禪林僧寶傳卷四。參見本集卷二送覺海大師還廬陵省親注〔五〕。此因觀蘇軾枯木圖而聯想李公麟所畫觀魚僧，進而聯想黄庭堅爲圖所取之名。謂己若入畫，正如玄沙映樹身，觀魚而禪。

〔九〕王郎自是玉堂人：恭維王樸有供奉翰林院之才。東坡詩集注卷一八元祐六年六月自杭州召還汶公館我於東堂閱舊詩次諸公韻三首之一：「玉堂陰合手栽花。」趙次公注：「玉堂，翰林院中公堂也。」

〔一〇〕栫：樹木砍伐後所萌新枝，此泛指樹枝。文選卷三張平子東京賦：「山無槎栫。」李善注：「斜斫曰槎，斬而復生曰栫。」

〔一一〕嗜好果超凡子料：蘇軾戴道士得四字代作：「使君獨慕古，嗜好與衆異。」此化用其意。

〔一二〕詩成一笑塵寰小：蘇軾凌虚臺：「聯翩向空墜，一笑驚塵寰。」此借其語意。

送訥上人游西湖〔一〕

西湖招提三百六〔二〕，佳處如春在眉目㊀。一番雨過吞青空，萬頃無波鴨頭緑〔三〕。望湖樓閣獨自登〔四〕，煙霏向背攢寒谷。想見襄陽孟浩然，此中有句不容續〔五〕。道人生長西山阿〔六〕，骨清氣明韻拔俗。久居京國厭塵土〔七〕，一夕歸心俊如鵠〔八〕。明窗爲君研破硯，落筆轉頭風雨速。龍山深處如定居〔九〕，就彼結隣容我卜。

【校記】

㈠處：四庫本作「氣」。

【注釋】

〔一〕元祐八年作於開封府。　訥上人：生平法系未詳。廓門注：「圓通居訥，嗣法於延慶榮禪師。」鍇按：圓通居訥，禪林僧寶傳卷二六有傳，謂其示寂於熙寧四年，而惠洪出生於是年。故此訥上人絶非居訥，廓門注殊誤。　西湖：廓門注：「謂杭州府西湖也。」其説甚是。

〔二〕西湖招提三百六：蘇軾再和（臘日遊孤山訪惠勤惠思二僧）：「三百六十古精廬，出游無伴籃輿孤。」　招提：佛寺。北魏太武帝造伽藍，創招提之名，後遂爲寺院之別稱。

〔三〕鴨頭緑：染料名，形容緑水之色。李白襄陽歌：「遥看漢水鴨頭緑，恰似葡萄初醱醅。」王琦注：「顔師古急就篇注：『春草、雞翹、鳧翁，皆謂染采而色似之。若今染家言鴨頭緑、翠毛碧云。』」

〔四〕望湖樓：東坡詩集注卷六六月二十七日望湖樓醉書五絶題下引龜父注：「圖經：望湖樓，一名看經樓，乾德七年忠懿王錢氏建，去錢塘一里。」

〔五〕「想見襄陽孟浩然」二句：杜甫解悶十二首之六：「復憶襄陽孟浩然，清詩句句盡堪傳。」蘇軾郭熙秋山平遠二首之一：「此間有句無人識，送與襄陽孟浩然。」此化用其意。

〔六〕西山：廓門注：「南昌府西山。」今從其說。參見本集卷一次韻寄吴家兄弟注〔四〕。阿：近旁。

〔七〕京國：廓門注：「京國謂杭州。」誤。北宋京國謂開封府。

〔八〕歸心俊如鵠：即歸心似箭之意。鵠，天鵝，善遠飛；亦指箭靶。

〔九〕龍山：指杭州龍山。咸淳臨安志卷二三山川二：「龍山，在嘉會門外，去城十里，一名卧龍山。」

送僧游泗州（洲）㊀〔一〕

濁流一千里，快寫如建瓴〔二〕。解舟東灣橋，晝夜不得停。忽驚萬頃碧，一舉當眼青〔三〕。自推舴艋窗〔四〕，出步楊柳汀。精神覺蕭散，鶴雛生翅翎㊁〔五〕。僧伽坐閲世〔六〕，層崖登青冥。生涯亦何有〔七〕，隨處懸盂瓶〔八〕。洗心依老宿，湛意終殘經。回頭大梁夢〔九〕，塵迹俱彫零㊂。余亦厭久客，行趁東揚舲〔一〇〕。會宿淮山陽〔一一〕，話此遭熏蒸〔一二〕。看君新句法，霜刀新發硎〔一三〕。

【校記】

㊀州：原作「洲」，誤。參見注〔一〕。

㊁趐：四庫本、武林本作「翅」。

㊂彫：武林本作「凋」。

【注釋】

〔一〕元祐八年作於開封府。　泗州：底本作「泗洲」。廓門注：「『洲』當作『州』。一統志鳳陽府：泗州在府東二百一十里。」其説甚是，今據改。　鍇按：泗州臨淮郡，宋屬淮南東路，治盱眙縣。

〔二〕「濁流一千里」二句：謂汴水湍急，一瀉千里。　濁流：指汴水。蘇軾上皇帝書：「汴水濁流，自生民以來，不以種稻。」宋曾季貍艇齋詩話：「韓子蒼泛汴詩云：『汴水日馳三百里。』末章却云：『水色天光共蔚藍。』汴水黃濁，安得蔚藍也？」又曰：「荆公汴水詩云：『相逢故人昨夜去，不知今日到何州？州中人物不相似，處處蟬聲令客愁。』讀此足知汴水湍急，一日動數百里。」　寫：傾瀉。周禮地官司徒稻人：「以澮寫水。」世説新語文學：「譬如寫水著地，正自縱横流漫，略無正方圓者。」　建瓴：史記高祖本紀：「譬猶居高屋之上，建瓴水也。」參見本集卷三次韻莫翁豐年斷注〔一二〕。

〔三〕眼青：雙關，一指碧水入眼簾，一指欣悦喜愛，猶青眼。

〔四〕舴艋：小船。廣雅釋水：「舴艋，舟也。」王念孫疏證：「玉篇：『舴艋，小舟也。』小舟謂之舴艋，小蝗謂之蚱蜢，義相近也。」

〔五〕鶴雛生翅翎：劉禹錫送景玄師東歸詩引：「廬山僧景玄袖詩一軸來謁，往往有句輕而遒，如鶴雛襹褷，未有六翮，而步舒視遠，戛然一唳，乃非泥滓間物。」此化用其意。　翅：同「翅」。

〔六〕僧伽：唐神僧，本葱嶺北何國人。唐高宗龍朔初至西涼府，次歷江淮，於泗州臨淮就信義坊居人乞地，下標誌之，穴土獲古碑，乃齊國香積寺，得金像衣葉，刻「普照王佛」字。嘗卧賀跋氏家，現十一面觀音形，其家遂捨宅建寺。中宗景龍二年，遣使詔赴内道場，仍褒飾其寺曰普光王。後示寂，歸葬淮上。滅度後，大著靈異，世稱其爲觀音菩薩化身。事具宋高僧傳卷一八唐泗州普光王寺僧伽傳。

〔七〕生涯亦何有：王安石白鷗：「滅没波浪間，生涯亦何有？」此用其成句。

〔八〕盂瓶：猶瓶盂，僧人出行游方所帶食具，盂盛飯，瓶盛水。唐周賀寄新頭陀：「見説北京尋祖後，瓶盂自挈遶窮邊。」宋陳師道送法寶禪師：「翩然挈瓶盂，百里往相就。」

〔九〕大梁：古地名，戰國魏都，代指開封府。

〔一〇〕揚舲：行船，行舟。九家集注杜詩卷一三奉酬薛十二丈判官見贈：「持以比佳士，及此慰揚舲。」注：「則逢佳士、見好鳥，可以比之爲能慰公欲揚舟而下者矣。」

〔一〕淮山：此或指泗州龜山。東坡詩集注卷一九龜山辯才師：「此生念念浮雲改，寄語長淮今好在。故人宴坐虹梁南，新河巧出龜山背。」題下次公注：「龜山在泗州。」「新河」句堯卿注：「時蔣之奇爲發運使，時開運河，謂之新河，出於龜山之背。龜山在淮水中，故作新河以避淮流之險。」

〔二〕熏蒸：猶言熏陶。司馬光上謹習疏：「是故上行下效謂之風，熏蒸漸漬謂之化。」

〔三〕「看君新句法」二句：九家集注杜詩卷一三奉酬薛十二丈判官見贈：「清文動哀玉，見道發新硎。」趙注：「上言佳士文清如玉聲之哀，蓋環佩之類。下句言佳士之才敏。」此化用其意。莊子養生主：「今臣之刀十九年矣，所解數千牛矣，而刀刃若新發於硎。彼節者有間，而刀刃者無厚，以無厚入有間，恢恢乎其於游刃必有餘地矣。」

余過山谷時方睡覺且以所夢告余命賦詩因擬長吉作春夢謠〔一〕

芭蕉莫寒心欲折〔二〕，密燭華光清夜白〔三〕。春風吹夢正扶搖〔四〕，□高墮落銀蟾穴㊀〔五〕。青鸞睡穩雲委地〔六〕，桂葉初齊香不□㊁。千門萬户金碧開，時時忽見如花妾〔七〕。心清別殿聞□□㊂，覺來殷枕哀怨聲〔八〕。月廊花影無人問，金鴨香消風

□□㊃〔九〕。

【校記】

㊀□：原缺一字，天寧本作「樹」。

㊁□：原缺一字，武林本作「滅」，天寧本作「竭」。

㊂□□：原缺二字，天寧本作「鐘音」。

㊃□□：原缺二字，天寧本作「過亭」。

【注釋】

〔一〕崇寧三年正月作於長沙。　山谷：黄庭堅號山谷道人。參見本集卷三黄魯直南遷艤舟碧湘門外半月未游湘西作此招之注〔一〕、〔九〕。　擬長吉作春夢謡：唐詩人李賀，字長吉。此指擬李賀春懷引，李詩曰：「芳蹊密影成花洞，柳結濃煙花帶重。蟾蜍碾玉挂明弓，捍撥裝金打仙鳳。寶枕垂雲選春夢，鈿合碧寒龍腦凍。阿侯繫錦覓周郎，憑仗東風好相送。」蓋因中有「寶枕垂雲選春夢」之句，故曰春夢謡。

〔二〕莫：「暮」之古字。

〔三〕密燭華光清夜白：苕溪漁隱叢話前集卷五六引冷齋夜話載惠洪在海南作燈蛾詞曰：「密燭華光清夜闌，粉衣香翅遶團團。」此或爲惠洪得意句，故兩用之。

〔四〕扶摇：騰飛，盤旋而上。莊子逍遥遊：「鵬之徙於南冥也，水擊三千里，搏扶摇而上者九萬里。」

〔五〕銀蟾穴：代指月窟，月宫。古傳月中有蟾蜍，故稱月爲銀蟾。

〔六〕青鸞：神鳥，鳳類。藝文類聚卷九〇引決疑注：「多赤色者鳳，多青色者鸞。」 委地：拖垂於地。

〔七〕「千門萬户金碧開」二句：冷齋夜話卷八夢與道士游蓬萊：「唯見宫殿張開千門萬户。魯直徐入，有兩玉人導升殿，主者降接之。見仙官執玉麈尾，仙女擁侍之。中有一女，方整琵琶，魯直極愛其風韻。」所記乃黄庭堅元祐間夢游蓬萊仙境，而與此詩所叙之春夢極相似。

〔八〕殷：震動。文選卷八司馬長卿上林賦：「車騎靁起，殷天動地。」李善注：「郭璞曰：『殷猶震也。』善曰：靁，古雷字。殷音隱。」殷或作浸染解。參見本卷懷忠子注〔六〕。

〔九〕金鴨：鍍金鴨形銅香爐。唐戴叔倫春怨：「金鴨香消欲斷魂。」

郭祐之太尉試新龍團索詩〔一〕

政和官焙雨前貢〔二〕，蒼璧密雲盤小鳳〔三〕。京華誰致建溪春〔四〕？睿恩分賜君恩重㊀。緑楊院落春晝永〔五〕，碧砌飛花深一寸〔六〕。門下賓朋還畢集，碾聲驚破南窗夢〔七〕。高情愛客手自試〔八〕，春霧脚縈雪花湧〔九〕。聚觀詩膽已開張〔一〇〕，欲啜睡魔先震恐〔一一〕。我有僧中富貴緣〔一二〕，此會風流真法供〔一三〕。定花磁盂何足道〔一四〕？分甞但欠纖纖捧〔一五〕。七杯清風生兩腋〔一六〕，月脇澄魂誰與共〔一七〕？戲將妙語敵甘寒，詩成一弔盧仝家〔一八〕。

【校記】

㊀ 睿恩：四庫本、武林本作「睿思」。

【注釋】

〔一〕政和元年春作於開封府。郭祐之太尉：郭天信字祐之，開封人，以技隸太史局。徽宗爲端王，天信密白曰：「王當有天下。」既而即帝位，因得親暱，不數年，至樞密都承旨、節度觀察留後。政和初拜定武軍節度使、祐神觀使，頗與聞外朝政事。見蔡京亂國，每託天文以撼之。京黨因告天信洩禁中語言，累貶行軍司馬，竄新州，數月死。事具宋史方技傳。洪邁容齋隨筆三筆卷七節度使稱太尉：「崇寧中改三公爲少師、少傅、少保，而以太尉爲武階之冠，以是凡管軍者猶悉稱之。」郭天信官樞密都承旨、定武軍節度使，爲武階，故稱。吴曾能改齋漫録卷一二洪覺範因張郭罪配朱崖：「洪覺範本名德洪，俗姓彭，筠州人。始在峽州，以醫劉養娘識張天覺。大觀四年八月，覺範入京，而天覺已爲右揆，因乞得祠部一道爲僧。

又因叔彭几在郭天信家作門客，遂識天信。因往來於張、郭二公之門。政和元年，張、郭得罪，而覺範決脊杖二十，刺配朱崖軍牢。後改名惠洪。」　龍團：宋代貢茶，餅狀，上有龍紋，故稱。宋張舜民畫墁録卷一：「迨至本朝，建溪獨盛，採焙製作，前世所未有也，士大夫珍賞鑒別亦過古。先丁晉公爲福建轉運使，始製爲鳳團，後又爲龍團，貢不過四十餅，專擬上供，雖近臣之家，徒聞之而未嘗見也。」

〔二〕政和：宋徽宗年號。　官焙：指建溪北苑焙製之貢茶。山谷内集詩注卷八博士王揚休碾密雲龍同事十三人飲之戲作：「注湯官焙香出籠。」任淵注：「官焙即建谿北焙。」　雨前貢：茶以穀雨前採摘最佳。明許次紓茶疏：「清明穀雨，摘茶之候也。清明太早，立夏太遲，穀雨前後，其時適中。」苕溪漁隱叢話後集卷一一：「至宣政間，鄭可簡以貢茶進用，久領漕計，創添續入，其數浸廣。」又曰：「粗色茶即雨前者。閩中地暖，雨前茶已老而味加重矣。」

〔三〕蒼璧密雲盤小鳳：黄庭堅謝送碾壑源揀芽：「矞雲從龍小蒼璧，元豐至今人未識。」又博士王揚休碾密雲龍同事十三人飲之戲作：「矞雲蒼璧小盤龍，貢包新樣出元豐。」畫墁録卷一：「熙寧末，神宗有旨建州製密雲龍，其品又加於小團矣。」　蒼璧：喻龍團茶餅，以其色緑而圓，故稱。鍇按：此茶餅當爲密雲盤龍，故稱密雲龍。此言「盤小鳳」，既非「密雲」之義，亦與詩題「龍團」不侔，蓋爲押韻而强作「鳳」。

〔四〕建溪春：閩江之北源名建溪，其地産名茶，號建茶，亦稱建溪春。梅堯臣吴正仲遺新茶：「十片建溪春，乾雲碾作塵。天王初受貢，楚客已烹新。」

〔五〕春晝永：蘇軾送魯元翰少卿知衛州：「閉門春晝永。」此借用其語。

〔六〕碧砌飛花深一寸：白居易秋涼閒卧：「槐花深一寸。」此借用其語。「寸」字出韻，或爲方言所致。

〔七〕碾聲：搗碾龍團茶餅之聲。蔡襄茶録：「碾茶，先以淨紙密裹搥碎，然後熟碾。其大要，旋碾則色白，或經宿，則色已昏矣。」黄庭堅阮郎歸茶詞：「摘山初製小龍團，色和香味全。碾聲初斷夜將闌，烹時鶴避煙。」張耒晚春初夏八首之五：「睡足高簷春日斜，碾聲初破小龍茶。」

〔八〕高情愛客手自試：蘇軾試院煎茶：「君不見昔時李生好客手自煎，貴從活火發新泉。」此化用其意。

〔九〕春霧脚縈雪花湧：煎茶泛起之白色泡沫。東坡詩集注卷一四和錢安道寄惠建茶：「雪花雨脚何足道，啜過始知真味永。」王引子仁注：「雪花、雨脚，謂茶也。」同書卷八汲江煎茶：「雪乳已翻煎處脚。」此化用其意。

〔一〇〕詩膽已開張：唐劉叉自問：「酒腸寬似海，詩膽大於天。」蘇軾江城子密州出獵：「酒酣胸膽尚開張。」

〔一一〕睡魔：致人昏睡之魔鬼。宋高僧傳卷一六後唐天台山福田寺從禮傳：「念性殊乖，卒難捨本，往往睡魔相撓。禮忿其昏濁，作鐵錐刺額兼掌，由是流血，直逾半稔，方遂誦通。」宋人謂茶提神，可戰勝睡魔，蘇軾贈包安静先生二首之二：「建茶三十片，不審味如何。奉贈包居士，僧房戰睡魔。」黄庭堅奉同六舅尚書詠茶碾茶煎茶三首之三：「睡魔有耳不及掩，直拂繩牀過疾雷。」

〔一二〕我有僧中富貴緣：謂身雖爲僧而偏與富貴之人有緣，如結交郭天信、張商英之類王公大臣。本集卷二四送鑑老歸慈雲寺載作詩送鑑老曰：「勤勞世外功名事，領略僧中富貴緣。」蓋鑑老亦與張商英交游。

〔一三〕法供：佛教謂對佛、法、僧三寶之供養。此謂郭天信以名茶款待僧人，即供養僧寶之義。

〔一四〕定花磁盂：定州瓷窯所燒之花瓷茶具。蘇詩補注卷八試院煎茶：「又不見今時潞公煎茶學西蜀，定州花瓷琢紅玉。」查慎行注：「茶疏：茶甌取古定窯兔毛花者，亦碍碾茶用之宜耳。其在今日，純白爲佳，兼貴於小定窯。」磁：同「瓷」。參見本集卷三孜還善石菖蒲注〔四〕。

〔一五〕分嘗但欠纖纖捧：指分茶品嘗，而欠缺美女捧送茶盌。韓愈等會合聯句孟郊曰：「雪絃寂寂聽，茗盌纖纖捧。」纖纖，指女性柔細之手。蘇軾試院煎茶：「分無玉盌捧蛾眉。」此句借孟郊語而用蘇軾意。

〔一六〕七杯清風生兩腋：唐盧仝走筆謝孟諫議寄新茶：「七椀喫不得，唯覺兩腋習習清風生。」

〔一七〕月脇澄魂：指盧仝想落天外、澄淨高潔之詩魂。唐皇甫湜唐故著作佐郎顧況集序：「偏於逸歌長句，駿發踔厲，往往若穿天心，出月脇，意外驚人語，非尋常所能及。」盧仝有月蝕詩，故借以喻之。

〔一八〕盧仝冢：清一統志卷一六一懷慶府：「盧仝墓，在濟源縣西北武山之巔。」

戒壇院東坡枯木張嘉夫妙墨童子告以僧不在不可見作此示汪履道〔一〕

雪裏壁間枯木枝，東坡戲作無聲詩〔二〕。霅川謫仙亦豪放〔三〕，酒闌爲吐煙雲詞。鬧傳秀色絕今古㊀，正如四月出盆絲〔四〕。老僧遮護不許見，敲門游客遭慢欺。我來擬看亦乘興，興盡却還君勿嗤〔五〕。

【校記】

㊀鬧：聲畫集卷五作「相」。

【注釋】

〔一〕大觀四年冬作於開封府。戒壇院：明李濂汴京遺蹟志卷一一：「戒壇院，在雷家橋西北舊慈孝寺園，宋仁宗寶元二年創建，元末兵燬。」　張嘉夫，即張大亨，字嘉父。本集「父」「甫」或作「夫」。如姑溪居士文集謂李孝遵字道甫，本集乃作李道夫。蘇軾年譜卷三〇元祐六年七月：「張大亨（嘉父）來訪於京師。嘗爲大亨論春秋，大亨有論春秋專著。」戒壇院蘇軾畫枯木，張大亨題字，或在是時。　汪履道：即汪迪，字履道，常州人。參見本集卷一汪履道家觀所蓄煙雨蘆雁圖注〔一〕。

〔二〕無聲詩：圖畫，此指枯木壁畫。山谷内集詩注卷九次韻子瞻子由題憩寂圖二首之一：「李侯有句不肯吐，淡墨寫出無聲詩。」楊氏補注：「詩意謂伯時寄詩於畫，用東坡『韓幹丹青不語詩』之意。」黄庭堅寫真自贊五首之一：「既不能詩成無色之畫，畫出無聲之詩，又白首而不聞道，則奚取於似摩詰爲？」

〔三〕霅川謫仙：指張大亨。霅川，水名，即霅溪，在湖州。大亨爲湖州人，故稱。

〔四〕正如四月出盆絲：喻詩句清新精美，如抽絲織錦。山谷内集詩注卷三次韻子瞻贈王定國：「王子吐佳句，如繭絲出盆。」任淵注：「歐公詩：『問其別後學，初若繭抽緒。』」歐陽修懷嵩樓晚飲示徐無黨無逸作：「問其別後學，初若繭緒抽。縱横漸組織，文章爛然浮。」參見本集卷一秀上人出示器之詩注〔六〕。

〔五〕「我來擬看亦乘興」二句：世説新語任誕：「王子猷居山陰，夜大雪。眠覺，開室，命酌酒，四望皎然。因起彷徨，詠左思招隱詩。忽憶戴安道。時戴在剡，即便夜乘小船就之，經宿方至，造門不前而返。人問其故，王曰：『吾本乘興而行，興盡而返，何必見戴？』」此化用其意。

次韻太學茂千之〔一〕

君詩清絶若冰壺〔二〕，讀之六月失煩暑㊀〔三〕。我雖好吟無逸才，空有千篇俗於土。料君肺腸飽清秋㊁〔四〕，馭風騎氣無何游〔五〕。投毫欲和先噪吻〔六〕，詩源慳澀勞披搜〔七〕。吾廬題者徧今古，今古當以君爲優。我今即死且無愧，先生未識真吾羞。

【校記】

㊀六月：廓門本作「十年」，注曰：「『十年』異本作『六月』。」錯按：當作「六月」，參見注〔三〕。

㊁肺：廓門本作「胈」，注曰：「『胈』當作『胈』歟？蓋寫誤。胈音盛，肥也。」錯按：當作「肺」，參見注〔四〕。

【注釋】

〔一〕政和元年六月作於開封府。太學：官學名，隸國子監，專掌訓導學生事。徽宗崇寧元年，定以歲試太學上舍生代替禮部科舉試。參見宋史職官志三。茂千之：生平未詳。

〔二〕君詩清絶若冰壺：南朝宋鮑照白頭吟：「直如朱絲繩，清如玉壺冰。」宋黄徹䂬溪詩話卷三：「韋應物贈李侍御云：『心同野鶴與塵遠，詩似冰壺徹底清。』又雜言送人云：『冰壺見底未爲清，少年如玉有詩名。』此可謂用事之法，蓋不拘故常也。」

〔三〕讀之六月失煩暑：謂讀其詩而生清涼，六月而不覺暑熱煩悶。惠洪好用此句意，如本集卷三王敦素李道夫遊兩翁軒次敦素韻「譬如六月失三伏」，本卷與嘉父兄弟别於臨川復會毗陵「坐令五月失炎熱」。廓門本「六月」作「十年」，誤。

〔四〕肺腸飽清秋：猶言滿腹清新之氣。肺腸，指内心。廓門本作「胈」，涉形近而誤。

〔五〕馭風騎氣：蘇軾次韻答張天覺二首之二：「馭風騎氣我何勞，且要長松作土毛。」又答黄魯直書：「見足下之詩文愈多，而得其爲人益詳。意其超逸絶塵，獨立萬物之表；馭風騎氣，以與造物者游。非獨今世之君子所不能用，雖如軾之放浪自棄與世闊疏者，亦莫得而友也。」此借用其語。　無何游：游於無何有之鄉。莊子逍遥遊：「今子有大樹，患其無用，何不樹之於無何有之鄉，廣莫之野。」成玄英疏：「無何有，猶無有也。莫，無也。謂寬曠無人之處，不問何物，悉皆無有，故曰無何有之鄉也。」

〔六〕投毫：揮毫。　噪吻：蟲鳥聒噪，此自謙語，指吟詠。宋韋驤錢塘集卷一州宅牡丹盛開蒙剪欄中奇品見贈仍屬爲短歌於席上：「飲量恨非千丈陂，欲吸百嘲還噪吻。」本集屢用此語，如卷六和元府判游山句：「噪吻成綺語，寧恤犯尸羅。」卷一六次韻通明叟晚春二十七首之八：「題詩徑欲晚春還，噪吻吟窗禿筆端。」

〔七〕詩源慳澀：猶言詩思枯澀淺陋，如水源淺少。蘇軾與徐得之書之十：「來日離此，水甚慳澀，不知趁得十五日上否？」披搜：仔細搜索。韓駒贈鄒醫：「髯獨覃思窮披搜。」

蔡老有志好學識面于京師作此示之〔一〕

道人西嶽來㊀〔二〕，氣與秋爭曉。讀書如壁月，罅隙必委照〔三〕。當從賢俊游，運斤端得妙〔四〕。儻明句中眼〔五〕，王良控騕褭〔六〕。嗟余老漸衰，緑髮亦加少〔七〕。喜君解妙處，見博而知要〔八〕。録余一千篇，正可付一笑。同歸漳水垠〔九〕，乘月答清嘯。睡起山花開，脱屣萬事了。

【校記】

㊀來：廓門本作「卒」，誤。參見注〔二〕。

【注釋】

〔一〕大觀四年秋作於開封府。蔡老：僧人，俗姓蔡，故稱。生平未詳。

〔二〕西嶽：華山。來：廓門本作「卒」，且注曰：「老杜兵車行曰『冬，未休關西卒』之類歟？」錯按：當作「來」，「卒」乃涉形近而誤；注亦無稽，且「冬」前脱「且如今年」四字。

〔三〕「讀書如壁月」二句：施注蘇詩卷一九弔李臺卿：「看書眼如月，罅隙靡不照。」注：「世説：

支道林曰：『北人看書，如顯處視月；南人學問，如牖中窺日。』」

〔四〕運斤端得妙：莊子徐無鬼：「郢人堊慢其鼻端，若蠅翼，使匠石斲之。匠石運斤成風，聽而斲之。盡堊而鼻不傷，郢人立不失容。」

〔五〕句中眼：禪宗語，本指語句中含有教外别傳之正法眼藏，如重顯頌古、克勤評唱佛果圜悟禪師碧巖録卷三：「不妨句中有眼，言外有意。」宋人借指詩歌言外之韻味，山谷内集詩注卷一六贈高子勉四首之二：「拾遺句中有眼，彭澤意在無絃。」任淵注：「謂老杜之詩眼在句中，如彭澤之琴意在弦外也。」冷齋夜話卷五句中眼條：「造語之工，至於荆公、東坡、山谷，盡古今之變。荆公曰：『江月轉空爲白晝，嶺雲分暝與黄昏。』又曰：『一水護田將緑繞，兩山排闥送青來。』東坡海棠詩曰：『秖恐夜深花睡去，高燒銀燭照紅妝。』又曰：『我攜此石歸，袖中有東海。』山谷曰：『此皆謂之句中眼，學者不知此妙語，韻終不勝。』」

〔六〕王良控驥褭：謂如善馭馬者操控駿馬一般能駕馭詩歌語言。王良，春秋時善馭馬者。驥褭，古之駿馬名。參見本集卷三珪粹中與超然游舊超然數言其俊雅除夕見於西興喜而贈之注〔一二〕。

〔七〕緑髮：時惠洪方出金陵制獄，遞奪僧籍，著儒生服至京師，尚未特奏剃度，故稱緑髮。

〔八〕見博而知要：太平御覽卷六〇八引顔延之庭誥曰：「觀書貴要，觀要貴博，博而知要，萬流可一。」蘇軾弔李臺卿：「從横通雜藝，甚博且知要。」

〔九〕漳水：此指贛江。夢溪筆談卷三：「水以漳名、洛名者最多，今略舉數處。趙晉之間有清漳、濁漳，當陽有漳水，灨上有漳水，鄣郡有漳江，漳州有漳浦，亳州有漳水，安州有漳水。……予考其義，乃清濁相蹂者爲漳。章者，文也，别也。漳謂兩物相合有文章且可别也。清漳、濁漳合於上黨，當陽即沮、漳合流，灨上即漳、湞合流。」本集所言漳江、漳水，皆指贛江。參見本集卷二送濟上人歸漳南注〔一〕。

金陵吳思道居都城面城開軒名曰横翠作此贈之〔一〕

醉穩琴無絃，乃得琴中意〔二〕。詩鬌軒無山，而有看山味。青山隨意有，那復問城市。醉眼看雉堞，便覺是横翠〔三〕。因以名吾軒，坐卧增爽氣〔四〕。春花解言語，風松中宫徵〔五〕。我來不能辨，夕陰滿窗几。頗怪靈鷲峰，顛狂復飛至〔六〕。清嘯呼白猿，愧我非慧理〔七〕。戲題五字詩，平淡出奇偉。君應意挑戰，詎敢摩其壘〔八〕。大勝賦子虚，誇詞託亡是〔九〕。

【注釋】

〔一〕大觀三年春作於江寧府。吳思道：吳可，字思道，號藏海居士，江寧人。工詩詞，有藏海居士集、藏海詩話傳世。至正金陵新志卷一三下之上人物志耆舊：「吴思道，金陵人，以詩爲蘇軾、劉安世諸人鑒賞。官至團練使。宣和末，亟挂冠去，責授武節大夫致仕。詩思亦超拔。後寓新安，野服蕭然如雲水人，其高逸如此。」吴可初名默，爲内侍梁師成門客。朱熹編三朝名臣言行録卷一九引劉元城言行録：「建中年間，公（劉安世）與蘇子瞻自嶺外同歸，道出金陵。時有吏人吴默者以詩贄二公。子瞻稱之，跋數語於詩後，公亦題其末以勉其學。是後，内侍梁師成得幸，自謂子瞻遺腹子，與一二故家稍稍親厚。默知其説，因攜二公所跋詩謁之。梁甚悦，奏之以官。至宣和間，梁益大用，以太傅直睿思殿，參可三省樞密院事，貴震一時，雖蔡京、童貫皆出其下。是時默改名可，爲正使。」此詩作於吴默改名吴可前。李之儀姑溪居士前集卷三六吴思道藏海齋記謂吴可名其居曰藏海，乃取自蘇軾詩「惟有王城最堪隱，萬人如海一身藏」之句。其開軒而名曰横翠，當亦取自蘇軾法惠寺横翠閣詩「更看横翠憶峨眉」之句。姑溪居士前集卷七有寄題吴思道横翠堂，軒作堂，與此詩略異，見附録。

〔二〕「醉穩琴無絃」二句：晉書陶潛傳：「性不解音，而蓄素琴一張，絃徽不具。每朋酒之會，則撫而和之，曰：『但識琴中趣，何勞絃上聲。』」

〔三〕「醉眼看雉堞」二句：謂醉眼迷離時見高低錯落之城牆，誤以爲青山横翠。雉堞：城上短牆。文選卷一一鮑明遠蕪城賦：「是以板築雉堞之殷，井幹烽櫓之勤。」李善注：「鄭玄周禮注曰：『雉，長三丈，高一丈。』杜預左氏傳注曰：『堞，女牆也。』」

〔四〕增爽氣：世説新語簡傲：「（王子猷）以手板拄頰云：『西山朝來，致有爽氣。』」

〔五〕風松中宫徵：謂風吹松聲妙合音樂曲調。宫徵：五音中宫音與徵音，代指音樂。

〔六〕「頗怪靈鷲峰」二句：咸淳臨安志卷二三：「飛來峰：晏元獻公輿地志云：晉咸和元年，西天僧慧理登兹山，嘆曰：『此是中天竺國靈鷲山之小嶺，不知何年飛來？佛在世日，多爲仙靈所隱，今此亦復爾邪？』因挂錫，造靈隱寺，號其峰曰飛來。」

〔七〕「清嘯呼白猿」二句：釋遵式白猿峰詩序：「西天慧理，畜白猿於靈隱寺，月明長嘯，清音滿室。」今錢塘靈隱山有呼猿洞，參見咸淳臨安志卷二三。又祖庭事苑卷二呼猿：「靈隱之名，由慧理至曰：『此吾西竺靈隱鷲峰也，飛來隱於此地。』人未之信，理曰：『彼山白猿呼之可驗。』因呼猿，猿爲之出。今寺之前有呼猿澗、飛來峰，故其山曰靈隱。」

〔八〕「君應意挑戰」二句：此乃以戰喻詩，以迫近敵壘喻作詩水平接近，可主動挑戰。九家集注杜詩卷一二壯游：「氣劘屈賈壘，目短曹劉牆。」注：「蘇林曰：劘，音摩。摩，勵也。屈原，賈誼。壘，喻戰壘。……趙云：以文章有戰勝之事，比之戰壘。左傳宣十二年：『晉許伯曰：吾聞致師者，御靡旌，摩壘而還。』今用劘字，出賈山傳，其義一也。」

〔九〕「大勝賦子虚」二句：文選卷七司馬長卿子虚賦：「畋罷，子虚過姹烏有先生，亡是公存焉。坐定，烏有先生問曰：『今日畋樂乎？』子虚曰：『樂。』『獲多乎？』曰：『少。』『然則何樂？』對曰：『僕樂齊王之欲夸僕以車騎之衆，而僕對以雲夢之事也。』」李善注：「張揖曰：『姹，誇也。丑亞切，字當作詫。』」又子虛賦題下李善注：「以子虛虛言也，爲楚稱；烏有先生，烏有此事也，爲齊難；亡是公者，亡是人也。欲明天子之義，故虛藉此三人爲辭，以風諫焉。」

【附録】

宋李之儀云：紅塵擾擾功名地，不礙詩人得趣幽。何必千巖連萬壑，能令六月似三秋。茶甌變乳隨湯泛，香篆縈雲盡日浮。時覺東城添紙價，應知得句勝封侯。（姑溪居士前集卷七寄題吳思道横翠堂）

余將北游留海昏而餘祐禪者自靖安馳來覓詩〔一〕

莫煙重山翠，微風壯松悲。吾爲五頂游〔二〕，稅駕脩水湄〔三〕。阿餘幽國來〔四〕，細路盤顛危。裹飯夜兼程〔五〕，杖笠寒相追。入門一調笑〔六〕，如獲璧與珪〔七〕。問來何所欲，雅意在詩詞。念余緑髮日，不減子輩癡。是中有何好？迷著不自知。敗煤磨破硯〔八〕，凍筆時呵之〔九〕。詩成思掀豁〔一〇〕，熟讀忘倦疲。乃知少年病，根蔕老未移。雙林古禪宇〔一一〕，檀越多孝慈〔一二〕。明年東游還，買山縛茅茨〔一三〕。市蔬近易致，紅飯熟夜炊〔一四〕。得飽即甘寢〔一五〕，萬事付兒嬉。子輩當從我，林麓相追隨。十年何足道，樂死以爲期〔一六〕。

【注釋】

〔一〕政和四年秋作於建昌縣。時惠洪北行赴太原證獄，道經此地。海昏：古縣名，即宋建昌縣，屬江南東路南康軍。　餘祐禪者：指二位禪僧。「餘」即詩中所言「阿餘」，法名不可考。「祐」當爲善權之姪善祐，字德效，俗姓高氏，靖安人。本集卷二四德效字序：「高氏世爲右姓，詩禮世其家，有奇比丘出焉，石門權巽中是已，吾畏友也。以高才卓識振於叢林，一時賢士大夫加手足之敬。其侄善祐，熏烝見聞，惠敏出其天姿，老杜所謂『毫髮無遺恨，波瀾獨老成』者也。巽中使余字之。余推爲德之理，以酌山川之勝盛，高氏之遺慶，字之曰『德效』。巽中拊手稱善人，序以授之。」參見本集卷五仙廬同巽中阿祐忠禪山行。　本集稱年輩低於己之僧人，常於名前冠以「阿」字。　靖安：縣名，屬洪州。

〔二〕五頂：五臺山之別稱。太平寰宇記卷四九河東道十代州：「五臺山在縣東北一百四十里，水經云：五臺山五巒巍然，故謂之五臺。」文殊師利寶藏陀羅尼經：「爾時世尊復告金剛密迹主菩薩言：『我滅度後，於此贍部洲東北方，有國名大振那，其國中間有山，號爲五頂。文殊師利童子游行居住，爲諸衆生於中説法。』」此文殊菩薩所居五頂即代州五臺山，參見宋釋延一廣清涼傳卷上。惠洪此行乃赴太原獄，所謂「五頂游」，蓋想像之詞，以太原近五臺山之故。

〔三〕脩水：方輿勝覽卷一九江西路隆興府：「修水，在分寧西六十里。其源自郡城東北流六百三十八里至海昏，又東流百二十里至彭蠡湖。以其遠，故曰修水。」脩，通「修」。

〔四〕幽國：幽僻之地。

〔五〕裹飯：謂包裹飯食送人解飢。莊子大宗師：「子輿與子桑友，而霖雨十日。子輿曰：『子桑殆病矣。』裹飯而往食之。」此謂阿餘爲己送飯食。

〔六〕入門一調笑：本集卷二送覺海大師還廬陵省親：「迎門一調笑。」均語本蘇軾端午游真如遲适遠從子由在酒局：「歸來一調笑。」

〔七〕璧與珪：古二種瑞玉，璧圓而珪方，用作祭祀、朝聘之用。荀子大略：「聘人以珪，問士以璧。」亦用以喻君子之德。詩衛風淇澳：「有匪君子，如金如錫，如圭如璧。」珪，同「圭」。此以比阿餘、阿祐二禪者。

〔八〕敗煤：謂用損之墨。蓋古以松樹煙灰作墨，曰松煤。

〔九〕凍筆時呵之：東坡詩集注卷六百步洪二首之二：「夜寒手冷無人呵。」注：「李白於便殿草詔，時天寒筆凍，帝令宮嬪十人，各執牙筆呵之。令白遽取書字。」

〔一〇〕掀豁：猶軒豁，開闊寬廣之意。廣韻「掀」與「軒」同音，均爲虚言切，平聲元韻，曉母字。「掀」字乃同音通假。宋蘇籀雙溪集卷七靈物賦：「滅絶邪絲，掀豁疑阜。」張舜民畫墁集卷七郴行録：「久居京師，厭倦塵土，乍爾登舟沿流，已覺意思軒豁。」

〔一一〕雙林古禪宇：輿地紀勝卷二六江南西路隆興府：「雙林院，在靖安縣北五里，柳公權書額揭於門。洪諫議有詩云：『幽谷雙林寺，荒乘得遠尋。銀鈎遺墨在，筆諫想賢深。』徐東湖詩云：『夜雨急還急，客愁深復深。』」明一統志卷四九南昌府：「雙林院，在靖安縣北五里。梁西域竺曇忍過之，愛其山水，開山居焉。」

〔一二〕檀越：施主。

〔一三〕買山：語本世説新語排調：「支道林因人就深公買印山，深公答曰：『未聞巢由買山而隱。』」　縛茅茨：猶言結茅，蓋造簡陋之茅屋。

〔一四〕紅飯：紅米所煮之飯。紅米，即糙米。蘇轍乘小舟出筠江二首之一：「紅飯白醪供醉飽，青蓑黃篛可纏包。」

〔一五〕得飽即甘寢：施注蘇詩卷四和蔡準郎中見邀游西湖三首之三：「臨風飽食得甘寢，肯使細故胸中留。」注：「韓退之簟詩：『倒身甘寢百疾愈。』」

〔一六〕樂死以爲期：唐袁郊甘澤謡陶峴：「某嘗慕謝康樂之爲人，云：『終當樂死山水間，但殉所好，莫知其他。』」

游薦福題淺沙泉〔一〕

六月稻田龜兆坼〔二〕，十日愁霖潦翻室〔三〕。試來巖下酌此泉，澄寒一泓無減溢〔四〕。以杯浮之著沙石〔四〕，戲投鮒魚露尾脊〔五〕。誰令空堦響環珮，卧聽泠然心境寂〔六〕。詩成窗户濕空翠〔七〕，便覺西山排闥入〔八〕。

【校記】

㊀澄：原缺，今據武林本補。天寧本作「奇」。

【注釋】

〔一〕元符二年六月作於南昌。時滯留於此。輿地紀勝卷二六江南西路隆興府：「薦福院，在南昌縣敷佑廟側。院有鍾傳所鑄鉅鐘。又有雙泉堂，謂馬跑泉、乃（淺）沙泉也。洪龜父詩云：『曲徑因山轉，精廬到地成。樓從雲表見，人在日邊行。』」明一統志卷四九南昌府：「馬跑泉、淺沙泉，俱在府城北舊薦福寺中。北曰馬跑泉，水極清冷；南曰淺沙泉，深纔二寸，冬夏不竭。」清陳宏緒江城名蹟卷二：「雙泉堂，在薦福寺内，其地有淺沙泉、馬跑泉，水品爲會城第一。宋程公闢作雙泉堂，潘興嗣爲記。」

〔二〕龜兆圻：謂田地因旱乾裂如龜甲圻裂之痕。參見本集卷三次韻莫翁豐年斷注〔九〕。

〔三〕愁霖：久雨。唐徐堅初學記卷二天部：「雨久曰苦雨，亦曰愁霖。晉潘尼、宋伍緝之並作苦雨賦。後漢應瑒、魏文帝、晉傅玄、陸雲、胡濟、袁豹並作愁霖賦。」廓門注：「『愁』當作『秋』。」乃未明愁霖之義，殊誤。且此詩首句言「六月」，乃夏日事，不得言「秋霖」。

〔四〕以杯浮之著沙石：莊子逍遥遊：「覆杯水於坳堂之上，則芥爲之舟，置杯焉則膠，水淺而舟大也。」此用其意，言泉之水淺。

〔五〕戲投鮒魚露尾脊：廓門注：「東坡詩十九卷『水清石出魚可數』之類也。」　鮒魚：即鯽魚。　錯按：莊子外物：「（莊）周顧視車轍中，有鮒魚焉。　周問之曰：『鮒魚來，子何爲者耶？』對曰：『我東海之波臣也，君豈有斗升之水而活我哉？』」此亦暗用其意言泉之淺。

〔六〕「誰令空堦響環珮」二句：蘇軾虎跑泉：「卧聽空堦環玦響。」以環玦響喻泉聲，此敷衍其意。

〔七〕窗户濕空翠：王維山中：「山路元無雨，空翠濕人衣。」蘇軾水調歌頭快哉亭：「窗户濕青紅。」此合用其語。

〔八〕便覺西山排闥入：史記樊酈滕灌列傳：「噲乃排闥直入，大臣隨之。」王安石題湖陰先生壁二首之一：「兩山排闥送青來。」此用其意。　西山：在洪州新建縣。　輿地紀勝卷二六江南西路隆興府：「西山，在新建西大江之外，高二千丈，周三百里，壓豫章數縣之地。　寰宇記云：『又名南昌山。』九域志云：『吴王濞鑄錢之所。』余襄公靖記云：『西山在縣西四十里，巖岫四出，千峰北來，嵐光染空，連屬三百里，其所經行，盡西山之景。』」

獄中暴寒凍損呻吟㊀〔一〕

由心有癡愛，癡愛乃有業。因業疾病生〔二〕，痛此百骨節〔三〕。聲相成呻吟〔四〕，齒頰空咬齕〔五〕。側眠看圜扉〔六〕，以手枕匣楔（褉）㊁〔七〕。觀此心無形，安得有業結？業結如空華，病寧有枝葉〔八〕。方作是念時，顛倒想即滅〔九〕。心造古佛樣〔一〇〕，路入法界轍。稽首甘露味，銷此煩惱熱〔一一〕。

【校記】

㊀獄：天寧本作「嶽」，誤。

㊁楔：底本作「褉」，誤，今據武林本、古今禪藻集卷八改。參見注〔六〕。

【注釋】

〔一〕政和四年十二月作於太原獄中。

〔二〕「由心有癡愛」三句：佛教以愚癡與貪愛爲生一切煩惱疾病之惡業。成實論卷九明業因品：「業是受身因緣。」又曰：「萬物從業因生。」大乘理趣六波羅蜜多經卷九般若波羅蜜多品：「一者見其自身多有疾病苦樂等事，皆由先世妄想顛倒，造作諸業，而今受之。若無癡愛，何有病耶？身本自空，因緣幻有，無造無作，誰受苦耶？」維摩詰經卷中文殊師利問疾品：「維摩詰言：『從癡有愛，則我病生。』」

〔三〕痛此百骨節：盧山遠公話：「病苦者，四大之處，何曾有實？衆緣假合，地水火風。一脈不調，是病俱起。忽然困重著牀，魂魄不安，五神俱失，唇乾舌縮，腦痛頭疼，百骨節之間，由如據解。」

〔四〕聲相成呻吟：謂己尚因苦痛而有呻吟之聲，即著聲相，未達無相之境。大般涅槃經卷三〇師子吼菩薩品：「是故涅槃名爲無相。以何因緣名爲無相？善男子，無十相故。何等爲十？所謂色相、聲相、香相、味相、觸相、生、住、壞相、男相、女相，是名十相。無如是相，故名無相。善男子，夫著相者則能生癡，癡故生愛，愛故繫縛，繫縛故受生，受生故有死，死故無常。」成實論卷五有聲相品。

〔五〕咬齗：咬嚼，謂因疼痛而緊咬齒牙。

〔六〕圜扉：獄門，代指牢獄。周禮秋官司寇：「司圜中士六人。」鄭玄注引鄭司農云：「圜，謂圜土也。圜土，謂獄城也。」釋名釋宫室：「獄，又謂之圜土。築其表牆，其形圜也。」六臣注文選卷四六王元長（融）三月三日曲水詩序：「稀鳴桴於砥路，鞠茂草於圜扉。」李善注：「周禮曰：以圜土教罷民。」吕向注：「鞠，養也。茂，盛也。圜扉，獄也。言時無犯罪者，獄皆久空，故養盛草於獄中。」

〔七〕匣楔：牢籠之門柱。此詞惠洪獨創。匣：同「柙」，關猛獸或犯人之囚籠。太平御覽卷九八〇服用部匣：「論語季氏：孔子謂冉求『虎兕出於匣』。」漢書文三王傳：「虎兕出於匣，龜玉毁於匱中，是誰之過也？」顔師古注：「此論語孔子責冉有、季路之辭也。」今本論語「匣」作「柙」。楔：門旁之木。爾雅釋宫：「棖謂之楔。」郭璞注：「門兩旁木。」鍇按：

底本「楔」作「禊」。考「楔」音先結切，入聲，屑韻；「禊」音胡計切，去聲，霽韻。本詩押入聲韻，故當作「楔」，「禊」乃涉形近而誤，今改。

〔八〕「觀此心無形」四句：維摩詰經卷中文殊師利問疾品：「文殊師利言：『居士所疾，爲何等相？』維摩詰言：『我病無形不可見。』又問：『此病身合耶？心合耶？』答曰：『非身合，身相離故；亦非心合，心如幻故。』又問：『地大、水大、火大、風大，於此四大，何大之病？』答曰：『是病非地大，亦不離地大；水、火、風大，亦復如是。而衆生病，從四大起，以其有病，是故我病。』」廓門注：「羅湖野録上卷：黄太史亦嘗勉胡尚書少汲問道於聰、演，具書曰：『公道學頗得力耶？治病之方，當深求禪悦，照破生死之根，則憂畏淫怒無處安脚。病既無根，枝葉安能爲害？』」

〔九〕「方作是念時」三句：維摩詰經卷中文殊師利問疾品：「維摩詰言：『有疾菩薩應作是念：今我此病，皆從前世妄想顛倒諸煩惱生，無有實法，誰受病者！所以者何？四大合故，假名爲身；四大無主，身亦無我；又此病起，皆由著我。是故於我，不應生著。既知病本，即除我想及衆生想。當起法想，應作是念：但以衆法，合成此身；起唯法起，滅唯法滅。又此法者，各不相知，起時不言我起，滅時不言我滅。彼有疾菩薩爲滅法想，當作是念：此法想者，亦是顛倒，顛倒者是即大患，我應離之。』」續高僧傳卷一七陳南岳衡山釋慧思傳：「我今病者，皆從業生。業由心起，本無外境。反見心源，業非可得。身如雲影，相有體空。如是觀已，顛倒想滅。心性清淨，所苦消除。」此化用其意。

〔一〇〕古佛樣：白雲端和尚語録卷二舒州白雲山海會禪院語録：「山僧未陞座已前，好個古佛樣子。若人向此時薦得，可謂古釋迦不前，今彌勒不後。」禪林僧寶傳卷二八白雲端禪師傳亦載此語。

〔一一〕「稽首甘露味」二句：大般涅槃經卷二六光明遍照高貴德王菩薩品：「甘露之性，令人不死；若合異物，亦能不死。菩薩修空，亦復如是。以修空故，見一切法性皆空寂。」惠洪楞嚴經合論卷二、卷六、法華經合論卷五均引涅槃經此語。

御手委廉訪守貳監勘劉(釗)慶裕二十三日復收入禁將入獄憂無人供飯有銀一兩錢六百以付來勝甫勝甫曰此止可辨半月過此如何余默計曰有官飯耳〔一〕

出獄未兩月，單身寄孤館〔二〕。别甑容搭餾〔三〕，酬以滌椀盞。那知復入獄，親舊無半眼〔四〕。但餘半月粮，何以供歲晏〔五〕。摩娑没柄杓〔六〕，准擬喫官飯〔七〕。來生空斂眉〔八〕，其室亦喟歎〔九〕。叢林明白老，寰宇洪覺範〔一〇〕。所至神物護〔一一〕，爾輩見不慣。我説此偈已，萬象俱稱贊。

【校記】

㊀劉：原作「釗」，誤，今據寬文本、廓門本改。官飯：原作「官飦」，今從寬文本、廓門本。鍇按：「飯」同「飦」。

【注釋】

〔一〕政和四年十一月二十三日作於太原。本集卷二四記福嚴言禪師語：「一五月二十八日，太原造大獄，來追對驗。十月六日得放。」此詩首句曰「出獄未兩月」，故「二十三日復收入禁」，當爲十一月二十三日。據詩題，惠洪赴太原證獄，乃與徽宗委派使臣督查劉慶裕案有關。御手：皇帝之手，代指皇上。廉訪：廉訪使者，即走馬承受公事。北宋於河北、河東、陝西、川、峽等路置此職，爲皇帝特派身份公開之特務，負有監察本路將帥、人事、物情、邊防動息、州郡不法事。事無巨細，皆得按刺。據宋會要輯稿職官四一之一二四，英宗治平後以「某路都總管司走馬承受公事」爲名。又據十朝綱要卷一七，徽宗政和六年七月十三日，改諸路走馬承受公事爲廉訪使者。太原屬河東路，故有此職。此詩作於政和四年，而所謂「廉訪」實爲走馬承受公事之别名，非政和四年已改爲廉訪使者。守貳：即知州與通判。　劉慶裕：生平未詳。來勝甫：當爲惠洪寄宿之店主人。

〔二〕孤館：孤寂之旅館。蘇軾李憲仲哀詞：「遑哀已逝人，長眠寄孤館。」此借其語。

〔三〕別甑：指供養僧人之甑。景德傳燈録卷一七洞山第三世師虔禪師：「价曰：『別甑炊香飯，供養於此人。』師乃出去。」　搭餾：猶言搭伙，搭附他人吃飯。餾：説文食部：「餾，飯氣蒸也。」

〔四〕親舊無半眼：謂眼中見不到半個親朋好友。

〔五〕歲晏：一年將盡之時。白居易觀刈麥：「吏禄三百石，歲晏有餘糧。」

〔六〕没柄杓：無柄之杓子。

〔七〕准擬：打算，準備。

〔八〕來生：即來勝甫。

〔九〕室：妻室，妻子。

〔一〇〕「叢林明白老」二句：謂己爲聞名天下禪林之著名人物。高僧傳卷五晉長安五級寺釋道安傳：「時襄陽習鑿齒鋒辯天逸，籠罩當時。其先聞安高名，早已致書通好。……及聞安至止，即往修造。既坐，稱言：『四海習鑿齒。』安曰：『彌天釋道安。』時人以爲名答。」惠洪此二句仿其句式。　明白老：惠洪嘗結明白庵，因自號明白老。如本集卷八送顓街坊：「逢人若問明白老，爲言病起加清癯。」卷二八化供三首之一：「於是明白老自鹿苑移居此。」

參見本集卷二〇明白庵銘并序。洪覺範：惠洪字覺範，世稱洪覺範。如姑溪居士前集卷一一有次韻贈答洪覺範五首，盧溪文集卷三有同陳思忠訪洪覺範。

〔一一〕所至神物護：新唐書劉禹錫傳：「素善詩，晚節尤精，與白居易酬復頗多。居易以詩自名者，嘗推爲『詩豪』，又言：『其詩在處，應有神物護持。』」此借用其語。鍇按：本集卷二四記福嚴言禪師語：「十月六日得放。夜宿溝鎮中。中夜行荒陂，陰晦，迷失道路，有光飛來照行，坐休則光爲止，起進則導之。至榆次，凡百里而曉，光乃没。於是口占曰：『大舜烏工往，盧能漁父歸。神光百里送，鬼事一場非。』」神物護當指此事。

與黃六雷三〔一〕

我覔應傭者〔二〕，忽得黃與雷。結束頗精悍〔三〕，拱喏駭吾儕〔四〕。從余今幾日，臨事見肺懷。立身守中直，勿自無疑猜。爲奴不欺主〔五〕，乃是廊廟材〔六〕。何必弄筆語，然後爲賢哉。紛紛貴與賤，百年同一杯〔七〕。弛擔坐亦汝，萬事付浮埃。

【注釋】

〔一〕作年未詳。黃六雷三：黃、雷乃應傭者之姓，六與三乃其行第。

〔二〕應傭者：應聘受雇傭之人，即傭工。

〔三〕結束：裝束，打扮。杜詩詳注卷一三陪王使君晦日泛江就黄家亭子二首之一：「結束多紅粉，歡娱恨白頭。」仇兆鰲注：「結束，衣裳裝束也。漢武内傳：『緩此結束。』」　精悍：精明强幹。

〔四〕拱喏：拱手應諾，向人作揖並同時出聲致敬。　吾儕：我輩。

〔五〕爲奴不欺主：天聖廣燈録卷二一益州東禪秀禪師：「問：『既是善神，爲什麽却被雷打？』師云：『世亂奴欺主，年衰鬼弄人。』」陸游老學庵筆記卷四謂「世亂奴欺主，年衰鬼弄人」爲晚唐杜荀鶴詩。此反其意而用之。

〔六〕廊廟材：以建築廊廟之材喻能擔負國家重任者。白居易雪中晏起偶詠所懷詩：「上無臯陶伯益廊廟材，的不能匡君輔國活生民。」

〔七〕「紛紛貴與賤」二句：謂無論貴或賤，死後均入墳墓。　一杯：即一抔土，一捧之土，代指墳墓。語本史記張釋之馮唐列傳「假令愚民取長陵一抔土」。野客叢書卷一七一抔土事：「僕觀歐陽行周集有『或掬一杯土焉，或翦一枝材焉』；劉禹錫詩『血污城西一杯土』；歐陽詢藝文類聚於杯門編入長陵一抔土事。是知明以抔字爲杯盞字用矣。僕又考之，古詞中有以酒杯字作抔土字押者，如隴西行是也。因知古人嘗以此二字通用。」參見本集卷一贈歐陽生善相注〔一二〕。

超然攜泉侍者來建康獄慰余甚喜作此〔一〕

堂堂福德相〔二〕，凜凜龍象威〔三〕。天神護戒足〔四〕，山鳥曾巢衣〔五〕。彌天並輿載〔六〕，清涼七帝師〔七〕。其徒今日榮，渠心終笑之〔八〕。一鉢游人間，不言行四時〔九〕。胡爲肯至此，驚定心愈疑。乃知明月淨，曾不憎污池〔一〇〕。異哉月旁星〔一一〕，隨逐相因依〔一二〕。羣囚手加額〔一三〕，雀息瞻梵儀〔一四〕。吾亦失沉痾〔一五〕，一笑歡解頤〔一六〕。

【注釋】

〔一〕大觀四年春作於江寧府制獄中。　超然：希祖字超然，惠洪同門法弟。參見本集卷一洞山祖超然生辰注〔一〕。　泉侍者：希祖之侍者，法名未詳。　建康獄：指江寧府制獄。本集卷二四寂音自序：「二年，退而游金陵。久之，運使學士吴幵正仲請住清涼。入寺，爲狂僧誣以爲僞度牒，且旁連前住僧法和等議訕事，入制獄一年，坐冒惠洪名。」僧寶正續傳卷二明白洪禪師傳：「以事退游金陵，漕使吴正仲請居清涼。未閲月，爲狂僧誣以度牒冒名，旁連訕謗事，入制獄。」建康，即江寧府，古之金陵。元豐九域志卷六江南東路：「次府，江寧府，建康軍節度，治上元、江寧二縣。」

〔二〕福德相：有福分德行之相。大般涅槃經卷三九憍陳如品：「大衆答言：『癡人，云何説言沙門瞿曇具大功德？其生七日母便命終，是可得名福德相耶？』婆羅門言：『罵時不瞋，打時不報，當知即是大福德相。其身具足三十二相、八十種好，無量神通，是故當知是福德相。心無憍慢，先意問訊；言語柔軟，初無麁獷；年志俱盛，心不卒暴；王國多財，無所愛戀；捨之出家，如棄涕唾。是故我説沙門瞿曇成就具足無量功德。』」林間録卷下：「涅槃經中有聞讚佛爲大福德，怒曰：『生經七日，母便命終，豈謂大福德相？』讚者曰：『年志俱盛，而不卒暴，打之不嗔，罵之不報，是故我言大福德相。』怒者聞而心服。故慈爲無盡福德相，故沙門能世福田者，以慈修身故也。」

〔三〕龍象威：大乘無量壽莊嚴經卷下：「彼佛刹中一切菩薩。容貌柔和相好具足。……如龍象威，難可測故。」

〔四〕天神護戒足：宋高僧傳卷一四唐京兆西明寺道宣傳：「於西明寺夜行道，足跌前階，有物扶持，履空無害。熟顧視之，乃少年也。宣遽問：『何人中夜在此？』少年曰：『某非常人，即毗沙門天王之子那吒也。護法之故，擁護和尚，時之久矣。』宣曰：『貧道修行，無事煩太子。太子威神自在，西域有可作佛事者，願爲致之。』太子曰：『某有佛牙寶掌雖久，頭目猶捨，敢不奉獻？』俄授於宣，宣保録供養焉。」

〔五〕山鳥曾巢衣：宋高僧傳卷二八大宋錢塘永明寺延壽傳：「嘗於台嶺天柱峰九旬習定，有鳥類尺鷃，巢棲於衣襵中。」

〔六〕彌天並興載：彌天指東晉高僧釋道安，語本高僧傳卷五晉長安五級寺釋道安傳：「既坐，稱言：『四海習鑿齒。』安曰：『彌天釋道安。』時人以爲名答。」晉書載記苻堅下：「游於東苑，命沙門道安同輦。權翼諫曰：『臣聞天子法駕，侍中陪乘，清道而行，進止有度。三代末主，或虧大倫，適一時之情，書惡來世。故班姬辭輦，垂美無窮。道安毀形賤士，不宜參穢神輿。』堅作色曰：『安公道冥至境，德爲時尊。朕舉天下之重，未足以易之。非公與輦之榮，此乃朕之顯也。』命翼扶安升輦。」

〔七〕清涼七帝師：清涼指唐高僧澄觀法師，嘗住五臺山清涼寺，故稱。佛祖統紀卷二九：「法師澄觀，會稽人，夏侯氏。出家於應天寺，誦法華經，十四得度。……開成三年三月六日示寂，壽一百二歲，臘八十三。葬終南石室，塔曰妙覺。師身長九尺四寸，手垂過膝，夜目發光，晝仍不瞬。才供二筆，日記萬言。盡形一食，宿不離衣。歷九朝，爲七帝門師。……宰相裴休奉敕撰碑。」歷九朝，指唐玄宗、肅宗、代宗、德宗、順宗、憲宗、穆宗、敬宗、文宗。七帝師，爲代宗以下七帝之師。

〔八〕「其徒今日榮」二句：謂今日僧侶雖有如道安、澄觀輩尊榮者，終爲希祖心中所竊笑。

〔九〕不言行四時：論語陽貨：「子曰：『天何言哉？四時行焉，百物生焉。天何言哉？』」此化用其意。

〔一〇〕「乃知明月淨」二句：謂希祖前來探獄，而不畏受己牽連。以明月喻希祖清淨之身，以污池喻己有罪之身。

〔一一〕異哉月旁星：既喻希祖爲明月，故喻泉侍者爲月旁明星。甘氏星經：「月一星，在昴之南，畢之北。」

〔一二〕隨逐相因依：阮籍詠懷詩：「寒鳥相因依。」此用其句式。因依：依傍，依託。

〔一三〕手加額：雙手置放額前，以示敬意。參見本集卷一香城懷吴氏伯仲注〔一一〕。

〔一四〕雀息：屏息，如鴉雀無聲。三國志吴書韋曜傳：「抱怖雀息，乞垂哀省。」梵儀：指希祖如佛像之儀表。

〔一五〕沉痾：重病，久治不愈之病。本集卷二三昭默禪師序：「大觀三年秋，余以弘法嬰難。越明年春，病卧獄中。」

〔一六〕解頤：開顔歡笑。漢書匡衡傳：「無説詩，匡鼎來；匡説詩，解人頤。」顔師古注引如淳曰：「使人笑不能止也。」

次韻雲居詮上人有感〔一〕

招謗坐多談〔二〕，近稍遵寡語。仰嗟濁惡世〔三〕，友道終愧古〔四〕。君獨淡無營，誦經如布穀（穀）⊖〔五〕。見人作白眼〔六〕，此意吾亦與。十年雲水間，所至每同處。舊游雖陳迹，歷歷尚可數。更期秋風高，結伴湘山去。我生無寸長〔七〕，百事仍莽鹵〔八〕。不知獨何修，得與君輩伍。無乃造物者，不殺念癡魯。雲居無所爲〔九〕，粥飯聽鐘鼓。不材獲飽暖〔一〇〕，此德荷佛祖〔一一〕。詩成自誇笑，聞者亦驚顧。已決寡語隄〔一二〕，事過乃知誤〔一三〕。畢卓卧甕邊〔一四〕，謝鯤（琨）挑隣女㊁。見之獨傲然〔一五〕，真情人不怒。君能識此意，吾語亦可恕。

【校記】

㊀ 穀：原作「榖」，誤，今從廓門本。四庫本「布穀」倒誤爲「穀布」。參見注〔五〕。

㊁ 鯤：原作「琨」。廓門注：「『琨』當作『鯤』。」其説甚是，今據改。參見注〔一五〕。

【注釋】

〔一〕崇寧元年夏作於建昌縣歐峰雲居寺。江西通志卷一一三寺觀三：「雲居寺：在建昌縣歐山。世傳太常博士顏雲捨宅爲寺。唐中和間賜額龍昌。宋改賜真如，仁宗賜飛白書，晏殊爲之記。」詮上人：時住雲居，生平無考。據此詩「十年雲水間，所至每同處」句，則詮曾與惠洪同參。續傳燈録卷一八目録百丈元肅禪師法嗣中有永壽信詮禪師，屬臨濟宗黃龍派南嶽下十三世，與惠洪同輩，疑即此僧。本集卷一五有出山寄詮上人，可參看。

〔二〕招謗坐多談：蘇軾次韻錢越州見寄：「吾儕豈獨坐多言。」此化用其意。其招謗之因在於好論古今治亂是非成敗。參見本集卷二〇明白庵銘。

〔三〕濁惡世：妙法蓮華經卷一方便品：「諸佛出於五濁惡世，所謂劫濁、煩惱濁、衆生濁、見濁、命濁。」

〔四〕友道終愧古：蘇軾答郡中同僚賀雨：「重請終愧古。」此借用其語。

〔五〕誦經如布穀：喻其誦經之聲滔滔不絶如布穀鳥。後漢書馮衍傳注引衍集載衍與婦弟任武達書：「詞如循環，口如布穀。」蘇軾戲用晁補之韻：「知君忍飢空誦詩，口頰瀾翻如布穀。」

〔六〕見人作白眼：晉書阮籍傳：「籍又能爲青白眼，見禮俗之士，以白眼對之。」

〔七〕我生無寸長：蘇軾湖州謝上表：「凡人必有一得，而臣獨無寸長。」

〔八〕莽鹵：猶鹵莽，魯莽。莊子則陽：「昔予爲禾，耕而鹵莽之，則其實亦鹵莽而報予。」

〔九〕雲居：廓門注：「雲居謂詮上人也。」鍇按：此或指雲居寺，蓋惠洪於此寄宿齋飯，故下文有「不材獲飽暖」之句。

〔一〇〕不材：自謙之辭，猶不才。史記吴太伯世家：「季札謝曰：『……札雖不材，願附於子臧之義。』」

〔一一〕此德荷佛祖：蒙受佛祖之恩德。

〔一二〕已決寡語隄：惠洪欲痛治好言之病，因以寡語爲築隄岸，以作詩或多言爲決隄。本卷瑜上人自靈石來求鳴玉軒詩會予斷作語復決隄作一首，亦以「斷作語」爲隄岸，以「作一首」爲決隄。

〔一三〕事過乃知誤：蘇軾贈錢道人：「當時一快意，事過有餘怍。不知幾州鐵，鑄此一大錯。」此檃括其意。

〔一四〕畢卓臥甕邊：晉書畢卓傳：「畢卓字茂世，新蔡鮦陽人也。……太興末爲吏部郎，常飲酒廢職。比舍郎釀熟，卓因醉夜至其甕間，盜飲之，爲掌酒者所縛。明旦視之，乃畢吏部也，遽釋其縛。卓遂引主人宴於甕側，致醉而去。」

〔一五〕「謝鯤挑隣女」二句：晉書謝鯤傳：「謝鯤字幼輿，陳郡陽夏人也。……鄰家高氏女有美色，鯤嘗挑之，女投梭，折其兩齒。時人爲之語曰：『任達不已，幼輿折齒。』鯤聞之，傲然長嘯，曰：『猶不廢我嘯歌。』」

大圓庵主以九祖畫像遺作此謝之〔一〕

大圓庵中亦何有？但有草座枯藤枝。朝來壁間亦圖畫，何從貌此寧馨兒〔二〕。髮光抹漆膚琢玉〔三〕，坐睡俛然方拄頤〔四〕。當時兩脚不肯舉，今雖有口如當時〔五〕。知誰逸想寓此意，必也高人非畫師〔六〕。我遭俗瞋坐多語〔七〕，坐客厭處終不疑〔八〕。興來曳杖出門去，路窮回反無澗谿〔九〕。見之心怍有愧色，君以贈我聊鍼之〔一〇〕。亦知徧心當服韋〔一一〕，命車何必先鋒爲〔一二〕。從今靖然痛堅捍，正恐習氣時決隄〔一三〕。細看忽憶孔北海，曾讀曹瞞禁酒詞〔一四〕。

【注釋】

〔一〕作年未詳。　大圓庵主：其人無考。　九祖：指禪宗第九祖伏馱蜜多尊者。景德傳燈録卷一第八祖佛陀難提：「第八祖佛陀難提者，迦摩羅國人也，姓瞿曇氏，頂有肉髻，辯捷無礙。初遇婆須蜜尊者，出家受教，既而領徒行化。至提伽國城毗舍羅家，見舍上有白光上騰，謂其徒曰：『此家當有聖人，口無言説，真大乘器；不行四衢，知觸穢耳。』言訖，長者出致禮，問何所須。尊者曰：『我求侍者。』曰：『我有一子，名伏馱蜜多，年已五十，口未曾言，足未曾履。』尊者曰：『如汝所説，真吾弟子。』尊者見之，遽起禮拜，而説偈曰：『父母非我親，誰是最親者？諸佛非我道，誰爲最道者？』尊者以偈答曰：『汝言與心親，父母非可比。汝行與道合，諸佛心即是。外求有相佛，與汝不相似。欲識汝本心，非合亦非離。』伏馱蜜多聞師妙偈，便行七步。師曰：『此子昔曾值佛，悲願廣大，慮父母愛情難捨，故不言不履耳。』時長者遂捨令出家。尊者尋授具戒，復告之曰：『我今以如來正法眼藏，付囑於汝，勿令斷絶。』」同卷第九祖伏馱蜜多：「第九祖伏馱蜜多者，提伽國人，姓毗舍羅。既受佛陀難提付囑，後至中印度行化。」

〔二〕寧馨兒：如此佳兒。語本晉書王衍傳：「衍字夷甫，神情明秀，風姿詳雅。總角嘗造山濤，濤嗟歎良久，既去，目而送之曰：『何物老嫗，生寧馨兒！』」洪邁容齋隨筆卷四寧馨阿堵：「寧馨、阿堵，晉宋間人語助耳。後人但見王衍指錢云：『舉阿堵物却。』又山濤見衍曰：『何物老媼，生寧馨兒！』今遂以阿堵爲錢，寧馨兒爲佳兒，殊不然也。」此詩用佳兒義，指九祖伏馱蜜多，因其爲毗舍羅長者之子，故稱。

〔三〕髮光抹漆：形容頭髮光亮，如抹黑漆。蘇軾薄命佳人：「雙頰凝酥髮抹漆。」此借用其語。　膚琢玉：形容肌膚如玉石經琢磨般光潔。蘇軾定風波：「常羨人間琢玉郎。」

〔四〕俛然：俯就貌。荀子正名：「君子之言，涉然而精，俛然而類，差差然而齊。」楊倞注：「俛然，俯就貌。俛然而類，謂俯近於人，皆有統類，不虛誕也。」

〔五〕「當時兩脚不肯舉」二句：景德傳燈録卷一第八祖佛陀難提：「(毗舍羅長者)曰：『我有一子，名伏馱蜜多，年已五十，口未曾言，足未曾履。』」參見注〔一〕。

〔六〕「知誰逸想寓此意」二句：謂畫此像者寄寓高逸之想，必非畫師所爲。蘇軾次韻吳傳正枯木歌：「古來畫師非俗士，妙想實與詩同出。」此反其意而用之。　鍇按：本集詠贊畫像、雕像多申說此意，如卷一一宿石霜山前莊夢拜普賢像明日到院見壁間畫如所夢有作：「十幅蛾眉紫翠寒，何人逸想發毫端。忽驚瑞色雲間相，曾向清宵夢裏看。」卷一八漣水觀音畫像贊：「何人毫端寄逸想，幻出百福莊嚴身。」華藏寺慈氏菩薩贊：「何人寄逸想，游戲浮漚間。以如幻之力，刻此旃檀像。」卷二七跋百牛圖：「意非畫師，殆高人韻士以寓其逸想耳。」

〔七〕我遭俗瞋坐多語：本卷次韻雲居詮上人有感：「招謗坐多談。」即此意。

〔八〕坐客厭處終不疑：謂坐中高談闊論，他人厭棄而己終不猜疑，行之如素。

〔九〕路窮回反無澗谿：晉書阮籍傳：「時率意獨駕，不由徑路，車迹所窮，輒慟哭而反。」此化用其意。

〔一〇〕君以贈我聊鍼之：謂大圓庵主贈九祖畫像，意在以九祖之「口未曾言，足未曾履」鍼砭我之多言好游。

〔一一〕褊心：褊狹急躁之性格。説文心部：「急，褊也。」　服韋：猶佩韋。韓非子觀行：「西門豹之性急，故佩韋以自緩。」蓋韋皮性柔韌，性急者佩之以自警戒。

〔一二〕命車何必先鋒爲：謂不必作先鋒之戰車，爭在他人之先。九家集注杜詩卷一八送蔡希魯都尉還隴右寄高三十五書記：「官是先鋒得，材緣挑戰須。」注：「先鋒，謂先師衆而行也。鋒，取鋒鋭之義。……(三)國志蜀馬謖傳云：『魏延、吴壹，論者皆言宜令爲先鋒。』」

〔一三〕「從今靖然痛堅捍」二句：謂從今痛下決心堅決捍衛寡語之隄，克服多言之習氣。　靖然：安定貌。　習氣：佛教謂煩惱之殘餘，亦指習性。蘇軾再和潛師：「東坡習氣除未盡，時復長篇書小草。」

〔一四〕「細看忽憶孔北海」二句：孔融字文舉，東漢魯國人，孔子二十世孫。嘗爲北海相，世稱孔北海。曹操小字阿瞞，因呼爲曹瞞。後漢書孔融傳：「時年飢兵興，操表制酒禁，融頻書爭之，多侮慢之辭。」蘇軾趙既見和復次韻答之：「豈知後世有阿瞞，北海尊前捉私釀。先生未出禁酒國，詩語孤高常近謗。」此化用其意。

送凝上人〔一〕

我生風韻無塵埃，揚清激濁心不回〔二〕。少年不忍混白黑〔三〕，出言動輒爲身災〔四〕。突汀出岸水必拍，喬木穎林風必摧〔五〕。乃知此世要不免，毁譽於吾何有哉〔六〕！君今欲脱此等憂，獻君一策真良謀。人言白璧爲石頭〔七〕，唯唯慎莫分劣優〔八〕。坐中亦復發一語，衆將環視如仇讎。此策簡截君牢收〔九〕，飽食熟睡且隨流〔一〇〕。泛然四海無不可，人將愛與君同游。

【注釋】

〔一〕作年未詳，當作於早年游方時。凝上人：生平無考。續傳燈録卷一八目録百丈元肅禪師法嗣中有法教凝禪師，有名無録，屬臨濟宗黄龍派南嶽下十三世，或即此僧，蓋惠洪嘗與百丈元肅門下諸禪僧如百丈惟古等有交往。

〔二〕揚清激濁：掀揚清流，蕩滌污濁，喻揚善去惡。晉書武帝紀：「揚清激濁，舉善彈違，此朕所以垂拱總綱，責成於良二千石也。」新唐書王珪傳：「至激濁揚清，嫉惡好善，臣於數子有一日之長。」

〔三〕白黑：是非。曹植贈白馬王彪：「蒼蠅間白黑，讒巧令親疏。」

〔四〕出言動輒爲身災：蘇軾謝監司薦舉啓：「但知任己以直前，不復周防而慮後。動觸時忌，言爲身災。」此化用其意。

〔五〕「突汀出岸水必拍」二句：六臣注文選卷五三李蕭遠運命論：「故木秀於林，風必摧之；堆出於岸，流必湍之；行高於人，衆必非之。」劉良注：「木高出於林上者，故風吹而先折也。」呂延濟注：「岸側有堆阜，而出於岸，侵入於水者，故水流必先衝之也。湍，衝也。」呂向注：「德行高遠，出乎羣俗，故衆人嫉妬，共爲非斥，亦如木秀先折，堆出流衝也。」

〔六〕毁譽於吾何有哉：杜甫醉時歌：「儒術於我何有哉？孔丘盜跖俱塵埃。」此借用其語。

〔七〕人言白璧爲石頭：謂混淆賢愚優劣。楚辭九章懷沙：「同糅玉石兮，一槩而相量。」

〔八〕唯唯：應而不置可否貌。戰國策秦策三：「秦王跪而請曰：『先生何以幸教寡人？』范睢曰：『唯唯。』有間，秦王復請，范睢曰：『唯唯。』若是者三。」

〔九〕簡截：簡單直截。　牢收：猶言穩穩接收。景德傳燈録卷二四永興北院可休禪師：「僧問：『如何是西來意？』師曰：『遍滿天下。』僧曰：『莫便是麽？』師曰：『是即牢收取。』」

〔一〇〕飽食熟睡且隨流：此乃憤激反語，本集卷二五題華嚴綱要：「方天下禪學之弊極矣，以飽食熟睡、游談無根爲事。」論語陽貨：「子曰：『飽食終日，無所用心，難矣哉！』」史記屈原賈生列傳：「舉世混濁，何不隨其流而揚其波？」

謝李商老伯仲見過〔一〕

破屋如馬廐，楚囚亦王尼〔二〕。名士連璧來〔三〕，下馬氣吐霓〔四〕。論高玉屑鋸〔五〕，意妙雞駭犀〔六〕。君看八尺姿〔七〕，一尾抹萬蹄〔八〕。弟昆清淨妍，俱當藉金閨〔九〕。胡爲披白帢〔一〇〕，作隊趨塵泥。漏明（風）駝止卧㊀〔一一〕，跨海鵲方棲〔一二〕。何時對陛下，道與稷卨齊〔一三〕。功成歸脩水〔一四〕，春風雨一犁〔一五〕。嗟余世不要，所至值澗溪。願從諸郎游，日涉長灌畦〔一六〕。

【校記】

㊀ 明：原作「風」，誤，今改。參見注〔一一〕。

【注釋】

〔一〕政和五年夏作於筠州新昌縣。　李商老伯仲：李彭，字商老，南康軍建昌人，李常（字公擇)從孫,李秉彝(字德叟)之子,黄庭堅表姪。詩入江西詩派,有日涉園集二十卷傳世。其仲弟李彤,字季敵,一字文若,嘗編黄庭堅豫章集。季弟字季弓,名不詳。謝薖竹友集卷六有寄李商老兼簡文若季弓,即指其伯仲三人。參見韋海英江西詩派諸家考論(頁一八二)。

〔二〕「破屋如馬廐」二句:晉書王尼傳:「王尼字孝孫,城陽人也。或云河内人。本兵家子,寓居洛陽,卓犖不羈。初爲護軍府軍士。胡毋輔之與琅邪王澄、北地傅暢、中山劉輿、潁川荀邃、河東裴遐,迭屬河南功曹甄述及洛陽令曹攄,請解之。攄等以制旨所及,不敢。輔之等齎羊酒詣護軍門。門吏疏名呈護軍,護軍歎曰:『諸名士持酒來,將有以也。』尼時以給府養馬,輔之等入,遂坐馬廐下,與尼炙羊飲酒,醉飽而去,竟不見護軍。護軍大驚,即與尼長假,免尼爲兵。」左傳成公九年:「晉侯觀於軍府,見鍾儀。問之曰:『南冠而縶者,誰也?』有司對曰:『鄭人所獻楚囚也。』」時惠洪寓居延福寺舊舍,且流配遇赦,初脱軍籍,窘窮困頓,故以馬廐、楚囚、王尼自況,並暗示李彭伯仲如胡毋輔之諸名士,初不見棄。

〔三〕連璧:並列之美玉,喻並美之人。世説新語容止:「潘安仁、夏侯湛並有美容,喜同行,時人謂之連璧。」黄庭堅和答子瞻和子由常父憶館中故事:「二蘇上連璧,三孔立分鼎。」

〔四〕下馬氣吐霓:李賀高軒過:「馬蹄隱耳聲隆隆,入門下馬氣如虹,云是東京才子、文章鉅公。」此化用其意。蘇軾八月十五日看潮五絶之五:「江神河伯兩醯雞,海若東來氣吐霓。」此借用其語。

〔五〕論高玉屑鋸：喻其高論滔滔不絶。蘇軾生日王郎以詩見慶次其韻并寄茶二十一片：「高論無窮如鋸屑。」此化用其語意。參見本卷與嘉父兄弟别於臨川復會毗陵注〔一〇〕。

〔六〕意妙雞駭犀：喻其思路出人意表，令人驚駭。抱朴子内篇登涉：「通天犀角有一赤理如綖，自本徹末。以角盛米，置羣雞中，雞欲啄之，未至數寸，即驚却退。故南人或名通天犀爲駭雞犀。」景德傳燈録卷一五筠州洞山良价禪師：「問：『如何是西來意？』師曰：『大似駭雞犀。』」

〔七〕八尺姿：喻其才俊如龍馬。周禮夏官廋人：「馬八尺以上爲龍。」

〔八〕一尾抹萬蹄：以一尾追風之駿馬喻其超羣絶倫。蘇軾次韻參寥師寄秦太虚三絶句時秦君舉進士不得之二：「一尾追風抹萬蹄。」抹：掃視，一掃而過。參見本集卷二次韻余慶長春夢注〔九〕。

〔九〕金闥：文選注卷一六江文通别賦：「金闥之諸彦，蘭臺之羣英。」李善注：「金闥，金馬門也。史記曰：金門官者，署承明金馬著作之庭。東方朔曰：公孫弘等待詔金馬之門。」

〔一〇〕披白帢：白帢爲白色便帽，與「披」字不侔，當爲白袷，指白色夾衣，無功名士人所著。宋劉子翬屏山集卷一四次致明泉石軒詩韻：「閑披白袷過清湖。」衛宗武秋聲集卷三僧庵：「野老披白袷。」俱作「披白袷」。參見本集卷二贈王性之注〔一〇〕。

〔一一〕漏明駝止卧：喻李彭伯仲暫爲布衣。本集卷三喜會李公弱「卧駝忽起便過人」、卷一四戲呈師川駒父之阿牛三首之二「勿笑鐸駝長卧，起來便自過人」，即此意。鍇按：酉陽雜俎卷一六：「駝性羞。木蘭篇『明駝千里足』，多誤作『鳴』字。駝卧，腹不帖地，屈足漏明，則行千里。」宋詩話輯佚本洪駒父詩話：「古樂府木蘭篇：『願馳千里明駝足，千里送兒還故鄉。』『明』字多誤作『鳴』，酉陽雜俎謂世傳『明駝千里脚』，謂駝卧腹不帖地，屈足漏明，則行千里。」底本「漏風」無據，當作「漏明」，今改。

〔一二〕跨海鶻方棲：亦喻李彭伯仲暫棲壟畝。元稹紀懷贈李六户曹崔二十功曹五十韻：「因騎度海鶻，擬殺蔽天鵬。」談苑：「登州海岸林中有鶻，自高麗一夕飛過海岸，號海東青。」

〔一三〕道與稷卨齊：此猶杜甫自京赴奉先縣詠懷五百字「竊比稷與契」之意。稷：后稷，名弃，姓姬氏，周代始祖。卨：「契」之古字。商代始祖。史記三代世表：「高辛生卨，卨爲殷祖。」

〔一四〕歸脩水：脩，通「修」。李彭爲建昌人，修水流經建昌，故稱。本集卷二七跋李商老大書雲庵偈二首之二：「商老灌園修水之上，而筆畫一出，人爭傳寶，以相矜誇。」脩水，參見本卷余將北游留海昏而餘祐禪者自靖安馳來覓詩注〔三〕。

〔一五〕春風雨一犁：螢雪叢説卷一詩隨景物下語：「杜詩『丹霞一縷輕』，漁父詞『繭縷一鈎輕』，胡少汲詩『隋隄煙雨一帆輕』；至若騷人於漁父則曰『一蓑煙雨』，於農夫則曰『一犁春雨』，於舟子則曰『一篙春水』，皆曲盡形容之妙也。」

〔一六〕日涉長灌畦：陶淵明歸去來兮辭：「園日涉以成趣。」李彭取其意，自號日涉園夫。

別潛庵源禪師〔一〕

寶公禁鎖尋常事〔二〕，形如聚墨非實然〔三〕。潛庵去眼十五白〔四〕，再見敬仰加拳拳〔五〕。黄龍今代南陽老，而公不減真耽源〔六〕。眉須俱荒氣深穩〔七〕，幻滅都盡光渾圓〔八〕。公登八十我纔半，道義乃爾相忘年〔九〕。西山無時渡漳水〔一〇〕，洞壑儼在眉目前。祝公勿學亮座主，興來徑往呼不旋〔一一〕。

【注釋】

〔一〕政和四年秋作於南昌。潛庵源禪師：清源（一〇三二～一一二九）號潛庵，洪州新建人，俗姓鄧氏。嗣法黄龍慧南，屬臨濟宗黄龍派南嶽下十二世，爲惠洪師叔。嘗住南康清隱寺。建炎三年卒，年九十八。事具僧寶正續傳卷一、嘉泰普燈録卷四。本集卷二三潛庵禪師序：「余政和四年冬證獄太原，拴縛在旅邸，人諱見之，而公冒雨步至撫慰，爲死訣。」此序所言「余政和四年冬證獄太原」，乃寂音自序所言「十月又證獄并門」，非謂清源禪師冬十月至太原旅邸。蓋清源時居南昌上藍院之東堂，年已八十三，且目盲，揆之情理，難以步行數千里至太原撫慰師姪。惠洪在太原，當羈縶監獄，而此言「拴縛在旅邸」，則其時尚在押解至太原途中。又惠洪在太原，當人地生疏，而此言「人諱見之」，則知其地故人甚多，恐受牽連，而南昌正爲惠洪故人甚多之地。故知清源冒雨步至旅邸撫慰惠洪，必在其赴太原證獄途經南昌時。

〔二〕寶公禁鎖尋常事：以南朝梁釋寶誌入獄事喻己證獄而遭拴縛事。所謂「尋常事」者，蓋此前惠洪嘗於大觀三年入江寧（建康）制獄，政和元年入開封府獄，此爲三度入獄。廓門注：「覺範入建康獄，故引寶誌自比也。」其説不確，蓋惠洪固常引寶誌入獄事以自比，然此詩非作於入建康獄時。高僧傳卷一〇梁京師釋保誌傳：「釋保誌，本姓朱，金城人。少出家，止京師道林寺，師事沙門僧儉爲和上，修習禪業。至宋太始初，忽如僻異。居止無定，飲食無時，髮長數寸，常跣行街巷。執一錫杖，杖頭挂剪刀及鏡，或挂一兩匹帛。齊建元中，稍見異迹，數日不食，亦無飢容。與人言語，始若難曉，後皆效驗。時或賦詩，言如讖記。京土士庶，皆共事之。齊武帝謂其惑衆，收駐建康。明旦人見其入市，還檢獄中，誌猶在焉。」本集卷三〇鍾山道林真覺大師傳：「梁大菩薩僧寶公，以宋元嘉中生於金陵之東陽。……建元間，異迹甚著，丞相高嵩爲武帝言之，以禮自皖山迎至都，舍於陳征虜之家。輒自釐其面，分披之，出十二首觀世音，慈嚴妙麗，傾都聚觀，欲爭尊事之。武帝忿其惑衆，收付建康獄。旦夕，咸見游行市里，既而檢校，猶在獄中。」續高僧傳、景德傳燈録等「保誌」作「寶誌」，世稱誌公，亦稱寶公。

〔三〕形如聚墨非實然：謂其身形黑瘦，如寶公塗墨，然其形非實，乃分身之一也。聚墨：以譬物之黑者，佛經或以喻人之黑瘦，如方廣大莊嚴經卷七苦行品：「身體羸瘦，過前十倍，色如聚墨，又若死灰。」觀佛三昧海經卷三觀相品：「優婆夷衆中二十四人。見佛身色，猶如聚墨。」梁京師釋保誌傳：「建康令呂文顯以事聞武帝，帝即迎入，居之後堂。一時屏除内宴，誌亦隨衆出。既而景陽山上猶有一誌，與七僧俱。帝怒，遣推檢，失所在。閤吏啓云：『誌久出在省，方以墨塗其身。』時僧正法獻欲以一衣遺誌，遣使於龍光、罽賓二寺求之，並云：『昨宿旦去。』又至其常所造厲侯伯家尋之，伯云：『誌昨在此行道，旦眠未覺。』使還以告獻，方知其分身三處宿焉。」鍾山道林真覺大師傳：「帝怒，遣使至，閤吏曰：『公久出在省中。』吏就視之，身如塗墨然。」

〔四〕潛庵去眼十五白：元符二年（一〇九九）秋，惠洪與希祖於南康清隱寺拜見清源禪師，别後十五年，正爲政和四年。參見潛庵禪師序。　十五白：即十五年。景德傳燈録卷二第二十二祖摩拏羅：「後鶴勒那問尊者曰：『我止林間，已經九白，有弟子龍子者，幼而聰慧，我於三世推窮，莫知其本。』」注：「印度以一年爲一白。」本集多有此用例，如卷一九龍城智公真贊「住持此山，垂三十白」，卷二二無證庵記「言見靈源於龍山兩白矣」，卷二四送因覺先序「子去京三白矣」，卷二七跋東坡與佛印帖「東坡騎鯨上天去，十九白矣」。

〔五〕拳拳：誠摯敬奉貌。禮記中庸：「子曰：『回之爲人也，擇乎中庸，得一善，則拳拳服膺，而弗失之矣。』」鄭玄注：「拳拳，奉持之貌。」

〔六〕「黄龍今代南陽老」二句：謂潛庵清源禪師爲黄龍慧南之侍者，不亞於昔日耽源應真禪師爲南陽慧忠國師之侍者。景德傳燈録卷五西京光宅寺慧忠禪師：「西京光宅寺慧忠國師者，越州諸暨人也，姓冉氏。自受心印，居南陽白崖山黨子谷，四十餘祀不下山門，道行聞于帝里。唐肅宗上元二年，敕中使孫朝進齎詔徵赴京，待以師禮。初居千福寺西禪院，及代宗臨御，復迎止光宅精藍，十有六載隨機説法。……師以化緣將畢，涅槃時至，乃辭代宗。代宗曰：『師滅度後，弟子將何所記？』師曰：『告檀越，造取一所無縫塔。』曰：『就師請取塔樣。』師良久，曰：『會麽？』曰：『不會。』師曰：『貧道去後，有侍者應真，却知此事。』大曆十年十二月九日，右脅長往。弟子奉靈儀於黨子谷，建塔，敕謚大證禪師。代宗後詔應真入内，舉問前語。真良久，曰：『聖上會麽？』曰：『不會。』真述偈曰：『湘之南，潭之北，中有黄金充一國。無影樹下合同船，瑠璃殿上無知識。』應真後住耽源山。」又同書卷一五南陽慧忠國師法嗣，謂吉州耽源山應真禪師，爲國師侍者。僧寶正續傳卷一潛庵源禪師傳：「禪師名清源。豫章新建鄧氏子。晚依積翠南禪師。一日，聞舉洞山初見雲門因緣，不覺失笑。南問：『何爲而笑？』師曰：『笑黄面浙子，憐兒不覺醜耳。』自是容爲侍者。閲七年，咨參決擇，道眼高妙，絶出人表。」積翠南禪師，即黄龍慧南。

〔七〕眉須俱荒：謂眉毛鬍鬚俱稀少。荒，匱乏，缺少。　氣深穩：神氣深沉穩健。杜甫韋諷録事宅觀曹將軍畫馬圖歌：「可憐九馬爭神駿，顧視清高氣深穩。」此借用其語。

〔八〕幻滅都盡光渾圓：蘇軾書楞伽經後：「公（張方平）時年七十九，幻滅都盡，惠光渾圜。」此借用其語。本集卷一九雲庵和尚贊三首序：「退居雲庵，時已七十餘，幻滅都盡，惠光渾圓。」亦用其語。

〔九〕「公登八十我纔半」二句：時清源禪師年八十三，惠洪年四十四。黄庭堅贈惠洪：「吾年六十子方半，槁項頂螺忘歲年。」此化用其句法。

〔一〇〕西山無時渡漳水：潛庵禪師序：「南昌隱君子潘延之與爲方外友。延之迎歸西山，而州郡聞，爭命居天寧。衲子方雲趨座下，一時名士摳衣問道。公以目疾隱居龍興寺房，户外之屨亦滿。上藍忠禪師，雲蓋智公之子，於公爲叔姪，移公居寺之東堂。」西山：在南昌城西贛江之外三十里，地處新建縣。漳水：即贛江。參見本卷蔡老有志好學識面于京師作此示之注〔九〕。

〔一一〕「祝公勿學亮座主」二句：景德傳燈録卷八洪州西山亮座主：「亮座主，本蜀人也，頗講經論。因參馬祖，祖問曰：『見説座主大講得經論，是否？』亮云：『不敢。』祖云：『將什麼講？』亮云：『將心講。』祖云：『心如工伎兒，意如和伎者，爭解講得經？』亮抗聲云：『心既講不得，虚空莫講得麼？』祖云：『却是虚空講得。』亮不肯，便出。將下階，祖召云：『座主。』亮迴首，祖云：『是什麼？』亮豁然大悟，禮拜。祖云：『這鈍根阿師禮拜作麼？』亮歸寺，告聽衆云：『某甲所講經論，謂無人及得。今日被馬大師一問，平生功夫，冰釋而已。』乃隱西山，更無消息。」

宿宣妙寺〔一〕

衡虎困頓歸〔二〕，投枕眠爛熳〔三〕。夜晴霜月苦〔四〕，睡美不知旦。日高披曉緑，萬事付衰懶。百年炊黍久〔五〕，强半得憂患。起臨清淺流，白髮不可揀。此生終一壑，形勝已入眼〔六〕。明年定來歸，茅屋並崖瞰。掩門無營爲，一味工寢飯〔七〕。

【注釋】

〔一〕政和四年二月作於海南歸來自袁州赴新昌途中。宣妙寺：其地不可考。

〔二〕衡虎：冒著遇虎之危險。衡，冒。參見本集卷三次韻超然送照上人歸東吴注〔八〕。

〔三〕眠爛熳：熟睡之貌。九家集注杜詩卷三彭衙行：「衆雛爛漫睡。」注：「趙云：爛漫，言睡之熟也。莊子云：『性命爛漫。』注雖云『分散遠貌』，然亦熟爛之意。故靈光殿賦云：『流離爛漫。』而盧仝詩亦云：『鶯花爛漫君不來。』皆言其多而熟也。」「爛熳」同「爛漫」。

〔四〕霜月苦：蘇軾送曾仲錫通判如京師：「玉帳夜談霜月苦。」此借用其語。

〔五〕百年炊黍久：謂人生之短暫，如黄粱炊猶未熟。唐沈既濟枕中記載：盧生於邯鄲客店遇道士呂翁，生自嘆窮困，翁探囊中枕授之曰：「枕此當令子榮適如意。」時主人正炊黄粱，生夢入枕中，享盡富貴榮華。及醒，黄粱尚未熟。百年：指人之一生，終身。

〔六〕形勝已入眼：廓門注：「杜詩千家注十三卷：『惜哉形勝地，回首一茫茫。』注：『張夢陽劍閣銘：形勝之地，匪親勿居。』」

〔七〕一味工寢飯：自嘲惟長於睡覺吃飯而已。

次韻〔一〕

我昔度瘴海〔二〕，夜浪光熳熳〔三〕。經旬困掀簸〔四〕，飲食借日旦。動輒值墻壁〔五〕，更覺歸心懶。平生百念灰〔六〕，但有身爲患〔七〕。卧看生與死，兩者無可揀〔八〕。那知故園山，秀色長在眼。愛此□洌崖㊀，中有山房瞰。會當持老齒，嚼此無沙飯〔九〕。

【校記】

㊀□：天寧本作「清」。

【注釋】

〔一〕政和四年二月作於新昌縣。此詩乃次宿宣妙寺詩韻。

〔二〕我昔度瘴海：本集卷二四寂音自序：「（政和）三年五月二十五日蒙恩釋放，十一月十七日北渡海。」

〔三〕熳熳：色彩鮮明貌。

〔四〕經句困掀簸：蘇軾病中大雪數日未嘗起觀號令趙薦以詩相屬戲用其韻答之：「風颼助凝冽，幃幔困掀簸。」又送蔣穎叔帥熙河：「新詩出談笑，僚友困掀簸。」此借用其語。錯按：本集卷二三夢徐生序：「余竄朱崖三年，既蒙恩澤釋放，政和三年十一月十九日，自瓊州澄邁北渡。……曉渡三合流，無恐。未及雷州岸，次日北風，不可進，乃定石留赤岸半月。……十二月五日，風自南至，天海在中，日出瑩碧間，舟行如鏡面。未及晡，抵廉州對岸。」此即「經句困掀簸」之渡海經歷。

〔五〕動輒值牆壁：猶言處處碰壁，受阻不順。蘇軾答李昭玘書：「每念處世窮困，所向輒值牆谷，無一遂者。」

〔六〕平生百念灰：蘇軾送參寥師：「上人學苦空，百念已灰冷。」

〔七〕但有身爲患：老子：「何謂貴大患若身？吾所以有大患者，爲吾有身。及吾無身，吾有何患？」蘇軾答徑山長老：「大患緣有身，無身則無疾。」

〔八〕「卧看生與死」二句：王安石車載板二首之一：「攘攘生死夢，久知無可揀。」此化用其意。

〔九〕無沙飯：蘇軾書黄魯直李氏傳後：「如飯中沙，與飯皆熟。若不含糊，與飯俱嚥。即須吐出，與沙俱棄。善哉佛子，作清淨飯。淘米去沙，終不能盡。不如即用，本所自種。元無沙米，此米無沙。亦不受沙，非不受也，無受處故。」

三月喜超然至次前韻〔一〕

楊柳風蕭蕭，芙蕖晴熳熳。水閣試新涼，披衣快清旦。幽居非養高，一榻聊醫懶〔二〕。嘿觀四大空〔三〕，吾復有何患〔四〕。上人超詣姿〔五〕，叢林得精揀。勿嫌白兆村，真是人天眼〔六〕。穿雲得得來〔七〕，其他空非瞰。遂爲信宿留〔八〕，與子同朝飯。

【注釋】

〔一〕政和四年三月作於新昌縣。超然：希祖字超然，惠洪法弟。

〔二〕一榻聊醫懶：本集卷三始陽何退翁謫長沙會宿龍興思歸戲之：「閉門古寺中，一榻聊醫懶。」此用其成句。

〔三〕嘿：同「默」。四大：佛教以地、水、火、風爲四大，人身由此構成，故四大亦爲人身之代稱。圓覺經：「我今此身，四大和合，所謂髮毛爪齒、皮肉筋骨、髓腦垢色，皆歸於地；唾涕膿血、津液涎沫、痰淚精氣、大小便利，皆歸於水；暖氣歸火；動轉歸風。四大各離，今者妄身，當在何處？」

〔四〕吾復有何患：老子：「及吾無身，吾有何患？」參見前詩注〔七〕。

〔五〕超詣：高超脱俗。世説新語文學：「諸葛厷年少不肯學問，始與王夷甫談，便已超詣。」

〔六〕「勿嫌白兆村」二句：謂勿嫌白兆禪師粗俗，却是能開人天眼目之大師。此以白兆喻希祖。白兆，指安州白兆山志圓禪師，嗣法洪州感潭資國禪師，爲青原下六世，景德傳燈録卷一七載其機語。白兆嘗有木魚頌曰：「伏惟爛木一橛，佛與衆生不別。有時杖子擊著，直得凡聖路絶。」其頌見山谷集別集卷一二跋白兆語後、聯燈會要卷二六隨州智門師寛禪師。村：村氣，粗俗，土氣。人天眼：人趣天趣之眼目，代指佛學修養高深之大師。景德傳燈録卷一一韶州靈樹如敏禪師：「人天眼目，堂中上座。」

〔七〕得得來：唐釋貫休禪月集卷二〇陳情獻蜀皇帝：「一缾一鉢垂垂老，千水千山得得來。」宋高僧傳卷三〇梁成都府東禪院貫休傳：「弟子勸師入蜀。時王氏將圖僭僞，邀四方賢士，得休甚喜，盛被禮遇，賜賚隆洽，署號禪月大師，蜀主常呼爲『得得來和尚』。」得得：特特，特地。

〔八〕信宿：連宿兩夜。參見本集卷三七夕卧病詩注〔一五〕。

謝忠子出山〔一〕

道人棄家年最少，毛骨稽山冰雪妙〔二〕。爲余遠出仙廬峰〔三〕，雲晴水寒秋自曉。孤風峭世鳳增擊〔四〕，高誼映人珠自照〔五〕。嗟余苦遭夢幻纏，龜囚鼈縛何時了〔六〕。明朝定向舊廬歸，想見盤空雲路(露)小㊀〔七〕。當期半夜立西風，月中拾取吹來嘯〔八〕。

【校記】

㊀路：原作「露」，誤，今改。參見注〔七〕。

【注釋】

〔一〕政和四年秋作於新昌縣。　忠子：法名本忠，字無外，撫州金谿人，爲惠洪弟子，故此稱忠子。本集卷二三墮齋偈序：「南州道人本忠聞之擊節賞音，余曰：『此郎殆人類精奇。』」卷二四記福巖言禪師語：「一書以示素所辦送者因覺先、忠無外。」卷二六題石龜觀壁：「吾亡友胡汝霖民望生撫之金谿。忠子，民望里人也。」

〔二〕毛骨稽山冰雪妙：謂忠子精神氣質如唐詩僧靈澈。宋高僧傳卷一五唐會稽雲門寺靈澈傳：「建中、貞元已來，江表諺曰：『越之澈，洞冰雪。』可謂一代勝士，與杭標、霅晝分鼎足矣。」本集卷二五題徹公石刻：「吴人爲之語曰：『餘杭標，摩雲霄；霅溪晝，能清秀；稽山徹，洞冰雪。』」　稽山：即會稽山，此代指靈澈。太平寰宇記卷九六江南東道八越州會稽縣：「會稽山，在縣東南十里。」廓門注：「稽字，莊子逍遥遊篇，與『大浸稽天而不溺』稽同。」其説殊誤。

〔三〕仙廬峰：即廬山。

〔四〕鳳增擊：鳳凰高舉遠飛。文選卷六〇賈誼弔屈原文：「鳳凰翔于千仞兮，覽德輝而下之；見細德之險徵兮，遥曾擊而去之。」李善注：「如淳曰：『鳳凰曾擊九千里，絶雲氣。遥，遠。曾，高高上飛意也。』鄭玄曰：『擊音攻擊之擊。』李奇曰：『遥，遠也。曾，益也。』史記『擊』字作『翮』。」曾，通「增」。

〔五〕珠自照：晉書衛玠傳：「驃騎將軍王濟，玠之舅也，儁爽有風姿，每見玠輒歎曰：『珠玉在側，覺我形穢。』又嘗語人曰：『與玠同游，冏若明珠之在側，朗然照人。』」

〔六〕龜囚蠶縛：如龜爲他人網所囚，蠶爲自己繭所縛，喻爲俗事所困。參見本集卷二七月七日晚步至齊雲樓走筆贈吴邦直注〔七〕。

〔七〕盤空雲路小：謂山路盤旋，升空入雲。本集卷六次韻游方廣：「萬峰纏煙霏，一線盤空路。」卷一〇歸送瑩上人游衡嶽：「盤空路作驚蛇去，落日人如凍蟻行。」皆此意。底本「路」作「露」，意不通，涉音近而誤。廓門注：「『露』當作『路』字歟？」其説甚是。

〔八〕「當期夜半立西風」二句：五燈會元卷五澧州藥山惟儼禪師：「師一夜登山經行，忽雲開見月，大嘯一聲，應澧陽東九十里許。居民盡謂東家，明晨迭相推問，直至藥山。徒衆曰：『昨夜和尚山頂大嘯。』李(翱)贈詩曰：『選得幽居愜野情，終年無送亦無迎。有時直上孤峰頂，月下披雲嘯一聲。』」此化用其意期許忠子。

示忠上人〔一〕

啞羊苾芻紛作隊〔二〕，口吻遲鈍懶酬對。猛公來自知足天〔三〕，南山爽氣增十倍。爲公放意談海山〔四〕，神傾（頎）透出形骸外㊀〔五〕。八月中秋滋露華〔六〕，千巖尺璧生光彩〔七〕。正當刻志從爐峰〔八〕，看子穩騎元氣背〔九〕。

【校記】

㊀傾：原作「頎」，誤，今改，參見注〔五〕。

【注釋】

〔一〕政和四年八月十五日作於新昌縣。忠上人：即本忠，惠洪弟子。

〔二〕啞羊苾芻：即啞羊僧。苾芻，即比丘，出家佛弟子之受具足戒者。大智度論卷三：「云何名啞羊僧？雖不破戒，鈍根無慧，不别好醜，不知輕重，不知有罪無罪。若有僧事，二人共諍，不能斷決，默然無言。譬如白羊，乃至人殺，不能作聲，是名啞羊僧。」此處指以不立文字爲藉口、碌碌無爲、默然無語之禪僧。惠洪對禪林「啞羊」習氣多有指責，如本集卷二六題隆道人僧寶傳：「然其爲人，不甘爲啞羊苾芻混處，疾之甚，至於詬罵。……而啞羊苾芻，動成阡陌。隆雖口受吾文，抱吾所集，以游諸方，亦安能忘詬罵之喙乎！」又題英大師僧寶傳：「惠英大師年二十餘，生海上，獨挺然有志，不肯碌碌，而啞羊者固已憎之如十世讎矣。」

〔三〕猛公：龍猛菩薩，借以比忠上人。大唐西域記卷八：「南印度那伽閼剌樹那菩薩，唐言龍猛，舊譯曰龍樹，非也。」　知足天：佛教謂欲界有六重之天，第四層爲兜率天，亦名知足天，彌勒淨土在此天。本集卷二五題法惠寫宗鏡録：「願慈氏大士從知足天來，主龍華時，同聞此録。」慈氏大士即彌勒佛。

〔四〕放意：縱情，恣意。　談海山：講述刺配海南、遇赦而歸之經歷。

〔五〕神傾透出形骸外：杜甫相從歌：「萬事盡付形骸外，百年未見歡娱畢。神傾意豁真佳士，久客多憂今愈疾。」此化用其意。　神傾：神情傾倒。盧照鄰釋疾文粵若：「郭林宗聞而心服，王夷甫見而神傾。」宋高僧傳卷一四唐光州道岸傳：「於是高僧大士，心醉神傾，捐棄舊聞，佩服新義。」底本作「神頎」，不辭，「頎」當爲「傾」之形近而誤，今改。

〔六〕滋露華：蘇軾次韻答劉景文左藏：「秋芳壓帽露華滋。」

〔七〕尺璧：徑尺之玉璧，此喻圓月。

〔八〕刻志：猶篤志，志向專一。新唐書李渤傳：「渤恥之，不肯仕，刻志於學。」　爐峰：即香爐峰，代指廬山。

〔九〕穩騎元氣背：蘇軾次韻答張天覺二首之二：「馭風騎氣我何勞。」本集卷一九李道夫真贊：「正恐横風月之笛，披雲錦之裳，騎元氣之背，而游無何有之鄉。」

懷忠子〔一〕

昏花委篝燈〔二〕，夜雨集梧井〔三〕。空房嚙飢鼠〔四〕，壞壁咽寒蚓〔五〕。有生獨多艱，念極淚殷枕〔六〕。親朋勢宜絶，醜惡諱聞聽〔七〕。棄遺等苦李〔八〕，零落如斷梗〔九〕。忠也新數面〔一〇〕，義已到刎頸〔一一〕。願留廣推擠〔一二〕，守護輕軀命。逐臭寧有理〔一三〕，嗜痂亦天性〔一四〕。人情骨肉離，道義燕秦并〔一五〕。相逢百憂中，如熱啜甘冷。氣清秋潑山，韻勝月夕鏡㊀。何時一丘壑，攜子脱塵境。風杴作清歗，追步千峰頂〔一六〕。

【校記】

㊀月：石倉本作「日」。

【注釋】

〔一〕政和年間作於新昌縣。忠子：即本忠。

〔二〕昏花委篝燈：蘇軾讀孟郊詩二首之一：「寒燈照昏花。」此化用其意。篝燈：置於竹籠中之燈。

〔三〕夜雨集梧井：廓門注：「山谷詩四卷曰『微涼生井桐』之意。」鍇按：唐羅隱聽琴：「寒雨蕭蕭落井梧。」此化用其語。

〔四〕空房嚙飢鼠：廓門注：「東坡詩九卷『飢鼯嗅空案』之類。」鍇按：蘇軾詩題爲除夜病中贈段屯田。

〔五〕寒蚓：蚯蚓。爾雅釋蟲：「螼蚓，蜸蚕。」郭璞注：「即蛩蟺也。江東呼寒蚓。」

〔六〕淚殷枕：謂淚浸染枕頭。殷，本謂以血染紅。如南朝宋鮑照爲柳令讓驃騎表：「佐輪不殷，良馬未汗。」本集借謂以淚染濕。

〔七〕「親朋勢宜絶」二句：本集卷二三邵陽别胡强仲序：「坐不遵佛語，得罪至此。重賴天子聖慈，不忍置之死，篆面鞭背，投之海南。平生親舊之在京師者，皆唾聞諱見，雲散鳥驚。」同卷潛庵禪師序：「余政和四年冬，證獄太原，拴縛在旅邸，人諱見之。」可參見。

〔八〕棄遺等苦李：世説新語雅量：「王戎七歲，嘗與諸小兒游。看道邊李樹多子折枝，諸兒競走取之，唯戎不動。人問之，答曰：『樹在道邊而多子，此必苦李。』取之，信然。」

〔九〕零落如斷梗：折斷之桃梗，喻身世漂泊。唐李賀詠懷二首之一：「梁王與武帝，棄之如斷梗。」

〔一〇〕數面：謂數次見面自然相熟。黄庭堅贈惠洪：「數面欣羊胛，論詩喜雉膏。」任淵注：「陶淵明答龐參軍詩序曰：『俗諺云：「數面成親舊。」况情過此者乎？』」

〔一一〕義已到刎頸：謂爲朋友可共生死。史記廉頗藺相如列傳：「廉頗聞之，肉袒負荆，因賓客至藺相如門，謝罪曰：『鄙賤之人，不知將軍寬之至此也。』卒相與驩，爲刎頸之交。」

〔一二〕廣：寬慰。　推擠：排擠。本集卷三次韻葉集之同秀實敦素道夫游北山會周氏書房：「推擠幸不死，豈非憐其癡。」

〔一三〕逐臭寧有理：此自謙語，謂本忠豈有逐臭之理，而從己交游。呂氏春秋遇合：「人有大臭者，其親戚、兄弟、妻妾、知識，無能與居者。自苦而居海上。海上人有說（悦）其臭者，晝夜隨之而弗能去。」曹植與楊德祖書：「海畔有逐臭之夫。」

〔一四〕嗜痂亦天性：此亦自謙語，謂本忠喜從己游，如有嗜痂之怪癖。宋書劉邕傳：「邕所至嗜食瘡痂，以爲味似鰒魚。嘗詣孟靈休，靈休先患灸瘡，瘡痂落牀上，因取食之。靈休大驚。答曰：『性之所嗜。』」

〔一五〕「人情骨肉離」二句：謂世間險惡，言人情，則雖爲骨肉，亦不免分離；言道義，則雖爲親舊，亦不免與燕秦兩敵國間之形勢相并。柳宗元詠荆軻：「燕秦不兩立，太子已爲虞。」元稹酬樂天東南行詩一百韻：「廉藺聲相讓，燕秦勢豈俱。」

〔一六〕「風林作清歗」二句：用藥山惟儼禪師「有時直上千峰頂，月下披雲嘯一聲」之事。參見本卷謝忠子出山注〔八〕。歗：同「嘯」。

次韻彭子長劉園見花〔一〕

我昔海山度寒食，雖有花看非故園。今年寒食花又見，已在故園疑夢魂。虛弦喪氣念前痛〔二〕，瘴面敢辭增唾痕〔三〕？此生流落坐曠達，晚悔坦率加辛勤〔四〕。覺城老子天乞我〔五〕，人品秀拔高摩雲〔六〕。定應分身在絳闕〔七〕，想見珮璫裙褶纁〔八〕。君看翰墨吐秀句，緑楊春重含朝暾〔九〕。袖中功名未暇探〔一〇〕，且復行樂追幽欣〔一一〕。陋邦忽見洛陽面〔一二〕，爲誰扶頭清露翻〔一三〕。殘春風日太醇釅〔一四〕，發粧初罷爭迎門〔一五〕。豐肌忍調獺髓醫〔一六〕，笑渦尚初紅潮温〔一七〕。謫仙點筆風雨疾〔一八〕，少陵眼寒煙霧昏〔一九〕。公獨寓之一戲耳，寧用解語方佐尊〔二〇〕。夜深秉燭花不睡〔二一〕，飲到落月窺金盆〔二二〕。情鍾耳熱意一折〔二三〕，賦詩遶紙風雷奔〔二四〕。詩成我讀輒起舞，自忘首禿衣紕袢〔二五〕。泠然馭風欲仙去〔二六〕，引手便覺天可捫。歸來僵卧數屋角，萬象困頓天不言〔二七〕。

【注釋】

〔一〕政和四年寒食作於新昌縣。彭子長：生平未詳。據本詩可知，子長號覺城老子。又本卷有次韻彭子長僉判二首，可知子長時爲筠州簽判。劉園：不詳。

〔二〕虛弦喪氣念前痛：謂尚因刺配流放之前事而心驚氣喪。戰國策楚策四：「更羸與魏王處京臺之下，仰見飛鳥。更羸謂魏王曰：『臣爲王引弓虛發而下鳥。』魏王曰：『然則射可至此乎？』更羸曰：『可。』有間，雁從東方來，更羸以虛發下之。魏王曰：『然則射可至此乎？』更羸曰：『此孽也。』王曰：『先生何以知之？』對曰：『其飛徐而鳴悲。飛徐者，故瘡痛也；鳴悲者，久失羣也。故瘡未息而驚心未去也，聞弦音引而高飛，故瘡隕也。』」

〔三〕瘴面敢辭增唾痕：指因流放海南而遭人唾棄羞辱。瘴面：面帶瘴癘之色。

〔四〕坦率：粗率，粗心。唐摭言卷一〇海叙不遇：「宋濟老於詞場，舉止可笑。嘗試賦誤落官韻，撫膺曰：『宋五坦率矣。』由此大著。後禮部上甲乙名，明皇先問曰：『宋五坦率否？』」

〔五〕覺城老子天乞我：廓門注：「覺城，當作『成』字歟？此集有覺成上人。『天』字當作『夫』歟？」鍇按：此詩題爲次韻彭子長劉園見花，則所恭維之人必爲彭子長，覺城老子當爲其別號。　天乞我：猶言天給我。歐陽修滄浪亭：「又疑此境天乞與。」僧道潛同吴興尉錢濟明南溪泛舟：「天乞君才多穎茂。」故「天」字絶非作「夫」字。清錢大昕十駕齋養新録卷四假借乞：「乞之與乞一字也。取則入聲，與則去聲。」此爲與義，讀去聲。

〔六〕摩雲：喻人品極其高。宋高僧傳卷一五唐杭州靈隱山道標傳：「杭之標，摩雲霄。」此借用其語。

〔七〕分身：一身化作數身。高僧傳卷一〇宋岷山通雲寺邵碩傳：「至四月八日，成都行像，碩於衆中匍匐作師子形。爾日，郫縣亦言見碩作師子形，乃悟其分身也。」參見本集卷二次韻見寄二首注〔六〕。　絳闕：宫殿寺觀前朱色門闕，此代指神仙居處。東坡詩集注卷一二和章七出守湖州二首之二：「絳闕雲臺總有名，應須極貴又長生。」注：「清都絳闕，上帝所居也。」參見本集卷一贈器之禪師注〔七〕。

〔八〕想見珮璫裙褶纕：想像絳闕中仙女成羣。　珮璫：李賀李夫人：「紅壁闌珊懸珮璫，歌臺小妓遥相望。」清王琦匯解：「珮璫，所佩之玉璫也。」　裙褶：衣裙之褶皺。黄庭堅清人怨戲效徐庾慢體三首之二：「翡翠釵梁碧，石榴裙褶紅。」　纁：淺絳色。周禮考工記鍾氏：「三入爲纁。」鄭玄注：「染纁者，三入而成。」

〔九〕朝暾：朝陽之光。

〔一〇〕袖中功名未暇探：謂獲取功名如探取袖中之物，乃極易之事，特未暇探耳。本集卷一贈范伯履承奉二子：「聲名定追尋，公卿在懷袖。」

〔一一〕幽欣：内心喜悦貌。蘇軾和陶田舍始春懷古二首之二：「客來有美載，果熟多幽欣。」本集喜用此詞，如卷五同游雲蓋分韻得雲字：「情高發幽欣。」卷九對雪嘗水餅：「幽欣嘗水餅。」人日雪二首之二：「幽欣宜衲衫。」卷一〇示忠子：「幽欣臨曉一番晴。」卷一三訪雙池老不遇其子覺先求詩爲作此：「逢山有寺幽欣集。」

〔一二〕洛陽面：指牡丹花。陳師道後山談叢卷一：「花之名天下者，洛陽牡丹、廣陵芍藥耳。」歐陽修有洛陽牡丹記，序其品第。

〔一三〕爲誰扶頭清露翻：形容露重花垂之態，如人醉酒而頭重。施注蘇詩卷一八雨中看牡丹三首之一：「黄昏更蕭瑟，頭重欲相扶。」注：「杜牧之詩：『醉頭扶不起，三丈日還高。』」此化用其意詠露中牡丹。　錯按：扶頭，指易醉之酒，即扶頭酒；亦形容醉態。參見本集卷三次韻道林會規方外注〔三〕。

〔一四〕殘春風日太醇醲：謂殘春和風麗日如醇醲之美酒。本集卷三次韻道林會規方外：「風日麗醇醲，黄泥初揭甕。」　醇醲：酒味濃厚。

〔一五〕發粧初罷爭迎門：謂衆花如美女化粧打扮，迎門邀客。柳永少年游之四：「世間尤物意中人，輕細好腰身。香幃睡起，發妝酒醲，紅臉杏花春。」　發粧：化粧。

〔一六〕豐肌忍調獺髓醫：謂衆花豐妍紅潤，如美人經獺髓醫後留朱痕。晉王嘉拾遺記卷八：「孫和悦鄧夫人，嘗置膝上。和於月下舞水精如意，誤傷夫人頰，血流污袴，嬌姹彌苦。自舐其瘡，命太醫合藥。醫曰：『得白獺髓，雜玉與琥珀屑，當滅此痕。』即購致百金，能得白獺髓者，厚賞之。有富春漁人云：『此物知人欲取，則逃入石穴。伺其祭魚之時，獺有鬬死者，穴中應有枯骨。雖無髓，其骨可合玉春爲粉，歕於瘡上，其痕則滅。』和乃命合此膏，琥珀太多，及差，而有赤點如朱，逼而視之，更益其妍。諸嬖人欲要寵，皆以丹脂點頰，而後進幸。妖惑相動，遂成淫俗。」蘇軾次韻楊公濟奉議梅花十首之七：「豐肌弱骨要人醫。」再和楊公濟梅花十絶之七：「玉頰何勞獺髓醫。」此化用其意以擬花。

〔一七〕笑渦尚初紅潮温：以少女微笑頰泛紅暈擬花之色貌。冷齋夜話卷一東坡留題姜唐佐扇楊道士息軒姜秀郎几間：「有蠻女插茉莉花，嚼檳榔，戲書姜秀郎几間曰：『暗麝著人簪茉莉，紅潮登頰醉檳榔。』其放浪如此。」

〔一八〕謫仙點筆風雨疾：指李白揮筆作清平調詠牡丹之事。宋樂史李翰林别集序：「開元中，禁中初重木芍藥，即今牡丹也。得四本，紅、紫、淺紅、通白者。上因移植於興慶池東沉香亭前。會花方繁開，上乘照夜車，太真妃以步輦從。詔選梨園弟子中尤者，得樂一十六色。李龜年以歌擅一時之名，手捧檀板，押衆樂前，將欲歌之。上曰：『賞名花，對妃子，焉用舊樂辭焉！』遽命龜年持金花牋宣賜翰林供奉李白，立進清平調詞三章。白欣然承詔旨，由若宿酲未解，因援筆賦之。」杜甫寄李十二白二十韻：「筆落驚風雨，詩成泣鬼神。」蘇軾次韻王郎子立風雨有感：「朝來賦雲夢，筆落風雨疾。」此借用其語。

〔一九〕少陵眼寒煙霧昏：杜甫嘗自供老眼看花如隔霧，其小寒食舟中作：「老年花似霧中看。」蘇軾續麗人行：「深宮無人春日長，沉香亭北百花香。美人睡起薄梳洗，燕舞鶯啼空斷腸。……杜陵飢客眼長寒，蹇驢破帽隨金鞍。隔花臨水時一見，只許腰肢背後看。」

〔二〇〕解語：即解語花，能言之花，喻美女。五代王仁裕開元天寶遺事卷三解語花：「明皇秋八月，太液池有千葉白蓮數枝盛開，帝與貴戚宴賞焉。左右皆歎羨。久之，帝指貴妃示於左右曰：『爭如我解語花。』」　佐尊：猶言佐酒，勸酒，陪飲。

〔二一〕夜深秉燭花不睡：冷齋夜話卷一詩本出處：「東坡作海棠詩曰：『只恐夜深花睡去，更燒銀燭照紅妝。』事見太真外傳，曰：上皇登沉香亭，詔太真妃子。妃子時卯醉未醒，命力士從侍兒扶掖而至。妃子醉顏殘妝，鬢亂釵横，不能再拜。上皇笑曰：『是豈妃子醉，真海棠睡未足耳。』」此化用蘇詩意。

〔二二〕落月窺金盆：杜甫贈蜀僧閭丘師兄：「夜闌接軟語，落月如金盆。」此用其語。

〔二三〕情鍾：世説新語傷逝：「王曰：『聖人忘情，最下不及情，情之所鍾，正在我輩。』」耳熱：酒酣耳熱。　意一折：心意摧折，猶言銷魂。杜甫冬至：「心折此時無一寸。」

〔二四〕邊紙風雷奔：喻筆落紙上迅捷而有力。本集卷一贈汪十四：「邊紙風雷出倉卒。」贈蔡儒效：「風雷邊指成千篇。」均用此喻。

〔二五〕紲柈：廓門注：「『柈』當作『袢』。詩經君子偕老章曰：『是紲袢也。』説文曰：『無色身衣也。』」錯按：詩鄘風君子偕老：「是紲袢也。」毛傳：「是當暑，袢延之服也。」孔穎達疏：「言是當暑袢延之服者，謂縐絺是紲袢之服，展衣則非是也。紲袢者，去熱之名，故言袢延之服。袢延是熱之氣也。」此詩作於寒食殘春，非當暑，若言「紲袢」，則於理未安。疑當作「紲絆」，蓋「紲」與「絆」皆縛罪人之繩索，意同縲紲，蓋其時惠洪尚有身爲羈囚之餘悸。

〔二六〕泠然馭風欲仙去：莊子逍遥遊：「夫列子御風而行，泠然善也。」郭象注：「泠然，輕妙之貌。」

〔二七〕萬象困頓天不言：蘇軾次韻李公擇梅花：「詩人固長貧，日午飢未動。偶然得一飽，萬象困嘲弄。」此化用其意。

石門中秋同超然鑒忠清三子翫月〔一〕

三年竄南荒，兩過中秋夕〔二〕。月不棄羈囚，高義照罅隙㊀〔三〕。凜如寢雪霜，但覺炎瘴失。夢清不敢歸，鯨浪濺天白[四]。中原一轉首，心折數弟娭㊁[五]。遥知亦念我，看至玉輪側。有生窮至此，甘作死生隔。今年又中秋，氣味如夙昔[六]。筠溪遶茅廬[七]，波影登几席。危磴通石門[八]，高眺屢顧陟㊂[九]。空山夜氣升，草木正蓊鬱。超然凜清癯，可即不可及[一〇]。華紛落無餘，但見霜露實[一一]。三子新問舊，學問川增益[一二]。駿氣不受羈，奔飆初伏櫪[一三]。人生一大夢，聚散兩戲劇[一四]。境豈妍鄙哉，而心自南北[一五]。忽驚西樓高，含光下注射。林葉動流水（永）㊃，楯瓦粲佳色[一六]。翩然步修徑，杖履草露濕。地坐闃無人[一七]，但聞蟲唧唧㊄[一八]。清境難抱石[一九]，秀句爲收拾。明年當復和，勝踐要綴續[二〇]。晴陰萬里同，世路致欣戚。付與市朝人，舉酒相歎息。月雖默不言，涇渭視喧寂[二一]。

【校記】

㊀義：石倉本作「天」。

㊁數弟娭：石倉本作「萬峰劇」。

㊂高：石倉本作「攀」。顧：石倉本作「傾」。

㊃水：底本作「永」，誤，據四庫本、寬文本、廓門本、武林本改。

㊄但：石倉本作「厭」。

【注釋】

〔一〕政和四年中秋作於新昌縣。　石門：筠州新昌縣石門寺。本集題爲「宋江西筠溪石門寺沙門釋德洪覺範著」，即指此石門。輿地紀勝卷二七江南西路瑞州：「度門院，在新昌縣北三十里，舊曰石門。有樞密聶山讀書堂。」本集卷二五題谷山崇禪師語：「予嘗與超然衝虎游谷山，訪其遺事。……又十年，復與超然夏於石門。」惠洪與超然訪谷山崇禪師，在崇寧三年（一一〇四），下推十年，正是政和四年。　超然：即希祖。　鑒、忠、清三子：皆惠洪法子。忠子，即本忠，字無外，已見前注。鑒子，生平未詳。清子，字道芬，生平未詳。本集卷九清明前一日聞杜宇示清道芬、卷一〇和清上人，均爲清子作。

〔二〕「三年竄南荒」二句：據本集卷二四寂音自序，惠洪於政和元年十月二十六日配海外，三年十一月十七日北渡海，前後三年，並於政和二年、三年兩度在海南過中秋節。

〔三〕「月不棄羈囚」二句：謂明月重義氣，不唾棄流配囚徒，而照遍每一角落。蘇軾弔李臺卿：「看書眼如月，罅隙靡不照。」此借用其語。石倉本「高義」作「高天」，意稍劣。

〔四〕鯨浪：如鯨鼓湧之波浪，猶驚濤巨浪。晉潘岳西征賦：「靈若翔於神島，奔鯨浪而失水。」晉書載記石季龍下：「朝市淪胥，若沉航於鯨浪。」

〔五〕心折：心意摧折，言傷心之極。　數弟嫉：未詳何意，「弟」指超然，豈數超然最爲痛恨乎？石倉本作「萬峰劇」，亦不妥，蓋下文有「聚散兩戲劇」之句，「劇」字重韻。

〔六〕氣味如夙昔：蘇軾次韻孫莘老斗野亭寄子由在邵伯堰：「老僧如夙昔，一笑意已傾。」

〔七〕筠溪：方志未載。本集卷二二寶峰院記：「余家筠谿，谿出新吴車輪峰之陽。」卷一四答慶上人三首之二：「米嶺脊吞西嶽，筠溪尾插漳江。」參見卷三秀江逢石門徽上人將北行乞食而予方南游衡嶽作此送之注〔三〕。

〔八〕危磴通石門：廓門注：「即筠溪石門寺也。老杜詩：『窈窕入風磴。』注：『風磴，風路也。石梯曰磴。』」

〔九〕顧陟：顧視攀登。本集卷七鄭南壽攜詩見過次韻謝之：「顧陟佳處每遲留。」石倉本作「傾陟」，義不通。

〔一〇〕可即不可及：廓門注：「東坡詩十九卷『可聞不可逢』之類。」

〔一一〕「華紛落無餘」二句：喻超然之禪學造詣已超越外在文字，而獲得内心真實。山谷内集詩注卷一四次韻楊明叔見餞十首之八：「皮毛剥落盡，惟有真實在。」任淵注：「馬祖問藥山：『子近日見處作麽生？』藥云：『皮膚脱落盡，唯有一真實。』按涅槃經云：『如大村外，有娑羅林，中有一樹，先林而生，足一百年。是時林主，灌之以水，隨時修治，其樹陳朽，皮膚枝葉，悉皆脱落，唯真實在。』山谷與王子飛書亦云：『老來枝葉皮膚枯朽剥落，惟有心如鐵石，益厭俗文密而意疏也。』」此化用其意。

〔一二〕「三子新間舊」二句：謂鑒、忠、清三子學問新舊間雜，不斷增益。　間：間雜，夾雜。廓門注：「問，『問』字差誤歟？」其説殊誤。　川增益：詩小雅天保：「如川之方至，以莫不增。」鄭箋：「川之方至，謂其水縱長之時也。萬物之收，皆增多也。」本集卷二六題英大師僧寶傳：「博觀而約取，厚積而薄施，多識前言往行者，日益之學也。如春夏之水方增川，浩然不可測其際。」

〔一三〕奔颿：馬疾馳。説文馬部：「颿，馬疾步也。从馬風聲。」　伏櫪：馬伏槽上，喻待時而起。曹操龜雖壽：「老驥伏櫪，志在千里。」

〔一四〕聚散兩戲劇：蘇軾送小本禪師赴法雲：「山林等憂患，軒冕亦戲劇。」此化用其意。　戲劇：游戲，兒戲。

〔一五〕「境豈妍鄙哉」二句：謂外境本無美醜之分，皆由人心而生出區别。六祖大師法寶壇經行由品：「惠能曰：『人雖有南北，佛性本無南北。』」此反其意而用之。

〔一六〕楯瓦：本指盾牌之脊。左傳昭公二十六年：「師及齊師戰於炊鼻。齊子淵捷從洩聲子，射之，中楯瓦。」杜預注：「瓦，楯脊。」此借用指欄楯與屋瓦，或屋脊。本集多此例，如卷七初到鹿門上莊見燈禪師遂同宿愛其體物欲託迹以避世戲作此詩：「縱望烟霏中，領略見楯瓦。」卷一二明應仲出季長近詩二首次韻寄之之一：「小樓楯瓦誰庭院，弱柳多情故掩藏。」卷二一潭州白鹿山靈應禪寺大佛殿記：「飛簷楯瓦，蕩摩雲煙。」

〔一七〕闃：寂靜。

〔一八〕但聞蟲唧唧：歐陽修秋聲賦：「但聞四壁蟲聲唧唧，如助余之歎息。」石倉本「但」作「厭」，無據。

〔一九〕抱石：廓門注：「抱石難眠之義。老杜前出塞詩：『逕危寒抱石。』」

〔二〇〕勝踐：即勝游，快意游覽。唐楊炯羣官尋楊隱居詩序：「極人生之勝踐，得林野之奇趣。」

〔二一〕涇渭視喧寂：謂喧鬧與寂靜如濁涇清渭，不可相混。

見蔡儒效〔一〕

一昨海外歸，盡見故山侶。夫子獨未見，夢想識風度。今日復何日，乃獲抵掌語〔二〕。猶疑是夢中，驚定無所覩〔三〕。欣然誦新詩，句法雜今古〔四〕。初如涉微波，沙石俯可數〔五〕。忽驚鋒刃攢，凛然爲毛豎〔六〕。可讀不可識〔七〕，森嚴開武庫〔八〕。百態出俄頃，春破賴綴補〔九〕。詞高殆天得〔一〇〕，那借江山助〔一一〕。人間有此客〔一二〕，而使衣涴土〔一三〕。君看絳闕姿〔一四〕，矯不受控御〔一五〕。大言惷上帝（商）㊀，坐此得齟齬〔一六〕。天公聊戲之，一官良蹇寓〔一七〕。天風吹緑鬢，醉眼蓋寰宇。閻浮一漚耳〔一八〕，是身等唾霧〔一九〕。功名付揶揄〔二〇〕，富貴我劇具〔二一〕。道山弱水上〔二二〕，凝睇隔煙雨。夜晴覺天多，月好笑起舞〔二三〕。引手挽醉袂，恐騎紫雲去〔二四〕。

【校記】

㈠帝：原作「商」，誤，今改。參見注〔一六〕。

【注釋】

〔一〕政和八年作於新淦縣。　蔡儒效，名康國，筠州新昌人，惠洪兒時鄰居。參見本集卷一贈蔡儒效注〔一〕。據龔端宋故奉議郎新差知邵武軍邵武縣事管勾學事管勾勸農公事蔡公墓誌銘，蔡康國「知臨江軍新淦縣，轉奉議郎。歲滿，差知邵武軍邵武縣，未行，以宣和元年六月己卯疾，卒於正寢」。宋制，官員三周年一磨勘。歲滿，指三周年任滿，磨勘後知邵武縣。由宣和元年六月上推三年，則蔡康國初知新淦縣在政和六年。此詩言「一昨海外歸」云云，謂政和四年初回新昌，未見蔡康國。其見蔡當在政和八年至新淦縣時。參見本集卷二何忠孺家有石如硯以水灌之有枝葉出石間如巖桂狀爲作此注〔一〕。

〔二〕抵掌語：擊掌而談，形容談話快意之神情。史記滑稽列傳：「優孟曰：『若無遠有所之。』即爲孫叔敖衣冠，抵掌談語。」裴駰集解引張載曰：「談説之容則也。」

〔三〕「猶疑是夢中」二句：杜甫羌村三首之一：「妻孥怪我在，驚定還拭淚。夜闌更秉燭，相對如夢寐。」此點化其意。

〔四〕句法雜今古：蘇軾太虛以黃樓賦見寄作詩爲謝：「雄詞雜今古，中有屈宋姿。」此借用其語。

〔五〕「初如涉微波」二句：形容讀蔡詩之感覺，以見水中沙石喻其詩境之清且淺。歐陽修水谷夜行贈聖俞子美：「梅翁事清切，石齒漱寒瀨。」蘇軾讀孟郊詩二首之一：「水清石鑿鑿，湍激不受篙。」此乃用其意而换言之。

〔六〕「忽驚鋒刃攢」二句：此以鋒刃聚集令人驚悚喻蔡詩險怪之處。本集好用此喻，如卷二送慶長兼簡仲宣：「誇聲萬口鋒刃攢。」贈巽中：「誇聲萬口鋒刃攢。」卷七次韻偶題：「誇聲衆口鋒刃攢。」

〔七〕可讀不可識：蘇軾安期生：「可聞不可逢。」此用其句法。參見前詩石門中秋同超然鑒忠清三子翫月「可即不可及」。

〔八〕森嚴開武庫：喻其以才學爲詩，典奥淵博，如開貯藏兵器之倉庫，無所不有。晉書杜預傳：「預在内七年，損益萬機，不可勝數，朝野稱美，號曰『杜武庫』，言其無所不有也。」苕溪漁隱叢話後集卷三三引復齋漫録載張芸叟語：「蘇東坡之詩，如武庫初開，矛戟森然，不覺令人神愯，仔細檢點，不無利鈍。」

〔九〕「百態出俄頃」二句：喻其詩如鮮花，片刻之間變化百態，能補綴殘破之春色。

〔一〇〕詞高殆天得：謂其詩詞語高妙出自天生。六臣注文選卷四六任彦昇王文憲集序：「懸然天得，不謀成心。」吕延濟注：「言遠然得之於天，不謀議於人，已暗成於心也。」

〔一一〕那借江山助：古謂自然風景能助人文思。文心雕龍物色：「若乃山林皋壤，實文思之奥府。略語則闕，詳説則繁。然屈平所以能洞監風騷之情者，抑亦江山之助乎？」新唐書張説傳：

「既謫岳州，而詩益悽婉，人謂得江山助云。」此反其意而用之。

〔一二〕人間有此客：蘇軾昨見韓丞相言王定國今日玉堂獨坐有懷其人：「人間有此客，折簡呼不難。」此用其成句。

〔一三〕衣涴土：衣爲塵土所污，形容沉淪下僚，奔走仕途。晉陸機爲顧彦先贈婦二首之一：「京洛多風塵，素衣化爲緇。」此化用其意。

〔一四〕絳闕姿：言其風姿如神仙中人。　絳闕：神仙所住宫闕。參見本集卷一贈器之禪師注〔七〕。

〔一五〕矯不受控御：言其逸氣豪邁，如奔馬不受駕馭。　矯：高舉。廓門注：「文選舞賦曰：『控御緩急。』注：『毛詩曰：又良御忌，抑罄控忌。毛萇曰：止馬曰控。忌，辭也。』」

〔一六〕「大言惷上帝」二句：謂其如淮南王劉安大言不遜，故仕途不順。抱朴子内篇袪惑：「昔淮南王劉安昇天，見上帝，而箕坐大言，自稱寡人，遂見謫，守天廁三年。」　惷：愚蠢。淮南王見上帝而不知謙遜，故曰惷。參見本集卷二次後韻注〔一二〕。　底本「上帝」作「上商」，誤，今改。廓門注：「荊楚故事曰：襄王謂左右曰：『能爲大言者乎？』宋玉曰：『方地爲輿，圓天爲蓋，彎弓挂扶桑，長劍倚天外。』帝王曰：『善。』『商』，疑『帝』字差誤歟？」錯按：上商，不辭。廓門注疑「商」爲「帝」之誤，其説甚是，而注引典故不確，蓋其文無「上帝」二字。此乃用淮南王事，故無疑也。　齟齬：上下齒不相對應，喻仕途不順達。新唐書王求禮傳：「然以剛正故，宦齟齬。」

〔一七〕一官良蹇寓：謂仕途困頓，暫寄寓於一小官職。此爲惠洪自創詞。本集卷二二思古堂記：「蹇寓一官。不甘憂患困折，袖手來歸，囿於衡嶽之下。」

〔一八〕閻浮一漚耳：謂人間世無非同爲一水中浮泡而已。　閻浮：即閻浮提，詩文多泛指人世間。參本集卷三陳瑩中由左司諫謫廉相見於興化同渡湘江宿道林寺夜論華嚴宗注〔一五〕。

〔一九〕唾霧：零星唾沫噴之如霧，喻微小而不足道。莊子秋水：「子不見夫唾者乎？噴則大者如珠，小者如霧，雜而下者不可勝數也。」

〔二〇〕功名付揶揄：世説新語任誕「襄陽羅友有大韻」條劉孝標注引晉陽秋：「友字宅仁，襄陽人，少好學，不持節檢。……始仕荆州，後在（桓）温府，以家貧乞禄。温雖以才學遇之，而謂其誕肆，非治民才，許而不用。後同府人有得郡者，温爲席起別，友至尤晚。問之，友答曰：『民性飲道嗜味，作奉教旨，乃是首旦出門，於中路逢一鬼，大見揶揄，云：「我只見汝送人作郡，何以不見人送汝作郡？」民始怖終慚，回還以解，不覺成淹緩之罪。』温雖笑其滑稽，而心頗愧焉。」　揶揄：嘲笑，戲弄。

〔二一〕劇具：猶言戲具，玩具，游戲之用具。

〔二二〕道山弱水：泛指神仙居處，或以喻皇家祕閣。後漢書竇章傳：「是時學者稱東觀爲老氏臧室，道家蓬萊山。」李賢注：「蓬萊，海中神山，爲仙府，幽經祕録並皆在焉。」東坡詩集注卷二金山妙高臺：「蓬萊不可到，弱水三萬里。」注：「神仙傳：謝自然泛海求蓬萊，一道士謂曰：『蓬萊隔弱水三萬里，非飛仙不可到。』」参見本集卷二贈王性之注〔九〕、〔一一〕。

〔二三〕「夜晴覺天多」二句：王安石金山寺：「天多剩得月，月落聞津鼓。」冷齋夜話卷五舒王山谷賦詩：「舒王宿金山寺，賦詩，一夕而成，長句妙絶。如曰『天多剩得月，月落聞歸鼓』，又曰『乃知像教力，但渡無所苦』之類，如生成。」此化用其意。

〔二四〕騎紫雲：冷齋夜話卷三東坡美謫仙句語作贊：「『曉披雲夢澤，笠釣青茫茫。』又曰：『暮騎紫雲去，海氣侵肌涼。』東坡曰：『此語非李太白不能道也。』」此借用其語。

余自太原還匡山道中逢澤上人與至海昏山店有作〔一〕

凶衰不祥憂患變〔二〕，卧念餘（余）生真自厭㊀〔三〕。向時衣裓識天香〔四〕，褐來唾痕餘瘴面〔五〕。故人訶譏豈忍聞，新交推擠不容喘。子獨心翔異衆人〔六〕，追逐南來不辭遠。重逢難取夢中物，一懽且喜身俱健。忽憶南荒海外時，敢料北山松下見〔七〕？鶯唇清滑柳困頓，醉人春色初醇釅〔八〕。莫涼香霧滿村落〔九〕，軒包到榻眠山店〔一〇〕。我已歸休萬事足〔一一〕，但餘老眼遮黄卷〔一二〕。静時頎紹痛誡我〔一三〕，先須從此焚破硯。念子懷親渡大江，杖藜（枝葉）行復登淮甸㊁〔一四〕。分攜一語有精神〔一五〕，行藏直使珪無玷〔一六〕。

【校記】

㊀餘：原作「余」，誤，今據武林本改。參見注〔三〕。

㊁杖藜：原作「枝葉」，誤，今改。參見注〔一四〕。

【注釋】

〔一〕政和五年春作於建昌縣。時自太原還筠州，途經建昌。　匡山：即廬山。　澤上人：生平法系未詳。　海昏：即建昌縣。

〔二〕凶衰不祥：死喪，不吉利。後漢書天文志上：「熒惑爲凶衰，輿鬼尸星主死亡，熒惑入之爲大喪。」蘇軾黄州上文潞公書：「窮苦多難，壽命不可期。恐此書一旦復淪没不傳，意欲寫數本留人間。念新以文字得罪，人必以爲凶衰不祥之書，莫肯收藏。」

〔三〕卧念餘生真自厭：蘇軾謝量移汝州表：「疾病連年，人皆相傳爲已死；飢寒併日，臣亦自厭其餘生。」此化用其意。底本「餘」作「余」，涉音近而誤，今改。

〔四〕向時衣裓識天香：指政和元年元宵於京師觀徽宗御駕事。本集卷一一京師上元觀駕二首之二：「特傳詔語君恩重，凝睇天階謝至尊。」又苕溪漁隱叢話前集卷五六引冷齋夜話，載惠洪於海南作詞憶京師上元觀駕事，其詞略曰：「凝祥宴罷聞歌吹，畫轂走，香塵起。冠壓花枝馳萬騎。馬行燈鬧，鳳樓簾卷，陸海鼇山對。當年曾看天顏醉，御盃舉，歡聲沸。」衣裓：佛教徒挂於肩頭之長形布袋，亦泛指僧衣。法華經卷二譬喻品：「我身手有力，當以衣裓，若以几案，從舍出之。」景德傳燈録卷一第十祖脇尊者：「尊者付法已，即現神變而入涅槃，化火自焚。四衆各以衣裓盛舍利，隨處興塔而供養之。」

〔五〕堨來唾痕餘瘴面：參見本卷次韻彭子長劉園見花：「瘴面敢辭增唾痕？」堨來：爾時以來。

〔六〕心翔：中心翔翔之略語，謂中心安舒。穆天子傳卷三古文：「吹笙鼓簧，中心翔翔。」郭璞注：「憂無薄也。」弘明集卷一〇殷鈞答釋法雲與王公朝貴書：「或端然靜念，心翔翔而靡薄。」

〔七〕北山松下見：本集卷二五題徹公石刻：「想其風度清散，如北山松下見永道人耳。」鍇按：東林十八高賢傳慧永法師傳：「西林法師慧永，河内潘氏，年十二出家。……鎮南將軍何無忌鎮尋陽，至虎溪，請遠公及師。遠公持名望，從徒百餘，高言華論，舉止可觀。師衲衣半脛，荷錫捉鉢，松下飄然而至。無忌謂衆曰：『永公清散之風，乃多於遠師也。』」此以慧永法師比澤上人。北山：指廬山之北山，如本集卷二送通上人游廬山：「興來得好句，録寄北山人。」卷二六題廬山：「余十五六時，游北山，謁準禪師。」廓門注：「杭州府北山歟？」其説殊誤。

〔八〕醉人春色初醇釃：參見本集卷三次韻道林會規方外：「風日麗醇釃，黄泥初揭甕。」本卷次韻彭子長劉園見花：「殘春風日太醇釃。」

〔九〕莫涼：暮涼。

〔一〇〕軒包：未詳何義，豈車馬行李歟？或有誤字歟？

〔一一〕我已歸休萬事足：蘇軾贈鄭清叟秀才：「年來萬事足，所欠惟一死。」冷齋夜話卷一詩本出處、卷三少游魯直被謫作詩、卷四詩忌引蘇軾此詩，均作「平生萬事足，所欠惟一死」。此化用其意。

〔一二〕但餘老眼遮黄卷：景德傳燈録卷一四澧州藥山惟儼禪師：「師看經。有僧問：『和尚尋常不許人看經，爲什麽却自看？』師曰：『我只圖遮眼。』」蘇軾明日南禪和詩不到故重賦數珠篇以督之二首之二：「看經聊爾耳，遮眼初不卷。」此化用其意。　黄卷：書籍之別稱。

〔一三〕頎紹：廓門注：「石霜紹珂，嗣法於真淨文，覺範法弟也。詩經齊風曰：『頎而長兮。』」錯按：頎紹，意謂身材頎長之紹禪師，此與本集之稱善權爲「瘦權」、祖可爲「癩可」、妙瑛爲「骨瑛」、德岑爲「邃岑」，皆爲宋禪林僧名稱呼之慣例。其稱皆僧法名之第二字，蓋紹珂第二字爲「珂」，如善權之第二字爲「權」，故知頎紹絶非紹珂。疑此僧乃昭化希紹禪師，爲五祖曉常禪師法嗣，屬臨濟宗黄龍派南嶽下十三世，與惠洪同爲黄龍慧南法孫。其名見續傳燈録卷二一目録，生平不可考。

〔一四〕「念子懷親渡大江」二句：謂澤上人因懷親行將北渡大江，重返淮南西路。廓門注：「一統志黃州府：大江在府城下，自武昌流入黃陂縣界，至府北赤壁磯，東過蘄水縣，入九江府界。」杖藜：拄杖。本集好用「杖藜」一詞寫行旅路途，如卷六張野人求詩：「杖藜疾趨旋路塵。」卷一〇自張平道入瑶谿：「杖藜又入層雲去。」寄李大卿：「杖藜何日復同游。」誠上人求詩：「杖藜笑出千峰去。」用法皆同此。底本作「枝葉」，意不通，乃涉形近而誤，今改。淮甸：泛指淮南西路。方輿勝覽卷四八淮西路廬州：「題詠：沃壤欲包淮甸盡。」明一統志卷六一黃州府：「形勝：淮甸上游。」

〔一五〕分攜：分手，離別。惠洪將返筠州新昌，澤上人將渡大江，於建昌分別。

〔一六〕行藏：指處世之行止。語本論語述而：「用之則行，舍之則藏。」 珪無玷：喻德行無瑕疵。唐省試詩題有白圭無玷。宋邵雍誡子吟：「良藥有功方利病，白圭無玷始稱珍。」

十六夜示超然〔一〕

山深久不晴，領略三伏暑〔一〕。夜涼聞風泉〔二〕，疑作空堦雨。但覺紙窗明，不知山月吐〔三〕。堦除偶獨立，滿庭浩風露〔四〕。室閒門未掩，時有飛螢度〔五〕。餘生願俱子，萬壑千巖處。艱難百憂中，長恐此心負。今宵復對榻，樂事遽如許〔六〕。地偏心亦遠〔七〕，喜俗憂自去㊁。風光如輞川，窈窕辛夷塢〔八〕。以短暴弟長，正坐功名悞〔九〕。何如廬山陰㊂，一水斷世路。持遠兩鏡臨，於中可無覩〔一〇〕。此詩若散緩，熟讀有奇趣〔一一〕。便覺陶淵明，彷彿見眉宇。

【校記】

㊀領略：石倉本作「銷盡」。

㊁俗：石倉本作「劇」。

㊂何如：石倉本作「將回」。

【注釋】

〔一〕作年未詳。超然：希祖字超然。廓門注：「萬姓統譜曰：『彭超然，覺範之弟也。』」不確。蓋希祖乃惠洪法弟，非世俗同胞之弟。惠洪俗姓彭，新昌人。然據本集卷二五題黃龍南和尚手抄後三首之二「修水祖超然出雲庵所蓄此書」句，可知希祖爲修水人，非惠洪俗家兄弟甚明，故不得隨惠洪姓彭。萬姓統譜失考。

〔二〕夜涼聞風泉：山谷内集詩注卷九戲答陳季常送黃州山中連理松枝二首之一：「想聽萬壑松泉音。」任淵注：「文選頭陀寺碑曰：『崖谷共清，風泉相喚。』」

〔三〕山月吐：廓門注：「老杜詩『四更山吐月』之類」。鍇按：杜甫月：「四更山吐月，殘夜水明樓。」此用其意。

〔四〕滿庭浩風露：蘇軾秦太虛題名記：「月出房心間，風露浩然。」冷齋夜話卷六鍾山賦詩：「時有流螢穿户牖，風露浩然，松聲滿院。」

〔五〕時有飛螢度：蘇軾雨中過舒教授：「歸來北堂闇，一一微螢渡。」

〔六〕樂事遽如許：後漢書左慈傳：「忽有一老羝，屈前兩膝，人立而言曰：『遽如許。』」李賢注：「言何遽如許爲事。」蘇軾次韻答頓起二首之二：「早衰怪我遽如許。」黄庭堅和邢惇夫秋懷十首之一：「高蟬遽如許。」

〔七〕地偏心亦遠：陶淵明飲酒二十首之五：「問君何能爾，心遠地自偏。」此引申其意而言之。

〔八〕「風光如輞川」二句：新唐書王維傳：「别墅在輞川，地奇勝，有華子岡、欹湖、竹里館、柳浪、茱萸沜、辛夷塢，與裴迪游其中，賦詩相酬爲樂。」王維輞川集絶句有辛夷塢一首曰：「木末芙蓉花，山中發紅萼。澗户寂無人，紛紛開且落。」

〔九〕正坐功名悮：黄庭堅次韻道輔雙嶺見寄三疊之一：「貞觀魏公孫，今來功名誤。」悮，同「誤」。

〔一〇〕「持遠兩鏡臨」二句：以東晉高僧慧持與慧遠比超然與己之關係，並謂二人如兩鏡相對互照，中無影像，絲毫不隔。持遠：東林十八高賢傳慧持法師傳：「法師慧持，遠公同母弟也。幼讀書，一日所記，常敵十日。年十八，與兄同事安公，徧學衆經，游刃三藏。及安公在襄陽，遣遠公與師東下，遂止廬山。」潭州潙山靈祐禪師語録：「第三度云：『如兩鏡相照，於中無像。』師云：『此語正也。』」佛果圜悟禪師碧巖録卷三劉鐵磨老牸牛評曰：「如兩鏡相照，無影像可觀，機機相副，句句相投。」

〔二〕「此詩若散緩」二句：蘇軾書唐氏六家書後：「如觀陶彭澤詩，初若散緩不收，反覆不已，乃識其奇趣。」冷齋夜話卷一東坡得陶淵明之遺意：「東坡嘗曰：『淵明詩初看若散緩，熟看有奇句。』」

瑜上人自靈石來求鳴玉軒詩會予斷作語復決隄作一首〔一〕

道人去我久，書問且不數〔二〕。聞余竄南荒，驚悸日枯削〔三〕。安知跨大海，往反如入郭。譬如人弄潮，覆却甚自若〔四〕。旁多聚觀者，縮項膽爲落〔五〕。僻居少過從〔六〕，閒庭墮鬬雀〔七〕。手倦失輕紈〔八〕，扣門誰剥啄〔九〕。開關忽見之，但覺瘦矍鑠〔一〇〕。立談慰良苦，兀坐叙契闊〔一一〕。誰持稻田衣〔一二〕，包此剪翎鶴〔一三〕。遠來殊可念，此意重山嶽〔一四〕。悃愊見無華〔一五〕，語論出稜角〔一六〕。爲余三日留，頗覺解寂寞。忽然欲歸去，破裓不容捉〔一七〕。想見歷千峰，細路如遺索〔一八〕。相尋固自佳，乞詩亦不惡。而余病多語，方以默爲藥。寄聲靈石山，詩當替余作。便覺鳴玉軒，跳波驚夜壑。

【注釋】

〔一〕政和四年夏作於新昌縣。　瑜上人：生平法名未詳。續傳燈録卷一八目録有上封行瑜禪師，爲泐潭洪英法嗣，卷二一有子陵自瑜禪師，爲雲居元祐法嗣，均屬臨濟宗黄龍派南嶽下十三世，爲惠洪法門從兄弟。瑜上人當爲二者之一。　靈石：輿地紀勝卷一二八福建路福州：「靈石山，在福清縣，巖泉尤佳。」明一統志卷七四福州府：「靈石山，在福清縣西南二十五里，上有靈石，聲聞必雨，雨久，聞則開霽。」同卷：「靈石寺，在福清縣，唐建，内有朱熹所書蒼霞亭額。」　鳴玉軒：當在靈石寺中，不可考。　斷作語復決隄：惠洪欲痛治好言之病，因以寡語爲築隄岸，以作詩或多言爲決隄。參見本卷次韻雲居詮上人有感：「已決寡語隄，事過乃知誤。」大圓庵主以九祖畫像遺作此謝之：「從今靖然痛堅捍，正恐習氣時決隄。」

〔二〕不數：疏遠，不密切。左傳成公十六年：「無日不數於六卿之門。」杜預注：「數，不疏。」陸德明音義：「數，音朔。」

〔三〕枯削：枯槁瘦削。

〔四〕「譬如人弄潮」二句：莊子達生：「若乃夫没人之未嘗見舟而便操之也，彼視淵若陵，視舟之覆，猶其車却也。覆却萬方陳乎前，而不得入其舍。」郭象注：「視淵若陵，故視舟之覆於淵，猶車之却退於坂也。覆却雖多，而猶不以經懷，以其性便故也。」　弄潮：宋耐得翁都城紀勝：「惟浙江自孟秋至中秋間，則有弄潮者持旗執竿，狎戲波濤中，甚爲奇觀，天下獨此有之。」

〔五〕「旁多聚觀者」二句：冷齋夜話卷四夢中作詩：「三月七日，偶與瑩中濟湘江。是日大風，當斷渡，而瑩中必欲宿道林，小舟掀舞白浪中，兩岸聚觀膽落，而瑩中笑聲愈高。」　縮項：恐懼貌。蘇軾贈眼醫王生彦若：「笑談紛自若，觀者頸爲縮。」　膽爲落：猶喪膽，形容恐懼之甚。新唐書温造傳：「吾夜入蔡州，擒吴元濟，未嘗心動，今日膽落於温御史。」

〔六〕僻居少過從：黄庭堅呻吟齋睡起五首呈世弼之一：「巷僻過從少。」此用其意。

〔七〕閒庭墮鬭雀：此即門可羅雀之意。史記汲鄭列傳：「始翟公爲廷尉，賓客闐門；及廢，門外可設雀羅。」冷齋夜話卷五詩置動静意：「唐詩有曰『海日生殘夜，江春入暮年』者，置早意於殘晚中；有曰『鶯蟬移别柳，鬭雀墮閑庭』者，置静意於喧動中。」錯按：宋吴處厚青箱雜記卷九載楚僧惠崇國清寺秋居詩：「鶯蟬移古柳，鬭雀墮寒庭。」此借用其語。

〔八〕輕紈：指紈扇，細絹製成之團扇。

〔九〕剥啄：叩擊，叩門聲。韓愈剥啄行：「剥剥啄啄，有客至門。」蘇軾次韻趙令鑠惠酒：「門前聽剥啄，烹魚得尺素。」

〔一〇〕矍鑠：目光炯炯，形容老人勇健之貌。後漢書馬援傳：「援據鞍顧眄，以示可用。帝笑曰：『矍鑠哉，是翁也！』」李賢注：「矍鑠，勇貌。」

〔一一〕兀坐：端坐，靜坐。　契闊：久别。語本詩邶風擊鼓：「死生契闊，與子成説。」毛傳：「契闊，勤苦也。」後用爲闊别義。後漢書獨行列傳范冉傳：「行路倉卒，非陳契闊之所，可共前亭宿息，以叙分隔。」

〔一二〕稻田衣：即田衣，袈裟之别名，亦稱田相衣。釋氏要覽卷上法衣田相緣起：「僧祇律云：佛住王舍城，帝釋石窟前經行，見稻田畦畔分明，語阿難言：過去諸佛，衣相如是；從今依此作衣相。」王維六祖能禪師碑銘：「多絶腥膻，效桑門之食；悉棄罟網，襲稻田之衣。」參見本集卷一贈歐陽生善相注〔八〕。

〔一三〕剪翎鶴：剪去翅羽難以高飛之鶴，以喻困頓受挫之人生。韓愈調張籍詩：「剪翎送籠中，使看百鳥翔。」王安石邢太保有鶴折翼以詩傷之客有記翎經冥三韻而忘其詩者因作四韻：「每憐今日長垂翅，却悔當時誤剪翎。」

〔一四〕此意重山嶽：李白送魯郡劉長史遷弘農長史：「魯縞如白煙，五縑不成束。臨行贈貧交，一尺重山岳。」蘇軾次韻景仁留别：「臨行一杯酒，此意重山嶽。」此用其語意。

〔一五〕悃愊見無華：誠樸而不浮華。後漢書章帝紀元和二年：「安靜之吏，悃愊無華。」李賢注：「説文云：『悃愊，至誠也。』」

〔一六〕語論出稜角：謂言辭鋒芒畢露。宋鄭獬鄖溪集卷二三蘇刑部自湖北移漕淮南：「議論抵廟堂，有力莫能破。挺如白玉圭，稜角不可挫。」

〔一七〕破裓不容捉：謂難以挽留。裓：僧人挂於肩頭之長形布袋，亦泛指僧衣。參本卷余自太原還匡山道中逢澤上人與至海昏山店有作注〔四〕。

〔一八〕細路如遺索：蘇軾送喬施州：「江上青山橫絶壁，雲間細路躡飛蛇。」此化用其意。

余所居寺前有南澗澗下淺池每至其上未嘗不誦柳子厚南澗詩又恨東坡不和乃和示超然〔一〕

駮雲漏微日〔二〕，諸峰猿曉時。飛檐寄木杪〔三〕，晴瓦暗差差〔四〕。意行愛倉涼㊀〔五〕，地坐休頓疲。哀蟬尚泣露，積水欲生漪。瘴痾餘睡色〔六〕，破裓老垂垂〔七〕。心事世途悮，風神丘壑宜〔八〕。高標誰對我，白鳥深自知〔九〕。重來應邂后㊁〔一〇〕，歸去不須期。

【校記】

㊀倉：武林本作「蒼」。

㊁后：武林本作「逅」。

【注釋】

〔一〕政和四年夏作於新昌縣，時在石門寺。柳子厚南澗詩：指柳宗元南磵中題，其詩曰：「秋氣集南磵，獨游亭午時。迴風一蕭瑟，林影久參差。始至若有得，稍深遂忘疲。羈禽響幽谷，寒藻舞淪漪。去國魂已游，懷人淚空垂。孤生易爲感，失路少所宜。索寞竟何事，徘徊祇自知。誰爲後來者，當與此心期。」此詩乃次其韻而作。惠洪在海南，每恨蘇軾不作詩，而屢補其遺。如本集卷五補東坡遺三首題武王非聖人論後、卷九早登澄邁西四十里宿臨皋亭補東坡遺、卷一三過陵水縣補東坡遺二首、卷一六補東坡遺真姜唐佐秀才飲書其扇等等，此詩亦屬「補東坡遺」之類。

〔二〕駮雲漏微日：韓愈南海神廟碑：「雲陰解駮，日光穿漏。」此化用其語。駮，同「駁」，色彩斑駁。

〔三〕木杪：樹梢。謝靈運山居賦：「蹲谷底而長嘯，攀木杪而哀鳴。」

〔四〕差差：猶參差，不齊貌。宋王珪華陽集卷三依韻和元參政喜雨四首之一：「宫瓦差差翠欲流。」秦觀春日五首之二：「霽光浮瓦碧差差。」

〔五〕意行：率意而行。黄庭堅游愚溪：「意行到愚溪。」　倉涼：寒涼，尤指早晨初日之寒涼。倉：通「滄」。列子湯問：「一兒曰：『日初出滄滄涼涼，及其日中如探湯，此不爲近者熱而遠者涼乎？』」蘇軾浴日亭：「遥想錢塘湧雪山，已覺滄涼蘇病骨。」又雜詩十一首之十一：「我昔登朐山，出日觀滄涼。」

〔六〕瘴痾：感受嶺南瘴氣而生之疾病。柳宗元讀書：「瘴痾擾靈府，日與往昔殊。」

〔七〕裓：僧人之衣袋。見前注。　老垂垂：釋貫休禪月集卷二〇陳情獻蜀皇帝：「一瓶一鉢垂垂老，千水千山得得來。」

〔八〕風神丘壑宜：世説新語巧藝：「顧長康畫謝幼輿在巖石裏。人問其所以，顧曰：『謝云一丘一壑，自謂過之。此子宜置丘壑中。』」此化用其意。

〔九〕「高標誰對我」二句：冷齋夜話卷一東坡論文與可詩：「世徒知與可掃墨竹，不知其高才兼諸家之妙，詩尤精絶。戲作鷺鷥詩曰：『頸細銀鈎淺曲，脚高緑玉深翹。岸上水禽無數，有誰似汝風標。』」此化用其意。

〔一〇〕邂后：即「邂逅」，偶然相遇，不期而遇。詩鄭風野有蔓草：「有美一人，清揚婉兮，邂逅相遇，適我願兮。」毛傳：「邂逅，不期而會。」本集「逅」多作「后」，如卷五余游侯伯壽思儒之間久矣而未識季長昨日見之夜歸作此寄之：「小邑那知有邂后。」季長見和甚工復韻答之：「如水與風初邂后。」卷七次韻游南嶽：「那知湘上偶邂后。」此亦「滄涼」作「倉涼」之類。

追和帛道猷一首　并序〔一〕

山陰帛道猷詩寄道一，有相招之意，曰：「連峰數千里，脩竹帶平津。雲過遠山翳，風來梗荒榛。茅茨隱不見，雞鳴知有人。閑步踐其徑，處處見遺薪。始知百世下，亦有上皇民。」〔二〕政和六年正月十日，余已定居九峰〔三〕，而超然輩皆在〔四〕。已無所羨，特味猷詩，追繼其韻，使諸子和之〔五〕。

永懷山陰老〔六〕，漱流味餘津〔七〕。幽尋見蘭叢〔八〕，蒼然出荆榛。便欲即之語，忘其千歲人〔九〕。歸休正吾志，理順如析薪〔一〇〕。夜舂博飯喫〔一一〕，猶勝海南民〔一二〕。

【注釋】

〔一〕政和六年正月十日作於筠州上高縣九峰。時惠洪欲依倣史傳之例，重修僧史，讀南朝梁釋慧皎高僧傳。參見本集卷二五題修僧史。帛道猷：東晉名僧，事具高僧傳卷五晉吴虎丘東山寺竺道壹傳附帛道猷傳。參見注〔二〕。

〔二〕「山陰帛道猷詩寄道一」十三句：高僧傳卷五晉吴虎丘東山寺竺道壹傳附帛道猷傳曰：「時若耶山有帛道猷者，本姓馮，山陰人，少以篇牘著稱。性率素，好丘壑，一吟一詠，有濠上之風。與道壹經有講筵之遇，後與壹書云：『始得優游山林之下，縱心孔釋之書，觸興爲詩，陵峰採藥，服餌蠲痾，樂有餘也。但不與足下同日，以此爲恨耳。因有詩曰：連峰數千里，修林帶平津。雲過遠山翳，風至梗荒榛。茅茨隱不見，雞鳴知有人。閑步踐其徑，處處見遺薪。始知百代下，故有上皇民。』壹既得書，有契心抱，乃東適耶溪，與道猷相會，定於林下。」道一，即道壹。竺道壹傳曰：「汰有弟子曇一，亦雅有風操。時人呼曇一爲大一，道一爲小壹。」惠洪詩序中所引帛道猷詩與今本高僧傳有數字不同，「修林」作「脩竹」，「風至」作「風來」，「百代」作「百世」，「故有」作「亦有」。

〔三〕九峰：輿地紀勝卷二七江南西路瑞州：「九峰山，在上高縣西五十里，其峰有九，奇秀峻聳，因以名之。」明一統志卷五七瑞州府：「九峰山，在上高縣西五十里，其峰有九，曰雲末、飛雲、香爐、翠霞、蒼玉、芙蓉、清流、蛾眉、天竺。宋蔣之奇詩：『緣澗攀崖入翠霞，寺僧猶記舊鍾家。芙蓉秀出天河外，我欲名爲小九華。』」上高縣，在新昌縣東南。

〔四〕超然：希祖字超然，惠洪法弟。

〔五〕諸子：可考者有希祖、本忠、清子等。本集卷二五題修僧史：「予除刑部因籍之明年，廬於九峰之下，有苾芻三四輩來相從，皆齒少志大。」

〔六〕山陰老：指帛道猷。

〔七〕漱流：謂以流水漱口，形容隱居生活。陸機逸民賦：「杖短策而遂往兮，乃枕石而漱流。」

〔八〕幽尋：探尋幽勝之景。蘇軾出峽：「幽尋遠無厭，高絶每先上。」

〔九〕千歲人：千年前之人。帛道猷生活之時代距惠洪近八百年，此言千歲，乃舉其成數。

〔一〇〕理順如析薪：謂帛道猷詩道理順當如析薪之有條理。析薪：劈柴，語本詩小雅小弁：「伐木掎矣，析薪扡矣。」後以喻析理。文心雕龍論説：「是以論如析薪，貴能破理。」山谷集外集卷一一戲贈諸友：「疏水必有源，析薪必有理。不須明小辨，所貴論大體。」山谷集別集卷六引連珠：「臣聞析薪者求其理，法古者師其意。」

〔一二〕博飯喫：林間録卷上：「地藏琛禪師能大振雪峰玄沙之道者。……戲禪客曰：『諸方説禪浩浩地，爭如我此間栽田博飯喫。』有旨哉！」參見本集卷一送充上人謁南山源禪師注〔五〕。

〔一三〕猶勝海南民：謂九峰生活雖簡樸，猶勝似作海南之居民。本卷送文中北還叙海南居民曰：「瘴海夜成焰，鬼關晝常陰。棚盧餘百家，間見椰子林。居人例椎髻，豹狼而衣襟。語言不可讀，冥目以意尋。居然不可解，欲問返如瘖。」此詩故有「猶勝」之言。

次韻公弱寄胡强仲〔一〕

念昔謫海南，路塵吹瘴風。未即棄溝壑〔二〕，尚在拴索中〔三〕。親朋半天下㊀〔四〕，萬里不一逢。髯胡豈有罪，乃肯與我同。情親等昆弟，使令惟西東〔五〕。時爲解我語，道大自不容〔六〕。邵陽雨中別〔七〕，涕淚落無從〔八〕。我伴有形影〔九〕，渠歸無僕僮。三年鍛百巧，遂成瘖與聾〔一〇〕。今日復何日，嶽寺聞樓鐘〔一一〕。聚觀迎萬指〔一二〕，登睫排千峰〔一三〕。黄泉（衆）天復見㊁〔一四〕，白骨肉已重〔一五〕。髯雖未對面〔一六〕，音問已喜通。夫子佐岣嶁，有道如葛洪〔一七〕。筆力扛九鼎〔一八〕，奇語出遽忽〔一九〕。長篇春爭麗，送我歸新豐〔二〇〕。且約老南嶽，幅巾追瘦筇〔二一〕。拊手輒大笑，此計隨虛空。山林當付我，君事侯與公。麒麟未易系㊂〔二二〕，健鶻那可籠〔二三〕。

【校記】

㊀朋：古今禪藻集卷八作「友」。

㊁泉：原作「衆」，誤，今據四庫本、寬文本、廓門本、武林本改。

㊂系：古今禪藻集作「繫」。

【注釋】

〔一〕政和四年春作於衡陽縣。時自海南北歸，途經衡陽。　公弱：李允武字公弱，筠州人。正德瑞州府志卷八選舉志科第：「李允武公弱，官至承議郎。」據江西通志卷四九選舉志，允武政和二年壬辰莫儔榜進士及第。據建炎以來繫年要録卷一二〇，允武紹興八年嘗知蘄州。此詩謂「夫子佐岣嶁」，岣嶁峰，衡山一峰，此代指衡陽。據此，則知允武政和二年及第後選官衡陽縣佐。　胡强仲：高安人，惠洪友人，少任俠，善醫，中年學佛，在家受五戒，爲伊蒲塞之行。參見本集卷二三邵陽別胡强仲序、送强仲北游序。

〔二〕棄溝壑：疾病凍餓而死。墨子非攻：「以此飢寒凍餒疾病，而轉死溝壑中者，不可勝計也。」

〔三〕尚在拴索中：邵陽別胡强仲序曰：「余蓬頭垢污，在束縛中。」

〔四〕親朋半天下：極言親朋分佈之廣。蘇軾祭刁景純墓文：「平生故人，幾半天下。」

〔五〕「髯胡豈有罪」四句：邵陽別胡强仲序曰：「重賴天子聖慈，不忍置之死，篆面鞭背，投之海南。平生親舊之在京師者，皆唾聞諱見，雲散鳥驚。獨吾友强仲姁嫗守護，如事其親。自出開封獄，冒犯風雪，繭足相隨三千餘里而至邵陽，猶不忍去。嗚呼！臂三折而知醫，閱人多而曉相，事更疑危而識交態，有交如子，何必多爲。」髯胡：指胡强仲，以美鬚髯，故稱。

〔六〕道大自不容：史記孔子世家：「顏回曰：『夫子之道至大，故天下莫能容。雖然，夫子推而行之，不容何病，不容然後見君子。夫道之不脩也，是吾醜也；夫道既已大脩而不用，是有國者之醜也。不容何病，不容然後見君子！』」五百家播芳大全文粹卷八二李方叔追薦東坡先生疏：「端明尚書德尊一代，名滿五朝。道大不容，才高爲累。惟行能之蓋世，致忌媢之爲仇。」朱弁曲洧舊聞卷五：「東坡之殁，士大夫及門人作祭文甚多，惟李廌方叔文尤傳，如『道大不容，才高爲累』……此數句，人無賢愚，皆能誦之。」

〔七〕邵陽：邵州州治，宋屬荆湖南路。

〔八〕涕淚落無從：謂己無隨從之物贈强仲，以表其感動流涕之内誠。禮記檀弓上：「夫子曰：『予鄉者入而哭之，遇於一哀而出涕。予惡夫涕之無從也。小子行之。』」朱彬訓纂：「從者，以外物副其内誠之謂。有哀涕而無賻物，是涕之無從也。」蘇軾徐君猷挽辭：「請看行路無從涕，盡是當年不忍欺。」

〔九〕我伴有形影：晉李密陳情表：「外無朞功强近之親，內無應門五尺之僮，煢煢孑立，形影相弔。」

〔一〇〕「三年鍛百巧」二句：謂三年流放海南，痛治多語舊習，終將聰明巧智鍛鍊殆盡，遂爲愚昧聾啞。此爲激憤語。

〔一一〕嶽寺：南嶽衡山之寺院，或指岣嶁峰法輪寺。

〔一二〕聚觀迎萬指：言寺僧紛紛圍觀迎接。蘇軾神釋：「所至人聚觀，指目生毀譽。」此借用其語。萬指：一人十指，千人即萬指，極言寺僧之多。指，計算人口之量詞。本集卷一八清涼大法眼禪師真贊序：「寺基宏壯，可集萬指。」卷二三潙源記：「空印道光兩本，撾大鼓，臨人天，萬指圍遶。」

〔一三〕登睫排千峰：言千峰排列，似主動闖進詩人眼簾。此種「登睫」之描寫，本集屢見。參見卷二何忠孺家有石如硯以水灌之有枝葉出石間如巖桂狀爲作此注〔九〕。

〔一四〕黄泉天復見：言未料已赴黄泉而重見天日。左傳隱公元年：「遂寘姜氏于城潁，而誓之曰：『不及黄泉，無相見也。』」杜預注：「地中之泉，故曰黄泉。」後指死後葬所。

〔一五〕白骨肉已重：謂已死而復生。左傳襄公二十二年：「吾見申叔，夫子所謂生死而肉骨也。」杜預注：「已死復生，白骨更肉。」本集卷一一出朱崖驛與子修：「投老南來雪滿顛，羈囚不自意生全。久爲白骨今重肉，已卧黄泉復見天。」此與上句均指政和三年遇赦事。

〔一六〕髯雖未對面：三國志蜀書關羽傳：「羽美鬚髯，故亮謂之髯。」此借指胡强仲。

〔一七〕「夫子佐岣嶁」二句：此以李允武爲縣佐之岣嶁，而比葛洪所求之句漏，恭維允武修道有成。晉書葛洪傳：「葛洪字稚川，丹陽句容人也。……以年老，欲煉丹以祈遐壽。聞交阯出丹，求爲句漏令。」漢置句漏縣，隋廢，其地在今廣西北流縣。元和郡縣志卷三〇江南道五衡州衡陽縣：「岣嶁山，即衡山也，在縣北七十里。」蘇軾送沈達赴廣南：「岣嶁丹砂已付君。」一作「句漏」。此借岣嶁爲句漏，以音近故。

〔一八〕筆力扛九鼎：山谷集卷三〇書舅詩與洪龜父跋其後：「龜父筆力可扛鼎，它日不無文章垂世。」此化用其語。

〔一九〕遽忽：猶忽遽，忽促。

〔二〇〕新豐：代指筠州新昌縣洞山，惠洪故鄉。宋余靖武溪集卷九筠州洞山普利禪院傳法記：「筠之望山曰新豐洞，有佛刹曰普利禪院。」洞山即以新豐洞得名。

〔二一〕瘦筇：筇竹所製手杖。

〔二二〕麒麟未易系：楚辭章句惜誓第十一：「使麒麟可得羈而係兮，又何以異虖犬羊？」漢書賈誼傳載誼弔屈原賦曰：「使麒麟可係而羈兮，豈云異夫犬羊？」

〔二三〕健鶻那可籠：杜甫義鶻行：「斯須領健鶻。」

重陽後同鄒天錫登滕王閣〔一〕

閑中過却重陽節，江城風雨吹黄葉。與君來游亦偶然㊀，聚立西偏讀豐碣〔二〕。凭欄眼界得天多〔三〕，雨脚明邊飛鳥滅〔四〕。西山向人亦傾倒〔五〕，犯雲爭來獻層疊〔六〕。未歸負負無可言〔七〕，相視心知慚在頰。會當却立雲生處，縱望晴江生雉堞〔八〕。尚喜清游不屬人，故作此詩相暖熱〔九〕。

【校記】

㊀然：石倉本作「爾」。

【注釋】

〔一〕崇寧五年九月作於南昌。　鄒天錫：萬姓統譜卷六二：「鄒永年，字天錫，爲松滋宰，山谷有寄鄒松滋苦竹泉詩。」考賀鑄慶湖遺老詩集拾遺有送漢陽刑獄掾鄒永年解官歸養詩，題下自注曰：「鄒字天錫，其父以朝散郎告老，因補此官。會有大臣薦其父，再起造朝。天錫復落仕籍，將行，求吾詩。丙子八月賦。」丙子即紹聖三年（一〇九六）。山谷内集詩注卷一四鄒松滋寄苦竹泉橙麴蓮子湯三首題下注：「鄒永年，字天錫，其名姓見於山谷所作江陵承天院浮圖記。松滋縣，隸江陵府。」山谷集別集卷四江陵府承天禪院塔記，曰「買石者鄒永年」。塔記作於建中靖國元年（一一〇一），時鄒永年爲松滋縣令。謝逸溪堂集卷九延陵吴夫人墓誌銘，作於大觀二年，稱「（晏）防以妻弟承直郎鄒永年天錫狀，乞銘於余」，又稱「天錫，信士也，其言必不妄」。李彭日涉園集卷八有鄒天錫見過詩。綜上所述，可知鄒永年與賀鑄、黄庭堅、謝逸、李彭等均有交往。本詩後一首爲次韻天錫提舉詩，可知永年嘗爲提舉官，然具體差遣時間已不可考。

滕王閣：唐韋慤重建滕王閣記：「鍾陵郡（唐寶應元年改豫章縣曰鍾陵）……背郛郭不二百步，有巨閣稱滕王者。……考尋結構之始，蓋自永徽後，時滕王作蘇州刺史，轉洪州都督之所營造也。」方輿勝覽卷一九江西路隆興府：「滕王閣，在郡城西。唐高祖之子滕王元嬰所建。夾以二亭，南曰壓江，北曰挹秀。自唐至今，名士留題甚富。初，滕王閣成，九月九日，都督大宴滕王閣，宿命其婿作序，以夸客。因出紙筆，偏請客，莫敢當。勃欣然不辭，都督怒起更衣，遣吏候其文輒報，一再報，語益奇，乃矍然曰：『天才也。』」

〔二〕西偏：屋之西側。韓愈庭楸：「朝日出其東，我常坐西偏。」蘇軾至真州再和二首之二：「相逢月上後，小語坐西偏。」　豐碣：猶豐碑，高大之石碣。

〔三〕天多：猶言天寬。唐孫魴題金山寺：「天多剩得月，地少不生塵。」

〔四〕雨脚明邊飛鳥滅：杜甫雨四首之一：「紫崖奔處黑，白鳥去邊明。」黄庭堅次韻子瞻題郭熙畫秋山：「江村煙外雨脚明，歸雁行邊餘疊巘。」

〔五〕西山向人亦傾倒：謂西山傾心於滕王閣上觀賞者。西山：在新建縣。王勃秋日登洪府滕王閣餞別序詩：「畫棟朝飛南浦雲，珠簾暮捲西山雨。」

〔六〕犯雲爭來獻層疊：謂西山衝破雲層來獻其重疊山巒。冷齋夜話卷五王荆公詩用事：「舒王晚年詩曰：『紅梨無葉庇華身，黄菊分香委路塵。歲晚蒼官才自保，日高青女尚横陳。』又曰：『木落岡巒因自獻，水歸洲渚得横陳。』山谷謂予曰：『自獻横陳事，見相如賦，荆公不應完用耳。』」山谷内集詩注卷一九勝業寺悦亭：「苦雨已解嚴，諸峰來獻狀。」任淵注：「王介甫詩：『木落岡巒因自獻。』」此乃所謂奪胎法，用其意而形容之。

〔七〕未歸負負無可言：後漢書張步傳：「步曰：『負負無可言者。』」李賢注：「負，愧也；再言之者，愧之甚。」此用其成句。

〔八〕雉堞：城上短牆。參見本卷金陵吴思道居都城面城開軒名曰横翠作此贈之注〔三〕。

〔九〕暖熱：温暖親熱。黄庭堅次韻答叔原會寂照房呈稚川：「置酒相暖熱，愜於冬飲湯。」

次韻天錫提舉〔一〕

攜僧登芙蓉〔二〕，想見緑雲徑。天風吹笑語〔三〕，響落千巖靜〔四〕。戲爲有聲畫〔五〕，畫此笑時興。夙習嗟未除〔六〕，爲君起深定〔七〕。蜜漬白芽薑，辣在那改性〔八〕。南歸亦何有，自負蘆圖柄〔九〕。舊居懸水旁〔一〇〕，石室如仄磬〔一一〕。行當洗過惡〔一二〕，佛祖重皈命〔一三〕。念君别時語，皎月破昏暝。蠅頭録君詩〔一四〕，有懷時一詠。

【注釋】

〔一〕約政和六年作於筠州上高縣九峰。天錫：即鄒永年。見前詩注。

〔二〕芙蓉：廓門注：「一統志衡州府：芙蓉山，在桂陽州西南。」其説不確。鍇按：此詩言「南歸」，又言「舊居」，又言「洗過惡」，當是自海南歸筠州後作。故此「芙蓉」當指九峰之一芙蓉峰。明一統志卷五七瑞州府九峰山引宋蔣之奇詩曰：「芙蓉秀出天河外，我欲名爲小九華。」可知芙蓉亦爲九峰之代稱。見前追和帛道猷一首注〔三〕。

〔三〕天風吹笑語：惠洪自創此語，本集屢用之，參見本卷同敦素沈宗師登鍾山酌一人泉注〔一八〕。

〔四〕響落千巖靜：杜甫憶昔行：「千崖無人萬壑靜。」

〔五〕有聲畫：指詩，與畫稱「無聲詩」相對。其稱首見於本集，卷八有詩題曰：「宋迪作八景絶妙，人謂之無聲句。演上人戲余曰：『道人能作有聲畫乎？』因爲之各賦一首。」參見本集卷一同超然無塵飯柏林寺分題得柏字注〔一六〕。

〔六〕夙習嗟未除：指作詩之習氣難以消除。蘇軾再和潛師：「東坡習氣除未盡，時復長篇書小草。」本集多借此自責，如卷一〇超然自見軒：「夙習尚嗟消未盡，壁間時録和陶詩。」卷二六題自詩：「予始非有意於工詩文，夙習洗濯不去，臨高望遠，未能忘情，時時戲爲語言。」

〔七〕深定：深妙之禪定。唐釋澄觀華嚴經疏鈔玄談卷六謂：諸法何故事事無礙，共有十因，其九曰「深定用故」，以深妙之禪定力故得業用之無礙。續高僧傳卷一三唐京師大莊嚴寺釋慧因傳：「當即氣同捨壽，體如平日，時經七夕，若起深定。」

〔八〕「蜜漬白芽薑」二句：謂薑雖經蜜漬，其辣性不變，喻人之本性難移。文心雕龍事類：「夫薑桂同地，辛在本性。」薑性辣，喻人本性剛直。蘇軾與參寥師行園中得黄耳蕈：「故人兼致白芽薑。」此借其語。

〔九〕自負蘆圌柄：高僧傳卷一〇宋京師杯度傳：「帶索襤縷，殆不蔽身。言語出没，喜怒不均。或嚴冰扣凍而洒浴，或著屐上牀，或徒行入市。唯荷一蘆圌子，更無餘物。」此以杯度自比。　蘆圌：蘆葦所製圓形坐具，即蒲團。

〔一〇〕懸水：瀑布。水經注泗水：「懸水三十仞，流沫九十里。」

〔一一〕石室如仄磬：猶言室如懸磬，一貧如洗。國語魯語上：「室如懸磬，野無青草，何恃而不恐？」韋昭注：「懸磬，言魯府藏空虚，但有榱梁，如懸磬也。」後漢書陳龜傳：「孤兒寡婦，號哭空城，野無青草，室如懸磬。」李賢注：「左傳曰：『室如懸磬，野無青草。』言其屋居如磬之懸，下無所有。」錯按：左傳作「罄」。「罄」通「磬」。

〔三〕過惡：過錯，罪惡。蘇軾與章子厚書：「軾所以得罪，其過惡未易以一二數也。」

〔三〕佛祖重皈命：謂重新皈依佛祖。皈命：皈心，身心歸向依託。

〔四〕蠅頭：指蠅頭細字，蠅頭小楷。參見本集卷二予與故人別因得寄詩三十韻走筆答之注〔三〇〕。

次韻吴提句重九〔一〕

朝來多爽氣，拄笏望西山〔二〕。看君此標致〔三〕，合在臺閣間。賴有宗之輩〔四〕，文字相往還。遥知醉九日，紅潮生玉顔〔五〕。嗟予抱瘴痾，古寺長閉關。亦復把霜蘂，行嗅賞餘閑〔六〕。琢詩償清境，索句常苦艱。愛君吐雲詞，端爲破天慳〔七〕。氣勝起疲墮〔八〕，語妙鐫老頑〔九〕。正當作小字，明窗寫斕斑。

【注釋】

〔一〕政和七年九月作於南昌。吴提句：生平無考，疑即樞密使吴居厚之子吴世承。參見本集卷一贈吴世承注〔一〕。提句：官名，即提勾。續資治通鑑長編卷三六七哲宗元祐元年：「添差勾當公事官，隸轉運司者，曰運勾；提舉司者，曰提勾；鹽司者，曰鹽勾；措置司者，曰措勾；安撫司者，曰撫勾。」句，「勾」之本字。

〔二〕「朝來多爽氣」二句：世説新語簡傲：「王子猷作桓車騎參軍。桓謂王曰：『卿在府久，比當相料理。』初不答，直高視，以手版拄頰云：『西山朝來，致有爽氣。』」笏：即官員所執手版。

〔三〕標致：風度，韻致。

〔四〕宗之輩：指吴家兄弟輩。新唐書崔日用傳：「子宗之，襲封，亦好學，寬博有風檢，與李白、杜甫以文相知者。」杜甫飲中八仙歌：「宗之瀟灑美少年，舉觴白眼望青天。」後遂以宗之爲美少年之别稱。本集卷一贈吴世承有「宗之果瀟灑」句，可參見。

〔五〕紅潮生玉顔：冷齋夜話卷一東坡留題姜唐佐扇楊道士息軒姜秀郎几間記蘇軾詩：「暗麝著人簪茉莉，紅潮登頰醉檳榔。」此借用其語。

〔六〕「亦復把霜蘂」二句：霜蘂指菊花。蘇軾送顔復兼寄王鞏：「約我重陽嗅霜蘂。」又九日尋臻閣黎遂泛小舟至勤師院二首之一：「休拈霜蘂嚼黄金。」

〔七〕破天慳：蘇軾祈雪霧豬泉出城馬上有作贈舒堯文：「願君發豪氣，嘲談破天慳。」此借用其語意。參見前同敦素沈宗師登鍾山酌一人泉注〔一〇〕。

〔八〕疲墮：猶疲惰，疲勞懈怠。墮，通「惰」。晉書桓沖傳：「乘其疲墮，撲翦爲易。」

〔九〕語妙鐫老頑：蘇軾子由自南都來陳三日而别：「冥頑雖難化，鐫發亦已周。」此化用其意。

勸學次徐師川韻〔一〕

揭陽濱瘴海〔二〕，苦霧搏蠻煙。自古無衣冠，安得禮義傳〔三〕。韓子見而歎，豈是終棄捐。選士得趙德，講學與周旋〔四〕。遂爲鄉里榮，士慕舊而先〔五〕。却後三十載〔六〕，才者森排肩〔七〕。東甌贅華夏〔八〕，西漢爲邊沿。民俗號殷富，亦有佳林泉〔九〕。黠者事商販，樸者工力田〔一〇〕。自隋迄于唐，稍知慕華軒〔一一〕。乃有歐陽生（主）㊀，粹然而出焉。古文有師法，學問知淵源〔一二〕。其後賢者至，雜遝盛中原〔一三〕。至今號多士〔一四〕，富貴爭熏天〔一五〕。江南佳麗地〔一六〕，南昌富山川。幽谷抱歐峰〔一七〕，西山秀氣連〔一八〕。地靈祕奇運〔一九〕，當有命世賢〔二〇〕。山輝玉韜石，水媚珠懷淵〔二一〕。君看烏衣裏，俊雅爭清妍〔二二〕。治朝開三舍〔二三〕，精揀無遺偏（篇）㊁〔二四〕。幸當勤燈火，無忘臨簡編。會看起白屋〔二五〕，寧遭犯青錢〔二六〕。大當到三事〔二七〕，小當步八磚〔二八〕。趙德歐陽生，豈獨令居前。努力各自勵，請視徐子言〔二九〕。窮耕有惡歲〔三〇〕，惰農無豐年〔三一〕。言小可喻大〔三二〕，歲晏宜勉旃〔三三〕。

【校記】

㊀ 生：原作「主」，誤，今據四庫本、武林本改。參見注〔一一〕。

㈡偏：原作「篇」，誤，今改。參見注〔二四〕。

【注釋】

〔一〕崇寧五年作於南昌。　徐師川：徐俯（一〇七五～一一四一）字師川，號東湖居士，洪州分寧人，黄庭堅外甥。以父徐禧死國事，授通直郎，轉奉議郎。後以詩酒自娱，放浪江南山水間，食祠禄者四十年，始調通判吉州。累官司門郎中。建炎中爲右諫議大夫、中書舍人。紹興二年賜進士及第。遷翰林學士，擢端明殿學士，簽書樞密院事，兼權參知政事。提舉洞霄宫，知信州，卒。宋史有傳。俯詩入江西宗派，有東湖集。謝逸溪堂集卷三送惠洪上人：「天宫不合囚兩鳥，洪徐接翼鳴南昌。毛羣羽族不敢喘，師乃啁哳鳴其旁。」「洪徐接翼鳴南昌」，指洪芻、徐俯在南昌倡詩社事；「師乃啁哳鳴其旁」，指惠洪在南昌與洪、徐唱酬事。此詩即唱酬之作。

〔二〕揭陽：此代指潮州。元和郡縣志卷三五嶺南道潮州：「今州即漢南海郡之揭陽縣也。」鍇按：漢書地理志下南海郡屬縣六，其一爲揭陽縣。

〔三〕「自古無衣冠」二句：韓愈潮州請置鄉校牒：「此州學廢日久，進士明經，百十年間不聞有業成貢於王廷、試於有司者。人吏目不識鄉飲酒之禮，耳未嘗聞鹿鳴之歌，忠孝之行不勸，亦縣之恥也。」　衣冠：士大夫，官紳。晉葛洪西京雜記卷二：「故新豐多無賴，無衣冠子弟故也。」

〔四〕「韓子見而歎」四句：潮州請置鄉校牒：「夫十室之邑，必有忠信，今此州户萬有餘，豈無庶幾者邪？刺史、縣令不躬爲之師，里閭後生無所從學爾。趙德秀才，沈雅專静，頗通經，有文章，能知先王之道，論説且排異端而宗孔氏，可以爲師矣。請攝海陽縣尉，爲衙推官，專勾當州學，以督生徒，興愷悌之風。」

〔五〕「遂爲鄉里榮」二句：蘇軾潮州韓文公廟碑：「始潮人未知學，公命進士趙德爲之師，自是潮之士皆篤於文行，延及齊民，至於今，號稱易治。」本集卷二四送秦少逸李師尹序：「潮陽在瘴海之隅，民未知學，韓文公以趙德爲之師，其俗稱爲易治。」

〔六〕却後：過後。蘇軾戲作種松：「却後五百年，騎鶴還故鄉。」廓門注：「佛書多『却後』字。」鍇按：如大般涅槃經卷一七梵行品：「我本説言，却後三月，於娑羅雙樹當般涅槃。」方廣大莊嚴經卷一二轉法輪品：「優陀夷言：『却後七日，如來當至。』」高僧傳卷一一竺曇猷傳：「聞空中聲曰：『知君誠篤，今未得度，却後十年，自當來也。』」

〔七〕才者森排肩：人才衆多，紛然排列。森，衆盛貌。送秦少逸李師尹序：「其俗重遲美茂，士君子博學而知要，古今光明秀傑之士，排肩而出，不可勝數。」

〔八〕東甌贅華夏：謂福建爲華夏中原之附贅懸疣。東甌：此指福建一帶。方輿勝覽卷一〇福建路福州之「事要郡名」曰：「東甌。舊經：閩越地即古東甌。今建亦其地。」同書卷一一福建路建寧府之「事要郡名」亦曰：「東甌。郡國志：建安縣有古東甌城。漢吴王世子劉駒發兵圍東甌，即此也。」廓門注：「一統志温州府：郡名東甌，漢名。贅，附贅懸疣之贅。華夏謂中國也。」錯按：下文歐陽生乃泉州晉江人，故此東甌當指福建泉州，而非浙江温州。

〔九〕「民俗號殷富」二句：韓愈歐陽生哀辭：「閩越地肥衍，有山泉禽魚之樂。」

〔一〇〕力田：耕田。史記佞幸列傳：「諺曰：『力田不如逢年，善仕不如遇合。』」

〔一一〕華軒：達官貴人所乘華美之車。廓門注：「文選左思詩曰：『許史乘華軒。』老杜驄馬行曰：『朝來少試華軒下。』按：軒，大夫車也。劉向曰：『王氏乘朱輪華轂。』」

〔一二〕「乃有歐陽生」四句：新唐書文藝傳下歐陽詹傳：「歐陽詹字行周，泉州晉江人。其先皆爲本州州佐、縣令。閩越地肥衍，有山泉禽魚。雖能通文書吏事，不肯北宦。及常衮罷宰相，爲觀察使，始擇縣鄉秀民能文辭者，與爲賓主鈞禮，觀游饗集，必與里人矜耀。故其俗稍相勸仕。初，詹與羅山甫同隱潘湖，往見衮，衮奇之。辭歸，泛舟飲餞。舉進士，與韓愈、李觀、李絳、崔羣、王涯、馮宿、庾承宣聯第，皆天下選。時稱龍虎榜。閩人第進士，自詹始。詹事父母孝，與朋友信義，其文章切深，回復明辨。與愈友善。詹先爲國子監四門助教，率其徒伏闕下，舉愈博士。卒，年四十餘。崔羣哭之甚，愈爲詹哀辭，自書以遺羣。初，徐晦舉進士不中，詹數稱之。明年高第，仕爲福建觀察使，語及詹，必流涕。」此傳原本韓愈歐陽生哀辭。又韓愈題哀辭後曰：「今劉君之請，未必知歐陽生之志，其志在古文耳。雖然，苟愛吾文，必求其義，則進知於歐陽生矣。必時觀愈之爲古文，豈獨取其句讀不類於今者耶？思古人而不得見，學古道則欲兼通其辭。通其辭者，本志於古道者也。古之道，不苟譽毀於人，然則吾之所爲文，皆有實也。劉君好其辭，則其知歐陽生也無惑焉。」歐陽生：底本作「歐陽主」，誤，後文曰「趙德歐陽生」，可證。廓門注：「『主』、『生』字誤歟？」其説甚是。

〔一三〕雜遝：衆多集聚貌。漢書劉向傳：「及至周文開基西郊，雜遝衆賢，罔不肅和。」顔師古注：「雜遝，聚積之貌。」

〔一四〕至今號多士：送秦少逸李師尹序：「東甌之民，朴野不學，自古鮮有仕於朝者。歐陽詹以秀才倡之，至今號爲多士。」　多士：衆多賢士。詩大雅文王：「濟濟多士，文王以寧。」鍇按：宋林駉古今源流至論前集卷七閩中人材，歷數北宋閩中名人楊億、陳從易、劉彝、陳瓘、陳襄、陳烈、周希孟、鄭穆、王回、蔡襄、鄭俠、吴育、蘇頌、章得象、曾公亮諸人之事蹟，可證。

〔一五〕富貴爭熏天：杜甫遺興五首之一：「北里富薰天。」此借用其語。鍇按：北宋閩人官至宰輔者甚衆，嘗任宰相者有章得象、曾公亮、吴充、陳升之、蔡確、蘇頌、章惇、蔡京、余深諸人，拜樞密使、參知政事、樞密副使者，則有吴育、吕惠卿、蔡卞、章楶、林攄諸人。徽宗朝，尤以興化軍仙遊縣蔡氏家族權重一時，仕於朝者甚衆，可謂富貴熏天。參見宋史宰輔表。

〔一六〕江南佳麗地：謝朓鼓吹曲：「江南佳麗地，金陵帝王州。」此借用其成句。鍇按：此處江南特指江南西路，即洪州豫章郡。孟浩然送袁太祝尉豫章：「江南佳麗地，山水舊難名。」則唐人已有先例。

〔一七〕幽谷：幽谷山。江西通志卷七山川一南昌府：「吴憩山，在靖安縣西北五里。世傳吴真君猛嘗憩於此。相近有繡谷山，一名幽谷山，山半瀑布如練。」輿地紀勝卷二六江南西路隆興府收權巽寄邑令詩曰：「嵯峨幽谷山，寂寞彭澤令。絶境空自奇，高標岌相映。」權巽當爲權巽中之誤，權巽中即詩僧善權，靖安人。本集卷二九馮氏墓銘：「傳法沙門善權，以政和五年十月某日葬其母馮氏於幽谷山之陽。」　歐峰：方輿勝覽卷一七江南西路南康軍：「歐山，在建昌，相傳有歐岌得道此山。」明一統志卷五二南康府：「雲居山，在建昌縣西南三十里，其山紆回峻極，上常出雲，故名雲居。一名歐山，世傳歐岌先生得道於此。」

〔一八〕西山：廓門注：「南昌府西山也。」見前注。

〔一九〕地靈：土地山川靈秀之氣。　祕：隱藏。　奇運：此當指神奇之機運。蓋亦地靈人傑之意。

〔二〇〕命世賢：著名於當世之賢才，多指治國之才。漢書楚元王傳贊：「聖人不出，其間必有命世者焉。」六臣注文選卷四七袁彦伯三國名臣序贊：「苟非命世，孰掃雰雺。」李善注：「孟子曰：『五百年必有王者興，其間必有名世者。』廣雅曰：『命，名也。』」劉良注：「千年一聖人出，五百年一賢人生。聖賢未出，其中有命世者，謂亞於賢也。」

〔二一〕「山輝玉韜石」二句：謂山川藴藏賢才故光輝不可掩。陸機文賦：「石韞玉而山暉，水懷珠而川媚。」此化用其意。

〔二二〕「君看烏衣裏」二句：謂六朝王、謝兩大世族人才輩出。世説新語雅量：「王公曰：『我與元規雖俱王臣，本懷布衣之好。若其欲來，吾角巾徑還烏衣，何所稍嚴？』」劉孝標注引丹陽記曰：「烏衣之起，吳時烏衣營處所也。江左初立，琅邪諸王所居。」余嘉錫箋疏：「景定建康志十六引舊志云：『烏衣巷在秦淮南。晉南渡，王、謝諸名族居此，時謂其子弟爲烏衣諸郎。』」宋書謝弘微傳：「混風格高峻，少所交納，唯與族子靈運、瞻、曜、弘微並以文酒賞會。嘗共宴處，居在烏衣巷，故謂之烏衣之游，混五言詩所云『昔爲烏衣游，戚戚皆親姪』者也。」南齊書王僧虔傳：「甲族向來多不居臺憲，王氏以分枝居烏衣者，位官微減。僧虔爲此官，乃曰：『此是烏衣諸郎坐處，我亦可試爲耳。』」

〔二三〕治朝開三舍：指徽宗朝實行三舍取士法。三舍法始於神宗元豐二年，爲新法之一。其法分太學爲外舍、内舍、上舍，别生員爲三等而置之。宋史選舉志三：「及三舍法行，則太學始定置外舍生二千人，内舍生三百人，上舍生百人。始入學，驗所隸州公據，試補外舍，齋長、諭月書其行藝於籍。行謂率教不戾規矩，藝謂治經程文。季終考於學諭，次學録，次正，次博士，後考於長貳。歲終會其高下，書於籍，以俟覆試，參驗而序進之。凡私試，孟月經義，仲月論，季月策。凡公試，初場經義，次場論策。試上舍，如省試法。凡内舍，行藝與所試之業俱優，爲上舍上等，取旨授官；一優一平爲中等，以俟殿試；俱平若一優一否爲下等，以俟省試。元祐間，置廣文館生二千四百人，以待四方游士試京師者。律學生無定員，他雜學廢置無常。崇寧建辟雍於郊，以處貢士，而三舍考選法乃遍天下。於是由州郡貢之辟雍，由辟雍升之太學，而學校之制益詳。」王應麟小學紺珠卷九三舍法：「太學外舍生二千，内舍生三百，上舍生百，總爲二千四百員。月一私試，歲一公試，補内舍生；間歲又一試，補上舍生。三等俱優爲上，一優一平爲中長中，若一優一否爲下。元豐二年，太學三舍法置八十齋，齋容三十人。」廓門注：「宋景公熒惑守心云云，『有至德之言三，熒惑退三舍』。左傳僖公二十八年：『退三舍辟之，所以報也。』注：『一舍，三十里。』」其説殊誤，蓋彼星宿之三舍、道里之三舍，非此取士之三舍。

〔二四〕精揀無遺偏：謂精心揀擇人才而無遺漏偏頗。宋曾鞏元豐類稿卷二丁亥三月十五日：「照徹萬物無遺偏。」此借用其語。底本作「篇」字，語意不通，今改作「偏」。

〔二五〕白屋：庶民所居之屋。漢書王莽傳：「開門延士，下及白屋。」顏師古注：「白屋，謂庶人以白茅覆屋者也。」宋程大昌演繁露卷六白屋：「主父偃曰：『士或起白屋而致三公。』顏師古曰『以白茅覆屋』，非也。古者宮室有度，官不及數，則屋室皆露本材，不容僭施采畫，是爲白屋也。」

〔二六〕青錢：喻才學之士。新唐書張薦傳：「張薦字孝舉，深州陸澤人。祖鷟，字文成，早惠絶倫。……員外郎員半千數爲公卿稱鷟文辭猶青銅錢，萬選萬中。時號鷟青錢學士。」

〔二七〕三事：指三公。詩小雅雨無正：「三事大夫，莫肯夙夜。」孔穎達疏：「『三事大夫』爲三公耳。」漢書韋賢傳：「天子我監，登我三事。」顏師古注：「三事，三公之位，謂丞相也。」宋史職官志一：「太尉、司徒、司空爲三公，爲宰相、親王使相加官。」

〔二八〕八磚：指翰林學士。唐李肇翰林志：「北廳前階花塼道，冬中日及五塼，爲入直之候。李程性懶，好晚入，恒過八塼乃至，衆呼爲八塼學士。」新唐書李程傳：「李程字表臣，襄邑恭王神符五世孫也。……召爲翰林學士。……學士入署，常視日影爲候。程性懶，日過八塼乃至。時號八塼學士。」「塼」同「磚」。

〔二九〕徐子：謂徐俯。此爲和徐俯勸學詩，故曰「請視徐子言」。

〔三〇〕窮耕：盡力耕種。窮或通「躬」，窮耕猶言躬耕，親身耕種。　惡歲：荒年。蘇軾丙子重九二首之一：「今年吁惡歲，僵仆如亂麻。」

〔三一〕惰農無豐年：書盤庚：「惰農自安，不昬作勞，不服田畝，越其罔有黍稷。」孔傳：「如怠惰之農，苟自安逸，不强作勞於田畝，則黍稷無所有。」此化用其意。

〔三二〕言小可喻大：史記李將軍列傳：「諺曰：『桃李不言，下自成蹊。』此言雖小，可以論大也。」又司馬相如列傳：「故鄙諺曰：『家累千金，坐不垂堂。』此言雖小，可以喻大。」

〔三三〕勉旃：猶言勉之焉。詩魏風陟岵：「上慎旃哉，猶來無止。」馬瑞辰通釋：「之、旃一聲之轉，又爲『之焉』之合聲，故旃訓『之』，又訓『焉』。」

送文中北還〔一〕

瘴海夜成焰〔二〕，鬼關晝常陰〔三〕。柵廬餘百家〔四〕，間見椰子林。居人例椎髻〔五〕，豹狼而衣襟〔六〕。語言不可讀，冥目以意尋。居然不可解〔七〕，欲問返如瘖〔八〕。君持使者節〔九〕，風彩動雲岑〔一〇〕。軒渠笑時語〔一一〕，萬籟轉笙琴〔一二〕。余方卧圜土〔一三〕，跫然欣足音〔一四〕。相逢春脱手〔一五〕，歸意不可擒。便覺暮雨山，掃空煙翠深。袍袴洗羊負〔一六〕，項背逃芒針〔一七〕。乃爾徑去亟〔一八〕，翩翩出籠禽〔一九〕。津渡已撾鼓，高帆摩天心。行矣勿作惡〔二〇〕，萬事付醉吟。當會西林下〔二一〕，相對説如今。

【注釋】

〔一〕政和三年作於海南朱崖軍。文中：即楊文中，生平不可考。本集卷九有詩題曰：「楊文中將北渡，何武翼出妓作會。文中清狂，不喜武人，徑飲三杯，不揖坐客，馬上馳去，索詩送行，作此。」錯按：據寂音自序，政和三年五月二十五日，惠洪蒙恩釋放。此詩或作於初知消息時。

〔二〕瘴海夜成焰：太平廣記卷四六六陰火引嶺南異物志：「海中所生魚蜃，置陰處，有光，初見之以爲怪異。土人常推其義，蓋鹹水所生，海中水遇陰物，波如然火滿海，以物擊之，迸散如星火，有月即不復見。木玄虛海賦云『陰火退然』，豈謂此乎？」

〔三〕鬼關：即鬼門關。在廣西北流縣，爲古通往欽、廉、雷、瓊諸州之要衝。此指海南瓊崖一帶。舊唐書地理志四嶺南道容州：「北流，州所治，漢合浦縣地，隋置北流縣。縣南三十里有兩石相對，其間闊三十步，俗號鬼門關。漢伏波將軍馬援討林邑蠻，路由於此，立碑，石龜尚在。昔時趨交趾，皆由此關，其南尤多瘴癘，去者罕得生還。諺曰：『鬼門關，十人九不還。』」朱崖軍亦在鬼門關之南，故云。廓門注：「鬼門關，山谷詩十二卷：『鬼門關外莫言遠。』注：『鬼門關，在峽州路。』」鍇按：惠洪在海南，所言當指嶺南容州鬼門關，非峽州鬼門關。

〔四〕栅廬：編竹木而爲房舍，極簡陋。

〔五〕椎髻：椎形髮髻，古蠻夷地區未開化居民之髮式。參本卷與嘉父兄弟别於臨川復會毗陵注〔九〕。

〔六〕豹狼而衣襟：此乃就沐猴而冠之意而演繹之，侮稱海南居民爲著衣服之野獸。

〔七〕居然：徒然。廓門注：「東坡詩十二卷：『居然稱懶廢。』」

〔八〕欲問返如瘖：謂欲問其意而不知如何表達，如瘖啞不能言。蘇軾南溪之南竹林中新構一茆堂予以其所處最爲深邃故名之曰避世堂：「隱几頹如病，忘言兀似瘖。」

〔九〕君持使者節：廓門注：「按：蘇武杖漢節牧羊，操持節旄盡落。以王命往來，必有節以爲信。節以竹爲之，柄長三尺，以旄牛尾爲旄三重。」錯按：楊文中或以是差遣至朱崖，宣佈赦令。

〔一〇〕雲岑：猶言雲山。陶淵明歸鳥：「遠之八表，近憩雲岑。」杜甫過津口：「和風引桂楫，春日漲雲岑。」

〔一一〕軒渠：歡悦貌，笑貌。參見本集卷一十二月十六日發雙林登塔頭曉至寶峰寺見重重繪出庵主讀善財徧參五十三頌作此兼簡堂頭注〔三〇〕。

〔一二〕萬籟轉笙琴：杜甫玉華宫：「萬籟真笙竽，秋色正瀟灑。」此化用其意。

〔一三〕圜土：牢獄。惠洪此時刺配朱崖軍牢，故云。周禮秋官司寇：「司圜中士六人。」鄭玄注引鄭司農云：「圜，謂圜土也。圜土，謂獄城也。」釋名釋宫室：「獄，又謂之圜土。築其表牆，其形圜也。」

〔一四〕跫然欣足音：莊子徐無鬼：「聞人足音，跫然而喜矣。」參見本集卷三乾上人會余長沙注〔九〕。

〔一五〕春脱手：謂春日已離去而不暫停。東坡詩集注卷一一次韻答王鞏：「新詩如彈丸，脱手不暫停。」此借用其語。錯按：本集好用「脱手」形容青春逝去之速，如卷八晚歸自西崦復得再和二首之二：「年華脱手墮空盆。」卷一一靈隱送僧還南嶽：「脱手青春入歎吁。」卷一四余所居竹寺門外有谿流石橋汪履道過余必終日既去送至橋西履道誦笑别廬山遠何煩過虎谿之句作十詩以見寄因和之之二：「方經脱手春，又復送餘熱。」卷一六琛上人所蓄妙高墨戲三首之一：「年年常恨春歸速，脱手背人收拾難。」

〔一六〕袍袴洗羊負：謂洗淨粘附衣袴之草刺。廓門注：「山谷詩集第九卷曰『亦思歸家洗袍袴』之意。」其説可從。 羊負：藥草名，即羊負來，蒼耳之别名，又名葈耳。太平御覽卷九九八引博物志曰：「洛中人有驅羊入蜀者，胡枲（葈）子著羊尾，遂至中國，因名羊負來。」本草綱目卷一五草之四葈耳引博物志曰：「洛中有人驅羊入蜀，胡葈子多刺，粘綴羊毛，遂至中國，故名羊負來。俗呼爲道人頭。」

〔一七〕項背逃芒針：謂擺脱芒刺在背之痛苦不安。此與上句均喻遇赦後之感覺。漢書霍光傳：「宣帝始立，謁見高廟，大將軍光從驂乘，上内嚴憚之，若有芒刺在背。」蘇軾和孔郎中荆林馬上見寄：「芒刺在膚肌。」又東川清絲寄魯冀州戲贈：「坐覺芒刺在背膺。」此反其意而用之。

〔一八〕亟：疾速。詩豳風七月：「亟其乘屋，其始播百穀。」鄭箋：「亟，急。」

〔一九〕翩翩：鳥疾飛貌。 出籠禽：喻擺脱羈絆而得自由。李白流夜郎半道承恩放還兼欣剋復之美書懷示息秀才：「半道雪屯蒙，曠如鳥出籠。」

〔二〇〕行矣勿作惡：黄庭堅過洞庭青草湖：「行矣勿遲留，蕉林追獦獠。」此用其句法。 作惡：悒鬱不快。世説新語言語：「謝太傅語王右軍曰：『中年傷於哀樂，與親友别，輒作數日惡。』」

〔二二〕西林：指廬山西林寺。方輿勝覽卷二二江州：「西林寺，晉太和中建。水石之美亞於東林。白居易詩：『下馬西林寺，翛然進輕策。朝爲公府吏，暮是雲山客。二月康廬比，冰雪始消釋。陽叢抽茗芽，陰竇洩泉脉。』又云：『是年淮寇作，處處興兵革。智士勞思謀，戎臣苦征役。獨有不才人，山中弄泉石。』」明一統志卷五二南康府：「西林寺，與東林寺相對。白居易詩：『木落天晴山翠開，愛山騎馬入山來。心知不及柴桑令，一宿西林却復回。』」

次韻彭子長僉判二首〔一〕

我窮親舊絶，君來殆天遣〔二〕。度關一句妙，不撥機自轉〔三〕。令人意頽然〔四〕，盎如醉黎衍〔五〕。黎人謂飲酒爲衍也。新詩麗吴姬，霧鬢風前卷〔六〕。細看發豪放，川犇驚地喘〔七〕。才高那可妬，默念耳自反。不禁數餘年，三眠蠶欲繭〔八〕。思君誰與同，月度微雲淺。

愁如羊公鶴，氋氃費推遣〔九〕。心如旋磨驢，日夜團圞轉〔一〇〕。夫子爲譏訶，譬説頗蔓衍〔一一〕。愁心得少休，忽作象鼻卷〔一二〕。出門無所詣〔一三〕，地坐息疲喘。路窮輒一笑〔一四〕，興盡復回反〔一五〕。風光聞布穀，人家初煮繭〔一六〕。倚藤望九峰〔一七〕，層疊分濃淺。

【注釋】

〔一〕政和四年三月作於筠州新昌縣。彭子長：生平不詳，時爲筠州簽判。參見本卷次韻彭子長劉園見花注〔一〕。僉判：即簽判，簽書判官廳公事之簡稱。爲宋代各州之幕僚，職掌協理州郡政務。

〔二〕君來殆天遣：北史李元忠傳：「孫騰進曰：『此君天遣來，不可違也。』」蘇軾次韻秦觀秀才見贈秦與孫莘老李公擇甚熟將入京應舉：「誰謂他鄉各異縣，天遣君來破吾願。」

〔三〕「度關一句妙」二句：謂彭子長不需點撥，一句妙語機鋒便已透過禪關。鍇按：惠洪祖師黄龍慧南有三句語勘驗學禪者，號「黄龍三關」。嘉泰普燈録卷三隆興府黄龍普覺慧南禪師：「室中舉手，問僧：『我手何似佛手？』垂足曰：『我脚何似驢脚？』『人人盡有生緣，上座生緣在何處？』學者莫有契其旨，叢林目之爲『黄龍三關』。脱有酬者，師未嘗可否。人莫涯其意，有問其故。師曰：『已過關者，掉臂徑去，安知有關吏？從吏問可否，此未透關者也。』」

〔四〕頹然：自得貌。宋書顔延之傳：「得酒必頹然自得。」

〔五〕盎如醉黎衍：蘇軾答李邦直：「詩詞如醇酒，盎然薰四肢。徑飲不覺醉，欲和先昏疲。」此化用其意。

〔六〕「新詩麗吴姬」二句：以美女喻新詩，復鋪寫其鬢髮迎風之態。參見本集卷一仁老以墨梅遠景見寄作此謝之二首之一：「吴姬風鬢亂，睡色餘妬面。」

〔七〕川犇驚地喘：川流奔騰轟鳴如大地喘息，極喻詩之豪放。地喘之喻爲惠洪獨創，如本集卷二李德修以烏蘭河石見示：「排空但聞地喘吼。」卷一九靈源清禪師贊五首之五：「披衣肯來，奔百川而地喘；袖手歸去，碧一天而電收。」

〔八〕三眠蠶欲繭：喻老倦之態。荀子賦篇：「三俯三起，事乃大已，夫是之謂蠶理。」注：「俯爲卧而不食，乃三眠也。」參見本集卷二高安會諒師出諸公所惠詩求予爲賦用祖原韻注〔一三〕。

〔九〕「愁如羊公鶴」二句：謂愁難以排遣，如昔之羊公鶴不聽使唤。世説新語排調：「劉遵祖少爲殷中軍所知，稱之於庾公。庾公甚忻然，便取爲佐。既見，坐之獨榻上與語。劉爾日殊不稱，庾小失望，遂名之爲『羊公鶴』。昔羊叔子有鶴善舞，嘗向客稱之。客試使驅來，氃氋而不肯舞。故稱比之。」　氋氃：猶氃氋，毛鬆散，委頓遲鈍貌。

〔一〇〕「心如旋磨驢」二句：謂心思日夜轉動，如拉磨之驢旋轉不停。東坡詩集注卷一五伯父送先人下第歸蜀詩云人稀野店休安枕路入靈關穩跨驢安節將去爲誦此句因以爲韻作小詩十四首送之之十四：「應笑謀生拙，團團如磨驢。」趙次公注：「先生又有詩云：『團團如磨牛，步步踏陳跡。』」此借用其喻而别言其意。

〔一一〕蔓衍：楚辭章句王逸九思怨上：「菽藟兮蔓衍。」原注：「蔓衍，廣延也。」

〔一二〕「愁心得少休」二句：謂愁緒因彭子長之譬説而稍收，如爲象鼻所卷去。孝經援神契：「象鼻必卷，長喙必鉤。」蘇軾泛舟城南會者五人分韻賦詩得人皆苦炎字四首之三：「碧箭時作象鼻彎。」此借用其語。

〔一三〕出門無所詣：蘇軾答任師中家漢公：「出門無所詣，老史在郊墟。」又和移居二首之一：「出門無所詣，樂事非宿昔。」此用其成句。

〔一四〕路窮輒一笑：晉書阮籍傳：「時率意獨駕，不由徑路，車迹所窮，輒慟哭而反。」此反其意而用之。

〔一五〕興盡復回反：世説新語任誕：「王子猷居山陰，夜大雪。忽憶戴安道。時戴在剡，即便夜乘小船就之，經宿方至，造門不前而返。人問其故，王曰：『吾本乘興而行，興盡而返，何必見戴？』」

〔一六〕煮繭：煮蠶繭以抽繭出絲。秦觀淮海集後集卷六蠶書化治：「常令煮繭之鼎，湯如蟹眼，必以筯其緒，附於先引，謂之餵頭。毋過，三系則系麤，不及則脆，其審舉之。」

〔一七〕藤：藤杖，手杖之代稱。九峰：即筠州上高縣九峰山，見前注。

重會大方禪師〔一〕

霜顱玉骨眉有稜〔二〕，孤風照人虔敬增。寒松撼空夜瑟瑟〔三〕，古井吞秋波不興〔四〕。天柱峰前額加手〔五〕，一別十年彈指久〔六〕。嗟予塵土化征衣〔七〕，愛君坐中舟壑走〔八〕。繩牀爲拂兩頭塵〔九〕，響答空巖笑語新。人間何從得此客〔一〇〕，解令寒谷夜生春〔一一〕。

【注釋】

〔一〕大觀元年作於撫州臨川。　大方禪師：當指方廣從譽禪師。本集卷三〇祭妙高仁禪師文：「孤鳳兩雛，名著諸方。我初識譽，未識華光。政和甲午，還自南荒。夜宿衡嶽，草屋路旁。僕奴傳呼，妙高大方。連璧而來，驚喜失牀。」「孤鳳」指南嶽福嚴寺惟鳳禪師，爲東林常總法嗣，屬臨濟宗黄龍派南嶽下十三世，建中靖國續燈録卷一九載其機語。「兩雛」，指惟鳳兩位弟子華光仲仁與方廣從譽。妙高指華光仲仁，住華光山妙高臺；大方指方廣從譽。此詩言「天柱峰前額加手」，則惠洪初識從譽當在元符二年（一〇九九）過天柱峰時。鄒浩道鄉集卷二八方廣譽老語録序：「伊予南竄，以至北歸，初見師於華光，不可得而親也；旋見師於明水，又可得而疏乎？」據清李兆洛編道鄉先生年譜，鄒浩於崇寧四年（一一〇五）十二月北歸，過衡州華光山初見從譽當在是時。所謂「旋見師於明水」，則當在崇寧五年後。由此可知，從譽在崇寧五年後曾住明水寺。明一統志卷五四撫州府：「明水寺，在府城西三十里，唐建，有石雙立，號石門關，夾道多古松，開池種蓮，號『十里松風，九曲蓮池』。」惠洪大觀元年在臨川，與從譽重逢，當在此時。由元符二年天柱峰初識，至大觀元年臨川重會，一別九年，此詩言「一别十年」者，乃舉其成數言之。

〔二〕霜顱：頭白如霜。語本蘇軾書麐公詩後：「霜顱隱白毫，鎖骨埋青玉。」

〔三〕寒松撼空夜瑟瑟：形容從譽禪師之瘦削形象及風度。蘇軾僕所至未嘗出游過長蘆聞復禪師病甚不可不一問既見則有間矣明日阻風復留見之作三絶句呈聞復并請轉呈參寥子各賦數首之一：「瑟瑟寒松露骨，耽耽老虎垂頭。」此化用其意。

〔四〕古井吞秋波不興：喻心性平静不爲外物所動。白居易贈元稹：「無波古井水，有節秋竹竿。」此化用其意。

〔五〕天柱峰：在今安徽潛山縣西北。太平寰宇記卷一二五淮南道三舒州：「潛山，在縣西北二十里，其山有三峰，一天柱山，一潛山，一晥山。三山峰巒相去隔越，天柱即司玄洞府，九天司命真君所主。」廓門注：「一統志衡州府『衡山天柱峰』也。」似不確。 額加手：即手加額，雙手置放額前，以示敬意。參見本卷超然攜泉侍者來建康獄慰余甚喜作此注〔一三〕。

〔六〕一别十年彈指久：謂一别十年不過如一彈指之間，極爲短暫。蔡襄廣陵：「前世翻波那復問，十年彈指已成空。」蘇軾過永樂文長老已卒：「三過門間老病死，一彈指頃去來今。」

〔七〕塵土化征衣：陸機爲顧彦先贈婦二首之一：「京洛多風塵，素衣化爲緇。」

〔八〕坐中舟壑走：謂其於静坐中觀萬物之變化，時光之流逝。 舟壑走：語本莊子大宗師：「夫藏舟於壑，藏山於澤，謂之固矣。然而夜半有力者負之而走，昧者不知也。」參見本集卷二高安會諒師出諸公所惠詩求予爲賦用祖原韻注〔四〕。

〔九〕繩牀爲拂兩頭塵：續高僧傳卷二〇唐益州空慧寺釋慧熙傳：「一身獨立，不畜侍人；一食而止，不受人施。有講便聽，夜宿本房，但坐牀心，兩頭塵合。」此暗用其事。　繩牀：宋王觀國學林卷四繩牀：「繩牀者，以繩貫穿爲坐物，即俗謂之交椅之屬是也。」大唐西域記卷二印度總述：「至於坐止，咸用繩牀。」僧人多用此物。高僧傳卷九竺佛圖澄傳：「澄坐繩牀，燒安息香，呪願數百言。」

〔一〇〕人間何從得此客：蘇軾昨見韓丞相言王定國今日玉堂獨坐有懷其人：「人間有此客，折簡呼不難。」此借用其語。

〔一一〕解令寒谷夜生春：黄庭堅贈送張叔和：「張侯温如鄒子律，能令陰谷黍生春。」此化用其意。參見本集卷一送雷從龍見宣守注〔一三〕。

大方寺送祖超然見道林方等禪師〔一〕

道林一身渾是德〔二〕，別來遥知頷髭白〔三〕。尚記山房夜語時，睡笑訶譏盡秋色。黄龍開二甘露門〔四〕，靈源方等真弟昆〔五〕。道林真珠撒羅帳〔六〕，昭默霧豹方埋文〔七〕。鷲王自應能擇乳〔八〕，飛黄領（頷）得王良馭㊀〔九〕。東風吹散嶽山雲，道人明日當歸去〔一〇〕。故人若問老垂垂〔一一〕，爲言肘骨露麻衣〔一二〕。赤頭已作齊眉雪，自提風帽海山歸〔一三〕。

【校記】

㈠ 領：原作「頜」，誤，今改。參見注〔九〕。

【注釋】

〔一〕作年未詳。　大方寺：未詳何處。　祖超然：希祖，字超然，惠洪法弟。　道林方等禪師：據此詩「黄龍開一甘露門，靈源方等真弟昆」，則道林方等與靈源惟清均屬臨濟宗黄龍派。宋釋道融叢林盛事卷下：「大圓智禪師，四明人，嗣道林一。一見祐聖寘，寘見黄龍南，故其親得黄龍宗旨。」嘉泰普燈録卷七祐聖法寘禪師法嗣：「潭州道林了一禪師，四明人，族臧氏。自發明後，鷹舉四方。至祐聖，投誠入室。聖舉拂子問曰：『雲歸山，水歸海，且道祐聖拂子歸甚麽處？』云：『銀蟾纔散彩，萬類盡瞻光。』曰：『且喜没交涉。』云：『便唱還鄉曲，高歌樂太平也。』曰：『何不道春來華競吐，秋去葉凋零？』云：『謝指示。』曰：『老僧未曾開口。』云：『伯牙與子期，不是閑相識。』便禮拜，自爾師資契合。大觀初，出住南嶽大明，遷智度及道林。政和四年二月十五日，説偈而終。」道林方等疑即道林了一，蓋因其嘗住道林寺，且與靈源惟清同爲黄龍慧南法孫之故。此詩乃爲送希祖前往見道林方等而作。

〔二〕道林：指方等禪師，因住持道林寺，故稱。廓門注：「一統志長沙府：『道林寺在嶽麓山下。』」誤以人名爲地名。　一身渾是德：蘇軾次韻舒教授寄李公擇：「怪君一身都是德。」此借用其語。

〔三〕頷髭白：白居易東南行一百韻：「相逢應不識，滿頷白髭鬚。」黄庭堅戲答俞清老道人寒夜三首之三：「何爲紅塵裹，頷鬚欲雪白。」

〔四〕黄龍開二甘露門：謂黄龍派中有二位高僧，能化衆生入甘露涅槃之門。景德傳燈録卷三第二十八祖菩提達磨：「時有二師，一名佛大先，一名佛大勝多，本與師同學佛陀跋陀小乘禪觀。佛大先既遇般若多羅尊者(即第二十七祖)，捨小趣大，與師並化。時號『二甘露門』矣。」建中靖國續燈録卷四滁州瑯琊山開化廣照禪師：「游方參問，得法汾陽，應緣滁水，與雪竇明覺同時唱道，四方皆謂『二甘露門』也。」此指靈源與方等二禪師。

〔五〕靈源方等真弟昆：靈源惟清嗣法黄龍祖心，道林方等嗣法祐聖法宧，祖心與法宧皆嗣法黄龍慧南。故靈源與方等於法門爲從兄弟。

〔六〕真珠撒羅帳：此喻道林方等之禪法。景德傳燈録卷一二魏府興化存獎禪師：「我未曾向紫羅帳裹撒真珠與汝，諸人虚空裹亂喝作什麽？」後爲禪門著名話頭，如明覺禪師祖英集卷六雲門俱字：「紫羅帳裹有真珠，曹溪路上生荆棘。」圓悟佛果禪師語録卷一七拈古中：「且道，意作麽生？百尺竿頭須進步，紫羅帳裏撒真珠。」

〔七〕昭默霧豹方埋文：謂靈源惟清正閑居於黄龍山昭默堂，如玄豹隱於南山之霧，不欲人知。據禪林僧寶傳卷三〇黄龍佛壽清禪師傳，自祖心禪師殁後，靈源「即移疾居昭默堂，頽然坐一室」，「閑居十五年」。參見本集卷二三昭默禪師序。劉向列女傳卷二陶答子妻：「妾聞南山有玄豹，霧雨七日而不下食，何也？欲以澤其毛而成文章也，故藏而遠害。」

〔八〕鵞王自應能擇乳：謂希祖自能如鵞王别乳般擇二甘露門禪機之精華。正法念處經卷六四身念處品：「譬如水乳同置一器，鵞王飲之，但飲乳汁，其水猶存。」參見本集卷二送能上人參源禪師注〔七〕。

〔九〕飛黄領得王良馭：謂希祖若從方等禪師游，則如駿馬而得到王良之善馭。飛黄：古神馬名。淮南子覽冥：「青龍進駕，飛黄伏皁。」高誘注：「飛黄，乘黄也。出西方，狀如狐，背上有角，壽千歲。」領得：唐宋俗語，獲得，得到。鍇按：底本作「頷得」，不辭，當涉形近而誤。唐歐陽詹出蜀門：「北客今朝出蜀門，翛然領得入時魂。」吕羣竹：「領得溪風不放迴，傍窗緣砌遍庭栽。」温庭筠三月十八日雪中作：「今朝領得春風意，不復饒君雪裏開。」景德傳燈録卷八池州南泉普願禪師：「師云：『他却領得老僧意旨。』」今據改。王良：春秋時善馭馬之御者。參見本集卷三次韻道林會規方外注〔一七〕。

〔一〇〕道人：指希祖。

〔一一〕故人：指道林方等禪師。　老垂垂：猶言垂垂老，此自稱。垂垂，漸漸。貫休禪月集卷二〇陳情獻蜀皇帝：「一瓶一鉢垂垂老。」

〔一二〕肘骨露麻衣：極言衣不蔽體之貧窮狀。九家集注杜詩卷三述懷：「麻鞋見天子，衣袖露兩肘。」注：「言奔走流離，迫於窘困，至於麻鞋以見天子。露兩肘，言衣不完。莊子言原憲捉衿而肘見。」

〔一三〕「赤頭已作齊眉雪」二句：以禪宗三祖僧璨喻己之老病窮困及流配海南之遭際。宋釋契嵩傳法正宗記卷六震旦第三十祖僧璨尊者：「初，璨尊者以風疾出家，及居山谷，疾雖愈，而其元無復黑髮。故舒人號爲『赤頭璨』。」歷代法寶記：「隋朝第三祖璨禪師，不知何處人。初遇可大師，璨示見大風疾，於衆中見……璨大師遂共諸禪師往羅浮山隱三年。」羅浮山即所謂「海山」。本集卷一八六世祖師畫像贊三祖：「但赤頭顱，特諱名氏。離見超情，欲盡世累。潛谿海山，麻衣風帽。翩然往來，被褐懷寶。」又卷一六至海昏三首之一：「前身定是赤頭璨，風帽自欹麻苧衣。久客瓊崖看詩律，袖中藏得海山歸。」

義牯〔一〕

快山山淺亦有虎〔二〕，時時妥尾過行路〔三〕。一豎地坐牧兩牯㊀〔四〕，以箠捶地不知顧㊁。虎搏豎如鷹搦兔〔五〕，兩牯來奔虎棄去㊂。回往荷痒挨老樹㊃〔六〕，牯相喘視同守護㊄。虎竟不能得此豎，豎雖不救牯無負。一村闐傳共鳴鼓㊅，而虎已逃不知處。嗟乎異哉兩大武㊆〔七〕，高義可與貫高伍〔八〕。令走仁義名好古㊇〔九〕，臨事真情乃愧汝。此事可信文公語〔一〇〕，爲君落筆敏風雨〔一一〕。

【校記】

㊀地坐：冷齋夜話作「坐地」。

㊁箠：冷齋夜話作「捶」。

㊂牯：冷齋夜話作「牛」。

㊃回：冷齋夜話作「因」。痒：底本、四庫本、廓門本皆作「庠」，涉形近而誤，今據冷齋夜話改。

㊄相：冷齋夜話作「則」。

㊅傳：冷齋夜話作「然」。

㊆乎：冷齋夜話作「哉」。

㊇令：冷齋夜話作「今」。

【注釋】

〔一〕政和四年作於筠州新昌縣。冷齋夜話卷九筠溪快山有虎載此詩及其本事曰：「筠溪快山有虎，嘗搏牧牛童子，爲兩牛所逐，虎既去，牛捍護之，童子竟死。石門老衲文公爲予言之，爲作詩記之，以諷含齒被髮而不義者。然予徒能諷之，其能已之哉？『快山山淺亦有虎……爲君落筆敏風雨。』」石門，指筠州新昌縣石門寺。文公，生平不可考。本集卷一〇有喜文首座至，疑即此僧。廓門注：「愚按：宋馬純陶朱新録牛冤事甚似之。」錯按：馬純陶朱新録曰：「黄定者，於紹聖間有以牛冤事質司馬温公者，公因作冤牛問，曰：『華州村民往歲有耕山者，日晡，疲甚，乃枕犁而卧。乳虎翳林間，怒髭摇尾，張勢作威，欲啖而食之。屢前，牛輒以身立其人之體上，左右以角抵虎甚力。虎不得食，垂涎至地而去。其人則熟寢，未之知也。虎行已遠，牛且未離其體。人則覺而惡之，意以爲妖，因杖牛，牛不能言而奔，輒自逐之，盡怒而得，愈見怪焉。歸而殺之，解其體，食其肉而不悔。夫牛有功而見殺，盡力於不見知之地，死而不能以自明。向使其人早覺，而悟虎之害己，則牛知免而獲德矣。惟牛出身捍虎於其人未覺之前，此所以功立而身斃也。』」

〔二〕快山：在筠州新昌縣。

〔三〕妥尾：垂下尾巴。王安石石虎圖：「横行妥尾不畏逐，顧盼欲去仍躊躇。」

〔四〕豎：孩童，此指牧童。　牯：本指閹割之公牛，亦泛指牛。

〔五〕搏：攫取。　搦：捕捉。

〔六〕荷痒挨老樹：謂虎挨擦老樹以搔疥瘡之癢。山谷内集詩注卷九題伯時畫揩痒虎：「猛虎肉醉初醒時，指磨苛痒風助威。」任淵注：「退之畫記：馬有痒磨樹者。」　荷痒：即苛癢，疥瘡。禮記内則：「疾痛苛癢，而敬抑搔之。」鄭玄注：「苛，疥也。」荷：通「苛」。漢書酈食其傳：「食其聞其將皆握齱好荷禮自用。」顔師古注：「荷與苛同。苛，細也。」

〔七〕大武：指牛。禮記曲禮下：「凡祭宗廟之禮，牛曰一元大武。」鄭玄注：「元，頭也；武，迹也。」

〔八〕高義可與貫高伍：謂兩牯之高義可與古義士貫高爲伍。史記張耳陳餘列傳：「漢七年，高祖從平城過趙，趙王朝夕袒韝蔽，自上食，禮甚卑，有子壻禮。高祖箕踞詈，甚慢易之。趙相貫高、趙午等年六十餘，故張耳客也。生平爲氣，乃怒曰：『吾王孱王也！』説王曰：『夫天下豪桀並起，能者先立。今王事高祖甚恭，而高祖無禮，請爲王殺之！』張敖齧其指出血，曰：『君何言之誤！且先人亡國，賴高祖得復國，德流子孫，秋豪皆高祖力也。願君無復出口。』貫高、趙午等十餘人皆相謂曰：『乃吾等非也。吾王長者，不倍德。且吾等義不辱，今怨高祖辱我王，故欲殺之，何乃污王爲乎？令事成歸王，事敗獨身坐耳。』……漢九年，貫高怨家知其謀，乃上變告之。於是上皆并逮捕趙王、貫高等。十餘人皆爭自剄，貫高獨怒罵曰：『誰令公爲之？今王實無謀，而并捕王；公等皆死，誰白王不反者！』乃轞車膠致，與王詣長安。治張敖之罪。上乃詔趙羣臣賓客有敢從王皆族。貫高與客孟舒等十餘人，皆自髡鉗，爲王家奴，從來。貫高至，對獄，曰：『獨吾屬爲之，王實不知。』吏治榜笞數千，刺剟，身無可擊者，終不復言。……廷尉以貫高事辭聞，上曰：『壯士！誰知者，以私問之。』中大夫泄公曰：『臣之邑子，素知之。此固趙國立名義不侵爲然諾者也。』上使泄公持節問之箯輿前。仰視曰：『泄公邪？』泄公勞苦如生平驩，與語，問張王果有計謀不。高曰：『人情寧不各愛其父母妻子乎？今吾三族皆以論死，豈以王易吾親哉！顧爲王實不反，獨吾等爲之。』具道本指所以爲者王不知狀。於是泄公入，具以報，上乃赦趙王。上賢貫高爲人能立然諾，使泄公具告之，曰：『張王已出。』因赦貫高。貫高喜曰：『吾王審出乎？』泄公曰：『然。』泄公曰：『上多足下，故赦足下。』貫高曰：『所以不死一身無餘者，白張王不反也。今王已出，吾責已塞，死不恨矣。且人臣有篡殺之名，何面目復事上哉！縱上不殺我，我不愧於心乎？』乃仰絶肮，遂死。當此之時，名聞天下。」

〔九〕走仁義名好古：爲博得仁義好古之名聲而奔走世間，特指儒家士人。唐獨孤及夢遠游賦：「褒衣之徒，相與擊建鼓而揭日月兮，奔孝慈而走仁義。」蘇軾遷居臨皋亭：「雖云走仁義，未免遲寒餓。」

〔一〇〕文公：廓門注：「文公謂真淨克文歟？又別人歟？未可知也。」錙按：本集均稱真淨克文爲雲庵，而無稱文公者。

〔一一〕落筆敏風雨：杜甫寄李十二白二十韻：「筆落驚風雨，詩成泣鬼神。」此點化其語。

卷五

古詩

謁嵩禪師塔〔一〕

吾道例孔子㊀，譬如掌與拳。展握固有異㊁，要之手則然〔二〕。晚世苦淩夷㊂〔三〕，講習失淵源〔四〕。君看投迹者〔五〕，紛紛等狂顛。韓子亦儒衣，倔强稱時賢〔六〕。憑淩作詬語㊃，到死不少悛（竣）㊄〔七〕。後世師韓輩，宂（穴）攘猶可憐㊅。走名不自信㊆，逐隊工語言㊇。譁然皇祐間㊈，飛蚊鬧喧闐㊉〔八〕。田衣動成羣，怒癭空自懸。縮頭不敢息⑪，兀坐如蹲猿〔九〕。堂堂東山公〔一〇〕，才大德亦全。齒牙生風雷〔一一〕，筆陣森戈鋋〔一二〕。隱然湖海上，長庚橫曉天〔一三〕。作書肆豪猛〔一四〕，揮斥（斤）莫敢前⑫〔一五〕。羣兒雖貌敬〔一六〕，臆論已不專〔一七〕。書成謁天子，一日萬口傳〔一八〕。坐令天下士，欲見嗟無緣〔一九〕。功成還山中，笑語答雲煙〔二〇〕。我來不及見，山水自明鮮。入門寂無聲，修竹空滿軒。永懷翛然姿，骨目聳清堅〔二一〕。僮奴豈知此，住茲（此）亦彌年㊂。指余以石塔，草棘北峰巔〔二二〕。再拜不忍去，聽此遶澗泉。吁嗟末運中，那復斯人焉〔二三〕。文章亦細事〔二四〕，清苦非所便。但愛公所守，遠拍（相）諸祖（祖）肩㊃〔二五〕。遲遲哦公詩，落日滿晴川。願攜折脚鐺㊄，結茅西澗邊〔二六〕。歲時邏松檜㊅，來此掃穨磚〔二七〕。

【校記】

㊀例：原注曰：「一作『比』。」鐔津文集卷一九作「比」。

㊁固：鐔津文集作「故」。

㊂凌：鐔津文集作「陵」。

㊃凌：鐔津文集作「陵」。

㊄悛：原作「竣」，誤，今從武林本、鐔津文集。參見注〔七〕。

㊅宂：底本、四庫本作「穴」，誤，今從廓門本。「攘」後注曰：「一作『長』。」寬文本注：「一作『長』。」鐔津文集「宂攘」作「冗長」。參見注〔八〕。

㊆走：原注曰：「一作『超』。」寬文本注：「一作『趨』。」鐔津文集作「趨」。

㊇逐隊：鐔津文集作「泛逐」，誤。　語：鐔津文集作「詞」。參見注〔八〕。

（九）間：原注曰：「一作『初』。」鐔津文集作「初」。

（一〇）蚊：鐔津文集作「聲」。

（一一）頭：鐔津文集作「首」。　敢：鐔津文集作「暇」。

（一二）斥：原作「斤」，今從鐔津文集。　參見注〔一五〕。

（一三）兹：原作「此」，今從鐔津文集。

（一四）拍：原作「相」，誤，今從鐔津文集。　祖：原作「祖」，誤，今從四庫本、寬文本、廓門本、武林本、鐔津文集。　參見注〔二五〕。

（一五）攜：鐔津文集作「持」。

（一六）檜：四庫本作「竹」。

【注釋】

〔一〕元符二年（一〇九九）十二月作於杭州。　嵩禪師：契嵩（一〇〇七～一〇七二），字仲靈，自號潛子，俗姓李氏，藤州鐔津人。得法於筠州洞山曉聰。游錢塘，著禪宗定祖圖、傳法正宗記、輔教編，上進仁宗皇帝，覽之加歎，付傳法院編次入藏，下詔褒獎，賜號明教大師。辭歸錢塘，知州蔡襄延請住佛日院，晚退居靈隱寺永安院。有鐔津文集傳世。事具宋陳舜俞都官集卷八明教大師行業記、禪林僧寶傳卷二七明教嵩禪師傳。五燈會元卷一六列雲門宗青原下十世。林間録卷上稱契嵩「晚移居靈隱之北永安蘭若」，明教大師行業記稱熙寧五年六月初四日，契嵩「示化於杭州之靈隱寺」，「葬於故居永安院之左」。故知惠洪拜謁嵩禪師塔必在杭州。錯按：鐔津文集卷一九載惠洪此詩，題作禮嵩禪師塔詩，文字多有異同。本集卷一九有嵩禪師贊，卷二三有嘉祐序，可參見。

〔二〕「吾道例孔子」四句：謂佛教與儒教乃一體而二面，實質相同，如掌與拳，其形態雖有展與握之異，然均出一手。　例：類比。景德傳燈録卷一一袁州仰山慧寂禪師：「又問石室：『佛之與道相去幾何？』石室云：『道如展手，佛似握拳。』」宋高僧傳卷一一唐汾州開元寺無業傳：「大寂曰：『只未了底心即是，别物更無。不了時，即是迷；若了，即是悟。迷即衆生，悟即是佛。道不離衆生，豈别更有佛！亦猶手作拳，拳全手也。』業言下豁然開悟。」錯按：釋契嵩鐔津文集卷一輔教編上原道謂佛之「五戒十善」，「以儒校之，則與其所謂五常仁義者，異號而一體耳」。又稱：「儒者，聖人之治世者也；佛者，聖人之治出世者也。」

〔三〕凌夷：即陵夷，衰落，衰敗。漢書成帝紀：「帝王之道日以陵夷。」顔師古注：「陵，丘陵也；夷，平也。言其頹替若丘陵之漸平也。」

〔四〕講習失淵源：謂後世講習儒學與佛經之人已不知儒佛之淵源實出於一。

〔五〕投迹者：廓門注：「謂滯教迹者也。」錯按：投迹者當指滯於迹而忘其理者。輔教編上原道：「夫仁義者，先王一世之治迹也。以迹議之，而未始不異也；以理推之，而未始不同也。迹出於理，而理祖乎迹。迹，末也；理，本也。君子求本而措末可也。」

〔六〕「韓子亦儒衣」二句：謂韓愈爲儒者而性格倔强。廓門注：「韓子謂退之也。」舊唐書李逢吉傳：「（韓）愈性木强。」歐陽修六一詩話：「聖俞戲曰：『前史言退之爲人木强，若寬韻可自足而輒傍出，窄韻難獨用而反不出，豈非其拗强而然與？』」蘇軾與葉淳老侯敦夫張秉道同相視新河秉道有詩次韻二首之二：「平生倔强韓退之。」

〔七〕「憑凌作訴語」二句：指韓愈排佛謗佛事。憑凌：欺侮，侵犯。鐔津文集作「憑陵」，義同。悛：悔改。底本作「竣」，涉形近而誤。廓門注：「『竣』，當作『悛』，止也，改也。字在先韻故。」其説甚是，今據改。錯按：韓愈進學解借弟子言稱己曰：「觝排異端，攘斥佛老。補苴罅漏，張皇幽眇，尋墜緒之茫茫，獨旁搜而遠紹。障百川而東之，回狂瀾於既倒。先生之於儒，可謂有勞矣。」其原道稱佛教爲「夷狄之法」，又倡言對佛教「人其人，火其書，廬其居」，言辭激烈。又其論佛骨表略曰：「佛者，夷狄之一法耳，自後漢時傳入中國，上古未嘗有也。……漢明帝時始有佛法，明帝在位纔十八年耳。其後亂亡相繼，運祚不長。宋、齊、梁、陳、元魏已下，事佛漸謹，年代尤促。惟梁武帝在位四十八年，前後三度捨身施佛，宗廟之祭不用牲牢，盡日一食，止於菜果。其後竟爲侯景所逼，餓死臺城，國亦尋滅。事佛求福，反更得禍，由此觀之，佛不足信，事亦可知矣。」故蘇軾潮州韓文公廟碑稱其「作書詆佛譏君王」。

〔八〕「後世師韓輩」六句：謂宋仁宗皇祐前後，儒者師法韓愈，奔走名場，排佛之聲響成一片。　穴攘：浩繁，繁穴，擾攘。穴，同「冗」。廓門注：「按字書，『穴』當作『冗』也。正字通曰：『浩攘，繁冗也。』」宋毛居正增修互注禮部韻略卷三：「攘：擾也。浩攘：繁冗也。」　走名：爲名奔走。本集屢用此詞，如卷二一五慈觀閣記：「名爲走道，其實走名。」卷二五題斷際禪師語録：「名爲走道，其實走名。」卷二八請藥石榜：「謂之受道，其實走名。」　逐隊：猶作隊，成羣結隊。歐陽修六一詩話：「鴻漸指而嘲曰：『鄭都官不愛之徒，時時作隊。』贊寧應聲答曰：『秦始皇未坑之輩，往往成羣。』時皆善其捷對。」此詩「逐隊」與下文「成羣」分别形容儒士與僧徒，語或本此。　皇祐：仁宗年號（一〇四九～一〇五三），在慶曆後，至和、嘉祐前。鍇按：陳舜俞明教大師行業記：「當是時，天下之士學爲古文，慕韓退之，排佛而尊孔子。東南有章表民、黄聱隅、李泰伯，尤爲雄傑。學者宗之。」禪林僧寶傳卷二七明教嵩禪師傳：「是時天下之士，學古文，慕韓愈，拒我以遵孔子。東南有章表民、黄聱隅、李太伯，尤雄傑者，學者宗之。」鐔津文集卷一九附録釋守端弔嵩禪師詩曰：「詵詵排佛徒，岩岩侍君側。適操權衡者，兼領辭翰職。率意務品藻，庶形在埏埴。唐書預之修，韓語例增飾。竊自比丘軻，拒我過楊墨。惜彼述至言，曾之通皇極。廢道專以人，訐惡肆其力。坑焚必有待，伐削豈容刻。」

〔九〕「田衣動成羣」四句：謂其時佛教徒雖衆，然爲儒者所排斥，均退縮忍氣，敢怒不敢言，惟有獨自癡坐而已。　田衣：袈裟之别名。亦稱田相衣。此代指佛教僧侣。　怒癭：三國志魏書賈逵傳裴松之注引魏略：「逵前在弘農，與典農校尉爭公事，不得理，乃發憤生癭。」韓愈鬬雞聯句：「怒癭爭碨磊。」五代南唐譚峭化書卷二珠玉：「憤則結癭，怒則結疽。」癭，頸部腫瘤。　縮頭不敢息：論語鄉黨：「屏氣似不息者。」　兀坐：獨自端坐。　蹲猿：如蹲坐之猿猴。語本杜甫東屯月夜：「暫睡想猿蹲。」　鍇按：釋守端弔嵩禪師詩曰：「當時禪講輩，動類百千億。獨誰敢枝梧，縮手俟徽纆。」亦是此意。

〔一〇〕東山公：釋契嵩之尊稱。蓋其傳法正宗記題曰：「宋藤州東山沙門釋契嵩編修。」其傳法正宗論亦題曰：「宋藤州東山沙門釋契嵩著。」鐔津文集卷一九附録靈源叟（惟清）題明教禪師手帖後二首之二曰：「明教大師嵩和尚，自稱藤州東山沙門。」

〔一一〕齒牙生風雷：喻其能言善辯。明教大師行業記謂契嵩荼毗（火化）後，斂其骨，得六根不壞者三。并曰：「及其亡也，三寸之舌所以論議是是非非者，卒與數物不壞以明之。嗚呼！使其與奪之不公，辯説之不契乎道，則何以臻此哉！」則六根中舌根之不壞者，正因其辯説之公道。

〔一二〕筆陣森戈鋋：喻其著述如兵器森然，足與排佛儒者對陣。　筆陣：九家集注杜詩卷一醉歌行：「筆陣獨掃千人軍。」杜補遺：「王羲之筆陣圖云：『紙者，陣也。筆者，稍矛也。墨者，鍪甲也。硯者，城池也。本領者，將軍也。心意者，副將也。』掃千人軍，謂筆之快利也。」　戈鋋：猶戈矛。鋋形似矛，鐵柄。宋王伯大別本韓文考異卷二送靈師：「戰詩誰與敵，浩汗横戈鋋。」注：「戰詩，或作『爭戰』，或作『文戰』，或作『詩戰』。方云：戰詩、戰文，唐人語也。白樂天：『戰文重掉鞅。』劉夢得：『戰文矛戟深。』」錯按：釋守端弔嵩禪師詩曰：「斯文千古雄，斯義萬夫特。據理從所征，處戰無弗克。」即此意。

〔一三〕長庚横曉天：謂其如破曉之啓明星，有助佛教之重光。詩小雅大東：「東有啓明，西有長庚。」毛傳：「日旦出，謂明星爲啓明。日既入，謂明星爲長庚。庚，續也。」鄭箋：「啓明、長庚，皆有助日之名，而無實光也。」長庚與啓明，實爲同一星，古稱明星，今稱金星。蘇軾次韻鄭介夫二首之一：「長庚到曉空陪月。」此借用其語意。錯按：鐔津文集卷一九附録釋懷悟序：「故後世學者，有聞其風，務其道，而矚其文者，若脱冥游，望北辰，仰昭回也。」亦稱契嵩如星辰指路。

〔一四〕作書：廓門注：「作書謂著輔教編也。」　肆豪猛：蘇軾送參寥師：「頗怪浮屠人，視身如丘井。頹然寄澹泊，誰與發豪猛？」此反其意而用之，謂契嵩雖爲浮屠人，却肆意作豪猛之語。

〔一五〕揮斥莫敢前：明教大師行業記：「仲靈獨居，作原教、孝論十餘篇，明儒釋之道一貫，以抗其説。諸君讀之，既愛其文，又畏其理之勝，而莫之能奪也。」　揮斥：排斥，指斥。此言契嵩著書指斥排佛者之説，使其畏而不敢前。底本作「揮斤」。錯按：「揮斤」語本莊子徐無鬼「運斤成風」，指技藝高超，與下文「不敢前」語意不相合。故今從鐔津文集。

〔一六〕羣兒：一羣小兒。輕蔑之詞。韓愈調張籍：「不知羣兒愚，那用故謗傷。」此借其語指「師韓輩」。　雖貌敬：韓愈寒食日出游：「各言生死兩追隨，直置心親無貌敬。」謂相知直言而無須表面尊敬，此反其意而用之。故廓門注引韓詩且稱「此翻案之也」。

〔一七〕臆論已不專：謂排佛之論已不能專斷獨行。

〔一八〕「書成謁天子」二句：明教大師行業記：「居無何，觀察李公謹得其書，且欽其高名，奏賜紫方袍。仲靈復念：幸生天子大臣護道達法之年。乃抱其書以游京師，府尹龍圖王仲儀果奏上之。仁宗覽之，詔付傳法院編次，以示褒寵，仍賜明教之號。」蘇軾謝賜燕并御書進詩：「人間一日傳萬口。」此借用其語。

〔一九〕「坐令天下士」二句：明教大師行業記：「明中自韓丞相而下，莫不延見而尊重之。」又曰：「然言高而行卓，不少假學者，人莫之能從也。」

〔二〇〕「功成還山中」二句：明教大師行業記：「留居憫賢寺，不受，請還東南。」釋守端弔嵩禪師詩曰：「既而謂東歸，湖山夢還憶。列户翠可染，當窗秀堪織。風尚清散爲，僧年白駒逼。」

〔二一〕骨目聳清堅：廓門注：「東坡詩二十卷：『故教鐵柱鬭清堅。』此借用也。」參見本集卷三復用前韻送不羣歸黄蘗見因禪師「骨目清堅貌淳古」句及注〔六〕。

〔二二〕草棘：叢生草木，形容荒僻淒涼。蘇軾東坡八首之一：「崎嶇草棘中，欲刮一寸毛。」又次韻正輔同游白水山：「無數草棘工藏遮。」　北峰：指靈隱寺。咸淳臨安志卷八〇寺觀六：

「靈隱、天竺兩山由一門而入。陸羽記云：『南天竺，北靈隱。』」契嵩塔在靈隱寺永安院左，故稱。

〔二三〕「吁嗟末運中」二句：謂今日佛教行將衰落，不復有如契嵩之大師。末運：猶末世，衰落之世運。本集卷一八赤眼禪師畫像贊：「忍視大法，陵夷末運。奴婢小人，利欲迫窘。冀公一吒，腦破膽隕。」卷二三昭默禪師序：「法安曰：『子他日洗光佛日，照耀末運，苦海法船也。』」

〔二四〕文章亦細事：蘇軾初別子由：「妻子亦細事，文章固虛名。」蘇轍次韻孔平仲著作見寄四首之四：「文章亦細事。」此借用其語。

〔二五〕遠拍諸祖肩：謂遠追前代禪宗諸祖師，欲與之同遊。晉郭璞遊仙詩：「左挹浮丘袖，右拍洪崖肩。」此用其句法。

〔二六〕「願攜折脚鐺」二句：謂願陪契嵩之英靈，攜帶炊具，在靈隱寺側西澗邊結茅修行。此言景仰之意。折脚鐺：斷足鍋。結茅：編茅爲屋。皆形容禪僧生活貧寒簡樸。參見本集卷三游南嶽福嚴寺注〔三七〕。西澗：指靈隱寺前之澗水。白居易寄韜光禪師：「一山門作兩山門，兩寺原從一寺分。東澗水流西澗水，南山雲起北山雲。」

〔二七〕掃頹塼：掃僧人之塔磚，猶世俗之掃墓。頹磚，言歲久磚塔已頹敗。本集卷一〇示超然：「塔在層峰衰眼力，何時同汝掃頹塼。」卷二四送鑑老歸慈雲寺：「歸來白塔掃頹塼。」

補東坡遺三首題武王非聖人論後〔一〕

青燈照華髮，掩卷成嗟咨。事有世共見，而意復難知。殺父子受封〔二〕，殆非人所爲〔三〕。孟津觀兵者〔四〕，非天尚誰欺〔五〕。孔子蓋周人，而爲殷宗枝〔六〕。欲辨則不敢，亟口稱夷齊〔七〕。使彼果聖乎，古今無異詞。則其罪武王，明甚無可疑〔八〕。呶呶與世辨，泛濫騖羣兒〔九〕。惜不經柳子，爲一剖擊之〔一〇〕。知誰千載下，擊節讀吾詩〔一一〕。

【注釋】

〔一〕政和二年（一一一二）作於海南。惠洪流配海南，尋訪蘇軾遺跡，作詩追補蘇軾在海南當作而未作之闕，號「補東坡遺」。此「補東坡遺」之形式，乃惠洪倣蘇軾之和陶詩而有變化者。本集卷九有早登澄邁西四十里宿臨皋亭補東坡遺、卷一三有過陵水縣補東坡遺二首、卷一六有補東坡遺真姜唐佐秀才飲書其扇，可參見。此詩題爲補東坡遺三首，而實只有題武王非聖人論後一首，可知此後食菜羹示何道士、己卯歲除夜大醉二首當爲補東坡遺三首之第二、第三首。此所以補東坡遺者，蓋謂蘇軾當作詩非武王而實未作，故補之。武王非聖人論，見於涵芬樓本東坡志林卷五論古，題作武王非聖人。又宋郎曄編注經進東坡文集事略卷一二總題「論」下注曰：「自此以下十六篇，謂之志林，亦謂之海外論。」題作武王論。明茅維刊本蘇文忠公全集卷五題作論武王。廓門注於此詩題下引其全文，今按本集體例移至附録。

〔二〕殺父子受封：史記周本紀曰：「武王自射之，三發而後下車，以輕劍擊之，以黄鉞斬紂頭，縣大白之旗。」又曰：「封商紂子禄父殷之餘民。武王爲殷初定未集，乃使其弟管叔鮮、蔡叔度相禄父治殷。」

〔三〕殆非人所爲：蘇軾武王非聖人論略曰：「殺其父，封其子，其子非人也則可，使其子而果人也，則必死之。……武王親以黄鉞誅紂，使武庚受封而不叛，豈復人也哉？故武庚之必叛，不待智者而後知也。」。

〔四〕孟津觀兵者：指武王。史記周本紀：「九年，武王上祭于畢。東觀兵，至于盟津。」盟津即孟津。王應麟困學紀聞卷一一：「武王祭于畢，觀兵盟津。歐陽公曰：『伯夷傳又載父死不葬之説，皆不可爲信。』程子曰：『觀兵必無此理，今日天命絶，則紂是獨夫，豈容更待三年。』林氏曰：『漢儒以觀政轉爲觀兵，而爲周師再舉之説。』」錯按：據困學紀聞記載，宋人多以武王爲聖人，故不信孟津觀兵之説，蘇軾武王非聖人則據史記，而有「武王觀兵於孟津而歸」之句，惠洪從其説。

〔五〕非天尚誰欺：論語子罕：「無臣而爲有臣，吾誰欺，欺天乎？」此借用其意。

〔六〕「孔子蓋周人」二句：史記孔子世家：「孔子生魯昌平鄉陬邑，其先宋人也。」司馬貞索隱：「孔子，宋微子之後。」　宗枝：同宗族有支派，如樹木有枝葉，故曰宗枝。杜甫奉贈李八丈曛判官：「我丈特英特，宗枝神堯後。」錯按：史記周本紀：「周武王崩，武庚與管叔、蔡叔作亂，成王命周公誅之，而立微子於宋，以續殷後焉。」又史記宋微子世家：「周公既承成王之命誅武庚，殺管叔，放蔡叔，乃命微子開代殷後，奉其先祀，作微子之命以申之，國于宋。微子故能仁賢，乃代武庚，故殷之餘民甚戴愛之。」

〔七〕「欲辨則不敢」二句：武王非聖人論曰：「孔子蓋罪湯、武。顧自以爲殷之子孫而周人也，故不敢，然數致意焉。」　亟口：屢次開口。廓門注：「按字書，『極』與『亟』同。五燈會元曇華傳『極口稱歎』之類。」似不確，蓋「亟」無「極」義。錯按：據論語所載，孔子多次稱贊伯夷、叔齊，如公冶長：「子曰：『伯夷、叔齊不念舊惡，怨是用希。』」述而：「冉有曰：『夫子爲衛君乎？』子貢曰：『諾，吾將問之。』入曰：『伯夷、叔齊何人也？』曰：『古之賢人也。』曰：『怨乎？』曰：『求仁而得仁，又何怨乎？』出曰：『夫子不爲也。』」季氏：「齊景公有馬千駟，死之日，民無德而稱焉。伯夷、叔齊餓于首陽之下，民到于今稱之。其斯之謂與？」微子：「子曰：『不降其志，不辱其身，伯夷、叔齊與！』」

〔八〕「使彼果聖乎」四句：謂假使古今儒者皆承認孔子爲聖人，則其怪罪武王明確無疑。此即武王非聖人所言：「伯夷、叔齊之於武王也，蓋謂之弑君，至恥之不食其粟，而孔子予之，其罪武王也甚矣。此孔氏之家法也。世之君子苟自孔氏，必守此法。」又曰：「其不足於湯、武也，亦明矣。」廓門注：「彼者，謂夷、齊。」似不確。蓋此四句承「孔子蓋周人」四句而來，故「彼」當指孔子，而非夷、齊。

〔九〕「呶呶與世辨」二句：謂蘇軾論武王非聖人，不惜言辭，縱横捭闔，與宋儒世俗之説相辯。呶呶，多言，喋喋不休。辨，通「辯」。泛濫：漫溢横流，此形容雄辯之文風，即蘇軾自評文所言：「吾文如萬斛泉源，不擇地皆可出。在平地滔滔汩汩，雖一日千里無難。」羣兒：一羣小兒，輕蔑之詞，此指以武王爲聖人之儒者。參見前謁嵩禪師塔注〔一六〕。

〔一〇〕「惜不經柳子」二句：山谷集卷二八跋翟公巽所藏石刻：「陰符經出於唐李筌，熟讀其文，知非黄帝書也。蓋欲其文奇古，反詭譎不經，蓋糅雜兵家語作此言，又妄託子房、孔明諸賢訓注，尤可笑。惜不經柳子厚一掊擊也。」此借用其語。謂若柳宗元在世，亦當掊擊武王乃聖人之説。蓋柳宗元好作翻案文章，非難經史舊説，如其非國語六十餘篇，糾正國語議論之失。

〔一一〕擊節：廓門注：「謂擊節和者。」似不確，此當指擊節歎賞。

【附録】

宋蘇軾云：武王克殷，以殷遺民封紂子武庚禄父，使其弟管叔鮮、蔡叔度相禄父治殷。武王崩，禄父與管、蔡作亂，成王命周公誅之，而立微子於宋。蘇子曰：武王非聖人也。昔孔子蓋罪湯、武。顧自以爲殷之子孫而周人也，故不敢，然數致意焉，曰：「大哉，巍巍乎！堯、舜也。禹，吾無間然。」其不足於湯、武也，亦明矣。曰：「武盡美矣，未盡善也。」又曰：「三分天下有其二，以服事殷，周之德，其可謂至德也已矣。」伯夷、叔齊之於武王也，蓋謂之弑君，至恥之不食其粟，而孔子予之，其罪武王也甚矣。此孔氏之家法也。世之君子苟自孔氏，必守此法。國之存亡，民之死生，將於是乎哉，其孰敢不嚴？而孟軻始亂之，曰：「吾聞武王誅獨夫紂，未聞弑君也。」自是學者以湯、武爲聖人之正，若當然者，皆孔氏之罪人也。使當時有良史如董狐者，南巢之事，必以叛書；牧野之事，必以弑書。而湯、武仁人也，必將爲法受惡。周公作無逸曰：「殷王中宗，及高宗，及祖甲，及我周文王，兹四人迪哲。」上不及湯，下不及武王，亦以是哉！文王之時，諸侯不求而自至，是以受命稱王，行天子之事。周之王不王，不計紂之存亡也。使文王在，必不伐紂，紂不見伐，而以考終，或死於亂，殷人立君以事周，命爲二王後以祀殷，君臣之道，豈不兩全也哉？武王觀兵於孟津而歸，紂若改過，否則殷人改立君，武王之待殷，亦若是而已矣。天下無王，有聖人者出而天下歸之，聖人所以不得辭也。而以兵取之，而放之，而殺之，可乎？漢末大亂，豪傑並起。荀文若，聖人之徒也，以爲非曹操莫與定海内，故起而佐之。所以與操謀者，皆王者之事也。文若豈教操反者哉？以仁義救天下，天下既平，神器自至，將不得已而受之，不至不取也。此文王之道，文若之心也。及操謀九錫，則文若死之。故吾嘗以文若爲聖人之徒者，以其才似張子房而道似伯夷也。殺其父，封其子，其子非人也則可，使其子而果人也，則必死之。楚人將殺令尹子南，子南之子棄疾爲王馭士，王泣而告之。既殺子南，其徒曰：「行乎？」曰：「吾與殺吾父，行將焉入？」「然則臣王乎？」曰：「棄父事讎，吾弗忍也。」遂縊而死。武王親以黄鉞誅紂，使武庚受封而不叛，豈復人也哉？故武庚之必叛，不待智者而後知也。武王之封，蓋亦有不得已焉耳。殷有天下六百年，賢聖之君六七作，紂雖無道，其故家遺民未盡滅也。三分天下有其二，殷不伐周，而周伐之，誅其君，夷其社稷，諸侯必有不悦者，故封武庚以慰之，此豈武王之意哉？故曰：武王非聖人也。（東坡志林卷五武王非聖人）

食菜羹示何道士〔一〕

窮冬海道絶，瘴雨晴墟里。何以知歲豐，未卯炊煙起〔二〕。先生清夢回，科髻方隱几〔三〕。獠奴拾墮薪〔四〕，發爨羹藷米〔五〕。飽霜闊葉菘〔六〕，近水繁花薺〔七〕。都盧深注湯〔八〕，米爛菜自美。椎門醉道士〔九〕，一笑欲染指〔一〇〕。誡勿加酸鹹，云恐壞至味〔一一〕。分嘗果超絶，玉糝那可比〔一二〕。鮮肥增惡欲，腥膻耗道氣〔一三〕。畢生啜此羹，自可老儋耳〔一四〕。録以寄徐聞，阿同應笑喜〔一五〕。

【注釋】

〔一〕政和二年作於海南。此爲補東坡遺三首之二。詩中所寫之事，多據蘇軾謫海南時所作詩文。何道士：查愼行蘇詩補注卷四四廣州何道士衆妙堂注：「何道士：按先生在嶺南，往還者有兩何道士，其一居惠州逍遥堂，名宗一；其一居廣州天慶觀，名德順，即崇道大師也。」此詩所示何道士，乃爲海南儋州道士，或爲惠洪補東坡遺而虚擬之人物。

〔二〕未卯：未至卯時。卯，十二時辰之一，即早晨五時至七時。

〔三〕「先生清夢回」二句：蘇軾三月二十九日二首之一：「酒醒夢回春盡日，閉門隱几坐燒香。」此化用其意。先生：指蘇軾，其詩縱筆自稱：「報道先生春睡美，道人輕打五更鐘。」科髻：猶科頭，科髮，不戴冠巾，裸露頭髻。戰國策韓策一：「秦帶甲百餘萬，車千乘，騎萬匹，虎摯之士，䟗跔科頭，貫頤奮戟者，至不可勝計也。」鮑彪注：「科頭，不著兜鍪。」冷齋夜話卷八周貫吟詩作偈：「道士驚，科髮披衣，啓關問其故。」隱几：倚几案，形容閒適無事，語本莊子齊物論「南郭子綦隱几而坐」。

〔四〕獠奴：作爲家奴之獠人。獠，古南方少數民族，南蠻之别種。杜甫示獠奴阿段詩宋黄鶴題下補注曰：「獠奴，乃公之隸人也。以夔州獠種爲家僮耳。」蘇軾和陶西田穫早稻：「蓬頭三獠奴。」

〔五〕發爨：燒火做飯。羹藷米：以藷米爲羹。藷米，即薯蕷，亦稱山芋，藤本植物，塊莖含澱粉，可食用，亦入藥。蘇軾記藷米：「南海以藷米爲糧，幾米之十六。」

〔六〕菘：俗稱白菜。南史周顒傳：「文惠太子問顒菜食何味最勝，顒曰：『春初早韭，秋末晚菘。』」蘇軾和陶西田穫早稻：「早韭欲爭春，晚菘先破寒。」

〔七〕薺：薺菜，春開白色小花，嫩葉可食。蘇軾菜羹賦叙曰：「東坡先生卜居南山之下，服食器用，稱家之有無。水陸之味，貧不能致，煮蔓菁、蘆菔、苦薺而食之。」

〔八〕都盧：唐宋俗語，疊韻聯綿詞，意爲統統，全都。唐張鷟遊仙窟：「五嫂曰：『張郎太貪生，一箭射兩垜。』十娘則謂曰：『遮三不得一，覓兩都盧失。』」白居易贈鄰里往還：「骨肉都盧無十口，糧儲依約有三年。」釋齊己觀李瓊處士畫海濤：「李瓊奪得造化本，都盧縮在秋毫端。」景德傳燈録卷二八汾州大達無業國師語：「從前記持憶想，見解智慧，都盧一時失却。」

〔九〕椎門醉道士：四庫本東坡志林卷一一：「眉山矮道士李伯祥好爲詩，詩格亦不能高，往往有奇語，如『夜過修竹寺，醉打老僧門』之句，皆可愛也。」此借指何道士。椎：捶擊，敲打。

〔一〇〕染指：以手指蘸羹品嘗。左傳宣公四年：「及食大夫黿，召子公而弗與也。子公怒，染指于鼎，嘗之而出。」

〔一一〕「誡勿加酸鹹」二句：蘇軾菜羹賦叙曰：「其法不用醯醬，而有自然之味。」賦曰：「屏醯醬之厚味，却椒桂之芳辛。」鍇按：蘇軾送參寥師：「鹹酸雜衆好，中有至味永。」此反其意而用之。至味，極致完美之味。

〔一二〕玉糝：喻精美之米羹。以米和羹謂之糝。禮記内則：「和糝不蓼。」元陳澔集説：「宜以五味調和米屑爲糝，不須加蓼，故云和糝不蓼。」蘇軾在海南有詩題曰：「過子忽出新意，以山芋作玉糝羹，色香味皆奇絶。天上酥陀則不可知，人間決無此味也。」詩曰：「香似龍涎仍釅白，味如牛乳更全清。莫將南海金虀膾，輕比東坡玉糝羹。」

〔一三〕「鮮肥增惡欲」二句：呂氏春秋本生：「肥肉厚酒，務以相彊，命之曰爛腸之食。」漢枚乘七發：「甘脆肥膿，命曰腐腸之藥。」此化用其意。　惡欲：邪惡之欲望。　道氣：修行之功夫。

〔一四〕儋耳：漢郡名，即宋之昌化軍，治宜倫縣。宋史蘇軾傳：「又貶瓊州別駕，居昌化。昌化，故儋耳地。」宋傅藻東坡紀年録：「（紹聖四年）四月，被命責授瓊州別駕，昌化軍安置。」

〔一五〕「録以寄徐聞」二句：謂抄録此詩寄與雷州之蘇轍，以博一笑。　徐聞：縣名，宋屬雷州，開寶初併入海康縣，南渡紹興中復置。此代指雷州。宋史蘇轍傳：「又謫化州別駕，雷州安置。」宋孫汝聽蘇潁濱年表：「（紹聖四年）二月，責授化州別駕，雷州安置。六月丁亥，至雷州，有謝到州表。」　阿同：蘇轍小字，此擬蘇軾口吻。東坡詩集注卷一八感舊：「扣門呼阿同，安寢已太康。」注：「子由一字同叔。」同書卷二二次韻秦少游王仲至元日立春三首之二：「己卯佳辰壽阿同。」注：「子由小字同叔，元日己卯，渠本命也。」廓門注：「列仙傳曰：徐聞真，東萊濰州人。有道術，與歐陽修善。詳于傳。又見東坡全集第七十二卷，聞作問。」其注殊誤。

己卯歲除夜大醉〔一〕

昔聞安期生，以術干項羽。羽無人君量，狎狂輒遁去㊀〔二〕。又聞魯仲連，舌有濟世具。人君欲禄之，高視笑不語〔三〕。吁古列僊人〔四〕，萬事不干慮〔五〕。乃肯入世紛，豈非以民故。翩翩遥增擊〔六〕，悠然知事悮。道合人所難，一律無今古。我生飽憂患，晚有二子慕。骯髒刺世眼〔七〕，甚宜著閑處〔八〕。一篇引一杯，舉杯揖黎母〔九〕。

【校記】

㊀狎：四庫本、廓門本作「佯」。

【注釋】

〔一〕政和二年作於海南。此爲補東坡遺三首之三。詩意本蘇軾安期生詩并引，詳見注〔三〕。　己卯歲：即元符二年（一〇九九），歲在己卯。時蘇軾在昌化軍貶所。錯按：據寂音自序，惠洪政和元年（辛卯）十月二十六日配海外，二年（壬辰）二月至瓊州，三年（癸巳）十一月北渡海。其在海南期間，無己卯歲，亦可證此詩乃補東坡遺，擬蘇軾口吻而言之。蓋蘇軾己卯歲除夜未作詩，故補之。

〔二〕「昔聞安期生」四句：史記田儋列傳太史公曰：「蒯通者，善爲長短説，論戰國之權變，爲八十一首。通善齊人安期生，安期生嘗干項羽，項羽不能用其筴。已而項羽欲封此兩人，兩人終不肯受，亡去。」　佯狂：佯狂，假裝顛狂。　徉，通「佯」。　北魏崔鴻十六國春秋南燕録二慕容超：「超至長安，徉狂行乞，由是往來無禁。」

〔三〕「又聞魯仲連」四句：史記魯仲連列傳：「於是平原君欲封魯連，魯連辭讓者三，終不肯受。平原君乃置酒，酒酣起前，以千金爲魯連壽。魯連笑曰：『所貴於天下之士者，爲人排患釋難解紛亂而無取也。即有取者，是商賈之事也，而連不忍爲也。』遂辭平原君而去，終身不復見。」蘇軾安期生引曰：「安期生，世知其爲仙者也。然太史公曰：『蒯通善齊人安期生，生嘗以策干項羽，羽不能用。羽欲封此兩人，兩人終不肯受，亡去。』予每讀此，未嘗不廢書而歎。嗟乎，仙者非斯人而誰爲之！故意戰國之士，如魯連、虞卿皆得道者歟？」詩曰：「安期本策士，平日交蒯通。嘗干重瞳子，不見隆準公。應如魯仲連，抵掌吐長虹。難堪踞牀洗，寧挹扛鼎雄。事既兩大繆，飄然籋遺風。乃知經世士，出世或乘龍。豈比山澤臞，忍飢啖柏松。縱使偶不死，正堪爲僕僮。茂陵秋風客，望祖猶蟻蜂。海上如瓜棗，可聞不可逢。」

〔四〕列僊：即列仙，諸仙。史記司馬相如列傳：「相如以爲列僊之儒居山澤間，形容甚臞。」

〔五〕不干慮：猶言不關心。干，關涉。

〔六〕翩翩遥增擊：謂其如鳳凰高舉遠飛。文選注卷六〇賈誼弔屈原文：「鳳凰翔于千仞兮，覽德輝而下之；見細德之險徵兮，遥曾擊而去之。」李善注：「如淳曰：『鳳凰曾擊九千里，絶雲氣。遥，遠也。曾，高高上飛意也。』」曾，通「增」。

〔七〕骯髒：高亢剛直貌。同「抗髒」。後漢書文苑傳趙壹傳：「伊優北堂上，抗髒倚門邊。」李賢注：「伊優，屈曲佞媚之貌。抗髒，高亢婞直之貌也。」蘇軾和孔君亮郎中見贈：「骯髒如君合倚門。」黄庭堅宿舊彭澤懷陶令：「凄其望諸葛，骯髒猶漢相。」

〔八〕著閑處：安置於無關緊要處。司空圖休休亭歌：「賴是長教閑處著。」陳師道答顔生見寄：「閑處著身容我老，忙中見記識君情。」

〔九〕黎母：山名，在海南，即五指山。蘇軾和陶擬古九首之四：「奇峰望黎母，何異嵩與邙。」查慎行補注：「瓊州志：五指山一名黎母山。名勝志：山在瓊州府定安縣南。一云：婺女星常降此山，名黎婺。一云：昔雷攝一蛇卵在山中，生一女。有交阯人過海采香，因與野合，其後子孫衆多，是爲黎人之祖，故曰黎母。黎人多居山之四旁。」

次韻李太白〔一〕

我讀謫仙詩〔二〕，句卒意不盡。層峰俯絶壑，可望不可進〔三〕。忽如登旋雲〔四〕，便覺星斗近〔五〕。濁醪世間義〔六〕，糟粕真典墳〔七〕。先生瓊液口，不飲嫌其村〔八〕。只今牛渚春，盎盎餘醉魂〔九〕。昔醉過汗漫〔一〇〕，懷袖揣崑崙〔一一〕。爾來頽檐下，負日虱自捫〔一二〕。

【注釋】

〔一〕約政和三年（一一一三）作於海南。此首與次首次韻蘇東坡當作於同時。蓋次韻蘇東坡有「我曾至其舍」、「先生應過我」之句，惠洪政和三年曾至儋耳訪蘇軾遺跡，詩當作於其後。此詩爲次韻他人詠李白而作，故曰「次韻李太白」。

〔二〕謫仙：新唐書李白傳：「至長安，往見賀知章。知章見其文，歎曰：『子謫仙人也。』」

〔三〕可望不可進：李白自梁園至敬亭山見會公談陵陽山水兼期同游因有此贈：「相思如明月，可望不可攀。」杜甫前出塞九首之七：「浮雲暮南征，可望不可攀。」蘇軾歐陽少師令賦所蓄石屏：「崖崩澗絶可望不可到。」鐃節李太白畫歌：「蕭然可望不可親。」此借用其句法。

〔四〕旋雲：盤旋上升之雲。宋史樂志十一載熙寧望祭嶽鎮海瀆十七首之五：「欻兮迴飈，窅兮旋雲。」

〔五〕便覺星斗近：宋趙令畤侯鯖録卷二：「曾阜爲蘄州黄梅令，縣有峰頂寺，去城百餘里，在亂山羣峰間，人迹所不到。阜按田偶至其上，梁間小榜，流塵昏晦，乃李白所題詩也，其字亦豪放可愛。詩云：『夜宿峰頂寺，舉手捫星辰。不敢高聲語，恐驚天上人。』或云王元之少年登樓詩云：『危樓高百尺，手可摘星辰。不敢高聲語，恐驚天上人。』」王禹偁酬种放徵君：「有時上絶頂，星斗近可摸。」

〔六〕濁醪世間義：杜甫晦日尋崔戢李封：「濁醪有妙理，庶用慰沉浮。」冷齋夜話卷一鳳翔壁上題詩：「是故其（蘇軾）海上作濁醪有妙理賦曰：『嘗因既醉之適，方識人心之正。』」此蓋謂杜甫、蘇軾所言「濁醪有妙理」尚是世俗之義理。

〔七〕糟粕真典墳：莊子天道：「桓公讀書於堂上，輪扁斲輪於堂下，釋椎鑿而上，問桓公曰：『敢問公之所讀者何言邪？』公曰：『聖人之言也。』曰：『聖人在乎？』公曰：『已死矣。』曰：『然則君之所讀者，古人之糟粕已夫。』」　糟粕：雙關酒糟，以與濁醪、瓊液相對。　典墳：三墳五典之省稱，泛指各種古代典籍。

〔八〕「先生瓊液口」二句：謂李白有飲瓊液美酒之口味，故嫌棄濁醪、糟粕之粗劣。　李白早望海霞邊：「一餐噏瓊液，五内發金沙。」又望廬山瀑布二首之一：「無論漱瓊液，且得洗塵顔。」又代壽山答孟少府移文書：「漱之以瓊液，餌之以金砂。」　瓊液：此指美酒。　村：粗劣。　蘇軾答王鞏：「連車載酒來，不飲外酒嫌其村。」此借用其語。

〔九〕「只今牛渚春」二句：侯鯖録卷六：「李白墳在太平州采石鎮民家菜圃中，游人亦多留詩。然州之南有青山，乃有正墳。或云：太白平生愛謝家青山，葬其處，采石特空墳耳。世傳太白過采石，酒狂捉月。竊意當時藁殯於此，至范侍郎爲遷窆青山焉。」元辛文房唐才子傳卷二：「晚節好黄老，度牛渚磯，乘醉捉月，遂沉水中。」李太白集分類補注卷七勞勞亭歌：「昔聞牛渚吟五章，今來何謝袁家郎。」楊齊賢注：「牛渚在太平州采石磯。」　盎盎：洋溢充盈貌。

〔一〇〕汗漫：廣大無邊，渺不可知。淮南子道應：「吾與汗漫期於九垓之外。」高誘注：「汗漫，不可知之也。」李白廬山謠寄盧侍御虛舟：「先期汗漫九垓上，願接盧敖游太清。」

〔一二〕懷袖揣崑崙：極言其氣魄之大，可揣崑崙山於懷袖之中。

〔一三〕負日虱自捫：曬太陽捉虱子，此言己之老境。晉書王猛傳：「桓温入關，猛被褐而詣之。一面談當世之事，捫虱而言，旁若無人。温察而異之。」此言捫虱則形容老態頹唐。本集卷一○寄龍安照禪師：「遥知百事俱衰落，尚有工夫虱自捫。」

次韻蘇東坡〔一〕

先生謫儋耳〔二〕，一葉航渺茫〔三〕。褊心隘世議〔四〕，怒罵成文章〔五〕。昆蟲伏孔垤〔六〕，仰看青鸞翔〔七〕。世欲羈縻之〔八〕，凡慮不自量〔九〕。瓊山遶珠淵〔一〇〕，寶光夜煌煌。我曾至其舍，月出波心房〔一一〕。追惟對遺編，燈火夜初涼。麗詞有逸韻，文君方小妝〔一二〕。便覺胸次間，八窗玲瓏光〔一三〕。似聞青冥上，幢節鳴珮璫〔一四〕。先生應過我，衣袖識天香〔一五〕。

【注釋】

〔一〕約政和三年作於海南。參見前次韻李太白注〔一〕。

〔二〕儋耳：即昌化軍。蘇軾紹聖四年謫瓊州别駕，昌化軍安置。見前注。

〔三〕一葉航渺茫：謂其身世如扁舟一葉航於渺茫大海。本集卷七次韻游南嶽：「我尋遺迹恍自失，譬如一葦航渺茫。」

〔四〕褊心隘世議：謂世人之議論刻薄褊狹。施注蘇詩卷四游徑山：「近來愈覺世議隘。」注：「公烏臺詩話：『熙寧六年游徑山留題云：「近來愈覺世議隘，每到勝處差安便。」以譏諷朝廷進用之人多是刻薄褊隘，不少容人過失。見山中寬閑之處爲樂也。』」此用其語。

〔五〕怒駡成文章：黄庭堅東坡先生真贊三首之一：「東坡之酒，赤壁之笛，嬉笑怒駡，皆成文章。」

〔六〕孔埕：蟲洞蟻穴。

〔七〕仰看青鸞翔：蘇軾和晁同年九日見寄：「仰看鸞鵠刺天飛。」此借用其語。

〔八〕世欲羈縻之：楚辭惜誓：「使麒麟可得羈而係兮，又何以異虖犬羊？」此化用其意。

〔九〕凡慮不自量：韓愈調張籍：「蚍蜉撼大樹，可笑不自量。」此借用其語。凡慮：平庸鄙俗之心思。

〔一〇〕瓊山逸珠淵：謂海南爲出産瓊玉珍珠之地。方輿勝覽卷四三瓊州：「瓊山，在本縣，有瓊山、白玉二村，其石皆白，似玉而潤。州以此山而得名。」明一統志卷八二瓊州府：「瓊山，在府城南六十里，山下有瓊山、白石二村，土石俱白，似玉而潤。蓋其石似瓊瑶，故名。」漢書武帝紀：「遂定越地，以爲南海、蒼梧、鬱林、合浦、交阯、九真、日南、珠厓、儋耳郡。」顔師古注引應劭曰：「二郡在大海中，崖岸之邊出真珠，故曰珠厓。」

〔一一〕月出波心房：蘇軾秦太虛題名記：「秋潦方漲，水面千里，月出房、心間，風露浩然，所居去江無十步。」　心房：猶言房心，指二十八宿中之心宿、房宿。史記天官書：「東宮蒼龍，房、心。」房宿、心宿之分野爲宋地，即古豫州，非海南。蘇文本作於黄州，此借以寫其儋耳居所。

〔一二〕「麗詞有逸韻」二句：喻蘇軾詩文辭章如美女，復坐實其如正梳妝之卓文君。此即「將錯而遽認真，坐實以爲鑿空」之曲喻修辭法。

〔一三〕「便覺胸次間」二句：山谷集卷一東坡居士墨戲賦：「視其胸中，無有畦畛，八窗玲瓏者也。」又山谷内集詩注卷一贈別李次翁：「映徹萬物，玲瓏八窗。」任淵注：「言心之虚明如此。韻書曰：『玲瓏，明貌。』禮記明堂位疏引孝經援神契曰：『明堂八窗四達。』」

〔一四〕「似聞青冥上」二句：青天有幢節珮璫之聲，謂蘇軾逝後已升仙庭。　幢節：旗幟儀仗，多用以狀仙家之儀。宋曾慥類説卷三一續世説高駢好神仙：「用之曰：『玉皇以公焚修功著，將補真官。計鸞鶴不日當降，用之謫限亦滿，必得陪幢節同歸上清耳。』」李賀李夫人：「紅壁闌珊懸珮璫，歌臺小妓遥相望。」清王琦匯解：「珮璫，所佩之玉璫也。」

〔一五〕衣袖識天香：蘇軾和子由除夜元日省宿致齋三首之二：「朝回兩袖天香滿。」

餽歲次東坡韻寄思禹兄〔一〕

我來客湘江〔二〕，獨泛無人佐。封疆接南越〔三〕，都會列百貨。方嗟歲除矣，仍喜此月大〔四〕。思歸姑置之，且枕曲肱卧〔五〕。餽問亦未能，起看燈照座。念貧米無舂，笑富粉轉磨〔六〕。二者分劣優，等是一年過〔七〕。唯有東坡翁，作詩今續和。

【注釋】

〔一〕重和元年（一一一八）十二月三十日除夕作於潭州谷山保寧寺。此餽歲與後之守歲、別歲共三詩均爲「次東坡韻」，作於同時。東坡原詩見蘇軾詩集卷四，題曰：「歲晚相與饋問，爲饋歲；酒食相邀呼，爲別歲；至除夜，達旦不眠，爲守歲。蜀之風俗如是。余官於岐下，歲暮思歸而不可得，故爲此三詩以寄子由。」其三詩次序爲饋歲、別歲、守歲，本集三詩排列則守歲在別歲前。然既爲次東坡韻，當依蘇詩原有順序，恐本集編纂者有誤。餽：通「饋」。思禹兄：即惠洪宗兄彭以功，字思禹，時知撫州崇仁縣。鍇按：餽歲詩言「獨泛無人佐」，當是初至湖南時。又言「仍喜此月大」，據陳垣二十史朔閏表（頁一三三），政和八年（即重和元年）十二月戊寅朔，次年重和二年（宣和元年）一月戊申朔，可知重和元年十二月戊寅至丁未共三十日，正與「此月大」合。蓋宣和元年十二月癸酉至辛丑，僅二十九日，乃月小。故此三詩當繫於本年除夕丁未。蘇軾三詩分別見各詩附録。

〔二〕我來客湘江：時惠洪出南昌獄，至潭州谷山依法眷，住保寧寺。寺在湘江西岸。本集卷二〇要默堂銘序曰：「南楚山水，湘西爲甲。湘西法席，保寧爲甲。余既幸館于其中，無別職事，一堂窅然，終日卧聽樓鐘而已，則又以今寂爲甲。乃名其堂曰要默。」參見要默堂銘注〔一〕。

〔三〕封疆接南越：潭州爲荆湖南路首府，南接廣南東、西路。元和郡縣志卷三〇江南道五潭州：「自漢至晉，並屬荆州，懷帝分荆州湘中諸郡置湘州，南以五嶺爲界，北以洞庭爲界。漢晉以來亦爲重鎮。」五嶺外即古之南越，宋之廣南東、西路。

〔四〕月大：陰曆有三十日之月分。廓門注：「月大，小大也。」釋名釋天：「望，月滿之名也。月大十六日，小十五日，日在東，月在西，遥相望也。」　大：此字讀音按廣韻作唐佐切，去聲三十八箇韻，與佐、貨、卧、座、磨、過、和等字通押。

〔五〕且枕曲肱卧：論語述而：「子曰：『飯疏食，飲水，曲肱而枕之，樂亦在其中矣。』」

〔六〕「念貧米無舂」二句：謂笑看世上各家因貧富不同而過年境況迥異。蘇軾饋歲：「富人事華靡，綵繡光翻座。貧者愧不能，微摯出舂磨。」此點化其意。

〔七〕等是：同樣是，都是。梁釋僧祐弘明集卷二晉宗炳明佛論：「等是人也，背轍失路，蹭蹬長往，而永没九地，可不悲乎！」

【附録】

宋蘇軾云：農功各已收，歲事得相佐。爲歡恐無及，假物不論貨。山川隨出産，貧富稱小大。寘盤巨鯉横，發籠雙兔卧。富人事華靡，綵繡光翻座。貧者愧不能，微摯出舂磨。官居故人少，里巷佳節過。亦欲舉鄉風，獨唱無人和。（饋歲）

守歲

除夕自不寐，守歲事杯蛇（世事杯）㊀〔一〕。念此歲月往，嗟哉難蔽遮。舊歲幸無疾，新歲知如何。此夕且相守，拊掌一笑譁〔二〕。靜聞鬧市中，夜鼓不停撾〔三〕。弟兄醉酩酊，冠巾墮欹斜〔四〕。我居巖壑中，不覺日蹉跎〔五〕。和詩無好句，其敢對人誇？

【校記】

㊀ 事杯蛇：原作「世事杯」，誤；四庫本作「世事蛇」，亦誤，今改。武林本作「驅睡蛇」，可參。參見注〔一〕。

【注釋】

〔一〕守歲事杯蛇：除夕達旦不眠，喝酒守候新年。事杯蛇：意謂從事飲酒之事。蛇字趁韻。底本作「世事杯」。廓門注：「愚曰：東坡原詩韻『蛇』字，今爲『杯』，疑差誤乎！此句須爲『守歲事杯蛇』，後人再思可也。杯蛇用晉樂廣事。」其説甚是，今據改。鍇按：晉書樂廣傳：「嘗有親客，久闊不復來。廣問其故，答曰：『前在坐蒙賜酒，方欲飲，見杯中有蛇，意甚惡之，既飲而疾。』於時河南聽事壁上有角，漆畫作蛇，廣意杯中蛇即角影也。復置酒於前處，謂客曰：『酒中復有所見不？』答曰：『所見如初。』廣乃告其所以，客豁然意解，沉疴頓愈。」四庫本作「世事蛇」，蓋四庫館臣亦知「杯」韻誤，故徑改爲「蛇」，然其義欠通，今不從。蓋此詩下文皆言飲酒事，故當作「事杯蛇」。

〔二〕拊掌：拍手，鼓掌，以示歡樂。一笑譁：蘇軾泗州除夜雪中黄寔送酥酒二首之一：「使君半夜分酥酒，驚起妻孥一笑譁。」此借用其語。

〔三〕夜鼓不停撾：黄庭堅薄薄酒二章之二：「綺席象牀琱玉枕，重門夜鼓不停撾。」此借用其成句。

〔四〕「弟兄醉酩酊」二句：形容弟兄飲酒大醉失去常態，以至於頭巾散亂。酩酊，大醉貌。冠巾墮，參見本集卷一大雪戲招耶溪先生鄒元佐注〔七〕、次韻胡民望小蟲墮耳注〔七〕。

〔五〕蹉跎：失時。阮籍詠懷之五：「娛樂未終極，白日忽蹉跎。」

【附録】

宋蘇軾云：欲知垂盡歲，有似赴壑蛇。修鱗半已没，去意誰能遮。況欲繫其尾，雖勤知奈何。

兒童强不睡，相守夜讙譁。晨雞且勿唱，更鼓畏添撾。坐久燈燼落，起看北斗斜。明年豈無年，心事恐蹉跎。努力盡今夕，少年猶可誇。（守歲）

别歲

新歲壓已至〔一〕，舊歲去不遲。我尚留不住，石火那能追〔二〕。不知歲所在，鳧雛喧水涯。父老相邀迓〔三〕，年年知此時。梅花只落盡，又見春水肥〔四〕。我本無欣喜，何嘗有戚悲。想見君飲酣，一舉時一辭。春容尚能老〔五〕，此身那不衰。

【注釋】

〔一〕壓：逼近。

〔二〕石火：以石敲擊迸發之火花，閃現極短暫。北齊劉晝劉子卷一〇惜時：「人之短生，猶如石火，唯立德貽愛爲不朽也。」

〔三〕迓：迎。

〔四〕春水肥：謂春江水漲。東坡詩集注卷一二次韻沈長官三首之三：「風來震澤帆初飽，雨入松江水漸肥。」趙次公注：「帆飽水肥，皆方言也。」

〔五〕春容尚能老：陳師道和魏衍三日：「春容已老有餘態。」此借用其喻。

【附録】

宋蘇軾云：故人適千里，臨别尚遲遲。人行猶可復，歲行那可追。問歲安所之，遠在天一涯。已逐東流水，赴海歸無時。東鄰酒初熟，西舍彘亦肥。且爲一日歡，慰此窮年悲。勿嗟舊歲别，行與新歲辭。去去勿回顧，還君老與衰。（别歲）

仙廬同異中阿祐忠禪山行〔一〕

好山不知源，勝處藏疊嶂。興來理清游，意適爭勇往〔二〕。事異傾同識〔三〕，顧語山答響。野泉行淺沙，脱屨屢植杖〔四〕。相羊木陰下〔五〕，喘坐清相向。阿祐華林風，媚秀得妍狀〔六〕。忠禪等鵠清，精神照冰段〔七〕。住山異比丘〔八〕，韻出羲皇上〔九〕。風度太清癯〔一〇〕，吐語極豪放。撥置形骸外〔一一〕，卸裓藉草莽〔一二〕。獨余衰退姿，面色餘煙瘴〔一三〕。勝踐偶獲陪〔一四〕，兹樂非夙望。一笑粲妍鄙〔一五〕，散坐推少長。媿無斜川詩〔一六〕，苦語出牽强〔一七〕。讀之輒自嗟（差）㊀〔一八〕，幸君一拊掌。

【校記】

㊀嗟：原作「差」，誤，今據四庫本改。參見注〔一八〕。

【注釋】

〔一〕政和四年（一一一四）九月作於廬山。時惠洪北行太原證獄，途經此地。參見本集卷四余將北游留海昏而餘祐禪者自靖安馳來覓詩注〔一〕。仙廬：廬山之美稱。巽中：僧善權，字巽中，號真隱，爲石門應乾禪師法嗣。善詩，入江西宗派圖，有真隱集。參見本集卷二贈巽中注〔一〕。本集卷二六題廬山：「余十五六時，游北山。……後二十五年，余還自海外，過此，而山川增勝，樓閣如幻出，大鐘横撞，淨侶戢戢，而真隱方開石門法道于此。余乃服其老且衰矣。重九前三日，秋陰，皆當時清絶之象，而有今日適悦之情，遂書此。」此詩有「面色餘煙瘴」之句，與題廬山所言「還自海外，過此」相類，當作於同時。阿祐：僧善祐，字德效，靖安人，俗姓高氏，善權之姪。參見本集卷二四德效字序。忠禪：僧本忠，字無外，惠洪法子。參見本集卷四謝忠子出山注〔一〕。

〔二〕爭勇往：蘇軾過廬山下：「羣隮相應和，勇往爭驂驔。」此借用其語。

〔三〕事異：或指證獄太原之事，異於他僧之習禪修行。同識：相同之見解。

〔四〕植杖：倚杖，扶杖。語本論語微子「植其杖而芸」。

〔五〕相羊：疊韻連綿詞，猶遨游，徘徊，盤桓。楚辭離騷：「折若木以拂日兮，聊逍遥以相羊。」王逸注：「逍遥，相羊，皆游也。」洪興祖補注：「逍遥，猶翱翔也。相羊，猶徘徊也。」

〔六〕「阿祐華林風」二句：喻善祐如春日之華林，羣芳媚妍，風度翩翩。本集卷三珪粹中與超然游舊超然數言其俊雅除夕見於西興喜而贈之：「貌和華林風，氣爽霜天曉。」亦以華林風喻僧人之風度，可參見。

〔七〕「忠禪等鵠清」二句：喻本忠之精神如白鵠之清潔，冰段之純淨。　鵠：即天鵝，羽毛雪白。莊子天運：「夫鵠不日浴而白，烏不日黔而黑。」　冰段：新唐書百官志：「上林署……季冬，藏冰千段，先立春三日納之冰井。」本集卷一贈淨上人：「野鶴精神照冰段。」其意同。

〔八〕住山異比丘：時善權住持廬山北山一禪院，開石門應乾之法道，故謂「住山」。

〔九〕韻出羲皇上：陶淵明與子儼等疏：「常言：五六月中，北窗下卧，遇涼風暫至，自謂是羲皇上人。」

〔一〇〕風度太清癯：宋蔡絛西清詩話卷下：「近時詩僧有祖可者，馳譽江南，被惡疾，人號『癩可』。善權者，亦能詩，人物清癯，人目爲『瘦權』。」

〔一一〕撥置形骸外：形骸謂軀體、外貌。莊子德充符：「今子與我遊於形骸之内，而子索我於形骸之外，不亦過乎？」郭象注：「形骸，外矣；其德，内也。今子與我德遊耳，非與我形交，而索我外好，豈不過哉？」杜甫長吟：「已撥形骸累。」此借用其語。

〔一二〕卸衲：脱去僧衣。　藉草莽：以草爲墊，席地而坐。

〔一三〕「獨余衰退姿」二句：謂己自海南歸來，容顔衰老，面帶瘴氣之色。

〔一四〕勝踐：即勝游，快意游覽。唐楊炯羣官尋楊隱居詩序：「極人生之勝踐，得林野之奇趣。」

〔一五〕一笑粲：猶言粲然一笑。粲：大笑露齒貌。蘇軾鳳翔八觀詛楚文：「遼哉千載後，發我一笑粲。」黄庭堅秘書省冬夜宿直寄懷李德素：「姮娥攜青女，一笑粲萬瓦。」妍鄙：謂善權、善祐、本忠三僧爲妍，而己爲鄙。

〔一六〕斜川詩：指陶淵明游斜川詩，其序略曰：「辛丑正月五日，天氣澄和，風物閒美，與二三鄰曲，同游斜川。」

〔一七〕苦語出牽强：廓門注：「東坡詩十六卷：『苦言如藥石。』史記：商鞅言：『苦言，藥也。甘言，疾也。』」其注不確。蓋此指作詩苦吟，甚爲勉强。歐陽修葛氏鼎：「披荒斲古爭窮蒐，苦語難出聲咿嚘。」此用其意。

〔一八〕讀之輒自嗟：此自謙己詩甚惡，讀之自覺羞愧而嗟歎。本集卷一一陳生攜文見過：「自嗟無地可逃羞。」即此意。底本作「自差」，不辭。

送稀上人還石門〔一〕

海昏石門在深谷〔二〕，排闥千峰如觸鹿〔三〕。崑然獨秀一峰高〔四〕，自與千山作眉目〔五〕。曾學關西一味禪〔六〕，衆中雜遝多豪賢〔七〕。如今此老成新塔〔八〕，但有樓閣如當年。道人今作石門客，須眉尚帶芳鮮色㊀。冷齋説我舊游處〔九〕，夢魂夜渡修江碧〔一〇〕。朝來秋聲發舟樹，羨君先我山中去。故人問我歸何時，試令哦我送行詩。

【校記】

㊀ 須：石倉本作「鬚」。

【注釋】

〔一〕約作於崇寧年間。　稀上人：廓門注：「谷山希祖禪師，嗣法於真淨克文，與覺範爲法眷也。」其説不確。蓋據宋人慣例，希祖當省稱「祖上人」，而非「稀上人」。稀上人另有其人，然生平不可考。　石門：代指靖安縣寶峰院。參本集卷三乾上人會余長沙注〔四〕。

〔二〕海昏：古縣名，即宋之靖安縣。清一統志卷二三八南昌府：「靖安縣：漢海昏縣地，後漢爲建昌縣地，唐廣明中置靖安鎮。楊吳乾貞二年改爲場，南唐昇元元年升爲縣，屬洪州。」

〔三〕排闥千峰如觸鹿：謂千峰如羣鹿推門闖入，送上美景。　排闥：猶言推門。史記樊酈滕灌列傳：「噲乃排闥直入，大臣隨之。」王安石題湖陰先生壁二首之一：「兩山排闥送青來。」此用其語意。　觸鹿：前來觸犯之鹿。新唐書褚無量傳：「廬墓左，鹿犯所植松柏，無量號訴曰：『山林不乏，忍犯吾塋樹耶？』自是羣鹿馴擾，不復棖觸。」蘇軾同年程德林求先墳二詩思成堂：「養松無觸鹿，助祭有馴烏。」此借用其語。

〔四〕崫然：特立高聳貌。　崫：亦作「崛」。文選注卷七揚雄甘泉賦：「洪臺崛其獨出兮，㰏北極之嶟嶟。」李善注引應劭曰：「崛，特貌也。」　獨秀一峰：本集卷三〇雲庵真淨和尚行狀：「明年，迎居石門。崇寧元年十月示疾……茶毗之日，五色成燄，白光上騰，煙所及處，舍利分布，道俗千餘人皆得之，餘者尚不可勝數。塔於獨秀峰之下。」可知獨秀峰在石門。

〔五〕自與千山作眉目：人之精神在眉目，以喻石門山之精神在獨秀峰，蓋因其特立千峰之上。白居易沃洲山禪院記：「東南山水，越爲首，剡爲面，沃洲、天姥爲眉目。」此化用其意。

〔六〕關西：指真淨克文。禪林僧寶傳卷二三泐潭真淨文禪師傳：「真淨和尚，出於陝府閿鄉鄭氏。……于時洪英首座，機鋒不可觸，與師齊名。英，邵武人。衆中號英邵武、文關西。」陝府在函谷關以西，即關西，此以其籍貫稱之。　一味禪：指不立文字、簡捷頓悟之禪。天聖廣燈録卷八筠州黄檗鷲峰山斷際禪師：「有僧辭歸宗。宗云：『往甚處去？』云：『諸方學五味禪去。』宗云：『諸方有五味禪，我者裏祇是一味禪。』僧云：『如何是一味禪？』宗便打。僧云：『會也！會也！』宗云：『道！道！』僧擬開口，宗又打。」

〔七〕雜遝：紛雜繁多貌，積聚貌。漢書劉向傳：「及至周文開基西郊，雜遝衆賢，罔不肅和。」顔師古注：「雜遝，聚積之貌。」

〔八〕如今此老成新塔：謂克文今已過世，入葬新塔。據禪林僧寶傳，克文以崇寧元年十月十六日示寂，厝維（火化）後得舍利，分建塔於泐潭寶蓮峰之下，洞山留雲洞之北。寶蓮峰當即石門山之獨秀峰。蘇軾和子由澠池懷舊：「老僧已死成新塔。」此用其語。

〔九〕冷齋：爲惠洪在寶峰院從克文學禪時曾住之室，亦爲惠洪自號。本集所言「冷齋」，未必皆在石門山，所謂「隨身叢林」，所在居處皆可稱之。

〔一〇〕修江：即修水，流經靖安縣，東入鄱陽湖。已見前注。

寄題彭思禹水明樓㊀〔一〕

議郎詩眼發天藏〔二〕，咄嗟辦樓臨汝水㊁〔三〕。遥知殘夜笙歌散，月出東南人獨倚〔四〕。纖雲滅盡光下徹，微波不興天著底。忽驚白晝在軒窗，試數游魚見鱗尾〔五〕。平生骯髒笑伊優〔六〕，官冷對人言少味〔七〕。但餘（余）清境得厭飫㊂〔八〕，天應用此相償耳。我當興發竟相覓，一枵西風健行李㊃〔九〕。登臨尚能爲君賦，要使江山增勝氣。

【校記】

㊀禹：石倉本作「宇」，誤。

㊁辦：廓門本作「辦」。

㊂餘：原作「余」，誤，今從石倉本。

㈣枴：武林本作「棹」。

【注釋】

〔一〕政和五年（一一一五）秋作於新昌縣。　彭思禹：彭以功字思禹，惠洪宗兄，時知撫州崇仁縣。弘治撫州府志卷九公署志三縣治崇仁縣知縣：「彭以功，（政和）四年。」本集卷八有詩題曰：「余還自海外，至崇仁見思禹，以四詩先焉。既別，又有太原之行。已而幸歸石門，復次前韻寄之，以致山中之信云。」可知政和五年惠洪在新昌石門寺曾寄詩彭以功。此詩當作於同年。　水明樓：樓名取自杜甫月詩：「四更山吐月，殘夜水明樓。」九家集注杜詩卷三二趙彦材云：「此篇首兩句，古今絕唱。」

〔二〕議郎：奉議郎之簡稱。本集卷二三連瑞圖序：「今年春，奉議彭公思禹、通佐仇公彦和聯翩下車。」可知其時彭以功以奉議郎之官階知崇仁縣。鍇按：據元豐寄禄格，奉議郎爲文臣寄禄官三十階之第二十四階，正八品。　發天藏：發現或開發天生寶藏。語本蘇軾山光寺回次芝上人韻：「醉時真境發天藏。」本集屢用此語。

〔三〕咄嗟辦樓：稱彭以功極短時間内便督辦建成此樓。世説新語汰侈：「石崇爲客作豆粥，咄嗟便辦。」咄嗟，指呼吸之間，猶言疾速。參見本集卷一豆粥注〔一三〕。　臨汝水：元和郡縣志卷二九江南道撫州：「崇仁縣，本漢臨汝縣之地。」蓋崇仁縣有寶唐水，下游爲臨川水，至臨川縣與汝水合。廓門注：「按，汝水，一統志南陽府、汝寧府俱有焉。」其説殊誤。

〔四〕「遥知殘夜笙歌散」二句：此化用杜詩「四更山吐月，殘夜水明樓」之句，而想像彭以功在水明樓之活動。廓門注：「『少焉月出於東山之上』之類。」謂其化用蘇軾赤壁賦中語。

〔五〕試數游魚見鱗尾：蘇軾臘日游孤山訪惠勤惠思二僧：「水清石出魚可數。」此化用其意。

〔六〕平生骯髒笑伊優：譽彭以功爲官剛直而不曲媚。後漢書文苑傳趙壹傳：「伊優北堂上，抗髒倚門邊。」李賢注：「伊優，屈曲佞媚之貌。抗髒，高亢婞直之貌也。」抗髒，同「骯髒」。

〔七〕官冷：官位低下而職事清閑。杜甫醉時歌：「諸公袞袞登臺省，廣文先生官獨冷。」趙彦材注：「唐人以祠部無事，謂之冰廳。冰音去聲。趙璘云：『言其清且冷也。』」黄希補注：「世以宗正卿爲冷卿，是亦冷官之意。」此借指彭以功官職不重要。　對人言少味：謂其剛直而語言不討人喜歡。韓愈送窮文：「捩手覆羹，轉喉觸諱。凡所以使吾面目可憎，語言無味者，皆子之志也。」黄庭堅次韻外舅喜王正仲三丈奉詔禱南嶽回至襄陽舍驛馬就舟見遇三首之三：「語言少味無阿堵。」

〔八〕但餘清境得厭飫：冷齋夜話卷三荆公鍾山東坡餘杭詩：「山谷云：『天下清景，初不擇賢愚而與之遇，然吾特疑端爲我輩設。』」此化用其意。　厭飫：飽嘗，滿足。　餘：底本作「余」，誤。蓋「余」爲第一人稱單數，非剩餘之「餘」。當從石倉本。

〔九〕一枴：一拐杖。資治通鑑卷二八六後漢高祖紀天福十二年：「契丹主賜詔褒美，及進畫，親加『兒』字於知遠姓名之上，仍賜以木枴。」胡三省注：「枴，老人拄杖也。」　行李：左傳僖公三十年：「行李之往來，共其困乏。」杜預注：「行李，使人。」又襄公八年：「君有楚命，不使一介行李告于寡君。」杜預注：「一介，獨使也。行李，行人也。」清郝懿行證俗文卷六：「古者行人謂之『行李』，本當作『行理』，理，治也。作『李』者，古字假借通用。」後亦指行旅或行旅之人。杜甫贈蘇四徯：「離別已五年，尚在行李中。」

復次蔡元中韻〔一〕

江樓爲誰構〔二〕，想見晴瓦碧。夜讀樓中詩，終疑筆五色〔三〕。氣方吞劉備〔四〕，和不以口擊〔五〕。麗如傲粱公〔六〕，正恐是花魄〔七〕。君才比西子，果識天下白。我句陋無鹽，筆硯焚欲亟〔八〕。吾家大馮君〔九〕，酒酣頗自適。書來誇壯觀〔一〇〕，盈紙濺醉墨。初無萬錢念，脱帽見秃筆〔一一〕。時時及少年，追逐寄夙昔。誡勿效竇公，清狂挑鏡尺〔一二〕。

【注釋】

〔一〕政和五年秋作於新昌縣。此詩乃次韻蔡元中詠水明樓而作。蔡元中：名未詳，當爲崇仁縣人，生平不可考。本集卷一三有八月二十三日蔡元中生辰，卷一九有蔡元中真贊，可參見。

〔二〕江樓：即水明樓，依臨川水而建，故稱。

〔三〕筆五色：即五色筆，喻詩文才。南朝梁鍾嶸詩品卷中齊光禄江淹：「初，淹罷宣城郡，遂宿冶亭，夢一丈夫，自稱郭璞，謂淹曰：『我有筆在卿處多年矣，可以見還。』淹探懷中，得五色筆以授之。爾後爲詩，不復成語，故世傳江淹才盡。」南史江淹傳亦載其事。

〔四〕氣方吞劉備：喻蔡元中詩之氣概可勝劉備。元稹唐故工部員外郎杜君墓係銘：「至於子美，蓋所謂上薄風騷，下該沈宋，古傍蘇李，氣吞曹劉，掩顔謝之孤高，雜徐庾之流麗，盡得古今之體勢，而兼文人之所獨專矣。」此化用其語。然劉備爲三國蜀之先主，本非詩人，此蓋借以喻其氣概而已。

〔五〕和不以口擊：謂己和詩不能以口舌與之對抗。蘇軾送劉道原歸覲南康：「雖無尺箠與寸刃，口吻排擊含風霜。」此反其意而用之。又蘇軾和陶答龐參軍三送張中：「頗能口擊賊，戈戟亦森然。」此借其語。

〔六〕麗如傲梁公：謂蔡詩文辭之麗可傲視狄仁傑。梁公，即唐相狄仁傑，因睿宗時追封梁國公，故稱。參見本集卷一謁狄梁公廟注〔一〕。狄仁傑亦非詩人，此蓋借以喻其文采之華麗而已。以麗稱狄仁傑，殆新唐書魏徵傳載太宗語「我但見其嫵媚耳」之意。

〔七〕花魄：猶言花魂，花之精華韵致，喻詩之韻。歐陽修春寒效李長吉體：「呼雲鎖日恐紅蔫，幾日春陰養花魄。」

〔八〕「君才比西子」四句：謂若以詩比女色，則蔡詩如美女西施，己詩如醜女無鹽，恨不得儘快焚毁筆硯，不再獻醜。九家集注杜詩卷一二壯游：「越女天下白，鏡湖五月涼。」趙次公注：「越女，枚乘七發：『越女侍前，齊姬奉後。』天下白，言其色至美。」西施即越女。漢劉向列女傳卷六齊鍾離春：「鍾離春者，齊無鹽邑之女，宣王之正后也。其爲人也，極醜無雙，臼頭深目，長指大節，卬鼻結喉，肥項少髮，折腰出胸，皮膚若漆。行年四十，無所容入，衒嫁不售，流棄莫執。」參見本集卷二次韻君武中秋月下「自慙陋句類無鹽，敢並高人天下白」句及注〔三四〕。筆硯焚欲亟：晉書陸機傳：「弟雲嘗與書曰：『君苗見兄文，輒欲燒其筆硯。』」

〔九〕吾家大馮君：指惠洪宗兄彭以功。漢書馮奉世傳附馮立傳：「吏民嘉美野王、立相代爲太守，歌之曰：『大馮君，小馮君，兄弟繼踵相因循，聰明賢知惠吏民，政如魯、衛德化均，周公、康叔猶二君。』」後以大馮君、小馮君爲兄弟之稱。參見本集卷三魯直弟稚川作屋峰頂名雲巢注〔八〕。鍇按：據此句可知「江樓」即彭以功督建之水明樓。

〔一〇〕壯觀：指水明樓之壯觀。

〔一一〕脱帽見秃筆：山谷内集詩注卷三戲詠猩猩毛筆二首之二：「明窗脱帽見蒙茸，醉著青鞋在眼中。」任淵注：「謂去其管弢，覩蒙茸之狀，如見其飲酒著屐時。老杜詩：『脱帽露頂王公前。』此借用。如退之毛穎傳所謂『免冠謝』也。」

〔三〕「誡勿效寶公」二句：指彭以功書來告誡自己勿學寶公之狂放。寶公，即南朝梁高僧寶誌，亦作保誌。高僧傳卷一〇梁京師釋保誌傳：「常跣行街巷，執一錫杖，杖頭挂剪刀及鏡，或挂一兩匹帛。」

次韻思禹思晦見寄二首〔一〕

新詩夜讀寒更盡，兄弟盡容窺所藴〔二〕。此詩未暇數奇趣〔三〕，談笑先看拼難韻〔四〕。家在鈎溪白石灘〔五〕，後堂分得玉千竿〔六〕。遥知華屋青燈夜〔七〕，想見對牀風雨寒〔八〕。湘山曉學愁眉淺〔九〕，思歸凭高意凝遠〔一〇〕。貫珠妙語肯寄我〔一一〕，暴富人驚呼北阮〔一二〕。何時促詔紫宸對〔一三〕，草制千言倚馬待〔一四〕。才高合在明光宫〔一五〕，忍令流落江湖外。我漁意不在金鱗，湘浦華亭一樣春〔一六〕。苑頭佐舟未乾没〔一七〕，問法僧來寂寞濱〔一八〕。古師政與人意合〔一九〕，有問自應忘所答。一波纔動衆波隨〔二〇〕，光遍千燈無壞雜〔二一〕。

多生垢習消磨盡，一念定光空五蘊〔二二〕。尚能弄筆戲題詩，如鐘殷牀有餘韻〔二三〕。南臺煙靄隔重灘〔二四〕，城廓遥應認刹竿㊀〔二五〕。湘西六月失三伏，一枕窗風午簟寒。年來懶復嫌山淺，更欲移庵藏僻遠〔二六〕。又思喧寂不相妨〔二七〕，卧念當年三語阮〔二八〕。鏡裏朱顔豈長對〔二九〕，歲月去人寧少待？是身已作夢幻觀〔三〇〕，肯復經營此身外？議郎材志堪逆鱗〔三一〕，笑談解生寒谷春〔三二〕。會看爲天作喉舌〔三三〕，願聽高風淮海濱〔三四〕。要知未必與世合，載之詣世世不答。譬如瓶中有澠淄，雖與世混終不雜〔三五〕。

【校記】

㊀廓：石倉本作「郭」。

【注釋】

〔一〕宣和三年（一一二一）六月作於長沙。詩曰：「南臺煙靄隔重灘。」又曰：「年來懶復嫌山淺。」又曰：「湘西六月失三伏。」可知作於遷居南臺寺一年之後，時在六月。惠洪以宣和二年三月遷居長沙水西南臺寺，故知此詩當作於次年六月。　思禹：即彭以功。　思晦：彭以明，字思晦，以功胞弟，惠洪族弟。惠洪造論、正受會合楞嚴經合論卷末附彭以明重開尊頂法論跋語曰：「建炎間，寂音既逝，伯氏思禹幕盱江，喜其徒之請，佛果禪師亦以百千爲助，即鏤板于南昌。……余於寂音，同宗兄弟也。以舊本訛缺，爲手抄作小楷，以便學者閲習。既終其經，又摭其實，以識卷末云。紹興丁卯元日，雙溪彭以明謹書。」本集卷六有次韻思晦弟雙清軒。

〔二〕兄弟盡容窺所蘊：謂讀其新詩可窺見彭以功兄弟全部學養底蘊。本集卷一贈歐陽生善相：「底蘊遭窺猜。」

〔三〕數：數説。　奇趣：奇妙之情趣，指詩趣。蘇軾書唐氏六家書後：「如觀陶彭澤詩，初若散緩不收，反覆不已，乃識其奇趣。」惠洪天廚禁臠卷上詩分三種趣，謂「奇趣」、「天趣」、「勝趣」。且曰：「此二詩（指田家、江淹效淵明體）脱去翰墨痕迹，讀之令人想見其處，此謂之奇趣也。」本集用「奇趣」論詩處極多，如卷二送覺海大師還廬陵省親：「細讀有奇趣。」卷四十六夜示超然：「熟讀有奇趣。」卷六子中見和復答之：「得句有奇趣。」次韻游方廣：「妙語發奇趣。」不勝枚舉。　廓門注：「漢書李廣傳曰：『以爲李廣數奇。』注：如淳曰：『數爲匈奴所敗，爲奇不耦。』師古曰：『言廣命隻不耦合也。數音所角反，奇音居宜反。』」又引宋景文筆記、齊東野語、野客叢書反復論辯。其注蓋拆「數奇趣」爲「數奇」一詞，大謬。

〔四〕難韻：難押之詩韻，猶言險韻。次韻詩受制於他人原唱，尤難於押韻。楊億冬夕與諸公宴集賢梅學士西齋分得今夕何夕探得雲字序：「於是迭出巨題，互探難韻，構思如湧，弄翰若飛。」蘇轍和毛君新葺困庵船齋：「勸客巨觥那得避，和詩難韻不容探。」

〔五〕家在筠溪白石灘：本集卷二二寶峰院記：「余家筠谿，谿出新吴車輪峰之陽。」其記乃代彭以功作。

〔六〕玉千竿：竹林之美稱。宋庠和吴侍郎游普明禪院：「緑玉千竿多映水，蒼帷雙樹競淩虚。」韓琦會故集賢崔侍郎園池：「青螺萬嶺前爲障，碧玉千竿近作籬。」王安石金陵報恩大師西堂方丈二首之二：「蕭蕭出屋千竿玉，靄靄當窗一炷雲。」

〔七〕華屋：華美之建築，指身居富貴之地。此恭維彭以功兄弟所居。

〔八〕對牀風雨寒：苕溪漁隱叢話前集卷三八引王直方詩話云：「東坡喜韋蘇州詩『寧知風雨夜，復此對牀眠』之句，故在鄭别子由云：『寒燈相對記疇昔，夜雨何時聽蕭瑟。』又初秋子由與坡相從彭城，賦詩云：『誤喜對牀尋舊約，不知飄泊在彭城。』子由使虜，在神水館賦詩云：『夜雨從來對榻眠，兹行萬里隔胡天。』坡在御史獄，有云：『他年夜雨獨傷神。』在東府有云：『對牀定悠悠，夜雨今蕭瑟。』其同轉對有云：『對牀貪聽連宵雨。』又曰：『對牀欲作連夜雨。』又云：『對牀老兄弟，夜雨鳴竹屋。』此其兄弟所賦也，相約退休，可謂無日忘之，然竟不能成其約。其意見於逍遥堂詩叙云。」宋王楙野客叢書卷一一夜雨對牀：「人多以夜雨對牀爲兄弟事用，如東坡與子由詩引此，蓋祖韋蘇州示元真元常詩『寧知風雨夜，復此對牀眠』之句也。」

〔九〕湘山曉學愁眉淺：西京雜記卷二：「文君姣好，眉色如望遠山。」後詩人以「眉山」形容女子秀眉，復以秀眉喻遠山，如唐羅隱江南行：「漠漠小山眉黛淺。」宋晏殊清平樂：「總把千山眉黛掃，未抵别愁多少。」

〔一〇〕凝遠：凝重而深遠，形容氣質風度。陳書蕭允傳：「允少知名，風神凝遠，通達有識鑒。」本集好用「凝遠」讚譽他人，如卷一〇同世承世英世隆三伯仲蔡定國劉達道登滕王閣：「劉郎端默自凝遠。」卷一九靈源清禪師贊五首之四：「風度凝遠，杳然靖深。」夢蝶居士贊二首之一：「風度凝遠，霽月洗雲。」李運使贊：「風度凝遠，和氣如春。」

〔一一〕貫珠妙語：禮記樂記：「纍纍乎端如貫珠。」

〔一二〕暴富人驚呼北阮：謂彭以功兄弟雖與己同宗，然其富貴却令人驚羨。世説新語任誕：「阮仲容步兵居道南，諸阮居道北。北阮皆富，南阮貧。七月七日，北阮盛曬衣，皆紗羅錦綺。仲容以竿挂大布犢鼻幝於中庭。人或怪之，答曰：『未能免俗，聊復爾耳！』」此暗以阮仲容自比。

〔一三〕紫宸：即紫宸殿，宋帝王接見羣臣之宫廷内殿。

〔一四〕草制千言倚馬待：謂文思敏捷，起草制誥頃刻而成。世説新語文學：「桓宣武北征，袁虎時從，被責免官。會須露布文，唤袁倚馬前令作。手不輟筆，俄得七紙，殊可觀。」李白與韓荆州朝宗書：「必若接之以高宴，縱之以清談，請日試萬言，倚馬可待。」

〔一五〕才高合在明光宫：謂其當入宫中，爲皇帝起草作制。集千家注杜工部詩集卷一二十二月一日三首之一：「明光起草人所羡，肺病幾時朝日邊。」王洙注：「明光，殿名也，漢王商借明光殿起草作制誥。」參見本集卷二讀慶長詩軸注〔一五〕。

〔一六〕「我漁意不在金鱗」二句：謂己居湘浦猶如船子和尚之於華亭泛舟。景德傳燈録卷一四華亭船子德誠禪師：「華亭船子和尚，名德誠，嗣藥山。嘗於華亭吴江汎一小舟，時謂之船子和尚。」湘浦：代指長沙。

〔一七〕佐舟：駕船。乾没：猶言陸沉，喻埋没而無人知。九家集注杜詩卷二九贈李八秘書别三十韻：「乾没費倉儲。」注：「乾没，謂成敗也。或者直爲是『陸沉』兩字。言乾地沉没其利爾。」參見本集卷三洪玉父赴官潁州會余金陵注〔一七〕。

〔一八〕問法僧來寂寞濱：指衆僧前來南臺寺追隨惠洪求法事。本集卷二八化供三首之一：「於是明白老自鹿苑移居此（南臺寺），而衲子追逐而至，遂成叢席。」化供八首之一：「石門精舍始以單丁住持，盛至於傳器，極矣。乃者勝侣遽集，至十九輩，殆於遠公之社，盡皆所謂潔齋者也。」卷二四送僧乞食序：「屢因弘法致禍，卒爲廢人，方幸生還，逃遁山谷，而衲子猶以其嘗親事雲庵，故來相從。」均指此事。

〔一九〕古師：此指禪門祖師，如船子和尚輩。

〔二〇〕一波纔動衆波隨：冷齋夜話卷七船子和尚偈：「華亭船子和尚偈曰：『千尺絲綸直下垂，一波纔動萬波隨。夜静水寒魚不食，滿船空載月明歸。』叢林盛傳，想見其爲人。」此借用其語。

〔二一〕光遍千燈無壞雜：圓覺經：「善男子！由彼妙覺性遍滿故，根性、塵性無壞無雜；根塵無壞故，如是乃至陀羅尼門無壞無雜。如百千燈光照一室，其光遍滿，無壞無雜。」

〔二二〕一念定光空五蘊：謂一念之間心止於一境，則五蘊皆空。五蘊：指色、受、想、行、識五者假合而成之身心。色爲物質現象，其餘四者爲心理現象，皆爲虛幻。般若波羅蜜多心經：「觀自在菩薩行深般若波羅蜜多時，照見五蘊皆空，度一切苦厄。」

〔二三〕如鐘殷牀：杜甫大雲寺贊公房四首之一：「鐘殘仍殷床。」此借用其語。殷：震動。參見本集卷三觀山茶過回龍寺示邦基注〔一〇〕。

〔二四〕南臺：即水西南臺寺，在長沙湘江西岸，諸方志不載。本集卷二八化供三首之一：「當寺依湘上，瀕楚水，基於隋朝，盛於唐季。有道俊禪師者，雲門之高弟，聚徒於其間。語句播於叢林，號爲水西南臺。皇祐間廢爲律，然古格尚存。薦經儉歲，住持者棄去。山林戹於斤斧，屋宇化爲草棘，至以田丁齊門。今年春，州郡易以禪者領之。」

〔二五〕城廓：廓門注：「『廓』當作『郭』字。」筠溪集作『郭』。」鍇按：「廓」通「郭」，外城。蘇軾問侵伐土地分民何以明正：「周之衰也，諸侯相吞，而先王之疆理城郭蓋壞矣。」剎竿：剎柱。寺前之幡竿。汾陽無德禪師語録卷中頌古代別：「阿難問迦葉：『世尊傳金襴外，更傳何法？』迦葉呼，阿難應諾。云：『倒却門前剎竿著。』代云：『不問那知？』」

〔二六〕「年來懶復嫌山淺」二句：本集卷一八百丈大智禪師真贊序：「師廬其旁既久，衲子相尋日增。於是厭山之淺，乃沿馮水而上，至車輪峰之下，與希運、惟政火種刀耕而食，遂成法席。」此欲仿其事。

〔二七〕喧寂不相妨：宗鏡録卷七九：「所以古德云：『處衆不見喧嘩，獨自亦無寂寞。』何故不見喧寂？但以了一心故。」韋應物贈琮公：「出處似殊致，喧靜兩皆禪。」此化用其意。

〔二八〕三語阮：世説新語文學：「阮宣子有令聞，太尉王夷甫見而問曰：『老莊與聖教同異？』對曰：『將無同？』太尉善其言，辟之爲掾，世謂『三語掾』。」晉書阮瞻傳亦載此事，然王衍（夷甫）作王戎，阮修（宣子）作阮瞻（千里）。明方以智通雅卷五：「阮千里曰：『將毋同？』本謂『得毋乃同乎』，猶言『能毋同也』。葉夢得爲之解曰：『本自無同，何因有異。』」錯按：本集卷二〇喧寂庵銘：「即喧而寂，蓋將無同。」即喧寂無異、兩不相妨之意。

〔二九〕鏡裏朱顔豈長對：白居易醉歌：「腰間紅綬繫未穩，鏡裏朱顔看已失。」蘇軾再過超然臺贈太守霍翔：「當時繦褓皆七尺，而我安得留朱顔。」

〔三〇〕是身已作夢幻觀：金剛經：「一切有爲法，如夢幻泡影，如露亦如電，應作如是觀。」

〔三一〕議郎：奉議郎之簡稱。指彭以功。　逆鱗：喻直言極諫，犯人主之怒。參見本集卷三陳瑩中由左司諫謫廉相見於興化同渡湘江宿道林寺夜論華嚴宗注〔九〕。

〔三二〕解生寒谷春：太平御覽卷三四引劉向别録：「燕有寒谷，五穀不生。鄒衍吹律以暖之，乃生禾黍，因名黍谷。」參見卷一送雷從龍見宣守注〔一三〕。

〔三三〕爲天作喉舌：後漢書李固傳：「今陛下之有尚書，猶天之有北斗也。斗爲天喉舌，尚書亦爲陛下喉舌。」李賢注：「春秋合誠圖曰：『天理在斗中，司三公，如人喉在咽，以理舌語。』宋均注曰：『斗爲天之舌口，主出政教。三公主導宣君命，喻於人，則宜如人喉在咽，以理舌口，使言有條理。』」杜甫上韋左相二十韻：「北斗司喉舌，東方領搢紳。」

〔三四〕淮海：揚州之别稱。時彭以功當已解崇仁知縣職，爲官揚州，然其事不可考。

〔三五〕「譬如瓶中有澠淄」二句：謂彭以功雖處於世，而能潔身自好，不同流俗，猶如澠、淄二水雖混於一瓶中，而其味有異。吕氏春秋精諭：「孔子曰：『淄、澠之合，易牙嘗而知之。』」列子仲尼：「口將爽者，先辨淄、澠。」張湛注：「澠音乘。淄水出魯郡萊蕪縣，澠水西自北海郡千乘縣界流至壽光縣，二水相合。説符篇曰：『淄、澠之合，易牙嘗之。』爽，差也。淄、澠水異味，既合則難别。」蘇軾洞酌亭：「洞酌彼兩泉，浥彼注兹。一瓶之中，有澠有淄。」此化用其意。

戲廓然〔一〕

久不對睿語㊀，便覺牙頰强〔二〕。獨行谿山間，清鵠失羣伴〔三〕。温軟聞吴音〔四〕，攀翻忽東向〔五〕。試問識睿否，客曰甚無恙。但遭吕吴興〔六〕，拽手不少放。欲使開笑齒，説法人天上〔七〕。掉頭掣肘去〔八〕，不顧西興浪〔九〕。登舟翻然行，萬衆皆目斷。平生勇於道，氣韻真邁往〔一〇〕。安肯逐兒輩，低首投世網〔一一〕。但恐吕望之，追法薛廷望。茶鹽以加之，趁出白雲嶂〔一二〕。要看呵佛祖〔一三〕，瘦拳捉藜杖。

【校記】

㈠久：廓門本、武林本作「入」，廓門注曰：「『入』當作『久』歟？」

【注釋】

〔一〕崇寧元年（一一〇二）秋作於洪州分寧縣。廓然：僧思睿，字廓然，善本禪師法嗣。鍇按：詩中「吕吴興」指吕嘉問，時知湖州。吴興即湖州。據宋談鑰嘉泰吴興志卷一四：「吕嘉問，中大夫，崇寧元年閏六月四日到任，二十三日以寶文閣直學士知成都府。林顔，左朝議大夫，崇寧元年八月初五日到任。」崇寧元年閏六月二十三日，嘉問移知成都府告下，其離任當在八月初林顔接任時。嘉問知湖州日，欲請思睿出山説法，其事當在閏六月至八月初。惠洪獲此信，更在其後。姑繫於此。

〔二〕「久不對睿語」二句：謂久不與思睿對談，便感覺口舌僵硬不靈活。强：同「彊」，通「僵」。世説新語文學：「殷仲堪云：『三日不讀道德經，便覺舌本間强。』」此化用其意。

〔三〕清鵠失羣伴：謂己如失羣之鵠，獨行無伴。清鵠：清高之天鵝，喻己高潔之態。北周庾信秋夜望單飛雁：「失羣寒雁聲可憐。」古詩人多以失羣寫孤雁，此則代之以清鵠。鍇按：「伴」字屬上聲十四旱，又本詩後有「萬衆皆目斷」，「斷」字屬去聲十五翰，與全詩韻不協，出韻。

〔四〕温軟聞吴音：吴音：吴地方言語音柔和温婉，故稱。蘇軾薄命佳人：「吴音嬌軟帶兒癡。」本集卷一一廓然再和復答之六首之三：「吴音清軟十分真。」太原還見明於洪州上藍問明別後嘗寓則曰十年客雲居感歎其高遁作此：「清軟吴音笑展眉。」鍇按：思睿（思慧）爲錢塘人，屬吴地。

〔五〕攀翻：猶言攀援，引申爲追隨之義。謝靈運石門新營所住四面高山迴溪石瀨茂林修竹：「洞庭空波瀾，桂枝徒攀翻。」參見本集卷一上巳日有懷昔從雲庵老人此日山行注〔九〕。

〔六〕吕吴興：吕嘉問，字望之，壽州人，公弼從孫。以蔭入官，熙寧初擢户部判官。紹聖中擢寶文閣待制，知開封府。附章惇、蔡卞，多殺不辜。徽宗朝以龍圖閣學士中大夫卒。宋史有傳。以其時知湖州，故稱吕吴興。參見注〔一〕。廓門注：「吕吴，未詳。」殊謬。

〔七〕「欲使開笑齒」二句：謂吕嘉問力請思睿住持湖州寺院，上堂説法。嘉泰普燈録卷八福州雪峰妙湛思慧禪師：「故道俗爭挽，出住霅川道場，法席不減二本之盛。」霅川即指湖州，思睿後改名思慧。參見本集卷一懷慧廓然注〔一〕。

〔八〕掉頭：轉頭，扭頭。杜甫送孔巢父謝病歸游江東：「巢父掉頭不肯住，東將入海隨煙霧。」　掣肘：吕氏春秋具備：「宓子賤令吏二人書。吏方將書，宓子賤從旁時掣搖其肘；吏書之不善，則宓子賤爲之怒。」掣肘本爲拽肘、拉肘，此用作甩臂之義。

〔九〕西興：錢塘江西興渡，此代指杭州。時思睿在杭州龍山崇德禪院。參見本集卷三福嚴寺夢訪廓然於龍山路中見之注〔二〕。

〔一〇〕氣韻真邁往：氣韻超凡脱俗。王羲之誡謝萬書：「以君邁往不屑之韻，而俯同羣辟，誠難爲意也。」

〔一一〕世網：喻世俗法律禮教之束縛。陸機赴洛道中作二首之一：「借問子何之？世網嬰我身。」

〔一二〕「但恐吕望之」四句：謂只恐吕嘉問效法薛廷望，設計以犯茶鹽法之罪名，騙思睿出山住持禪院。景德傳燈録卷一五朗州德山宣鑒禪師：「師住澧陽三十年，屬唐武宗廢教，避難於獨浮山之石室。大中初，武陵太守薛廷望再崇德山精舍，號古德禪院。將訪求哲匠住持，聆師道行，屢請，不下山。廷望乃設詭計，遣吏以茶鹽誣之，言犯禁法，取師入州。瞻禮，堅請居之，大闡宗風。」　趁出：驅趕出。

〔一三〕呵佛祖：景德傳燈録卷一五朗州德山宣鑒禪師：「潙山問衆：『還識遮阿師也無？』衆曰：『不識。』潙曰：『是伊將來有把茅蓋頭，罵佛罵祖去在。』」

清臣先臣過余於龍安山出羣公詩爲示依天覺韻〔一〕

隨軒文字海㊀〔二〕，異寶羅周遭〔三〕。忽見張公詩，雪浪翻驚濤。坐令千巖秋，萬壑風怒號。如君閲縉紳〔四〕，異材雜蓬蒿。我公廊廟姿〔五〕，王室久勤勞〔六〕。只今天下望，北斗太山高〔七〕。驗君平生術，月脇窺秋毫〔八〕。嗟余人世外，靈臺關鑰牢〔九〕。

行將侶白鷗〔一〇〕，浩歌作遠逃。已作華亭叟，月明水一篙〔一一〕。

【校記】

㊀隨：廓門注：「『隨』或作『墮』，未知何是也。」

【注釋】

〔一〕崇寧三年（一一〇四）秋作於分寧縣龍安山。清臣、先臣：生平不可考。據詩中「隨軒文字海」之句，可知「隨軒」爲清臣、先臣之書齋。考本集卷一〇聞龔德莊入山先一日作詩迎之中有「想見隨軒二李行」之句，可知清臣、先臣姓李，即「隨軒二李」，當爲新昌人。此清臣乃其字，名未詳，與北宋名臣李清臣字邦直者非同一人。龍安山：輿地紀勝卷二六江南西路隆興府：「龍安山，在分寧縣，有兜率寺，唐咸通中慧日禪師創。」天覺：張商英（一〇四三～一一二一），字天覺，號無盡居士，蜀州新津人。治平二年進士，調達州通川縣主簿。用章惇薦，擢監察御史，攻擊司馬光等不遺餘力。大觀中爲尚書右僕射，勸徽宗節華侈，息土木，抑僥倖，帝頗憚之。後爲臺臣疏擊，出知河南府。卒，謚文忠，有無盡居士集。宋史有傳。鍇按：商英於崇寧二年八月入元祐黨籍，罷尚書左丞。九月，提舉靈仙觀。冬，還荆南。崇寧三年夏，商英嘗招惠洪住峽州天寧寺。此詩作於重返龍安之後。

〔二〕隨軒：清臣、先臣之書齋。廓門注：「東坡詩十六卷曰：『我亦到處隨君軒。』」無據。鍇按：隨軒之名當取自易隨卦。

〔三〕周遭：周圍。劉禹錫石頭城：「山圍故國周遭在，潮打空城寂寞回。」

〔四〕縉紳：插笏於紳帶間，借指士大夫。

〔五〕我公：指張商英。　廊廟姿：朝廷宰執之英姿。商英於崇寧二年四月除尚書左丞，位執政。

〔六〕王室久勤勞：書金縢：「昔公勤勞王家，惟予沖人弗及知。今天動威以彰周公之德。」

〔七〕「只今天下望」二句：新唐書韓愈傳贊：「自愈没，其言大行，學者仰之如泰山北斗云。」太山即泰山，五嶽之首，北斗爲衆星所拱，以喻衆所崇仰之人。鍇按：宋史張商英傳：「除中書侍郎，遂拜尚書右僕射。（蔡）京久盜國柄，中外怨疾，見商英能立同異，更稱爲賢。徽宗因人望相之。」獨醒雜志卷二：「唐子西内前行，爲張天覺作也。天覺自中書侍郎除右僕射，蔡京以少保致仕，四海歡呼，善類增氣。時彗星見而遽没，旱甚而雨，人皆以爲天覺拜相感召所致。上大喜，書『商霖』二字以賜之，且謂之曰：『高宗得傅説，以爲用汝作霖雨。今朕相卿，非是之謂耶？』故子西之詩具言之。其詩云：『内前車馬撥不開，文德殿下聽麻回。紫微侍郎拜右相，中使押赴文昌臺。旄頭昨夜光照牖，是夕收芒如禿帚。明日化爲甘雨來，官家唤作調元手。周公禮樂未要作，致身姚宋也不惡。鄉來兩公當國年，民間斗米三四錢。』」故惠洪所言，乃當時天下士大夫之公論，非僅因私誼而譽之。

〔八〕月脇：喻險奧之詩境。皇甫湜唐故著作佐郎顧況集序：「偏於逸歌長句，駿發踔厲，往往若穿天心，出月脇，意外驚人語，非尋常所能及。」參見本集卷四郭祐之太尉試新龍團索詩注〔一七〕。

〔九〕靈臺關鑰牢：謂守護心靈之關鎖，息慮靜緣，不受外界干擾。　靈臺：指心。意同靈府。莊子庚桑楚：「不可内於靈臺。」郭象注：「靈臺者，心也。」莊子德充符：「不可入於靈府。」成玄英疏：「靈府者，精神之宅，所謂心也。」黃庭堅送劉士彦赴福建轉運判官：「中有寂寞人，靈府扃鎖牢。」此化用其意。

〔一〇〕侶白鷗：喻隱居江湖。列子黃帝：「海上之人有好漚鳥者，每旦之海上，從漚鳥游，漚鳥之至者百住而不止。」漚，通「鷗」。

〔一一〕「已作華亭叟」二句：冷齋夜話卷七船子和尚偈：「華亭船子和尚偈曰：『千尺絲綸直下垂，一波纔動萬波隨。夜靜水寒魚不食，滿船空載月明歸。』叢林盛傳，想見其爲人。」

器資(之)喜談禪縱横迅辯嘗摧衲子叢林苦之有詩見贈次其韻㊀〔一〕

彭侯慣法戰〔二〕，機鋒吸西江〔三〕。衲子畏面目，望見投矛鏦〔四〕。叢林真一害〔五〕，斯人喧此邦。我雖耐矢石，貌抗心已降〔六〕。霜鐘但摩挲，豈敢施微撞〔七〕。時來奮棘髥〔八〕，劇談對閑窗〔九〕。初見搖心樹〔一〇〕，久則摧慢幢〔一一〕。遂使澆薄態〔一二〕，琢磨成敦厖〔一三〕。吾志荷大法〔一四〕，君欲插手扛。從來内外護〔一五〕，劉遠名亦雙〔一六〕。斯道久破碎〔一七〕，百孔而千瘡〔一八〕。要當共補綴，追配能與龐〔一九〕。

【校記】

㊀資：原作「之」，誤，今改。參見注〔一〕。

【注釋】

〔一〕紹聖元年（一〇九四）冬作於江州廬山。器資：底本作「器之」。鍇按：詩稱「彭侯慣法戰」，可知「器之」姓彭。詩又稱「從來内外護，劉遠名亦雙」，乃用東晉劉遺民與僧慧遠事，以喻己與「器之」。然爲外護者，須爲一邦之守臣。而内護者如己乃居廬山，故可推知外護者當爲廬山所在地江州之守臣。詩又言「追配能與龐」，以慧能喻己，龐居士喻彭侯。考惠洪於紹聖元年秋後至廬山歸宗寺，其時知江州者爲彭汝礪。彭汝礪（一〇四一～一〇九四），字器資，饒州鄱陽人。治平二年進士第一。元豐初，提點京西刑獄。哲宗朝，再遷中書舍人，進權吏部尚書。紹聖元年出知江州，至郡數月卒。有鄱陽集傳世。宋史有傳。林間録卷上：「靈源禪師爲予言：彭器資每見尊宿必問：『道人命終多自由，或云自有旨決，可聞乎？』往往有妄言之者，器資竊笑之。暮年乞守湓江，盡禮致晦堂老人至郡齋，日夕問道，從容問曰：『臨終果有旨決乎？』晦堂曰：『有之。』器資曰：『願聞其説。』答曰：『待公死時即説。』器資不覺起立曰：『此事須是和尚始得。』予歎味其言，作偈曰：『馬祖有伴則來，彭公死時即道。睡裏虱子咬人，信手摸得革蚤。』」據此，則彭汝礪亦喜談禪，且嘗竊笑妄言衲子，與「喜談禪」、「嘗摧衲子」之彭器資之事相合。又彭汝礪嘗有詩言及與惠洪談禪事，其鄱陽集卷八雲居相送至下山莊：「好去龐居士，善來洪上人。臨行須一勘，臘後幾時春？」自注：「洪侍者從行。」「洪上人」、「洪侍者」正指惠洪，而其詩意與惠洪所謂「追配能與龐」如出一轍。故此詩題「器之」當爲「器資」，涉音近而誤。據宋杜大珪編名臣碑傳琬琰集中卷三一曾肇彭待制汝礪墓誌銘，汝礪於紹聖元年十二月某日卒於知江州任上，惠洪此詩作於其卒前。

〔二〕法戰：禪宗指鬬機鋒，説法如論戰。景德傳燈録卷一二魏府興化存獎禪師：「師謂克賓維那曰：『汝不久當爲唱道之師。』克賓曰：『不入這保社。』師曰：『會了不入，不會不入？』曰：『沒交涉。』師便打，乃白衆曰：『克賓維那法戰不勝，罰錢五貫，設飯一堂。不得喫飯，即時出院。』」建中靖國續燈録卷二九廬山萬杉紹慈禪師通玄頌六首之四：「法戰從來兩不傷，應機隨順入疆場。金刀纔舉魔軍伏，統得羣原共一鄉。」

〔三〕機鋒吸西江：以唐襄州龐蘊居士比彭汝礪，謂其參禪捷悟，機鋒縱横。景德傳燈録卷八襄州龐蘊居士：「後之江西參問馬祖云：『不與萬法爲侶者是什麽人？』祖云：『待汝一口吸盡西江水，即向汝道。』居士言下頓領玄要。」

〔四〕投矛鏦：本指放下兵器休戰，以喻鬭機鋒甘願認輸。猶言投戈休戰。鏦：淮南子兵略：「脩鎩短鏦，齊爲前行。」高誘注：「鏦，小矛也。」

〔五〕叢林真一害：謂彭汝礪機鋒迅辯，勘辨嘲笑妄言衲子，使之飽受其苦，故禪林視其爲一害。禪林僧寶傳卷二六法雲圓通秀禪師傳：「及拜瞻其像，面目嚴冷，怒氣巽人。平生以罵爲佛事，又自謂叢林一害。非虚言哉！」可知此實爲讚譽之辭。

〔六〕「我雖耐矢石」二句：謂己雖貌作應戰抵抗之狀，心下已暗自投降。此喻亦由「法戰」引申而來。矢石：守城之箭與壘石。參見本集卷三次韻葉集之同秀實敦素道夫游北山會周氏書房注〔一八〕。

〔七〕「霜鐘但摩挲」二句：謂己如霜鐘，只敢無言摩挲，而不敢撞擊發聲。蘇軾送楊孟容：「子歸治小國，洪鐘噎微撞。」此反其意而用之。

〔八〕棘髯：謂翦鬚硬直蓬亂如荊棘。南史褚彦回傳：「公主謂曰：『君鬚髯如戟，何無丈夫意？』」參見本集卷三次韻葉集之同秀實敦素道夫游北山會周氏書房注〔三〕。

〔九〕劇談：猶暢談。漢書揚雄傳：「口吃不能劇談。」參見本集卷三洪玉父赴官潁州會余金陵注〔一一〕。

〔一〇〕摇心樹：謂動摇意念。蓋意念之生發如樹木，故稱心樹。大智度論卷五五：「是華是化華，非樹生華，是諸天子所散華，從心樹生，非樹生華。」法苑珠林卷一三：「心樹既榮，便茂不凋之葉。」林間録卷上：「脩山主有偈曰：『風動心摇樹，雲生性起塵。若明今日事，暗却本來人。』」

〔一一〕摧慢幢：挫敗傲慢之心。傲慢之心如幢柱之高聳，故稱慢幢。雜阿含經卷三六：「如來等正覺，正智心解脱。不爲無明覆，亦無愛結繫。超出於隱覆，摧滅我慢幢。」華嚴經卷二六十迴向品：「願一切衆生得大智慧那羅延幢，摧滅一切世間慢幢。」壇經機緣品：「僧法達，洪州人，七歲出家，常誦法華經。來禮祖師，頭不至地。師訶曰：『禮不投地，何如不禮？汝心中必有一物。蘊習何事耶？』曰：『念法華經已及三千部。』師曰：『汝若念至萬部，得其經意，不以爲勝，則與吾偕行。汝今負比事業，都不知過。聽吾偈曰：禮本折慢幢，頭奚不至地？有我罪即生，亡功福無比。』」本集好用此喻，卷八次韻游水簾洞：「豈惟折慢幢，要已倒降旌。」卷九次韻周倅大雪見寄二首之二：「那敢犯詩壘，自然摧慢幢。」卷二一潭州大潙山中興記：「凛然面目如冰霜，令人望見折慢幢。」鍇按：「摇心樹」、「摧慢幢」均喻指與彭汝礪談禪所受之震撼與教益。

〔一二〕澆薄：指社會風氣浮躁淺薄。後漢書朱穆傳：「常感時澆薄，慕尚敦篤，乃作崇厚論。」

〔一三〕敦厖：敦厚。後漢書朱穆傳載其崇厚論曰：「人不敦厖則道數不遠。」李賢注：「敦厖，厚大也。左傳曰：『人生敦厖。』數猶理也。言人不敦厚，不能入道之精理也。」黄庭堅子瞻詩句妙一世乃云效庭堅體次韻道之：「小兒未可知，客或許敦厖。」

〔一四〕吾志荷大法：志在擔負弘揚佛法之重任。高僧傳卷六釋慧遠傳：「是故負荷大法者，必以無報爲心。」錯按：明釋真可重刻智證傳引稱譽惠洪曰：「書以智證名，非智不足以辨邪正，非證不足以行賞罰。蓋照用全，方能荷大法也。充覺範之心，即天下有一人焉。」

〔一五〕内外護：本佛所制之戒法，護己身口意之非，爲内護；族親檀越供衣服飲食，爲外護。又内護泛指護持佛法之出家人，外護泛指保護佛法之世俗施主，而皇帝、官員尤爲外護之有力者。景德傳燈録卷一二相國裴休：「休與師（黄檗希運禪師）於法爲昆仲，於義爲交友，於恩爲善知識，於教爲内外護，斯可見矣。」禪林僧寶傳卷四福州玄沙備禪師：「與閩帥王審知，爲内外護。」

〔一六〕劉遠名亦雙：劉指劉遺民，爲外護；遠指慧遠法師，爲内護。此以類比己與彭汝礪之關係。高僧傳卷六釋慧遠傳：「彭城劉遺民、豫章雷次宗、雁門周續之、新蔡畢穎之、南陽宗炳、張萊民、張季碩等，並棄世遺榮，依遠游止。遠乃於精舍無量壽像前，建齋立誓，共期西方，乃令劉遺民著其文。」

〔一七〕斯道久破碎：漢書夏侯勝傳：「建所謂章句小儒，破碎大道。」此借用其語以言佛法。

〔一八〕百孔而千瘡：形容破碎不堪。韓愈與孟尚書書：「漢氏已來，羣儒區區修補，百孔千瘡，隨亂隨失，其危如一髮引千鈞，緜緜延延，浸以微滅。」

〔一九〕追配：謂與前人相匹敵。書君牙：「對揚文武之光，追配于前人。」能與龐：廓門注：「能謂六祖慧能，龐謂龐居士也。」蓋能爲内護，龐爲外護。

春去歌〔一〕

杏子生仁桃葉長〔二〕，西園日脚逾女牆〔三〕。牆陰嬌語誰家娘？涼涼作隊來採桑〔四〕。玉纖拾礫抵翠羽〔五〕，鶯燕笑語殊不忙。吴蠶睡起未成繭〔六〕，肺腸已作金絲光。歸來遠山堆莫碧〔七〕，無端野李嬌春色。辛夷花零愁更多〔八〕，熏骨真香無處覓〔九〕。

【注釋】

〔一〕作年未詳。

〔二〕杏子生仁：蘇軾次韻田國博部夫南京見寄二絶之一：「歲月翩翩下坂輪，歸來杏子已生人。」説郛卷二一引宋楊伯嵒臆乘：「俗稱果核中子曰人，或曰仁，相傳如此，於義未明。予謂當以人爲是，蓋人者生意之所寓，謂百果得此以爲發生之基。」

〔三〕女牆：釋名釋宫室：「城上垣，曰睥睨，言於其孔中睥睨非常也。亦曰陴，陴，裨也，言裨助城之高也。亦曰女牆，言其卑小，比之於城，若女子之於丈夫也。」劉禹錫石頭城：「淮水東邊舊時月，夜深還過女牆來。」

〔四〕涼涼：微寒貌。列子湯問：「日初出滄滄涼涼，及其日中如探湯。」此呼應前「日脚」、「牆陰」。廓門注：「孟子盡心曰：『踽踽涼涼。』注：『踽踽，獨行不進之貌。涼涼，薄也。』」鍇按：此言「涼涼作隊」，既言「作隊」，則非用孟子之意，廓門注不確。

〔五〕玉纖：美人之手，謂其纖細雪白如玉。參見本集卷一仁老以墨梅遠景見寄作此謝之二首注〔一〇〕。　抵：投擲。　翠羽：翠鳥。

〔六〕吴蠶睡起未成繭：荀子賦篇：「三俯三起，事乃大已，夫是之謂蠶理。」唐楊倞注：「俯爲卧而不食。事乃大已，言三起之後事乃畢也，謂化而成繭也。」

〔七〕歸來遠山堆莫碧：廓門注：「似謂遠山眉。」似求之過深，此當寫暮色蒼茫之遠山。

莫：通「暮」。

〔八〕辛夷花零愁更多：杜甫偪仄行贈畢曜：「辛夷始花亦已落，況我與子非壯年。」此化用其意。楚辭九歌湘夫人：「桂棟兮蘭橑，辛夷楣兮葯房。」洪興祖補注：「本草云：『辛夷，樹大連合抱，高數仞。此花初發如筆，北人呼爲木筆。其花最早，南人呼爲迎春。』」

〔九〕熏骨真香無處覓：蘇軾題楊次公蕙：「幻色雖非實，真香亦竟空。」此化用其意。

【集評】

清延君壽云：宋釋惠洪詩，方於貫休，古體氣質稍粗，今體七律殊佳，在宋僧中亦好手也。古體春去歌云：「吴蠶睡起未成繭，肺腸已作金絲光。」大類太白。（老生常談）

贈雲道〔一〕

道人有奇骨，野鶴在雞羣〔二〕。十年江北南，高蹤等浮雲。竭來□國生㊀〔三〕，紛埃涴衣裙。西山遶漳水〔四〕，玉澗連石門〔五〕。中有唐朝寺〔六〕，禪誦度朝昏。正當袖手去，坐對柏子焚〔七〕。君看市朝間，凍蟻環磨輪㊁〔八〕。何當作高笑，視世一虻蚊〔九〕。

【校記】

㊀ □：底本缺字，天寧本作「中」。

㊁ 環：武林本作「旋」。

【注釋】

〔一〕作年未詳。雲道：游方禪僧，法名未詳，生平不可考。

〔二〕野鶴在雞羣：喻氣貌卓然出衆。世説新語容止：「有人語王戎曰：『嵇延祖卓卓如野鶴之在雞羣。』答曰：『君未見其父耳！』」又藝文類聚卷九〇引晉戴逵竹林七賢論：「嵇紹入洛，或謂王戎曰：『昨於稠人中始見嵇紹，昂昂然若野鶴之在雞羣。』」

〔三〕竭來：爾來，近來。

〔四〕西山遶漳水：廓門注：「西山、章江俱在南昌府。」鍇按：西山在洪州新建縣。漳水即贛江。

〔五〕玉澗連石門：玉澗在廬山。輿地紀勝卷三〇江南西路江州：「雙玉澗，在德化縣南三十五里。按廬山記云：過白居易草堂半山，有二泉出石間，名曰雙玉澗。」廓門注：「石門山在南昌府。」鍇按：石門山在洪州靖安縣。

〔六〕唐朝寺：指靖安縣寶峰禪院。輿地紀勝卷二六江南西路隆興府：「寶峰院，在靖安縣北石門山。唐貞元中，馬祖跏趺入滅，得舍利，藏於兹山，權德輿爲之記，唐宋詩篇不可勝紀。」

〔七〕坐對柏子焚：謂焚柏子香而坐禪。宋陶穀清異録卷上：「釋知足嘗曰：『吾身，爐也；吾心，火也；五戒十善，香也。安用沉檀箋乳作夢中戲？』人强之，但摘窗前柏子焚爇和口者，指爲省便珠。」

〔八〕凍蟻環磨輪：喻人生奔走市朝間，如蟻行於磨上，隨之迴旋而已。山谷内集詩注卷一演雅：「枉過一生蟻旋磨。」任淵注：「晉書天文志：『周髀家云：譬之於蟻行磨石之上，磨左旋而蟻右去，磨疾而蟻遲，故不得不隨磨以左迴焉。』」

〔九〕視世一虻蚊：莊子天下：「由天地之道觀惠施之能，其猶一蚊一虻之勞者也。」淮南子俶真：「毁譽之於己，猶蚊虻之一過也。」

贈少府〔一〕

每欲一醉竟未嘗，今朝杯翠如桃榔〔二〕。須臾耳熱仰天笑，氣吞萬里駒方驤〔三〕。何從人間有此客〔四〕，杜門忽見車軒昂〔五〕。興來對我弄絃索〔六〕，妙觀隨指追文王〔七〕。絶學子雲不汲汲〔八〕，頗許叔度能汪汪〔九〕。何當萬事付一笑，卧看天雨雲飛翔。

【注釋】

〔一〕作年未詳。　少府：縣尉之别稱。宋馬永卿嬾真子卷一：「縣尉呼爲少府者，古官名也。漢百官表云：『大司農供軍國之用，少府則奉養天子，名曰禁錢，府是别藏。』少者，小也。故稱少府，以亞大司農也。蓋國朝之初，縣多惟令尉。令既呼明府，故尉呼少府，以亞於縣令。」此題中少府，其人未詳。

〔二〕桄榔：木名，俗稱砂糖椰子。文選注卷四左思蜀都賦：「布有橦華，麪有桄榔。」劉逵注引張揖曰：「桄榔，樹名也。木中有屑，如麪可食，出興古。」東坡詩集注卷一〇寄虎兒：「獨倚桄榔樹，閑挑蕈撥根。」注：「廣志：桄榔樹，大四五圍，長五六丈，突直，旁無條幹，枝可作杖，其顛生葉，不過數十。」

〔三〕駒：少壯之馬，喻少年英俊之人。　驤：奔馳，騰躍。

〔四〕何從人間有此客：蘇軾昨見韓丞相言王定國今日玉堂獨坐有懷其人：「人間有此客，折簡呼不難。」此借用其成句。

〔五〕杜門：閉門，堵門。史記陳丞相世家：「陵怒，謝疾免，杜門竟不朝請。」

〔六〕絃索：絃樂器之總稱，此指琴。舊題蘇軾老人行：「美人如花弄絃索，只恨尊前明月落。」此借其語。

〔七〕妙觀隨指追文王：謂其琴音之妙可追古周文王琴操。妙觀：觀照世界之妙法，聲音亦屬觀照對象。蘇詩補注卷一舟中聽大人彈琴：「江空月出人響絶，夜闌更請彈文王。」查慎行注：「吴淵潁集云：琴有十二操：將歸、猗蘭、龜山、越裳、拘幽、岐山、履霜、雉朝飛、别鶴、殘形、水仙、襄陽。其中拘幽、岐山二操即文王操也。」

〔八〕絶學子雲不汲汲：漢書揚雄傳：「揚雄字子雲，蜀郡成都人也。……清静亡（無）爲，少耆（嗜）欲，不汲汲於富貴，不戚戚於貧賤，不修廉隅以徼名當世。」顔師古注：「汲汲，欲速之義，如井汲之爲也。」絶學：謂造詣獨到之學問。廓門注：「揚子法言問道曰：『及搥提仁義，絶滅禮樂，吾無取焉耳。』」其注殊誤。

〔九〕頗許叔度能汪汪：世説新語德行：「郭林宗至汝南，造袁奉高，車不停軌，鸞不輟軛。詣黄叔度，乃彌日信宿。人問其故，林宗曰：『叔度汪汪如萬頃之陂，澄之不清，擾之不濁，其器深廣，難測量也。』」已見前注。

次韻明應仲宗傳送供〔一〕

老住江上村，隨分亦迎送〔二〕。陪堂一鉢飯，不得日日共。唯無清淨福，正坐失脩種〔三〕。後身老湘龐〔四〕，惻然施心動。妙語俱積香〔五〕，把玩廢吟諷。才高氣駿特，飛兔不受控〔六〕。□與洗姤慳㊀〔七〕，何止愈頭痛〔八〕。吾聞佛事門，同宗而異用〔九〕。甘贇打粥鍋〔一〇〕，應仲獨送供。

【校記】

㊀□：原缺字，武林本作「天」，天寧本作「且」。

【注釋】

〔一〕宣和四年（一一二二）七月作於長沙。明應仲：名不可考，時居長沙。詩題「宗傳」疑爲「宗博」之誤，宗博，官名，即宗學博士之簡稱。本集中以姓、字、官名連稱之例甚多，如邵子中學句、周達道運句、許彦周宣教等，均與「明應仲宗博」之例同。宋廖剛高峰文集卷一〇有明應仲同游湘西諸寺有作次其韻。據李之亮宋兩湖大郡守臣易替考，宣和四年廖剛以刑部郎中知潭州，則與明應仲同游湘西諸寺當在其時。此年惠洪米盡窘迫，明應仲獨送供施捨救其急。又高峰文集卷九有與明應仲簡，宋胡宏五峰集卷二有與明應仲書，可參見。送供：施捨供養，此指供養齋飯。續高僧傳卷二五唐京師律藏寺釋通達傳：「達曰：『他許送供，計非妄語。』臨至齋時，僧徒欲散，忽見熟食美膳連車接輿，充道而來，即用施設。」

〔二〕隨分：隨力量之分限。華嚴經卷三四十地品：「餘波羅蜜非不修行，但隨力隨分。」

〔三〕「唯無清淨福」二句：謂己無清淨福田之報，蓋因修行耕種不力之故。華嚴經卷二六十迴向品：「願一切衆生成最第一清淨福田，攝諸衆生令修福業。」鍇按：佛教謂於應供養者供養之，則能受諸福報，猶如農夫播種於田畝，有秋收之利。

〔四〕後身老湘龐：謂明應仲爲唐龐蘊居士之後身。本集卷一一陳瑩中左司自丹丘欲家豫章至溢浦而止余至九峰往見之二首之二「生涯領略類湘龐」。苕溪漁隱叢話前集卷五六引冷齋夜話作「生涯領略似湘龐」。今本冷齋夜話卷一〇作詩准食肉例作「生涯領略似襄龐」。詩話總龜後集卷四六引冷齋夜話亦作「襄龐」。鍇按：景德傳燈録卷八稱「襄州居士龐蘊」，似當作「襄龐」。然又稱龐蘊爲「衡州衡陽縣人」。廓門注：「龐蘊居士，衡州衡陽人，故曰『老湘龐』也。」明應仲居長沙，乃湘中之龐居士，故當稱「老湘龐」。

〔五〕積香：即香積，僧人所用飯食。語本維摩詰居士自香積佛之世界齎供一會之大衆者。維摩詰經卷下香積佛品：「於是維摩詰不起于座，居衆會前，化作菩薩。於是香積如來以衆香鉢盛滿香飯，與化菩薩。時化菩薩以滿鉢香飯與維摩詰，飯香普熏毗耶離城，及三千大千世界。時毗耶離婆羅門、居士等，聞是香氣，身意快然，歎未曾有！」

〔六〕「才高氣駿特」二句：言其逸氣豪邁，如駿馬不受駕馭。飛兔：吕氏春秋離俗：「飛兔、要裹，古之駿馬也。」高誘注：「飛兔、要裹，皆馬名也。日行萬里，馳若兔之飛，因以爲名也。」

〔七〕妬慳：嫉妬慳吝。大般涅槃經卷一二聖行品：「其心純善，無有麁惡嫉妬慳恪。」

〔八〕愈頭痛：治愈頭痛之病。三國志魏書陳琳傳裴松之注引典略曰：「琳作諸書及檄，草成呈太祖。太祖先苦頭風，是日疾發，卧讀琳所作，翕然而起曰：『此愈我病。』」蘇軾次韻李公擇梅花：「詩成獨寄我，字字愈頭痛。」此化用其意。

〔九〕同宗而異用：景德傳燈録卷二八江西大寂道一禪師語：「性無有異，用則不同。」

〔一〇〕甘贄打粥鍋：景德傳燈録卷一〇池州甘贄行者：「又於南泉設粥云：『請和尚念誦。』南泉云：『甘贄行者設粥，請大衆爲狸奴白牯念摩訶般若波羅蜜。』甘乃禮拜，便出去。南泉却到厨内打破鍋子。」廓門注：「愚曰：打破鍋子，南泉，非甘贄。」

七月十三示阿慈〔一〕

寺已餘十僧，田不登百數〔二〕。何以常乏食，强半了租賦〔三〕。今年失布種，正坐無牛具〔四〕。六月始分秧〔五〕，江流冒塍路〔六〕。水退秧陷泥，經月已無雨。枯根拆（拆）龜兆㊀〔七〕，瘦葉壓勃土〔八〕。鄰家飯早占，我方質袍袴〔九〕。此生爲口腹〔一〇〕，夢幻相煎煮。阿慈佐井臼〔一一〕，事衆耐辛苦。今朝質且盡，父子屹相覷〔一二〕。頹然輒坐睡〔一三〕，欠伸久不語。只箇甘露滅〔一四〕，可質請持去。

【校記】

㈠ 坼：原作「拆」，今改。武林本作「圻」。

【注釋】

〔一〕宣和四年（一一二二）七月十三日作於長沙水西南臺寺。本集卷二七跋蘭亭記并詩：「宣和四年夏，彌月不雨，稻田龜兆出。予晨興垂頭坐西齋，方與造物者游。而廚丁聿來告米竭，余作白眼久之。」此詩言「經月已無雨」、「枯根坼龜兆」，情景相合，當作於其時。阿慈：即覺慈，惠洪弟子，初字敬修，改字季真。惠洪石門文字禪署「門人覺慈編録」，又智證傳亦題「門人覺慈編」。據本集卷二七跋山谷雲庵贊，宣和五年（一一二三）覺慈年二十三歲，則當生於建中靖國元年（一一〇一）。

〔二〕登：達到。

〔三〕强半：過半，大半。租賦：田租，賦税，租税。廓门注：「租田賦曰：『租丁歲納粟稻，謂之租。』」

〔四〕牛具：耕牛與農具。蘇軾罷徐州往南京馬上走筆寄子由五首之五：「逝將解簪紱，賣劍買牛具。」

〔五〕分秧：播稻種於田中，待成秧苗，分而插之，謂之分秧。蘇軾東坡八首之四：「分秧及初夏，漸喜風葉舉。」

〔六〕塍路：田埂。説文土部：「塍，稻田中畦埒也。」

〔七〕坼龜兆：龜甲坼裂之痕，喻天旱土地之裂痕。韓愈南山：「或如龜坼兆。」王安石元豐行：「田背坼如龜兆出。」寄楊德逢：「遥聞青秧底，復作龜兆坼。」坼：底本作「拆」，今改。

〔八〕勃土：塵土，塵埃。勃，乾粉末。雞肋編卷上：「故世人謂塵爲勃土。」參見本集卷一仁老以墨梅遠景見寄作此謝之二首注〔一七〕。

〔九〕質袍袴：以衣物作抵押，换取食物。

〔一〇〕口腹：指飲食吃喝。孟子告子上：「飲食之人，無有失也，則口腹豈適爲尺寸之膚哉！」

〔一一〕井臼：汲井舂米。

〔一二〕父子：禪門師徒以父子相稱，覺慈爲惠洪弟子，故相稱父子。　屹：挺立，站立。　相覷：猶言面面相覷，相視無言，束手無策之狀。

〔一三〕頽然：衰敗貌，精神萎靡不振。

〔一四〕甘露滅：惠洪自號。政和二年惠洪流配海南，以維摩詰經佛國品「得甘露滅覺道成」語取爲自號。參見本集卷九初過海自號甘露滅。

予頃還自海外夏均父以襄陽别業見要使居之後六年均父謫祁陽酒官余自長沙往謝之夜語感而作〔一〕

一昨游京華，壞裓變塵土〔二〕。思歸念雲山，夜夢亦成趣。故人驟登庸〔三〕，時時宿西府〔四〕。如鳥得所棲，倦適忘飛去〔五〕。從中奇禍作〔六〕，失聲驚破釜〔七〕。三年在(王)海南㊀〔八〕，放意吐佳句。歸來駭叢林，冠巾呵佛祖〔九〕。突兀刺世眼〔一〇〕，所至遭背數〔一一〕。夫子獨凜然〔一二〕，高誼照寰宇。哀憐欲收拾，奮髯排衆怒〔一三〕。豈惟子義世，獨有孔文舉〔一四〕。此恩無陳鮮，歲月有今古。竭來湘楚游〔一五〕，坐閱六寒暑。今年中秋夕，水宿青蘋渚〔一六〕。誰持一紙書？剥啄叩蓬户〔一七〕。呼燈得款識〔一八〕，失牀喜而舞〔一九〕。開書有新詩，喜事遽如許〔二〇〕。麗如春湖曉，月映薔薇露。筆力回春工〔二一〕，仿佛識風度。湘江三百里，款段沿江路〔二二〕。嶽色滿征鞍〔二三〕，疾驅那敢顧。朝來真見之，了非夢時遇㊁。堂堂千人英〔二四〕，要是幹國具〔二五〕。龍蛇吁莫測，涔蹄聊蹇寓〔二六〕。道固有晦顯，會看跨雲雨。天下張荆州，四海陳合浦〔二七〕。當時寂寞濱，皆獲陪杖屨〔二八〕。今又從公游，楚山更佳處〔二九〕。詩成倚峿臺〔三〇〕，天風吹笑語。

【校記】

㊀在：原作「王」，誤，今據武林本改。

㊁了：武林本作「子」。

【注釋】

〔一〕宣和二年秋九月作於永州祁陽縣。據本集卷二三遠遊堂記，宣和元年秋八月，夏倪自京師謫官祁陽。明年重九後二日，惠洪至祁陽從夏倪登遠遊堂。夏倪（？～一一二七），字均父，蘄州人，英國公夏竦諸孫，娶宗室女。嘗知江州。詩入江西宗派。吴曾能改齋漫録卷一〇江西宗派：「蘄州人夏均父，名倪，能詩，與吕居仁相善。既没六年，當紹興癸丑二月一日，其子見居仁嶺南，出均父所爲詩，屬居仁序之。」紹興癸丑爲紹興三年（一一三三），前推六年，可知夏倪卒於建炎元年（一一二七）。吕本中師友雜志：「夏倪均父，先名侔，少能文樂善。其妻又賢，使均父多從賢士大夫游。」紫微詩話：「夏均父稱張彦實詩出江西諸人。彦實送均父作江守詩云：『平時袞袞向諸公，投老猶推作郡公。未覺朝廷疏汲黯，極知州郡要文翁。』均父每諷誦之。」朱弁風月堂詩話卷下：「王立之、夏均父俱以宗女夫入仕。均父名倪，饒財，亦好學。」直齋書録解題卷二〇著録：「遠遊堂集二卷，知江州蘄春夏倪均父撰。」政和五年春，惠洪自太原南歸途徑江州，與夏倪同游廬山。夏倪以襄陽别業邀惠洪，當在是時。參見本集卷一二招夏均父、卷九次韻曾伯容哭夏均父。由政和五年下數六年，正爲宣和二年。　祁陽：縣名，宋屬荆湖南路永州，瀕湘水。

〔二〕「一昨游京華」二句：指大觀四年游京師事。本集卷二四寂音自序：「著縫掖入京師，大丞相張商英特奏，再得度，節使郭天信奏師名。」僧寶正續傳卷二明白洪禪師傳：「著逢掖走京師，見丞相張無盡，特奏得度，改今名。太尉郭天民（信）奏錫椹服，號寶覺圓明。」　壞裓變塵土：化用陸機爲顧彦先贈婦「京洛多風塵，素衣化爲緇」之意。　壞裓：猶壞衣，即袈裟。蓋僧尼避用青黄赤白黑五種正色，故僧衣皆用不正色染壞之，曰壞色。宋釋法雲翻譯名義集卷七沙門服相：「律有三種壞色：青、黑、木蘭。青謂銅青，黑謂雜泥，木蘭即樹皮也。」

〔三〕故人：指張商英。崇寧三年（一一〇四），惠洪應張商英之邀，嘗赴峽州相見，談禪賦詩，相得甚歡，因曰故人。參見本集卷一五無盡居士以峽州天寧寺見邀作此辭免六首、初到善谿慧照庵寄張無盡五首、無盡見和復次其韻五首、又次韻答之十首、次天覺韻二首、卷二四送一上人序。　登庸：進用，任用。書堯典：「帝曰：疇咨若時登庸。」孔傳：「疇，誰。庸，用也。」此指張商英拜相事。　鍇按：宋史徽宗本紀二：「（大觀四年六月）乙亥，以張商英爲尚書右僕射兼中書侍郎。」

〔四〕時時宿西府：指留宿郭天信樞密院府第事。　西府：樞密院之别稱。據宋史本傳，郭天信仕至樞密都承旨。本集卷三〇祭郭太尉文：「我昔觀光，混跡都市。游公卿間，如梁寶誌。公每延禮，忘其勢位。我亦徑造，必至卧内。兵衛如雲，不敢呵止。愛憎相奪，有萬贊毁。」參見本集卷四郭祐之太尉試新龍團索詩注〔一〕。

〔五〕「如鳥得所棲」二句：陶淵明歸去來兮辭：「鳥倦飛而知還。」此反其意而用之。　廓門注：「東坡詩：『棲鳥何必戀舊林。』」

〔六〕從中奇禍作：秦觀自作挽詞：「奇禍一朝作，飄零至於斯。」此化用其語意。　鍇按：能改齋漫録卷一二洪覺範因張郭罪配朱崖：「洪覺範本名德洪，俗姓彭，筠州人。始在峽州，以醫劉養娘識張天覺。大觀四年八月，覺範入京，而天覺已爲右揆，因乞得祠部一道爲僧。又因叔彭几在郭天信家作門客，遂識天信。因往來於張、郭二公之門。政和元年，張、郭得罪，而覺範決脊杖二十，刺配朱崖軍牢。後改名惠洪。」奇禍指決脊杖、刺配事。

〔七〕失聲驚破釜：蘇軾黠鼠賦：「人能碎千金之璧，不能無失聲於破釜；能搏猛虎，不能無變色於蜂蠆。此不一之患也。」又顏樂亭詩叙：「人能碎千金之璧，不能無失聲於破釜；能搏猛虎，不能無變色於蜂蠆。」此用其意。

〔八〕三年在海南：寂音自序：「坐交張、郭厚善，以政和元年十月二十六日配海外。以二年二月二十五日到瓊州，五月七日到崖州。三年五月二十五日蒙恩釋放，十一月十七日北渡海。」廓門注：「『王』當作『主』歟？」其說不確。

〔九〕冠巾：戴上冠帽頭巾，指僧人還俗。惠洪智證傳曰：「予爲沙門，乃不遵佛語，與王公貴人游，竟坐極刑，遠竄海外。既幸生還，冠巾説法，若可愧笑。」鍇按：僧寶正續傳卷二明白洪禪師傳略曰：「政和元年十月，褫僧伽黎配海外。……淵聖登極，大逐宣和用事者，詔贈丞相商英司徒。賜師重削髮，還舊師名。」則惠洪自政和元年遭剥奪僧籍，直至欽宗靖康元年（一一二六）方還僧籍，重削髮。　呵佛祖：呵佛罵祖，蔑視權威，自證自悟。參見前戲廓然注〔一三〕。

〔一〇〕突兀刺世眼：謂己言行特立獨行，不合世俗看法。林間録卷下：「予嘗愛王梵志詩云：『梵志翻著襪，人皆謂是錯。寧可刺你眼，不可隱我脚。』」此化用其意。

〔一一〕背數：猶言背毁，背後數落詆毁。本集卷二六題所録詩：「然流俗寡聞，見少年嗜筆硯者，不背數必腹非之。」

〔一二〕夫子：指夏倪。凜然：令人敬畏貌。世説新語賞譽：「濟先略無子姪之敬，既聞其言，不覺凜然，心形俱肅。」

〔一三〕奮髯：抖動鬍鬚，激憤貌。漢書朱博傳：「博奮髯抵几曰：『觀齊兒欲以此爲俗邪！』」

〔一四〕「豈惟子義世」二句：謂夏倪於己之高誼，如三國孔融之待太史慈。三國志吴書太史慈傳略曰：「太史慈字子義，東萊黄人也。少好學，仕郡奏曹吏。……北海相孔融聞而奇之，數遣人訊問其母，并致餉遺。時融以黄巾寇暴，出屯都昌，爲賊管亥所圍。慈從遼東還，母謂慈曰：『汝與孔北海未嘗相見，至汝行後，贍恤殷勤，過於故舊，今爲賊所圍，汝宜赴之。』慈留三日，單步徑至都昌。」廓門注：「子義世，未詳。」失考。又注：「後漢書：孔融字文舉。詳于傳，此不録。」

〔一五〕朅來：近來，爾來。湘楚：廓門注：「湘楚，永州府，春秋戰國屬楚。又有湘江，故言湘楚遊。」錯按：湘楚當指湖南潭州長沙，蓋言與夏倪江州别後六年，近來居長沙湘江西岸南臺寺。下文「水宿青蘋渚」亦可證。廓門注不確。

〔一六〕青蘋渚：代指水西南臺寺。本集卷七贈別通慧選姪禪師：「分携青蘋灣。」卷二六題橘洲圖：「予家湘西，開門則漁汀斷岸，不呼而登几案間。」本卷季長出權生所畫嶽麓雪晴圖：「知誰沙步泊漁舟，舟中應容寂音老。」均作於此地，可證。

〔一七〕剥啄：叩門聲。韓愈剥啄行：「剥剥啄啄，有客至門。」蘇軾次韻趙令鑠惠酒：「門前聽剥啄，烹魚得尺素。」

〔一八〕款識：本指鐘鼎彝器上鑄刻之文。史記孝武本紀：「鼎大異於衆鼎，文鏤毋款識。」裴駰集解引韋昭曰：「款，刻也。」司馬貞索隱：「按：識猶表識也。」此指書信上之題名。

〔一九〕失牀：謂離開坐席。牀指坐具。黄庭堅李君貺借示其祖西臺學士草聖并書帖一編二軸以詩還之：「明窗棐几開卷看，坐客失牀皆起立。」此化用其意。

〔二〇〕遽如許：後漢書左慈傳：「忽有一老羝，屈前兩膝，人立而言曰：『遽如許。』」李賢注：「言何遽如許爲事。」

〔二一〕筆力回春工：言其文筆優美，有春回大地之工。已見前注。

〔二二〕款段：代指駑馬。語本後漢書馬援傳「乘下澤車，御款段馬」。參見本集卷一大雪戲招耶溪先生鄒元佐注〔九〕。

〔二三〕嶽色：指南嶽衡山之景色。蓋自長沙至祁陽，沿湘水而行，須途經衡山。

〔二四〕千人英：班固白虎通聖人：「五人曰茂，十人曰選，百人曰俊，千人曰英，倍英曰賢，萬人曰傑，萬傑曰聖。」

〔二五〕幹國具：猶言幹國器，治國之才。後漢書史弼傳：「議郎何休又訟弼有幹國之器，宜登台相。」

〔二六〕「龍蛇吁莫測」二句：喻傑出人物暫處困境，時夏倪謫爲祁陽酒官，故以龍蛇暫寓牛蹄迹中雨水喻之。易繫辭下：「龍蛇之蟄，以存身也。」漢書揚雄傳上：「以爲君子得時則大行，不得時則龍蛇。」　涔蹄：猶蹄涔。淮南子氾論：「夫牛蹏之涔，不能生鱣鮪。」高誘注：「涔，雨水也。滿牛蹏迹中，言其小也。」

〔二七〕「天下張荆州」二句：謂張商英、陳瓘皆爲名滿天下之英傑。此仿高僧傳「四海習鑿齒」、「彌天釋道安」之句法。參見卷四御手委廉訪守貳監勘劉慶裕注〔一〇〕。錔按：張商英崇寧二年四月，除尚書左丞。八月，出知亳州，尋改蕲州，入元祐黨籍，罷尚書左丞。九月，提舉靈仙觀。冬，還荆南。事具通鑑長編紀事本末卷一三一張商英事迹。荆南，即江陵府荆南節度，即古荆州。商英還荆南，實住峽州宜都縣。又唐名相張九齡嘗爲荆州長史，人稱張荆州，此借以喻商英。又宋史陳瓘傳：「崇寧中，除名竄袁州、廉州。」據元陳宣子編陳了翁年譜，陳瓘於崇寧二年正月除名編管廉州。廉州，治合浦縣。

〔二八〕「當時寂寞濱」二句：謂當年張商英、陳瓘貶謫時，已皆從之游。錔按：惠洪從商英游之事，詳見前注〔二三〕。從陳瓘游之事，見宋釋曉瑩雲卧紀談卷上載靖康元年惠洪詣刑部陳詞：

「先因崇寧初，諫官陳瓘論列蔡京事忤旨，編管廉州。慧洪爲見陳瓘當官盡節，投竄嶺海，一身萬里，恐致疏虞，調護前去。往來海上，前後四年。」

〔二九〕楚山：廓門注：「永州屬楚，故言。」

〔三〇〕峿臺：在祁陽縣西南浯溪上。唐元結任道州刺史時築，并撰峿臺銘云：「湘淵清深，峿臺陗峻。登臨長望，無遠不盡。」能改齋漫録卷一七夏均父登浯臺作詞：「夏倪均父，宣和庚子自府曹左遷祁陽酒官。過浯溪，登浯臺，愛其山水奇秀，自謂非中州所有，不減淵明斜川之游。且作長短句，以減字木蘭花歌之云：『江涵曉日，蕩漾波光摇槳入。笑指浯溪，聱叟雄文鎖翠微。休嗟不偶，歸到中州何處有？獨立風煙，湘水浯臺總接天。』」浯臺，即峿臺。

次韻陳倅二首〔一〕

夢幻有貴賤，譬如綿與蘆。美惡俱一暖，未易相賢愚〔二〕。我少壞（懷）毛髮㊀，倦禪輒逃儒〔三〕。投老加冠巾，舞笏師道吾〔四〕。世事幾時畢，雲山何處無。何爲聚落中，滯留如賈胡〔五〕。溪聲替説法〔六〕，聚石爲講徒〔七〕。拊手笑遠志，甘爲小草乎〔八〕？霜清已高揭〔九〕，水清見游魚〔一〇〕。橘洲頽晚照〔一一〕，屬玉行炯如〔一二〕。我窮世不要〔一三〕，老並湘江居。君獨念故舊，時時容借書。我亦循陳迹，驅奔（犇）如磨驢㊁〔一四〕。詩成輒自省，壁月挂清虛。

【校記】

㊀ 壞：原作「懷」，涉形近而誤，今改。參見注〔三〕。

㊁ 奔：原作「莽」，涉形近而誤，今改。參見注〔一四〕。

【注釋】

〔一〕宣和年間作於長沙水西南臺寺。陳倅：潭州通判陳某，然名不可考。

〔二〕「夢幻有貴賤」四句：謂人生之貴或賤如夢幻，本無差別，如綿衣與蘆衣，質地雖美惡有異，保暖則不分高下。蘇軾薄薄酒二首之二：「美惡雖異醉暖同。」此借用其意而演繹之。綿：指綿衣，内裝棉絮之衣。蘆：指蘆衣，用蘆花代棉絮之冬衣。太平御覽卷八一九引南朝宋師覺授孝子傳：「閔子騫幼時爲後母所苦，冬月以蘆花衣之以代絮。」

〔三〕「我少壞毛髮」二句：謂少時剃髮出家，參禪倦時亦學儒。壞毛髮：猶言剃去毛髮，指出家爲僧。蘇軾中和勝相院記：「今何其棄家毀服壞毛髮者之多也。」此借用其語。蓋古人以身體髮膚受之父母，不敢毀傷，故以剃去毛髮謂之「壞」。底本「壞」作「懷」，不辭，今依蘇文改。本集卷三南豐曾垂綬天性好學余至臨川欲見以還匡山作此寄之：「我生少小秀不叢，題詩落筆先飛鴻。一從廢棄脱毛髮，乃與石田樗木同。」此即「我少壞毛髮」之意。

逃儒：此指逃入於儒，非逃出於儒。唐牟融題寺壁詩：「肯容一榻學逃禪。」逃儒之「逃」即此義。

〔四〕「投老加冠巾」二句：謂臨老遭剥奪僧籍，頭戴冠巾，如道吾和尚舞笏説禪。景德傳燈録卷一一襄州關南道吾和尚：「始經村墅，聞巫者樂神云：『識神無？』師忽然省悟。後參常禪師，印其所解。復游德山門下，法味彌著。凡上堂示徒，戴蓮花笠，披襴執簡，擊鼓吹笛，口稱魯三郎。有時云：『打動關南鼓，唱起德山歌。』僧問：『如何是祖師西來意？』師以簡揖云：『喏。』師有時執木劍横在肩上作舞。僧問：『手中劍什麼處得來？』師擲於地，僧却置師手中。師曰：『什麼處得來？』僧無對。師曰：『容汝三日内下取一語。』其僧亦無對。師自代拈劍肩上作舞云：『恁麼始得。』」林間録卷下：「古老衲住山，多託物寓意，既自游戲，亦欲悟人。如子湖之畜犬，道吾之巫衣端笏，獨雪峰、歸宗、西院皆握木蛇。」鍇按：笏，本特指品官所執之手板。禪門借指道吾和尚所執之竹簡木劍，「道吾舞笏」亦成爲禪門話頭。景德傳燈録卷二九雲頂山僧德敷詩十首古今大意：「道吾舞笏同人會，石鞏彎弓作者諳。」宋釋智昭人天眼目卷二載湛堂文準黄龍三關頌：「人人生縁，北律南禪。道吾舞笏，華亭撑船。」

〔五〕滯留如賈胡：後漢書馬援傳：「伏波類西域賈胡，到一處輒止，以是失利。」参見本集卷一龍安送宗上人游東吴注〔七〕。

〔六〕溪聲替說法：冷齋夜話卷七東坡廬山偈：「東坡游廬山，至東林，作偈曰：『溪聲便是廣長舌，山色豈非清淨身。夜來八萬四千偈，他日如何舉似人。』」東坡詩集注卷七題作贈東林總長老。

〔七〕聚石爲講徒：東林十八高賢傳道生法師傳：「師被擯，南還，入虎丘山，聚石爲徒，講涅槃經。至闡提處，則說有佛性，且曰：『如我所說，契佛心否？』羣石皆爲點頭。」

〔八〕「拊手笑遠志」二句：世說新語排調：「謝公始有東山之志，後嚴命屢臻，勢不獲已，始就桓公司馬。于時人有餉桓公藥草，中有遠志。公取以問謝：『此藥又名小草，何一物而有二稱？』謝未即答。時郝隆在坐，應聲答曰：『此甚易解：處則爲遠志，出則爲小草。』謝甚有愧色。」

〔九〕高揭：高聳，此形容秋高氣爽。

〔一〇〕水清見游魚：蘇軾臘日孤山訪惠勤惠思二僧：「水清石出魚可數。」此化用其語意。

〔一一〕橘洲：在長沙西湘江中。水經注湘水：「湘水又北逕南津城西，西對橘洲。」方輿勝覽卷二三湖南路潭州：「橘洲，類要：在長沙西南四十里湘江中，泗洲曰橘洲，曰直洲，曰誓洲，曰白小洲。江中水泛，惟此不没，上多美橘，故名。晉永興生此洲。諺曰：『昭潭無底橘洲浮。』」

〔一二〕屬玉：水鳥名，即鸀鳿。漢書司馬相如傳上：「鳿鸛鵠鴇，駕鵞屬玉，交精旋目。」顏師古注引郭璞曰：「屬玉似鴨而大，長頸赤目，紫紺色。」山谷外集詩注卷八池口風雨留三日：「水遠山長雙屬玉。」史容注：「上林賦：『鴻鸛鵠鴇，駕鵞屬玉。』注云：『屬玉似鴨而大，長頸赤目。』蘇子美詩：『屬玉雙飛水滿塘，菰蒲深處浴鴛鴦。』」　炯如：鮮明貌，此形容鳥羽。

杜甫瀼西寒望：「鷗行炯自如。」此化用其語。

〔一三〕我窮世不要：蘇軾曹既見和復次其韻：「嗟我與曹君，衰老世不要。」此借用其語。

〔一四〕「我亦循陳迹」二句：蘇軾送芝上人游廬山：「二年閱三州，我老不自惜。團團如磨牛，步步踏陳迹。」又伯父送先人下第歸蜀詩云人稀野店休安枕路入靈關穩跨驢安節將去爲誦此句因以爲韻作小詩十四首送之之十四：「應笑謀生拙，團團如磨驢。」此借用其喻。

奔：底本作「莽」。廓門注：「『莽』當作『奔』，蓋寫誤。」其説甚是，今改。

余游侯伯壽思孺（儒）之間久矣而未識季長昨日見之夜歸作此寄之㊀〔一〕

公家兄弟俱秀傑，人言不減河東薛。鳳皇鸑鷟雖見之，聞有鵷雛更超絶〔二〕。周郎坐中見新作〔三〕，天葩奇芬衆口愕〔四〕。君看氣焰遮縉紳（紳縉）㊁〔五〕，想見精神映臺閣。我窮歲晚猶奔走，小邑那知相邂后㊂〔六〕。堂堂合置明光宮〔七〕，薄書堆中不宜有〔八〕。功名偶然身（耳）是寄㊃〔九〕，故應隨流坎而止〔一〇〕。且置袖中批詰手，下簾絃歌聊爾耳〔一一〕。此詩摹寫見標格，晴湖無風照春色。滄海遺珠果見之，邵陽他日如彭澤〔一二〕。

【校記】

㊀孺：原作「儒」，誤，今改。參見注〔一〕。

㊁縉紳：原作「紳縉」，據四庫本改。

㊂相：四庫本作「有」。　后：武林本作「逅」。

㊃身：原作「耳」，誤，今改。參見注〔九〕。

【注釋】

〔一〕宣和五年作於湖南湘陰縣。　據詩題可知，侯季長有二兄，分別字伯壽、思孺。侯季長，名延慶，號退齋居士，潭州衡山人。郡齋讀書志附志別集卷四退齋居士文集二十八卷提要：「右起居舍人侯延慶字季長之文也。季長，衡山人，政和六年進士。嘗侍講筵。高宗取杜詩『直臣寧戮辱，賢路不崎嶇』之句，書扇以賜之。兄彭老所爲誌銘附集後。」直齋書録解題卷二一退齋詞一卷提要：「長沙侯延慶季長撰。壓卷爲天寧節萬年歡，又有庚寅京師作水調，則大觀元年也。」蓋衡山漢爲長沙國屬縣，故延慶亦稱長沙人。清黄虞稷千頃堂書目卷一二著録侯延慶退齋筆録一卷。建炎以來繫年要録頗載延慶事，排比其行跡如下：建炎三年爲前軍統制，添差通判衢州。四年以朝奉大夫添差通判衢州，行尚書都官員外郎，除右司員外郎，改禮部員外郎。紹興元年除起居舍人，以母老求去，除右文殿修撰，知潮州。三年以祕閣修撰知虔州，復爲起居舍人，尚書左司員外郎。四年以左朝奉大夫守太常少卿，直龍圖閣。　伯壽：今考全宋詩卷一三九四録侯延年詩一首，其小傳曰：「侯延年，衡山（今屬湖南）人。徽宗崇寧五年（一一〇六）進士。累官荆湖南北鈐轄使。事見清嘉慶湖南通志卷九〇、光緒衡山縣志卷二七。」此侯延年爲衡山人，與延慶時代、籍貫俱同，而「延年」與「伯壽」字義相通，可推知延年字伯壽，爲延慶長兄。　思孺：名彭老，延慶仲兄。宋周煇清波雜志卷一二引政和三年温陵吕榮義著兩學雜記曰：「侯彭老，長沙人，建中靖國以太學生上書得罪，詔歸本貫。綴小詞別同舍：『十二封章，三千里路，當年走遍東西府。時人莫訝出都忙，官家送我歸鄉去。三詔出山，一言悟主，古人料得皆虚語。太平朝野總多歡，江湖幸有寛閑處。』雖曰小挫，而意氣安閑如此。煇頃得於故老：此詞既傳，齊各厚賻其行。亦傳入禁中，即降旨令改正，屬同獲譴者不一，乃格。後由鄉貢，竟登甲科。」全宋詞録此詞爲踏莎行，小傳曰：「彭老字思孺，號醒翁。衡山（今湖南省）人。登大觀進士，紹興三年（一一三三），知藤州。」建炎以來繫年要録卷六三紹興三年二月：「左朝奉大夫知藤州侯彭老獻賣鹽羨錢千萬，上批其奏付三省。特降一官，以懲妄作。所進物退還。翌日，徐俯又以爲言，彭老遂罷。彭老，延慶兄也。」全宋詩卷一三七一侯彭老小傳稱「侯彭老，耒陽（今屬湖南）人」，其説不確。又明淩迪萬姓統譜卷六三：「侯彭老，字思孺，永新人。至和初由司門外郎謫知邑事。以政績彰著，復召爲刑部郎中。」此處「至和」當爲「政和」之誤，蓋至和爲仁宗年號（一〇五四～一〇五六），時代迥不相屬。稱彭老「永新人」，亦誤。江南通志卷九山川三：「秀水在永新縣西南，入縣，分兩支，繞縣舊學，轉北入江，形若秀字。宋縣令侯彭老浚之。」又卷三九古蹟三：「聚喜亭，永新縣志：宋致和間大旱，縣令侯彭老禱雨得應，邑人咸喜，彭老因作亭識之。」可知彭老嘗爲永新縣令，故萬姓統譜誤其爲永新人。而「至和」乃爲「致和」之訛，「致和」則涉「政和」之形近而誤。惠洪此詩作於宣和五年，詩題言與侯伯壽、思孺交游久矣，而未言其始交於何時。今考廖剛高峰文集卷一〇有次韻侯思孺席間作，其序曰：「辛卯間，寓居相國寺前鹿家巷，與朱希參、黄敦言、侯思孺同過喬通叔小飲。時通叔得郡湖南。」辛卯爲政和元年，其時惠洪亦在京師，二人交游當始於此時。又據萬姓統譜，則侯彭老政和初由司門外郎謫知永新縣，其謫亦當與張商英之貶有關。底本「孺」作「儒」，誤，今改。

〔二〕「公家兄弟俱秀傑」四句：新唐書薛收傳附薛元敬傳：「元敬，隋選部郎邁之子，與收及收族兄德音齊名，世稱『河東三鳳』。收爲長雛，德音爲鸑鷟，元敬年最少，爲鵷雛。」此以「河東三鳳」喻侯氏三兄弟。

〔三〕周郎：本集除此之外，另有三處言及「周郎」，分別指不同三人。其一，本卷西湖寺逢子偉：「乃與周郎遇。」指周子偉。其二，卷六贈周廷秀：「周郎南州秀。」指周廷秀。其三，卷一二和周達道運句題怪石韻：「頗怪周郎賞音者。」指周達道。此三周郎均惠洪宣和年間於湖南交往者。然本卷季長出示子蒼詩次其韻蓋子蒼見衡嶽圖而作也一詩，與子偉約見過已而飲於城東但以詩來次韻一詩用韻全同，可知惠洪同時與侯延慶、周子偉交游，故此詩周郎當指周子偉。子偉名不可考。

〔四〕天葩奇芬衆口愕：誇讚其詩美如天然奇花，令衆人驚歎。蘇軾雪後便欲與同僚尋春一病彌月雜花都盡獨牡丹在耳劉景文左藏和順闍梨詩見贈次韻答之：「天葩尚青蕚，國色待華顛。」此借用其語。 鍇按：本集好用天葩喻詩文，如卷五次韻曾嘉言試茶：「坐令應手開天葩，不因筆端夢生花。」卷一二彦周法地弟作出家庵又自爲銘作此寄之：「迂闊庵成又自誇，要令妙語發天葩。」卷一九瓦瓢贊：「我作妙語，天葩粲紅。」

〔五〕縉紳：指士大夫。

〔六〕小邑：小城，此指湘陰縣。 邂后：即邂逅，不期而遇。參見本集卷四余所居寺前有南澗澗下淺池每至其上未嘗不誦柳子厚南澗詩又恨東坡不和乃和示超然注〔九〕。

〔七〕堂堂合置明光宫：謂其當入宫中，爲皇帝起草作制。 集千家注杜工部詩集卷一二十二月一日三首之一：「明光起草人所羨，肺病幾時朝日邊。」王洙注：「明光，殿名也。漢王商借明光殿起草作制誥。」參見本集卷二讀慶長詩軸注〔一五〕。

〔八〕簿書堆中不宜有：謂其才能不宜管文書簿册，爲俗吏之務。 廓門注：「老杜詩：『簿書堆案來相仍。』」參見本集卷三喜會李公弱注〔八〕。

〔九〕身是寄：猶言身是客，或身如寄。 本集卷一一次韻李端叔見寄：「軒冕久知身是寄。」同卷赴太原獄別上藍禪師：「道路如家身是寄。」語本唐寒山詩：「上有一蟬鳴，不知身是寄。」底本「身」作「耳」，意難通，乃涉形近而誤，今據改。

〔一〇〕隨流坎而止：謂順流而行，遇險則止，喻行止進退視境況而定。語本漢賈誼鵩鳥賦：「乘流則逝，遇坎則止；縱軀委命，不私與己。」

〔一一〕「且置袖中批誥手」二句：謂暫且放置批誥草制之才能，委身小邑施行絃歌之教化。批誥手：猶言批敕手。門下省給事中有駁正敕書之權。參見本集卷一贈許邦基注〔五〕。絃歌：論語陽貨：「子之武城，聞弦歌之聲。夫子莞爾而笑曰：『割雞焉用牛刀？』子游對曰：『昔者偃也聞諸夫子曰：君子學道則愛人，小人學道則易使也。』子曰：『二三子，偃之言是也。前言戲之耳。』」聊爾耳：暫且如此。世説新語任誕：「仲容以竿挂大布犢鼻褌於中庭，人或怪之，答曰：『未能免俗，聊復爾耳。』」黄庭堅德孺五丈和之字詩韻難而愈工輒復和成可發一笑：「且然聊爾耳，得也自知之。」

〔一二〕「滄海遺珠果見之」二句：以唐狄仁傑喻侯延慶，謂其暫爲官小邑邵陽，如狄仁傑暫爲彭澤令，終當大用。新唐書狄仁傑傳：「舉明經，調汴州參軍。爲吏誣訴，黜陟使閻立本召訊，異其才。謝曰：『仲尼謂觀過知仁，君可謂滄海遺珠矣。』薦授并州法曹參軍。」又曰：「會爲來俊臣所構，捕送制獄。……御史霍獻可以首叩殿陛苦爭，必欲殺仁傑等，乃貶仁傑彭澤令。邑人爲置生祠。」邵陽：縣名，宋邵州州治，屬荆湖南路。錯按：本卷有季長盡室來長沙留一月乃還邵陽作是詩送之，可知是時延慶爲官邵陽，然其官職已不可考。

季長見和甚工復韻答之〔一〕

翰墨場中見奇傑，行書半雜歐與薛〔二〕。此詩押韻如射鵰，應弦而落人驚絶〔三〕。詞惟達意非有作〔四〕，公雖不怪傍人愕。嗟余平生事苦吟，吟筆今真爲公閣〔五〕。涣然成文自湍走，如水與風初邂后㊀〔六〕。頎然緑髮映華裾㊁，人間此客何從有？我誦此生真一寄〔七〕，禪林枝穩容棲止〔八〕。敢將醜惡酬絶倡〔九〕，狗尾續貂堪笑耳〔一〇〕。坡谷淵源有風格〔一一〕，光芒萬丈餘五色〔一二〕。吾聞龍蛇所由生，必也深山并大澤〔一三〕。

【校記】

㊀后：武林本作「逅」。

㊁頎：武林本作「順」。

【注釋】

〔一〕宣和五年作於湘陰縣。此詩乃答侯延慶唱和詩，與前首詩用韻相同，當作於同時。

〔二〕歐與薛：指唐書法家歐陽詢與薛稷。新唐書儒學傳上歐陽詢傳：「歐陽詢字信本，潭州臨湘人。……詢初仿王羲之書，後險勁過之，因自名其體。尺牘所傳，人以爲法。高麗嘗遣使求之，帝歎曰：『彼觀其書，固謂形貌魁梧邪？』嘗行見索靖所書碑，觀之，去數步復返，及疲，乃布坐，至宿其傍，三日乃得去。其所嗜類此。貞觀初，歷太子率更令、弘文館學士，封渤海男。……子通。……書亞於詢，父子齊名，號『大小歐陽體』。」新唐書魏徵傳：「四子：叔玉、叔琬、叔璘、叔瑜。……叔瑜，豫州刺史，善草隸，以筆意傳其子華及甥薛稷。世稱善書者：『前有褚、虞，後有薛、魏。』」新唐書薛收傳附薛稷傳：「稷字嗣通，道衡曾孫。……初，貞觀、永徽間，虞世南、褚遂良以書顓家，後莫能繼。稷外祖魏徵家多藏虞、褚書，故鋭精臨仿，結體遒麗，遂以書名天下。畫又絶品。」

〔三〕「此詩押韻如射鵰」二句：以射鵰之術喻其詩押韻精準的當，令人稱絶。射鵰：漢書李廣傳：「廣曰：『是必射鵰者也。』」注：「文穎曰：『鵰，鳥也，故使善射者射之。』師古曰：鵰，大鷙鳥也，一名鷲，黑色，翮可以爲箭羽，音彫。」李廣傳又曰：「其射，見敵，非在數十步之内，度不中不發，發即應弦而倒。」

〔四〕詞惟達意非有作：論語衛靈公：「子曰：『辭達而已矣。』」何晏集解：「孔曰：『凡事莫過於實，辭達則足矣，不煩文艷之辭。』」蘇軾南行前集叙：「夫昔之爲文者，非能爲之爲工，乃不能不爲之爲工也。」此化用孔子、蘇軾意。

〔五〕吟筆今真爲公閣：謂讀侯延慶之詩而自慚，擱筆不敢作詩。閣：擱置，放下。三國志魏書王粲傳「善屬文」裴松之注引典略：「鍾繇、王朗等雖各爲魏卿相，至於朝廷奏議，皆閣筆不能措手。」

〔六〕「涣然成文自湍走」二句：以風與水不期而遇所生漣漪，喻其詩文自然而有文采。蘇洵仲兄字文甫説：「故曰『風行水上涣』，此亦天下之至文也。然而此二物者，豈有求乎文哉？無意乎相求，不期而相遭，而文生焉。是其爲文也，非水之文也，非風之文也，二物者非能爲文，而不能不爲文也。物之相使而文出於其間也，故曰：此天下之至文也。今夫玉非不温然美矣，而不得以爲文；刻鏤組繡，非不文矣，而不可與論乎自然。故夫天下之無營而文生之者，唯水與風而已。」參見本集卷二讀慶長詩軸注〔二〕、南昌重會汪彦章注〔三〕。

〔七〕比生真一寄：三國魏曹丕善哉行：「人生如寄，多憂何爲。」

〔八〕禪林枝穩容棲止：謂寄身禪林安穩知足。莊子逍遥遊：「鷦鷯巢於深林，不過一枝。」杜甫宿府：「已忍伶俜十年事，强移棲息一枝安。」禪林之「林」雙關。

〔九〕絶倡：即絶唱，謂詩之最高造詣。

〔一〇〕狗尾續貂：自謙此唱和詩以劣續優。晉書趙王倫傳：「奴卒廝役亦加以爵位。每朝會，貂蟬盈坐。時人爲之諺曰：『貂不足，狗尾續。』」

〔一一〕坡谷淵源：謂其詩學蘇東坡、黄山谷，句法有淵源。鍇按：宋楊萬里誠齋集卷一一七蔣彦回傳略曰：「蔣彦回，名湋，零陵人也，居郡之南郭。……築囿，植花木，葺亭榭，以讀書於其間。未幾，園産玉芝，遂以名焉。山谷黄先生貶宜州，過而賦之。是時黨禁密甚，士大夫有顧望心。……教授侯思孺者，一日突入郡士某之家，命剷其壁山谷留題者，將以告于朝，主人亟剗碶之，乃已。」是時朝廷禁毁蘇黄文字，侯彭老爲邀功，竟命郡中士人剗去山谷留題，否則告發。而延慶乃師蘇黄，與其兄異趣。

〔二〕光芒萬丈餘五色：韓愈調張籍：「李杜文章在，光焰萬丈長。」

〔三〕「吾聞龍蛇所由生」二句：左傳襄公二十一年：「其母曰：『深山大澤，實生龍蛇。彼美，余懼其生龍蛇以禍女。』」杜預注：「言非常之地，多生非常之物。」

季長賞梅使侍兒歌作詩因次韻〔一〕

年來槁項皤須髮〔二〕，世眼憎嫌遭棧絶〔三〕。君獨照人如冰輪〔四〕，洗盡宿雲寒皎潔。今日層樓空獨倚，天高衮衮飛鴻滅〔五〕。掉頭哦此賞梅詩，如對北窗香噴雪〔六〕。愛君語妙蜕塵埃〔七〕，道骨自能逃歲月〔八〕。玉兒豈是解清唱〔九〕，想見笑中呵手折。嗅看應作小顰嬌，關心不與年時別。一懽紛然雲雨散，落英滿地蛙聲歇。可憐城郭都不知，新詩一出人爭説。和羹他日願如君〔一〇〕，長紅梟花歌壽闋〔一一〕。

【注釋】

〔一〕宣和五年作於湘陰縣。　季長：即侯延慶。

〔二〕槁項：頸項枯槁，形容羸瘦。莊子列禦寇：「夫處窮閭阨巷，困窘織屨，槁項黄馘者，商之所短也。」　皤：白色。

〔三〕棧絶：棧道絶路，喻人生之路艱難。以上二句寫自己老窮窘態。

〔四〕照人如冰輪：喻心地純潔，赤誠待人，如明月相照。　冰輪：指明月。蘇軾宿九仙山：「雲峰缺處湧冰輪。」

〔五〕天高衮衮飛鴻滅：謂不斷有鴻雁從高空飛過，直至消失於天邊。　衮衮：相繼不絶貌。九家集注杜詩卷一醉時歌：「諸公衮衮登臺省。」注：「衮衮，言相繼而登，賢不肖無所辨也。」

〔六〕香噴雪：形容梅花香而白。兩宋名賢小集卷三九范蜀公集成都觀牡丹：「未放香噴雪，仍藏蕊散金。」此借用其語。

〔七〕蜕塵埃：喻潔身高蹈，超越流俗。史記屈原賈生列傳：「自疏濯淖汙泥之中，蟬蜕於濁穢，以浮游塵埃之外。」此用其意。

〔八〕逃歲月：謂能逃脱歲月流逝，永葆青春。

〔九〕玉兒：美人，即詩題中侍兒。南史王茂傳：「時東昏妃潘玉兒有國色，武帝將留之，以問茂。茂曰：『亡齊者此物，留之恐貽外議。』帝乃出之。軍主田安啓求爲婦，玉兒泣曰：『昔者見遇時主，今豈下匹非類。死而後已，義不受辱。』及見縊，潔美如生。」後以玉兒代指美人。

〔一〇〕和羹：調和各種味品而成之羹湯。書説命下：「若作和羹，爾惟鹽梅。」孔傳：「鹽鹹梅醋，羹須鹹醋以和之。」喻指大臣輔佐君王綜理國政。

〔一一〕長紅裊花：東坡詩集注卷一〇罷徐州往南京馬上走筆寄子由五首之二：「父老何自來，花枝裊長紅。」注：「堯卿曰：方俗送官罷任，以花枝挂綵，謂之長紅。」裊，隨風摇動貌。歌壽闋：唱祝壽之歌曲。闋：指樂曲。漢馬融長笛賦：「律吕既和，哀聲五降，曲終闋盡，餘絃更興。」

次韻見贈〔一〕

樓鐘尚殷牀〔二〕，密室僧定後〔三〕。窗風鳴摵摵〔四〕，黄落知榆柳〔五〕。蜘蛛忽墮絲〔六〕，燈花亦騈秀〔七〕。人從城郭歸，村落聞夜嗾〔八〕。讀詩映檐月，兩清俱頓有〔九〕。斯人太白豪，醉裏詩千首〔一〇〕。要宜萬丁帶㊀，肘合黄金斗〔一一〕。袖藏批詰手，却作僧扉扣〔一二〕。玉堂未放君，此物君家舊〔一三〕。鮑（飽）永仍父職㊂〔一四〕，人望亦天授〔一五〕。懸知夜直清，應念山中友。莫以腕脱俊〔一六〕，嘲我飯山瘦〔一七〕。

【校記】

㈠要：武林本作「腰」。

㈡鮑：原作「飽」，誤，今改。參見注〔一四〕。

【注釋】

〔一〕作年未詳。所次韻者亦未詳。

〔二〕婁鐘尚殷牀：九家集注杜詩卷二大雲寺贊公房四首之一：「鐘殘仍殷牀。」注：「殷，上聲，而『殷其雷』之殷矣。」此化用其語。　殷：震動聲。

〔三〕密室僧定後：謂僧人於密室中坐禪入定。大智度論卷三〇：「禪定名實智初門，令智慧澄靜，能照諸法；如燈在密室，其明得用。」大乘義章卷一三：「四禪定心如密室燈，怡然不動。」宗鏡録卷二六：「如或堅求至道，曉夕忘疲，不向外求，虛襟澄慮，密室靜坐，端拱寧神，利在心也。」

〔四〕摵摵：象聲詞。文選卷三〇盧諶時興：「摵摵芳葉零，橤橤芬華落。」吕延濟注：「摵摵，葉落聲也。」

〔五〕黄落知榆柳：山谷内集詩注卷一秋思寄子由：「黄落山川知晚秋。」任淵注：「禮記月令：『草木黄落。』」此化用其意。

〔六〕蜘蛛忽墮絲：俗以蜘蛛墮絲爲客至有喜之兆。爾雅釋蟲：「蠨蛸、長踦。」郭璞注：「小蜘蛛長脚者，俗呼爲喜子。」詩豳風東山：「伊威在室，蠨蛸在户。」孔穎達疏：「蠨蛸，長踦，一名長脚。荆州河内人謂之喜母，此蟲來著人衣，當有親客至，有喜也。幽州人謂之親客，亦如蜘蛛爲羅網居之是也。」北齊劉晝新論鄙名：「今野人晝見蟢子者，以爲有喜樂之瑞。」蠨蛸、喜子、蟢子、喜母，皆長脚小蜘蛛之別稱。

〔七〕燈花亦駢秀：燈芯餘燼結成之花狀物稱燈花，俗以燈花爲吉兆。西京雜記卷三：「樊將軍噲問陸賈曰：『自古人君皆云受命於天，云有瑞應，豈有是乎？』賈應之曰：『有之。夫目瞤得酒食，燈火花得錢財，乾鵲噪而行人至，蜘蛛集而百事喜。小既有徵，大亦宜然。』」杜甫獨酌成詩：「燈花何太喜？酒綠正相親。」駢秀：指燈芯雙結燈花。

〔八〕嗾：廓門注：「嗾音叟，晉秦使犬曰嗾。」錯按：嗾，指使狗時口中所發之聲。清段玉裁説文解字注第二篇上：「嗾，使犬聲。注：見左傳宣公二年，使犬者作之噬也。方言曰：秦晉之西鄙，自冀隴而西，使犬曰哨。郭音騷。哨與嗾一聲之轉。公羊疏云：今呼犬謂之屬。」

〔九〕兩清：謂詩清、月色清。頓有：同時具有。語本南史謝晦傳：「時謝琨風華爲江左第一，嘗與晦俱在武帝前，帝目之曰：『一時頓有兩玉人耳。』」

〔一〇〕醉裏詩千首：杜甫飲中八仙歌：「李白斗酒詩百篇。」不見：「敏捷詩千首，飄零酒一杯。」

〔一一〕「要宜萬丁帶」二句：恭維其腰宜束寶帶，肘宜佩金印。要：「腰」之古字。廓門注：

「要：按字書，本身腰字，今身腰之要作腰，而要但爲要約字矣。」　萬丁帶：以萬釘爲飾之腰帶。丁，「釘」之古字。隋書楊素傳：「優詔褒揚，賜縑二萬匹，及萬釘寶帶。」黄庭堅次韻子瞻以紅帶寄王宣義：「萬釘圍腰莫愛渠，富貴安能潤黄壚。」　合：適合，與「宜」字互文見義。　黄金斗：指公侯將相所佩之黄金印章。斗，斗印，大印。晉書周顗傳：「顗不與言，顧左右曰：『今年殺諸賊奴，取金印如斗大繫肘。』」黄庭堅次韻答張沙河：「使公繫腰印如斗。」

〔一二〕「袖藏批誥手」二句：稱其以草制批誥之身份，降格與僧人交游。　批誥手：見前注。

〔一三〕「玉堂未放君」二句：亦恭維語，謂翰林學士之職，如其家中之舊物，無法推脱。

〔一四〕鮑永仍父職：後漢書鮑永傳：「鮑永字君長，上黨屯留人也。父宣，哀帝時任司隸校尉，爲王莽所殺。永少有志操，習歐陽尚書。建武十一年，徵爲司隸校尉。帝叔父趙王良尊戚貴重，永以事劾良大不敬，由是朝廷肅然，莫不戒慎。乃辟扶風鮑恢爲都官從事，恢亦抗直不避彊禦。帝常曰：『貴戚且宜斂手，以避二鮑。』其見憚如此。」底本「鮑」作「飽」，涉形近而誤，今改。

〔一五〕人望亦天授：謂子承父職既是衆望所歸，亦是上天所授。　廓門注：「人望，纂要曰：『人中有德望者。』左傳成公十六年曰：『晉、楚唯天所授，何患焉？』淮南子齊俗訓：『其遭桀紂之世，天授也。』史記淮陰侯傳曰：『且陛下所謂天授，非人力也。』」

〔一六〕腕脱俊：指思維敏捷之俊才。　腕脱，指書寫緊張忙碌以至於手腕脱位。　語本新唐書蘇頲傳：「玄宗平内難，書詔填委，獨頲在太極後閤，口所占授，功狀百緒，輕重無所差。書史白曰：『丐公徐之，不然，手腕脱矣。』中書令李嶠曰：『舍人思若泉湧，吾所不及。』」

〔一七〕嘲我飯山瘦：唐孟棨本事詩高逸第三：「（李白）故戲杜曰：『飯顆山頭逢杜甫，頭戴笠子日卓午。借問别來太瘦生，總爲從前作詩苦。』蓋譏其拘束也。」

季長出示子蒼詩次其韻蓋子蒼見衡嶽圖而作也〔一〕

曉煙幻出千萬峰，個中我曾如懶融〔二〕。天公亦妬飽清境，戲推墮我塵網中〔三〕。人生萬□無不有㊀，道士寧知爲老楓〔四〕。去年雪夜宿絶頂〔五〕，笑聲響落千巖風。今年千巖在掌握〔六〕，煙雨又復分西東。磨錢作鏡照千里〔七〕，必也高人非畫工〔八〕。季長胸中自丘壑〔九〕，吐辭便覺春無功〔一〇〕。韓侯玩世難共語〔一一〕，精神滿腹仍疏通〔一二〕。酒闌耳熱眩紅碧〔一三〕，醉語撼子崔嵬胸〔一四〕。遥知墮幘笑不答〔一五〕，但見玉頰回渦紅〔一六〕。

【校記】

㊀□：原缺，石倉本作「事」，武林本作「變」，天寧本作「境」。

【注釋】

〔一〕宣和七年（一一二五）作於潭州。季長：侯延慶。子蒼：韓駒字子蒼。江西詩派成員之一，名列江西宗派圖，有陵陽先生詩四卷傳世。參見本集卷一送雷從龍見宣守注〔二〕。鍇按：韓駒見衡嶽圖而作之詩，見於陵陽集卷二題湖南清絶圖：「故人來從天柱峰，手提石廩與祝融。兩山坡陀幾百里，安得置之行李中。下有瀟湘水清瀉，平沙側岸摇丹楓。漁舟已入浦漵宿，客帆日暮猶爭風。我方騎馬大梁下，怪此物象不與常時同。故人謂我乃絹素，粉墨妙手煩良工。都將湖南萬古愁，與我頃刻開心胸。詩成畫往默惆悵，老眼復厭京塵紅。」惠洪次韻當即此詩。又本卷有子偉約見過已而飲於城東但以詩來次韻，亦次此詩韻。然韓駒原詩較惠洪次韻少「東」「功」「通」三韻，而多一「同」字韻。疑今本陵陽集有訛漏，或韓駒另有一詩。廓門注：「季長，彭思永。」其注殊誤。

〔二〕個中：此中。懶融：指牛頭法融禪師。景德傳燈録卷四金陵牛頭山第一世法融禪師：「後入牛頭山幽棲寺北巖之石室，有百鳥銜華之異。唐貞觀中，四祖遥觀氣象，知彼山有奇異之人，乃躬自尋訪，問寺僧：『此間有道人否？』曰：『出家兒那箇不是道人？』祖曰：『阿那箇是道人？』僧無對。别僧云：『此去山中十里許，有一懶融，見人不起，亦不合掌。莫是道人？』祖遂入山見師，端坐自若，曾無所顧。」鍇按：惠洪游方嘗數至南嶽衡山，故曰「個中」。唐時衡嶽有高僧明瓚，號懶瓚。此句本當曰「個中我亦如懶瓚」，然爲次韻，故以「懶融」代之。

〔三〕戲推墮我塵網中：廓門注：「淵明詩『誤落塵網中』之類。」鍇按：陶淵明歸園田居：「少無適俗韻，性本愛丘山。誤落塵網中，一去三十年。」

〔四〕道士寧知爲老楓：南唐譚峭化書卷一老楓：「老楓化爲羽人，朽麥化爲蝴蝶，自無情而之有情也。賢女化爲貞石，山蚯化爲百合，自有情而之無情也。」

〔五〕去年雪夜宿絶頂：當指宣和六年初春游隱山之事。

〔六〕千巖在掌握：謂衡嶽圖之畫軸在手掌握，展卷可覽觀千巖。

〔七〕磨錢作鏡：磨青銅錢作青銅鏡，以觀照景色，戲謂其所見朦朧，而具水墨意韻。山谷集外集卷九題公卷花光横卷：「高明深遠，然後見山見水，此蓋關仝、荆浩能事。花光懶筆，磨錢作鏡所見耳。」此借用其語。本集卷八次韻雲居寺：「磨錢作鏡江山映。」卷一六琛上人所蓄妙高墨戲三首之三：「磨錢作鏡時一照。」

〔八〕必也高人非畫工：蘇軾歐陽少師令賦所蓄石屏：「古來畫師非俗士，摹寫物象略與詩人同。」次韻吴傳正枯木歌：「古來畫師非俗士，妙想實與詩同出。」此反其意而用之。

〔九〕胸中自丘壑：世説新語品藻：「明帝問謝鯤：『君自謂何如庾亮？』答曰：『端委廟堂，使百僚準則，臣不如亮。一丘一壑，自謂過之。』」

〔一〇〕吐辭便覺春無功：李賀高軒過：「筆補造化天無功。」此化用其意。

〔一一〕韓侯：指韓駒。侯，士大夫之尊稱。　玩世：揚雄法言淵騫：「依隱玩世，詭時不逢，其滑稽之雄乎？」

〔一二〕疏通：史記五帝本紀：「靜淵以有謀，疏通而知事。」杜甫送從弟亞赴河西判官：「應對如轉丸，疏通略文字。」

〔一三〕眩紅碧：形容醉眼昏花。李白前有樽酒行二首之二：「催絃拂柱與君飲，看朱成碧顔始紅。」蘇軾金山寺與柳子玉飲大醉卧寶覺禪榻夜分方醒書其壁：「我醉都不知，但覺紅緑眩。」又焦千之求惠山泉詩：「貴人高宴罷，醉眼亂紅緑。」此借用其語意。

〔一四〕崔嵬：猶塊壘，胸中所鬱積不平之氣。黄庭堅次韻子瞻武昌西山：「平生四海蘇太史，酒澆不下胸崔嵬。」

〔一五〕隳幘：形容酒醉失態。參見本集卷一大雪戲招耶溪先生鄒元佐注〔七〕、次韻胡民望小蟲墮耳注〔七〕。

〔一六〕玉頰回渦紅：謂頰上泛紅，現出淺淺酒窩。參見大雪戲招耶溪先生鄒元佐注〔八〕。

子偉約見過已而飲於城東但以詩來次韻〔一〕

一杯愁倡低眉峰〔二〕，不平萬事都消融。嗟余分身處處有〔三〕，遥知到子談笑中。平生蹤蹟亦可笑，以醜見傳如癭楓〔四〕。而公才大置閑地〔五〕，正坐道骨合仙風〔六〕。頗聞少年類豪俠，臂鷹走馬王城東〔七〕。爾來閉門看脩竹，藉甚但傳詩句工〔八〕。懶於能琴嵇叔夜〔九〕，癡於戀酒王無功〔一〇〕。明朝此樂墮渺莽〔一一〕，路隔關河魂夢通。付子後堂以清夜，料理絲竹圍酥胸〔一二〕。曲音少悮即回顧〔一三〕，笑看盃面微波紅。

【注釋】

〔一〕宣和七年作於潭州。鍇按：本詩次韻前詩，當作於同時稍後。子偉：姓周，名不詳。本詩有「曲音少悮即回顧」句，用周瑜事，此即宋吴聿觀林詩話所云「贈人詩多用同姓事」，故知子偉姓周。又本卷西湖寺逢子偉有「乃與周郎遇」之句，亦可證。

〔二〕倡：歌唱。楚辭九歌禮魂：「姱女倡兮容與。」洪興祖補注：「倡，讀作唱。」

〔三〕分身處處有：一身分爲數身，處處可見。高僧傳卷一〇梁京師釋保誌傳：「閣吏啓云：『誌久出在省，方以墨塗其身。』時僧正法獻欲以一衣遺誌，遣使於龍光、罽賓二寺求之，並云：『昨宿旦去。』又至其常所造厲侯伯家尋之，伯云：『誌昨在此行道，旦眠未覺。』使還以告獻，方知其分身三處宿焉。」本集卷一次韻見寄二首之一：「譬如千江月，處處能分身。」

〔四〕瘿楓：晉嵇含南方草木狀卷下：「楓人：五嶺之間多楓木，歲久則生瘤瘿。一夕遇暴雷驟雨，其樹贅暗長三五尺，謂之楓人。越巫取之作術，有通神之驗。取之不以法，則能化去。」

〔五〕而公才大置閑地：廓門注：「東坡詩十五卷：『才大古難用。』置閑地，著閑處之義。」

〔六〕道骨合仙風：李白大鵬賦序：「謂余有仙風道骨。」饒節倚松詩集卷一李太白畫歌：「嗚呼先生泰絶倫，仙風道骨語甚真。」

〔七〕臂鷹走馬王城東：能改齋漫録卷一〇支遁臂鷹走馬：「世説載支遁道林常養馬數匹，或言道人畜馬不韻。支云：『貧道重其神俊。』高僧傳載支遁常養一鷹，人問之何以？答曰：『賞其神俊。』然世但稱其賞馬，不稱其賞鷹。惟東坡有謝雲師無著遺支遁鷹馬圖詩，所謂『莫學王郎與支遁，臂鷹走馬憐神駿。還君畫圖君自收，不如木人騎土牛』。」此借用蘇詩語。

〔八〕藉甚：盛大，卓著。史記酈生陸賈列傳：「陸生以此游漢廷公卿間，名聲藉甚。」裴駰集解：「漢書音義曰：『言狼藉甚盛。』」

〔九〕懶於能琴嵇叔夜：晉書嵇康傳：「初，康嘗游於洛西，暮宿華陽亭，引琴而彈。夜分，忽有客詣之，稱是古人，與康共談音律，辭致清辯，因索琴彈之，而爲廣陵散，聲調絶倫，遂以授康，仍誓不傳人，亦不言其姓字。」

〔一〇〕癡於戀酒王無功：新唐書王績傳略曰：「王績字無功，絳州龍門人。性簡放，不喜拜揖。……不樂在朝，求爲六合丞，以嗜酒不任事。……仲長子光者，亦隱者也，無妻子，結廬北渚，凡三十年，非其力不食。績愛其真，徙與相近。子光瘖，未嘗交語，與對酌酒歡甚。績有奴婢數人，種黍，春秋釀酒，養鳧雁，蒔藥草自供。以周易、老子、莊子置牀頭，他書罕讀也。欲見兄弟，輒度河還家。游北山東皋，著書，自號東皋子。乘牛經酒肆，留或數日。高祖武德初，以前官待詔門下省。故事，官給酒日三升。或問：『待詔何樂邪？』答曰：『良醖可戀耳！』侍中陳叔達聞之，日給一斗，時稱『斗酒學士』。貞觀初，以疾罷。復調有司，時太樂署史焦革家善釀，績求爲丞，吏部以非流不許，績固請曰：『有深意。』竟除之。革死，妻送酒不絶，歲餘，又死。績曰：『天不使我酣美酒邪？』棄官去。自是太樂丞爲清職。追述革酒法爲經，又採杜康、儀狄以來善酒者爲譜。李淳風曰：『君，酒家南、董也。』所居東南有磐石，立杜康祠祭之，尊爲師，以革配。著醉鄉記，以次劉伶酒德頌。其飲至五斗不亂，人有以酒邀者，無貴賤輒往，著五斗先生傳。」

〔一一〕墮渺莽：蘇軾和歸田園居六首之一：「春江有佳句，我醉墮渺莽。」

〔一二〕料理絲竹圍酥胸：謂歌女圍坐演奏音樂。酥胸：指潔白柔軟之胸脯，此代指歌女。

〔一三〕曲音少悞即回顧：以周瑜比子偉，以同姓故。三國志吴書周瑜傳：「瑜少精意於音樂，雖三爵之後，其有闕誤，瑜必知之，知之必顧。故時人謡曰：『曲有誤，周郎顧。』」悞，同「誤」。

季長出權生所畫嶽麓雪晴圖〔一〕

湘西今日雲生早〔二〕，嶽麓雪晴看愈好。朱欄青瑣寄木杪〔三〕，下臨絶壑青松道。知誰沙步泊漁舟〔四〕，舟中應容寂音老〔五〕。愛山誰復如君者，一幅湘西和我畫。分身亦欲看京華〔六〕，要使癡兒驚羽化〔七〕。

【注釋】

〔一〕宣和七年作於潭州。　季長：侯延慶。　權生：生平不可考。　嶽麓：即嶽麓山，在潭州善化縣湘江西岸。

〔二〕湘西：廓門注：「湘西謂長沙府。」鍇按：本集湘西指潭州善化縣，與長沙縣隔江相望。

〔三〕朱欄青瑣寄木杪：言林間寺院殿宇之欄楯如放置於樹梢之上。　朱欄：蘇軾游道場山何山：「碧瓦朱欄縹緲間。」　青瑣：漢書元后傳：「曲陽侯根驕奢僭上，赤墀青瑣。」顔師古注：「青瑣者，刻爲連環文，而青塗之也。」　木杪：樹梢。

〔四〕沙步：沙灘邊泊船之處。柳宗元永州鐵爐步志：「江之滸，凡舟可縻而上下者曰步。」陳師道九日寄秦觀：「疾風回雨水明霞，沙步叢祠欲暮鴉。」

〔五〕寂音老：惠洪自稱。

〔六〕分身：一身分爲數身。參見前詩注〔三〕。

〔七〕要使癡兒驚羽化：蘇軾詠湯泉：「豈惟渴獸駭，坐使癡兒怖。」此化用其語。　羽化：飛升成仙，如化鶴之類。蘇軾赤壁賦：「飄飄乎如遺世獨立，羽化而登仙。」

季長盡室來長沙留一月乃還邵陽作是詩送之〔一〕

邵陽歸去知幾里，萬頃斜陽渡湘水。一葉扁舟共看山，伯鸞德耀俱風味〔二〕。山中信宿不忍去〔三〕，班草松間呼不起〔四〕。波心月出卧不知，但愛松風吹醉耳。朝來拾得浩蕩春，雪英紅雨紛桃李。大鐘横撞山答響，遥知有寺藏層翠。想見道人出迎客，犀顱戢戢三千指〔五〕。王事得從方外樂〔六〕，佳處遲留固其理〔七〕。何當更和宿山詩，要看雲泉生逸氣。

【注釋】

〔一〕宣和五年（一一二三）春作於長沙。季長：侯延慶。盡室：全家。左傳成公二年：「巫臣盡室以行。」杜預注：「室家盡去。」邵陽：宋邵州治邵陽縣，屬荆湖南路。

〔二〕伯鸞德耀俱風味：以東漢梁鴻、孟光事喻侯延慶及其妻。後漢書逸民列傳梁鴻傳略曰：「梁鴻字伯鸞，扶風平陵人也。……受業太學，家貧而尚節介，博覽無不通，而不爲章句。……勢家慕其高節，多欲女之，鴻並絶不娶。同縣孟氏有女，狀肥醜而黑，力舉石臼，擇對不嫁，至年三十。父母問其故，女曰：『欲得賢如梁伯鸞者。』鴻聞而娉之。女求作布衣、麻屨，織作筐緝績之具。及嫁，始以裝飾入門。七日而鴻不答。妻乃跪牀下請曰：『竊聞夫子高義，簡斥數婦，妾亦偃蹇數夫矣。今而見擇，敢不請罪！』鴻曰：『吾欲裘褐之人，可與俱隱深山者爾。今乃衣綺縞，傅粉墨，豈鴻所願哉？』妻曰：『以觀夫子之志耳。妾自有隱居之服。』乃更爲椎髻，著布衣，操作而前。鴻大喜曰：『此真梁鴻妻也。能奉我矣！』字之以德曜，名孟光。居有頃，妻曰：『常聞夫子欲隱居避患，今何爲默默？無乃欲低頭就之乎？』鴻曰：『諾。』乃共入霸陵山中，以耕織爲業，詠詩書，彈琴以自娛。仰慕前世高士，而爲四皓以來二十四人作頌。」

〔三〕信宿：連宿兩夜。參見本集卷三七夕卧病詩注〔一五〕。

〔四〕班草：猶班荆，鋪草坐地。後漢書逸民列傳陳留老父傳：「桓帝世，黨錮事起，守外黄令陳留張升去官歸鄉里，道逢友人，共班草而言。」李賢注：「班，布也。」廓門注：「類書纂要曰：『班草，野飲坐草也。』」

〔五〕「大鐘橫撞山答響」四句：蘇軾宿海會寺：「大鐘橫撞千指迎。」送金山鄉僧歸蜀開堂：「撞鐘浮玉山，迎我三千指。」此規模其意而形容之，敷衍爲四句。大鐘橫撞：寺院中大鐘以橫木撞之，其聲宏亮。本集數用蘇詩此語，如卷八餞枯木成老赴南華之命：「大鐘橫撞山玲瓏。」卷二一雙峰正覺禪院涅槃堂記：「大鐘橫撞，山空玲瓏。」信州天寧寺記：「大鐘橫撞午梵奏。」卷二六題廬山：「大鐘橫撞，淨侣戢戢。」　犀顱：額角骨突出如犀。語本蘇軾光道人真贊：「海口山顴，犀顱鶴肩。」本集以之代指僧人。　戢戢：密集衆多貌。三千指：猶言三百人，極言僧衆之多。指，量詞，十指爲一人。

〔六〕王事：王命差遣之公事。語本詩小雅北山：「四牡彭彭，王事傍傍。」

〔七〕佳處遲留：蘇軾水調歌頭：「故鄉歸去千里，佳處輒遲留。」此借用其語。

送季長之上都〔一〕

十年不踏黄塵路〔二〕，老盡歸心餘一縷。因同夜語想京華，歸心百尺游絲舉㊀〔三〕。前年別我楚山邊，解鞍班草弄雲泉〔四〕。今年送公古城北，花發水流聞杜鵑。眉間秀色照春晚，青雲故人紛滿眼〔五〕。門前車馬氣如雲〔六〕，知誰倒屣迎王粲〔七〕。行看腕脱供十吏〔八〕，玉堂風景非人世〔九〕。萬乘扣扉宫月斜㊁，夢驚呼燭度窗紗〔一〇〕。

【校記】

㊀尺：石倉本作「只」，誤。

㊁扣：石倉本作「叩」。

【注釋】

〔一〕宣和七年（一一二五）春作於長沙。　季長：侯延慶。　上都：京都，京城。此指汴京開封府。

〔二〕十年不踏黄塵路：惠洪自政和五年（一一一五）春離汴京，至作此詩時已十一年。此乃舉其成數。　黄塵路：奔走京城之路。黄庭堅呈外舅孫莘老二首之一：「九陌黄塵烏帽底。」

〔三〕歸心百尺游絲舉：前文狀歸心爲「一縷」，就思緒而形容之；此則喻歸心爲百尺游絲舉，就解鞍班草：見前詩「一縷」而坐實之。

〔四〕「前年別我楚山邊」二句：指宣和五年侯延慶自長沙還邵陽之事。季長盡室來長沙留一月乃還邵陽作是詩送之注〔四〕。

〔五〕青雲故人：謂仕途得意之友人。廓門注：「青雲，謂在官人。」本集卷一送雷從龍見宣守：「青雲故人氣如春。」

〔六〕門前車馬氣如雲：史記天官書：「車氣乍高乍下，往往而聚。騎氣卑而布。」黄庭堅送劉士彦赴福建轉運判官：「車馬氣成霧。」蘇軾濠州七絶虞姬墓：「門前壯士氣如雲。」此合蘇、黄語而化用之。

〔七〕倒屣迎王粲：三國志魏書王粲傳：「獻帝西遷，粲徙長安，左中郎將蔡邕見而奇之。時邕才學顯著，貴重朝廷，常車騎填巷，賓客盈坐。聞粲在門，倒屣迎之。粲至，年既幼弱，容狀短小，一坐盡驚。邕曰：『此王公孫也，有異才，吾不如也。吾家書籍文章，盡當與之。』」倒屣：急出迎以致鞋倒穿，形容熱情迎客之態。

〔八〕腕脱供十吏：極言起草文書才思敏捷，十吏執筆以致腕脱亦難跟上。漢書遊俠傳陳遵傳：「繇是起爲河南太守。既至官，當遣從史西，召善書吏十人於前，治私書謝京師故人。遵馮几，口占書吏，且省官事，書數百封，親疏各有意，河南大驚。」新唐書蘇頲傳：「玄宗平内難，書詔填委，獨頲在太極後閣，口所占授，功狀百緒，輕重無所差。書史白曰：『丏公徐之，不然，手腕脱矣。』」蘇軾和趙郎中捕蝗見寄次韻合二事而用之：「往來供十吏，腕脱不容歇。」此化蘇詩二句爲一句。

〔九〕玉堂風景非人世：預祝侯延慶至京師榮拜翰林學士。玉堂：宋之學士院，號玉堂之署。參見本集卷三喜會李公弱注〔九〕。

〔一〇〕「萬乘扣扉宫月斜」二句：唐摭言卷一五雜記：「令狐趙公，大中初在内庭，恩澤無二，常便殿召對，夜艾方罷，宣賜金蓮花送歸院。院使已下，謂是駕來，皆鞠躬階下。俄傳呼曰：『學士歸院！』莫不驚異。金蓮花，燭柄耳，惟至尊方有之。」新唐書令狐綯傳：「還爲翰林承旨。夜對禁中，燭盡，帝以乘輿、金蓮華炬送還，院吏望見，以爲天子來。及綯至，皆驚。」此化用其意。元稹酬樂天書懷見寄：「中宵宫中出，復見宫月斜。」此借用其語。

西湖寺逢子偉〔一〕

我行厭風埃，日莫休逆旅〔二〕。疲坐捫蚤蝨，呼童洗袍袴〔三〕。起尋古招提〔四〕，思與幽人晤〔五〕。忽覺華氣生，乃與周郎遇。笑談傾坐人，我亦爲停麈〔六〕。袖中出新詩，貫珠穿妙語〔七〕。麗如花林風〔八〕，清甚空堦雨〔九〕。坐令羈旅情，掣肘棄余去〔一〇〕。太平疆場空，英雄功業悮〔一一〕。如君文武姿，其可著閑處？霸陵（凌）舊將軍㊀，月黑射猛虎。夜歸逢醉尉，頗復較勝負〔一二〕。丈夫有用舍（仝）㊁〔一三〕，世態度今古。何時紫泥書，夜半搥門户〔一四〕。邊風吹塞塵，千騎紅粧女〔一五〕。横槊賦新詩〔一六〕，唾手取黠虜〔一七〕。麒麟入圖畫〔一八〕，佩劍撚白羽㊂〔一九〕。

【校記】

㊀陵：原作「凌」，誤，今據寬文本、四庫本、廓門本、武林本改。參見注〔一一〕。

㊁舍：原作「仝」，誤，今據四庫本、武林本改。參見注〔一三〕。

㊂撚：武林本作「横」。

【注釋】

〔一〕宣和七年作於長沙。西湖寺：不可考。子偉：姓周，字子偉，名不可考。參見前子偉約見過已而飲於城東但以詩來次韻注〔一〕。

〔二〕莫：「暮」之古字。廓門注：「逆旅，客舍。」

〔三〕洗袍袴：黄庭堅題伯時頓塵馬：「亦思歸家洗袍袴。」此借用其語。

〔四〕招提：佛寺之别稱。

〔五〕思與幽人晤：廓門注：「東坡詩六卷：『空階有餘滴，似與幽人語。』茲借用其語。」錯按：蘇詩題爲秋懷二首。

〔六〕停麈：謂傾聽其談笑而停摇麈尾。麈，麈尾所做之拂塵，清談時手執之。

〔七〕貫珠：成串珍珠。禮記樂記：「纍纍乎端如貫珠。」以喻珠圓玉潤之詩文。

〔八〕麗如花林風：喻其詩文辭之麗，如春風吹拂花林，和煦明麗。花林風，即華林風。本集多用此喻，參見卷三珪粹中與超然游舊超然數言其俊雅除夕見於西興喜而贈之注〔一〇〕。

〔九〕清甚空堦雨：喻其詩意境之清静，勝似雨滴空階。蘇軾次韻僧潛見贈：「空階夜雨自清絶。」形容僧潛詩情之妙，此借以喻詩境。

〔一〇〕掣肘：本指拽肘、拉肘，此用作甩臂拋棄之義。參見本卷戲廓然注〔八〕。

〔一一〕「太平疆場空」二句：謂太平年代英雄無用武之地。本集卷二二思古堂記：「遭時外平，疆場久空，無所施其材，蹇寓一官。」即此意。

〔一二〕「霸陵舊將軍」四句：史記李將軍列傳：「廣家與故潁陰侯孫屏野居藍田南山中射獵。嘗夜從一騎出，從人田間飲。還至霸陵亭，霸陵尉醉，呵止廣。廣騎曰：『故李將軍。』尉曰：『今將軍尚不得夜行，何乃故也！』止廣宿亭下。居無何，匈奴入殺遼西太守，敗韓將軍，後韓將軍徙右北平。於是天子乃召廣爲右北平太守。廣即請霸陵尉與俱，至軍而斬之。……廣出獵，見草中石，以爲虎而射之，中石没鏃，視之石也。因復更射之，終不能復入石矣。」

〔一三〕用舍：論語述而：「子謂顔淵曰：『用之則行，舍之則藏，唯我與爾有是乎！』」底本作「用仝」，不辭，乃刊刻闕筆之誤，今改。

〔一四〕「何時紫泥書」二句：謂或許何時皇帝任用詔書會連夜送達。紫泥書：指皇帝詔書。後漢書光武帝紀：「奉高皇帝璽綬。」李賢注引蔡邕獨斷曰：「皇帝六璽，皆玉螭虎紐，文曰『皇帝行璽』、『皇帝之璽』、『皇帝信璽』、『天子行璽』、『天子之璽』、『天子信璽』，皆以武都紫泥封之。」宋趙彦衛雲麓漫鈔卷一二：「古印文作白字，蓋用以印泥，紫泥封詔是也。」李白江夏使君叔席上贈史郎中：「鳳凰丹禁裏，銜出紫泥書。」

〔一五〕千騎紅粧女：紅粧指營妓，即軍中之官妓。參見本集卷二贈王敦素兼簡正平注〔一二〕。

〔一六〕横槊賦新詩：馬上横長矛而吟詩，狀其能文能武之豪邁風度。元稹唐故工部員外郎杜君墓系銘：「建安之後，天下文士遭罹兵戰，曹氏父子鞍馬間爲文，往往横槊賦詩，故其抑揚怨哀悲離之作，尤極於古。」蘇軾赤壁賦：「舳艫千里，旌旗蔽空，釃酒臨江，横槊賦詩，固一世之雄也。」

〔一七〕唾手：以口液吐於手，喻極其容易。黠虜：狡黠之敵。後漢書伏湛傳：「且漁陽之地，逼接北狄，黠虜困迫，必求其助。」

〔一八〕麒麟入圖畫：恭維其將成爲帝王股肱之臣，建立豐功偉業。資治通鑑卷二七漢紀十九中宗孝宣皇帝下甘露三年：「上以戎狄賓服，思股肱之美，乃圖畫其人於麒麟閣，法其容貌，署其官爵、姓名。唯霍光不名，曰『大司馬、大將軍、博陸侯，姓霍氏』。其次張安世、韓增、趙充國、魏相、丙吉、杜延年、劉德、梁丘賀、蕭望之、蘇武。凡十一人，皆有功德，知名當世，是以表而揚之，明著中興輔佐，列於方叔、召虎、仲山甫焉。」漢書蘇武傳：「甘露三年，單于始入朝。上思股肱之美，迺圖畫其人於麒麟閣。」顔師古注引張晏曰：「武帝獲麒麟時作此閣，圖畫其像於閣，遂以爲名。」三輔黄圖：「麒麟閣，蕭何造，以藏秘書，處賢才也。」

〔一九〕撚：說文手部：「撚，執也。」杜牧重送：「手撚金僕姑，腰懸玉轆轤。」　白羽：指羽箭。文選卷八司馬相如上林賦：「彎繁弱，滿白羽。」文穎注：「以白羽爲箭，故言白羽也。」

和曾逢原試茶連韻〔一〕

霜須瘴面豁齒牙〔二〕，門前小舟嘗自拏〔三〕。茅茨叢竹依壠畬〔四〕，君來游時方採茶。傳呼部曲江路賒〔五〕，迎門顛倒披袈裟〔六〕。仙風照人虔敬加，秀如春露濕蘭芽，和如東風吹奇葩。馬蹄歸路衝飛花，青松轉壑登龍蛇〔七〕，路人聚觀不敢譁。詩筒復肯來山家〔八〕，想見戟門兵衛遮〔九〕。湘江玉展無纖瑕，但聞江空響釣車〔一〇〕。嗟予生計唯攡鰕〔一一〕，安識醉墨翻側麻〔一二〕。喜如小兒抱秋瓜〔一三〕，宣和官焙囊絳紗〔一四〕，見之美如癢初爬〔一五〕。愛客自試懽無涯，身世都忘是長沙〔一六〕。院落日長蜂趁衙〔一七〕，園林雨足鳴池蛙。詩成句法規正邪〔一八〕，細窺不容銖兩差〔一九〕。逸羣翰墨爭傳誇，坡谷非子前身耶〔二〇〕？沅湘萬古一長嗟〔二一〕，明年夜直趨東華〔二二〕，應有佳句懷煙霞。

【注釋】

〔一〕宣和五年春作於長沙。　曾逢原：曾孝序（一〇四九～一一二七）字逢原，泉州晉江人。以蔭補將作監主簿，累官至環慶路經略安撫使。與蔡京論講議司事不合，削籍竄嶺表。遇赦，量移永州。京罷相，授顯謨閣待制，知潭州。復以論猺事與吴居厚不合，落職知袁州。尋復職，再知潭州。平道州猺人叛，進顯謨閣直學士，遷龍圖閣直學士，知青州。金人不敢犯。高宗即位，遷徽猷閣學士。建炎元年，與其子訏爲亂兵所殺。年七十九。宋史忠義傳有傳。　鍇按：此詩句句押韻，效柏梁體。

〔二〕霜須：白鬍鬚。須，同「鬚」。　瘴面：面帶瘴癘之色。惠洪因政和年間嘗流放海南，故稱。　豁齒牙：齒缺，指年老。韓愈進學解：「頭童齒豁，竟死何裨！」又上兵部李侍郎書：「髮秃齒豁，不見知己。」

〔三〕拏舟：即撐船。

〔四〕壠畬：壠畝，田地。畬，本指燒榛種田，即刀耕火種，亦泛指粗放耕種之田地。唐劉長卿贈元容州：「海徼長無戍，湘山獨種畬。」

〔五〕傳呼部曲：黄庭堅薄薄酒二章之二：「傳呼鼓吹擁部曲，何如春雨一池蛙。」此借用其語。部曲，指軍隊。後漢書光武帝紀「各領部曲」李賢注引續漢志曰：「大將軍營有五部，部三校尉。部下有曲，曲有軍候一人。」鍇按：時曾孝序知潭州，兼荆湖南路安撫使，亦統率軍隊。　賒：距離遠。唐呂巖七言詩：「常憂白日光陰促，每恨青天道路賒。」

〔六〕迎門顛倒披袈裟：形容急出門迎客以致袈裟倒披。此既借詩齊風東方未明「顛倒衣裳」之語，又化用三國志魏書王粲傳蔡邕倒屣迎王粲之意，所謂奪胎换骨。參見前送季長之上都注〔六〕。

〔七〕龍蛇：喻青松，其枝幹盤虬似龍蛇。李商隱武侯廟古柏：「蜀相階前柏，龍蛇捧閟宫。」

〔八〕詩筒：盛詩稿以便傳遞之竹筒。白居易秋寄微之十二韻：「忙多對酒榼，興少閱詩筒。」自注：「此在杭州，兩浙唱和詩贈答，於筒中遞來往。」廓門注：「元白唱和，以筒著詩往來，謂之詩筒。集中有醉封詩筒寄微之詩。」

〔九〕戟門兵衛遮：謂畫戟排列，兵衛森嚴。韋應物郡齋雨中與諸文士燕集：「兵衛森畫戟，燕寢凝清香。」

〔一〇〕釣車：釣魚之具，上有輪盤纏絡釣絲，遠近收放自如。蘇軾次韻周長官壽星院同餞魯少卿：「琉璃百頃水仙家，風靜平湖響釣車。」黄庭堅題花光畫山水：「欲把輕舟小釣車。」僧道潛次韻才仲試院夢中書事見寄之四：「一川修竹映疏花，川上時聞響釣車。」

〔一一〕攡：撈取。　鰕：同「蝦」。

〔一二〕麻：麻紙。新唐書藝文志一：「大明宫光順門外、東都明福門外，皆創集賢書院，學士通籍出入。既而太府月給蜀郡麻紙五千番。」廓门注：「側麻，蓋紙乎？後漢書蔡倫傳曰：『倫乃造意用樹膚、麻頭及敝布、漁網以爲紙。』」

〔一三〕喜如小兒抱秋瓜：狀其無知而喜悦之情。開元天寶遺事卷四任人如市瓜：「天后朝政出多門，國由姦倖，任人之道，如小兒市瓜，不擇香味，惟揀肥大者。」杜甫園人送瓜：「許以秋蔕除，仍看小童抱。」蘇軾和子由記園中草木十一首之六：「誰知念離别，喜見秋瓜老。」

〔一四〕官焙：指貢茶。山谷内集詩注卷八博士王揚休碾密雲龍同事十三人飲之戲作：「注湯官焙香出籠。」任淵注：「官焙即建谿北焙。」又卷三謝公擇舅分賜茶三首之一：「北焙風煙天上來。」任淵注：「北焙謂建溪北苑官焙。」參見本集卷四郭祐之太尉試新龍團索詩注〔二〕。

囊絳紗：以絳紗爲囊包裝，以示珍貴。李賀惱公：「符因青鳥送，囊用絳紗縫。」

〔一五〕見之美如癢初爬：形容見此貢茶所生難以言喻之快感，舒服如以爪搔癢。葛洪神仙傳卷三王遠：「麻姑手爪似鳥，經見之，心中念曰：背大癢時，得此爪以爬背，當佳也。」杜牧讀韓杜集：「杜詩韓筆愁來讀，似倩麻姑癢處搔。」蘇軾次韻答劉景文左藏：「故應好語如爬癢，有味難名只自知。」

〔一六〕身世都忘是長沙：白居易渭村退居寄禮部崔侍郎翰林錢舍人詩一百韻：「可憐身與世，從此兩相忘。」蘇軾過大庾嶺：「今日嶺上行，身世永相忘。」此化用其意。

〔一七〕蜂趁衙：宋陸佃埤雅釋蟲：「蜂有兩衙應朝，其主之所在，衆蜂爲之旋繞如衛。」黄庭堅演雅：「稺蜂趁衙供蜜課。」陳師道春懷示鄰里：「雷動蜂窠趁兩衙。」

〔一八〕詩成句法規正邪：宋魏慶之詩人玉屑卷五詩有正邪引范季隨陵陽先生室中語：「公（韓駒）

云：『詩道如佛法，當分大乘、小乘，邪魔、外道，惟知者可以語此。』」

〔一九〕不容銖兩差：形容語言精工準確，尤指對仗之輕重均衡。宋阮閱詩話總龜卷一三：「晚唐詩句尚切對，然氣韻甚卑。鄭棨山居云：『童子病歸去，鹿麑寒入來。』自謂銖兩輕重不差。」

〔二〇〕坡谷：蘇東坡、黄山谷。

〔二一〕沅湘萬古一長嗟：杜甫祠南夕望：「湖南清絶地，萬古一長嗟。」蘇軾送陳睦知潭州：「湖南萬古一長嗟，付與騷人發嘲弄。」此借用其語。　沅湘：沅水、湘水之合稱。楚辭離騷：「濟沅湘以南征兮，就重華而陳詞。」此泛指湖南之地。

〔二二〕夜直趨東華：指翰林學士入東華門值夜班。　東華：指汴京宫城東華門。宋史地理志一：「宫城周迴五里，南三門，中曰乾元，東曰左掖，西曰右掖，東西面門曰東華、西華。」沈括夢溪筆談卷一故事：「今學士初拜，自東華門入，至左承天門下馬。」廓門注：「東華，謂杭州府。」殊誤。

次韻曾嘉言試茶〔一〕

不嫌滯留湘水涯，時作新詩誇露芽〔二〕。此篇醉墨翻龍蛇，雷鎚雨雹飛塵沙〔三〕。開卷疾讀喜欲譁，此郎真是能世家〔四〕。氣如横槊萬騎遮〔五〕，妙如琢玉無玼瑕。縉紳傳觀衆口誇，矧余禿鬢纏袈裟〔六〕。崔嵬胸次書五車〔七〕，於人豈止一等加〔八〕。坐令應手開天葩〔九〕，不因筆端夢生花〔一〇〕。何時詞刃誅姦邪〔一一〕，世途嗜好紛萬差，風流掃地吁可嗟。十年去國道路賒，兩手未忍置所拏。賈生豈欲從蟥鰕〔一二〕，淵明但愛談桑麻〔一三〕。湘西有舍如藏蛙〔一四〕，年來頗種東陵瓜〔一五〕。愛君才宜踐清華〔一六〕，妙年聲譽聞童牙〔一七〕。君看愛客自煮茶，紅粧聚觀爛朝霞〔一八〕。撐突萬卷遭搜爬〔一九〕，職宜蓮燭燒窗紗〔二〇〕，不宜槐笏趨早衙〔二一〕。未甘終老勤山畬，尚能見子昂霄耶〔二二〕？想見霧窗煙縷斜〔二三〕。

【注釋】

〔一〕宣和五年春作於長沙。此詩與前詩爲同時唱酬之作。曾嘉言：曾孝序之子曾訏（？～一一二七）字嘉言，官宣教郎，其時爲湖南宣撫司書寫機宜文字。後隨父守青州，建炎元年，與父同爲亂兵所害。據本集卷一六和游南臺「曾侯有逸韻」、「吾觀三公子」之句，可知曾訏爲孝序第三子。錯按：此詩亦效柏梁體，句句押韻。

〔二〕露芽：亦作「露牙」，名茶之一種。唐國史補卷下：「風俗貴茶，茶之名品益衆。福州有方山之露牙。」梅堯臣和答宣城張主簿遺鴉山茶次其韻：「纖嫩如雀舌，煎烹比露芽。」蘇軾九日尋臻闍黎遂泛小舟至勤師院二首之一：「試碾露芽烹白雪，休拈霜蕊嚼黃金。」

〔三〕雷鎚雨雹飛塵沙：喻落筆豪放，妙語疊出。語本東坡詩集注卷一一太虛以黄樓賦見寄作詩爲謝：「夫子獨何妙，雨雹散雷椎。」集注引宋援曰：「雷州大雷雨，時人有收得雷斧、雷椎，皆石也。」參見本集卷三游南嶽福嚴寺注〔四六〕。

〔四〕此郎：指曾嘉言，以其較惠洪年少，故稱郎。　能世家：謂能繼承世代相傳之家學。胡宿文恭集卷一二宋敏修可著作佐郎制：「爾承先人，能世家學。」參見本集卷三崇因會王敦素注〔一二〕。

〔五〕氣如横槊萬騎遮：謂其豪氣堪爲軍中統帥，手執長矛，萬騎護衛。横槊，參見前西湖寺逢子偉注〔一三〕。

〔六〕矧：況且，而況。

〔七〕崔嵬胸次書五車：猶言學問淵博，胸中藏有萬卷書。莊子天下：「惠施多方，其書五車。」

〔八〕一等加：猶言比人高出一等。禮記王制：「夫子曰：獻子加於人一等矣。」參見本集卷一桐川王野夫相訪洞山既去作此兼簡直夫注〔二〕。

〔九〕應手開天葩：謂其詩句如天然奇葩，應手而出。廓門注：「應手，莊子字。」鍇按：莊子天道：「斵輪，徐則甘而不固，疾則苦而不入，不徐不疾，得之於手而應於心，口不能言，有數存焉於其間。」

〔一〇〕筆端夢生花：喻才情横溢。參見本集卷二贈李敬修注〔一〇〕。

〔一一〕詞刃誅姦邪：廓門注：「東坡詩十一卷：『知君欲斫奸邪窟。』」鍇按：蘇詩題爲田國博見示石炭詩有鑄劍斬佞臣之句次韻答之。

〔一二〕賈生豈欲從螾蝦：文選卷六〇賈誼弔屈原文：「襲九淵之神龍兮，沕深潛以自珍。偭蟂獺以隱處兮，夫豈從蝦與蛭螾？」李善注：「韋昭曰：『蝦，蝦蟇。蛭，水蟲，食人者也。螾，丘螾也。』偭然自絶於蟂獺，況從蝦與蛭螾也？」

〔一三〕淵明但愛談桑麻：陶淵明歸園田居五首之二：「相見無雜言，但道桑麻長。桑麻日已長，我土日已廣。」

〔一四〕湘西有舍如藏蛙：喻己所居水西南臺寺狹窄如坎井，只堪藏蛙。此自謙語。

〔一五〕東陵瓜：史記蕭相國世家：「召平者，故秦東陵侯。秦破，爲布衣，貧，種瓜於長安城東，瓜美，故世俗謂之『東陵瓜』，從召平以爲名也。」

〔一六〕踐：擔當，升任。　清華：清高顯貴之職位。廓門注：「清華，謂卿相也。」

〔一七〕童牙：謂年幼。後漢書崔駰傳：「甘羅童牙而報趙。」李賢注：「童牙，謂幼小也。」

〔一八〕紅粧聚觀爛朝霞：謂紅粧美女圍觀，其衣色爛如朝霞。參見本集卷一次韻寄吴家兄弟注〔一一〕。

〔一九〕撐突萬卷：謂博學多才，萬卷書撐滿胸中，欲奔突而出。蘇軾次韻答劉涇：「萬卷堆胸兀相撐。」參見本集卷一贈汪十四注〔五〕。　搜爬：搜羅梳理，猶言爬梳，整治繁亂而使之有條理。韓愈送鄭尚書序：「蜂屯蟻雜，不可爬梳。」蘇軾次韻子由送蔣夔赴代州學官：「牀頭雜説爲爬梳。」

〔一〇〕職宜蓮燭燒窗紗：謂其職宜爲翰林學士。新唐書令狐綯傳：「還爲翰林承旨。夜對禁中，燭盡，帝以乘輿、金蓮華炬送還，院吏望見，以爲天子來。及綯至，皆驚。」蘇軾和王晉卿：「豈知垂老眼，却對金蓮燭。」參見本卷送季長之上都注〔一〇〕。

〔一一〕不宜槐笏趨早衙：謂其不當沉淪下僚。槐笏：司户參軍所執手板。宋潘自牧記纂淵海卷三五司户參軍：「王宗銖謫授雍州司户參軍，問吏曰：『參軍何官？衣何衣？』吏曰：『下州判司，緑衫槐笏而已。』宗銖大笑曰：『若頭更斬去，吾何能作措大官耶？』」

〔一二〕尚能見子昂霄耶：語本新唐書房玄齡傳：「吏部侍郎高孝基名知人，謂裴矩曰：『僕觀人多矣，未有如此郎者。當爲國器，但恨不見其聳壑昂霄云。』」昂霄：即聳壑昂霄。躍出溪谷，直上雲霄，喻出人頭地。參見本集卷二贈李敬修注〔一五〕。

〔一三〕霧窗煙縷斜：恭維其將爲翰林學士，夜直玉堂。山谷内集詩注卷五子瞻詩句妙一世乃云效庭堅體次韻道之：「玉堂雲霧窗。」任淵注：「元祐元年，東坡自中書舍人遷翰林學士。」

次韻許叔温賦龍學鐵杖歌〔一〕

君不見楚竹虛心勁如鐵〔二〕，上有娥英灑清血〔三〕。歲寒姿含悽愴情，亂點餘花涴高節。又不見南山紫藤亦清雅〔四〕，過頭標致宜老者〔五〕。一簪華髮烏角巾〔六〕，瘦拳扶之立松下。何如我公蓄神物〔七〕，鏗然振之露風骨〔八〕。橫拈倒用驚老禪〔九〕，勁如紫藤節如竹。個是雲門真正脉〔一〇〕，不學芭蕉空指月〔一一〕。十方都在此杖頭，視之不見纖毫隔。説禪游戲時卓地〔一二〕，魔外狐禪俱膽碎〔一三〕。仙郎聞是旌陽孫〔一四〕，文章自宜掌帝制㈠。從來詩句人爭説，時出一篇慰（尉）衰薾㈡〔一五〕。此篇秀如望秋山，奇峰自獻晴雲滅㈢〔一六〕。竭來酬唱已厭飫，與公傾倒良有素〔一七〕。豈惟但和鐵杖詩，追從已辦登山屐〔一八〕。

【校記】

㈠ 宜：武林本作「官」，誤。

㈡ 慰：原作「尉」，誤。廓門注：「『尉』當作『慰』歟？」其説甚是，今據四庫本改。

㈢ 晴：廓門本作「清」。

【注釋】

〔一〕宣和六年（一一二四）作於湘陰縣。許叔温：名不可考，生平未詳。廓門注：「『龍學』應在『温』字下歟？後人須再思也。退之有赤藤杖歌，東坡有鐵拄杖詩。」錯按：原題不誤，「龍學」應在「賦」字後。「龍學」爲龍圖閣學士、直學士之别稱。宋會要輯稿方域九之一七：

「宣和六年三月二十九日，湖南安撫司奏：『契勘潭州城壁興筑……各得堅完了畢。』詔曾孝序特除龍圖閣直學士，候今任滿日，令再任。」故詩題中「龍學」當指曾孝序，而非許叔温，叔温乃爲孝序賦鐵杖歌。

〔二〕君不見：廓門注：「錢塘田藝蘅論樂府曰：『樂府有「君不見」，又有「獨不見」，唐人改之曰「君不聞」、「君不知」等篇。如岑嘉州云：「君不聞胡笳聲最悲。」又云：「汝不聞秦箏聲最苦。」』」　楚竹：廓門注：「楚竹，謂湘竹。」柳宗元漁翁：「漁翁夜傍西巖宿，曉汲清湘燃楚竹。」

〔三〕上有娥英灑清血：晉張華博物志卷八：「堯之二女，舜之二妃，曰湘夫人。帝崩，二妃啼，以涕揮竹，竹盡斑。」楚辭九歌湘夫人：「帝子降兮北渚。」王逸注：「帝子，謂堯女也。降，下也。言堯二女娥皇、女英，隨舜不反，没於湘水之渚，因爲湘夫人。」

〔四〕紫藤：南方草木狀卷中木：「紫藤。葉細長，莖如竹根，極堅實。」黄庭堅勝業寺悦亭：「不見白頭禪，空倚紫藤杖。」

〔五〕過頭：指過頭杖，即長度超過人體頭部之杖。酉陽雜俎續集卷四貶誤：「今之士大夫喪妻，往往杖竹甚長，謂之過頭杖。」禪籍如天聖廣燈録卷二四襄州石門山慧徹禪師：「師云：『手把過頭杖，逢春點異華。』」羅湖野録卷上載臨川化度淳藏主山居詩：「隨身只有過頭杖，飽腹唯憑折脚鐺。」

〔六〕一簪華髮：宋邵雍伊川擊壤集卷七代書寄白波張景真輦運：「一簪華髮亂西風。」　烏角巾：葛製黑色有折角之頭巾，常爲隱士所戴。杜甫南鄰：「錦里先生烏角巾。」仇兆鰲注：「角巾，隱士之冠。」

〔七〕我公：指曾孝序，即題中「龍學」。　神物：指鐵杖。

〔八〕鏗然：象聲詞，形容金石敲擊聲，此狀鐵杖敲擊時發出洪亮之聲。杜甫桃竹杖引：「憐我老病贈兩莖，出入爪甲鏗有聲。」蘇軾東坡：「莫嫌犖确坡頭路，自愛鏗然曳杖聲。」

〔九〕横拈倒用：戲謂孝序善用拄杖談禪。建中靖國續燈録卷七洪州黄龍山崇恩惠南禪師：「上堂。拈拄杖云：『横拈倒用，撥開彌勒眼睛；明去暗來，敲落祖師鼻孔。』」同書卷二〇潭州南嶽雙峰景齊禪師：「上堂。拈拄杖示衆云：『横拈倒用，諸方虎步龍行；打狗撑門，雙峰掉在無事甲裏。』」　老禪：惠洪自稱。本集卷二一雙峰正覺禪院涅槃堂記：「而作記者，寂音老禪。」

〔一〇〕個是：此是，這是。　雲門真正脉：孝序之祖曾會與雪竇重顯禪師相善，參雲門禪，故稱。本集卷二一重修僧堂記：「龍圖閣曾公之帥長沙，慨然驚嗟曰：『吾祖楚公識雪竇顯公於行間，擢置人天之上，遂爲雲門中興。吾親受大和尚圓照印可，今而坐視，非雪竇、圓照所以付祝之意。』」楚公即曾會，圓照爲宗本禪師，屬雲門宗，爲雪竇重顯之法孫。孝序受圓照印可，可稱雲門真正法脉。　廓門注：「雲門文偃傳曰：『高挂鉢囊，拗折拄杖，十年二十年，辨取徹頭。莫愁不成辨，直是不得徹頭，來生亦不失人身。師拍手一下，拈拄杖曰：接取拄杖子。上堂，拈拄杖曰：拄杖子化爲龍，吞却乾坤了也。山河大地甚處得來？師有偈曰：不露風骨句，未語先分付。進步口喃喃，知君大罔措。』愚曰：拈拄杖事，多見傳。」

〔一一〕不學芭蕉空指月：謂不必學芭蕉慧清禪師拈拄杖説禪，徒然指月而已。五燈會元卷九南塔涌禪師法嗣：「郢州芭蕉山慧清禪師，新羅國人也。上堂，拈拄杖示衆曰：『你有拄杖子，我與你拄杖子。你無拄杖子，我奪却你拄杖子。』靠拄杖下座。」指月：楞嚴經卷二：「如人以手指月示人，彼人因指當應看月。若復觀指，以爲月體，此人豈唯亡失月輪，亦亡其指。」圓覺經：「修多羅教如標月指，若復見月，了知所標畢竟非月。一切如來種種言説，開示菩薩，亦復如是。」

〔一二〕卓地：直立於地。唐張祜答僧贈拄杖：「畫空疑未決，卓地計初成。」景德傳燈録卷八温州佛嶼和尚：「尋常見人來，以拄杖卓地云：『前佛也恁麽，後佛也恁麽。』」

〔一三〕魔外：天魔與外道，共害佛道者。狐禪：即野狐禪，禪家以外道爲野狐禪。天聖廣燈録卷八洪州百丈山大智禪師：「師每上堂，常有一老人聽法，罷皆隨衆散去。一日，留身不去。師問：『立者何人？』老人曰：『某甲於過去迦葉佛時，曾住此山。有學人問：「大修行底人還落因果也無？」對云：「不落因果。」墮在野狐身。今請和尚代一轉語。』師云：『汝但問。』老人便問：『大修行底人還落因果也無？』師云：『不昧因果。』老人於言下大悟，告辭師云：『某甲已免野狐身，住在山後，乞依亡僧燒送。』」　膽碎：宋釋延壽永明智覺禪師唯心訣：「爲一總持，號大自在，神光赫赫，威德巍巍。尼乾魄消，波旬膽碎。」古尊宿語録卷四五寶峰雲庵真淨禪師偈頌下中法界三觀六頌：「横按鏌鎁，魔軍膽碎。」

〔一四〕仙郎：郎官之美稱，此指許叔温。　旌陽：指晉道士許遜。廓門注：「列僊傳曰：『許遜，字敬之，號真君，南昌人。刻意爲學，博通經史，明天文、地理、音律、五行、讖緯之書，尤嗜神僊修煉之術。晉武帝太康元年舉孝廉，辟爲旌陽令。』」一統志：南昌府有旌陽山。東坡詩二十六卷十三葉：『旌陽遠游同一許。』愚曰：許叔温以同姓比許遜也。」

〔一五〕衰薾：衰弱疲倦，亦作「衰茶」。莊子齊物論：「茶然疲役，而不知其所歸，可不哀邪？」梅堯臣和宋中道喜至次用其韻：「自惟體衰薾，寧堪尋艱辛。」王安石與耿天騭書之一：「歲月如流，日就衰茶。」

〔一六〕奇峰自獻晴雲滅：王安石清涼寺白雲庵：「木落岡巒因自獻，水歸洲渚得横陳。」此化用其意。　錯按：本集好用「自獻」以狀景物之主動供人欣賞，如卷一三送興上人之歸宗：「沃野不辭常自獻。」卷二一五慈觀閣記：「晚望淮山，萬疊自獻，雪盡蒼然。」卷二二華嚴院記：「奇峰秀深，沃野自獻。」卷二六題浮泥壁：「兩山爭倚天，煙霏層疊自獻，部曲斷續。」

〔一七〕與公傾倒良有素：廓門注：「東坡詩二十卷曰：『高人自與山有素。』」

〔一八〕登山屨：即登山屐。廓門注：「使謝公屐。」錯按：謝靈運著木屐登山，事見南史謝靈運傳。

參見本集卷一贈吳世承注〔一四〕。

復和答之〔一〕

君不見功名欲致硯磨鐵，桑公人間駒汗血〔二〕。五季干戈爭奪中，低摧幾不保臣節〔三〕。又不見相如賦工合騷雅，九重偶有賞音者〔四〕。及見但爲上林令，斷國反在淄川下〔五〕。長笑兩事俱外物，自憐不是封侯骨〔六〕。獨愛華亭百衲師，小艇横蓑一竿竹〔七〕。久住湘江諳水脈〔八〕，揭篷（蓬）慣看湘西月㊀〔九〕。聞道公眠晝戟叢〔一〇〕，相尋長恨城闉隔〔一一〕。去年卜居城北地〔一二〕，客心每有悲笳碎〔一三〕。慚愧詩筒走老兵〔一四〕，病眼那容見新制㊁。老來情緒那忍説，夙瘴乘之覺疲薾㊂〔一五〕。此生夢幻姑置之，半掩殘經香篆滅。湘中清境享已飫〔一六〕，湘山多情慰（尉）心素㊃。年來更欲學睦州，古寺閉門工織屨〔一七〕。

【校記】

㊀ 篷：原作「蓬」，今從武林本。

㊁ 制：武林本作「製」。

㊂夙：石倉本作「風」。

㊃慰：原作「尉」，誤，今據四庫本、武林本改。廓門本作「⿰忄尉」，同「慰」。

【注釋】

〔一〕宣和六年作於湘陰縣。此詩爲次韻許叔温賦龍學鐵杖歌之復次韻，當作於同一年。

〔二〕「君不見功名欲致硯磨鐵」二句：新五代史桑維翰傳略曰：「桑維翰，字國僑，河南人也。爲人醜怪，身短而面長，常臨鑑以自奇曰：『七尺之身，不如一尺之面。』慨然有志於公輔。初舉進士，主司惡其姓，以『桑』『喪』同音。人有勸其不必舉進士，可以從佗求仕者，維翰慨然，乃著日出扶桑賦以見志。又鑄鐵硯以示人曰：『硯弊則改而佗仕。』卒以進士及第。……卒以滅唐而興晉，維翰之力也。」鍇按：桑維翰助晉高祖石敬瑭滅後唐，乃借契丹之力。

〔三〕「五季干戈爭奪中」二句：新五代史桑維翰傳略曰：「初，彦澤入京師，左右勸維翰避禍，維翰曰：『吾爲大臣，國家至此，安所逃死邪！』安坐府中不動。彦澤以兵入，問：『維翰何在？』維翰厲聲曰：『吾，晉大臣，自當死國，安得無禮邪！』彦澤股栗不敢仰視，退而謂人曰：『吾不知桑維翰何如人，今日見之，猶使人恐懼如此，其可再見乎？』乃以帝命召維翰。……是夜，彦澤使人縊殺之。」又新五代史晉臣傳論曰：「嗚呼，自古禍福成敗之理，未有如晉氏之明驗也！其始以契丹而興，終爲契丹所滅。然方其以逆抗順，大事未集，孤城被圍，外無救援，而徒將一介之命，持片舌之强，能使契丹空國興師，應若符契，出危解難，遂成晉氏，當是之時，維翰之力爲多。及少主新立，釁結兵連，敗約起爭，發自延廣。然則晉氏之事，維翰成之，延廣壞之，二人之用心者異，而其受禍也同，其故何哉？蓋夫本末不順而與夷狄共事者，常見其禍，未見其福也。可不戒哉！可不戒哉！」廓門注：「五季，謂五代，梁、唐、晉、漢、周也。東坡詩二十八卷：『紛紛市人爭奪中。』」錯按：蘇詩題爲雪齋，此用其語。

〔四〕「又不見相如賦工合騷雅」二句：史記司馬相如列傳：「居久之，蜀人楊得意爲狗監，侍上。上讀子虛賦而善之，曰：『朕獨不得與此人同時哉！』得意曰：『臣邑人司馬相如自言爲此賦。』上驚，乃召問相如。相如曰：『有是。然此乃諸侯之事，未足觀也。請爲天子游獵賦，賦成奏之。』上許，令尚書給筆札。相如以『子虛』，虛言也，爲楚稱；『烏有先生』者，烏有此事也，爲齊難；『無是公』者，無是人也，明天子之義。故空藉此三人爲辭，以推天子諸侯之苑囿。其卒章歸之於節儉，因以風諫。奏之天子，天子大悦。」又：「太史公曰……相如雖多虛辭濫説，然其要歸引之節儉，此與詩之風諫何異。揚雄以爲靡麗之賦，勸百風一，猶馳騁鄭衛之聲，曲終而奏雅，不已虧乎？」

〔五〕「及見但爲上林令」二句：謂司馬相如因善賦而得官，不過爲上林令而已，其決定國家大計之功反不如公孫弘。史記司馬相如列傳略曰：「相如使時，蜀長老多言通西南夷不爲用，唯大臣亦以爲然。相如欲諫，業已建之，不敢，乃著書，籍以蜀父老爲辭，而己詰難之，以風天子，且因宣其使指，令百姓知天子之意。……相如拜爲孝文園令。天子既美子虛之事，相如見上好僊道，因曰：『上林之事未足美也，尚有靡者。臣嘗爲大人賦，未就，請具而奏之。』……相如既奏大人之頌，天子大説，飄飄有凌雲之氣，似游天地之閒意。」漢書公孫弘傳略曰：「公孫弘，菑川薛人也。少時爲獄吏，有罪，免。家貧，牧豕海上。年四十餘，乃學春秋雜説。武帝初即位，招賢良文學士，是時弘年六十，以賢良徵爲博士。……時方通西南夷，巴蜀苦之，詔使弘視焉。還奏事，盛毁西南夷無所用，上不聽。每朝會議，開陳其端，使人主自擇，不肯面折庭爭。於是上察其行慎厚，辯論有餘，習文法吏事，緣飾以儒術，上説之。一歲中至左内史。……元朔中，代薛澤爲丞相。」　淄川：即菑川，指公孫弘。弘爲菑川人，故稱。　廓門注：「相如既病免，家居茂陵。天子曰：『司馬相如病甚，可往從悉取其書，若不然，後失之矣。』使所忠往，而相如已死，家無書。按一統志：茂陵在河南府，淄川縣在濟南府。相如已死茂陵，疑别有淄川居茂陵上歟？未允當。」其注未明詩意，失考。

〔六〕封侯骨：封侯之骨相。漢書翟方進傳：「蔡父大奇其形貌，謂曰：『小史有封侯骨，當以經術進，努力爲諸生學問。』」

〔七〕「獨愛華亭百衲師」二句：景德傳燈録卷一四華亭船子德誠禪師：「華亭船子和尚名德誠，嗣藥山。嘗於華亭吴江汎一小舟，時謂之船子和尚。」　百衲師：指船子和尚。蓋僧衣袈裟稱百衲衣，衲謂補綴，百言其多。

〔八〕湘江：廓門注：「長沙府湘江也。」

〔九〕揭蓬：謂揭開船篷。本集卷一四答慶上人三首之二：「興發扁舟尋子，夜晴風揭蓬窗。」

〔一〇〕聞道公眠畫戟叢：韋應物郡齋雨中與諸文士燕集：「兵衛森畫戟，燕寢凝清香。」此化用其意。

〔一一〕相尋長恨城闉隔：王安石長干釋普濟坐化：「投老唯公最故人，相尋長恨隔城闉。」此借用。　城闉：城内重門，泛指城郭。

〔一二〕卜居：廓門注：「楚辭有卜居篇。」

〔一三〕悲笳：廓門注：「胡人捲蘆葉而吹，名曰笳。」

〔一四〕詩筒走老兵：謂遣驛站老兵遞送詩筒。白居易秋寄微之十二韻：「忙多對酒榼，興少閲詩筒。」自注：「此在杭州，兩浙唱和詩贈答，於筒中遞來往。」參見前和曾逢原試茶連韻注〔八〕。

〔一五〕夙瘴：指夙昔感染之瘴癘。蓋惠洪於政和元年流放海南，受瘴氣感染，終身未愈。本集詩中屢及之。石倉本作「風瘴」，不確。　疲薾：疲憊，困憊。薾，通「苶」。文選卷二六謝靈運過始寧墅：「緇磷謝清曠，疲薾慚貞堅。」李善注：「莊子曰：『薾然疲而不知所歸。』司馬彪曰：『薾，極也。』」

〔一六〕飫：厭飫，足，飽。

〔一七〕「年來更欲學睦州」二句：景德傳燈録卷一二睦州龍興寺陳尊宿：「初居睦州龍興寺，晦跡藏用，常製草屨，密置於道上。歲久人知，乃有陳蒲鞋之號焉。」參見本集卷二三陳尊宿影堂序。

次韻題顒顒軒〔一〕

睡覺飛蚊繞鬢聲〔二〕，讀書偏愛小窗明。梧陰滿地方隱几〔三〕，想見搜詩毛骨清。誰教風鑒在人間，眉宇淵然如魯山〔四〕。指點虛無數歸雁〔五〕，摩挲香滑寫琅玕〔六〕。舊聞五色筆如椽〔七〕，平生醉裏傲羲軒〔八〕。登軒不解顒顒意，幽鳥自啼華不言。賈生憂鵩入其居〔九〕，子美亦遭牛酒污〔一〇〕。仙郎兵衛森畫戟〔一一〕，風調特與前人殊。杖屨相從年可忘〔一二〕，不羞蒹葭玉樹旁〔一三〕。青眼特開浮世少〔一四〕，白頭相逢故意長〔一五〕。尚記垂髫秀發時〔一六〕，神彩不異崔宗之〔一七〕。此生流落天一角，敢料長沙再見期。

【注釋】

〔一〕宣和年間作於長沙。顒顒軒：未詳爲何人書齋。廓門注：「按字書爾雅：顒顒，君德也。又，顒顒，慍貌。說文：『顒，大也。』又，謹貌。」錯按：說文頁部：「顒，大頭也。」段玉裁注：「引申之，凡大皆有是偁。小雅六月：『其大有顒。』傳曰：『顒，大貌。』大雅卷阿傳曰：

『顒顒，温貌；卬卬，盛貌。』釋訓曰：『顒顒卬卬，君之德也。』又其引申之義也。」

〔二〕睡覺飛蚊繞鬢聲：蘇軾佛日山榮長老方丈五絶之五：「山人睡覺無人見，只有飛蚊繞鬢鳴。」此用其語。廓門注引東坡詩卷一二「飛蟲繞耳細而清」，似不貼切。

〔三〕梧陰滿地方隱几：莊子齊物論：「昭文之鼓琴也，師曠之枝策也，惠子之據梧也，三子之知，幾乎！」成玄英疏：「而言據梧者，只是以梧几而據之談説，猶隱几者也。」此暗用其意以寫景。

〔四〕眉宇淵然如魯山：新唐書卓行傳元德秀傳略曰：「元德秀字紫芝，河南河南人。質厚少緣飾，少孤，事母孝。舉進士，不忍去左右，自負母入京師。……初，兄子繈褓喪親，無資得乳媪，德秀自乳之，數日湩流，能食乃止。既長，將爲娶，家苦貧，乃求爲魯山令。……房琯每見德秀，歎息曰：『見紫芝眉宇，使人名利之心都盡。』……天下高其行，不名，謂之元魯山。」

〔五〕指點虚無數歸雁：杜甫送孔巢父歸江東兼呈李白：「指點虚無引歸路。」此借用其語。

〔六〕摩挲香滑寫琅玕：晉書王羲之傳：「嘗詣門生家，見棐几滑淨，因書之，真草相半。後爲其父誤刮去之，門生驚懊者累日。」　香滑：代指滑淨之棐几。　琅玕：喻優美文辭。韓愈齪齪：「披腹呈琅玕。」

〔七〕五色筆如椽：此合江淹、王珣二事用之，譽其文辭雄麗。五色筆語出鍾嶸詩品卷中江淹小傳，已見前注。如椽之筆語出晉書王珣傳：「珣夢人以大筆如椽與之。既覺，語人曰：『此當有大手筆事。』俄而帝崩，哀册謚議，皆珣所草。」

〔八〕平生醉裏傲羲軒：謂酒醉後無憂無慮，足可傲視伏羲、軒轅時代之人。陶淵明與子儼等疏：「常言五六月中，北窗下卧，遇涼風暫至，自謂是羲皇上人。」此化用其意。唐高適廣陵别鄭處士：「人生只爲此，猶足傲羲皇。」此借用其語。

〔九〕賈生憂鵩入其居：文選卷一三賈誼鵩鳥賦序曰：「誼爲長沙王傅，三年，有鵩鳥飛入誼舍，止於坐隅。鵩似鴞，不祥鳥也。誼既以謫居長沙，長沙卑濕，誼自傷悼，以爲壽不得長，廼爲賦以自廣。」又見於史記屈原賈生列傳。

〔一〇〕子美亦遭牛酒污：新唐書文藝傳上杜甫傳：「大曆中，出瞿唐，下江陵，泝沅、湘以登衡山，因客耒陽。游岳祠，大水遽至，涉旬不得食，縣令具舟迎之，乃得還。令嘗饋牛炙白酒，大醉，一昔卒，年五十九。」

〔一一〕仙郎：郎官之美稱，此指顒顒軒之主人，名不可考。兵衛森畫戟：借用韋應物郡齋雨中與諸文士燕集中詩句，已見前注。

〔一二〕杖屨相從：蘇軾和陶貧士七首之六：「門生與兒子，杖屨聊相從。」此用其語。

〔一三〕不羞蒹葭玉樹旁：自謙語，謂己如蒹葭，仙郎如玉樹，與之共坐而不知羞恥。語本世説新語容止：「魏明帝使后弟毛曾與夏侯玄共坐，時人謂『蒹葭倚玉樹』。」

〔一四〕青眼特開浮世少：謂仙郎特地青睞自己，實爲俗世少有之舉。蓋惠洪於浮世常遭白眼之故也。廓門注：「青眼，謂知音人。」

〔一五〕白頭相逢故意長：杜甫贈衛八處士：「感子故意長。」此用其語。

〔一六〕垂髫：兒童垂下之髮曰髫，代指童年。陶淵明桃花源記：「黄髮垂髫，並怡然自樂。」

〔一七〕神彩不異崔宗之：杜甫飲中八仙歌：「宗之瀟灑美少年，舉觴白眼望青天，皎如玉樹臨風前。」

贈別不愚首座〔一〕

道人貂蟬後〔二〕，骨面遠瞻視〔三〕。少年憎俗子，竟以須髮毀〔四〕。形骸已變盡，終不没豪氣〔五〕。君看談笑時，時復出奇偉。湘西松下見，班草問行李〔六〕。問儂歸何許，披須開笑齒。名山皆吾家，況復生如寄。意行吾車馳，身止吾駕稅〔七〕。吾生天地間，大倉一稊米〔八〕。只今相會面，寧知非寄耳。思歸固偶然，吾詩聊一戲。

【注釋】

〔一〕宣和年間作於長沙。蓋詩中有「湘西」一語，姑繫於此。不愚首座：生平法系不可考。錯按：饒節倚松詩集頗有與不愚唱和者，如卷一送不愚兄香嚴行、卷二用曾伯容韻贈不愚兄、和不愚兄庵頌三首、不愚兄再示佳句如璧亦重用來韻、比復僧相不愚戲作三頌恐傍觀以謂吾徒實有喜愠故復次來韻、不愚兄示上元佳句謹次韻爲笑、再送不愚兄二首、待不愚入山未至，即此僧。

〔二〕道人貂蟬後：謂不愚首座爲顯貴大臣之後裔。　貂蟬：貂尾和附蟬。本指冠飾，此代指顯貴近臣。漢書劉向傳：「今王氏一姓乘朱輪華轂者二十三人，青紫貂蟬，充盈幄内。」後漢書輿服志下：「侍中、中常侍加黄金璫，附蟬爲文，貂尾爲飾，謂之趙惠文冠。」劉昭注：「應劭漢官曰：『説者以金取堅剛，百煉不耗。蟬居高飲絜，口在掖下；貂内勁悍而外温潤。』此因物生義也。」

〔三〕骨面：猶言骨相面容。本集頗用此詞，如卷一九佛印璵禪師贊：「後出舒勤，骨面氣概。」卷二一潭州大潙山中興記：「骨面氣宇凌八荒。」五慈觀閣記：「骨面嚴冷，英氣逸羣。」

〔四〕須髮毁：指剃髮爲僧。須，同「鬚」。

〔五〕「形骸已變盡」二句：冷齋夜話卷四詩言其用不言其名：「東坡別子由詩：『猶勝相逢不相識，形容變盡語音存。』此用事而不言其名也。」此點化蘇詩句。

〔六〕班草：鋪草坐地。見前季長盡室來長沙留一月乃還邵陽作是詩送之注〔四〕。　行李：行旅，行旅之人。參見本卷寄題彭思禹水明樓注〔九〕。廓門注引臆乘曰：「左傳：『一介行李。』杜預曰：『行李，使人通聘問者。』按，古文『使』字，從山，從人，從子。豈誤以『使』字爲『李』字耶？」

〔七〕「意行吾車馳」二句：謂以己之意和身爲車馬，或行或止。莊子大宗師：「浸假而化予之尻以爲輪，以神爲馬，予因以乘之，豈更駕哉！」此化用其意。　駕税：即税駕。税，通「捝」「脱」。語本史記李斯列傳：「物極則衰，吾未知所税駕也。」司馬貞索隱：「税駕，猶解駕，言休息也。」

〔八〕「吾生天地間」二句：極言人生之渺小，天地之廣大。莊子秋水：「計中國之在海内，不似稊米之在太倉乎？」稊米，小米。蘇軾赤壁賦：「寄蜉蝣於天地，渺滄海之一粟。」此化用其意。

題王路分容膝軒〔一〕

詩眼愛雲泉，玉骨含富貴〔二〕。精神畫牒開〔三〕，怒威亦和氣。材宜侍至尊，廣殿儼劍履〔四〕。胡爲簷隙間，僅止容膝耳。譬如横海鱣，蛣屈見脊尾。卷而爲一髮，寓此涔蹄水〔五〕。何當黑月夕，戲逐風霆起〔六〕。懸知王氏軒〔七〕，又補湘中記〔八〕。

【注釋】

〔一〕宣和七年作於湘陰縣。　王路分：即王宏道，名不可考。路分，路分兵馬鈐轄之簡稱，爲武職名。本集卷一九有王宏道舍人贊，卷二〇有王舍人宏道家中蓄花光所作墨梅甚妙戲爲之賦，卷九有王舍人路分生辰，卷一二有次韻王舍人蘭堂等，均爲王宏道而作，可參見。　容膝軒：軒名語本陶淵明歸去來兮辭：「審容膝之易安。」

〔二〕玉骨含富貴：王宏道舍人贊亦稱其「韻收一代之風流，骨含奕世之富貴」。詳參王舍人路分生辰注〔二〕。

〔三〕畫牒：猶言畫版，畫册。

〔四〕「材宜侍至尊」二句：謂其材可爲皇帝之近侍，於宫廷中執劍侍衛。蓋王宏道爲武官，故有此期許。廓門注：「史記蕭何傳曰：『於是乃令蕭何賜帶劍履上殿，入朝不趨。』東坡詩十六卷曰：『廊廟登劍履。』注引蕭何傳。」

〔五〕「譬如横海鱣」四句：以大魚困於淺水喻傑出人材暫寓困境。東坡詩集注卷一五送曾子固倅越得燕字：「安得萬頃池，養此横海鱣。」王注：「賈誼弔屈原賦：横江湖之鱣鯨兮，固將制於螻蟻。」鱣：鱘鰉魚。爾雅釋魚：「鱣。」郭璞注：「鱣，大魚，似鱏而短鼻，口在頷下，體内有邪行甲，無鱗，肉黄。大者長二三丈。」亦代指大魚。蛣屈：屈折，蜷曲。淮南子氾論：「夫牛蹏之涔，不能生鱣鮪。」高誘注：「涔，雨水也。滿牛蹏迹中，言其小也。」

〔六〕「何當黑月夕」二句：謂合當在黑月之夕，鱣隨風雷而變爲龍，以喻王宏道定將官位高升，大展鴻圖。

〔七〕懸知：料想。

〔八〕湘中記：廓門注：「羅含有湘中記。」錯按：羅含，晉衡陽郡耒陽人。累官散騎常侍、侍中。著有湘中記，記湖南山水風貌。事具晉書文苑列傳。

次韻游石霜〔一〕

霜華舊游秋正深，澗風落日寒蟬吟。斂眸默數曾到處，笑看碧煙浮水沉〔二〕。朅來大斾爲山至〔三〕，山縮煙鬟三十二〔四〕。當時老宿契新豐，坐令衲子如雲萃〔五〕。眼前無復見此公，歎息叢林掃地空。空餘樓殿出雲雨，塗金間碧光巖叢〔六〕。卧聽松風難比擬，個中偈句誰宗旨〔七〕？賴公摹寫入新詩，公不作詩山媿恥。

【注釋】

〔一〕作年未詳。次何人之韻亦無考，據「大斾」一詞，其人當爲湖南官員。石霜：即霜華山。清顧祖禹讀史方輿紀要卷八〇湖廣六瀏陽縣：「霜華山，在縣西南八十里，一名石霜山，南接醴陵，北抵洞陽。山峻水急，觸石噴霜，故名。」錯按：石霜山爲唐高僧慶諸禪師道場。

〔二〕水沉：即沉香。南方草木狀卷中：「交趾有蜜香樹，幹似欅柳，其花白而繁，其葉如橘。欲取香，伐之經年，其根幹枝節，各有別色也。木心與節堅黑，沉水者，爲沉香。」

〔三〕大斾：大旗。此指官員出行之儀仗。斾，同「旆」。

〔四〕山縮煙鬟三十二：廓門注：「謂三十二峰也。」錯按：黄庭堅雨中登岳陽樓望君山：「綰結湘娥十二鬟。」此借用其意。煙鬟：參見本集卷四同敦素沈宗師登鍾山酌一人泉注

〔二〕。

〔五〕「當時老宿契新豐」二句：謂唐石霜慶諸禪師契合洞山良价禪師之機，故其住石霜山時，衲子多往依之。禪林僧寶傳卷五潭州石霜諸禪師傳：「時方爲二夏僧，去隱於瀏陽之陶家坊，人無知者。有僧自洞山來，諸問：『价公比有何言句？』曰：『洞山曰：初秋夏末，直須向萬里無寸草處去。然對之者，多不契。』諸曰：『何不道：出門便是草。』洞山旋聞其語，驚曰：『瀏陽乃有古佛耶？』自是僧多往依之，乃住成法席，號霜華山。」老宿：指慶諸。新豐：即洞山，良价禪師曾居此，爲曹洞宗之祖庭，此代指良价。余靖筠州洞山普利禪院傳法記：「筠之望山曰新豐洞，有佛刹曰普利禪院。唐咸通中，悟本大師（良价）始翦荆而居之。」

〔六〕塗金間碧：指塗飾金粉，間抹緑漆，猶言金碧輝煌。宋陳舜俞都官集卷八秀州華亭縣布金院新建轉輪經藏記：「塗金間碧，嚴飾雜繪。」本集屢用此語形容寺院殿堂，如卷二一重修僧堂記：「高深壯麗，塗金間碧。」卷二二寶峰院記：「大殿層閣，塗金間碧。」卷二九嶽麓海禪師塔銘：「飛楹層閣，塗金間碧。」

〔七〕「卧聽松風難比擬」二句：謂聽松風之聲如聞禪師之偈，難知其含誰家宗旨。景德傳燈録卷六江西道一禪師：「隱峰又去石頭，一依前問：『是何宗旨？』石頭乃噓噓，隱峰又無語。」天聖廣燈録卷二二磁州桃園山曦朗禪師：「學云：『畢竟是誰宗旨？』師云：『一朝分此座，看取令行時。』」

次韻登蘇仙絶頂〔一〕

平生合腰萬丁帶〔二〕，誰使天涯宿溪瀨。曉驅部曲上香山〔三〕，路人如堵看飛蓋〔四〕。桂環卷舌嘯雲煙㊀〔五〕，右轄風流是謫仙〔六〕。輞川草樹入畫圖〔七〕，此風頹落今追還。散髮巖阿聊一快，世議從來嗟迫隘〔八〕。爲君戲語敵山光，棘句鈎章窮嶮怪㊁〔九〕。詩成便覺王公輕，整頓道山歸去情〔一〇〕。子廉未必山林見〔一一〕，市人中有安期生〔一二〕。

【校記】

㊀桂：廓門本作「挂」，涉形近而誤。參見注〔五〕。

㊁嶮：廓門本作「險」。

【注釋】

〔一〕宣和年間作於湖南。所次韻之人應爲湖南官員，然不可考。蘇仙：郴州蘇仙山。輿地紀勝卷五七荆湖南路郴州仙釋：「蘇仙：前漢蘇耽者，長自郴邑，稟性秀異，幼則適野。初因牧牛，得與仙游，每於虞芮之畔，遂有閑原之田。縣人王懷陟，周值羣鶴，乃跪白其母潘氏曰：

『忝在仙籙，又逢真侶，迫以騏驥之便，切以庭闈之戀。況橘井愈疾，爲取給之資；藥苗蔬畦，爲調膳之費。有闕就養，將昇太清。』又輿地記云：『昔有仙人蘇耽入山學道，因號曰蘇仙山。今山上有巨石曰沉香石。』圖經云：『蘇仙山在郴縣東北七里，中嘗蓄雲霧。』沈佺期有蘇仙詩。」鍇按：唐沈彬題蘇仙山詩曰：「眼穿林罅見郴州，井里交連側局楸。味道不來閑處坐，勞生更欲幾時休。蘇仙宅古煙霞老，義帝墳荒草木愁。千古是非無處問，夕陽西去水東流。」

〔二〕萬丁帶：以萬釘爲飾之腰帶。丁，「釘」之古字。隋書楊素傳：「優詔褒揚，賜縑二萬匹，及萬釘寶帶。」見前次韻見贈注〔一一〕。

〔三〕部曲：軍隊。見前和曾逢原試茶連韻注〔五〕。 香山：即蘇仙山，山上有巨石曰沉香石，故稱香山。

〔四〕飛蓋：馬車之篷蓋，因車馳如飛，故稱。三國魏曹植公讌詩：「清夜游西園，飛蓋相追隨。」

〔五〕桂環卷舌：狀嘯之發音技法，口作圓形，若銜銅環，舌則拱卷，若卷桂葉。本集卷六王仲誠舒嘯堂：「齒應銜環舌卷桂。」亦言嘯之技法，可參見。

〔六〕右轄：此指王維。新唐書文藝傳中王維傳：「久之，遷中庶子，三遷尚書右丞。」蓋左右丞管轄尚書省事，右丞或稱右轄。故世稱王維爲「王右丞」或「王右轄」。鍇按：大唐傳載：「王河南維，或有人報云：『公除右轄。』王曰：『吾居此官，慮被人呼爲不解作詩王右丞。』」蓋此王維爲河南人，非彼太原祁人王維，故有此言。本集卷六贈周廷秀：「詩如王右轄。」卷一九王宏道舍人贊：「則有王右轄、吳武陵之風味。」 謫仙：指李白。此句恭維所次韻之人風流如王維、李白。

〔七〕輞川草樹入畫圖：謂登蘇仙絶頂所見景物如王維輞川圖中所畫。參見本集卷二至豐家市讀李商老詩次韻注〔五〕。

〔八〕世議從來嗟迫隘：蘇軾游徑山：「近來愈覺世議隘。」此化用其意。參見本集卷二饒德操瑩中客世與淵才友善有詩送之予偶讀想見其爲人時聞已薙髮出家矣因次其韻注〔六〕。

〔九〕棘句鈎章窮嶮怪：韓愈貞曜先生墓誌銘：「及其爲詩，劌目鉥心，刃迎縷解，鈎章棘句，掐擢胃腎。」

〔一〇〕道山歸去：指成仙。道山即蓬萊仙山之類。

〔一一〕子廉未必山林見：蘇軾率子廉傳：「率子廉，衡山農夫也。愚朴不遜，衆謂之率牛。晚隸南嶽觀爲道士。觀西南七里，有紫虛閣，故魏夫人壇也。道士以荒寂，莫肯居者，惟子廉樂之，端默而已。人莫見其所爲。然頗嗜酒，往往醉卧山林間，雖大風雨至不知，虎狼過其前，亦莫害也。故禮部侍郎王公祐出守長沙，奉詔禱南嶽，訪魏夫人壇。子廉方醉不能起，直視公曰：『村道士愛酒，不能常得，得輒徑醉，官人恕之。』公察其異，載與俱歸。居月餘，落漠無所言，復送還山，曰：『尊師韜光内映，老夫所不測也，當以詩奉贈。』既而忘之。一日晝寢，夢子廉來索詩，乃作二絶句，書板置閣上。衆道士驚曰：『率牛何以得此？』太平興國五年六月十七日，忽使謂觀中人曰：『吾將有所適，闔不可無人，當速遣繼我者。』衆道士自得王公詩，稍異之矣。及是，驚曰：『天暑如此，率牛安往？』狼狽往視，則死矣。衆始大異之，曰：『率牛乃知死日耶？』葬之嶽下。未幾，有南臺寺僧守澄，自京師還，見子廉南薰門外，神氣清逸。守澄問何故出山，笑曰：『閑游耳。』寄書與山中人。澄歸，乃知其死。驗其事，則死日也。發其冢，杖屨而已。」

〔三〕市人中有安期生：史記封禪書載李少君言曰：「臣嘗游海上，見安期生，安期生食巨棗，大如瓜。安期生僊者，通蓬萊中，合則見人，不合則隱。」蘇軾次韻黄魯直見贈古風二首之二：「不知市人中，自有安期生。」此化用其語意。參見前己卯歲除夜大醉注〔二〕。

次韻謁子美祠堂〔一〕

心許房次律〔二〕，神交郭元振〔三〕。人品如奇峰，横秋聳孤峻。筆陣工斫伐，忠義見詞刃〔四〕。仕如上瀨船，饒力挽不蓋〔五〕。酒狂誇嚴武〔六〕，登高叫虞舜〔七〕。大愛淮南王，甘作天廚擯〔八〕。死猶遭謗誣，謂坐酒肉饉〔九〕。荒祠叢篠間，下瞰湘流浚〔一〇〕。夫子縛富貴〔一一〕，高韻洗驕吝。詩清如玉珮，中節含温潤。並轡揖此老〔一二〕，讓軀不肯進。嗟予固瞠若〔一三〕，却立那敢瞬。

【校記】

㊀ 忠：武林本作「志」，誤。

【注釋】

〔一〕宣和年間作於湖南。所次韻之人不可考。　子美祠堂：杜甫祠在耒陽縣北二里，唐建。輿地紀勝卷五五荊湖南路衡州古跡：「杜甫祠，在耒陽，又有杜甫墓。」又曰：「杜甫墓，寰宇記：在耒陽縣北三里。」

〔二〕心許房次律：廓門注：「老杜本集有祭故相國清河房公文及聞房相公靈櫬歸詩。愚謂：許心於房琯，果然。」鍇按：新唐書文藝傳上杜甫傳：「至德二年，亡走鳳翔，上謁，拜右拾遺。與房琯爲布衣交，琯時敗陳濤斜，又以客董廷蘭，罷宰相。甫上疏言：『罪細，不宜免大臣。』帝怒，詔三司雜問。宰相張鎬曰：『甫若抵罪，絕言者路。』帝乃解。甫謝，且稱：『琯宰相子，少自樹立爲醇儒，有大臣體，時論許琯才堪公輔，陛下果委而相之。觀其深念主憂，義形於色，然性失於簡。酷嗜鼓琴，廷蘭托琯門下，貧疾昏老，依倚爲非，琯愛惜人情，一至玷污。臣歎其功名未就，志氣挫衄，覬陛下棄細録大，所以冒死稱述，涉近訐激，違忤聖心。陛下赦臣百死，再賜骸骨，天下之幸，非臣獨蒙。』然帝自是不甚省録。」新唐書房琯傳略曰：「房琯字次律，河南河南人。父融，武后時以正諫大夫同鳳閣鸞臺平章事。神龍元年，貶死高州。琯少好學，風度沈整，以蔭補弘文生。……（天寶十五載）拜文部尚書同中書門下平章事。……琯有遠器，好談老子、浮屠法，喜賓客，高談有餘，而不切事。時天下多故，急於謀略攻取，帝以吏事繩下，而琯爲相，遽欲從容鎮靜以輔治之，又知人不明，以取敗撓，故功名隳損云。」

〔三〕神交郭元振：九家集注杜詩卷九過郭代公故宅：「高詠寶劍篇，神交付冥漠。」注：「杜云：選潘安仁作夏侯湛誄：『心照神交，唯我與子。』南史：『劉訏字彦度。阮孝緒博學隱居，不交當世。訏一造之，即顧以神交。』列子曰：『夢有六候：正、噩、思、覺、喜、懼。此六夢者，神所交也。』沈休文和宣城詩：『神交疲夢寐，路遠隔思存。』注：『夢有六候，皆神所交。與謝相去遠，但神交而已。』所謂神交，正此義也。」新唐書郭元振傳略曰：「郭震字元振，魏州貴鄉人。以字顯。長七尺，美鬚髯，少有大志。……任俠使氣，撥去小節，嘗盜鑄及掠賣部中口千餘，以餉遺賓客，百姓厭苦。武后知所爲，召欲詰，既與語，奇之，索所爲文章，上寶劍篇，后覽嘉歎，詔示學士李嶠等，即授右武衛鎧曹參軍，進奉宸監丞。……拜元振爲涼州都督。……神龍中，遷左驍衛將軍、安西大都護。……睿宗立，召爲太僕卿。……景雲二年，進同中書門下三品。……玄宗誅太平公主也，睿宗御承天門，諸宰相走伏外省，獨元振總兵扈帝。事定，宿中書者十四昔乃休。進封代國公。」

〔四〕「筆陣工斫伐」二句：此乃以戰喻詩，謂杜甫筆可斫伐，詞爲刀刃。杜甫醉歌行：「筆陣獨掃千人軍。」

〔五〕「仕如上瀨船」二句：船逆急流而上，牽挽不動，喻杜甫仕途艱難，費力難進。東坡詩集注卷二九監洞霄宮俞康直郎中所居四詠之一：「百丈休牽上瀨船。」注：「杜子美十二月一日詩：『一聲何處送書雁，百丈誰家上瀨船？』次公曰：漢書武帝紀『下瀨將軍』注引伍子胥書有下瀨船，故得翻使。上瀨船，言難進也。」　饒力：任憑用力。　藎：通「進」。詩大雅文王：「王之藎臣，無念爾祖。」毛傳：「藎，進也。無念，念也。」鄭箋：「今王之進用臣，當念女祖爲之法。王，斥成王。」

〔六〕酒狂誇嚴武：新唐書杜甫傳：「流落劍南，結廬成都西郭。召補京兆功曹參軍，不至。會嚴武節度劍南東西川，往依焉。武再帥劍南，表爲參謀，檢校工部員外郎。武以世舊，待甫甚善，親入其家。甫見之，或時不巾，而性褊躁傲誕，嘗醉登武牀，瞪視曰：『嚴挺之乃有此兒！』武亦暴猛，外若不爲忤，中銜之。一日欲殺甫及梓州刺史章彝，集吏於門。武將出，冠鈎於簾三，左右白其母，奔救得止，獨殺彝。」新唐書嚴武傳略曰：「武字季鷹，幼豪爽。……房琯以其名臣子，薦爲給事中。已收長安，拜京兆少尹。坐琯事貶巴州刺史。久之，遷東川節度使。上皇合劍南爲一道，擢武成都尹、劍南節度使。還，拜京兆尹，爲二聖山陵橋道使，封鄭國公。遷黄門侍郎。……加檢校吏部尚書。……琯以故宰相爲巡内刺史，武慢倨不爲禮。最厚杜甫，然欲殺甫數矣。李白爲蜀道難者，乃爲房與杜危之也。永泰初卒。……年四十，贈尚書左僕射。」

〔七〕登高叫虞舜：杜甫同諸公登慈恩寺塔：「回首叫虞舜，蒼梧雲正愁。」

〔八〕「大愛淮南王」二句：謂杜甫性格傲誕如效淮南王劉安，故當遭擯斥。抱朴子内篇卷四祛惑：「昔淮南王劉安昇天見上帝，而箕坐大言，自稱寡人，遂見謫，守天廚三年。」參見本集卷二次後韻注〔一二〕。

〔九〕「死猶遭謗誣」二句：謂史載杜甫死於牛肉白酒乃謗誣之説。新唐書杜甫傳：「因客耒陽。游岳祠，大水遽至，涉旬不得食。縣令具舟迎之，乃得還。令嘗饋牛炙白酒，大醉，一昔卒，年五十九。」

〔一〇〕下瞰湘流浚：耒陽縣杜甫祠臨耒水，耒水爲湘江支流，故亦可泛稱湘流。

〔一一〕夫子：指所次韻者。　縛富貴：猶言爲富貴所纏縛，難以脱身。　黄庭堅次韻答楊子聞見贈：「莫要朱金纏縛我，陸沉世上貴無名。」此反其意而用之。

〔一二〕此老：指杜甫。

〔一三〕瞠若：直視貌。　莊子田子方：「夫子奔逸絶塵，而回瞠若乎後矣。」成玄英疏：「奔逸絶塵，急走也。　瞠，直目貌也。　滅塵迅速，不可追趁，故直視而在後也。」

次韻雪中過武岡〔一〕

今年湘山三尺雪，大松夜倒蒼崖冽。　曉驚誰推華藏界，墮我坐前光不滅〔二〕。　馳裘右丞鄣泥馬〔三〕，壯士甲趨花灑鐵〔四〕。空齋夜對故人榻，妙語霏霏如鋸屑〔五〕。窗寒霧暗日生東〔六〕，恍疑珥筆明光宮〔七〕。蹁躚欲點朱藍袂〔八〕，一聲雲斧山玲瓏〔九〕。明年麥秋歌歲豐〔一〇〕，夜香橫目祠上穹〔一一〕。太平無象天有道〔一二〕，塞塵蠻雨長濛濛。歸來笑臥北窗下〔一三〕，侍兒簇花鬧清夜。老尋清境幾成癖，一觥滿引酬譏罵〔一四〕。應思和月踏層冰〔一五〕，快意暗驚夢猶怕。詩成字字如貫珠〔一六〕，乞與人間不知價。

【注釋】

〔一〕宣和年間作於湖南。武岡：北宋武岡軍，治武岡縣，屬荆湖南路。

〔二〕「曉驚誰推華藏界」二句：謂曉來驚訝坐前一片光明世界，不知誰從天上推墮下來。華藏界：華藏世界，即蓮花藏世界，毗盧遮那佛之世界。意指以蓮花裝飾、深廣似海之世界。詳見華嚴經卷八華藏世界品。此以喻白雪裝飾之世界。鍇按：本集寫雪景好用此喻，如卷六大雪寄許彦周宣教法弟：「湘西雪連日，荒寒發明鮮。誰持華藏界，墮我宴坐邊。」卷九和曾逢原待制觀雪：「起望兜綿界，誰推墮陋邦。」

〔三〕駞裘：即駝裘，駝絨所製衣裘。鄣泥：墊於馬鞍下之馬韉，因垂於馬背旁以擋塵泥，故稱鄣泥。鄣，阻隔，遮掩。晉書王濟傳：「濟善解馬性，嘗乘一馬，著連乾鄣泥，前有水，終不肯渡。濟云：『此必是惜鄣泥。』使人解去，便渡。故杜預謂濟有馬癖。」

〔四〕花灑鐵：謂雪片如花灑滿鐵甲。廓門注：「灑鐵，東坡詩十五卷：『飛塵漲天箭灑甲。』此借用言也。」

〔五〕妙語霏霏如鋸屑：形容善清談，言辭滔滔不絶。晉書胡毋輔之傳：「澄嘗與人書曰：『彦國吐佳言如鋸木屑，霏霏不絶，誠爲後進領袖也。』」此亦雙關雪片霏霏。

〔六〕窗寒霧暗日生東：黄庭堅謝答聞善二兄九絶句之六：「焚香默坐日生東。」此借用其語。

〔七〕珥筆：侍從之官插筆於冠側，以便記録，謂之珥筆。文選卷三七曹植求通親親表：「安宅京室，執鞭珥筆。」李善注：「珥筆，戴筆也。漢書趙卬曰：『張安世持橐簪筆。』張晏曰：『近臣負橐簪筆從也。』」　明光宫：漢宫殿名。已見前注。

〔八〕蹁躚：旋轉之舞姿，此狀飛雪。　朱藍袂：學士官服。東坡詩集注卷一一次韻王覿正言喜雪：「欲誇剪刻工，故上朱藍袂。」王注：「縯曰：國朝太宗皇帝言：唐朝學士，多衣緋緑，今之任職者，或以朱藍而加金帶之飾，亦士林之榮。」此化用其意。宋書符瑞志下：「大明五年正月戊午元日，花雪降殿庭。時右衛將軍謝莊下殿，雪集衣。還白，上以爲瑞。」

〔九〕一聲雲斧：指深山雲中樵夫伐木之聲。本集卷九僧求曉披晚清二軒詩二首之二：「一聲伐雲斧。」卷一五僧從事文字禪三首之三：「一聲雲斧覺山深。」　玲瓏：如玉般清越之聲。文選卷一班固東都賦：「鳳蓋棽麗，龢鑾玲瓏。」李善注：「埤蒼曰：『玲瓏，玉聲也。』」亦狀雪之明澈晶瑩，如韓愈喜雪獻裴尚書：「照曜臨初日，玲瓏滴晚澌。」王安石次韻王勝之詠雪：「玲瓏翦水空中墮，的皪裝春樹上歸。」

〔一〇〕麥秋：麥熟季節，指孟夏四、五月。禮記月令：「（孟夏之月）靡草死，麥秋至。」

〔一一〕夜香橫目祠上穹：謂百姓連夜燒香祭祀上天。　橫目：指平民百姓。語本莊子天地：「夫子無意於橫目之民乎？願聞聖治。」成玄英疏：「五行之内，唯民橫目。」禪林僧寶傳卷二九報本元禪師傳：「王城利聲捷徑，酒色樊籠，橫目爭奪，日有萬緒。」　上穹：即上天，蒼穹。

〔一二〕太平無象：謂太平盛世並無顯著徵象。新唐書牛僧孺傳：「它日延英召見宰相曰：『公等有意於太平乎？何道以致之？』僧孺曰：『臣待罪宰相，不能康濟，然太平亦無象。今四夷不内擾，百姓安生業，私室無强家，上不壅蔽，下不怨讟，雖未及至盛，亦足爲治矣。而更求太平，非臣所及。』」參見資治通鑑卷二四四唐紀六〇文宗太和六年。

〔一三〕笑卧北窗下：陶淵明與子儼等疏：「常言：五六月中，北窗下卧，遇涼風暫至，自謂是羲皇上人。」

〔一四〕一觥滿引：漢書叙傳上：「設宴飲之會，及趙、李諸侍中皆引滿舉白。」顔師古注：「謂引取滿觴而飲，飲訖，舉觴告白盡不也。一説，白者，罰爵之名也。飲有不盡者，則以此爵罰之。」

〔一五〕踏層冰：杜甫早秋苦熱堆案相仍：「安得赤脚踏層冰。」此借用其語。

〔一六〕字字如貫珠：山谷内集詩注卷六以雙井茶送孔常父：「要聽六經如貫珠。」任淵注：「樂記曰：『歌者纍纍乎端如貫珠。』」參見本集卷一謁狄梁公廟注〔一三〕。

次韻連鼇亭〔一〕

危亭爲誰小？臨此一泓碧。晴天戲投餌，戢戢見尾脊〔二〕。而以鼇名之，相顧愕坐客。昔人醉魚海，六鼇曾偶得〔三〕。歸來眉目間，津津有矜色〔四〕。安知華藏界，持取等戲劇〔五〕。納之芥子中，不見有迫窄〔六〕。巨細何足較，未出是非域。夫子忻然笑，請以書屋壁。

【注釋】

〔一〕作年未詳。連鼇亭：未詳何人所作。廓門注：「愚曰：連鼇，本於列子，名於亭者歟？李白詩九卷曰『釣水路非遠，連鼇意何深』之類是也。」其説甚是。詳見注〔三〕。

〔二〕戢戢：密集貌，魚多貌。杜甫又觀打魚：「小魚脱漏不可記，半死半生猶戢戢。」梅堯臣五月十三日大水：「戢戢後池魚，隨波去難留。」

〔三〕「昔人醉魚海」二句：列子湯問：「渤海之東，不知幾億萬里，有大壑焉，實惟無底之谷。其下無底，名曰歸墟。八紘九野之水，天漢之流，莫不注之，而無增無減焉。其中有五山焉，一曰岱輿，二曰員嶠，三曰方壺，四曰瀛洲，五曰蓬萊。……而五山之根，無所連箸，常隨潮波上下往還，不得蹔峙焉。仙聖毒之，訴之於帝，帝恐流於西極，失羣仙聖之居，乃命禺彊使巨鼇十五，舉首而戴之，迭爲三番，六萬歲一交焉，五山始峙而不動。而龍伯之國有大人，舉足不盈數步，而暨五山之所，一釣而連六鼇，合負而趣歸其國，灼其骨以數焉。於是岱輿、員嶠二山，流於北極，沈於大海。」

〔四〕津津有矜色：喜氣洋溢之貌。新唐書姦臣傳上李林甫傳：「初，三宰相就位，二人磬折趨，而林甫在中，軒驁無少讓，喜津津出眉宇間。」禪林僧寶傳卷二六圓通訥禪師傳贊：「法道陵遲，沙門交士大夫，未嘗得預下士之禮，津津喜見眉目。」

〔五〕「安知華藏界」二句：謂若依佛家華藏世界之眼光，持取六巨鼇之事不過如游戲般容易。蓋華嚴經卷一〇華藏世界品曰：「華藏世界海，法界等無別。」依此則物之巨細本無差別，持巨鼇亦同拾草芥。

〔六〕「納之芥子中」二句：華嚴經卷一〇華藏世界品：「一一毛孔中，億刹不思議，種種相莊嚴，未曾有迫隘。」故納巨鼇於芥子中，亦未見其空間窘迫狹窄。芥子喻極小之物。維摩詰經卷中不思議品：「若菩薩住是解脱者，以須彌之高廣，內(納)芥子中，無所增減，須彌山王本相如故。」

同游雲蓋分韻得雲字〔一〕

公才如天驥，超絶氣逸羣。低摧簿書中〔二〕，一笑置勿論。我如翦翎鶴〔三〕，俛啄窮朝昏〔四〕。生涯無窖子〔五〕，乞食嘗扣門。但爲口腹累，乖隔如參辰。此夕復何夕？共宿湘山雲〔六〕。境清藏勝氣，情高發幽欣。天風吹笑語，乞與人間聞。念公翰墨場，少年策奇勳。世味如嚼蠟〔七〕，喜著磨衲裙〔八〕。裴公師黃檗〔九〕，圓澤友李源(燈)㊀〔一〇〕。因法偶相逢，則以法爲親〔一一〕。安知我與子，夙昔非弟昆。吾聞三生石，曾歌舊精魂〔一二〕。他年葛洪陂〔一三〕，相尋定煩君。先當理故事，過山尋老仁㊁〔一四〕。要同夏口村，發甕驚前身〔一五〕。

【校記】

㊀源：原作「燈」，誤，今改。參見注〔一〇〕。

㊁尋：武林本作「專」，誤。

【注釋】

〔一〕崇寧二年秋作於長沙雲蓋山。同游之人當爲王安道，時任潭州節度推官。本集卷九有次韻王安道節推過雲蓋，卷一一有次韻節推王安道見過雲蓋二首，可參見。鍇按：二人同游雲蓋分韻，惠洪既得「雲」字，則王安道當得「蓋」字。

〔二〕低摧：低首摧眉，勞悴之貌。　簿書：文書簿册，代指下層官吏之俗務。

〔三〕翦翎鶴：剪去翅羽之鶴，謂不得自由翺翔。韓愈調張籍詩曰：「剪翎送籠中，使看百鳥翔。」

參見本集卷三游南嶽福嚴寺注〔五〕。

〔四〕俛啄：蘇軾鶴歎：「俛啄少許便有餘。」　俛：同「俯」。

〔五〕無窨子：俗語，謂無物可食。明李翊俗呼小録：「無物可食，謂之無窨。」本集屢用此語，如卷一三歲窮僧衆米竭自往湘陰乞之舟載夜歸宿橋口寒甚未寢時侍者智觀坐而假寐作此詩有懷資欽提舉：「老去生涯無窨子。」卷一五次韻空印游山九首之八：「我亦生涯無窨子。」卷一九寂音自贊四首之三：「平生活計無窨子。」後出禪籍亦多用之，如續傳燈録卷三五臨安府徑山荆叟禪師載其頌曰：「根蔕雖然無窨子，一年一度一開花。」福州雪峰東山和尚語録載與性上人詩曰：「汝之東山空，胸中無窨子。」

〔六〕「但爲口腹累」四句：杜甫贈衛八處士：「人生不相見，動如參與商。今夕復何夕，共此燈燭光。」此化用其意。　參辰：參星與辰星，分别在東西方，出没各不相見。辰星亦稱商星。喻彼此隔絶。文選卷二九蘇子卿詩四首之一：「昔爲鴛與鴦，今爲參與辰。」李善注：「尚書大傳曰：『書之論事，離離若參辰之錯行。』法言曰：『吾不睹參辰之相比也。』」

〔七〕世味：俗世滋味，社會人情。　嚼蠟：喻無味。楞嚴經卷八：「我無欲心，應汝行事，於横陳時，味如嚼蠟。」王安石示董伯懿：「嚼蠟已能忘世味，畫脂那更惜時名。」此化用其語意。

〔八〕磨衲裙：即磨衲袈裟。六祖大師法寶壇經護法品：「感荷師恩，頂戴無已，并奉磨衲袈裟及水晶鉢，敕韶州刺史修飾寺宇，賜師舊居爲國恩寺。」蘇軾磨衲贊叙：「長老佛印大師了元游京師，天子聞其名，以高麗所貢磨衲賜之。」宋無名氏雞林志：「高麗僧衣磨衲者，爲禪師法師衲，甚精好。」廓門注：「『磨』當作『麻』。」殊誤。

〔九〕裴公師黃檗：景德傳燈録卷一二前洪州黃檗山希運禪師法嗣：「裴休字公美，河東聞喜人也。守新安日，屬運禪師初於黃檗山捨衆入大安精舍，混跡勞侶，掃灑殿堂。公入寺燒香，主事祇接，因觀壁畫乃問：『是何圖相？』主事對曰：『高僧真儀。』公曰：『真儀可觀，高僧何在？』僧皆無對。公曰：『此間有禪人否？』曰：『近有一僧投寺執役，頗似禪者。』公曰：『可請來詢問得否？』於是遽尋運師。公覩之欣然曰：『休適有一問，諸德吝辭，今請上人代酬一語。』師曰：『請相公垂問。』公即舉前問。師朗聲曰：『裴休。』公應諾。師曰：『在什麼處？』公當下知旨，如獲髻珠，曰：『吾師真善知識也，示人剋的若是，何汨没於此乎？』時衆愕然。自此延入府署，留之供養，執弟子之禮。屢辭不已，復堅請住黃檗山，薦興祖教。有暇即躬入山頂謁，或渴聞玄論，即請師入州。公既通徹祖心，復博綜教相，諸方禪學，咸謂裴相不浪出黃檗之門也。」新唐書裴休傳：「裴休字公美，孟州濟源人。……休不爲皦察行，所治吏下畏信。能文章，書楷遒媚有體法。爲人醖藉，進止雍閑。宣宗嘗曰：『休真儒者。』然嗜浮屠法，居常不御酒肉，講求其説，演繹附著數萬言，習歌唄以爲樂。與紇干臮素善，至爲桑門號以相字，當世嘲薄之，而所好不衰。」

〔一〇〕圓澤友李源：蘇軾僧圓澤傳：「洛師惠林寺，故光禄卿李憕居第。禄山陷東都，憕以居守死之。子源，少時以貴游子豪侈善歌，聞於時。及憕死，悲憤自誓，不仕不娶不食肉，居寺中五十餘年。寺有僧圓澤，富而知音，源與之游，甚密，促膝交語竟日，人莫能測。一日，相約游蜀青城、峨眉山。源欲自荆州泝峽，澤欲取長安斜谷路。源不可，曰：『吾已絶世事，豈可復道京師哉？』澤默然久之，曰：『行止固不由人。』遂自荆州路，舟次南浦，見婦人錦襠負甖而汲者，澤望而泣曰：『吾不欲由此者，爲是也。』源驚問之。澤曰：『婦人姓王氏，吾當爲之子。孕三歲矣，吾不來，故不得乳。今既見，無可逃者。公當以符呪助我速生。三日浴兒時，願公臨我，以笑爲信。後十三年中秋月夜，杭州天竺寺外，當與公相見。』源悲悔，而爲具沐浴，易服，至暮，澤亡而婦乳。三日，往視之，兒見源果笑。具以語王氏，出家財葬澤山下。源遂不果行，反寺中，問其徒，則既有治命矣。後十三年自洛適吴，赴其約。至所約，聞葛洪川畔有牧童扣牛角而歌之，曰：『三生石上舊精魂，賞月吟風不要論。慙愧情人遠相訪，此身雖異性長存。』呼問：『澤公健否？』答曰：『李公真信士，然俗緣未盡，慎勿相近。惟勤修不墮，乃復相見。』又歌曰：『身前身後事茫茫，欲話因緣恐斷腸。吴越山川尋已遍，却回煙棹上瞿塘。』遂去，不知所之。後二年，李德裕奏源忠臣子，篤孝，拜諫議大夫，不就，竟死寺中，年八十。」傳後跋曰：「此出袁郊所作甘澤謡，以其天竺故事，故書以遺寺僧。舊文煩冗，頗爲删改。」鍇按：太平廣記卷三八七引袁郊甘澤謡「圓澤」作「圓觀」。宋高僧傳卷二〇唐洛京慧林寺圓觀傳亦載其事。故知圓澤當作圓觀，蘇軾誤書爲圓澤，或因甘澤謠之「澤」字而誤歟？惠洪此詩曰「圓澤」，乃用蘇軾之説。　源：底本作「憕」。廓門注：「唐書第一百六十忠義列傳曰『李憕，并州文水人。源八歲，家覆，俘爲奴，轉側民間』云云。愚曰：不載三生石上之事。按傳『李憕』當作『李源』歟？」其説甚是。本集卷七和茶陵夢覺索燭見懷有「慧觀友李源」之句，慧觀即圓觀，亦可證當作「李源」。又「憕」字讀音廣韻直陵切，蒸韻。而此詩分韻得「雲」字，廣韻王分切，文韻。「源」字廣韻愚袁切，元韻。元韻與文韻爲鄰韻通押，而蒸韻則迥不相接。故「憕」必爲「源」之誤，今據改。

〔一一〕「因法偶相逢」二句：高僧傳卷四康法朗傳：「忽見道傍有一故寺，草木没人，中有敗屋兩間，間中各有一人，一人誦經，一人患痢。兩人比房不相料理，屎尿縱橫，舉房臭穢。朗謂其屬曰：『出家同道，以法爲親，不見則已，豈可見而捨耶？』朗乃停六日爲洗浣供養。」隋釋灌頂隋天台智者大師別傳：「我與汝等因法相遇，以法爲親，傳習佛燈，是爲眷屬。」

〔一二〕「吾聞三生石」二句：冷齋夜話卷一〇觀道人三生爲比丘：「唐忠義傳：李憕之子源，自以父死王難，不仕，隱洛陽惠林寺，年八十餘。與道人圓觀游，甚密，老而約自峽路入蜀。源曰：『予久不入繁華之域。』於是許之。觀見錦襠女子浣，泣曰：『所以不欲自此來者，以此女也。然業影不可逃，明年某日，君自蜀還，可相臨，以一笑爲信。吾已三生爲比丘，居湘西嶽麓寺，有巨石林間，嘗習禪其上。』遂不復言，已而觀死。明年如期至錦襠家，則兒生始三日，源抱臨明簷，兒果一笑。却後十二年，至錢塘孤山，月下聞扣牛角而歌者，曰：『三生石上舊精魂，賞月吟風不要論。慙愧情人遠相訪，此身雖壞性長存。』東坡删削其傳，而曰圓澤，而不書嶽麓三生石上事。贊寧所録爲圓觀，東坡何以書爲澤，必有據，見叔黨當問之。」

〔一三〕葛洪陂：即葛洪井。僧圓澤傳及甘澤謡均作「葛洪川」。而宋高僧傳則曰：「忽聞葛洪井畔有牧童歌竹枝者。」

〔一四〕老仁：廓門注：「按，老仁，謂華光仲仁。華光山在衡州府。」其説可參。錯按：華光仲仁禪師，其事詳見本集卷一華光仁老作墨梅甚妙爲賦此注〔一〕。

〔一五〕「要同夏口村」二句：蘇軾觀宋復古畫序曰：「舊説，房琯開元中嘗宰盧氏，與道士邢和璞出游，過夏口村，入廢佛寺，坐古松下。和璞使人鑿地，得甕中所藏婁師德與永禪師書。笑謂琯曰：『頗憶此耶？』琯因悵然，悟前生之爲永禪師也。故人柳子玉寶此畫，云是唐本，宋復古所臨者。」又見於蘇軾破琴詩叙。參見冷齋夜話卷八房琯婁師德永禪師畫圖。

治中吴傅朋母夫人王逢原之女也傅朋作堂名養志乞詩爲作此〔一〕

少節暮年名太重，詔書致之堅不動。當年捧檄良爲親，安知坐中有張奉〔二〕。茅容避雨依樹叢，旁人夷踞渠獨恭。朝來殺雞本供母，從教牀下拜林宗〔三〕。兩翁高行今誰繼〔四〕？吳侯作堂深措置。鏡中勳業姑置之〔五〕，自廣其心養其志。傳聞絶似廣陵公〔六〕，從來孟陶風味同〔七〕。未能侯門煩倒屣〔八〕，想見窗户開青紅〔九〕。夫人年高視聽捷，扶持不用如華妾〔一〇〕。十分金葉壽千齡〔一一〕，笑看醉紅潮玉頰〔一二〕。

【注釋】

〔一〕靖康元年春作於襄州。治中：官名，州通判之雅稱，蓋漢時以治中爲州刺史佐官，職近宋之通判。吳傅朋：吳説字傅朋，號紫溪，錢塘人，以書法名世。宋董更書録卷下：「吳説，字傅朋。翰墨志：紹興以來雜書，游絲書惟錢塘吳説。」王逢原：王令（一〇三二～一〇五九）字逢原，廣陵（揚州）人。年十數歲，與里人滿執中爲友，偉節高行，特立於時。王安石赴召，道由淮南，令賦南山之田詩往見之。安石大喜，期其材可與共功業於天下，因妻以其夫人之女弟。年二十八而卒。令詩學韓、孟，而識度高遠，非安石所及，不第以瓌奇也。參見宋詩鈔廣陵詩鈔小序。宋陳傅良止齋集卷四一跋歐王帖後：「逢原遺腹女是生吳説傅朋，傅朋嘗通判永興，以其母念逢原之墓，乞改襄陽，於是作養志堂焉。」饒節倚松詩集卷一養志堂詩爲襄陽吳傅朋通判作：「廣陵之外孫，右司公之子。內師孟母賢，外交天下士。漸磨薰蒸到，成此不凡器。年來貳襄陽，豈爲山水計。政以承母心，欲覲淮源隧。淮源日夜流，墓木已拱矣。母來拜墓門，滿下平生淚。回頭語兒孫，更酹墳前地。我懷三十年，一飯不忘此。惟誠通鬼神，志願今乃遂。兒身勉直道，無貽墓中愧。寧爲潁封人，勿作魚梁吏。到官闢高堂，涓潔亦明麗。」注云：「傅朋乃王逢原先生之外孫，吴安中右司之子，曾伯容作養志堂記，一時名人皆爲賦詩。」錯按：據沈文倬編王令年譜，崇寧四年，「令女還令之柩來唐州，與（夫人）吴氏合葬於唐州桐柏縣淮源鄉」。令女即吴説之母。唐州毗鄰襄州，同屬京西南路。吴説乞通判襄州，故赴任時可經桐柏縣淮源鄉，以遂母拜墓之願。惠洪爲吴説養志堂作詩，當在靖康年間寓襄州時，姑繫於此。又案：本集卷一六有崇山堂五詠爲通判大樂張侯賦，吴説通判襄州，當在張侯之後。

〔二〕「少節暮年名太重」四句：後漢書劉趙淳于劉周趙列傳序曰：「中興，廬江毛義少節，家貧，以孝行稱。南陽人張奉慕其名，往候之。坐定而府檄適至，以義守令，義奉檄而入，喜動顔色。奉者，志尚士也，心賤之，自恨來，固辭而去。及義母死，去官行服。數辟公府，爲縣令，進退必以禮。後舉賢良，公車徵，遂不至。張奉歎曰：『賢者固不可測。往日之喜，乃爲親屈也。斯蓋所謂「家貧親老，不擇官而仕」者也。』」

〔三〕「茅容避雨依樹叢」四句：後漢書郭太傳：「茅容字季偉，陳留人也。年四十餘，耕於野，時與等輩避雨樹下，衆皆夷踞相對，容獨危坐愈恭。林宗行見之而奇其異，遂與共言，因請寓宿。旦日，容殺雞爲饌，林宗謂爲己設，既而以供其母，自以草蔬與客同飯。林宗起拜之曰：『卿賢乎哉！』因勸令學，卒以成德。」鍇按：郭太字林宗，東漢名士。

〔四〕兩翁高行：指毛義、茅容養親之孝行。鍇按：本集好以毛義、茅容事譬孝子，如卷八和李班叔戲彩堂：「毛義捧檄難忘客，茅容殺雞終得道。」卷一九夢蝶居士贊二首之二：「豈非如茅容殺雞，毛義捧檄，但欲致慈母之一笑，安知有佳客之在旁也。」

〔五〕鏡中勳業：杜甫江上：「勳業頻看鏡，行藏獨倚樓。」此化用其意。

〔六〕廣陵公：指王令，因其爲廣陵人，故稱。廓門注：「廣陵公，蓋謂晉嵇康歟？」大謬。

〔七〕從來孟陶風味同：陶淵明爲東晉名士孟嘉之外孫，嗜好相同，此以喻吴説文采風流肖似其外祖王令。陶淵明晉故征西大將軍長史孟府君傳略曰：「君諱嘉，字萬年，江夏鄂人也。……始自總髮，至於知命，行不苟合，言無夸矜，未嘗有喜愠之容。好酣飲，逾多不亂。至於任懷得意，融然遠寄，傍若無人。（桓）温嘗問君：『酒有何好，而卿嗜之？』君笑而答曰：『明公但不得酒中趣爾。』又問聽妓，絲不如竹，竹不如肉，答曰：『漸近自然。』……淵明先親，君之第四女也。」廓門注：「孟陶，謂唐孟郊、晉淵明者歟？」大謬。

〔八〕未能侯門煩倒屐：倒屐猶倒屣，語本三國志魏書王粲傳：「時（蔡）邕才學顯著，貴重朝廷，常車騎填巷，賓客盈坐。聞粲在門，倒屣迎之。」此反其意而用之，贊吴説無奔走侯門之舉。

〔九〕窗户開青紅：謂所建養志堂油漆一新。青紅：指彩色油漆。東坡樂府卷上水調歌頭黄州快哉亭贈張偓佺：「知君爲我新作，窗户濕青紅。」此借用其語。

〔一〇〕如華妾：山谷内集詩注卷一〇次韻答曹子方雜言：「樽前不復如花人。」任淵注：「太白詩：『金屛笑坐如花人。』」本集卷四余過山谷時方睡覺且以所夢告余命賦詩因擬長吉作春夢謡：「時時忽見如花妾。」

〔一一〕金葉：即金荷葉，指金製荷葉形酒杯。

〔一二〕笑看醉紅潮玉頰：恭維吴母面頰因飲酒而紅。蘇軾老饕賦：「候紅潮於玉頰。」此化用其語。